DE DORPSWINKEL

Ook verschenen van Anne Jacobs bij Xander Uitgevers

Het weesmeisje (2019)
De moed van het weesmeisje (2019)
De erfenis van het weesmeisje (2020)
De terugkeer van het weesmeisje (2021)
De belofte van het weesmeisje (2022)

Het landhuis (2020)
Storm rond het landhuis (2021)
Hoop voor het landhuis (2022)

Liefde op de savanne (2022)
Geluk op de savanne (2023)

Arlettes lot (2023)
De scheepsdochter (2024)

ANNE JACOBS

De dorpswinkel

XANDER

Uitgegeven door Xander Uitgevers
www.xanderuitgevers.nl

Oorspronkelijke titel: Der Dorfladen
Oorspronkelijke uitgever: Blanvalet Verlag, a division of Verlagsgruppe Random House GmbH, München, Germany
Vertaling: Sylvia Wevers
Omslagontwerp: zero-media.net, Munich
Omslagbeeld: FinePic®, Munich
Afwerking omslag: Select Interface
Auteursfoto: Marlies GbR
Zetwerk: Michiel Niesen, ZetProducties

Eerste druk 2024

ISBN 978 94 0162 271 4 | NUR 302

1

Eind oktober 1923

Het is een paar minuten over zeven. Frieda schuift het gordijn opzij en kijkt de ochtendduisternis in. In de pastorie brandt licht achter het raam van dominee Seybolds studeerkamer. Rechts daarvan, op de Grossmannhoeve, zijn ze nog in de stal bezig, terwijl op de andere boerderijen het vee rond deze tijd allang is gemolken en gevoerd. De lichten zijn vervormd, dus er hangt ochtendmist boven het dorp. Frieda trekt haar nachtjapon strakker om haar lichaam. Ze zou willen dat ze ergens anders was, ergens ver weg. In Eschnapur in India, waar prinsessen met gouden sieraden op olifanten rijden. Dat heeft ze in de bioscoop gezien. Of op zijn minst in Frankfurt, waar het echte leven zich afspeelt.

Dingelbach is vreselijk saai.

'Ben je er nou nog niet uit?' moppert haar oudere zus Herta achter haar. 'Zo kom je weer te laat op school!'

Ze heeft het niet tegen Frieda maar tegen de dertienjarige Ida, wier rossige haardos begraven ligt tussen het kussen en het dekbed. Ida is de jongste van het gezin. Ze is recalcitrant en betweterig, en doet alleen wat ze zelf wil. Ze laat zich niet de wet voorschrijven door de brave Herta.

Herta probeert het dekbed van haar af te trekken en Ida klampt zich eraan vast. Ze gilt omdat Herta de winnaar is van deze krachtmeting.

‘Kom op, opstaan! Was jezelf fatsoenlijk. Frieda maakt je vlechten.’

Herta trekt de kamerpot onder het bed vandaan en gaat ermee de trap af om hem in het huisje te legen. Ida zit nog steeds op haar bed, met haar lange nachtjapon over haar opgetrokken knieën. Haar dikke vlechten zijn weer eens helemaal pluizig geworden. Frieda schuift het gordijn weer dicht en giet waswater uit de kan in de geëmailleerde kom.

‘Je hebt gisteren weer aan mijn spullen gezeten!’ zegt ze boos tegen Ida.

Ida antwoordt niet. Ze stapt met moeite uit bed, doopt het washandje in het water en wast haar gezicht. Het water is koud, maar ze zijn te lui om naar de keuken te gaan om een kan warm water te halen.

‘Je hebt blaadjes uit mijn schrift gescheurd!’

Er staan drie bedden in de slaapkamer. Ieder meisje heeft een nachtkastje waarin ze de paar spullen die ze bezit bewaart. De kledingkast delen ze en daarnaast staat de wastafel met de grote geëmailleerde kom. Voor andere meubels is het te krap. Het is al lastig om langs de kast naar Ida’s bed te lopen, want overal liggen schoenen, tassen, sokken en allerlei andere spullen op de grond.

‘Ik heb ze alleen geleend,’ geeft Ida schoorvoetend toe. ‘Mama moet me vandaag nieuwe schriften geven en dan krijg jij daar een van.’

Frieda is evengoed boos. Ida is een dief, niets is veilig voor haar.

‘Papieren bootjes op de beek laten varen,’ zegt ze en ze rolt met haar ogen. ‘Het dure schrijfpapier… Voor dat soort onzin!’

De meisjes hebben allebei hun nachthemd uitgetrokken en wassen zich met het ingezeepte washandje. Vooral ‘van onderen’, want dat heeft hun moeder Marthe hun geleerd. Daar moet je schoon zijn, dat is belangrijker dan je gezicht wassen. Als laatste zijn de voeten aan de beurt en daarna giet Frieda het waswater in de emmer.

'We hebben een regatta gehouden,' legt Ida met een gewichtige blik uit. 'Mijn schip heeft gewonnen.'

'Nou, gefeliciteerd!' zegt Frieda boos. 'Door jou kan ik mijn toneelstuk niet afmaken!'

'Schrijf het gewoon op wc-papier!'

Frieda tikt op haar voorhoofd om haar zusje voor gek te verklaren. Ze haakt de bustehouder dicht die ze van haar moeder heeft gekregen, trekt een jarretelgordel, hemd en onderbroek aan, en daaroverheen een blouse en een rok. De lange kousen zijn gemaakt van katoen, die jeuken niet. In de winter moet ze wollen kousen aantrekken, dat is een ellende. In de stad dragen vrouwen zijden kousen en fijn ondergoed met kant. Dat heeft ze ooit in een etalage in Frankfurt gezien. Hier in Dingelbach zijn zulke dingen pure zonde.

'Ik wil er twee schriften voor hebben!' roept ze.

Ida zegt alleen spottend 'Pff' en tikt op haar beurt op haar voorhoofd.

'Twee schriften. Ongebruikt. Met lijntjes!' dringt Frieda aan.

Ze trekt haar klompen aan en terwijl ze de kamer uit loopt pakt ze nog haar grijze vest. Dat is ook van haar moeder geweest en is bij de mouwen opgelapt, maar hij is toch nog mooier dan de zelfgebreide vesten. Haar vader heeft hem ooit voor haar moeder in een winkel in Bad Homburg gekocht. Vóór de Wereldoorlog, toen ze nog geld hadden en hun vader nog bij hen was.

De trap is smal en donker, je moet oppassen dat je geen trede mist of wegglijdt op je houten klompen. Vooral als je de kamerpot naar beneden draagt. Beneden in de keuken is het aangenaam warm, want haar moeder heeft het fornuis aangestoken. Het ruikt naar moutkoffie en naar de sneetjes brood die op het fornuis worden geroosterd. In een steelpannetje warmt haar moeder melk op, die minder lekker ruikt. Frieda heeft een hekel aan de geur van warme melk.

'Heb je haar haar gevlochten?' vraagt Herta.

'Nog niet...'

Ida's klompen bonken op de trap. Ze heeft haar schooltas in haar hand, één kous is afgezakt en haar vlechten zien eruit alsof de muizen eraan hebben geknabbeld.

'Mama moet me kammen,' eist ze. 'Als Frieda het doet, doet het pijn.'

'Ga zitten, Ida,' zegt haar moeder en ze zet een beker moutkoffie met veel melk voor haar neer. Terwijl Ida de warme drank naar binnen giet en een geroosterde boterham met pruimenmoes eet, haalt haar moeder de slordige vlechten los en kamt ze voorzichtig haar haar. Ida heeft het roodblonde haar van haar vader geërfd. Moeder en Herta zijn donkerblond, maar Frieda's haar is zwart en krullend. Bovendien heeft ze bruine ogen en geen blauwe zoals bijna alle mensen in het dorp. Ze heeft er al vaak spottende opmerkingen over gekregen. Oom Georg vroeg zich zelfs af of er misschien een Italiaan of Spanjaard op doorreis was geweest. Oom Georg is moeders broer en zijn boerderij ligt pal naast de dorpswinkel.

Een half uur later vertrekt Ida met strakke vlechten en opgetrokken kousen naar het schoolgebouw, waar ze net nadat de schoolbel is gegaan aankomt. Herta heeft in de tuin de kippen naar buiten gelaten en de eieren verzameld, en doet nu de afwas terwijl de eieren koken in een pan. Daarvan maakt ze pekeleieren, die de waard van Zum Raben van hen koopt en voor het dubbele aan zijn gasten verkoopt.

Frieda moet haar moeder helpen in de winkel, maar er is op dit moment niet veel te doen. Herta heeft gisteren de etalageruit gezeemd en vegen doen ze pas 's avonds. Frieda is hier graag, want ze is trots op de winkel die haar ouders zo mooi hebben ingericht. Haar vader heeft destijds van het halletje en twee kamers één grote ruimte van bijna twintig vierkante meter gemaakt. De steunbalken van het vakwerkhuis moest hij laten staan, maar hij heeft ze groen geverfd. Aan sommige balken hangen kleurrijke reclameborden en soms ook briefjes waarop staat welke goederen net zijn binnengekomen. Tenminste, dat was vroeger zo, maar nu, met de inflatie, koopt haar moeder zelden nieuwe producten in. Tegen de achterste wand staan kasten met lades en daarvoor staat de lange toonbank. Hij heeft een glazen vitrine waarin je Nivea-crème, eau de cologne en twee flessen likeur kunt bewonderen.

Het is nu licht buiten. De mist is opgetrokken, de eerste schuine zonnestralen schijnen zwak over de dorpsstraat en de kale kastanjebomen voor de kerk werpen dunne schaduwen op de grond. Het is nu rustig in het dorp. Het maïs en de haver liggen in de schuren, de tweede hooioogst is binnengehaald, en ook de aardappeloogst is voorbij. Alleen het fruit moet nog geoogst worden. Daarna komt de winter en wordt er geslacht. Niemand in het dorp hoeft honger te lijden, ook nu niet, ook al stijgen de prijzen gigantisch en worden sommige mensen van de ene op de andere dag miljonair zonder dat ze veel kunnen kopen.

Marthe ruimt op en poetst de toonbank, Frieda heeft zich achter een van de groene balken teruggetrokken en zit op de kruk verder te schrijven aan haar toneelstuk. Hiervoor gebruikt ze een bruine zak. Het ziet er niet mooi uit, maar het werkt wel. In de winter is ze met haar oom Georg en nicht Luise in Frankfurt in de bioscoop geweest en heeft ze de film *Der Tiger von Eschnapur* gezien. Sindsdien schrijft ze dialogen en scènes, die ze samen met haar nicht Luise in haar slaapkamer opvoert. Ze heeft al drie schriften vol, maar nu is het papier schaars en de schriften die haar moeder voor de winkel heeft ingekocht mag ze niet gebruiken. Omdat ze zeventien is en niet meer naar de dorpsschool gaat.

Midden in de spannende scène tussen Irene Armundsen en de gevangen vorstin gaat de winkelbel. Anni Christ veegt zorgvuldig haar voeten af voordat ze binnenkomt. Binnen moet ze haar hoofddoek schikken, want die is door de herfstwind verschoven.

'Goedemorgen, Anni,' zegt Marthe vriendelijk. 'Wat ben jij vroeg!'

Anni glimlacht en strompelt naar de toonbank. Ze vraagt om een pond suiker. Daarna wijst ze naar de drie grote glazen potten op de toonbank, waarin nog een aantal kleurrijke zuurtjes zitten. Zoete brokjes in de vorm van frambozen, aardbeien en citroenen. Van de gele citroensnoepjes zijn er nog maar vijf over.

'Van elke soort één graag.'

'Voor je kleinzoon zeker?' zegt Marthe en ze pakt een zakje.

Anni kijkt met een glimlach toe. Ze zal het snoepje stiekem aan de kleine Heinz geven, want Gertrud wil niet dat haar kleinzoon wordt verwend. Op de Schützhoeve regeert Gertrud met harde hand. Zelfs Otto, haar zoon, moet zich vaak naar haar voegen. Zijn vrouw Helga en haar moeder Anni hebben niet veel te vertellen.

'Zo gaat dat als je arm bent en met een rijke boer trouwt,' zegt Marthe vaak tegen haar dochters. 'Dan krijg je dag in, dag uit te horen dat je niets hebt ingebracht en niets waard bent.'

Een wijsheid die aan Frieda voorbijgaat, aangezien ze niet van plan is met een boer te trouwen. Al helemaal niet met een boer uit Dingelbach. Als ze al gaat trouwen, dan moet het iemand uit de stad zijn, een kunstenaar of een architect. Dat wilde haar vader ooit worden, maar hij gaf het op en trok bij haar moeder in Dingelbach in.

De winkelbel gaat weer en de vrouw van dominee Seybold komt binnen. Natuurlijk veegt ze haar voeten niet af. Frieda zal dus zo meteen moeten dweilen, want de dorpsstraat is nat.

Mevrouw Seybold is altijd blij als er iemand ziek of anderszins in nood is, want dan kan ze troostende woorden uitspreken. Ze vraagt aan Marthe of ze het wel redt met de winkel, aangezien het geld niets meer waard is en ze geen nieuwe spullen meer kan kopen.

'Het gaat wel, mevrouw Seybold,' zegt Marthe. 'We hebben de akker en de tuin, en kunnen de eindjes goed aan elkaar knopen.'

'Aha...' zegt mevrouw Seybold bijna teleurgesteld en ze knijpt haar lippen samen.

'Bovendien zou de rentenmark snel moeten komen, dan is het voorbij met de prijsstijgingen,' voegt Marthe er optimistisch aan toe.

‘O, de rentenmark,’ roept mevrouw Seybold. Ze lacht, alsof Marthe iets volkomen onzinnigs heeft gezegd. ‘Wie denkt nou dat de rentenmark het zal oplossen? Dat zal niets veranderen, mevrouw Haller. We zullen een trieste kerst hebben.’

Frieda vreest dat ze nu weer zal beginnen over de zeven plagen die God over Egypte heeft gezonden, maar ze vraagt om naaigaren en zwarte knopen.

‘Zet het maar op de rekening, mevrouw Haller. Volgende week kom ik betalen.’

‘Het spijt me verschrikkelijk, mevrouw Seybold, maar ik zet niets meer op rekening.’

De vrouw van de dominee weet dit al heel lang, maar ze probeert het telkens weer. Maar Frieda’s moeder blijft onvermurwbaar. Zaken zijn zaken, zonder uitzondering, waar zou het heen gaan als ze daaraan zou beginnen.

Mevrouw Seybold zucht en haalt een in papier gewikkeld stukje hamspek uit haar boodschappentas. ‘Neem dit dan in godsnaam, mevrouw Haller. U kunt het vast gebruiken, met alle monden die u moet voeden, nietwaar?’

Het spek is droog en keihard. Het zal gekookt moeten worden om het zacht te maken. Maar Marthe neemt het stukje toch aan en bedankt haar. Wat moet ze anders? Ze kan de vrouw van de dominee geen garen en knopen weigeren.

Mevrouw Seybold ziet Frieda schrijven en vraagt of ze bezig is met het kerstspel.

‘Ik ben bijna klaar,’ zegt Frieda, hoewel ze nog niet eens is begonnen. Het kerstspel is zo geschreven, ze heeft alles al in haar hoofd. Vroeger speelde ze zelf mee, maar ze vond het saai omdat ze altijd een engel of Maria moest spelen, en dat waren rollen waarbij je niets hoefde te zeggen. Sinds ze het kerstspel zelf schrijft en instudeert, heeft ze al een aantal goede rollen voor de meisjes gecreëerd.

‘Uw kleine Frieda schrijft best mooi,’ zegt mevrouw Seybold neerbuigend tegen Frieda’s moeder. ‘Meester Hohnermann zei laatst dat ze een begenadigd schrijfster is.' Daarbij kijkt ze Frieda met een scheve glimlach aan.

Die vertrekt geen spier. Ze weet dat iedereen in het dorp erover kletst dat meester Hohnermann een zwak voor haar heeft. Ze mag hem ook graag. Want hij leent boeken aan haar uit en ze kan met hem praten over haar theaterscènes. Maar hij is beslist niet verliefd op haar. Hij heeft veel littekens in zijn gezicht, door de granaatscherven in de oorlog.

Frieda werpt een blik op de geoogste velden en weiden aan de overkant van de beek, waar zwermen kraaien in de wind spelen. Daarna brengt ze het armetierige stuk spek naar Herta in de keuken. Haar zus is peren aan het schillen om er moes van te maken.

'Als er niets te doen is in de winkel kun je hier helpen, Frieda,' zegt ze en ze wijst naar de metalen kom met de geoogste peren.

'Nee, er komen zo weer klanten.'

Frieda heeft wel iets beters te doen dan peren schillen bij haar zus in de keuken. Maar als ze in de winkel terugkomt, staat haar moeder bij de etalage en wenkt haar naar zich toe.

'Moet je kijken, Frieda,' zegt ze. 'Hij heeft de auto echt aan de praat gekregen.'

Frieda maakt zich lang en kijkt naar de donkere Mercedes-Benz, die langzaam over de oneffen dorpsstraat hobbelt. De kap is dicht, maar door het raampje ziet ze oom Georg, die het stuur met beide handen vast moet houden omdat de auto heftig schudt door de gaten in de weg. Hij heeft de auto in het voorjaar voor een zacht prijsje van mevrouw Küpper gekocht en in ruil daarvoor het park rond de villa van de fabriekseigenaar omgeploegd, zomergerst gezaaid en voederbieten gepoot. De paraplustokkenfabriek Pilz & Küpper zit in de problemen, dus dan is een akker meer waard dan een mooi park.

'Als dat maar goed gaat!' roept de vrouw van de dominee.

'Georg Altmann wil gewoon meer aanzien!' merkt een van de vrouwen op.

'Hij gaat met zijn tijd mee,' zegt een ander.

'Hoogmoed komt voor de val!'

Frieda kan niet langer in de winkel blijven. Ze moet de dorpsstraat op en zwaait naar haar oom. Wekenlang heeft hij verbeten aan zijn auto gesleuteld omdat die het niet deed. Maar nu is het hem gelukt en Frieda is enthousiast. Een auto! Zoals de mensen in de stad hebben. Je gaat erin zitten en rijdt gewoon de wijde wereld in. Zonder paard-en-wagen. Zonder spoorlijn. Naar Frankfurt. Naar Berlijn. Misschien zelfs naar India.

In het schoolgebouw aan de overkant staat meester Hohnermann met zijn kinderen voor de ramen. Aan zijn gebaren is te zien dat hij iets aan hen uitlegt. Ze leren nu waarschijnlijk hoe een auto werkt. Ida zal het straks tijdens het middageten tot in detail vertellen.

'O jee,' zegt Marthe, die nu naast Frieda op straat staat. Ze wijst naar rechts, waar een paardenkar nadert.

'Otto Schütz komt eraan, met zijn tweespan met de ploeg erop. Hij wil vast nog zijn akker omploegen,' zegt Marlis Alberti, die ook is komen aanlopen.

'Dat wordt krap!'

'Pas op!'

De vrouwen voor de winkel deinzen vlug achteruit. Marlis scheldt luid op Otto Schütz, die zijn paarden niet in toom houdt, maar koppig midden op de weg blijft rijden. Pal voor de winkel, waar de dorpsstraat bijzonder smal is, botsen de paardenkar en de auto op elkaar. Otto schreeuwt kwaad en Georg wijkt uit in de richting van de dorpswinkel. Er klinkt een klap en een plat stuk metaal vliegt door de lucht en belandt in de parochietuin. De kar van Otto heeft de auto geschampt. De wielnaven hebben daarbij een spatbord geraakt dat daardoor is afgebroken.

Otto stopt zijn kar bij het kerkplein. Hij bindt de teugels vast en stapt af. De auto is ook gestopt, de motor draait nog even maar pruttelt dan en slaat af. Georg Altmann opent het portier en stapt ook uit. Er hangt onweer in de lucht.

De toeschouwers wachten in stilte af wat er gaat gebeuren. Oom Georg inspecteert de rest van het achterspatbord, dat verbogen is maar er nog wel op zit. Otto controleert de houten wielen van zijn kar. De naven zitten nog vast en hebben alleen een paar krassen opgelopen. Hij strijkt met zijn hand over de krassen, kijkt naar de ploeg die op de wagen staat en niet beschadigd is. Hij wil weer op zijn kar klimmen, maar dan staat Georg al naast hem.

'Dit ga je betalen, Otto!'

Otto tikt op zijn voorhoofd en draait zich om.

Maar Georg neemt er geen genoegen mee. 'Je hebt twee spatborden geruïneerd. Dit moet in de garage gerepareerd worden. Daarvoor moet ik naar Frankfurt!'

'Dan had je maar aan de kant moeten gaan,' bromt Otto.

'Ik ging verdomme aan de kant. Dat heeft iedereen gezien. Maar jij leidde je paarden alsof de dorpsstraat alleen van jou is!'

'Ik leidde mijn paarden zoals ik altijd doe, Georg. Tot nu toe kon iedereen me altijd passeren. Alleen jij niet, met je patserige automobiel...'

Oom Georg wordt steeds kwader. Hij zet zijn handen in zijn zij en gaat pal voor Otto staan. Die laat niet met zich sollen en neemt ook een vechthouding aan.

'Je betaalt een nieuw spatbord!'

'Ik betaal helemaal niets voor jou!'

Nu beginnen de vrouwen zich ermee te bemoeien. Helga is vanaf de Schützhoeve aan komen rennen en grijpt haar man bij de arm. 'Maak je niet zo druk, Otto,' smeekt ze. 'Kwaad worden leidt tot niets goeds.' Marthe is snel naar oom Georg gelopen en Herta is ook bij haar. 'Maak jezelf niet belachelijk, Georg!'

Otto Schütz duwt zijn vrouw ruw opzij en oom Georg schuift zijn zus Marthe met een armbeweging van zich af. Vanuit het tegenoverliggende schoolgebouw steekt meester Hohnermann met grote passen de straat over en hij gaat met uitgestrekte armen tussen de kemphanen in staan.

'Alstublieft! Meneer de burgemeester! Meneer Altmann! Voor de ogen van de kinderen!'

'Wegwezen hier, schoolmeester!' roept Otto.

'Bemoei je met je eigen zaken!' bromt oom Georg.

Uiteindelijk moet Otto op zijn kar klimmen omdat zijn paarden onrustig worden. Hij maakt een kwade armbeweging naar achteren en hobbelt dan met zijn kar weg.

'Loop naar de duivel!' roept oom Georg hem na. Hij gaat naar zijn auto, strijkt over het beschadigde spatbord en pakt de slinger uit de kofferbak.

'De slinger wordt gebruikt om de motor te starten!' legt de waard van Zum Raben uit aan Herbert Grossmann, die ook is komen kijken. 'Je stopt hem in het gat aan de voorkant en dan moet je stevig draaien.'

Ze kijken nieuwsgierig toe terwijl oom Georg ermee worstelt. Het aanslingeren is niet eenvoudig. Oom Georg zweet en zijn gezicht wordt rood. Hij draait de slinger drie keer, vier keer, vijf keer. De motor blijft hardnekkig zwijgen. Georg stopt met draaien en probeert het opnieuw. Er gebeurt niets.

Frieda wil net weer de winkel in gaan als er plotseling iemand vanaf het kerkplein de dorpsstraat oversteekt en voor de auto blijft staan.

'Wacht even!' zegt hij. 'Ik kan helpen.'

Ze kent de man maar weet niet meer waarvan. Hij draagt een oude jas en een versleten broek, en over zijn schouder hangt een plunjezak. Een landarbeider. Wat wil die hier nu in de herfst, nu er geen loonarbeiders nodig zijn?

De man laat zich de slinger geven, steekt hem in het gat en draait. Niet te snel, maar krachtig en gelijkmatig. De motor puft, stopt weer maar pruttelt dan in de maat. Het klinkt als veel kleine schokjes en de auto trilt erbij. Het verbogen spatbord rammelt omdat het niet meer goed vastzit.

'Goede motor,' zegt de man tevreden en hij geeft de slinger terug aan oom Georg.

Frieda verstaat niet waar ze het verder over hebben omdat de motor zo hard ronkt. Maar plotseling herinnert ze zich dat de man Oskar Michalski heet en dat hij tijdens de oorlog op de Schützhoeve in loondienst heeft gewerkt. Dat was in de tijd dat Otto in Engeland in krijgsgevangenschap zat en de vrouwen de boerderij alleen moesten leiden. Toen Otto terugkwam, ging Oskar Michalski ervandoor. Midden in de graanoogst bond hij zijn plunjezak dicht, wat niet fatsoenlijk van hem was, want Otto had een gebroken arm waardoor het maaien met de zeis hem zwaar viel. Maar er waren ook geruchten in het dorp. Over Helga Schütz en Oskar Michalski.

2

Natuurlijk regent het als de trein op station Dingelbach stopt. Ilse Küpper stapt op het perron, dat eigenlijk niet meer dan een verhard pad is, en vraagt zich af of ze niet beter eerst kan schuilen en de stortbui kan afwachten. Maar het houten afdakje biedt sowieso maar weinig bescherming omdat het lek is. Bovendien drijft de wind de regen er aan de voorkant in en aan de achterkant weer uit. Het is eigenlijk wel lachwekkend, vindt ze. De toekomstige eigenaresse van paraplustokkenfabriek Pilz & Küpper wordt drijfnat omdat ze geen paraplu bij zich heeft.

Ze kan de villa vanaf hier zien. Het is een mooi vakwerkhuis. De erker op de eerste verdieping heeft hoge ramen, het dak is bedekt met leisteen en het huis heeft een paar puntgevels en schoorstenen. De dennen die het huis vroeger tegen nieuwsgierige blikken beschermden, heeft haar broer Josef vorig jaar laten kappen. Ook de oude bomen in het park hebben moeten wijken. Nu liggen er velden en weilanden rondom de villa en is er naast het tuinhuisje, waar vroeger thee, limonade en gebak werden geserveerd, een moestuin aangelegd.

Ze moet tegen de wind in lopen, die de regen in haar gezicht slaat. Het is vandaag een samenloop van ongelukkige omstandigheden. Toen ze vanmorgen vroeg aan de reis naar Frankfurt begon, had ze al het voorgevoel dat er moeilijkheden zouden zijn. Daar heeft ze een zesde zintuig voor. Bij de bank verliep alles nog vlot en ze kreeg de lening. Waarom ook niet, ze hebben immers de villa en het land als onderpand. Bovendien zijn schulden op dit moment makkelijk af te betalen, ze smelten weg onder je handen. Het bedrag dat je terugbetaalt is maar een fractie waard van wat je hebt geleend. Ja, het gesprek bij de bank verliep prettig. Ze heeft alles bereikt wat ze wilde. De problemen begonnen toen ze rond het middaguur in de Eschersheimer Landstrasse uit de tram stapte om de laatste termijn te betalen aan de ouders van de overleden Klaus-Peter Pilz. Daarmee zou de paraplustokkenfabriek in Dingelbach weer volledig in handen zijn van haar broer Josef.

Klaus-Peter Pilz is nog geen veertig geworden. De fabriek was zijn levenswerk en hij zat boordevol plannen en ideeën toen hij naar het front moest. Als hij was teruggekomen, zouden heel wat dingen in Ilses leven nu anders zijn. Maar het is zoals het is. Ze is niet de enige die in de oorlog haar hoop is verloren.

Ze moet even blijven staan om de onderste knoopjes van haar mantel dicht te doen omdat de wind de stof uit elkaar blaast. Aan de andere kant van de beek ligt het dorp Dingelbach schilderachtig tussen akkers en weilanden. De boerderijen met de hoge poorten liggen langs de dorpsstraat, en in het midden staat het kerkje met de haan op de top van de toren, die vroeger verguld was. Rondom het kerkje is het dorpsplein. Daar waar de dorpsstraat begint staan kastanjebomen, achteraan op het plein staat de grote lindeboom met een bankje en ligt het oude kerkhof. Links van de kerk is de pastorie en aan de andere kant staat het schoolgebouw. Elke keer als ze uit het luidruchtige, lelijke, grijze Frankfurt terugkomt, voelt ze dat ze hier thuishoort.

Ze kijkt geïrriteerd naar haar schoenen, die doorweekt zijn en onder de gele klei zitten. Had ze maar haar oude lage schoenen aangetrokken. Voor wie heeft ze zich nou zo stads gekleed? Er is niemand meer die daar waarde aan gehecht zou hebben. Al zes jaar niet meer. Ze is nu veertig, de bloei van haar jeugd is voorbij. Bovendien was ze vroeger al geen schoonheid. Te dun, te direct, te slim. 'De dragonder' wordt ze in de fabriek genoemd. Omdat ze de arbeiders nauwlettend in de gaten houdt en niet terugdeinst voor kritiek. Haar broer noemt haar gekscherend 'mijn rekenmachine'. Zij doet de boekhouding, let erop dat iedereen een fatsoenlijk loon krijgt, controleert de facturen, lost problemen in de productie op en staat klaar als er een levering per spoor aankomt. Zij is het manusje-van-alles. Haar broer Josef Küpper is de eigenaar van de fabriek.

Maar daar zal binnenkort verandering in komen. Ze heeft een plan bedacht dat ze stap voor stap wil uitvoeren. Het uitkopen van het compagnonschap was de eerste stap. De tweede en beslissende stap moet nog komen. Daarbij moet ze zakelijk blijven en mag ze zich niet laten bedonderen.

Als ze op de keien op de binnenplaats stampt om de brokken klei van haar schoenen te krijgen, vliegt de voordeur open en begint Carla Ritter meteen te mopperen.

'Dat was te verwachten, mevrouw. Heb ik u vanmorgen niet gezegd dat u een paraplu mee moest nemen? Omdat het ernaar uitzag dat het ging regenen?'

'Dat zei je inderdaad, Carla...'

Ilse blijft in de brede hal van de villa staan om haar schoenen en mantel uit te trekken. In de gang liggen gekleurde vloertegels. Het is niet erg als die nat worden, maar de gepolijste trap naar de bovenkamers is kwetsbaar. Ze zal dus op haar kousen naar boven naar de badkamer moeten lopen.

'Uw dure schoenen!' klaagt Carla.

Ze houdt de druipende, ooit zeer moderne pumps van voor de oorlog in haar hand en bekijkt ze hoofdschuddend van alle kanten. De natte mantel heeft ze al over haar arm gelegd om hem op te hangen om te drogen.

'Ik heb de badkachel al aangestoken,' roept ze Ilse na in het trappenhuis.

'Een goed idee. Dank je wel!'

'En vanavond komt uw broer uit Bad Homburg.'

Ook dat nog! Na de ergernissen in Frankfurt had ze gehoopt op een rustige avond om kracht te verzamelen voor de onderhandelingen met Josef. De ouders van Klaus-Peter hebben de cheque die ze vandaag voor hen wilde uitschrijven niet geaccepteerd. Ze willen wachten op de rentenmark en het geld pas daarna innen. Dit is niet rechtmatig, want er is een contract waarin de betalingstermijnen zijn geregeld en ze zou hiervoor naar de rechter kunnen stappen. Maar dat wil ze niet. Ze wil het de overleden Klaus-Peter niet aandoen om zijn ouders voor de rechter te slepen. Haar broer zal haar hierom uitlachen en eisen dat ze onmiddellijk een advocaat in de arm neemt. Tot nu toe heeft hij het nog voor het zeggen, de fabriek is immers van hem.

'Heeft hij gebeld?'

'Ja. Meteen nadat u vanmorgen naar het station was gegaan, mevrouw.'

'Dank je wel, Carla.'

In de badkamer liggen handdoeken en een stuk rozenzeep voor haar klaar. Ze laat warm water in het bad lopen en trekt alvast haar natte kleren uit.

Haar vader heeft de badkamer destijds laten inrichten volgens de wensen van haar moeder. In die tijd ging het voorspoedig met de fabriek. Er was vraag naar paraplustokken en wandelstokken met artistiek gesneden handvatten. Haar vader nam de kleine houtdraaierij over van zijn grootvader en bouwde die uit tot een fabriek met zeventig arbeiders. Hij liet bij de spoorlijn een grote hal met bijgebouwen aanleggen en liet de fabrieksvilla bouwen. Later kocht hij via een veiling een herberg in Bad Homburg, waar een paar huizen en tuingrond bij horen. Na zijn dood erfde Ilses moeder die. Ilses vader overleed op jonge leeftijd, hij was pas begin vijftig. Zijn hart wilde niet meer. Misschien had hij te veel van zichzelf gevergd. Hij was iemand die geen rust kon vinden en altijd alleen maar aan zijn fabriek dacht. De fabriek ging over op zijn zoon, zoals hij in zijn testament had bepaald. Josef had van jongs af aan aan de zijde van zijn vader meegewerkt, maar was niet geschikt als fabrieksdirecteur, misschien omdat hij de passie miste die voor zijn vader de drijfveer was. Pas toen ze Klaus-Peter Pilz als compagnon aannamen, gingen de zaken weer beter. In die tijd had Ilse zich al goed ingewerkt en koos ze vaak de kant van Klaus-Peter als het om belangrijke beslissingen ging. Toen de oorlog uitbrak, gingen ze houten frames voor de ransels van de soldaten produceren. Deze houten frames waren bespannen met linnen en bekleed met kalfsleer. De soldaten noemden ze 'apen' omdat ze ze altijd op hun rug droegen. Ze stopten er ondergoed, sokken, scheerspullen, noodrantsoenen, munitie en nog veel meer in. Ook Klaus-Peter droeg zo'n ransel op zijn rug toen hij vertrok.

'Hij heeft een goed hart,' grapte hij terwijl hij erop klopte. 'Hij is gemaakt van ons hout.'

Het hielp hem niet. Ilse heeft nooit vernomen hoe Klaus-Peter Pilz in Frankrijk om het leven is gekomen. Ze kreeg alleen te horen dat hij zijn leven als held voor de keizer en het vaderland heeft opgeofferd.

'Wachten we met het avondeten op uw broer?' klinkt het vanuit de gang.

Ilse ontwaakt uit haar overpeinzingen. Het is de hoogste tijd om terug te keren naar de realiteit. Ze moet zich schrap zetten, want haar broer heeft plannen die niet overeenkomen met haar wensen.

'We wachten, Carla. Hij zal hier wel snel zijn.'

Ze klimt uit het bad en wikkelt zich rillend in de grote badhanddoek die nog uit haar kindertijd stamt en nu nog maar tot haar knieën reikt. In de slaapkamer ernaast is het koud. Ze pakt snel ondergoed uit de kast en trekt zijden kousen en een jurk aan. Ze draagt haar blonde haar in een pagekopje, wat haar beter staat dan het opgestoken kapsel dat ze van haar ouders moest dragen. Ze heeft hen teleurgesteld. Ze heeft niet de rijke schoonzoon en zakenpartner in de fabriek gebracht op wie haar vader had gehoopt. Haar ouders hebben haar een tijdlang vergeefs op soirees aan iedereen voorgesteld. Ze denkt er niet graag aan terug omdat ze het vernederende gevoel had dat ze haar aan de straatstenen probeerden te slijten. Uiteindelijk realiseerde haar vader het zich ook: dochter Ilse is niet schattig, niet huiselijk, niet charmant. Als ze in gezelschap haar mond opendeed, sprak ze over draaibanken, balansen of loonaanpassingen voor de arbeiders. Welke jonge man die op zoek was naar een vrouw wilde nu zulke gesprekken met een meisje voeren? Blauwkous noemden ze haar. Grijze muis. Josef vertelde haar grijnzend dat een van hen zelfs had gesproken over een 'manwijf'.

'O, u laat me schrikken, meneer de directeur!' roept Carla beneden in de gang. 'Ik hoorde u niet aankomen. Anders had ik de deur voor u opengedaan.'

'Geeft niet, Carla,' zegt Josef. 'Ik heb immers een sleutel. Breng maar gauw mijn pantoffels. Het is een smeerboel buiten, je kunt net zo goed door een mesthoop lopen.'

'U hebt gelijk, meneer de directeur. Geef uw mantel ook maar, alstublieft. En uw hoed graag. De tafel in de eetkamer is gedekt.'

Ilse haalt diep adem voordat ze naar beneden gaat. In de eetkamer heeft Carla de open haard aangestoken en de zware fluwelen gordijnen dichtgetrokken. De lange tafel, waaraan ruim twaalf mensen kunnen zitten, is slechts aan één kant gedekt. Carla heeft het Meissen-porselein en het goede zilveren bestek gepakt. Twee kaarsen maken het extra feestelijk.

Als Ilse binnenkomt, staat haar broer met zijn rug naar haar toe voor de vitrinekast en bekijkt nauwkeurig de inhoud. In tegenstelling tot zijn zus is Josef stevig gebouwd en de laatste jaren heeft hij een buikje gekregen. Waarschijnlijk is hij zelf zijn beste gast. Na de dood van hun moeder, een half jaar geleden, heeft hij met zijn vrouw en kinderen de villa verlaten om zijn intrek te nemen in de woning van hun overleden moeder in het Gasthof Zum König. Hij is altijd al meer geïnteresseerd geweest in het pension dan in de fabriek die hun vader hem heeft nagelaten en toevertrouwd.

'Wil je er iets van meenemen?' vraagt Ilse.

Ze weet dat haar schoonzus dol is op Meissen-porselein en zilveren gebruiksvoorwerpen. De villa maakt deel uit van de fabriek en is van Josef, maar de inventaris niet. Ilse en Josef hebben alle meubels en spullen in de villa in gelijke delen geërfd, evenals het pension in Bad Homburg en de bijbehorende huizen en tuingrond. Dat had hun moeder in haar testament vastgelegd.

Josef draait zich om als hij wordt aangesproken en kijkt haar aan met de superieure, licht geamuseerde blik van een grote broer. Ze snapt niet waar hij die neerbuigende zelfverzekerdheid vandaan haalt. Wat heeft hij nou bereikt in zijn leven? De verwende en enorm overschatte enige zoon heeft de fabriek bijna te gronde gericht toen hij die alleen leidde. En wie moest het opknappen? Zij, samen met Klaus-Peter Pilz! Maar dat feit heeft Josef nooit voor waar aangenomen.

'Alles op zijn tijd,' zegt hij. 'Laten we eerst eten. Ah... aardappelsalade gemaakt van onze eigen aardappelen. Heel origineel. Ik kan mezelf wel voor mijn kop slaan omdat ik ermee heb ingestemd om het prachtige park om te ploegen voor een paar zakken maïs en een hoopje aardappelen!'

'Dat is zinvol in deze tijd, Josef. Ik denk dat het de juiste beslissing was.'

'Nou, eet smakelijk dan maar,' zegt Josef en hij schept zijn bord vol. De appelcider laat hij staan, die vindt hij te zoet. 'Ik heb twee flessen rode wijn voor ons meegebracht, die kunnen we straks openmaken. Dan krijg je ook eens iets fatsoenlijks te drinken.'

Ilse weet heel goed waarom hij de wijn heeft meegenomen. Hij denkt dat de alcohol hem zal helpen om zijn doel te bereiken. Maar ze knikt beleefd en bedankt hem.

Ze praten een poosje over koetjes en kalfjes. Het slechte, regenachtige weer. De gasten die momenteel wegblijven omdat niemand zich meer een vakantie kan veroorloven. Zijn zoon Erich, die binnenkort dertien wordt en het zwaar heeft op het gymnasium. 'Maar Irma kent geen medelijden. Hij moet meekomen op school, anders krijgt hij een pak slaag. Ik betaal een hoop geld voor het gymnasium zodat die jongen later een behoorlijk beroep kan uitoefenen...'

Over zijn twee dochters vertelt hij alleen dat Johanna en Lotte al volop meehelpen in het pension. Vooral in de keuken. Ze maken de groenten schoon en schillen de aardappelen.

Ten slotte vraagt hij hoe Ilse zich zoal redt. 'Jullie twee vrouwen helemaal alleen in de villa, dat is toch niks. En het wordt nu winter, dan is het koud en donker.'

'Ik heb me tot nu toe nog niet verveeld,' antwoordt Ilse. 'Er is genoeg te doen in de fabriek.'

Josef kijkt amper naar de fabriek om. Het gaat slecht met de fabriek omdat bijna niemand geld heeft voor een paraplu of een wandelstok. De fabriek in Höchst, waaraan ze de paraplustokken leveren, kampt met dezelfde problemen, en er is ook een gebrek aan metaal en stof om de paraplu's te produceren. Ilse heeft al een paar keer voorgesteld om houten etagères, kistjes met houtsnijwerk of tafeltjes te maken, maar daar wil Josef niets van weten. Hij beweert dat de arbeiders niet in staat zijn om zulke dingen te maken en dat ze uiteindelijk met al dat spul zullen blijven zitten.

'In de fabriek? Wat valt daar nou te doen?' zegt hij schouderophalend. 'Ik denk dat we werktijdverkorting moeten invoeren, anders betalen we onszelf blauw aan loon.'

Op dit moment zijn er nog maar vier arbeiders in dienst. Alle anderen zijn ontslagen en krijgen een werkloosheidsuitkering van de staat. Die is echter veel te laag om een gezin van te onderhouden.

'Werktijdverkorting is geen oplossing, Josef,' legt Ilse uit en ze wil terugkomen op haar idee met de kistjes en etagères. Maar Josef maakt een afwijzend gebaar en Carla komt binnen met warme appelgebakjes. En ze willen geen ruzie maken in het bijzijn van de huishoudster.

Josef doet zich tegoed aan het herfstachtig ruikende gebak en doet er een flinke toef slagroom op. Ilse ziet aan hem dat hij nu ter zake wil komen.

'Ik denk alleen maar bij mezelf,' begint hij kauwend, 'dat de eenzaamheid hier in de lege villa je geen goed zal doen, Ilse. Je ziet er al helemaal afgetobd uit. En dan de hele tijd in de fabriek in de weer zijn... Dat is toch niets voor een vrouw. Bij ons in Bad Homburg is het levendig, daar zijn Irma en de kinderen, er zijn gasten om te bedienen, er komen reizigers langs. Daar is de adel, Ilse! Geen arme stakkers zoals in het dorp. Opgeleide mensen die geen last hebben van de inflatie. Die doorstaan ze gewoon, begrijp je?'

Ilse merkt dat haar maag in opstand komt. Ze voelt dat ze boos wordt maar moet zichzelf beheersen om nu geen fout te maken. Rustig blijven, denkt ze. Laat hem eerst uitpraten.

'Wat wil je daarmee zeggen?' vraagt ze.

Hij legt het bestek neer, steunt op zijn ellebogen en kijkt haar indringend aan. 'Ik heb het goed doorgesproken met Irma. We laten het aangrenzende huis opknappen zodat jij daar kunt intrekken. Jij neemt de meubels en al het andere waaraan je gehecht bent mee en ik laat de rest voor ons ophalen.'

'En wat moet er van de villa worden?'

'Heel simpel, die wordt verhuurd.'

Dus ze had het goed geraden. Haar broer was altijd al makkelijk te doorzien. Maar ze doet alsof ze verrast is. 'En Carla? Wil je haar er meteen bij verhuren?'

Hij lacht vrolijk om de grap en zegt dat het geen slecht idee zou zijn. 'Maar als ze wil, kan ze ook mee naar Bad Homburg, dan vinden we wel iets voor haar.'

De fabriek moet geleid worden door een werknemer. Zelf wil hij alleen af en toe langskomen voor de noodzakelijke beslissingen. Maar in Bad Homburg wil hij 'keihard werken', het pension uitbreiden, een zaal bouwen, de keuken vergroten, en de omliggende huizen afbreken en een park aanleggen.

'Zodat er adellijke gasten naar ons toe komen, snap je? Ik huur een echte chef-kok in om Franse menu's klaar te maken, en de kamers boven moeten ook opnieuw worden ingericht.'

Ilse is nu kwaad genoeg om er eindelijk op in te gaan. 'Heb je er bij al jouw plannen weleens bij stilgestaan dat de helft van de bezittingen in Bad Homburg van mij is?' vraagt ze scherp.

Dat weet hij natuurlijk. Maar hij praat zich eruit en benadrukt dat het ook in haar belang is als hij de bezittingen vergroot en iets opbouwt voor de toekomst.

'Kijk, Ilse,' zegt hij met een goedhartige blik in zijn ogen. 'We doen dit samen. Het zou zonde zijn om het mooie bezit op te splitsen. Dat zou ontzettend dom zijn. Je kunt comfortabel in het aangrenzende huis wonen en zorgt voor het papierwerk, zoals je dat vroeger voor de fabriek deed. En ik leid het pension. Irma doet de receptie en de meiden zullen al snel meehelpen...'

Ze gunt hem geen tijd om de mooie, gezamenlijke toekomst nog verder in geuren en kleuren te beschrijven. Ze weet maar al te goed hoe het er in werkelijkheid uit zal zien. Hij zal alles bepalen en zij zal als een werknemer voor hem mogen werken. Net zoals het tot nu toe in de fabriek gaat. Ook al is zij mede-eigenaar, haar mening telt niet, want hij is de man. Irma zal hem daar in elk geval in steunen. En hij zal de fabriek, het levenswerk van zijn vader en grootvader, toevertrouwen aan een incompetente sukkel die hem failliet zal laten gaan. Nee, zo mag het niet gaan.

'Ik heb een ander voorstel,' onderbreekt ze hem.

'Maar dit is het beste voor ons allemaal!'

'Dat is jouw mening, Josef, niet de mijne.'

Hij leunt boos naar achteren en slaat zijn armen over elkaar. 'Wat voor een onzinnig idee heb jij dan bedacht?' vraagt hij nors.

Ze glimlacht koel naar hem. 'Ik draag mijn deel van de erfenis van onze moeder aan jou over,' zegt ze.

Tot haar genoegen puilen zijn ogen bijna uit van verbazing. 'Dat... dat is heel fatsoenlijk van je, Ilse. Ik had niet gedacht dat je zo verstandig kon zijn.'

'Op één voorwaarde.'

Hij laat zijn wenkbrauwen achterdochtig zakken, want hij kent zijn zus natuurlijk. 'Welke voorwaarde?'

'In ruil daarvoor draag je de fabriek en de villa aan mij over.'

Hij kukelt bijna met zijn stoel om doordat hij te ver naar achteren leunt. Hij zwaait met zijn armen en produceert tegelijkertijd een hysterische lach.

'De fabriek? Ben je gek geworden? Die is veel meer waard dan die paar tuinen en huizen in Bad Homburg!'

'Dat is op dit moment absoluut niet zo, Josef. Je weet hoe de fabriek ervoor staat. We staan op de rand van het bankroet.'

Hij lacht nog steeds met een mengeling van woede en hilariteit. 'De villa alleen al is bijna net zo veel waard als jouw deel van de erfenis. En dan nog de grond, de hallen, de machines...'

'De hallen zijn verouderd, net als de machines. En de villa moet gerenoveerd worden.'

'Denk je dat ik gek ben? Moet ik je de fabriek met de villa soms cadeau doen? Denk je dat ik zo dom ben?'

Nu gaat ze het harder spelen. Hij moet niet denken dat hij haar kan imponeren met zijn theatrale gedoe.

'Anders eis ik dat de bezittingen in Bad Homburg worden verdeeld...'

'Ik zal je uitkopen. Als je dat per se wilt.'

Dat zou hij wel willen. Met het geld zou ze de volgende dag hooguit een pond boter kunnen kopen.

'Niet uitbetaald maar opgedeeld,' zegt ze. 'Ik bezit de helft van alles. Van de huizen, het pension en de tuingrond. En hoe we het ook verdelen, op mijn grond komt geen danszaal of een park waar jouw adellijke gasten rondwandelen.'

Dit is een ultimatum. Als ze dit eist, zullen al zijn vermetele plannen mislukken. Hij staart haar met grote ogen aan en beseft dat ze meent wat ze zegt. En deze keer kan hij niet om haar heen, omdat ze mede-erfgename is. Mensen met eigendom hebben iets te zeggen. Dat wist haar moeder heel goed. Ze stond altijd achter Ilse.

'Als je dat doet, stap ik naar de rechter,' dreigt hij.

Uiterlijk blijft ze kalm. Vanbinnen is ze zo gespannen dat ze moeite heeft om het trillen te verbergen.

'Kijk, Josef,' zegt ze vriendelijk. 'Als we het op deze manier doen, dan heeft ieder van ons gekregen wat hij wilde. Jij hebt je pension en ik heb de fabriek. Die heeft je toch nooit echt geïnteresseerd, of wel soms?'

Ze heeft natuurlijk gelijk. Maar hij wil beide hebben, de fabriek, die hij al bezit, en het pension, dat hij maar voor de helft bezit.

'Nee, Ilse, zo gaat dat niet,' verdedigt hij zich. 'Als je me wilt beetnemen, moet je het slimmer aanpakken. Ik geef je een aandeel in de fabriek...'

'Alles of niets!' dringt ze aan.

'Wat wil je met de fabriek? Wil jij die soms gaan leiden? Leid je aan grootheidswaanzin?'

'Laat dat maar mijn zaak zijn.'

Ze drinkt geen druppel van zijn rode wijn. Ze laat hem alleen achter in de eetkamer met de fles en trekt zich terug in haar slaapkamer. Hij zal hier de nacht doorbrengen want er gaat geen trein meer, en morgenochtend zullen ze verder onderhandelen. Maar ze weet dat hij uiteindelijk zal doen wat ze wil.

3

Helga Schütz is bezig de was op te hangen in de tuin, want vandaag is de zon eindelijk weer tevoorschijn gekomen. Als ze het vreemde gehoest hoort, schrikt ze. Het klinkt onheilspellend, alsof iemand stikt. Ze wil nog snel een wasknijper op het laken klemmen, maar het gehoest stopt niet. Iemand hijgt en zuigt lucht naar binnen alsof zijn laatste uur heeft geslagen. Geschokt gooit ze de wasknijper terug in de buidel en rent naar het huis. Het is Heinz! Hij zal toch geen kinkhoest hebben? Vorig jaar is de kleine Albert Schmidtkunz daaraan overleden.

In de keuken staan Anni en Gertrud bij de negenjarige jongen, die verschrikkelijk hoest. Hij staat voorovergebogen, met zijn handen bij zijn nek, en zijn gezicht is purperrood. Hij kokhalst en zuigt met moeite de lucht naar binnen.

'Heinz! Wat heb je gedaan?'

Hij kan geen antwoord geven, maar Gertrud jammert luid dat er iets in de keel van de jongen is blijven steken.

'Ik heb hem een aardappel gegeven zodat hij het doorslikt,' zegt ze. 'Maar het gaat niet naar beneden. Als hij maar niet stikt!'

Anni heeft een beker appelsap gehaald en houdt die voor Heinz op, maar de jongen duwt hem met zijn hand weg.

'Warm water,' zegt Helga en ze legt haar armen om de kleine heen. 'Blijf heel stil, Heinz, hoor je me? Je hoeft niet bang te zijn, dit is zo over. Goed zo. Krijg je nu lucht?'

De jongen kalmeert en knikt. De tranen lopen over zijn wangen. Hij is vreselijk van streek omdat Gertrud schreeuwt dat hij dood zal gaan en omdat de harde brok in zijn keel pijn doet.

'En nu heel voorzichtig drinken,' zegt Helga, terwijl ze de beker warm water aan zijn lippen houdt. 'Kleine slokjes.'

'Maar ik kan niet slikken...' zegt Heinz huilend.

Hij moet weer hoesten, kromt zich, kokhalst, hijgt en spuugt iets uit. Een roze brokje valt op de keukenvloer, rolt weg en blijft vlak voor het keukenkastje liggen. De kat Flocki maakt een sprong om het ding te pakken, maar Gertrud is sneller. Ze pakt het corpus delicti met duim en wijsvinger vast en houdt het tegen het raam, waar het beste licht is. Het kleine, ronde voorwerp is zo rood als helder bloed.

'Een zuurtje! Een frambozenzuurtje!' zegt ze. 'Hoe kom je daaraan, jongen?'

Heinz houdt zijn handen kreunend om zijn pijnlijke hals. 'Van Anni,' zegt hij met verstikte stem. 'Maar ze kan er niets aan doen. Ik verslikte me gewoon.'

Gertrud draait zich om naar de kachel, waar Anni nog met de waterketel in haar hand staat en schuldbewust haar ogen neerslaat.

'Drie zuurtjes maar, Gertrud. Omdat Heinz ze zo lekker vindt. En omdat hij zo goed heeft geholpen met het rooien van de aardappelen...'

Helga wil snel iets zeggen om haar moeder te verdedigen, maar Gertrud laat haar niet aan het woord. 'Je hebt zuurtjes voor hem gekocht!' snauwt ze tegen Anni. 'Terwijl ik je al duizend keer heb gezegd dat de jongen niet verwend en vertroeteld mag worden. Hij is bijna gestikt. Als je dat op je geweten had gehad, Anni!'

'Het is toch goed gekomen,' probeert Helga haar te sussen.

Maar dat is slechts koren op Gertruds molen. 'Ik heb het verboden,' schreeuwt ze. 'Je hebt het hem stiekem gegeven, Anni. Wacht maar tot Otto thuiskomt van het ploegen, dan zwaait er wat. Iemand zoals jij kan niemand gebruiken op de boerderij. We hebben jullie uit puur medelijden opgenomen, te eten gegeven, gekleed, een warme plek bij de kachel gegeven. En nu dit, stank voor dank...'

'Je mag Anni niet zo uitschelden!' komt Heinz tussenbeide en hij gaat voor grootmoeder Anni staan.

'Maak dat je wegkomt, snotjong!' roept Gertrud.

De jongen die zojuist van verstikking is gered, moet nu alweer een klap in zijn gezicht incasseren. Gertrud heeft een losse pols en is net als haar zoon Otto van mening dat hoe vaker een kind geslagen wordt, hoe beter het is. Dat is altijd zo geweest, haar ouders en grootouders hebben hetzelfde gedaan, en daarom is het juist. Tenslotte staat het ook zo in de Bijbel.

Heinz incasseert de klap zonder een spier te vertrekken. Hij is het gewend om geslagen te worden. Vroeger huilde hij, maar nu heeft hij geleerd om de klappen in stilte te incasseren. Helga probeert hem in haar armen te nemen om hem te troosten, maar hij weert haar af en rent de tuin in. Naar het kippenhok, waar hij graag bij het hek zit om te kijken hoe de kippen de korrels pikken en de wormen uit de grond trekken. Helga maakt zich zorgen om haar zoon. Vroeger was hij een blij kind, kroop hij vol vertrouwen tegen haar aan en wilde hij 's avonds een nachtzoen. Nu wil hij niet eens geknuffeld worden. Hij is gesloten en soms koppig, en als ze hem vraagt wat er is, zwijgt hij. In de dorpswinkel zeiden de vrouwen dat dit heel normaal is, dat een jongen van negen verandert en volwassen begint te worden. Maar Helga heeft het gevoel dat er iets mis is met haar zoon.

Gertrud reageert haar woede nog steeds af op de arme Anni.

'Wat sta je daar nou? Ga naar de varkensstal en help Adam met het uitmesten. Hier in de keuken hoef je je niet meer te laten zien.'

Ze kijkt nog eens goed naar het kleverige roze brokje en wil hem in de varkensemmer gooien, maar bedenkt zich en legt hem voorzichtig op een schoteltje. Helga weet waarom ze dit doet. Ze wil haar zoon Otto het bewijs laten zien van Anni's rampzalige ongehoorzaamheid.

'Heb je de was nou nog niet opgehangen?' snauwt ze tegen Helga, die bij het keukenraam staat en kijkt of ze de jongen ergens ziet. 'Je doet altijd alleen het fijne werk. Wassen en strijken. De meubels afstoffen. De bedden opschudden. Maar bij het keren van het hooi ben je de sloomste van allemaal. En de schoven die je bindt vallen uit elkaar als de wind eroverheen waait...'

'Ik doe mijn werk zo goed als ik kan,' antwoordt Helga.

'Je bent gewoon een stadsvrouw en hoort niet thuis op het platteland,' antwoordt Gertrud en ze loopt naar de kelderdeur om de kip te halen die ze gisteren heeft geslacht. Helga wacht tot ze beneden is, trekt dan haar staljas aan en pakt snel de klompen weg die haar moeder net wil aantrekken.

'Ik ga naar de stal en jij hangt de was op, mama,' zegt ze. 'En kijk of je Heinz ziet. Dat hij niets stoms doet.'

Anni knikt zwijgend en zucht.

Helga neemt haar teder in haar armen. 'Het zal allemaal wel meevallen, mama. Ik sta achter je, dat weet je.'

'Soms denk ik dat jij en de jongen een beter leven zouden hebben als ik onder de grond lig,' zegt Anni zachtjes.

'Dat mag je niet denken, mama!' zegt Helga boos. 'Ik zou niet weten hoe ik het zonder jou moet redden. En Heinz houdt meer van zijn grootmoeder Anni dan van wie dan ook.'

'Als jij het zegt, Helga...' antwoordt Anni met een glimlach en ze aait de wang van haar dochter. Dan trekt ze haar staljas weer uit, hangt hem aan de haak en loopt naar de wasmand in de tuin.

Helga trekt haar vieze stallaarzen aan, die op een stuk krant naast de keukendeur staan, en knoopt een sjaal om haar hoofd. Varkensmest is nog walgelijker dan koeienmest, want de koeien eten schoon gras en hooi, maar de varkens worden gevoed met allerlei afval uit het huis en de tuin.

De oude knecht Adam is bijna klaar met uitmesten. Hij geeft Helga een knipoog als ze in de stal komt. 'Wil je me helpen, boerin? De mest is al weg, je kunt hooguit vegen.'

'Ook goed,' antwoordt ze en ze pakt een bezem en een schop om het laatste varkenshok schoon te vegen.

Adam is al meer dan dertig jaar knecht op de Schützhoeve en mag mee-eten aan de keukentafel. Hij is zo mager als een vogelverschrikker en loopt een beetje krom. Hij praat niet veel, maar werkt hard en met toewijding. Helga heeft zich tijdens het werk op de akker regelmatig verbaasd over hoe sterk het ogenschijnlijk tengere lichaam van de knecht is.

Uit de keuken komt een etenslucht. Gertrud kookt de kip. Vanavond zal er dus bouillon met grutten zijn en morgen het vlees met savooiekool en aardappelen. Helga heeft geen zin om haar schoonmoeder tegen te komen en loopt door de schuur naar de tuin en wast haar handen bij de regenton. De was wappert aan de lijn. Anni heeft een schoffel gepakt om het onkruid bij de kool weg te halen. Er zijn nog een paar kroppen rode kool over en er is ook nog savooiekool, maar er is vooral veel boerenkool, die het dit jaar bijzonder goed doet.

'Is Heinz bij het kippenhok?' vraagt Helga aan haar moeder, want ze ziet de jongen niet in de tuin.

'Hij is waarschijnlijk in het dorp,' zegt Anni en ze komt overeind om haar rug te strekken. 'Ik heb hem in de tuin niet gezien.'

Dat zal Gertrud niet leuk vinden. Het bevalt haar niet als de jongen met de andere kinderen door het dorp rent, want ze wil alle bewoners van de Schützhoeve graag in het oog hebben en onder streng toezicht houden. Maar Helga's schoonmoeder is druk bezig met de soepkip en de ramen van de keuken zijn beslagen, waardoor ze moeilijk in de tuin kan kijken. Daarom pakt Helga ook een schoffel en een mand om haar moeder te helpen en ondertussen ongestoord te kunnen praten.

'Je moet niet altijd stiekem zuurtjes aan de jongen geven, mama. Je hebt gezien wat daarvan komt,' zegt ze verwijtend.

'Maar hij vindt ze zo lekker...'

'Hij krijgt er gaatjes van in zijn tanden.'

Haar moeder zwijgt, trekt het onkruid uit de grond en gooit het in de mand. Bukken kost haar steeds meer moeite doordat haar knieën dik en stijf zijn geworden. Helga smeert ze vaak in met paardenbalsem, maar het helpt niet echt. Soms kan Anni 's nachts niet slapen van de pijn, maar ze klaagt niet. Ze zijn het zware werk op de boerderij allebei niet gewend, want ze komen niet van het platteland. Helga's vader werkte in een fabriek in Höchst, waar hij op kantoor zat en facturen schreef. Het salaris was niet hoog en amper genoeg voor het gezin. Vooral toen Helga's jongere broers groter werden, was het krap. Maar ze hadden een huisje en een tuin, waar hun moeder groenten en aardappelen verbouwde, en ze hielden kippen en twee geiten. Helga wilde niet op de zak van haar ouders teren en zocht daarom na school meteen een baan. Ze werkte eerst bij een gezin in Frankfurt, maar nam ontslag omdat de eigenaar van het huis achter haar aan zat. Helga is opvallend mooi met haar honingblonde krullen en kinderlijk vrolijke blik die, ook nu ze bijna dertig is, af en toe nog net zo schalks is als vroeger. Naar aanleiding van een advertentie solliciteerde ze bij de fabrikantenfamilie Küpper en werd ze aangenomen als dienstmeisje. Otto Schütz zag haar op een dorpsfeest en maakte haar meteen als een verliefde haan het hof. Eerst lachte ze hem uit, maar hij liet zich niet afwijzen en vroeg haar uiteindelijk ten huwelijk. Dat was kort nadat haar vader was overleden aan een nierziekte, toen haar moeder niet wist hoe het verder moest met hen. Toen zette Helga haar dromen van een grote liefde opzij en gaf ze Otto Schütz haar jawoord. Omdat ze het als haar plicht beschouwde om haar broers en moeder uit de armoede te redden.

De eerste drie jaar was ze best tevreden. Otto was verliefd en deed aardig tegen haar. Na een jaar beviel ze van Heinz, maar twee jaar later brak de Wereldoorlog uit en moest Otto naar het front. Toen merkte Helga pas hoe heerszuchtig en boosaardig haar schoonmoeder Gertrud was. Het was een nare tijd. En die werd nog erger toen haar broers allebei in Rusland sneuvelden en haar moeder het huisje moest verkopen. Het feit dat ze Anni op moest nemen op de boerderij was van begin af aan een bron van ergernis voor Gertrud. Ook Otto, die af en toe met verlof naar Dingelbach kwam, was er niet blij mee. Maar hij bepaalde dat zijn schoonmoeder mocht blijven. Hij deed dit ter wille van zijn vrouw, maar ook omdat de mensen in het dorp anders kwaad over hem zouden spreken. Helga had geen reden om te klagen over haar man. Er waren veel meisjes in het dorp die jaloers op haar waren omdat ze zelf hadden gehoopt boerin te worden op de grote Schützhoeve.

Maar tegen de liefde is geen kruid gewassen. En de liefde, de echte, grote, hartstochtelijke liefde, overviel haar toen ze dat het minst verwachtte.

'De boerenkool heeft nog vorst nodig,' zegt Anni. 'De savooiekool zit vol maden, die kun je aan de kippen geven.'

Helga leegt de mand met het onkruid en zet hem daarna weer voor haar moeder neer. Anni tilt haar hoofd op en kijkt haar aan. 'Er wordt gekletst in het dorp,' zegt ze.

Helga weet wat ze bedoelt. Ze kwam er pas na twee dagen achter, want geen van de buurvrouwen had het haar verteld. Iedereen hield zijn mond en wachtte af wat er zou gebeuren. Pas toen Lene Grossmann in de dorpswinkel haar mond voorbijpraatte, hoorde ze het nieuws dat Oskar Michalski terug is. Ze moest moeite doen om haar schrik te verbergen, want de vrouw van de dominee en Marlis Alberti stonden in de winkel.

'Dat gaat me niets aan,' zegt ze tegen haar moeder en ze pakt de hark om de aarde rond de soepgroenten wat op te hogen, zodat de plant beter beschermd is tegen vorst.

'Hij is nu op de boerderij van Georg Altmann,' zegt Anni. 'Die heeft hem ingehuurd om zijn auto te repareren.'

Dat wist Helga nog niet. Ze wist alleen dat hij hier is gebleven en niet verder is getrokken. Dat vertelde Heinz haar gisteren. De jongen kent Oskar vrij goed en mag hem graag. Maar Heinz zegt niet veel, hoewel er onder de kinderen op school ongetwijfeld over wordt gesproken.

'Dan trekt hij vast verder als de auto het weer doet,' zegt ze tegen haar moeder.

‘Het kan een poosje duren. Ze hebben het spatbord uit de parochietuin gehaald. Hij sleutelt eraan en daarna wil hij het er weer op zetten. En ze zeggen dat hij de motor uit elkaar heeft gehaald.’

Helga zwijgt. Sinds ze weet dat Oskar Michalski is teruggekeerd, doet ze ’s nachts amper een oog dicht. Badend in het zweet en met wild kloppend hart ligt ze wakker, starend naar het houten plafond van de slaapkamer en luisterend naar het vredige gesnurk van haar man naast haar. Otto weet niets van wat er tijdens zijn krijgsgevangenschap op de boerderij is gebeurd. Alleen Gertrud lijkt het te hebben gemerkt. Helga moet voor haar op haar hoede zijn. En Anni is ook op de hoogte.

‘Waarom zou Oskar langer blijven dan nodig is? Hij repareert de auto en gaat dan verder,’ houdt ze vol om haar moeder gerust te stellen.

‘Dat geloof je toch niet serieus?’

‘Waarom zou hij hier blijven?’

‘Dat weet je heel goed, Helga,’ zegt Anni en ze kijkt onopvallend naar de keukenramen. Ze zijn niet meer beslagen en nu is te zien hoe Gertrud heen en weer loopt in de keuken.

‘Het is voorbij, mama. Ik weet waar ik thuishoor.’

‘Dan is het goed,’ zegt Anni en ze schuift de mand voor het onkruid iets verder naar voren. Helga vindt het niet overtuigend klinken, maar ze neemt er genoegen mee.

De keukendeur gaat open. Gertrud staat op de drempel en schermt haar ogen met haar hand af omdat ze tegen de schuine stralen van de zon in moet kijken.

‘Waar is Heinz?’ roept ze naar hen. ‘Otto is er, de jongen moet helpen met het uitspannen.’

‘Heinz is in het dorp,’ zegt Helga.

Gertrud zet haar handen in haar zij en moet even ademhalen voordat ze haar woede kan uiten. ‘Wat doet die kwajongen in het dorp? Hij moet zijn vader helpen! Loop naar het plein, Anni, en ga hem halen.’

Ze slaat de deur weer dicht en Helga weet dat ze haar zoon Otto nu uitgebreid zal vertellen wat Anni allemaal verkeerd heeft gedaan. Ze zet de schoffel tegen de muur van de schuur, spoelt haar handen af bij de regenton en haast zich dan naar de keuken om het ergste te voorkomen.

Otto staat bij Gertrud bij het fornuis. Hij heeft dorst en drinkt een beker appelcider voordat hij weer naar het erf wil gaan, waar Adam met de kar en de paarden bezig is. Terwijl hij drinkt, praat Gertrud op hem in. Ze houdt het frambozenrode snoepje voor zijn neus en wil dat hij zijn macht doet gelden.

'Ze heeft de jongen bijna vermoord. Je zou je erfgenaam op zijn sterfbed hebben gevonden. Hoe kan iemand zo dom en koppig zijn...'

Otto drinkt met grote slokken en staart naar het dodelijke brokje in Gertruds hand. Als Helga de keuken binnenkomt, zet hij de beker op tafel. Hij is boos. Ze ziet het aan zijn rode gezicht.

'Zo erg was het niet,' haast Helga zich te verzekeren. 'Hij verslikte zich gewoon en het zuurtje schoot in zijn verkeerde keelgat. Zoiets kan gebeuren.'

'Anni moet hem geen snoep geven,' zegt hij kwaad. 'Als ze zo doorgaat, moet ze maar zien hoe ze het rooit.'

'Ze is een last,' beaamt Gertrud tevreden. 'Elke dag gebeurt er wel weer wat.'

Maar Otto wil naar de paarden en de wagen. Hij heeft niet veel zin in de eeuwige vrouwenruzies en zegt tegen zijn moeder dat ze moet bedaren. 'Waar is de jongen?' wil hij van Helga weten.

'Anni is hem aan het halen.'

Otto draait zich zwijgend om en loopt het erf op. Hij snauwt Adam toe omdat hij de ruin heeft uitgespannen en naar de put heeft geleid voordat hij de zakken van de wagen heeft geladen. De knecht verdraagt de onrechtvaardige berisping zonder tegenspraak. Hij weet dat Otto Schütz een woede in zich heeft die geventileerd moet worden en dat elk weerwoord hem alleen maar meer van streek maakt.

Otto is iemand die macht wil uitoefenen. Hij gaat vaak tekeer en is heerszuchtig. Iedereen die hem in de weg staat, krijgt het zwaar te verduren. Hij kan ook gewelddadig worden, zelfs nu nog, hoewel zijn arm, die in de oorlog verbrijzeld is, hem niet meer wil gehoorzamen zoals vroeger. Als hij in een goed humeur is, kan hij grootmoedig zijn. In Zum Raben geeft hij graag rondjes. Dan bejubelt iedereen Otto Schütz, hun burgemeester, en drinken ze op hem. De meeste boeren in het dorp zijn blij met een sterke burgemeester en lachen mee als hij grappen maakt ten koste van hen. Helga doet dit ook af en toe om ruzies te voorkomen.

Otto is erg in zijn nadeel veranderd sinds hij uit krijgsgevangenschap is teruggekeerd. Hij werd al op jonge leeftijd boer op de hoeve omdat zijn vader jong aan een maagkwaal is overleden. Sommige dorpelingen zeggen dat Gertrud haar man zo irriteerde dat hij eraan onderdoor is gegaan, wat Helga vrij waarschijnlijk acht. Otto is net als zijn moeder. Hij deed alleen in de eerste jaren wat zij hem dicteerde, maar daarna nam hij de macht over en moest Gertrud inzien dat haar zoon van een ander kaliber was dan haar man. Ze heeft zich echter alleen ogenschijnlijk gevoegd. Als Otto thuis is, doet ze poeslief tegen hem en probeert ze hem te sturen waar ze hem wil hebben. Maar als haar zoon niet op de boerderij is, laat ze haar ware aard zien.

'Hij komt zo? Hoezo, hij komt zo? Hij moet hier zijn wanneer ik hem nodig heb. Oude heks! Haal dat joch!'

Gertrud zet de soeppan die ze op tafel wilde zetten weer op het fornuis en loopt het erf op. Helga hoort hoe ze nu met z'n tweeën Anni aanvallen, die Heinz blijkbaar niet bij zich heeft.

'Ze is nergens goed voor. Ik ga wel, Otto. Ik zal dat snotjong de oren wassen!' snauwt Gertrud.

Anni komt de keuken binnen. Ze is erg bleek en moet op een stoel gaan zitten.

'Wat is er aan de hand?' vraagt Helga bezorgd.

'Ik ben naar het dorpsplein geweest,' zegt Anni hijgend. 'Daar waren de vrouw van de dominee en Lene Grossmann en ik vroeg hun of ze Heinz hadden gezien. Ze zeiden dat hij helemaal alleen op de bank bij de lindeboom zat. En dat hij hartverscheurend huilde.'

Helga voelt een steek in haar hart. De jongen lijdt onder de constante ruzies op de boerderij. Is hij daarom zo stil en afwijzend geworden?

'En waar is hij nu?'

'Ze zeiden dat hij ineens weg was. Misschien is hij naar de beek gerend? Of naar Killinger?'

Otto komt weer binnen. 'Het is al zes uur,' zegt hij tegen Helga. 'Het wordt snel donker.'

'Hij zal zo wel komen,' stelt ze hem gerust.

'Als er iets met de jongen is gebeurd, schop ik Anni van de boerderij,' moppert hij. 'Ik gooi haar eruit als ze de jongen voor mij verpest!'

Helga wil het liefst antwoorden dat ze in dat geval samen met haar moeder zal vertrekken. Maar ze durft het niet, want dan zal hij nog kwader worden en gaan schreeuwen. Ze weet dat hij zich zorgen maakt om zijn zoon. Heinz is alles voor hem, zijn enige kind, aan wie hij op een dag in de verre toekomst de boerderij wil overdragen. Hij voedt hem streng en met harde hand op, maar in zijn hart is hij verknocht aan zijn zoon.

Ze hebben alle zakken meel al naar de zolder gedragen als Gertrud eindelijk terugkomt. Alleen. Heinz is niet bij haar.

'Dat rotjoch!' scheldt ze buiten adem. 'Hij is niet bij Killinger. En ook niet bij Grossmann. Niemand heeft hem gezien. Lina Altmann zei dat hij misschien bij de waard van Zum Raben was omdat ze jonge katjes hebben. Maar daar is hij ook niet.'

De schemering zakt over de velden en het licht wordt vaal. De villa en de fabriek aan de overkant van de beek vangen nog de laatste zonnestralen op, maar er hangt al een witachtig waas over de weilanden. Waarom is Heinz nog niet thuis? Hij is 's avonds nog nooit zo lang weggebleven.

In de keuken snauwt Gertrud tegen Anni, maar Helga kan haar moeder nu niet helpen. Ze trekt haar jas aan, stapt in haar lage schoenen en rent de dorpsstraat in. Wie zou iets kunnen weten? Aan wie kan ze het vragen? Door de etalage van de dorpswinkel ziet ze dat binnen de lichten worden aangedaan en ze loopt de treden op naar de winkeldeur.

Twee dienstmeisjes staan voor de toonbank met Herta te praten. Als Helga binnenkomt, valt het gesprek stil. Helga weet waarover ze kletsten, maar het kan haar nu niet schelen.

'Zoek je Heinz? Ik heb hem de hele dag niet gezien,' zegt Herta, terwijl ze spijtig haar schouders ophaalt. Ze draait zich om en roept naar de keuken: 'Mama, Helga Schütz is hier. Of we Heinz hebben gezien.'

Marthe Haller komt uit de keuken en begroet Helga even vriendelijk als altijd. Maar ook zij kan niet helpen. 'Vraag het even aan Frieda,' zegt ze tegen Herta. 'Zij zit boven het kerstspel te schrijven.'

Helga heeft alle hoop al verloren en wil afscheid nemen. Ze hoort Frieda's wrevelige stem – als ze schrijft, wil ze niet gestoord worden. De Haller-dochters zijn bijzondere meisjes, vooral de twee jongsten. De boeren in het dorp schudden hun hoofd over hen en sommigen zeggen dat ze hier niet thuishoren omdat ze van buiten het dorp komen. Anderen zijn minder terughoudend en noemen ze 'gekke kippen'.

'Heinz?' roept Frieda vanuit de slaapkamer. 'Ik weet het niet. Of wacht, jawel. Het zou kunnen dat hij met Ida en de anderen naar de Schoppenweide is gegaan.'

Ida Haller. Zij is de ergste van de drie. Zij doet altijd gekke dingen en verzamelt een schare leeftijdsgenoten om zich heen die ze aanzet om mee te doen met haar dwaze streken.

'Op de Schoppenweide?' roept Herta naar boven. 'Wat doen ze daar?'

'Vuur maken van aardappelloof. Rudolf vond het goed.'

Rudolf Alberti is de echtgenoot van Marlis. Hij is een boer, zoals de meeste andere bewoners van Dingelbach, maar hij is ook een genezer bij wie je terechtkunt met allerlei ziektes. Dat heeft hij van zijn vader geleerd en waarschijnlijk ook geërfd, want het vereist een bijzondere gave. Rudolf Alberti kan ook wateraders vinden met een takvork, en hij weet het een en ander over paddenstoelen.

Aardappelloofvuur is niet ongebruikelijk. Het wordt vaak aangestoken in het dorp na de oogst, alleen is die tijd al voorbij. Toch is het een sprankje hoop. Heinz is wel vaker met het groepje van Ida meegegaan, misschien hebben ze hem nu ook meegenomen.

'Dank je wel, Frieda,' roept ze luid de keuken in.

Marthe Haller wenst haar het allerbeste. 'Maak je niet druk, Helga. Kinderen en vooral jongens moeten af en toe uit de band springen.'

Helga knikt en is blij dat Otto dit niet hoort. Hij zou het Helga verbieden om nog bij Marthe boodschappen te doen.

De Schoppenweide ligt niet bij de dorpsvijver, maar aan de andere kant van het dorp, waar de smid Killinger zijn werkplaats heeft. De weide is van Rudolf Alberti. Misschien is hij er zelf bij en heeft hij de aardappelen geschonken die in het vuur worden gebakken.

Ze loopt langs de kerk naar de beek en als ze bij de brug is, ziet ze in de verte al het schijnsel van het vuur. Lieve God, smeekt ze, zorgt U alstublieft dat hij daar is. Veilig en wel.

Het vuur geeft nog maar een beetje licht, het is nu een roodachtige gloed, maar ze ziet de gestaltes die in een kring rond het smeulende aardappelloof zitten. Het zijn tieners, Ida en haar groepje, maar er is ook een volwassene bij. Dat moet Rudolf Alberti zijn. Er klinken vrolijke stemmen waarbij vooral Ida's stem erbovenuit komt. Ze neemt het woord, de anderen mengen zich erin, lachen en giechelen. Rudolf zegt niets. Hij zit er alleen bij en pookt in de gloed.

Ze loopt er dichter naartoe. Een van de jongens merkt haar op. Hij zegt het tegen de anderen en ze draaien zich naar haar toe.

'Is Heinz bij jullie?' roept ze.

Op dat moment tilt Rudolf zijn hoofd op en kan ze zijn gezicht zien. Er gaat een schok door haar heen en ze moet blijven staan omdat ze duizelig wordt. De man van wie ze dacht dat hij Rudolf Alberti was, is iemand anders. Oskar Michalski zit daar met de jongeren bij het vuur en kijkt haar met donkere ogen aan waarin de gloed van het vuur wordt weerspiegeld.

Hij zegt zachtjes iets wat ze niet kan horen. Dan staat er een jongen naast hem op, langzaam en gespannen, alsof er een molensteen om zijn nek hangt.

'Ik kom eraan, mama!'

Heinz gooit de stok die hij in zijn hand hield weg en loopt met tegenzin naar haar toe. Helga draait zich om en loopt vooruit over het weiland. Ze heeft zo'n haast dat Heinz haar amper kan bijhouden. Haar hart klopt luider dan de hamer van de smid in de werkplaats.

'Oskar is terug,' zegt Heinz achter haar. 'Hij is een fijne kerel.'

4

'Brand! Iemand heeft brand gesticht. De vlammen slaan hoog op...'

Frieda schudt ontevreden haar hoofd. 'Je moet het niet voorlezen, Luise. Je kunt die korte zinnetjes toch wel onthouden? Nog een keer!'

Luise knikt gehoorzaam en legt het schrift waarin de tekst van haar rol staat op het bed. Haar slaapkamer is krap. Het bed, de ladekast en de kledingkast nemen veel ruimte in beslag. De stoel hebben ze op het bed gezet zodat ze meer bewegingsvrijheid hebben voor het toneelspelen.

Luise haalt diep adem en probeert het opnieuw. 'Brand! Iemand heeft brand gesticht. De vlammen slaan hoog op!'

'Meer bezieling. Let op, ik zal het voordoen. Brand!' roept ze en er klinkt pure afschuw in haar stem. 'Iemand heeft brand gesticht! De vlammen slaan...'

Er klinkt kabaal op de trap, en tante Lina trekt de kamerdeur open en rent langs hen heen naar het raam. 'Waar is het vuur? Toch niet in de molen van Alfred Dippel?'

Het dorp en de landerijen liggen er vredig bij in het grijze novemberlicht. Het heeft gevroren. De velden zijn bedekt met een witte laag rijp.

Tante Lina draait zich naar de verbaasde meisjes om en zet haar armen in haar zij. 'Jullie hebben me vreselijk laten schrikken! Ik dacht dat er brand was uitgebroken in het dorp en wilde al naar Herbert Grossmann rennen zodat ze de brandspuit uit de schuur halen!'

Luise kijkt beschaamd, terwijl Frieda moeite heeft om haar lachen in te houden. Blijkbaar speelde ze zo goed dat haar tante erin trapte.

'We waren alleen maar aan het repeteren, mama,' verontschuldigt Luise zich. 'Het paleis van de maharadja staat in brand.'

'Altijd maar dat stomme theater!' moppert tante Lina. 'Wie heeft daar wat aan? De andere meisjes zitten gezellig samen vesten en kousen te breien voor de winter. En er moet ook wol gesponnen worden. Van toneelspelen krijg je geen warme voeten.'

'Maar wel een warm hart, tante Lina!' zegt Frieda overtuigd.

Dat klinkt tante Lina verdacht in de oren. Wat het hart betreft, moet een moeder goed op haar dochters passen. Voor je het weet is er wat gebeurd. En de jonge knaap is niet altijd bereid om met het meisje te trouwen.

'Een rein hart, dat is belangrijk voor een fatsoenlijk meisje,' zegt ze met nadruk, terwijl ze haar dochter Luise indringend aankijkt. 'Een rein hart en warme voeten, zo hoort het.'

Frieda kan een ondeugend grapje niet voor zich houden, hoewel ze weet dat ze haar tante daarmee ergert. 'Reine voeten en een warm hart zijn ook niet verkeerd.'

Zoals verwacht reageert tante Lina onvriendelijk. Ze trekt haar neus op en zegt dat Luise onmiddellijk beneden moet komen, want morgen is het wasdag en ze moet de lakens en het ondergoed inweken. Ze verlaat de kamer en sluit de deur achter zich.

'De was inweken!' moppert Luise. 'Daar heeft ze mij niet voor nodig. Ze wil gewoon niet dat we toneelspelen.'

Dat beseft Frieda natuurlijk ook. Bijna alle mensen in het dorp schudden hun hoofd over hun enthousiasme voor het theater. Maar op kerstavond komen ze wel naar het kerstspel en wordt Frieda geprezen omdat ze het weer zo mooi heeft ingestudeerd. Zo zijn de bewoners van Dingelbach nu eenmaal. Alleen meester Hohnermann is anders. Hij begrijpt haar. Maar de boeren nemen hem niet au sérieux. Omdat hij maar een schoolmeester is.

‘We doen het nog een keer,’ besluit ze. ‘Je weet nu wat ik bedoel. Ga ervoor!’

‘Brand!’ zegt Luise en ze stopt meteen omdat het nogal zielig klinkt. ‘Op de een of andere manier lukt het me niet, Frieda!’

Frieda besluit Luises fantasie aan te wakkeren en reikt naar het luciferdoosje dat naast de petroleumlamp op het nachtkastje ligt.

‘Kijk in de vlam, Luise. En stel je voor dat die enorm groot is.’

Ze steekt een lucifer aan en houdt die voor Luises neus. Die staart zo intens in het vlammetje dat ze scheel begint te kijken.

‘Brand,’ fluistert ze. ‘Iemand heeft… Au! Ben je gek geworden? Je hebt mijn haar in brand gestoken…’

Tot haar schrik ziet Frieda dat Luises pony begint te branden. Snel pakt ze de kan met het waswater die op de ladekast staat en giet ze het water over Luises hoofd.

Die gilt nog harder. Het water stroomt over haar gezicht en rug, haar blouse is nat, haar rok ook, en op de vloer verspreidt zich een donkere plas. ‘Je hebt mijn haar verbrand! Als mama dat ziet…’

Plotseling staat oom Georg in de kamer en ze zwijgt. ‘Wat zijn jullie nu weer aan het doen…’ begint hij, maar de zin blijft in zijn keel steken als hij zijn dochter ziet met het natte, verschroeide haar. ‘Zijn jullie nou helemaal gek geworden? Het stinkt hier verschrikkelijk en je ziet eruit als een geplukt uilskuiken. Stop met dat toneelspelen! Ga naar huis, Frieda. En jij dweilt de vloer, Luise!’

Oom Georg is eigenlijk heel aardig, maar als hij boos is, valt er niet met hem te praten. Frieda weet dit en daarom pakt ze haar schrift en zegt ze tegen Luise: ‘Tot morgen…’

Die kan geen antwoord geven omdat haar vader haar hoofd onderzoekt en wil weten waarom haar haar verschroeid is. Terwijl ze de trap afdaalt, hoort Frieda dat Luise haar de schuld geeft.

‘Frieda heeft een lucifer aangestoken…’

Ze aait de ruige boerderijhond Hasso over zijn kop en werpt een vluchtige blik in de wagenschuur, waar Oskar Michalski aan de auto van oom Georg sleutelt. Hij zit op de grond en wrijft met een doek over een metalen voorwerp. Zijn handen en gezicht zitten onder de donkere olievlekken. Als hij Frieda ziet, grijnst hij vriendelijk. 'Gedoe?' vraagt hij met een knipoog aan haar.

'Ja, vreselijk.'

'Het komt wel weer goed!' zegt hij lachend.

Frieda haast zich naar huis, want er waait een winters koude wind door de dorpsstraat.

In de winkel is de kachel aan. Frieda gaat ernaast zitten en warmt haar koude handen. Herta bedient Marlis Alberti. Karin Guckes, de vrouw van de waard van Zum Raben, en Lene Grossmann wachten bij de toonbank en praten over Ilse Küpper.

'Ze woont helemaal alleen in de grote villa. Dat zou ik doodeng vinden. Als er 's nachts iemand komt...'

'Ze heeft Carla toch? Die is niet meegegaan naar Bad Homburg.'

'Maar dan nog. Denk je dat Carla tegen een inbreker op kan?'

'Carla? Absoluut niet. Directeur Küpper heeft laatst weer meubels en mooi servies naar Bad Homburg laten brengen. Jörg Guckes heeft het voor hem met de paardenkar gebracht.'

'Directeur Küpper is 'm gewoon gesmeerd. Heb je gehoord dat de fabriek nu van zijn zus schijnt te zijn?'

'Ja. De vrouw van de dominee vertelde het me. Ze zei erbij dat de fabriek binnenkort wel failliet zal gaan. Mevrouw Küpper kan geen fabriek leiden.'

'Waarom niet?'

'Omdat ze een vrouw is. Dat is mannenwerk.'

'Ik weet het niet. Marthe leidt haar winkel toch ook zonder Bruno?'

'Dat is waar. Maar een fabriek, dat is heel wat anders! Daar heb je een directeur voor nodig. Snap je? Als daar een vrouw komt, lachen de arbeiders haar alleen maar uit.'

Frieda wrijft haar klamme handen ineen. Zij denkt dat Ilse Küpper heel dapper is en het misschien wel zal redden. Tenminste, als het waar is wat die twee kletskousen zeggen. Dat weet je nooit zeker.

Maar er zit altijd wel een kern van waarheid in de dorpsroddels.

De vrouwen praten alweer over het volgende onderwerp: de rentenmark is er. Een rentenmark is evenveel waard als een biljoen papiermark. Terwijl de rentenmark ook gewoon een stuk papier is. Otto Schütz vloekte omdat hij een lening had afgesloten voor de dure maaimachine en die nu in rentenmark moet afbetalen.

Marlis is klaar en stopt haar boodschappen in haar tas. Ze heeft schoensmeer, griesmeel en wasmiddel gekocht. Herta wendt zich tot Karin Guckes, die twee schriften met lijntjes en een potlood nodig heeft. Frieda ziet de stapel schriften tot haar verdriet slinken.

Marthe zit in de keuken met de reizende koopman Sirius Engelke. Ze heeft moutkoffie voor hem gezet en ook de suikerpot staat op tafel. Sirius Engelke is een van de vertegenwoordigers die de dorpswinkels in de omgeving van goederen voorzien. Zijn koffers staan op de keukenvloer en hij opent ze een voor een om Marthe zijn nieuwste waren te laten zien. Frieda gaat erbij zitten en verbaast zich over de prullaria die in de koffers liggen.

'Sterren van goudkarton… Die hebben we niet nodig,' zegt Marthe als hij de koffer met de kerstspullen opent. 'Daar geven de boeren geen geld aan uit.'

Frieda pakt een van de glimmende sterretjes op en vraagt naar de prijs. Meneer Engelke rekent nog in papiermark – een sterretje kost twee miljoen.

'Als u er een lagere prijs voor rekent, zou ik de sterren goed kunnen gebruiken voor het kerstspel,' zegt ze. 'Voor de engelen.'

Meneer Engelke is bereid korting te geven als ze twintig sterretjes afneemt.

Marthe fronst haar wenkbrauwen. 'Het is allemaal leuk en aardig met die engelen en het kerstspel,' zegt ze hoofdschuddend, 'maar ik ga toch geen twintig sterren kopen om ze weg te geven.'

'Jij niet, mama. Maar Otto Schütz wel. Hij koopt ze van ons en dan bedankt dominee Seybold de burgemeester tijdens de dienst voor zijn gulle donatie.'

Marthe betwijfelt dat. Otto is niet geliefd in het dorp omdat hij al twee boerderijen heeft gekocht die diep in de schulden zaten. Hij deed het voorkomen alsof hij een redder in nood was en ervoor zorgde dat het land bij het dorp bleef door te voorkomen dat een vreemdeling de boerderijen zou verwerven. Maar veel dorpelingen zien dat anders. Daarom probeert burgemeester Otto Schütz zijn reputatie te verbeteren met dit soort geschenken aan de bewoners van Dingelbach. In dit geval is het echter niet zeker of hij dat zal doen. Als Otto in een slecht humeur is en de sterren niet koopt, blijft zij met die dingen zitten.

'Ach, strijkt u met de hand over het hart, mevrouw Haller,' probeert meneer Engelke haar over te halen. 'Uw dochter schrijft zulke mooie kerststspellen en is trouwens ook een getalenteerd actrice.'

Met een frons op zijn voorhoofd berekent meneer Engelke het bedrag opnieuw en biedt dan twintig procent korting aan. Marthe stemt toe. Ze zal Otto het dubbele vragen, dus dat loont.

Meneer Engelke noteert blij de bestelling en telt de sterren. Daarbij spreekt hij onophoudelijk met een zachte, meegaande stem. 'U vergist zich, beste mevrouw Haller, als u denkt dat het beroep van acteur verachtelijk is... Zeven, acht, negen... De jonge mensen die in Frankfurt op de toneelschool zitten, worden allemaal bij bekende theaters geëngageerd en verdienen veel geld... Dertien, veertien, vijftien... Sommigen worden zelfs wereldberoemd en komen op het witte doek. Zoals Fritzi Massary die Madame Dubarry zingt in de bioscoop...'

Meneer Engelke woont in Ginnheim, dat bij Frankfurt hoort. Frieda benijdt hem omdat hij een fervent bioscoopbezoeker is en altijd de nieuwste films heeft gezien.

'Is er een school waar je kunt leren toneelspelen?' vraagt ze.

Meneer Engelke kijkt verlegen omdat Marthe Haller hem verwijtend aankijkt.

'Brengt u het hoofd van het meisje niet op hol!' waarschuwt ze fronsend.

‘Eh, ja. Die is er inderdaad,’ zegt hij voorzichtig en hij glimlacht met zijn mooie witte tanden naar Frieda. ‘Dat heb ik in elk geval gehoord. Maar er schijnen maar een paar studenten te worden toegelaten en het is ook erg duur. Dat is dan bij elkaar zeventig biljoen, driehonderdvijftig miljard, zevenentwintig miljoen, beste mevrouw Haller...’

Frieda’s moeder pakt de grote, kleurrijke biljetten uit de doos en telt ze op tafel uit. Kon je ze maar makkelijk inwisselen voor rentenmarkbiljetten, maar daarvoor zou ze met de hele doos naar de bank in Frankfurt moeten reizen. En het is niet zeker dat ze het ook zullen inruilen. Er wordt gezegd dat ze zuinig zijn met de rentenmark, omdat er niet zo veel van in omloop moet worden gebracht.

Frieda durft niet door te vragen, want ze weet dat haar moeder dan vreselijk geïrriteerd zal raken. Dat toneelspelen is allemaal leuk en aardig als het gaat om het kerstspel in het dorp, maar alles wat met film of zelfs theater te maken heeft, behoort tot de demi-monde. Daar tieren ondeugd en zedeloosheid, en degenen die erin terechtkomen, zullen door hun slechte levenswandel onvermijdelijk te gronde gaan aan de drank of de klierkoorts.

Maar de gedachte aan de toneelschool laat Frieda niet los. Actrice worden en in een echt theater op het podium staan! Of zelfs op het witte doek komen! Is dat niet wat ze altijd al wilde? Alleen had ze tot nu toe geloofd dat het gewoon een mooie, onbereikbare droom was. Maar vandaag is die droom ineens binnen bereik gekomen. Je kunt toneelspelen leren op een school. Dat is precies wat ze wil. Maar waar in Frankfurt is die school? En wat moet je doen om daar te worden aangenomen?

Wie zou haar verder kunnen helpen? De enige die ze kan bedenken is meester Hohnermann. Hij is de enige in Dingelbach die haar passie voor acteren kan begrijpen. Hij heeft haar zelfs een keer een boekje geleend van een toneelstuk van ene William Shakespeare. *Een midzomernachtsdroom* heette het stuk. Ze vond het niet zo leuk omdat ze er geen echte handeling in kon herkennen en alles door elkaar liep. Meester Hohnermann heeft veel boeken, die hij graag uitleent. Haar zusje Ida haalt elke week een nieuw boek bij hem. Zij leest zo veel dat hun moeder zegt dat als ze zo doorgaat, ze nog een bril moet gaan dragen. Want lezen is slecht voor je ogen.

'Wil je alweer gaan?' vraagt Marthe als Frieda de keuken uit loopt. 'De nieuwe goederen moeten worden geprijsd en opgeborgen.'

'Ik ben mijn jas vergeten bij Luise.'

'Schiet wel op dan. Het kan niet zo zijn dat Herta de hele tijd alleen in de winkel staat!'

Dat doet ze graag, denkt Frieda onbezorgd. Maar ze zegt het niet, anders gaat Herta weer klagen dat zij het altijd het zwaarst heeft en van 's morgens vroeg tot 's avonds laat werkt. Frieda maakt een omweg omdat haar moeder het anders door de etalage zou kunnen zien als ze naar links naar het schoolgebouw zou lopen in plaats van naar rechts naar de Altmannhoeve. Achter de parochietuin, voorbij het oude kerkhof, komt ze weer op het dorpsplein, waar het schoolgebouw staat. De woning van de meester is tegen het schoolgebouw aan gebouwd en er hoort ook een tuin met groentebedden en fruitbomen bij. Tot twee jaar geleden woonde de oude leraar Schmidt er met zijn vrouw en drie kinderen. Nu heeft meester Hohnermann de twee kamers en de keuken helemaal voor zichzelf.

In deze tijd van het jaar is er niets te doen in de tuin, dus zit hij 's middags meestal in zijn woonkamer en bereidt hij de lessen van de volgende dag voor. Hij doet dit omdat hij de oudere leerlingen allerlei dingen leert die ze bij Schmidt nooit hebben geleerd. Hij vertelt over machines en vliegtuigen, of legt uit wat een republiek is, waarom er een parlement is en wat de verschillende partijen in hun programma's vertegenwoordigen. Frieda weet dit van haar zusje Ida, die tijdens het middageten altijd vertelt wat er die dag op school is gebeurd.

Ze belt beneden bij de ingang van de woning aan en meteen gaat er boven een raam open.

'O, jij bent het, Frieda,' roept hij naar beneden. 'Kom maar boven.'

Als ze de trap op loopt, staat hij al in de gang en hij steekt zijn hand uit ter begroeting. Hij heeft sterke, warme handen, maar hij knijpt niet hard, zoals sommige boeren nog weleens doen om de vrouwen te laten zien hoe sterk ze zijn.

'Ik ben blij dat je me weer eens komt opzoeken, Frieda,' zegt hij. 'Ik was bang dat ik je teleurgesteld had met *Een midzomernachtsdroom*.'

'O, nee hoor,' zegt ze lachend. 'Het was wel wat warrig en niet echt spannend, maar er zaten toch mooie stukken in.'

Hij glimlacht. Dat ziet er vreemd uit omdat zijn mond heel smal is en een beetje scheef staat. Voor de oorlog moet hij een knappe man zijn geweest. Hij is lang, heeft een rechte rug en blond haar. Maar hij heeft veel littekens in zijn gezicht, en zijn linkeroog is smal en daarmee ziet hij slecht. Daarom draagt hij een bril die aan de rechterkant een normaal glas heeft, maar aan de linkerkant een heel dik glas. Hij heeft weleens gezegd dat hij blij was dat hij er hiermee nog goed vanaf gekomen is en dat hij kameraden heeft gezien met wie het veel slechter was gegaan.

'Ik heb erover nagedacht welk theaterstuk je leuk zou kunnen vinden,' zegt hij terwijl hij de deur van zijn woonkamer voor haar openhoudt. Die is totaal anders ingericht dan in de huizen van de boeren, waar meestal een bank staat met een vroom schilderij erboven, een tafel en stoelen. Sommigen hebben een kast of een fauteuil, anderen een ladekast met een vaas of ingelijste foto's erop. In de woonkamer van meester Hohnermann staan overal boekenkasten, die hij zelf heeft gemaakt. Maar in sommige kasten staan de boeken al in dubbele rijen, dus hij zal waarschijnlijk binnenkort nieuwe kasten moeten maken. Hij heeft een bureau bij het raam neergezet, waarop een wereldbol staat. Er liggen ook stapels schriften van leerlingen op en nog meer boeken. Hij heeft het theaterstuk al voor haar klaargelegd en pakt het nu op.

'*Macbeth*,' zegt hij. 'Het is geschreven door dezelfde auteur, maar het verhaal is heel spannend. Maar ook verdrietig, want het loopt niet goed af.'

Ze pakt het boekje aan dat hij haar overhandigt en bladert er even doorheen. Aha, het gaat over een koning van Schotland. Nou ja, dat lijkt wel interessant.

'Ga zitten,' nodigt hij haar uit en hij trekt een stoel voor haar achteruit. 'Voordat je dit leest, wil ik je kort iets vertellen over Schotland in de middeleeuwen...'

O, hemel, denkt ze. Als hij daarmee begint, kan het lang duren. 'Wacht,' roept ze. 'Ik heb namelijk een vraag.'

Hij is een beetje geïrriteerd omdat hij net op het punt stond om aan de Schotse geschiedenis te beginnen. 'Wat wil je vragen?' zegt hij.

'Weet u iets over de toneelschool in Frankfurt?'

'Over... de toneelschool in Frankfurt?' herhaalt hij verbaasd. 'Hoe kom je daar nou bij?'

'Meneer Engelke, die altijd de fournituren brengt, vertelde me erover. Hij zei dat de leerlingen van de toneelschool in Frankfurt allemaal bij bekende theaters worden geëngageerd en veel geld verdienen.'

Hij loopt naar het bureau, gaat zitten en kijkt peinzend voor zich uit. 'Zo zo... meneer Engelke...' zegt hij zacht. 'En toen dacht jij dat dat misschien iets voor jou zou kunnen zijn?'

Vindt hij het een gek idee? Frieda is teleurgesteld. Ze had gehoopt op begrip en hulp, maar hij lacht haar uit.

'Ja, dat dacht ik,' houdt ze vol. 'Want het is goed om het toneelspelen echt op een school te leren.'

Hij zucht en kijkt uit het raam. 'Daar heb je zeker geen ongelijk in, Frieda,' geeft hij toe.

Ze straalt. Ze heeft zich dus toch niet in hem vergist. Ze gaat er meteen verder op in. 'Als ik maar zou weten waar die school in Frankfurt is. En wat het kost. En hoe je erop komt...'

'Dat weet ik helaas ook niet.'

‘Maar u zou het kunnen uitzoeken, meneer Hohnermann,’ roept ze opgewonden uit. ‘U gaat toch altijd naar de bibliotheek in Frankfurt? U zou informatie over de toneelschool kunnen inwinnen. O, als u dat voor me zou willen doen!’

Ze weet hoe ze dingen moet vragen. Hij wordt verlegen, wrijft in zijn handen en vraagt dan of haar moeder op de hoogte is van haar wens.

‘Ze weet het... wel,’ jokt Frieda. ‘Alleen niet zo precies... Ze denkt dat het sowieso veel te duur is.’

Hij zucht, schuift de inktpot heen en weer en lijkt met zichzelf te worstelen. Denkt hij soms dat ze halsoverkop zal weglopen om actrice te worden in Frankfurt? Dat zou ze nooit doen.

‘Nou, goed dan,’ zegt hij uiteindelijk. ‘Ik kan eens informeren. Ik vertrek morgenmiddag en kom waarschijnlijk pas laat terug. Overmorgen zal ik je vertellen of ik iets te weten ben gekomen. Zullen we het zo afspreken?’

‘Ja!’ roept ze uit. ‘En alvast heel erg bedankt. O, ik wist dat u me zou helpen. U bent de enige persoon in heel Dingelbach die ik in vertrouwen kan nemen!’

Hij is blij en moet zelfs lachen om haar enthousiaste uitbarsting, maar wordt daarna meteen weer serieus. ‘Maar geen geheimen voor je moeder, Frieda. Denk erom!’

‘Nee, nee!’

Ze is al bij de deur en neemt haastig afscheid omdat ze nog snel haar jas moet halen voordat ze naar huis gaat. Het toneelstuk over Macbeth heeft ze op zijn bureau gelegd en is ze vergeten.

5

Carla is boos als ze het ontbijt serveert. Ze kijkt telkens weer naar de vitrinekast, waarvan de inhoud nu wel erg overzichtelijk is.

'U had de zilveren kandelaars echt niet aan haar hoeven te geven, mevrouw Küpper. Het is al erg genoeg dat ze het goede servies tot en met het laatste schoteltje heeft meegenomen.'

Ilse reageert kalm. Ze vindt het niet erg om van alledaags servies te eten en ze hoeft ook geen zilveren kandelaars.

'We hebben elektrisch licht, Carla, dus we hebben geen kandelaars nodig. En dit servies is ook heel mooi, ook al is het geen Meissen-porselein.'

'Maar de goede damasten tafelkleden en servetten,' jammert Carla en ze zet de oude koffiekan op het lichtje. 'Waar uw moeder nog haar monogram op heeft geborduurd. Zoiets behoort toe aan de dochter en niet aan de schoondochter.'

'Maak je niet druk, Carla. In ruil daarvoor heeft ze ons een pond echte bonenkoffie gegeven.'

'Omdat ze daar goedkoop aan kon komen,' moppert Carla, terwijl ze haar witte schort gladstrijkt. 'Hij is oeroud, waarschijnlijk nog van voor de oorlog. Hij ruikt heel muf.'

Ilse vindt de koffie ook niet lekker, maar ze drinkt hem met veel melk en een beetje suiker. Ze houdt niet van verspilling. De luxueuze levensstijl van haar ouders vond ze altijd maar niks. De dure meubels, tapijten, fluwelen gordijnen... Dat alles dient alleen maar om te pronken met je rijkdom en te laten zien hoe belangrijk je bent.

‘Komen ze vandaag nog een keer?’ vraagt Carla.

‘Mijn broer en zijn vrouw? Nee, gisteren was de laatste vracht. Je kunt gerust zijn, Carla, alles wat er nu nog is, blijft in de villa.’

Ilse heeft het gevoel dat er een enorme last van haar af is gevallen. Gisteren is ze met haar broer naar de notaris geweest en alles is nu eindelijk geregeld. Ze staat geregistreerd als de enige eigenaar van de fabriek en de bijbehorende onroerende goederen. Haar broer en schoonzus zijn de eigenaren van de bezittingen in Bad Homburg. Aan deze definitieve regeling gingen lange en onaangename onderhandelingen over allerlei prullaria vooraf. Schoonzus Irma presenteerde een lijst met spullen die ze uit het huishouden van haar schoonouders wilde hebben, hoewel ze er geen aanspraak op kon maken. Josef koos de kant van zijn vrouw, zij het met een slecht geweten, maar als hij dat niet had gedaan, was het niet goed gegaan met zijn huwelijk. Ilse bekeek de lijst en schrapte er een deel van. De sieraden van haar moeder gaf ze niet, en de schilderijen en tapijten die haar vader had gekocht ook niet. Irma mocht wel de muntenverzameling van haar schoonvader meenemen, evenals twee grote kasten, zilveren gebruiksvoorwerpen, het Meissen-servies en de tafelkleden en stoffen servetten. Nou, als zij er gelukkig mee is… Nu kan ze het eten voor hun adellijke gasten op Meissen-borden serveren.

Josef overhandigde haar gisteren de sleutels van de fabriek, maar wilde zijn huissleutel van de villa voorlopig houden. ‘Het zou kunnen dat je op een dag hulp nodig hebt,’ zei hij. ‘Dan is het beter als ik toegang heb tot de villa.’

Ze weet dat het niet de echte reden is, maar gewoon een slap excuus. Hij wil nog steeds niet voorgoed afstand doen van de villa. Ilse kan dat wel een beetje begrijpen, want hij is hier ook opgegroeid en is gehecht aan het huis van zijn ouders. Ze heeft niet van hem geëist dat hij de sleutel overhandigde, maar heeft besloten om het slot op de voordeur zo snel mogelijk te vervangen. Het is geen prettig idee om je schoonzus ineens onverwachts in de woonkamer aan te kunnen treffen.

Na het ontbijt gaat ze zoals gewoonlijk naar de fabriek om het administratieve werk op kantoor te doen. Dat is vervelend en tijdrovend, want ze hebben de secretaresse die vroeger de brieven typte moeten ontslaan. Op dit moment is de correspondentie echter beperkt tot een paar klanten en leveranciers. Er is nauwelijks vraag naar paraplustokken en er zijn slechts enkele afnemers voor de wandelstokken met gesneden houten handvatten.

De grote hal is alleen in het voorste gedeelte verlicht om elektriciteit te besparen. Ze moeten ook zuinig doen met het brandhout, daarom hebben ze maar een van de vier kachels gestookt, maar de warmte stijgt naar boven en gaat verloren in de grote hal. De mannen staan rond de kachel, maar rillen nog steeds van de kou.

'Goedemorgen!' zegt ze als ze binnenkomt.

Een vierstemmig antwoord galmt haar tegemoet, gevolgd door een hoestbui van de voorman Offenbach.

'Nog steeds verkouden?' vraagt ze.

'Het gaat al veel beter, mevrouw Küpper...'

Julius Offenbach haalt zijn zakdoek tevoorschijn en snuit uitgebreid zijn neus. Hij is eind vijftig en werkt al dertig jaar in de fabriek als draaier. Omdat hij zijn vrouw en schoonouders te eten moet geven, is hij blij dat hij werk heeft. Ilse kent hem al van kinds af aan. Hij heeft inmiddels ook de functie van de conciërge overgenomen. Hij heeft een sleutel van de hal en laat 's ochtends de andere drie werknemers binnen.

De beste arbeider is nog steeds de oude Karl Höhn, die de zestig is gepasseerd, maar een kunstenaar is in zijn vak. Met toewijding snijdt hij levensechte dierenkoppen en ornamenten in de handvatten van de wandelstokken. In het verleden gebruikten ze zwart ebbenhout uit de koloniën en zelfs ivoor, maar nu gebruikt hij er eikenhout voor. Twee weken geleden gaf de nieuwe directrice hem een andere taak, die hij met veel enthousiasme oppakte. Hij snijdt nu uitgebreide patronen voor de deksels van de kistjes die Ilse heeft ontworpen en die worden gemaakt door Ignatz Krum, die een gediplomeerde timmerman is. Ook Ignatz ging ijverig aan het werk. In het begin vloekte hij veel omdat hij niet tevreden was met het resultaat van zijn werk en telkens opnieuw moest beginnen. Inmiddels zijn er drie verschillende prototypes gemaakt, die op een tafel naast de etagères staan. De etagères zijn nog te grof. De ronde platen zijn te dik en het ontbreekt nog aan geschikte schroeven en schroefdraad die in de houten staven wordt gestoken zodat ze in elkaar kunnen worden geschroefd.

Ilse bekijkt de kistjes, opent de deksels en zegt voor de zoveelste keer dat ze heel tevreden is. Er zijn drie vormen: rond, rechthoekig en zeshoekig. Ignatz wil zelfs een ovale vorm proberen. Hij gaat helemaal op in zijn nieuwe taak en heeft aan haar bekend dat hij het al een hele tijd saai vond om als geschoolde timmerman alleen maar handvatten voor stokken en paraplu's te maken.

Ze is aangenaam verrast dat haar mensen de nieuwe taken zo bereidwillig oppakken. Dat had ze niet verwacht. In het begin dacht ze dat de mannen zouden willen vasthouden aan wat ze gewend waren en zich tegen haar ideeën zouden verzetten. Nu moet ze er eerder op letten dat ze het enthousiasme van haar werknemers om nieuwe dingen te bedenken afremt, want het is belangrijk om niet te ingewikkelde ontwerpen te maken zodat de artikelen in serie kunnen worden geproduceerd. De ronde en rechthoekige kistjes lijken haar hiervoor het meest geschikt, daar heeft ze ook de nodige machines voor in de hal staan. Elke fase van het proces moet nu worden gepland en doordacht, zodat de productie over meerdere werknemers kan worden verdeeld. Bovenal moet het houtsnijwerk op de deksels aansprekend maar niet te ingewikkeld zijn, zodat het ook door vrouwen gemaakt kan worden die daarvoor worden ingewerkt. Jonge vrouwen zijn het meest geschikt voor dat soort werk. Zij hebben behendige vingers, werken snel en zijn nauwkeurig. Vroeger zaten hier in de hal zo'n twintig vrouwen houtsnijwerk te maken, de stokken te lakken en de metalen punten aan de uiteinden te bevestigen. Ilse herinnert zich het vrolijke gebabbel tijdens de pauzes, als ze hun meegebrachte boterhammen aten. In de tijd van haar vader waren er zelfs een warme maaltijd, koffie met melk en appelsap voor het personeel. Daarvoor werd een klein deel van het loon ingehouden, de rest legde de fabriekseigenaar bij.

Het waren heerlijke tijden, denkt ze. Voor nu gaat het erom de fabriek in leven te houden. Als er geen vraag meer is naar paraplustokken, maken we gewoon andere dingen. Op een gegeven moment zal de economie toch weer moeten aantrekken. Misschien binnenkort, want we hebben nu de rentenmark.

De vierde arbeider is ongeschoold en kan alleen als hulpkracht worden ingezet. Willi Bommel is rond de veertig, werkte vroeger in de houtwerf, maar kwam na de oorlog terug met een kapotte voet en probeerde het aan de draaibank. Hij produceerde echter alleen rommel en daarom doet hij nu het werk dat eigenlijk voor een leerling is bedoeld. Veel van de jongere arbeiders zijn in de oorlog gesneuveld en worden nu gemist in de fabriek. Als Karl Höhn over een paar jaar niet meer kan houtsnijden, zou ze niet weten wie hem moet vervangen. En Julius Offenbach is ook niet meer de jongste. Er is een enorme kloof tussen de oude arbeiders, die hun vak verstaan, en de jongeren. Er zijn veel werklozen, maar de meesten moeten eerst worden opgeleid en dat is een groot probleem, zeker nu ze nauwelijks reserves heeft en de fabriek er eerst weer bovenop moet helpen.

Ze moedigt Julius Offenbach aan om nog eens naar de etagères te kijken. Ze legt uit wat ze er niet goed aan vindt en luistert naar zijn problemen. Het hout is niet geschikt, de draaibank is niet nauwkeurig genoeg en de schroeven en de schroefdraad passen niet. Hij moet het toch proberen, zegt ze. Ze weet dat het kan, het ontbreekt hem alleen aan oefening. En de schroeven en schroefdraad zal ze regelen.

Ze loopt naar het kantoor, waar het koud en stil is. Er ligt stof op de archiefkasten, het bureau en de vloer. Ze heeft een schoonmaakster nodig, maar daar heeft ze op bezuinigd. In de afgelopen maanden heeft Carla hier zo nu en dan geveegd, daar moet ze het voorlopig mee doen. De telefoonverbinding is ook afgesloten. Dat zal ze als eerste regelen want ze heeft een telefoon nodig, ook al is het duur. Het is de verbinding van de toekomst. Steeds meer bedrijven en zakenpartners regelen hun zaken telefonisch.

Ze bestudeert de brochures die ze heeft besteld, vergelijkt de prijzen en besluit verschillende soorten verf en vernis te kopen die geschikt zijn voor hout. De kistjes moeten wit geverfd en met goudverf versierd worden. Voorlopig heeft ze alleen een paar goed gelukte exemplaren nodig, zodat ze die aan de vertegenwoordigers kan geven om in de winkels te laten zien en bestellingen op te nemen. Daarna ziet ze wel weer verder.

Rond het middaguur is ze klaar met de post, die ze morgen aan de postbode zal geven. De arbeiders eten hun brood op. Carla brengt hun vandaag bij wijze van uitzondering koffie met melk, want de oude koffie moet op.

'We moeten boodschappen doen,' zegt ze tegen Ilse als ze samen teruglopen naar de villa. 'Het waspoeder is bijna op. Suiker, zout, schuurzand en schoensmeer. En we hebben melk, rijst en griesmeel nodig, en nog een paar dingen.'

'Dan gaan we straks samen naar het dorp.'

Carla is verbaasd. Normaal gaat Willi Bommel met haar mee om de boodschappen te dragen.

'Ik wil eens rondhoren,' antwoordt Ilse op haar vragende blik.

Na het middageten trekken ze hun regenjas en stevige schoenen aan. Ze nemen de melkbus en twee leren boodschappentassen mee en lopen de heuvel af naar Dingelbach. Ze gaan over de brug en achter het schoolgebouw langs en dan zijn ze al in de dorpsstraat. Voor Gasthaus Zum Raben staat een voertuig. Er worden biervaten uitgeladen en naar de kelderingang gerold, waar Jörg Guckes ze aanpakt. Hij roept een luide groet naar de passerende vrouwen. Ilse blijft even staan en groet net zo luid terug. Ze wordt gerespecteerd in het dorp, maar weet ook dat ze er niet bij hoort. In de ogen van de dorpelingen is ze een 'hooggeplaatste persoonlijkheid', de dochter van fabriekseigenaar Küpper, die vroeger veel dorpelingen werk verschafte. Bovendien zal het gerucht de ronde hebben gedaan dat zij nu de enige eigenaar van de fabriek is. De geruchtenmachine in Dingelbach draait altijd op volle toeren.

Carla spoort haar aan om door te lopen. Ze heeft het koud en wil de spullen snel halen want ze moet de was nog strijken. Als ze bij de dorpswinkel aankomen, vegen ze hun voeten en schudden ze hun natte jassen uit zodat ze niet te veel vuil naar binnen brengen. Binnen is het uitnodigend warm. Molenaar Dippel staat bij de toonbank tabak te kopen voor zijn pijp en Anni Christ van de Schützhoeve maakt een praatje met Lina Altmann. Als Ilse en Carla binnenkomen, valt het gesprek stil.

'Ah, mevrouw Küpper hoogstpersoonlijk,' zegt Marthe Haller verbaasd. 'Dat u met zulk slecht weer naar het dorp bent gekomen...'

Ilse trekt de capuchon van haar hoofd en schudt haar vochtige haren uit. De vrouwen staren nieuwsgierig naar haar korte kapsel, maar dat is ze gewend. Ze begroet iedereen vriendelijk en legt uit dat ze Carla wil helpen de boodschappen te dragen. 'Is het druk in de molen?' vraagt ze aan molenaar Dippel, die de tabak in zijn zak stopt en met een bundel grote biljetten betaalt.

'Het werk houdt nooit op,' zegt hij met een veelbetekenende blik. 'Bij u wordt ook hard gewerkt, toch?'

'Ja, we zijn heel ijverig,' beweert ze. 'Als het zo doorgaat, moeten we weer mensen aannemen.'

Ze ziet aan de gezichten dat ze haar niet echt geloven. Talloze fabrieken in de omgeving zijn in de afgelopen jaren failliet gegaan. De dorpelingen denken vast dat de paraplustokkenfabriek Pilz & Küpper ook zijn langste tijd heeft gehad.

'Hebt u het daar nu voor het zeggen?' vraagt de molenaar. Er klinkt een ongelovige twijfel in zijn vraag door.

'Dat klopt, meneer Dippel. Acht u me daar soms niet toe in staat?' antwoordt ze provocerend.

Hij schuift beschaamd zijn pet omhoog en krabt achter zijn oor. 'Jawel, jawel...' mompelt hij. 'Waarom niet? Zo'n fabriek is immers iets anders dan een boerderij. Of een molen. Daar heb je een man voor nodig, anders wordt het niets. Maar een fabriek...'

'Wat mag het voor u zijn, mevrouw Küpper?' vraagt Marthe snel.

'Zijn we al aan de beurt dan?'

Anni en Lina verzekeren haar dat ze hun boodschappen al hebben. 'We staan hier alleen maar een beetje te kletsen,' legt Lina Altmann uit.

'Goed dan...'

Carla neemt het van Ilse over en somt de producten op die ze wil hebben. Marthe haalt de artikelen.

'En nog een zak schuurzand en een pakje soda...'

Carla is bijna klaar. Ilse informeert naar de auto die Georg Altmann van haar broer heeft gekocht. 'Doet hij het weer?'

'Gisteren heeft Georg samen met Oskar Michalski een proefrit gemaakt,' zegt Lina enthousiast. 'Hij rijdt perfect. Alleen is de brandstof vreselijk duur. Maar Georg is gek op de auto. Hij zou zijn huis en boerderij nog verkopen, als hij maar kan autorijden...'

Iedereen lacht omdat dat wel erg overdreven is. Maar Georg Altmann is absoluut een bijzondere man. Hij heeft naast de landbouw ook nog andere interesses, wat zeldzaam is in het dorp. Wat dat betreft lijken de twee jongste dochters van Marthe Haller op hun oom. Of zelfs op hun vader, Bruno Haller, die helaas niet uit de oorlog is teruggekomen. Zoals zovelen.

'Oskar Michalski?' vraagt Ilse. 'Is dat niet de Pool die een paar jaar geleden op de Schützhoeve heeft gewerkt?'

'Inderdaad,' zegt Lina. 'Dat is Oskar.'

Meer zegt ze niet, maar Ilse kent de geruchten over Helga Schütz en de Pool Michalski. Het is vreemd dat hij naar Dingelbach is teruggekomen. En dan ook nog in de herfst, als er geen oogstarbeider meer nodig is. Maar dan herinnert ze zich dat Michalski eigenlijk wagenmaker is. Een behendige kerel. Destijds zwaaide hij met de zeis, dorste hij het graan en bouwde hij een lier om het hooi op de hooizolder te hijsen. En blijkbaar kan hij ook een automobiel repareren.

'Als hij op zoek is naar werk,' zegt ze tegen Lina, 'moet hij even bij mij in de fabriek langskomen. Zegt u hem dat alstublieft, mevrouw Altmann.'

Lina wisselt blikken uit met Anni en Marthe. Waarschijnlijk vanwege dat gedoe met die arme Helga. Altijd die dorpsroddels. Ilse zou een arbeider als Oskar Michalski goed kunnen gebruiken.

'Ik zal het hem zeggen, mevrouw Küpper,' zegt Lina vriendelijk.

'Goed, dan zal ik even betalen,' zegt Ilse tegen Marthe, die de prijzen al bij elkaar heeft opgeteld en haar verwachtingsvol aankijkt. 'Hoeveel is het?'

'Acht biljoen, zeshonderd miljard...'

6

'En?' vraagt meester Hohnermann. 'Wat vond je van de boeken, Ida?'

Ida haalt haar schouders op en legt twee dikke romans op het bureau van de meester. *Soll und Haben* van Gustav Freytag en *Die Chronik der Sperlingsgasse* van Wilhelm Raabe. Voor beide boeken had ze een hele week nodig. Dat is best lang voor Ida. Normaal is ze een snelle lezer.

'Deze is heel goed,' zegt ze en ze tikt op het bovenste boek, dat van Gustav Freytag. 'Het andere was saai. Allemaal trieste dingen. En altijd maar de liefde...'

De meester grinnikt. Ida ziet het omdat zijn gezicht raar vertrekt. Hij kan niet echt grinniken of glimlachen zoals andere mensen omdat hij zo veel littekens en sneeën in zijn gezicht heeft. Maar de schoolkinderen kennen hun meester goed.

'Zo zo,' zegt hij. 'Dus je houdt niet van liefdesverhalen.'

'Nee...'

Nee, Ida houdt niet van liefdesverhalen, alleen al niet omdat haar leeftijdsgenoten over niets anders meer praten. Bijna alle meisjes in het dorp hebben op hun dertiende al een boezem en fluisteren en giechelen met elkaar als er een jongen in de buurt is. Ida is plat en hoopt dat dat nog een tijdje zo blijft. Ze was veel liever een jongen geweest.

Meester Hohnermann staat op om de boeken weer in de kast te zetten. Hij weet precies waar ze moeten staan, want hij heeft de boeken geordend. De meeste heeft Ida al geleend. Nu is ze bij de romans gekomen, die ze eerst niet wilde lezen omdat het allemaal fictieve verhalen zijn. Vroeger las ze stiekem de boekjes die haar zus Herta in haar nachtkastje heeft verstopt. Ida merkte algauw dat ze met de sleutel van haar eigen nachtkastje ook Herta's geheime verstopplaats kon openen en 'leende' de boekjes een voor een. In het begin vond ze de verhalen spannend, maar na het lezen van drie of vier verhalen werd het saai. Omdat het altijd hetzelfde was. Een arm meisje wordt verliefd op een rijke man van adel, maar hij is niet aardig tegen haar. Omdat ze arm is en niet bij hem past. Maar uiteindelijk, daar kun je een weddenschap op afsluiten, is de rijke man vreselijk verliefd op haar en trouwt hij met haar. Dat is het einde van het verhaal en iedereen is gelukkig. Vooral Herta, die altijd glazige ogen heeft als ze in haar boekjes heeft gelezen. Ze denkt waarschijnlijk dat ook zij voor altijd en eeuwig gelukkig zal zijn als ze iemand heeft gevonden die met haar wil trouwen. Maar Ida betwijfelt dat, want er zijn veel getrouwde mensen in het dorp die helemaal niet gelukkig zijn. Helga Schütz bijvoorbeeld, de vrouw van de burgemeester. Zij zou veel liever getrouwd zijn met Oskar Michalski. Dat weet iedereen in het dorp. Maar dat kan niet, want ze heeft Otto gekozen. Een echtgenoot kun je niet ruilen zoals een pak wasmiddel met een gat erin of een kapotte sokophouder. Je moet hem houden. Je hele leven.

De romans die meester Hohnermann haar geeft, zijn dikker en ingewikkelder dan Herta's boekjes. Ze leest veel dingen waar je over kunt nadenken, maar ook veel dingen die ze niet begrijpt. Soms moet meester Hohnermann haar bepaalde woorden uitleggen, wat hij graag doet. Alleen doet hij dat veel te uitvoerig en springt hij van de hak op de tak.

'Dit boekje kun je een keer lezen,' zegt hij en hij pakt een dun boekje uit de kast.

'Ook van Wilhelm Raabe,' zegt ze wantrouwend.

'Ja, maar het is spannend. Over schepen en zeerovers.'

Dat klinkt al beter. Schepen vindt ze geweldig. Ze zou graag de zee willen zien. En op een groot schip naar Afrika varen. Een van de wetenschappelijke boeken van de meester ging over zeilschepen en stoomboten. Dat boek had ze het liefst gehouden.

'Gaat het ook over liefde?' vraagt ze.

'Ja, het is ook een liefdesverhaal,' geeft hij toe.

'Loopt het op zijn minst slecht af?'

'Nee...'

Ze bladert door het boekje. Dit leest ze in één avond uit.

'Waarom wil je dat het liefdesverhaal slecht afloopt?' vraagt hij.

'Dat vind ik leuker. In de toneelstukken die u aan Frieda uitleent, is aan het einde altijd iedereen dood.'

Hij kijkt verbaasd op en kijkt haar nieuwsgierig door zijn brillenglazen aan. 'Heb jij die ook gelezen, Ida?'

'Eh, ja,' geeft ze toe. 'Frieda laat altijd alles op haar bed rondslingeren. *Die Räuber* heb ik gelezen, *Don Carlos* en nog één. Die had een rare titel. O ja, *Kabale und Liebe*. Wat betekent *Kabale*?'

'Dat zijn intriges. Dan bedenkt iemand een listig plan om iemand kwaad te berokkenen,' legt de leraar uit. 'Vroeger was dat niet ongewoon aan de prinselijke hoven, waar de hovelingen elkaar probeerden te overtreffen om een betere positie te bereiken. Sommigen waren bereid om daarvoor alle middelen in te zetten, ook leugens en laster...'

'Dat dacht ik al,' onderbreekt ze hem haastig voordat hij er weer te veel over uitweidt. 'O ja, u krijgt de groeten van Frieda. Ze wilde *Macbeth* nog graag lenen en vroeg of ik die voor haar mee kan nemen.'

Als ze haar zus Frieda noemt, verandert zijn blik en worden zijn handen onrustig. 'Frieda? Ja, eh... *Macbeth*... Die was ze laatst inderdaad vergeten.'

Hij zoekt rond op zijn bureau, schuift een stapel schriften opzij en er valt iets op de grond. Het boekje *Macbeth*. Hij staat snel op, raapt het op en legt het op het zeeroversverhaal van Wilhelm Raabe. 'Gaat het goed met je zus?' vraagt hij.

'Frieda? Ja, het gaat goed met haar. Ze oefent het kerstspel met de kinderen en klaagt omdat ze het zo moeilijk vinden om de tekst te onthouden.'

'Doe je zus maar de hartelijke groeten van mij, Ida. Als ze een vraag heeft of een ander theaterstuk wil lenen, is ze welkom om langs te komen.'

'Ik zal het haar zeggen. En heel erg bedankt.'

Buiten is het bitter koud en de lucht is helder. Terwijl ze terugloopt naar de winkel, moet ze denken aan meester Hohnermann. Frieda is eergisteren bij hem geweest, zogenaamd omdat ze het theaterstuk wilde ophalen. Maar ze kwam terug zonder theaterstuk en had in plaats daarvan van alles op een blad papier geschreven, dat ze in haar nachtkastje legde. Frieda kan geheimen bewaren voor hun moeder en ook voor Herta, die toch vrijwel nooit iets doorheeft. Maar niet voor Ida. Gisterochtend, toen Frieda al beneden in de keuken was, heeft Ida het briefje uit de lade van het nachtkastje gepakt en het gelezen. Er stonden allemaal dingen op die te maken hadden met de toneelschool in Frankfurt. Waar de school in Frankfurt is. Wat je daar leert en hoe lang de opleiding duurt. Wat het kost. En dat de toelatingsaudities voor nieuwe studenten in januari zijn.

Dat moet meester Hohnermann haar hebben verteld. Wie anders in Dingelbach zou zoiets kunnen weten?

Ida heeft er niets op tegen dat haar zus actrice wil worden. Maar als Frieda echt naar die school gaat, is ze misschien wel de hele week in Frankfurt. Of misschien moet ze er dan zelfs wonen. Dat zou jammer zijn, want dan zou Ida haar zus missen. Alleen met Herta op de kamer slapen, dat zou vreselijk saai zijn! Frieda is niet altijd even aardig en ze hebben vaak ruzie, maar ze verzoenen zich ook snel. Met Frieda kun je lachen, ze doet gekke dingen, is dapper en brengt zichzelf vaak in een netelige situatie. In dat opzicht lijkt ze erg op Ida. Frieda is haar favoriete zus. Als zij weg zou gaan, zou Ida dat heel erg vinden. Maar aan de andere kant wil Ida dat haar zus bereikt wat ze wil. Als ze echt actrice wil worden, kan ze niet in Dingelbach blijven. Hier kan ze hooguit boerin worden.

In de winkel wordt Ida wrevelig begroet door haar moeder. 'Waar hing jij nou weer uit? Ga naar de keuken, het brooddeeg moet worden bereid. En zeg tegen Herta dat ik haar nodig heb in de winkel.'

Morgen is het hun beurt om te bakken, dat was Ida helemaal vergeten. Ze moeten het brooddeeg al de avond van tevoren bereiden, zodat het 's nachts kan rijzen en ze 's ochtends de broden kunnen vormen. Ze bakken één keer per week en delen het kleine bakhuis voor het café dan met een ander gezin. Wie met wie moet bakken, wordt door loting bepaald. Morgen moeten ze met Helga Schütz naar het bakhuis, wat niet erg zou zijn als Gertrud zich er niet altijd mee zou bemoeien. Zij is een verschrikkelijk mens en wil altijd alles bepalen.

In de keuken hebben Herta en Frieda de houten baktrog al op twee krukjes geplaatst. De trog is rechthoekig en zo lang dat Ida er een paar jaar geleden nog met uitgestrekte benen in kon zitten.

Herta heeft bloem, zout en water in de baktrog gedaan. Nu komt de zuurdesem erbij die ze eergisteren heeft aangemaakt en soms doet ze er ook gist bij, als ze het van de waard van Zum Raben kan krijgen. Die haalt het bij de brouwerij. Als er gist doorheen zit, smaakt het brood beter omdat het luchtiger is.

'Hèhè, eindelijk!' zegt Frieda, die het deeg al met beide handen kneedt en daarbij flink zweet. Ze ziet er mooi uit want er hangt een zwarte lok in haar gezicht en haar wangen zijn rozig. Herta zweet ook, maar het maakt haar niet mooier. Zij is nog steeds bleek en alleen op haar voorhoofd en bovenlip zitten zweetdruppels, die ze telkens met haar mouw wegveegt.

'Je moet naar de winkel, Herta,' zegt Ida en ze loopt naar de gootsteen om haar handen te wassen.

'Stroop je mouwen op, Ida,' instrueert Herta haar terwijl ze haastig het deeg van haar handen veegt. 'En stevig kneden. Overal, niet alleen op één plek!'

Ida gaat met tegenzin aan de slag met het deeg. Het is stevig en plakkerig, en het kost kracht om het te kneden. Ida moet af en toe een pauze inlassen omdat haar armen pijn doen.

Wat een gezwoeg! En het brood smaakt ook alleen lekker als het vers gebakken is. Na een paar dagen wordt de korst papperig en bitter, en dan zou ze die er het liefst af willen snijden. Maar dat mag niet, want dat is zonde.

'Heb je *Macbeth* meegenomen?' vraagt Frieda als Herta weg is.

Ida knikt en kneedt stevig door.

'Heeft hij nog iets gezegd?'

Nu kan Ida zich niet langer inhouden. 'Hij zei niets over de toneelschool in Frankfurt.'

Frieda kijkt haar boos aan. 'Ik heb wel gemerkt dat je in mijn la hebt gesnuffeld. Want het papier zat ertussen geklemd.'

O ja. Ida moest de la heel snel dichtdoen omdat Herta de slaapkamer binnenkwam. Toen is het briefje er blijkbaar tussen blijven zitten.

'Ik vertel het aan niemand. Erewoord,' belooft Ida. 'Wil je echt naar die school?'

Frieda knikt. Ze gaat even rechtop staan om haar rug te strekken. Daarna gaat ze verder met kneden.

'Het kost wel veel geld.'

Frieda werpt snel een blik op de deur, maar haar moeder is naar het magazijn gegaan. 'Er is een studiebeurs,' legt ze uit. 'Voor bijzonder begaafde leerlingen. Als de ouders het niet kunnen betalen, is het gratis.'

'Heeft meester Hohnermann dat ook verteld?'

'Ja. Hij is speciaal naar Frankfurt gegaan om het uit te zoeken.'

Dat klinkt goed. Ida is ervan overtuigd dat haar zus bijzonder begaafd is. Maar er zijn nog meer obstakels. 'Wat vindt mama ervan?'

Ze weten allebei dat hun moeder acteren maar niks vindt. Ze zal het Frieda absoluut niet toestaan om naar de toneelschool te gaan. Zelfs niet als het gratis is.

‘Ik ga gewoon eerst die auditie doen. En als ik word aangenomen, zien we wel weer verder,’ zegt Frieda zelfverzekerd.

Dat vindt Ida ook een slim idee. Stap voor stap. Niet meteen met de deur in huis vallen. Dan maakt hun moeder zich alleen maar druk en is alles bij voorbaat verloren.

‘En wat zeg je tegen haar als je naar die auditie in Frankfurt moet?’

‘Dat weet ik nog niet…

Ida heeft wel een idee. ‘Je zou onze grootmoeder Else in Frankfurt kunnen bezoeken,’ stelt ze voor.

Frieda kijkt haar met grote ogen aan en draait zich dan snel om omdat ze moet niezen van het meel.

‘Ben je gek, Ida?’ zegt ze snuivend. ‘Zij wil niets met ons te maken hebben.’

Dat is helaas waar, maar Ida vindt dat dit niet zo hoeft te blijven. Else Haller was erg boos toen haar zoon trouwde. Ze wilde dat hij bij haar in Frankfurt bleef om architect te worden. Dat hij zonder haar toestemming met een plattelandsmeisje trouwde en naar een dorp verhuisde heeft ze hem nooit kunnen vergeven. En daarom wilde ze zijn vrouw en kinderen ook niet leren kennen.

‘En trouwens, misschien is ze allang dood,’ zegt Frieda.

‘Maar wat als dat niet zo is?’ werpt Ida tegen. ‘Stuur gewoon een brief naar haar in Frankfurt!’

Frieda staart peinzend in het brooddeeg. Ze zijn nu allebei gestopt met kneden en denken na over dit bizarre idee, maar Ida merkt dat haar zus langzaam aan het idee went. Grootmoeder Else in Frankfurt zou heel nuttig kunnen zijn voor haar plannen.

‘Dat zal mama niet leuk vinden, Ida,’ zegt ze zachtjes. ‘Zij kan grootmoeder niet uitstaan.’

Er wordt in de familie Haller nooit over de grootmoeder in Frankfurt gesproken. Vader stuurde elk jaar met Pasen en Kerstmis een ansichtkaart naar Frankfurt, maar er kwam nooit antwoord. Toen hij ten strijde moest trekken, zette moeder deze traditie niet voort.

'Maar misschien verzoenen die twee zich wel,' zegt Ida optimistisch. 'Je kunt toch niet eeuwig boos op elkaar blijven? Grootmoeder zal zeker blij zijn als een van haar kleindochters haar schrijft. Ze is vast eenzaam en verdrietig.'

Frieda is minder hoopvol. Als grootmoeder geïnteresseerd was in haar kleindochters, zou ze naar Dingelbach zijn gekomen voor een bezoek. Maar dat heeft ze nooit gedaan. Ze weten niet eens hoe grootmoeder eruitziet.

'Ik heb ook geen adres,' zegt Frieda. 'Maar dat staat misschien in mama's...'

'Ik moet even snel naar boven om een zakdoek te pakken,' zegt Ida en ze veegt het plakkerige deeg van haar vingers. Ze loopt de trap op en opent zo zachtjes mogelijk de deur van de ouderlijke slaapkamer. Haar moeder slaapt hier alleen sinds haar vader er niet meer is. Het meubilair is gemaakt van donker hout. Een kledingkast, een ladekast met een spiegel, een tweepersoonsbed en twee nachtkastjes. Alles past bij elkaar. Haar ouders hebben de slaapkamerinrichting gekocht toen ze trouwden. Aan haar vaders kant is het bed opgemaakt. De kussens zijn opgeschud, het dekbed is gladgestreken. Haar moeders kant is niet zo netjes, want daar slaapt ze.

Ida trekt voorzichtig de bovenste lade van de ladekast open. Hij klemt een beetje doordat het hout in de winter altijd kromtrekt. Er liggen bundels veldpostbrieven in, en een doosje met foto's, haar vaders gesteven halsboord, zijn scheerspullen en andere dingen die van hem zijn. Helemaal onderop ligt een gehavende bruine envelop met een brief erin. Die heeft grootmoeder Else aan haar zoon geschreven toen hij trouwde. Ida, die allang alle lades in huis heeft doorzocht, kan het handschrift van haar grootmoeder niet goed lezen, dus ze weet niet precies wat erin staat. Maar waarschijnlijk heeft ze geschreven dat ze geen contact meer met hem wilde.

Op de achterkant staat het adres:

Else Haller, Frankfurt am Main, Bockenheimer Landstrasse 96

Ida legt alles netjes terug op zijn plaats, wat belangrijk is als je andermans lades doorzoekt. Haar moeder zou heel boos zijn als ze wist dat haar jongste dochter in haar spullen rondsnuffelt. Ida vergeet niet een zakdoek uit haar eigen nachtkastje te pakken, snuit er voor de zekerheid haar neus in en gaat ermee terug naar de keuken.

Het deeg is inmiddels klaar. Herta en Frieda zetten de baktrog naast het fornuis, dat niet meer gestookt wordt, maar tot morgenochtend zijn warmte blijft uitstralen. Herta legt een oud laken over de trog zodat het deeg een nacht kan rusten.

Tijdens het avondeten is hun moeder vrolijk. Ze heeft vandaag een goede omzet gehad, een paar artikelen die almaar niet verkocht werden zijn nu ook weg en Helga Schütz heeft het geld voor de sterren gebracht. De burgemeester wilde ze wel doneren zodat het kerstspel extra mooi wordt en iedereen ervan kan genieten.

'Het was een gewaagde handel,' zegt ze tegen Frieda. 'Maar het is goed gegaan.'

'We hadden met de sterren kunnen blijven zitten,' zegt Herta.

'Ach,' zegt haar moeder lachend. 'Af en toe moet je risico's nemen. Dat zei papa altijd.'

Herta zucht nors en zegt dat ze door al het werk bijna vergeten was de kippen op te sluiten. Het deurtje van het kippenhok moet bij het vallen van de avond altijd naar beneden worden gelaten, zodat de vos de kuikens niet steelt.

Ida zegt dat ze nog huiswerk moet maken en Frieda wil lezen. Boven in de slaapkamer, omdat het daar rustiger is.

'Willen jullie niet beneden blijven?' vraagt hun moeder bezorgd. 'Het is boven zo koud.'

De slaapkamers zijn niet verwarmd, er is boven zelfs niet eens een kachel. In de winter is de warmste ruimte de keuken. Overdag brandt de kachel in de winkel ook, maar het is daar nooit knus en warm omdat er constant iemand naar binnen komt of naar buiten gaat.

'We slaan de dekbedden om ons heen, mama.'

Moeder en Herta zijn echte koukleumen, zij hebben het altijd koud. Frieda heeft het zelden koud en Ida nooit. Toch zitten ze even later met de veren dekbedden om hen heen op Frieda's bed, gewoon omdat het zo knus is. Alsof ze in een grot zitten.

'Bockenheimer Landstrasse 96,' zegt Ida trots.

'Grootmoeder Else? Hoe weet je dat?'

'Er ligt een oude brief in mama's ladekast...'

Frieda kijkt half bewonderend, half geïrriteerd. 'Voor jou moet je echt op je hoede zijn,' zegt ze. 'Je bent een sluwe spion.'

'Schrijf het op een papiertje, anders vergeet je het weer.'

Frieda schrijft het adres op. Ze weten niet of het adres nog klopt en of grootmoeder eigenlijk nog wel leeft.

'En doe haar de groeten van mij in je brief,' zegt Ida.

'Je moet me een blaadje uit je schoolschrift geven, ik heb geen papier meer.'

'Alweer!' Ida kreunt en scheurt twee vellen papier uit haar schrift. In het midden, zodat niemand het merkt, want anders valt er achterin een blaadje uit.

Frieda gaat met het papier en een potlood op haar eigen bed zitten. Ze wil goed nadenken hoe ze de brief moet formuleren en wil niet dat Ida zich met de tekst bemoeit.

'De envelop moet je uit de winkel halen,' herinnert Ida haar. 'En de postzegels heeft mama ook geteld.'

'Jahaa!' bromt Frieda.

Nou, dat mag ze lekker zelf uitzoeken, denkt Ida, en ze pakt het boekje van Wilhelm Raabe. Het begin is niet slecht. Het gaat over een stormachtige nacht in november. De wind fluit uit het noordoosten en het ziet ernaar uit dat er zo een scheepsgevecht uitbreekt. Met kanonnen. Meester Hohnermann had gelijk. Dat wordt spannend.

Frieda is inmiddels klaar met de brief. Het potlood ligt op haar nachtkastje, de brief heeft ze alvast in het laatje gelegd zodat haar moeder of Herta hem niet zien. Frieda bladert door het boekje dat

Ida voor haar heeft meegebracht van meester Hohnermann. Het verhaal over de Schotse koning 'Macbeth'. Als je het woord correct wilt uitspreken, moet je aan het einde lispelen.

'Mag ik de brief lezen?'

'Nee!'

'Waarom niet? Het was mijn idee!'

Frieda maakt een afwijzend gebaar. Ze wil het gewoon niet en wil ook niet uitleggen waarom niet. In plaats daarvan leidt ze Ida af. 'Moet je luisteren. Dit is geweldig.'

Ze springt van het bed en neemt een pose aan. Haar gezicht krijgt een griezelige uitdrukking, alsof ze gek wordt, of de maan aanbidt zoals slaapwandelaars doen. De grootvader van molenaar Dippel schijnt zoiets te hebben gedaan, dat zeggen de mensen in het dorp.

'*Kom, jullie geesten die neigen naar sterfelijke gedachten! Ontwijf me hier...*' Ze moet in het boekje kijken omdat ze de tekst niet meer kent. Dan spreekt ze verder. '*Ontwijf me hier. En vul me van de kruin tot de top van de teen vol van de grootste wreedheid; maak mijn bloed dik...*'

Ida is onder de indruk. Dit is zelfs beter dan dat van Friedrich Schiller. 'Zegt de koning van Schotland dat?'

Frieda heeft diep ademgehaald om verder te gaan, maar pauzeert nu, geïrriteerd door de stomme vraag. 'Natuurlijk niet. De koning is een man, hoe kan die nu ontwijfd worden?'

'Ik dacht dat ze zijn vrouw willen vermoorden. Dan wordt hij ontwijfd...'

'Onzin. De lady zegt dit. Dat is zijn vrouw. Ik denk dat zij iemand wil vermoorden.'

'Goed,' zegt Ida. 'Ga verder. Hier hou ik van. Je moet je haar los doen als je dat zegt. Dan is het nog griezeliger.'

Frieda maakt haar lange vlecht los en schudt haar haar los zodat een deel ervan over haar gezicht hangt. Het ziet er geweldig uit. '*Maak mijn bloed dik! Sluit de toegang en doorgang tot wroeging, dat geen gewetensvolle bezoeken van de natuur...*'

Herta denkt er niet aan om aan te kloppen. Ze stormt gewoon de slaapkamer binnen en begint te tieren. Ze heeft geen begrip voor dat geacteer. 'Ben je gek geworden om zo hard te schreeuwen, Frieda? Wat moeten de buren wel niet van ons denken? Mama zei net dat het zo niet door kan gaan met jou!' Ze heeft de tinnen warmwaterkruik gevuld met heet water en legt hem onder haar dekbed, want in de winter heeft ze altijd koude voeten. 'Ik ga nu slapen,' kondigt ze aan en ze trekt de gordijnen voor de ramen dicht omdat ze zich wil uitkleden.

Frieda legt *Macbeth* onder haar hoofdkussen. Ida zucht en kleedt zich ook uit. Ze zullen het licht zo uit moeten doen van Herta, omdat zij anders niet in slaap kan vallen en omdat elektriciteit geld kost. Ze moeten wachten tot hun oudste zus slaapt, maar dan stapt Frieda op blote voeten uit bed, sluipt naar de deur en doet het plafondlicht weer aan. Ze lezen meestal nog urenlang totdat ze moe worden. Herta wordt niet wakker van het licht. Als ze eenmaal slaapt, dan slaapt ze.

'Nu,' fluistert Ida. 'Struikel niet over mijn schooltas, die staat voor je bed.'

En zo spoken moorddadige gedachten en wilde zeegevechten tot ver na middernacht in de slaapkamer rond, terwijl in het dorp mensen en vee vreedzaam rust houden en slechts af en toe de roep van een uil te horen is.

7

'Wat doe je nou zo lang bij dat joch? Hij moet slapen!'

Helga zit op de rand van het bed van haar zoon en heeft hem een sprookje verteld. Als Otto plotseling de deur opentrekt, krimpen ze allebei geschrokken ineen.

'Ik kom er zo aan, Otto,' zegt ze. 'Alleen nog het nachtgebed.'

'Onzin!' roept hij en hij grijpt haar bij de schouder. 'Hij is geen kleuter meer en kan zelf bidden.'

Heinz staart zijn vader met grote, angstige ogen aan. Hij wil niet dat zijn moeder weer wordt uitgescholden om hem. Dat doet meer pijn dan wanneer hij zelf op zijn kop krijgt. Dat heeft hij geleerd te verdragen.

'Ga maar, mama,' zegt hij zachtjes. 'Ik doe het wel.'

Helga buigt zich naar hem toe en geeft hem een nachtzoen. Otto's hand rust zwaar op haar schouder. 'Slaap lekker, Heinz!'

'Jij ook, mama. En papa ook.'

'Welterusten!' antwoordt Otto kortaf en hij doet de plafondlamp uit.

Gertrud staat in haar nachtjapon in de gang. Haar kamer is direct naast die van Heinz. Anni slaapt een verdieping hoger, waar de meid sliep. Die is in het voorjaar weggelopen omdat ze het niet kon uithouden met Gertrud.

'Het is niet de eerste keer dat ik het zeg,' zegt ze boosaardig. 'Helga verwent de jongen zo erg dat hij binnenkort helemaal verwijfd zal zijn en niet geschikt is om de boerderij te erven.'

Maar Otto's hoofd staat momenteel naar iets anders. Het geruzie van zijn moeder werkt hem op de zenuwen. 'Hou je mond!' snauwt hij haar toe. 'Ga naar je kamer en ga slapen!'

Dat was een vergissing, want Gertrud accepteert die toon niet. Ze gaat voor hem staan en steekt agressief haar kin op. 'Hoe praat je tegen je moeder?' sist ze naar hem. 'Is dit de dank voor alles wat ik voor jou doe? Hoe denk je dat het er hier uit zou zien als ik er niet was? Het zou een bende worden, neem dat maar van me aan!'

Otto heeft geen zin in een lange ruzie. Hij moppert dat ze zich niet zo moet aanstellen en dat hij het niet kwaad bedoelde.

'Niet kwaad bedoelde!' roept Gertrud en ze zet haar handen in haar zij. 'Ik zal jou eens wat zeggen, Otto. Let op je woorden, anders zou je er weleens spijt van kunnen krijgen.'

'Welterusten!' zegt Otto nors en hij opent de deur van de echtelijke slaapkamer. Helga volgt hem. Gertrud blijft in de gang staan en kijkt hen met boze ogen na. Helga weet dat ze stikjaloers is als haar zoon en schoondochter samen in de slaapkamer zijn. Er zijn tijden geweest dat Otto zijn moeder 's avonds laat voor de echtelijke slaapkamer betrapte terwijl ze haar oor tegen de deur hield. Toen werd hij wel boos, maar Gertrud heeft altijd het laatste woord.

Het kan Helga niet schelen. Ze zou haar schoonmoeder de plaats in de echtelijke slaapkamer maar al te graag laten innemen als ze een kamer voor zichzelf kon hebben. Maar dat is ijdele hoop. Helga is zijn vrouw en moet naast hem liggen. In goede en in slechte tijden. De goede tijden waren voor de oorlog, die komen niet meer terug.

Otto doet zijn jasje uit en gooit het op de kruk. Hij trekt zijn schoenen en sokken uit, en zijn broek, die ook op de kruk belandt. Het lange overhemd, dat in zijn broek was gestoken, houdt hij aan. Het is niet schoon, want hij heeft een hekel aan onderbroeken en steekt de uiteinden van zijn overhemd tussen zijn benen, net zoals zijn vader en grootvader deden. Helga walgt ervan. Vroeger trok hij zijn overhemd uit voordat ze naar bed gingen, maar vanwege zijn letsel aan zijn arm, waar de dokters zo vaak in hebben gesneden, wil hij zich niet meer zonder overhemd vertonen. Hij heeft dit nog nooit toegegeven, omdat hij ijdel is, maar Helga heeft het wel door.

'Kom je nou eindelijk?' snauwt hij haar toe terwijl ze langzaam en omslachtig haar rok uittrekt. 'Ga je elke plooi afzonderlijk goed leggen? Moet ik soms tot morgenochtend op je wachten?'

Zoals veel getrouwde vrouwen in het dorp draagt ze de traditionele klederdracht. Een donker lijfje, een lichte blouse, en daarbij een kuitlange rok die bestaat uit een lang stuk stof die geplooid wordt en met een lint om de taille wordt gebonden. Daaroverheen komt het schort. Het kapje draagt ze niet. Vrijwel niemand draagt het nog, meestal wordt het vervangen door een hoofddoek.

Helga weet dat ze hem niet verder van streek moet maken, anders begint hij te schreeuwen en dan kunnen Heinz en Gertrud elk woord verstaan. Soms komt hij het bed uit en grijpt hij haar bij de arm. Eén keer heeft hij haar in het gezicht geslagen. Toen barstte haar lip open en werd er geroddeld in het dorp. Sindsdien heeft hij dat niet meer gedaan, omdat hij zijn goede reputatie als burgemeester hoog in het vaandel heeft staan. Met vrouwen is het net als met paarden, zeggen ze in het dorp. Een man die zijn paard moet slaan, is een slechte boer omdat hij niet weet hoe hij een dier moet africhten zodat het vrijwillig gehoorzaamt. Dus over iemand die zijn vrouw slaat, wordt overal geroddeld en stiekem gelachen.

'Ik kom al,' zegt ze en ze doet de plafondlamp uit. Ze gaat op het bed zitten om haar kousen uit te trekken, maar hij wil niet wachten. Hij grijpt haar om haar middel en trekt haar naar zich toe. Hij schuift haar onderrok, die ze nog aanheeft, omhoog en dan voelt ze hem al.

'Het moet toch wel heel raar lopen als het ons niet lukt om nog een jongen te krijgen,' mompelt hij en hij mat zich af.

Helga houdt zich stil en laat het gebeuren. Haar onverschilligheid stoort hem niet, het kan hem niet schelen wat ze voelt. Ze is zijn vrouw. Ze moet met hem slapen, kinderen baren en het werk in huis en op het land doen. Ze moet hem dankbaar zijn, want ze heeft niets in het huwelijk gebracht, behalve haar verleidelijke lichaam, dat hem van begin af aan begerig maakte. Ook nu is hij nog steeds wild van haar en kan hij vaak niet wachten om haar in bed te hebben. Teder is hij nooit geweest, maar vroeger dacht ze dat het zo hoorde. Nu weet ze wel beter. Het is verraderlijk dat ze nu weet dat het anders kan, want daar heeft niemand wat aan. Maar die kennis spookt in haar geest en lichaam rond als een boze geest en maakt haar ongelukkig.

Otto is snel klaar. Hij snuift nog een keer heftig, hoest en draait zich dan om. Een paar ademhalingen later is hij in slaap gevallen. Hij ademt uit met een fluitend geluid en als hij weer inademt, rochelt hij.

Helga ligt op haar zij, met haar gezicht van hem af, en krult zich op. Ze probeert te vechten tegen de herinneringen die nu bij haar bovenkomen, maar het lukt niet. Ze kan Oskar Michalski niet uit haar gedachten bannen. Hoe het tussen hen begon. De intense blikken, de donkere ogen, de glimlach, de behoedzame behulpzaamheid om haar werk te verlichten. Zijn stem, warm en liefdevol als een zachte mantel die je om je heen trekt. De eerste tedere aanraking die haar deed huiveren en haar 's nachts uit haar slaap hield. Het was haast niets en nauwelijks voelbaar. Toen ze even alleen in de schuur waren, streek hij met zijn vinger over haar wang. Dat was alles. En toch geloofde ze op dat moment dat ze zou sterven van geluk en verlangen.

Later werd het meer. Ze zochten naar gelegenheden, in de schuur of op de hooizolder. Het was niet makkelijk, alleen al vanwege Gertrud, die haar altijd achterdochtig volgde. Maar ook vanwege de jongen, Heinz, die meestal achter haar aan rende. Oskar vond de jongen leuk en speelde vaak met hem. Hij bouwde een wagen en een paard voor hem, sneed fluiten uit wilgentakken en ving samen met hem krabben in de beek. Op een gegeven moment begonnen ze 's nachts in het tuinhuisje van de villa op de heuvel af te spreken. Het kostte Oskar geen moeite om het slot te openen. Ze zetten de tuinstoelen weg en hij spreidde zijn jas uit op de grond zodat haar rok niet vies zou worden. Hij liet haar zien wat liefde en hartstocht was, wat ze nooit eerder had gekend. Het was als een roes. Het was heel heftig, alsof vlammen zich boven haar sloten, en toch zo zacht en teder dat ze moest huilen als ze weer afscheid namen. Ze hebben Otto niet echt bedrogen, want er is niets tussen hen gebeurd dat tot een kind had kunnen leiden. Maar met haar gevoelens en in haar gedachten heeft ze Otto wel bedrogen. Ze heeft liefde ervaren en die laat haar niet meer los. Een geheime, ongeoorloofde, zondige liefde voor een man die niet haar echtgenoot is. Ze is een slechte, verdorven vrouw.

's Ochtends staat ze bij het eerste hanengekraai op omdat ze het bakhuis moet stoken. Zo is het gebruik: de een stookt, de ander veegt later de as uit de oven en dweilt de hete stenen met een natte doek zodat de broden erop gebakken kunnen worden. Het stoken moet vroeg in de ochtend gebeuren, zodat het hout en het rijshout voldoende tijd hebben om volledig tot as te verbranden. Het is nog pikdonker buiten, maar ze doet geen licht aan. Ze wast zich in de koude, donkere kamer, kleedt zich aan en verlaat stilletjes de slaapkamer. Otto slaapt nog.

Gertrud staat al beneden in de keuken. Ze slaapt 's nachts maar een paar uur en is 's ochtends altijd de eerste. Ze heeft het fornuis aangestoken en moutkoffie gezet. De melkkan staat op tafel.

'Goedemorgen,' zegt Helga en ze schenkt koffie in een mok.

'Het brood is op,' antwoordt Gertrud nors in plaats van haar te begroeten. 'Het is een raadsel waar het is gebleven. De muizen hebben het zeker opgegeten.'

'Er komt vers brood vandaag,' zegt Helga. 'Maak gewoon havermout als ontbijt.'

Ze krijgt geen antwoord. Gertrud neemt geen advies aan van haar schoondochter. Ze kookt de pap echter evengoed, want anders gaat Otto klagen dat het hier een 'zwijnenboel' is.

'Zorg dat je voor het melken terug bent!' instrueert ze haar schoondochter en ze trekt de klep van het fornuis open om hout toe te voegen.

Helga trekt een jas aan, pakt de petroleumlamp en knoopt een hoofddoek om. Het heeft gevroren. De keien op het erf zijn bedekt met een dun laagje ijs en ze moet oppassen dat ze niet uitglijdt. Ze hoort de vertrouwde geluiden. In de stal rammelen de koeien met hun kettingen, vanuit alle kanten klinkt het gekraai van hanen, een paar boerderijhonden blaffen schor. Op de hooizolder boven de stal brandt licht. Daar slaapt Adam, hij maakt zich klaar voor het begin van de dag. Ze hebben de kar gisteravond al volgeladen met takken en rijshout. Ze legt er nog een paar houtblokken bij en tilt moeizaam de balk op waarmee de poort van de boerderij 's nachts gesloten wordt.

'Ik kom eraan!' roept iemand achter haar.

Adam is snel naar beneden gekomen en helpt haar de zware poort open te duwen. De dorpsstraat ligt in het duister. Er zijn maar een paar straatlantaarns in het dorp, bij het kerkplein, die in de ochtenduren worden uitgeschakeld. Her en der ziet ze het schijnsel van licht door de ramen. Het leven in het dorp begint al vroeg.

Helga trekt de kar langzaam en voorzichtig, want in de dorpsstraat zijn de straatstenen ook glad van het ijs. Bovendien zitten er veel hobbels en gaten in de weg. Het is niet ver naar het bakhuis. Ze moet langs het kerkplein en langs Gasthaus Zum Raben en dan is ze er al.

Als ze bij het bakhuis aankomt, zet ze de kar weg en haalt ze de sleutels uit haar jaszak. Er is een kleine voorkamer met beugels aan de muren waarop de planken met de ongebakken broden geplaatst kunnen worden. Hier hangt ook het gerei dat nodig is om te bakken, zoals de 'schieter', een platte schep met een lange steel waarmee de broden in de oven worden 'geschoten' en er later weer uit worden gehaald. Ook de emmers en schrobbers met lange steel voor het dweilen van de hete stenen staan hier. Ze worden gebruikt door iedereen die zijn brood in het bakhuis bakt.

Helga zet de petroleumlamp neer, want er is geen elektrisch licht in het bakhuis, en opent de ijzeren deuren van de oven. Dan gaat ze terug naar haar kar om eerst het hout en daarna het rijshout naar de oven te dragen. Ze heeft net de eerste lading houtblokken in haar armen als ze ineens een stem hoort.

'Mag ik je helpen?'

Ze kent die stem en verstart. Sinds Oskar in het dorp is, heeft ze hem zo veel mogelijk ontlopen. Nu staat hij naast haar, alsof hij uit de ochtendduisternis is opgedoemd, en kan ze hem niet ontwijken. De houtblokken op haar armen worden loodzwaar.

'Het gaat wel,' zegt ze met moeite.

'Met z'n tweeën gaat het sneller.' Hij pakt ongevraagd een bundel rijshout van de kar.

Ze hoort de takken en twijgen kraken en weet niet wat ze moet doen.

'Je moet eerst naar binnen gaan,' zegt hij. 'Dan ga ik daarna.'

'Je hoeft me niet te helpen,' zegt ze.

'Ik doe het graag.'

Er is niemand in de buurt. De boeren zijn druk in de weer, de dorpsstraat is donker en leeg. Ze voelt haar hart bonzen en haar borstkas samentrekken, en ze ademt snel. Ze zou het hout op de grond kunnen gooien en wegrennen, maar ze gaat het bakhuis in en legt de houtblokken in de oven. Hij staat achter haar met het rijshout en wacht tot ze klaar is. Als ze zich omdraait, kijken ze elkaar in de ogen.

'Wat wil je hier?' fluistert ze.

'Jou weer zien, Helga.'

'Het is voorbij. Dat weet je!'

'Voor mij niet. Ik hield het niet uit zonder jou.'

Het klinkt zo lief. Ze luistert naar zijn woorden en voelt een pijnlijk verlangen. Ze verzet zich ertegen. Het is onmogelijk. Dit kan voor hen beiden alleen maar tot ongeluk leiden.

'Ga weg!' zegt ze met harde stem. 'Er is hier geen plaats voor jou!'

'Mijn plaats is bij jou. Nu en voor altijd.'

Ze staart hem aan. Hij is ouder geworden, hij heeft rimpeltjes rond zijn ogen. Zijn wangen zijn donker omfloerst doordat hij zich niet heeft geschoren. Er ligt een vreemd trekje om zijn mond. Een koppige vastberadenheid die ze nog niet van hem kent.

'Ik heb een man en een zoon. Dat is alles wat ik nodig heb,' benadrukt ze. 'Dat moet je inzien. Dus ga weg!'

Hij schudt zijn hoofd en legt het rijshout in de oven.

'Oskar, ik smeek het je,' fluistert ze. 'Stort ons niet in het ongeluk.'

Hij komt dicht bij haar staan. Ze voelt zijn ademhaling en perst zich tegen de koude muur. De angst voor hem en voor zichzelf is overweldigend.

'In het ongeluk?' vraagt hij. 'Wil je zeggen dat je gelukkig en tevreden bent met je leven?'

'En als dat zo was...'

'Het is niet zo. Ik heb rondgevraagd, Helga. De mensen in het dorp zeggen niets goeds over je man.'

'Dat zijn niets dan leugens en onzin.'

'Kletspraatjes hebben altijd een kern van waarheid.'

'Geloof wat je wilt,' zegt ze met een zucht. 'Het is mijn lot en niemand kan dat veranderen.'

Ze krimpt ineen omdat hij teder zijn handen op haar schouders legt. Zijn gezicht is heel dichtbij, zijn donkere blik dringt diep tot haar door. Verlangend, bezwerend, smekend. 'Wij kunnen het veranderen,' zegt hij. 'Als je nog van me houdt en me vertrouwt, kan alles goed komen. Ga alsjeblieft scheiden, Helga, en kom bij mij.'

Heel even gelooft ze hem. Het is mogelijk om de ketens af te schudden en een nieuw leven te beginnen. Het enige wat ze nodig heeft is moed en vertrouwen. De liefde is almachtig. Sterker dan alle obstakels. De liefde zal haar wegdragen. Plotseling hoort ze een hond blaffen. De waard van Zum Raben heeft de deur van het café geopend en Pluto is de dorpsstraat in gerend. Hij blaft boos naar de kar.

'Ga eindelijk,' fluistert ze geschrokken. 'Ga voordat we hier samen gezien worden!'

'Zeg me dat je van me houdt,' eist hij.

Vanuit het café klinkt de schorre stem van Jörg Guckes, die zijn hond roept. Op de Altmannhoeve ernaast scheldt Lina het mormel uit, dat weer tegen haar hek heeft geplast. Het vage sprankje hoop vervliegt. Niet de liefde is almachtig, maar het dorp en zijn regels, en de rechten van een echtgenoot die het kerkelijk en wereldlijk recht aan zijn zijde heeft.

'Nee!' zegt Helga wanhopig. 'Ik hou niet meer van je. Het is voorbij. Hoor je me? Over en uit. Voor altijd!'

Hij haalt zijn handen van haar schouders en doet een stap achteruit. Zijn gezicht is duister en zijn ogen zijn tot spleetjes geknepen, alsof hij een klap heeft gekregen. 'Dat is niet waar,' fluistert hij. 'Ik weet dat het niet waar is, Helga.'

Als ze hem nu om zijn nek zou mogen vallen… Hem opbiechten dat ze heeft gelogen, hem verzekeren dat ze meer van hem houdt dan ooit.

'Ga weg!' sist ze hem toe. 'Laat me met rust. Ik wil je nooit meer zien!'

Hij draait zich om en gaat naar buiten. Hij verdwijnt in de duisternis van de dorpsstraat, en zij staat daar hulpeloos alleen. Ze kan niet geloven wat ze heeft gezegd, maar heeft ook niet de moed om hem terug te roepen.

Karin Guckes kijkt het bakhuis in, wenst haar goedemorgen en begint te klagen over de hond van Georg Altmann, die hij niet vastbindt maar vrij laat rondlopen. 'Ben je de oven al aan het stoken, Helga? Wacht, ik zal het hout aangeven. Dan gaat het sneller.'

Helga knikt. Ze kan niet praten, ze is nog steeds als verdoofd. Mechanisch stopt ze het rijshout in de oven, haalt de lucifers uit haar jaszak en steekt de droge takjes aan. Na een paar seconden brandt het hout fel, de vlammen vreten zich een weg naar de achterkant van het stenen gewelf, flikkeren rood, blauw en gloeiend geel, het hout knakt, kleine vonken spatten naar haar toe.

'Doe de ovendeur dicht zodat de hitte erin blijft,' adviseert Karin haar en ze loopt tevreden weg.

Helga staat daar en staart in het vuur. Ze heeft het gevoel dat de gulzige vlammen alles verslinden wat ooit mooi is geweest in haar leven en haar gelukkig heeft gemaakt. De hoop, de verlangens, de dromen. En ook de liefde. Het laaiende vuur vreet alles op en verandert het in grijze as.

Ze sluit de ovendeur, pakt de lamp en trekt de kar terug naar de Schützhoeve. Ze passeert de Altmannhoeve. Er brandt licht in de stal en in de wagenschuur, maar Oskar is nergens te bekennen. Ze zou naar binnen kunnen gaan en hem zeggen dat ze van hem houdt, maar haar voeten dragen haar weg, terug naar de Schützhoeve. De hoop is in de vlammen opgegaan.

Op de boerderij is Otto samen met Adam de varkens aan het voeren. Gertrud melkt de koeien.

'Ben je daar eindelijk?' roept ze haar toe door de halfopen staldeur. 'Moet ik vandaag alleen melken? Het rotjoch wilde weer niet opstaan.'

Helga ontwaakt uit haar verdoving, duwt de kar de schuur in en loopt de keuken in. Daar zit Heinz met een bord pap voor zich de grauwe brij op te lepelen. Zijn linkerwang is onnatuurlijk rood – als Gertrud haar geduld verliest aarzelt ze geen seconde. Impulsief neemt Helga de jongen in haar armen en omhelst hem stevig. Haar kind, haar zoontje, is haar grootste schat op aarde. Haar eigen geluk is onbelangrijk, als het maar goed gaat met Heinz.

'Laat me los, mama,' verdedigt hij zich tegen de onverwachte uiting van liefde. 'Ik moet met het melken helpen.'

Hij schraapt de restjes van het bord, drinkt de melk op en trekt zijn stallaarzen aan. Hij leerde melken toen hij vijf jaar oud was en doet het graag. Ook ander werk doet hij zonder klagen. Hij helpt Adam met het uitmesten van de stal, voert de kippen en verzamelt de eieren. Hij keert het hooi met de vrouwen en harkt, helpt bij de aardappeloogst en de slacht in de winter. Bij het houthakken moet hij de blokken oprapen en netjes opstapelen, want de bijl mag hij nog niet hanteren. Hij kan ook nog niet met de zeis werken. Hij heeft het geprobeerd, maar de zeis is nog te zwaar voor hem. Alle kinderen in het dorp moeten helpen met het werk op de boerderij. Alle handen zijn nodig en als je een echte boer wilt worden, moet je vroeg beginnen. Ook de school moet zich hiernaar richten.

Even later staan ze met z'n drieën in de stal te melken. Daarna giet Gertrud de melk door de zeef en giet ze een deel ervan in de bakjes die voor de zuivelfabriek zijn bestemd. Als Heinz klaar is hangt hij zijn melkkruk aan de muur en aait hij snel Loni, zijn lievelingskoe. Dan moet hij opschieten om niet te laat op school te komen.

Helga gaat met Gertrud naar de keuken om de broden te vormen die vandaag gebakken zullen worden. De lange planken liggen op de keukentafel. Helga bestrooit ze met bloem zodat het deeg er niet aan blijft plakken. Het werk vordert snel. Buiten begint de bleke winterochtend te dagen. De wolken hangen laag boven het dorp, het zou kunnen dat het gaat sneeuwen. Gertrud neemt de eerste plank op haar schouders en loopt voor haar uit naar het bakhuis. Helga heeft een benauwd gevoel en moet even diep ademhalen. Dan tilt ze de plank, waarop zes broden liggen, op haar schouder.

'Hopelijk is Herta al klaar met vegen,' zegt Gertrud. 'Ze denkt altijd dat ze elk stofje moet verwijderen en elk hoekje van de oven moet dweilen.'

Een beetje as kan geen kwaad, vindt Gertrud. Maar Marthe Haller en haar dochters zijn nogal pietluttig, die houden niet van zwarte broodkorsten. Vandaag is het echter niet Herta maar Frieda die in het bakhuis aan het werk is. Ze begroet de twee vrouwen van de Schützhoeve opgewekt en zet de schrobber met de lap eraan in de emmer.

'We kunnen beginnen,' zegt ze. 'Herta komt er al aan met onze broden.'

Ze hebben een kruis gemaakt in de broden van de Schützhoeve, en de vrouwen van de dorpswinkel maken een deuk in het midden. Zo kunnen ze de gebakken broden later van elkaar onderscheiden. Helga legt de broden op de schieter zodat Gertrud ze in de oven kan schuiven en Frieda doet hetzelfde voor haar zus Herta. Ze 'schieten' om de beurt, het moet snel gaan. Als de ovendeur openstaat komt er een verzengende hitte uit. De vrouwen zweten en hebben rode gezichten. Helga heeft het gevoel dat ze haast geen lucht krijgt.

'Hebben jullie het laatste nieuws al gehoord?' zegt Frieda, die tijdens het werk nooit haar mond kan houden.

'Heb je weer een toneelstuk geschreven?' vraagt Gertrud spottend. 'Zonde van de moeite en de tijd. Je zou eens fatsoenlijk werk kunnen doen en je moeder kunnen helpen.'

'Frieda helpt onze moeder heel goed,' verdedigt Herta haar zus.

Ook al zijn de zussen van de dorpswinkel niet altijd aardig voor elkaar, naar buiten toe steunen ze elkaar.

Frieda trekt zich niets aan van Gertruds mening en lacht.

'Ik heb het niet over mezelf. Ik heb Oskar Michalski gezien. Hij liep net langs de winkel met zijn plunjezak over zijn schouder. Hij gaat zeker alweer weg...'

Dat is het enige wat Helga hoort. De vloer van aangestampte klei nadert plotseling met griezelige snelheid, het brood dat ze net op de schieter wilde leggen valt uit haar handen en ze stort in een bodemloze duisternis.

Als ze weer bij bewustzijn komt, ligt ze op haar bed. Otto staat voor het raam, met zijn handen op zijn rug gevouwen, starend in de tuin. Ze probeert voorzichtig rechtop te gaan zitten, maar zakt meteen weer achterover. Iets zwaars ligt als een molensteen op haar en drukt haar in de kussens.

Otto heeft haar beweging opgemerkt. Hij draait zich om. 'Ben je zwanger?'

'Ik geloof het niet,' fluistert ze.

Hij is teleurgesteld, kijkt haar nors aan en loopt naar de deur. ‘Sta zo snel mogelijk op. Morgen is het slachtdag, dus de ketel voor de worsten moet worden omgespoeld.’

8

Er klinkt een vrolijk volksliedje uit het klaslokaal. De heldere kinderstemmen zijn helemaal in de dorpsstraat en zelfs op het kerkplein te horen. Johannes Hohnermann laat zijn leerlingen vaak zingen. De meeste kinderen zijn muzikaal, slechts een of twee neuriën alleen. Als het nodig is zingt hij een paar regels mee, maar anders luistert hij liever omdat zijn diepe stem de samenklank verstoort.

Na twee coupletten mogen ze gaan zitten. De oude schoolbanken kraken en als iemand de klep van de lessenaar optilt, piepen de scharnieren. Er klinkt zacht gefluister dat aanzwelt tot half luid geklets. Zijn kinderen zijn meestal braaf. Hij hoeft slechts zelden het Spaanse rietje te gebruiken dat zijn voorganger hem heeft nagelaten. En als hij het doet, doet hij het met grote innerlijke weerstand en heeft hij het gevoel dat hij heeft gefaald. Helaas zijn er een paar kwajongens onder de oudere kinderen, die alleen op deze manier in toom gehouden kunnen worden. Het is niet de schuld van de kinderen, ze zijn het van huis uit gewend dat hun vader en moeder hard slaan als ze iets doen wat hun niet zint. Met berispingen en straffen kom je niet ver. In het dorp heerst de mening dat een leraar die niet slaat, een slechte leraar is.

Hij geeft de kinderen de gebruikelijke taken. 'Eerste klas, pak je lei. Tweede en derde klas, laat je schrift zien. Vierde, vijfde en zesde klas, schrijf wat links op het bord staat over. In schoonschrift. Zevende en achtste klas, schrijf de sommen die rechts op het bord staan over en reken ze uit...'

Acht leerjaren zitten er in dit klaslokaal, in totaal twaalf kinderen van verschillende leeftijden die hij tegelijkertijd les moet geven. Dat vereist oefening, aandacht en organisatorische vaardigheden van de kant van de leraar, en van de kinderen wordt gehoorzaamheid en discipline verwacht. Als hij de kleintjes een nieuwe letter leert, moet hij de andere leerjaren bezighouden met een taak die ze zonder hem kunnen uitvoeren. Elk leerjaar moet elke dag iets nieuws leren, maar de kinderen moeten ook oefenen wat ze hebben geleerd en zelfstandig opdrachten maken.

Dat is de theorie. Er zijn dagen dat het goed gaat en dan is hij tevreden met zichzelf. Op andere dagen gaat alles mis. Dan zijn de kinderen ongeconcentreerd, de taken te moeilijk, de kleintjes ongewoon traag van begrip, de oudere melig en kletserig. Dan zit hij 's middags in zijn studeerkamer en denkt hij na over wat hij verkeerd heeft gedaan. Hij bedenkt nieuwe methoden en zoekt in zijn boeken naar interessante onderwerpen die hij aan de oudere kinderen wil uitleggen. Johannes Hohnermann is voor het derde jaar meester in Dingelbach en houdt van de dorpskinderen. Hij kent inmiddels iedere jongen en ieder meisje niet alleen van de lessen op school, maar hij ziet ze ook elke dag door het dorp rennen, weet wie hun ouders zijn en hoe het er bij hen thuis aan toegaat. Als een kind zes jaar is, gaat hij naar het gezin om te horen of het schoolrijp is of dat ze de jongen of het meisje nog een jaar 'thuis willen houden'. Zo deed zijn voorganger het ook en hij zet deze gewoonte voort omdat hij die ook zinvol acht. Wat wel nieuw was voor de boerenfamilies, is dat meester Hohnermann in twee gevallen sterk heeft geadviseerd om het kind naar een middelbare school te laten gaan. De ouders luisterden beleefd naar hem, boden hem een glas appelcider aan en legden hem toen uit dat de jongen een ambacht moest leren en dus geen middelbare school nodig had. En een meisje uit het dorp naar de meisjesschool in Frankfurt of Bad Homburg sturen, dat gaat de voorstelling van de dorpelingen volledig te buiten.

Het doet hem pijn, want er zijn dorpskinderen die veel meer in hun mars hebben dan alleen op het veld werken en die een goede opleiding verdienen. Maar hij kan niet tegen de wil van de ouders op. Het is de dorpstraditie, die niemand durft te doorbreken. De bewoners van Dingelbach zijn een hechte gemeenschap. Ze leven met elkaar mee, steunen elkaar, helpen elkaar in tijden van nood, staan elkaar met woord en daad terzijde. Maar als een van hen zich afzet en zijn eigen weg gaat, zijn ze meedogenloos. Zonen van een dominee of van een onderwijzer gaan naar een gymnasium. Dorpskinderen niet.

Hij begint met de eersteklassers, die onrustig zijn en zijn aandacht nodig hebben. Zij moeten langzaam wennen aan de schooldiscipline. Vandaag leren ze de letter P. Hij schrijft de letter op het bord en ze moeten er drie rijen van schrijven. Welke woorden beginnen met een P? Tot slot geeft hij hun enkele woorden die een P bevatten en die ze kunnen schrijven met de letters die ze al kennen. Tussendoor moet hij andere leerlingen vermanen omdat ze te luidruchtig zijn of zelfs van hun plek af zijn gekomen. Ida is altijd een van hen. Zij broedt voortdurend nieuwe plannen uit met de oudere jongens. Het is verbazingwekkend hoe goed de twaalf- en dertienjarigen, die normaal nogal wild zijn, naar dit meisje luisteren. Ida heeft hen onder controle. Haar mening telt en als ze iemand een compliment geeft, straalt diegene van trots. Ze is een geboren leider en zet haar macht graag in. Dat pakt niet altijd goed uit, maar dat doet niets af aan de trouw van haar volgelingen.

Meester Hohnermann ontfermt zich nu over de tweede- en derdeklassers. Hij bekijkt hun huiswerk en geeft nieuw huiswerk op. Daar valt echter niet veel van te verwachten omdat de kinderen thuis moeten meehelpen en vaak te moe zijn om nog voor school te schrijven of te rekenen. Nu, in de winter, gaat het beter, want het veldwerk is gedaan waardoor er tijd is voor andere dingen.

De oudere kinderen, die aan de rechterkant van het lokaal in hun bankjes zitten, moet hij langer aandacht geven. Ze moeten een gedicht uit het hoofd leren. De meisjes kunnen dat perfect, maar de jongens hebben er meer moeite mee. In de achtste klas zitten drie leerlingen: Ida Haller, Hans Koppel en Rudi Schmidtkunz. De jongens zijn allebei niet erg slim. Ze zullen op de boerderijen van hun ouders blijven of misschien ergens introuwen, zoals gebruikelijk is in het dorp. Ida is een geval apart. Zij is waarschijnlijk zelfs hoogbegaafd. Hij denkt 's middags vaak na over welke extra taken hij haar zou kunnen geven zodat ze zich niet te erg verveelt. Haar dorst naar kennis is groot, en ze leert en begrijpt dingen ongelofelijk snel. Daarbij wil ze steeds weer over nieuwe onderwerpen leren. Wat haar gisteren interesseerde, vindt ze vandaag niet meer boeiend.

Vandaag heeft hij haar een vertelling van Emanuel Geibel gegeven. Ze moet die lezen en in haar eigen woorden samenvatten, en tot slot opschrijven wat ze er leuk aan vond.

'Doe je best om netjes en vooral leesbaar te schrijven,' maant hij haar.

'Kan ik niet iets over Cleopatra schrijven?' vraagt ze ontevreden.

'Cleopatra?'

'De koningin van Egypte. Zij had iets met Caesar en Antonius, en toen liet ze zich bijten door een giftige slang en ging ze dood.'

Hij stoort zich aan de formulering 'ze had iets met Caesar en Antonius', maar zegt er niets over. Blijkbaar leest ze de toneelstukken van Shakespeare die hij aan haar zus geeft. Hij had het kunnen weten. De laatste tijd komt Frieda een paar keer per week om drama's en toneelstukken te lenen. Hij overweegt al of hij naar Frankfurt moet gaan om wat werken te kopen, want zijn voorraad is bijna uitgeput. Maar helaas zijn boeken vrij duur en krijgt hij maar een mager salaris.

'Begin eerst maar met deze vertelling. En dan schrijf je daarna iets over Cleopatra.'

'Hebt u ook een boek over giftige slangen?'

Haar interesse in verdorven vrouwen en wrede moorden beangstigt hem soms. Maar waarschijnlijk is het slechts een tijdelijke fase.

'Je kunt het opzoeken in *Brehms Tierleben*,' adviseert hij haar.

'Goed.'

Als hij bij iedereen langs is gegaan, stuurt hij de leerlingen naar buiten voor de pauze en opent hij de ramen van het klaslokaal om te luchten. In de winter laat hij ze maar even open, anders duurt het te lang voordat de kachel het lokaal weer opwarmt. Vandaag rennen ze allemaal vrolijk kletsend naar buiten, want het heeft vannacht gesneeuwd.

Ook nu valt er sneeuw uit de lucht. Kleine, ijzige vlokken dwarrelen naar beneden en blijven op de bevroren grond liggen. De boeren zijn blij met de sneeuw omdat die de wintergewassen beschermt tegen grote vorstschade.

Na de pauze moet hij ze weer rustig zien te krijgen. Hij loopt weer door de rijen en later vertelt hij hun iets over het leven van de bedoeïenen in de Afrikaanse woestijn. Ze luisteren allemaal en hij is blij als ze vragen stellen.

'Bent u weleens in de woestijn geweest, meester?'

'Helaas niet. Maar ik heb er veel over gelezen. Morgen zal ik jullie een boek met foto's laten zien.'

's Middags, als de school uit is, haasten de meeste leerlingen zich weg omdat er thuis met het middageten op hen wordt gewacht. Sommigen treuzelen echter en lijken het klaslokaal niet graag te willen verlaten. Dat zijn de kinderen die thuis hard moeten werken omdat hun vader is omgekomen in de oorlog en hun moeder de boerderij alleen moet leiden. Het dorp heeft zwaar geleden in de Wereldoorlog. Bijna de helft van de mannen die voor de keizer en het rijk moesten vechten, kwam nooit meer terug. En ook degenen die de oorlog en de krijgsgevangenschap hebben overleefd, zijn er vaak niet goed van afgekomen. Zoals Otto Schütz, die er een kapotte arm aan over heeft gehouden, of de waard van Zum Raben, die zelf zijn beste gast is omdat hij meent dat hij de vreselijke dingen die hij heeft meegemaakt met bier en appelcider moet verdrinken.

Johannes Hohnermann heeft ook heel wat meegemaakt. Hij stamt uit een eenvoudig milieu. Zijn vader had een klein antiquariaat en zijn moeder naaide thuis voor een fabriek. Johannes was de jongste van drie broers. Dankzij zijn leraar, die zijn muzikale talent al vroeg herkende en zich inzette om een studiebeurs voor hem te krijgen, kon Johannes naar het conservatorium om te studeren voor kerkmusicus. Toen hij in zijn vijfde semester zat, brak de Wereldoorlog uit. Hij werd als een van de eersten opgeroepen en maakte de oorlog van begin tot eind als soldaat mee. In deze jaren begon het christelijke wereldbeeld dat hem was aangeleerd te wankelen en uiteindelijk stortte het als een kaartenhuis in. Hij zag bij anderen de lust om te vernietigen en te doden, maakte de meest afschuwelijke wreedheden mee en zag onschuldige mensen, ouderen, vrouwen en kinderen sterven. Het kwaad heeft hem omringd, is tot hem doorgedrongen en heeft hem tot het nare besef gebracht dat de oorsprong van al het duivelse in de mens zelf te vinden is. In ieder mens. Ook in hem.

De wonden die granaatscherven op zijn gezicht en borst hebben achtergelaten heeft hij geaccepteerd. Hij is bijna verbaasd dat hij er nog zo goed van af is gekomen. Hij dankt zijn gezichtsvermogen aan een Joodse arts in een lazaret in Frankrijk en zal de kleine, oudere man met de donkere baard nooit vergeten. Toen hij thuiskwam, hoorde hij dat zijn broers allebei waren gesneuveld en dat hun vader ook zijn leven had gegeven voor het vaderland. Zijn moeder was ziek van verdriet en uitputting. Om haar te ondersteunen hervatte hij zijn muziekstudie niet, maar volgde hij een lerarenopleiding zodat hij snel een baan kon krijgen en voor brood op de plank kon zorgen. Maar zijn moeder overleed voordat hij zijn eindexamen had gehaald, dus was hij helemaal alleen toen hij aan zijn eerste baan als onderwijzer begon.

Nu, na de ellende van de oorlog, komt hij langzaam weer tot zichzelf. Hij heeft geleerd dat dood en verderf niet het laatste woord hebben, maar dat er andere, betere krachten zijn die ons bestaan bepalen. In de hechte, vredige kring van het kleine dorp heeft hij ervaren dat hij iets kan betekenen. Het zijn vooral de kinderen die hem de hoop op het goede hebben teruggegeven. Daarom houdt hij van zijn werk en doet hij er alles aan om het zo goed mogelijk te doen.

Het is koud in zijn woning want het vuur in de kachel is allang gedoofd. Maar in de keuken staat een grijsblauw geglazuurde aardewerken pan, zoals ze die in het Westerwald maken. Daarin zit zijn middagmaal: aardappelpuree, bloedworst en appels, in laagjes en gegratineerd. 'Hemel en aarde' noemen de boeren het. Hij is ontroerd en dankbaar voor deze gaven, die hij sinds enkele weken krijgt. Het is een teken dat hij nu deel uitmaakt van het dorp en gewaardeerd wordt.

In het begin was dit absoluut niet zo. Alleen al zijn gezicht dat onder de littekens zit en zijn bril met het dikke glas wekten de argwaan van de dorpelingen. Bovendien ging hij anders met de kinderen om dan zijn voorganger. Via de vrouw van de dominee kreeg hij klachten te horen. Hem werd verweten dat hij de kinderen op gekke ideeën bracht in plaats van ze gewoon op een fatsoenlijke manier te leren rekenen en schrijven. Het maakte hem verdrietig, maar hij liet zich niet van de wijs brengen en toonde geduld. Dat wordt nu op een prachtige manier beloond. Er zijn ongetwijfeld nog steeds mensen die hem 'te week' vinden, vooral mannen. Maar de vrouwen heeft hij aan zijn kant. Zozeer zelfs dat ze zich zorgen maken over zijn gezondheid. Omdat hij vrijgezel is en ze gemerkt hebben dat hij niet graag achter het fornuis staat.

Hij is achtentwintig en heeft nooit aan trouwen gedacht. Hij is tenslotte nog maar net bezig om weer voet aan de grond te krijgen in het normale leven. Hij moet grinniken om de bezorgde dorpsvrouwen. Nee, hij zal waarschijnlijk nooit trouwen. Hij is verminkt door de oorlog, weet dat geen enkele vrouw hem leuk zal vinden en hoeft geen vrouw die hem uit medelijden neemt. Hij heeft de boeken die zijn vader hem heeft nagelaten, die vullen zijn studeerkamer en er staan ook nog een aantal kisten met boeken op zolder. En hij heeft de muziek. Na een pauze van zes jaar is hij weer orgel gaan spelen. Het kleine pijporgel van de dorpskerk is wel aan reparatie toe – hij heeft zelf al wat kleine dingen in orde gebracht – maar is voor hem goed genoeg. Zo vaak als hij kan, zit hij daar te oefenen. Hij probeert zijn vaardigheid terug te krijgen en geniet van de mooie en grootse klanken. Vooral van de meesterlijke orgelwerken van Johann Sebastian Bach, waarin de boodschap van het christelijke geloof levendig is. De boodschap die hij als jonge jongen zo bereidwillig in zich opnam maar waar hij in de oorlog niet meer in geloofde.

Vandaag wordt zijn spel al na enkele minuten onderbroken door commotie in het kerkschip. Hij staat op van de orgelbank en loopt naar de balustrade van de galerij om naar beneden te kijken. Een aantal kinderen uit het dorp zijn de kerk binnengekomen. Ze lachen en dollen, wat eigenlijk niet hoort in een kerk. Toch glimlacht hij, want hij weet wat er daarbeneden zo gaat gebeuren.

Frieda komt binnen, omringd door de kleintjes die bij het kerstspel met nachthemden en witte doeken verkleed worden als engelen. Het duurt even voordat iedereen naar tevredenheid van de regisseur zijn plek in de apsis heeft gevonden.

Zodra de engeltjes weer klaar zijn met hun repetitie veranderen ze in heel normale dorpskinderen. Ze rennen de kerk uit en maken lawaai op het kerkplein totdat de boze stem van de vrouw van de dominee te horen is. 'Wegwezen, snotapen! De dominee is de preek aan het schrijven en kan geen lawaai hebben!'

Frieda is al bezig de populaire scène voor de herberg in Bethlehem te repeteren, waarin het heilige paar niet wordt opgenomen. Johannes heeft al een paar keer gekeken en zich heerlijk geamuseerd omdat ze de waard in een waardin heeft veranderd. Ook de heilige Maria, die bij eerdere kerstspellen geen woord hoefde te zeggen, mag nu haar positie verdedigen en de gierige waardin vertellen dat het een schande is om een zwangere vrouw de deur te wijzen. Hij hoopt alleen dat de vrouw van de dominee niet met een rode pen door Frieda's kerstspel gaat, want dat zou jammer zijn.

Frieda doet het met veel plezier en de kinderen doen enthousiast mee.

Johannes doet het elektrische licht aan voor de repetities in de kerk, want het wordt in deze tijd van het jaar vroeg donker. Als de lampen aangaan, kijkt Frieda op naar de galerij en zwaait ze naar hem.

'Bedankt, meester Hohnermann! We zijn zo klaar, dan kunt u weer op het orgel spelen.'

Hij zwaait terug en zegt dat hij geen haast heeft. 'Neem gerust de tijd om te repeteren.'

Maar het gaat toch snel, want de acteurs moeten weer snel naar huis. Ze hebben honger, de huishoudelijke plichten roepen en ze hebben hun huiswerk waarschijnlijk nog niet af. Ze helpen Frieda om het offerblok en het houten doopvont weer op hun plaats te zetten en lopen daarna samen naar de uitgang.

'Fijne avond nog!' roept Frieda naar boven.

'Bedankt, jij ook!'

De kerkdeur slaat dicht. Ze zijn weg. De plotselinge stilte valt vreemd zwaar over het verlichte kerkinterieur. Johannes voelt zich eenzaam. Hoofdschuddend loopt hij naar de lichtschakelaar om de dure lampen uit te doen. Alleen het licht bij het orgel laat hij branden zodat hij de noten kan zien. Hij trekt de registers open. Hij moet ze uitproberen omdat er een paar kapot zijn. Daarna begint hij met een preludium. Het is prachtige en krachtige muziek. Hij speelt een tijdje, herhaalt het stuk, kiest besluiteloos andere registers maar merkt dat hij er met zijn hoofd niet bij is en stopt met spelen.

Het is het meisje dat door zijn hoofd spookt. Frieda, die actrice wil worden. Ze is een opvallende verschijning in dit kleine dorp, waar de meisjes er vrij landelijk uitzien met hun ronde, frisse gezichten, donkerblonde haar en lichte ogen. Slechts een paar meisjes zijn echt knap. Frieda is meer dan mooi, ze is een kleine exotische schoonheid. Levendig, getalenteerd en met een grote honger naar het leven zal ze haar weg gaan, daar is hij zeker van. Zij zal niet in Dingelbach blijven. Dat kan gewoon niet, want hier in het kleine dorp zou ze wegkwijnen.

Frieda gaat naar de stad. Misschien binnenkort al.

Het besef is niet nieuw, hij weet het al een tijdje, en toch voelt hij er altijd een pijnlijke steek bij. Zonder haar zal het dorp armer zijn. Ze zal niet meer met haar plannen naar hem toe komen om naar zijn raad te luisteren, hij zal geen toneelstukken meer aan haar uitlenen en zal haar niet meer in de dorpswinkel of op zondag in de kerk zien. Af en toe zal ze zeker haar moeder en zussen bezoeken, dan zullen ze een korte groet uitwisselen, elkaar vragen hoe het gaat en elkaar 'het allerbeste' wensen. Meer niet. Want tegen die tijd zal Frieda mijlenver van hem verwijderd zijn en zal het kleine dorpje Dingelbach alleen maar een mooie jeugdherinnering voor haar zijn.

Hij klapt het muziekboek dicht, schakelt de orgelmotor uit, dooft het licht en daalt in het donker de trap af naar het kerkschip.

Hij heeft het gevoel dat hij een grote verantwoordelijkheid op zich heeft genomen omdat hij naar de toneelschool in Frankfurt heeft geïnformeerd en haar alle belangrijke dingen heeft verteld. Hij had er lang over nagedacht, want het beroep van actrice heeft ook iets obscuurs, vindt hij. Van vrouwelijke artiesten wordt gezegd dat ze frivool zijn, dat ze zich overgeven aan de 'vrije liefde' en dat ze de regels van de burgerlijke maatschappij verachten. Maar als het meisje dit beroep per se wil uitoefenen, is het beter dat ze een degelijke opleiding volgt. Hij heeft alleen maar goede dingen gehoord over de toneelschool in Frankfurt. De school is aangesloten bij de schouwburg, zodat de studenten daar hun eerste toneelervaring kunnen opdoen.

Nou ja, hij heeft de weg voor haar geplaveid en hoopt vurig dat het goed zal aflopen.

Boven in zijn studeerkamer legt hij een schop kolen op de sintels in de kachel en begint hij de dictees van de zesde en zevende klas te corrigeren. Hij is er snel klaar mee, want het zijn maar vijf schriften. Dan zoekt hij een geïllustreerd boek over de Sahara op, dat hij morgen aan de kinderen wil laten zien, en ten slotte valt er een boekje in zijn handen dat hij tot nu toe over het hoofd had gezien. *Pygmalion* van George Bernard Shaw, een toneelstuk in vijf akten.

Hij is blij met deze vondst. Morgen op school zal hij Ida vertellen dat haar zus een modern toneelstuk bij hem kan ophalen. Hij weet zeker dat ze zal komen.

9

Ilse had gevreesd dat hij de baan helemaal niet zou willen aannemen met het lage salaris dat ze hem kan bieden. Maar Oskar Michalski haalt zijn schouders op en stemt toe.

'Het is alleen voor het begin, meneer Michalski. Totdat u bent ingewerkt. Daarna zien we wel verder...'

Oskar Michalski is vanochtend gekomen en gewoon de fabriekshal in gelopen. Hij heeft met de arbeiders gesproken en alles bekeken. Ilse was op kantoor druk bezig met het betalen van rekeningen en het voorbereiden van offertes, maar omdat ze altijd met een half oor luistert naar wat er in de hal gebeurt, viel de vreemde stem haar meteen op.

Ze herkende hem ook meteen. Hij droeg een plunjezak over zijn schouder en sprak met de oude Karl Höhn. Ook Willi Bommel, die eigenlijk het zaagsel op moest vegen, had zich bij hen gevoegd. De andere twee arbeiders lieten zich niet storen en werkten door aan hun machines.

'Goedemorgen!' riep ze met luide stem om het lawaai van de draaibank te overstemmen. 'Wilde u me spreken, meneer Michalski?'

Hij hief zijn hoofd op, keek nieuwsgierig haar kant op en knikte toen glimlachend.

'Komt u dan alstublieft naar mijn kantoor.'

Hij heeft ongetwijfeld in het dorp gehoord dat zij nu de eigenaar en leider van de fabriek is. Dat soort nieuws verspreidt zich snel in Dingelbach. Misschien vindt hij het raar, maar toen hij haar kantoor binnenkwam, liet hij niets van enige verbazing merken.

'Neemt u me alstublieft niet kwalijk dat ik zomaar kom binnenvallen,' zei hij. 'Ik heb gehoord dat u arbeiders zoekt en wilde vragen of u werk voor mij hebt.'

Ze heeft hem uitgelegd dat ze op zoek is naar iemand die op meerdere gebieden kan worden ingezet, omdat ze nieuwe producten op de markt wil brengen en de bedrijfsprocessen moet veranderen.

'Ik heb het al gezien,' zei hij. 'Kistjes en etagères. Het ontbreekt nog aan schroefverbindingen, toch?'

'Dat klopt. Ik ben ook van plan om kaptafels te maken met houders voor spiegels en laatjes voor sieraden of make-upartikelen. Daarnaast produceren we nog steeds luxe uitgevoerde paraplustokken en wandelstokken...'

'U hebt veel plannen, mevrouw Küpper,' zei hij. 'Ik ben geen draaier of timmerman, maar gediplomeerd wagenmaker. Maar ik ben iemand die graag iets nieuws probeert en vind daar snel mijn weg in.'

Dat weet ze. En dat is precies waarom ze hem graag wil aannemen. Hij is jong, sterk, slim en behendig. Toch moet ze voorzichtig zijn. Ze kan hem geen goed salarisaanbod doen omdat ze niet weet hoe lang ze dat kan betalen. Op dit moment slokken de lonen bijna alle inkomsten op en blijft er amper geld over om nieuw materiaal te kopen, dat ze dringend nodig heeft om haar ideeën uit te voeren. Er is nog wel hout op voorraad, maar dat is niet geschikt voor de fijne meubels die ze wil maken. Ook beslag, schroeven en vernis moeten worden aangeschaft. Ze betaalt zichzelf slechts een fractie uit van wat ze vroeger in de fabriek verdiende. En natuurlijk moet ze ook Carla's loon betalen en moeten ze eten en drinken. Ze bidt elke dag dat er geen machine kapotgaat, want een reparatie zou een extra kostenpost zijn die de fabriek op dit moment nauwelijks aankan.

Ze heeft zich voorgenomen om het lage loonaanbod met een klein bedrag te verhogen als hij het niet accepteert. Maar tot haar verbazing stemt hij meteen toe.

'Ik weet dat het op dit moment lastig voor u is, mevrouw Küpper,' zegt hij en hij glimlacht openhartig naar haar. 'Maar het feit dat u als vrouw de moed hebt om een fabriek te leiden, maakt indruk op me. En daarom ben ik er graag bij, ook al is het loon in het begin een beetje karig.'

Zo veel enthousiasme en onbaatzuchtigheid lijkt haar vreemd. Heeft hij een andere reden om bij haar in dienst te komen? Er gaat een gerucht rond over hem en Helga Schütz. Carla vertelde haar er jaren geleden al over, en ook nu lijken die roddels weer rond te gaan. Is hij daarom bereid om voor zo'n laag loon voor haar te werken? Omdat hij vanwege Helga Schütz in Dingelbach wil blijven? Die gedachte bevalt haar niet, want als het waar is, kan hij zichzelf in de problemen brengen en van de ene op de andere dag ontslag moeten nemen. Dan is ze hem kwijt.

'Ik heb nog een verzoek, mevrouw Küpper,' zegt hij. 'Het is zo dat ik geen plek heb om te verblijven omdat ik hier een vreemdeling ben.'

Dat is wel een probleem. Tot nu toe kwamen alle arbeiders uit de omgeving en velen direct uit Dingelbach. Ze woonden bij hun gezin. Arbeiderswoningen, zoals de grote fabrieken die hebben, heeft Pilz & Küpper niet. De villa, die meer dan vijftien kamers heeft, wordt momenteel echter alleen door haar en Carla bewoond. Carla heeft als huishoudster een kamer op de begane grond naast de bijkeuken.

'Ik dacht... Als u er niets op tegen hebt, zou ik misschien in het tuinhuisje kunnen wonen,' vervolgt hij.

'In het tuinhuisje? Maar nee. Dat staat vol met rommel en bovendien is er geen kachel. Daar zou u doodvriezen.'

'Ik zou er een kachel kunnen plaatsen en tegelijkertijd een beetje kunnen opruimen,' zegt hij. 'Het is maar een voorstel, mevrouw Küpper. Omdat u het tuinhuisje niet nodig hebt, dacht ik.'

Ze aarzelt. Ze zou hem een kamer kunnen aanbieden op de zolder van de villa, waar vroeger de bedienden waren gehuisvest. Daar zijn ook geen kachels, maar de schoorsteen loopt langs de kamers waardoor de temperatuur er zelden onder nul daalt. Maar dan zou hij de villa in en uit gaan, wat zowel zijzelf als Carla niet prettig zouden vinden.

'Als u dat extra werk op u wilt nemen...' zegt ze uiteindelijk. 'Ik kan u een kachel ter beschikking stellen. Jaren geleden hebben we een paar verouderde kachels verwijderd. Ze staan in de kelder van de villa. Ze zijn echter niet in de beste staat.'

'Dat gaat me wel lukken,' zegt hij zelfverzekerd. 'Maakt u zich geen zorgen, mevrouw Küpper. De huur kunt u gewoon inhouden op mijn salaris.'

Natuurlijk zal ze geen huur voor het oude tuinhuis aannemen. Zeker niet met het schamele salaris dat ze hem betaalt. Eigenlijk is het een goed voorstel van hem, want als hij het tuinhuisje een beetje repareert, is dat ook een voordeel voor haar. Wat hij verder nodig heeft aan spullen, kan hij uit de onbewoonde personeelskamers op zolder halen. Daar moet Carla voor zorgen. Ilse vermoedt al dat haar huishoudster de nieuwe tuinhuisbewoner met moederlijke zorg zal overladen. Oskar Michalski is een knappe man met een betoverende glimlach.

'Dan zijn we het eens, meneer Michalski,' zegt ze blij en ze steekt haar hand naar hem uit. 'U kunt meteen aan de slag. Het contract zal ik vanmiddag opstellen. Ik zal u nu voorstellen aan uw collega's en u laten zien welke taken ik voor u heb.'

Hij heeft een stevige, warme handdruk en zijn gezicht straalt. Blijkbaar is hij helemaal tevreden. Alsof hij zojuist bij een groot bedrijf in Frankfurt een goede baan heeft gekregen met de beste arbeidsvoorwaarden. Ilse heeft het ongemakkelijke gevoel dat ze zich heeft ingelaten met iets wat weleens tot problemen zou kunnen leiden. Ze heeft een zesde zintuig voor dergelijke dingen, wat merkbaar is aan een trekkend gevoel in haar maagstreek. Klaus-Peter Pilz lachte haar er vaak om uit en haar broer Josef noemde haar een 'oude pessimist'. Maar ze heeft bijna altijd gelijk gehad.

In de dagen daarna lijkt het er echter op dat de aanstelling van Oskar Michalski een gouden greep is voor haar en de fabriek. Hij kan goed opschieten met de andere arbeiders, vindt snel zijn plaats in hun midden en zijn opgewekte kalmte verheft de stemming in de fabriek. Als Ilse op kantoor zit, kan ze soms de gesprekken van haar arbeiders horen en daarbij moet ze vaak glimlachen.

'Hoe komt het dat je zo goed Duits spreekt?' vraagt Ignatz Krum, de timmerman. 'Je bent toch Pools?'

'Mijn vader kwam uit Warschau, maar mijn moeder is een Duitse uit Danzig. Ik ben opgegroeid in Mazurië, waar we Duits en Pools spraken...'

'O... dan ben je dus half Pools, half Duits,' zegt Ignatz lachend.

'Ja,' antwoordt Oskar opgewekt. 'Ik heb twee zielen in mijn borst. Soms kunnen ze het goed met elkaar vinden, maar soms maken ze ruzie.'

'Ik heb ook twee zielen,' zegt Ignatz grijnzend. 'Elke avond vechten ze met elkaar. De ene ziel wil naar het café en de andere ziel zegt dat ik thuis moet blijven omdat het geld op is. Maar omdat de waardin van Zum Raben het altijd op de rekening zet, wint de caféziel telkens...'

Meteen op de tweede dag hebben Ignatz en Julius Offenbach hun nieuwe collega geholpen om een ijzeren kachel uit de kelder van de villa naar het tuinhuisje te sjouwen. Ze hebben een kachelpijp aangesloten en door de muur naar buiten geleid. De rest heeft Oskar met de hulp van Carla geregeld. Hij heeft een bed, nachtkastje, matras en dekbed de trap af gesjouwd en naar het tuinhuisje gebracht. Bovendien zijn er allerlei dingen waarvan Carla vindt dat een vrijgezel die absoluut nodig heeft: pannen en een waterketel, servies, bestek, een petroleumlamp en nog veel meer. Ze heeft hem ook een afgedankt tapijt gegeven omdat de vloer zo koud is, en als kers op de taart heeft ze gordijnen voor de twee raampjes genaaid.

Oskar heeft al veel goeds gedaan voor de fabriek. Sinds hij hier werkt, waait er een frisse wind. Problemen die eerst veel hoofdbrekens kostten, lost hij met vindingrijkheid en fantasie op. Hij is iemand die buiten de gebaande paden kan denken en met ideeën komt waar nog niemand eerder aan heeft gedacht. De houten platen van de etagères zijn nu stevig aan elkaar geschroefd, hij heeft de draaibank anders afgesteld en het juiste hout gevonden om lichte, mooi gevormde schalen te produceren. En voor de kaptafels, die ooit in de dameskamers van welgestelde koopsters moeten staan, heeft hij een zeer bruikbaar ontwerp getekend. Ilses hoop op een betere toekomst voor de fabriek heeft een nieuwe grondslag gekregen. De dingen die ze had gepland zijn uitvoerbaar, ze hoeft ze alleen maar aan te bieden en te verkopen.

Tot Kerstmis kan ze het redden, misschien tot half januari. Maar alleen als de klanten op tijd betalen, wat totaal niet zeker is, want veel bedrijven hebben ondanks de invoering van de nieuwe munt ook geen geld meer.

De rentenmark heeft de inflatie kunnen stoppen, wat voor velen een wonder leek. Iedereen weet dat het Duitse Rijk niet over voldoende goudreserves beschikt om het basiskapitaal van de nieuwe Rentenbank te dekken, maar het grondbezit van landbouw, industrie en handel is gehypothekeerd voor een bedrag van 3,2 miljard rentenmark, en die berekening is uitgekomen. Mensen hebben vertrouwen in de nieuwe munt en de economie komt langzaam weer op gang. Ilse denkt erover om nog een lening af te sluiten. Als ze succesvol wil zijn, moet ze nu investeren. Ze heeft zelfs met de gedachte gespeeld om de villa te verkopen en het geld in de fabriek te steken. Maar ze is terughoudend om deze stap te zetten. Pas als alle andere middelen zijn uitgeput, is ze bereid dat bittere offer te brengen.

Ondertussen nadert Kerstmis. 's Nachts daalt de temperatuur tot acht of negen graden onder nul. Op 24 december werken ze tot het middaguur. Tijdens de feestdagen geeft ze haar arbeiders vrij, maar in de periode tussen kerst en oud en nieuw moeten ze werken. Alleen op nieuwjaarsdag mogen ze thuisblijven. Ze kan zich geen kerstgratificaties of cadeautjes veroorloven zoals in de goede vooroorlogse tijden, en dat verwacht ook niemand aangezien deze mooie traditie al jaren tot het verleden behoort. In plaats daarvan geeft ze een borrel en is er kerstspeculaas, die Carla met liefde heeft gebakken. Net als haar vader en later haar broer houdt ze een korte toespraak waarin ze haar arbeiders bedankt voor hun loyaliteit, hen prijst voor hun werk en verklaart dat ze hoopvol naar de toekomst kijkt. Julius Offenbach spreekt namens alle medewerkers een paar vriendelijke zinnen uit, en ze brengen een toost uit op de fabriek Pilz & Küpper, op de nieuwe artikelen in het assortiment en tot slot – het is Oskar die deze toost uitbrengt – op directrice Küpper. Dan is het Kerstmis. Ze wensen elkaar fijne feestdagen, de deur van de fabriekshal gaat op slot en iedereen vertrekt om op zijn eigen manier het feest van de geboorte van Jezus Christus te vieren.

Ilse gaat met een zucht terug naar de villa, waar Carla het middagmaal voor haar warm heeft gehouden. Haar huishoudster gaat vandaag ook weg, om de kerstdagen met haar familie in Steinbach te vieren. Ilse zal de feestdagen dit jaar dus alleen moeten doorbrengen. Ze vindt het niet heel erg. Kerstmis was fijn toen haar ouders nog leefden. Ze koestert de mooie herinneringen aan haar gelukkige jeugd. Later, nadat haar vader was overleden en Josef de fabriek had overgenomen, werden de feestdagen stiller. Er hing vaak ruzie in de lucht, die haar moeder met moeite probeerde te voorkomen. Daarna trouwde Josef en verhuisde hij met zijn vrouw en gezin naar de oude woning van zijn ouders. In de eerste jaren daarna waren de kerstdagen vrij levendig, maar Ilse voelde zich er niet echt gelukkig bij, omdat ze niet blij was met de rol van ongehuwde tante. Klaus-Peter Pilz ging met kerst naar zijn ouders in Frankfurt, dus in die periode zagen ze elkaar niet. Tijdens de oorlog beleefde ze samen met haar moeder, schoonzus Irma en de kinderen vier trieste kerstfeesten, toen Josef en ook Klaus-Peter waren opgeroepen en de vrouwen met Kerstmis de veldbrieven aan elkaar voorlazen. Ze is blij en gelukkig dat de oorlog voorbij is, ook al drukt de nasleep ervan nog steeds zwaar op het land.

Eigenlijk is ze wel blij dat ze dit jaar alleen is. Nu hoeft ze geen nep-feestdag-gezicht op te zetten en is ze niemand dank verschuldigd voor een uitnodiging. Josef heeft haar al laten weten dat het pension in Bad Homburg met Kerstmis open is en dat hij daarom geen tijd heeft voor een familiefeest.

Op kerstavond trekt ze haar bontjas en gevoerde laarzen aan en gaat ze naar het dorp voor de kerkdienst. Dat heeft de familie Küpper altijd gedaan. Het had ook als voordeel dat ze dan niet naar de kerstdienst hoefden op de ochtend van de eerste feestdag, want na een uitgebreid familiefeest wilde iedereen uitslapen. Sinds enkele jaren is er op kerstavond een kerstspel in de dorpskerk, wat ze altijd erg leuk vindt. Frieda Haller studeert dat in. Carla onthulde haar pas dit jaar dat ze ook de teksten schrijft. Frieda uit de dorpswinkel is een begaafd meisje. En beeldschoon. Met haar donkere haar en bruine ogen is ze een opvallende verschijning tussen de andere dorpsmeisjes.

Zoals altijd op kerstavond is de kleine dorpskerk zo vol dat het moeilijk is om een zitplaats te bemachtigen. Vooral de jonge gezinnen zijn met hun kleine kinderen gekomen, want de oudere broers en zussen doen mee met het kerstspel. Maar als Ilse de kerk betreedt, schuiven de dorpelingen voor haar op, want mevrouw Küpper is een bijzondere persoonlijkheid en wordt gerespecteerd. Vroeger, toen haar ouders nog leefden, bezette de familie Küpper op feestdagen een hele kerkbank die voor hen werd vrijgehouden, ook al moesten de boeren zich achter in de kerk als haringen samenpersen.

'Is het niet prachtig, mevrouw Küpper?' fluistert Lene Grossmann haar toe. 'De boom met de kaarsen erin, net een engel in het hemelse licht.'

Er zijn inderdaad een paar kaarsjes in de grote spar in de apsis gedaan. Volgens de oude traditie is de boom versierd met strosterren en rode appeltjes, en daarnaast hebben ze van een paar planken de stal van Bethlehem in elkaar getimmerd.

'Ja, echt heel mooi,' antwoordt ze zachtjes. 'Ik kijk er elk jaar weer naar uit.'

Dan zet het orgel in en ze kan haast niet geloven wat voor geweldige muziek er op deze kerstavond in de dorpskerk klinkt. Dit is het eerste deel van Felix Mendelssohn-Bartholdy's 'Sonata in A majeur'! Het is ongelofelijk dat iemand dit romantische werk op het kleine orgel probeert uit te voeren. Maar het lukt. Als de laatste noot is weggeëbd en de gelovigen nog helemaal onder de indruk zijn, hoort ze gefluister achter zich.

'Wat een geluk dat de vrouw van de dominee met koorts in bed ligt. Dat was eindelijk eens behoorlijke muziek!'

'Sst, Ida!'

'Nou, het is toch zo, of niet soms, mama?'

Het kost Ilse moeite om haar gezicht in de plooi te houden. De twee jongste meisjes van de dorpswinkel zijn echt bijzonder. Wat gek dat de oudste zo anders is. Herta Haller is braaf en past zich goed aan. Zij is een onmisbare hulp voor haar moeder in de winkel. Een aardig maar onopvallend meisje.

Het kerstspel waar iedereen naar uit heeft gekeken, lukt ook dit jaar weer vrijwel perfect. De oude dominee Seybold heeft vandaag niet gepredikt, maar burgemeester Schütz spreekt een paar toepasselijke woorden, niet zonder te vermelden dat hij de prachtige gouden sterren die de hoofden van de engelen sieren heeft geschonken.

Ilse stopt een paar muntjes in de collectezak, schudt bij de uitgang dominee Seybold de hand en zegt dat het erg mooi en indrukwekkend was. Daarna loopt ze achter het schoolgebouw langs en neemt ze het pad door de weide naar de villa. Ze moet voorzichtig lopen, want de sneeuw is hard geworden en er is hier geen verlichting. Alleen de buitenlampen van de villa, die ze met een slimme vooruitziende blik heeft aangedaan, wijzen haar de weg. Ze is nog helemaal onder de indruk van het vrolijke spel en de prachtige muziek, waardoor ze pas na een tijdje merkt dat ze niet alleen is. Achter haar kraken voetstappen in de sneeuw. Ze stopt onzeker en kijkt om.

'Niet schrikken, mevrouw Küpper,' roept de gestalte die uit de duisternis tevoorschijn komt. 'Ik ben het maar, Oskar Michalski.'

'O, meneer Michalski,' zegt ze opgelucht. Ze schaamt zich een beetje dat ze dat niet meteen heeft bedacht. 'Hebt u het kerstspel ook gezien?'

'Natuurlijk,' zegt hij, terwijl hij haar met een paar snelle stappen inhaalt. 'Er werd al heel lang over gesproken in het dorp, dus ik was benieuwd. Het was prachtig. Heel vrolijk. Zoals het hoort met Kerstmis.'

Hij moet het ijskoud hebben in zijn dunne jasje. Zijn handen heeft hij in zijn zakken gestoken, hij heeft vast geen wollen handschoenen.

'Ik vond het ook mooi,' zegt ze en ze loopt verder.

Hij blijft aan haar zijde en lijkt erg blij dat hij haar mag vergezellen. Ze heeft het gevoel dat ze iets moet zeggen omdat het een beetje ongemakkelijk is om zo zwijgend naast elkaar lopen.

'Hebt u het naar uw zin in het tuinhuisje?'

'Jazeker. Het is heel knus geworden. Ik voel me daar erg prettig.'

'Daar ben ik blij om...'

Ze denkt dat het onderwerp daarmee is afgedaan en daarom komt zijn voorstel onverwachts en brengt hij haar ermee in verlegenheid.

'Mag ik het u laten zien?'

Ze zijn bij de ingang van het voormalige park aangekomen. Het tuinhuisje ligt op slechts een steenworp afstand. Door de gordijnen voor de twee ramen schijnt zwak licht. Kennelijk heeft hij een petroleumlamp aangestoken want het tuinhuis heeft geen elektrisch licht.

'Ik wil u niet storen op kerstavond,' zegt ze terughoudend.

'Dat doet u niet, mevrouw Küpper. Ik ben alleen en blij met bezoek.'

Voordat ze nog meer excuses kan verzinnen, heeft hij de sleutel al uit zijn jaszak gehaald en de deur opengemaakt. Hij maakt een uitnodigend gebaar en wenkt haar binnen te komen. Zijn gebaar heeft iets onbevangens en tegelijkertijd iets resoluuts, en het zou onbeleefd zijn om deze uitnodiging te weigeren.

Nieuwsgierig gaat ze de kamer binnen, die ze zich herinnert als een opslagruimte voor tuinmeubelen en gereedschap. Er is veel veranderd. Hij heeft het oude tuinmeubilair slim aan één kant van de kamer opgestapeld, waardoor er ruimte is ontstaan voor een bed, nachtkastje, twee stoelen en een tafeltje. Ze herkent een aantal dingen die ooit in gebruik waren in de villa en later zijn afgedaan. Ze herinnert zich ook de gietijzeren kachel die vroeger het kantoor van haar vader verwarmde. De petroleumlamp staat op tafel en verspreidt een zacht, gelig licht.

'Het is echt heel mooi geworden.'

'Ja, hè?' zegt hij blij. 'Gaat u zitten, mevrouw Küpper. Ik zal even snel wat meer kolen opleggen.'

Het is warm in het tuinhuisje. Ze moet haar bontjas opendoen zodat ze het niet koud heeft als ze zo naar de villa gaat. Hij is behendig met de kachel bezig. Dan pakt hij twee glazen van de plank en tovert ergens een fles rode wijn vandaan.

'Een welkomstslokje mag u niet afslaan,' zegt hij en hij zet de glazen op tafel.

Zo, kijk eens aan, denkt ze. Hij heeft twee wijnglazen. Zou Carla die ook aan hem hebben gegeven?

'Bij wijze van uitzondering,' zegt ze. 'Omdat het Kerstmis is.'

Hij ontkurkt de fles snel met zijn zakmes en schenkt in. Dan komt hij bij haar zitten en prijst haar huishoudster Carla, een vrouw met het hart op de juiste plaats.

'Wat had ik zonder haar moeten doen?' vraagt hij lachend. 'Ze zorgde voor me als een moeder. Ik hoop alleen dat u het niet erg vindt, mevrouw Küpper. Ik heb veel spullen voor de inrichting uit uw huishouden gekregen.'

'Daar ben ik heel blij mee, meneer Michalski. U bent een grote aanwinst voor mijn fabriek. Dat hebben de andere medewerkers ook al tegen me gezegd.'

Hij is oprecht blij met het compliment, bedankt haar en heft het glas. Ze nemen een paar slokjes. De rode wijn is niet slecht. Waarschijnlijk heeft Georg Altmann hem de fles als afscheidscadeau gegeven. Hij is wijnkenner en koopt de wijn in Frankfurt in.

'U was een paar jaar geleden al eens in Dingelbach, toch?' snijdt ze voorzichtig een gevoelig onderwerp aan.

'Dat klopt. Vlak na de oorlog heb ik een jaar op de Schützhoeve gewerkt.' Hij zet het glas neer en schroeft de lont van de lamp hoger.

Ze vraagt zich af of ze door moet vragen, maar wil niet opdringerig overkomen en zwijgt dus maar. Hij leunt ook naar achteren in zijn stoel, proost haar toe en kijkt peinzend naar het tafelkleed. Uiteindelijk tilt hij resoluut zijn hoofd op en kijkt hij haar recht in de ogen.

'U hebt vast weleens de geruchten over mij en Helga Schütz gehoord. Is dat zo?'

Ze knikt. Ze vindt het pijnlijk dat hij het zo direct vraagt. Ze pakt het wijnglas en neemt uit verlegenheid een klein slokje. De wijn stijgt algauw naar haar hoofd want ze heeft sinds het middagmaal niets meer gegeten.

'Ik heb veel rondgezworven nadat ik de Schützhoeve had verlaten,' zegt hij zachtjes. 'Ik ben helemaal tot in Oost-Friesland, Pommeren en Thüringen gekomen. Maar ik werd weer naar Dingelbach getrokken. Alsof ik hier thuishoorde. En ik ben van plan om op deze plek te blijven.' Hij zwijgt en staart in het vlammetje van de lamp.

Ilse voelt ineens diep medeleven voor deze man die zo volhardend een liefde heeft gevolgd waar geen hoop voor is. Zijn ze geen zielsverwanten? Ook zij klampt zich vast aan een liefde die over en voorbij is. Klaus-Peter Pilz is niet uit de oorlog teruggekeerd.

Het komt door de rode wijn dat ze openlijk een vraag stelt die ze normaal niet zou hebben gesteld. 'Komt het door Helga Schütz?'

Hij glimlacht naar haar, verdrietig en opgelucht tegelijk. Is hij blij dat hij openlijk kan praten?

'Ja,' zegt hij. 'Ik ben voor haar teruggekomen. En het is vanwege haar dat ik blijf.'

'Maar wat verwacht u ervan? Helga heeft een man en een kind. En een oude moeder die van haar afhankelijk is...'

'Ik weet het...'

'En toch wilt u hier blijven?' Er klinkt een zekere bezorgdheid in haar vraag en hij merkt het.

'Ja, inderdaad,' zegt hij. 'Maar denkt u alstublieft niet dat ik van plan ben een huwelijk kapot te maken en een moeder van haar kind te scheiden. Dat wil ik niet. Ik wil Helga niet ongelukkig maken. Maar ik wil dicht bij haar zijn. Over haar waken en haar beschermen, dat is wat ik van plan ben te doen. Zolang ik het kan, wil ik er voor haar zijn, dat is alles.'

Het klinkt heel romantisch in haar oren. Door de rode wijn glimlacht ze ontroerd naar hem. Ze stelt verder geen vragen meer en noemt ook geen bezwaren.

'Ik wilde graag dat u dat weet, mevrouw Küpper,' vervolgt hij. 'U moet niet denken dat ik u misschien door een onbezonnen daad in de problemen zou brengen. Ik vind het erg fijn bij u en wil doen wat ik kan om u te steunen. Ik geloof dat de fabriek op de goede weg is.'

'Dat geloof ik ook.'

Ze drinkt haar wijn op en staat op om afscheid te nemen. Ze schudden elkaar de hand. Hij biedt aan om met haar mee te lopen naar de villa, maar ze slaat zijn aanbod beleefd af.

'Het zijn maar een paar stappen. Blijft u rustig in uw warme huisje, ik red me wel. En nogmaals bedankt voor de uitnodiging en ook voor dit open gesprek. Welterusten.'

'Ik moet u bedanken, mevrouw Küpper. Vrolijk kerstfeest!'

'Vrolijk kerstfeest, meneer Michalski!'

De ijzige nachtlucht verdrijft snel de nevel van de rode wijn uit haar hoofd. Als ze bij de voordeur van de villa aankomt en die openmaakt, vraagt ze zich af of hij haar de waarheid heeft verteld of alleen maar probeerde haar twijfels weg te nemen. Ze is begin veertig, een 'oude vrijster', en heeft geen ervaring met de dwalingen en verwikkelingen van de liefde. Maar ze is niet dom. Wat hij haar vertelde, klinkt in haar oren meer dan ongeloofwaardig.

10

'*Kom, dikke nacht, en lijk je in de smerigste rook van de hel, dat mijn scherpe mes de wond die het maakt niet ziet…*'

Frieda zwijgt en blijft in een theatrale pose op haar bed liggen, met gebalde vuisten en haar blik gericht op de kledingkast. Verdorie. Ze loopt telkens weer vast op dit punt.

'*… noch de hemel…*' helpt Luise, die op Ida's bed zit en het opengeslagen *Macbeth* in haar hand houdt.

'*… noch de hemel door de deken van het donker gluurt, om te huilen*: "*Hou vast!*"'

Ze beëindigt de monoloog als een professionele actrice die zich niet uit haar rol laat brengen doordat ze iets kleins is vergeten. Daarna gaat ze zuchtend zitten. Het irriteert haar dat ze deze stomme overgang niet kan onthouden. Maar het is ook zo koud in de slaapkamer dat je hersens bevriezen. De twee meisjes dragen gebreide vesten en dikke sokken, en Luise heeft zelfs een wollen muts op.

'Uitgerekend vlak voor het dramatische einde! We doen het meteen nog een keer, Luise.'

Luise heeft de monoloog vandaag al drie keer gehoord. Ze knikt berustend, maar waagt wel een opmerking. 'Is het niet een beetje… heftig? Ik bedoel, omdat het zo gruwelijk is. Met bloed en messen en moorddemonen…'

Frieda kreunt. Luise heeft echt geen verstand van theater. 'Dat is juist het goede eraan. Dan kan ik helemaal losgaan, snap je? Met een saaie monoloog kan dat niet.'

'Ja, dat wel... Maar moet het meteen zo bloederig zijn? We hadden toch ook die prachtige monoloog uit *Antonius en Cleopatra* kunnen nemen?'

'Ik wil deze, punt uit!' besluit Frieda en met een energiek handgebaar maakt ze duidelijk dat ze verder geen bezwaren meer wil horen.

'Goed dan... als je denkt...' verzucht Luise.

Frieda neemt een slok water. Ze heeft altijd een glas op haar nachtkastje staan als ze repeteert om een droge keel te voorkomen. Ze trekt het vest strakker om haar lichaam en werpt Luise een uitnodigende blik toe. 'Goed, nog een keer...' Ze klimt op het bed en kruipt in de rol van de fascinerend wilde vrouw die zich voorbereidt op het plegen van een moord zodat ze koningin kan worden. Net als ze de eerste woorden wil zeggen, zwaait de deur open en stormt haar zus Ida de slaapkamer binnen. 'Is er post gekomen?'

Frieda wordt meteen weer de oudere zus en antwoordt nors: 'Natuurlijk niet. Wat had je nou verwacht?'

Ida mikt haar schooltas met een grote boog op de grond voor haar bed. 'Wat een stom mens!' moppert ze. 'Dan krijg je een mooie brief van je kleindochter... en pff! Geen antwoord.'

Frieda haalt haar schouders op. Ook zij had een beetje hoop op deze brief gevestigd. Maar de datum voor de toelatingsauditie voor de toneelschool nadert en het is duidelijk dat ze iets anders zullen moeten verzinnen. Volgende week is het al zover.

'Misschien is ze allang dood,' zegt Luise.

'Dan had ze ons dat toch kunnen schrijven,' zegt Ida.

'Als ze dood is?' vraagt Frieda lachend.

'Ik bedoel, dan had iemand ons moeten vertellen dat onze grootmoeder is overleden,' zegt Ida geïrriteerd omdat haar zus haar niet begrijpt.

'Wie zou ons moeten schrijven?'

'Nou, dan krijg je een brief van de rechtbank,' zegt Luise. 'Zij brengen de nabestaanden op de hoogte. Dat deden ze ook bij een tante van mijn moeder. En toen hebben we een oude ladekast en twee bloemenvazen geërfd.'

'Wat? Alleen die paar prullen?' roept Ida verontwaardigd. 'Geen geld? Of gouden ringen of zo?'

'Nee,' zegt Luise bedroefd. 'Dat was allemaal weg. Dat had haar dienstmeid meegenomen.'

'Wat een gemene dievegge!' moppert Frieda.

Ida denkt verder. 'Zie je wel!' zegt ze, terwijl ze veelbetekenend knikt. 'En daarom moeten we het blijven proberen bij grootmoeder. Anders krijgen we niets van de erfenis.'

'Wat ben jij hebzuchtig! Walgelijk gewoon!' windt Frieda zich op.

Ze heeft werkelijk niet aan een erfenis gedacht toen ze een brief schreef aan haar grootmoeder. Maar het zou natuurlijk kunnen dat zij de brief verkeerd heeft begrepen en denkt dat Frieda op haar erfenis uit is, en daarom niet antwoordt.

'Nou ja, het doet er nu niet meer toe,' zegt ze berustend. 'Ik wil volgende week naar Frankfurt voor de auditie en mama mag er niets van weten. Jij hebt toch een oom in Oberursel, Luise? Kunnen we niet zeggen dat we bij hem op bezoek gaan?'

'Alsjeblieft niet! Hij is volgende week jarig en heeft ons uitgenodigd. We gaan er met de auto naartoe.'

Dan zou de fraude aan het licht komen en zou Luise in de problemen komen. Ze krijgt toch al constant te horen dat ze veel te vaak met Frieda omgaat en haar moeder met het werk laat zitten.

'Nou ja, als je me helemaal niet wilt helpen…' zegt Frieda teleurgesteld.

Luise staat in tweestrijd. Natuurlijk wil ze Frieda helpen om op de toneelschool aangenomen te worden. Daarom helpt ze haar ook met de monologen. Ze kreunt en kijkt peinzend naar het plafond. 'Misschien kan ik in Frankfurt bij Schmidt op bezoek gaan…'

Herbert Schmidt was vroeger de onderwijzer in Dingelbach. Hij is de voorganger van meester Hohnermann. Na zijn pensionering is hij naar Frankfurt verhuisd, maar omdat Luise aan hem gehecht was, stuurt ze hem elk jaar met Pasen en Kerstmis een postkaart.

Dat is geen slecht idee. Het is eigenlijk wel een heel goed idee.

'Zeg dan tegen je ouders dat we volgende week samen meneer Schmidt willen bezoeken.'

'Goed, dat zal ik doen. We gaan bij meester Schmidt op de thee.'

'Nee, op het middageten,' roept Ida, die alweer praktisch nadenkt. 'Want de audities beginnen al om tien uur.'

Luise fronst haar wenkbrauwen. Jezelf uitnodigen op het middageten bij een vage kennis, dat doe je niet. Maar ze knikt en zegt dat het wel kan.

'Goed!' zegt Frieda opgelucht. 'Dat is dan geregeld. Nu de monoloog nog. Geef Luise het tekstboek eens, Ida, je zit erop.'

Ida haalt het boekje onder haar billen vandaan en luistert gefascineerd naar haar zus. Ze kent de tekst allang uit haar hoofd, net als alle andere monologen die haar zus repeteert. Maar deze is absoluut de meest fantastische.

De week erna zijn er complicaties die de reis naar Frankfurt bemoeilijken. Luise heeft haar ouders inmiddels toch verteld dat ze bij meester Schmidt op de thee gaan, wat betekent dat ze niet de trein van half negen 's ochtends kunnen nemen, maar later moeten vertrekken. Met moeite krijgt Luise het bij haar ouders voor elkaar dat ze de trein van half elf kunnen nemen, omdat ze zegt dat ze het adres moeten zoeken en bang zijn om te laat te komen.

'Dan ben ik er pas rond het middaguur,' zegt Frieda ontzet. 'Wat als de audities dan allang voorbij zijn?'

'Nee joh. Je zei toch dat er veel mensen auditie doen? Dan zal het zeker tot de avond duren.'

'Nou, ik hoop dat je gelijk hebt!'

Het toppunt is weer eens Ida. Zij heeft tegen meester Hohnermann gezegd dat ze haar zus moet vergezellen naar deze belangrijke auditie en hij heeft haar een dag vrij gegeven. Ze gaat dus mee. Moeder heeft toestemming gegeven omdat Ida de oude meester Schmidt zo graag nog eens wil zien.

'Dat ontbrak er nog maar aan, dat jij meegaat,' zegt Frieda boos. 'Ik ben al zo zenuwachtig.'

'Daarom ga ik juist mee,' zegt Ida doodkalm. 'Zodat ik je kan steunen en moed kan inspreken.'

Frieda heeft medelijden met zichzelf omdat ze in het dorpje Dingelbach is geboren, waar de mensen zo achterlopen en ouderwets zijn. Als ze in Frankfurt woonde, hoefde ze alleen maar op de tram te stappen en naar de schouwburg te gaan en zou niemand er aanstoot aan nemen. Want stedelingen zijn vooruitstrevend en modern.

In de nacht voor de auditie doet ze amper een oog dicht. Ze ligt in haar bed te woelen en luistert jaloers naar Ida's regelmatige ademhaling. 's Ochtends, als ze eindelijk in slaap is gevallen, wekt Herta's norse stem haar uit haar slaap.

'Je kunt tot tien uur in de winkel helpen, Frieda! Of denk je dat ik al het werk alleen doe terwijl jullie jezelf trakteren op een gezellig dagje in Frankfurt?'

Hun moeder is lief en zorgzaam. Ze krijgen geld voor de treinreis en Herta moet boterhammen voor hen smeren. Ze mogen ook appels en een handvol gedroogde pruimen meenemen. Frieda heeft een slecht geweten.

'Een kleine versterking voor tijdens de treinreis,' zegt moeder.

Ze geeft ook een cadeau mee voor de oude meester. Het doosje bonbons koopt toch niemand dus het is beter als Herbert Schmidt en zijn vrouw ervan genieten.

Frieda staat nog tot een paar minuten voor tien uur in de winkel en verkoopt zout, augurken, waspoeder en soda aan de boerinnen van Dingelbach. Dan rent ze de trap op en kleedt ze zich om. Ida is weer op briljante wijze onder het werk uit gekomen en is al klaar. Het boekje van *Macbeth* heeft ze in de tas met de proviand gestopt. Luise is al van de Altmannhoeve gekomen en wacht buiten op de dorpsstraat.

Ze haasten zich naar het station en komen tien minuten te vroeg aan op het perron. Helaas heeft het uitgerekend vannacht gesneeuwd en komt de trein niet op tijd aan. Pas kort voor elf uur stopt de elektrische lokaaltrein op perron 1 en kunnen ze instappen.

'Ik heb ijskoude benen,' zegt Luise en ze wrijft over haar kuiten.

Comfortabel is het niet. Ze zitten op hardhouten banken, maar dat is altijd nog beter dan de hele rit naar Frankfurt te moeten staan. Gelukkig is het vandaag niet druk in de trein en hebben ze het rijtuig voor zichzelf. Luise en Ida pakken de boterhammen uit en smikkelen ervan. Ze zijn blij dat alles zo goed is verlopen en dat ze nu op weg zijn naar een spannend avontuur. Frieda wil niets eten. Ze staart naar het besneeuwde landschap dat langs het raam van de trein voorbijtrekt, maar ziet geen dorpen, heuvels of bossen. Ze hoort ook niet waarover Ida en Luise met elkaar praten. Ze heeft zich in zichzelf teruggetrokken, want ze heeft maar één gedachte in haar hoofd: vandaag is de beslissende dag die alles in haar leven zal veranderen.

Als ze het centrum van Frankfurt binnenrijden, komt Frieda weer tot leven. Dit is de stad, denkt ze. Met de hoge, brede huizen die tegen elkaar aan zijn gebouwd. Wat hebben ze veel verdiepingen! Hoeveel mensen zouden erin wonen? Hier speelt het leven zich af. Hier zie je stads geklede mensen op straat. De vrouwen dragen moderne hoeden, de mannen lange, elegante mantels, sommige hebben zelfs een bontkraag. Nergens een stinkende mesthoop of een domme haan die over de weg rent.

De Hauptwache is het eindstation van de lokaaltrein, dus iedereen moet er uitstappen. Vanaf hier zullen ze te voet verdergaan. Enigszins radeloos staan ze tussen de heen en weer lopende mensen die zich naar een van de trams haasten. Het is lawaaierig, de motoren van de auto's ronken, de trams rinkelen, een krantenverkoper roept om zijn krant aan te prijzen. Ergens komt een verleidelijke geur vandaan van versgebakken brood en gebak.

'Waar moeten we naartoe?' vraagt Luise, die behoorlijk geïntimideerd is door de levendige drukte.

'Naar de Rossmarkt,' zegt Frieda, die het uitgebreid aan meester Hohnermann heeft gevraagd. 'En vanaf daar almaar rechtdoor door de Friedensstrasse.'

Ook in Frankfurt waait een koude wind door de straten. De sneeuw is overal van de trottoirs en straten geveegd, alleen naast de stoepranden liggen vuile en verharde bergjes sneeuw. De meisjes trekken hun muts over hun oren en steken hun handen in hun zakken. Frieda is zich ervan bewust dat iedereen direct kan zien dat ze plattelandsmeiden zijn aan de manier waarop ze gekleed zijn.

Op de Rossmarkt is het haast nog drukker dan bij de Hauptwache, want ook daar stoppen en vertrekken trams. Ze moeten telkens weer tegemoetkomende voetgangers ontwijken en oppassen dat ze niet door een auto worden aangereden. Ze passeren een oud kerkje en lopen vervolgens de Friedensstrasse in.

'Friedastrasse,' zegt Ida. 'Kijk, ze hebben een straat naar je vernoemd, Frieda.'

Maar Frieda is niet in de stemming voor grapjes. Op de klokkentoren die ze passeren, staan de wijzers al op tien over twaalf. Hopelijk komt ze niet te laat, want dan is alles voor niets geweest.

'Doorlopen!' spoort ze de anderen aan. 'De etalages kun je straks bekijken, Luise!'

Ze haasten zich en beginnen ondanks de kou te zweten van de inspanning.

Dan strekt Ida haar arm uit. 'Dat moet het zijn, Frieda. Dat grote grijze gebouw daar met de torentjes en de grote koepel.'

Ze zou weleens gelijk kunnen hebben. Het is precies hoe meester Hohnermann de schouwburg aan haar heeft beschreven. De hoge koepel is de toneelzolder, zei hij. Die bevindt zich boven het podium en wordt gebruikt om de decors omhoog te tillen die niet nodig zijn.

'Kijk, de tram stopt precies voor de deur van de schouwburg,' roept Ida betweterig. 'Als we die hadden genomen, waren we er allang geweest!'

Het gebouw wordt steeds imposanter naarmate ze dichterbij komen. Als ze er eindelijk voor staan, lijkt het enorm en overweldigend. Grote stenen blokken, hoge ramen en overal ingangen die allemaal op slot zijn.

'Hoe kom je binnen?' vraagt Frieda wanhopig.

'Daar!' roept Luise. 'Daar is een bord. Daar staat iets op van de toneelschool.'

Inderdaad. Aan een van de deuren hangt een klein wit papiertje met de tekst: NAAR DE AUDITIE VAN DE TONEELSCHOOL.

Gelukkig, de deur kan worden geopend. Ze komen in een klein halletje waar het muf ruikt en dan staan ze in een gang. Aan een tafel zit een jonge man rustig een boek te lezen.

'Pardon,' zegt Frieda tegen hem. 'Ik kom voor de auditie. Waar moet ik naartoe?'

Hij tilt zijn hoofd op en kijkt haar met een vreemd doordringende blik aan. Daarbij stelt ze vast dat hij niet zo jong is als hij eerst leek. Hij heeft markante gelaatstrekken, maar tegelijkertijd lijkt zijn gezicht verlept.

'Hebt u zich aangemeld?'

Frieda schrikt. Je moest je inschrijven voor de auditie... Dat heeft meester Hohnermann niet gezegd.

'Ik kom van buiten de stad,' legt ze uit. 'Helaas wist ik niet dat je je moest aanmelden.'

Hij heeft een lijst voor zich en Frieda kan zien dat het meerdere vellen zijn. O jee! Er hebben zich wel heel veel mensen aangemeld voor de auditie.

'Tja...' zegt hij schouderophalend. 'Dan wordt het lastig. We hebben meer dan honderdzestig auditanten...'

Nu dringt Ida zich naar voren en gaat voor hem staan. 'Als u mijn zus geen auditie laat doen, zult u er spijt van krijgen!' roept ze luid.

'U moet namelijk weten dat mijn zus Frieda een heel groot en zeer getalenteerde actrice is!'

Hij kijkt eerst verbouwereerd, maar moet dan glimlachen. 'Het is fijn dat je zo energiek voor je zus opkomt,' zegt hij. 'Hoe heet je, kleintje?'

'Ik ben Ida Haller. En ik ben helemaal niet klein!'

'En wil jij soms ook actrice worden?'

'Nee. Alleen Frieda.'

'Dat is jammer,' zegt hij met een grijns. 'Ik denk dat je talent hebt, Ida.'

Frieda staat ernaast en kan haar zusje wel vermoorden. Waarom moet Ida zich er altijd mee bemoeien? Ze kan echt wel voor zichzelf opkomen. 'Is er niet een mogelijkheid dat ik vandaag toch nog auditie kan doen?' vraagt ze vriendelijk en ze duwt Ida opzij. 'Ik ben speciaal voor de auditie uit Dingelbach hiernaartoe gekomen.'

Hij fronst zijn wenkbrauwen. Kennelijk heeft hij die plaatsnaam nog nooit gehoord.

'Dat is een dorp in de buurt van Steinbach... in de buurt van Oberursel.'

Oberursel kent hij, maar het dorp Steinbach komt hem niet bekend voor. Het is verbazingwekkend hoe slecht hij de omgeving van Frankfurt kent.

'Nou ja,' zegt hij, terwijl hij diep ademhaalt. 'Dan wil ik u niet weer naar huis sturen. Maar u moet wel wachten.'

'Dat geeft niet,' zegt Ida. 'We hebben de tijd.'

Hij staat op en leidt haar door een kamer waarin zuilen en hoofden van karton staan naar een andere gang. Die is vol met jonge mensen, vooral meisjes en vrouwen. Ze staan er alleen of in kleine groepjes, zitten op stoelen of zelfs op de grond. Aha, dit zijn dus haar concurrenten. Frieda telt meer dan twintig mensen. Het kan dus nog wel even duren.

'Vanaf nu hou je je mond,' sist ze tegen Ida. 'Ik kan zelf zeggen wat ik wil.'

'Je hebt niets gezegd.'

'Omdat ik niet aan het woord kwam. Daarom!'

'De auditie mag je straks alleen doen,' zegt Ida schouderophalend.

Na enige aarzeling gaan ze op de grond zitten, want de enkele stoelen zijn bezet. Er gebeurt niets. Sommige kandidaten fluisteren tegen elkaar, een paar lachen zelfs, maar het klinkt niet vrolijk, eerder nerveus. Anderen zitten zwijgend op een stoel en staren voor zich uit. Een dunne jongeman houdt een tekstboek in zijn hand en zijn lippen vormen geluidloos zinnen.

'Als hij zijn tekst nu pas begint te leren...' zegt Luise verbaasd.

Frieda leunt vermoeid met haar rug tegen de muur en voelt een zweem van plankenkoorts. Als ze maar niet weer blijft steken bij die ene regel!

'Waarom gebeurt er niets?' fluistert Ida.

'Misschien hebben ze middagpauze...'

'Dat zou kunnen,' zegt Luise. 'Geef Frieda de tas eens, Ida. Ze moet nu echt iets eten. Anders valt ze straks flauw van de honger.'

Frieda heeft inderdaad honger gekregen. Ze pakt een boterham met worst uit en neemt een hap. Kauwend kijkt ze toe als er eindelijk in het midden van de gang een deur opengaat. Een slanke vrouw met donker haar komt naar buiten en roept: 'Mejuffrouw Segebrecht... alstublieft!'

Een jong meisje in een blauwe jurk springt op uit haar stoel, strijkt snel haar jurk glad en gaat met de vrouw de kamer in. Frieda stopt met kauwen en luistert, maar kan niets horen van wat er binnen gebeurt.

Het duurt een hele tijd voordat de deur weer opengaat en het meisje in de blauwe jurk naar buiten komt. Ze ziet er niet blij uit. Haastig grist ze haar jas van de stoel en trekt hem aan. Een jongeman loopt naar haar toe en vraagt iets. Ze schudt haar hoofd. Dan loopt ze langs Frieda, Ida en Luise en verdwijnt in de kamer met de kartonnen hoofden.

'Dat is blijkbaar niet goed gegaan,' zegt Ida zonder hoorbaar medeleven.

Frieda pakt de rest van haar boterham met worst in. Haar eetlust is weg. Dit wachten is zenuwslopend. En Ida en Luise maken haar nu ook vreselijk nerveus.

'Het kan een poos duren voordat ik aan de beurt ben,' zegt ze tegen Luise. 'Jullie hoeven hier niet de hele tijd bij mij te zitten. Waarom kijken jullie niet even rond in Frankfurt?'

Luise is enthousiast, maar Ida zegt dat ze liever bij haar zus blijft. Maar uiteindelijk laat ze zich overhalen. Ze kunnen gerust een uurtje wegblijven, in die tijd zal er niets spannends gebeuren.

Frieda slaakt een zucht van verlichting als de twee eindelijk weggaan. In de tussentijd is de volgende deelnemer al in de auditieruimte geroepen, deze keer een mollig blond meisje dat bij twee vriendinnen stond. Ze is erg bleek in het gezicht en terwijl ze de donkerharige vrouw volgt, ziet ze eruit alsof ze naar het schavot gaat.

Frieda is nu te zenuwachtig om stil te zitten. Ze loopt naar de jongeman toe, die nog steeds naar zijn tekstboek staart en in zichzelf fluistert.

'Hallo,' zegt ze vriendelijk. 'Denk je dat het helpt om de tekst zo lang te herhalen?'

Hij kijkt enigszins verbaasd naar haar, maar omdat ze onbevangen naar hem glimlacht, glimlacht hij terug. 'Geen idee. Ik wil gewoon zeker weten dat ik hem niet vergeet, snap je?'

'Ik begrijp het. Ik ben bang dat ik mijn tekst vlak voor het dramatische einde vergeet. Er is een bepaalde plek die ik maar niet kan onthouden.'

'Met welk stuk ga je auditie doen?'

'*Macbeth*.'

'Ik heb *Hamlet* gekozen. *Te zijn of niet te zijn...*'

'Die ken ik. Een geweldige monoloog. Die zou ik ook graag willen doen, maar dat kan helaas niet omdat ik een meisje ben...'

Ze maakt hem aan het lachen en hij ontdooit. Hij heet Harry

Baumann en komt uit Sachsenhausen aan de andere oever van de Main. Hij wilde altijd al acteur worden. Op school voerden ze vaak toneelstukken op en speelde hij altijd de hoofdrol. En hij bekent haar dat hij hier is zonder medeweten van zijn ouders. Zijn vader heeft een appelwijncafé dat hij op een dag moet overnemen.

'Bij mij is het net zo,' vertelt Frieda. 'Mijn moeder weet ook niet dat ik hier ben om auditie te doen. We hebben een winkel in Dingelbach.'

'Waar?'

'Dat is een dorp. In de richting van Oberursel.'

'O. Sorry, ik ben altijd slecht geweest in aardrijkskunde. Waren dat je vriendinnen met wie je bent gekomen?'

Aha. Hij staarde dus niet de hele tijd naar zijn tekstboek. Hij keek naar haar.

'De kleine is mijn zus en de grote is mijn nicht.'

'Ik duim voor je dat het lukt, Frieda.'

'Ik ook voor jou, Harry.'

Ze knikken naar elkaar en Frieda maakt van de gelegenheid gebruik om op een lege stoel te gaan zitten. Er zijn nu nog maar dertien mensen voor haar. Wat duurt het lang! Hopelijk lukt het hun om de laatste trein naar Dingelbach nog te halen. Die vertrekt een paar minuten voor acht vanaf de Hauptwache.

Als er nog maar acht auditanten voor haar zijn, komen Luise en Ida weer binnen. Luise is boos omdat Ida haar heeft overgehaald om een tramrit te maken.

'Ze vroeg constant aan mensen wat voor huizen het waren,' zegt Luise. 'Het was vreselijk gênant.'

'Ik ben zo aan de beurt,' zegt Frieda. 'Wees stil, ik moet me concentreren.'

Harry is de een-na-laatste. Hij komt grijnzend uit de auditieruimte en steekt zijn duim naar haar op. Frieda is blij voor hem, maar kan niets vragen omdat ze al geroepen wordt.

'Juffrouw Haller? Alstublieft.'

De auditieruimte blijkt een grote zaal te zijn met een echt podium. Ze moet drie treden beklimmen en boven zitten zes mensen in een halve cirkel, vier mannen en twee vrouwen. Ze zitten achter tafels waar papier en pennen op liggen. Ze zullen wel aantekeningen maken. Twee van de mannen praten met elkaar en schenken geen aandacht aan haar, een vrouw heeft een lippenstift in haar hand en stift haar lippen, de anderen zitten achterovergeleund en zien er uitgeput uit. Geen wonder, ze hebben de hele dag naar monologen geluisterd, dat moet behoorlijk vermoeiend zijn.

De slanke vrouw met het donkere haar gaat bij de andere examinatoren zitten en wenkt Frieda om dichterbij te komen. 'Juffrouw Haller uit... Dingelbach,' zegt ze glimlachend tegen Frieda. 'U bent helemaal als laatste naar binnen geglipt, nietwaar? Het was vast niet makkelijk om zo lang te moeten wachten.'

'Dat klopt,' geeft Frieda toe. 'Maar dat maakt me niet uit. Het belangrijkste is dat ik auditie mag doen.'

De andere examinatoren concentreren zich nu op hun taak. Ze bekijken haar, de mannen grinniken, de vrouwen glimlachen een beetje meewarig. Natuurlijk zien ze direct dat ze van het platteland komt. Frieda ergert zich. Ik zal ze eens wat laten zien, denkt ze.

Maar eerst moet ze vragen beantwoorden. Hoe oud ze is. Of ze ooit acteerlessen heeft gehad. Waarom ze actrice wil worden.

'Omdat ik er het talent voor heb,' zegt ze zelfverzekerd. 'En omdat ik ontzettend graag toneelspeel.'

'Laten we beginnen,' zegt de donkerharige vrouw. 'Wat hebt u uitgekozen?'

'*Macbeth* van Shakespeare.'

'Gaat uw gang!'

Frieda doet een paar stappen terug. De examinatoren, de lelijke houten muur achter hen, het grijze gordijn aan weerszijden, alles verdwijnt voor haar ogen. Ze is in Schotland, in het kasteel van Macbeth en in haar hart brandt de moorddadige eerzucht van de krankzinnige lady.

'Kom, jullie geesten die neigen naar sterfelijke gedachten!'

Ze leeft zich helemaal uit en speelt steeds heftiger. Ze verheft haar stem, heft haar armen op, roept alle duivels en demonen op. De hel gaat open, de dolk flitst in de hand van de moordenaar, de waanzin neemt bezit van haar...

Plotseling hoort ze gelach. Geïrriteerd stopt ze, draait zich om naar de examinatoren en kijkt hen verontwaardigd aan. 'Dat... dat is niet om te lachen!'

De mannen grijnzen nog een beetje, de vrouwen glimlachen. Alleen de donkerharige vrouw is serieus gebleven. Ze kijkt Frieda peinzend aan en wendt zich dan tot haar collega's. 'Geweldig, hè, dat jeugdige temperament?'

'Zeker,' zegt een van de oudere mannen. 'Maar dit is de verkeerde rol voor jou, meisje. Jij zult de lady later spelen, als je boven de veertig bent.'

Frieda is nog te geschokt om er iets van te begrijpen. Ze heeft alles gegeven, al haar passie, al haar enthousiasme, al haar kracht in deze monoloog gelegd. En dan beginnen ze te lachen!

'Ik denk dat we u over twee weken terugzien, juffrouw Haller,' zegt de donkerharige vrouw, terwijl ze de andere examinatoren aankijkt. Ze knikken instemmend. Sommigen glimlachen naar haar.

'Over... over twee weken?' stamelt Frieda. 'Maar ik dacht...'

'U dacht dat de beslissing vandaag genomen zou worden? Maar nee. We hebben een voorselectie gemaakt en u bent erbij. De definitieve toelating wordt pas bepaald na nog een auditie.'

'O...'

Ze is lief, bijna moederlijk, deze examinator wier naam Frieda niet eens kent. Ze is niet jong meer. Ze moet in de veertig zijn, misschien ouder. Het lijkt erop dat ze hier veel te zeggen heeft. Meer dan de mannen. Dat bevalt Frieda wel.

'Bekijk eens Shakespeares *Een midzomernachtsdroom* en bestudeer de rol van Puck. Daarmee doet u over twee weken weer auditie. Hier staat alles wat u moet weten.'

Frieda krijgt een stuk papier, dat ze achteloos opvouwt.

'Wij wensen u het allerbeste. En we kijken ernaar uit u weer te zien!' zegt de vriendelijke vrouw.

Buiten in de gang rennen Luise en Ida naar haar toe. 'Hoe ging het? Ben je toegelaten?'

Frieda is nog helemaal beduusd. Ze haalt haar schouders op. 'Ik moet over twee weken terugkomen.'

'Waarom?'

'Nog een auditie.'

'O jee!' kreunt Ida. 'Waarom kunnen ze je niet meteen vertellen wat ze willen?'

'Dit was alleen een voorselectie, zeiden ze…'

Luise is vreselijk nerveus en dringt erop aan om snel te vertrekken. Het is al laat. Ze moeten de laatste trein halen, anders is het allemaal voorbij.

'We weten nu de weg, dat redden we makkelijk,' zegt Frieda. Ze trekt haar jas aan terwijl ze loopt, zet haar muts op en gaat achter Luise aan, die al op weg is naar de uitgang.

Buiten is de stad veranderd. Het is donker geworden, maar overal zijn lichten. De straatlantaarns branden, de winkels en reclameborden gloeien in felle kleuren. Frieda vindt de stad nu nog aanlokkelijker dan overdag. De voorbijsnellende mensen, de auto's, de geluiden, het diffuse licht… Achter dit alles schuilen avonturen en geheimen die ze graag zou willen ontdekken. Maar daar is geen tijd voor. Luise haast zich met snelle stappen vooruit en Ida moet haar aan de kant trekken omdat er van achteren een tram nadert.

'Zeker uit het dorp, hè?' roept de conducteur geïrriteerd vanaf het platform van de tram.

Buiten adem en met half bevroren neuzen bereiken ze de Hauptwache. Daar staat lijn 24 met de bestemming Hohemark.

Ze kunnen nog net instappen, de conducteur staat al buiten en geeft het sein om te vertrekken. 'Nou, dat was op het nippertje,' zegt hij met een grijns tegen hen en hij knipt een tweede gaatje in hun kaartjes.

Helemaal uitgeput laten ze zich op een leeg bankje zakken. Ze hijgen nog een tijdje na.

'Als we maar niet in de problemen komen,' zegt Luise bezorgd. 'Ik heb thuis gezegd dat we uiterlijk om half zes terug zouden zijn.'

Het is nu half acht en tegen de tijd dat ze in Dingelbach aankomen, is het nog ruim een uur later.

'Het maakt niet uit,' zegt Ida achteloos. 'Het ging tenslotte om iets heel belangrijks. Om iets van levensbelang zelfs.'

Frieda denkt al wanhopig na over hoe ze over twee weken weer naar Frankfurt kan gaan. Dan herinnert ze zich het briefje. Ze zoekt het overal. Het zit niet in haar jaszak en ook niet in de tas met proviand. Is ze het kwijt? Nee, het zit in de zak van haar rok. Wat staat er eigenlijk op?

> *We vragen u om op 7 februari om 14.30 uur opnieuw auditie te doen op het repetitiepodium in de schouwburg.*

'Ik moet Puck uit *Een midzomernachtsdroom* instuderen,' zegt ze. 'Dat is de hobgoblin die altijd alles verprutst.'

Ida vertrekt haar gezicht en rolt met haar ogen. 'Wat? Dat is hartstikke saai! Ze hebben geen smaak.'

Frieda is ook niet enthousiast. Maar om naar de toneelschool te mogen is ze overal toe bereid.

'Dat is toch een rol voor een man?' zegt Luise bedenkelijk.

'Een kabouter? Hm... Ik weet niet. Dat kan toch ook een meisje zijn,' zegt Frieda.

'Dan is het een heks.'

'Nee, een meisjeskobold!' zegt Ida giechelend.

'Dat bestaat niet,' zegt Luise hoofdschuddend.

'In het theater is er niets wat niet bestaat,' zegt Frieda.

Ze zwijgen en kijken uit het raam van de trein. De laatste lichtjes van de stad verdwijnen. Her en der zien ze nog schijnsel achter een raam of van een straatlantaarn. In de trein is het licht diffuus en geelachtig, het komt van een elektrische lamp die aan het plafond is bevestigd. Algauw zien ze alleen hun eigen spiegelbeeld in het raam. Buiten is het pikkedonker.

Eindelijk stopt de trein op station Dingelbach.

Daar staat Herta, gehuld in de wollen jas van haar moeder en met haar muts ver over haar oren getrokken. Georg Altmann, Luises vader, staat naast haar te wachten met een lantaarn in zijn hand.

'Daar zijn ze!' roept Herta. 'Nou, jullie kunnen nog wat beleven! Oom Georg wilde al naar de politie gaan!'

11

Marthe Haller doet de winkel open en kijkt angstig de dorpsstraat in. Het heeft vannacht gedooid. Overal zijn plassen en het druppelt ook weer van het dak, want uitgerekend boven de winkelingang zit er een gat in de regengoot.

'Frieda!' roept ze over haar schouder. 'Breng even een dweil. En zet een emmer water klaar.'

'Doe ik!' klinkt het van achteren.

'Ga jij nu nog naar school of wil je aan de keukentafel in slaap vallen?'

Dat is Herta, die met Ida in de keuken aan het ruziën is. Het is wat met haar twee jongste dochters. De halve nacht liggen ze stiekem in hun bed te lezen en 's ochtends zijn ze doodmoe. Marthe weet niet hoe dit verder moet.

'Ik ga weg als ik zover ben,' hoort ze Ida in de keuken mopperen. 'Ik heb geen kindermeisje nodig!'

Frieda komt de winkel binnen met een lap en een emmer. Ze doopt de dweil in het water, wringt hem goed uit en spreidt hem zorgvuldig op de vloer voor de winkeldeur uit. Sinds ze vorige week met Luise en Ida in Frankfurt is geweest, is Frieda buitengewoon ijverig. Ze poetst de toonbank, stoft de schappen af, bergt nieuwe goederen op en bedient de klanten allerhartelijkst.

'Dat kunnen we goed gebruiken in de sombere wintermaanden,' zei Anni Christ laatst. 'Als Frieda in de winkel is, gaat echt de zon op.'

Ook de mannelijke klanten lijken er zo over te denken, in elk geval lopen de pijptabak, aluin en pruimtabak erg goed. Alleen is Herta beledigd, want alle klanten worden liever door Frieda bediend dan door haar. Ze neemt het haar zus vooral kwalijk dat Hannes Killinger onlangs weer uitgebreid met haar heeft staan kletsen en grapjes heeft gemaakt, en bovendien een nieuwe pijp en twee pakjes tabak heeft gekocht.

'Je slooft je alleen maar zo uit omdat je je schuldig voelt,' zei ze vanochtend bij het ontbijt tegen Frieda. 'Omdat jullie vorige week zo lang in Frankfurt zijn gebleven.'

'Dat is helemaal niet waar,' antwoordde Frieda.

Maar het klonk niet erg overtuigend, vond Marthe. Frieda is in feite een eerlijk meisje. Als ze niet helemaal oprecht is, merkt Marthe het bijna altijd. In tegenstelling tot bij Ida, die er maar op los kletst en bij wie je nooit weet of haar verhalen verzonnen of waar zijn. Maar één ding weet Marthe zeker: er klopt iets niet met die reis naar Frankfurt. Alleen al de aanleiding verraste haar. Maar ze liet het toe omdat ze met z'n drieën gingen en ze het aardig vond van de meiden dat ze hun oude meester wilden bezoeken. Het was alleen verdacht dat ze zo laat thuiskwamen. Hoe is het mogelijk dat meester Schmidt hen zo lang bij zich heeft gehouden? Hij wist dat ze nog een lange reis voor de boeg hadden. Marthe vermoedt dat ze na het bezoek met z'n drieën zelf door Frankfurt hebben rondgezworven en dat bevalt haar helemaal niet. Een grote stad is gevaarlijk voor drie jonge meisjes, vooral 's avonds als het donker is.

Haar broer Georg is dezelfde mening toegedaan. 's Avonds, toen de drie weglopers eindelijk op het station aankwamen, heeft hij Marthe het vuur na aan de schenen gelegd. Volgens hem is het altijd Frieda die zijn brave Luise tot dwaasheden aanzet. Luise moest voortaan thuisblijven, daar zou ze genoeg te doen hebben. En met dat toneelspelen moest het ook maar eens afgelopen zijn. Bovendien liet hij in zijn woede doorschemeren dat Luise de huwbare leeftijd heeft bereikt en dat hij al enkele kandidaten op het oog heeft. Ze is tenslotte zijn enige kind en wordt verondersteld te trouwen met een boer die zijn hoeve kan overnemen. Marthe was die avond alleen maar blij dat haar meisjes veilig thuis waren gekomen. Daarom ging ze er niet op in en uiteindelijk liep haar broer boos met de huilende Luise terug naar de Altmannhoeve.

Herta heeft blijkbaar niet veel te doen in de keuken. Ze komt de winkel binnen met een schoon wit schort voor. 'Steek de kachel eens aan, Frieda,' zegt ze. 'En daarna kun je in het magazijn opruimen. De dozen met waspoeder en zeep moeten worden uitgeruimd en alles moet in de schappen worden gelegd.'

'Sinds wanneer ben jij hier de baas?' verdedigt Frieda zich boos.

'Ik zeg alleen maar wat er gedaan moet worden.'

Marthe weet dat ze snel moet ingrijpen voordat de ruzie erger wordt. Het is elke dag hetzelfde liedje. Haar drie dochters zijn zo verschillend als meisjes maar kunnen zijn, en gekibbel en ruzies zijn aan de orde van de dag. Het is niet makkelijk om al haar dochters in hun recht te laten. Vooral Herta heeft het moeilijk met haar jongere zusjes, omdat ze Ida's gewiekstheid en Frieda's opgewekte karakter mist. Daarom probeert Marthe haar oudste vaak te steunen. 'Herta heeft gelijk, Frieda. Ga het magazijn in orde maken.'

Frieda port in de kachel, blaast erin en voegt meer hout toe. Dan loopt ze gehoorzaam naar het magazijn, terwijl Herta de oude bronskleurige kassa afstoft. Inmiddels loopt Ida ook onwillig met haar schooltas onder haar arm door de winkel om naar de dorpsschool te gaan. Het winkelbelletje rinkelt en de eerste klanten komen binnen. De vrouw van de dominee, mevrouw Seybold, verschijnt in een zwarte rok en een donker vest waar een witte kraag boven uitsteekt. Lene Grossmann is bij haar. Zij draagt de dorpsklederdracht en dikke wollen kousen die bij de kuiten zijn gestopt. Marlis Alberti, de vrouw van de dorpsgenezer, heeft de gevoerde jas van haar man aangetrokken en een witte hoofddoek om haar rode krullende haar gebonden.

'Goedemorgen!'

'Goedemorgen!'

'Allemaal gezond en wel?'

Iedereen veegt braaf zijn voeten op de uitgespreide dweil. Ze wrijven in hun koude handen en zijn blij dat het kacheltje al is opgestookt.

Mevrouw Seybold betaalt in rentenmark omdat de dominee zijn salaris in de nieuwe valuta ontvangt. Marthe moet eerst rekenen, maar ze neemt de munten graag aan.

Lene is aan de beurt, maar ze is net begonnen over een van de spannendste dorpsonderwerpen en Herta moet even wachten voordat ze haar kan bedienen. 'Hij schijnt haar rechterhand te zijn. De belangrijkste arbeider in de fabriek. Sinds Oskar Michalski daar aan de slag is, gaat het weer bergopwaarts met Pilz & Küpper, zegt Herbert...'

'Hij was altijd al een handige jongen,' onderbreekt Marlis haar. 'Op de Schützhoeve ging het ook beter toen hij Helga hielp.'

Mevrouw Seybold is van mening dat Oskar niet te vertrouwen is. Ze vindt hem maar een gehaaide kerel. 'Hij zat destijds achter Helga aan, maar toen haar man terugkwam, ging hij er snel vandoor. En nu beproeft hij zijn geluk bij mevrouw Küpper...'

'Natuurlijk,' beaamt Lene. 'Dat is een buitenkansje voor zo iemand. Ze is al ouder en heeft geen man, maar wel een fabriek.'

'Denk je dat hij wat met haar heeft?' fluistert Marlis ongelovig.

'Tja, wat denk je dan? Hij woont in het tuinhuis, op slechts een paar passen van de villa. Als ze 's avonds de deur open laat staan, is hij zo bij haar.'

'Wie weet of het waar is,' zegt Marlis hoofdschuddend. 'Ik dacht altijd dat hij vanwege Helga terug is gekomen.'

'Hij heeft Helga niet meer nodig,' zegt mevrouw Seybold. Eindelijk pakt ze haar boodschappentas van de toonbank. 'Hij heeft wat beters gevonden.'

'Tja, wie weet?' zegt Lene en ze houdt haar hoofd schuin. 'Zo'n fabriek kan failliet gaan. Maar een boerderij zoals die van Otto Schütz, die blijft bestaan. Die bestaat al honderden jaren...'

‘Daar komt Helga aan,’ zegt Marlis, terwijl ze met haar hoofd naar de dorpsstraat gebaart.

De roddelaarsters zwijgen snel en Lene vraagt een doos waspoeder en een blikje groene zeep aan Herta. Marthe wendt zich tot Marlis Alberti, die een blikje bruin schoensmeer en haarspelden nodig heeft.

Helga veegt uitgebreid haar voeten af en begroet de vrouwen vriendelijk. Daarna gaat ze naast mevrouw Seybold staan, die haar boodschappen al heeft gedaan maar nog even in de winkel wil blijven om geen nieuws te missen.

‘Ai, Helga, je ziet er erg moe en uitgeput uit,’ zegt ze en ze glimlacht meelevend.

‘Is dat zo?’ vraagt Helga bedrukt. ‘Dat komt zeker doordat ik er ’s nachts zo vaak uit moet. Het gaat niet goed met mijn moeder, ze is verkouden en hoest heel erg. Ik heb haar saliethee met een lepel honing gebracht.’

‘Ach ja, Anni is altijd zwak op de borst geweest,’ zegt mevrouw Seybold zuchtend. ‘Als ze maar geen longontsteking krijgt.’

‘Daarom heb ik haar gezegd dat ze in bed moet blijven en zich warm moet houden. Dan zal ze wel weer opknappen.’

Marlis vraagt of ze Rudolf langs moet sturen. Rudolf Alberti, de dorpsgenezer, weet in veel gevallen raad en heeft vaak geholpen als de dokter niet wist wat hij nog kon doen. De Alberti’s hebben een speciale vaardigheid die van vader op zoon wordt doorgegeven. Ook de oude Willi Alberti kon helpen tegen ziektes en spoorde wateraders op met een takvork. Maar als het een ziekte is waarbij je echt een opgeleide arts nodig hebt of zelfs naar een ziekenhuis moet, dan zegt Alberti dat tegen zijn dorpelingen. Hij is niet ijdel en weet wat hij wel en niet kan.

‘Dat zou aardig van je zijn, Marlis,’ zegt Helga blij. ‘Ik wilde al naar jullie toe gaan, maar nu kan ik me de weg besparen.’

‘Ik hoop niet dat Gertrud het ook krijgt,’ merkt Marthe op en ze pakt voor Marlis een doosje haarspelden uit de la. Ze had de gemene Gertrud de hoest meer gegund dan de arme Anni.

'Gertrud is kiplekker,' zegt Helga met een glimlach. 'Ze is sterk, zij wordt niet zo snel verkouden.'

'Dat kun je wel zeggen, ja,' zegt Lene en ze vraagt een pond gedroogde erwten aan Herta. 'Die Gertrud is een taaie.'

Frieda komt binnenstormen met een doos vol stukken zeep die in de schappen moeten worden geordend. 'Goedemorgen, iedereen. Wat hebben jullie nou voor weertje meegebracht!' roept ze vrolijk.

'O, dat vieze weer... Daar kan ik niets aan doen, hoor,' antwoordt Lene opgewekt.

'Daar geloof ik niks van,' grapt Frieda, terwijl ze de doos op de toonbank zet. 'Jullie hebben gisteren vast niet drie keer achter elkaar geniest.'

Herta's gezicht betrekt weer en Marthe denkt krampachtig na wat voor nieuwe taak ze Frieda kan geven zodat ze een tijdje uit de winkel wegblijft. Maar Frieda is nu helemaal op dreef. Ze pakt een stuk zeep uit de doos en laat het aan iedereen zien. Een nieuwe soort die niet bepaald goedkoop is. Hij is verpakt in wit papier met paarse bloemen erop. 'Moeten jullie eens kijken. Er zit leliemelk in, daar wordt je huid glad en zacht van. Als je je gezicht ermee wast, Lene, krijg je een huid als de bibs van een baby!'

'Helpt het ook tegen rimpels?' vraagt Lene.

'Dat ook. Maar daarvoor kun je beter Nivea-crème nemen,' adviseert Frieda.

Mevrouw Seybold wendt zich met een frons af. 'De ouderdom wordt ons opgelegd door de Here God. Als iemand denkt dat ze er jonger uit moet zien dan ze is, kan dat alleen maar om een zondige reden zijn!'

'Wat is er zondig aan als ik mijn gezicht met zeep was?' vraagt Marlis geïrriteerd. Ze mag de vrouw van de dominee niet. Alleen al niet omdat zij altijd tekeergaat tegen haar man, Rudolf, die wateraders en krachtplaatsen kan vinden. Mevrouw Seybold beweert dat dat heidens is.

‘Ik heb niets tegen reinheid,’ antwoordt mevrouw Seybold fel. ‘Ik heb alleen iets tegen ijdelheid, want dat is een vreselijke zonde. Net als kaarten, dansen en drinken.’

‘En hoogmoed, niet te vergeten,’ voegt Frieda eraan toe en ze knikt de vrouw van de dominee heel ernstig toe, alsof ze het helemaal met haar eens is. Maar Marthe en de andere vrouwen hebben Frieda wel door. De vrouw van de dominee is hoogmoedig. Ze ziet de splinter in iemand anders oog, maar niet de balk in haar eigen.

‘Goed,’ zegt mevrouw Seybold en ze glimlacht mild naar de vrouwen. ‘Dan ga ik maar weer eens. O jee, het giet!’

Het is inderdaad weer gaan regenen. Dat is vervelend, want dan kan het glad worden als het vannacht weer gaat vriezen.

Bij de winkeldeur botst mevrouw Seybold bijna tegen meester Hohnermann op, die in de kleine pauze snel naar de winkel is gelopen.

‘Goedemorgen,’ zegt hij en zijn blik blijft hangen op Frieda, die de stukken zeep in de schappen legt. Marthe houdt haar adem in. Het is overduidelijk dat de jonge onderwijzer gevoelens heeft voor het meisje. Hij is niet iemand die zich anders voor kan doen. Wat ook heel vertederend aan hem is. Maar natuurlijk wordt er in het dorp over hem en Frieda gekletst.

‘Neem me niet kwalijk, ik wil niet voordringen,’ zegt hij hoestend. ‘Maar ik heb snel een zakje keelpastilles nodig.’

‘O jee!’ roept Frieda verschrikt uit. ‘U hebt het zwaar te pakken. We hebben droppastilles, viooltjespastilles en pastilles met eucalyptus. Maar die smaken walgelijk.’

‘In de nood eet de duivel vliegen,’ zegt hij en hij moet zijn keel schrapen. ‘Geef maar drop en eucalyptus. Mijn stem moet het vandaag tot het middaguur volhouden.’

‘Het komt doordat het dooit,’ verzucht Helga. ‘Dan komen de bacillen tot leven. Mijn moeder heeft het ook, ze heeft de hele nacht…’ De zin blijft in haar keel steken, want het winkelbelletje rinkelt weer en er komen nog twee klanten binnen. Carla, de huishoudster van villa Küpper, samen met Oskar Michalski.

'Goedemorgen!' groet Carla.

'Goedemorgen, allemaal,' zegt Oskar met een krachtige, diepe stem.

De anderen groeten terug. Helga draait zich snel om en bestudeert het vat met augurken. Lene en Herta wisselen een blik uit, Marlis glimlacht vriendelijk, Frieda telt ijverig pastilles uit. Meester Hohnermann knikt beleefd naar de nieuwkomers en zoekt in zijn jaszak naar zijn portemonnee.

'Dertig pfennig,' zegt Frieda, terwijl ze de zakjes voor hem op de toonbank legt. 'En veel beterschap, meneer Hohnermann.'

Marthe vindt dat haar dochter de onderwijzer wel erg bezorgd aankijkt terwijl hij de munten op de toonbank uittelt.

'Voor volgende week komt het wel goed,' zegt hij tegen Frieda.

Ook dit vindt Marthe vreemd. Waarom voor volgende week? Nou ja, misschien zoekt ze er te veel achter. Hohnermann stopt de zakjes in zijn jaszak, bedankt hen en haast zich weg. Op het schoolplein maken zijn leerlingen een hoop kabaal. Meestal gedragen ze zich goed, maar je weet maar nooit.

'Zijn wij al aan de beurt?' vraagt Carla en ze kijkt Frieda aan.

'Alstublieft, wat kan ik voor u doen?' vraagt Herta, die snel voor haar zus gaat staan.

Frieda haalt haar schouders op en gaat verder met het opruimen van de stukken zeep. Marthe wendt zich tot Helga, die een potje honing en een zakje kaneel wil kopen. Ze praat heel zacht en wendt haar blik niet af terwijl ze erom vraagt.

'Ik heb meneer Michalski meegenomen,' klinkt Carla's stem door de winkel en ze wijst naar Oskar, die twee boodschappennetten in zijn hand heeft. 'Hij moet me helpen dragen. Mevrouw Küpper geeft zondag een feestje. Hebt u ook kaarsen? Mevrouw Küpper koopt immers alles in de dorpswinkel, want ze vindt dat het geld in Dingelbach moet blijven.'

Oskar Michalski staat er zwijgend naast. Waarschijnlijk weet hij wel dat hij het onderwerp van de algemene aandacht is. Hij kijkt ernstig voor zich uit, slechts af en toe glijdt zijn blik naar Helga Schütz, die voor hem staat. In de twintig jaar dat Marthe in deze winkel staat, heeft ze genoeg mensenkennis opgedaan om deze blikken, die als een vlam oplaaien en meteen weer doven, te kunnen interpreteren. Het geklets over zijn vermeende relatie met Ilse Küpper is pure onzin. Hij heeft een oogje op Helga.

Helga betaalt haastig en wil snel vertrekken, maar Oskar is sneller. Hij houdt galant de deur voor haar open en kijkt haar glimlachend aan. 'Tot ziens!' zegt hij en hij maakt een kleine buiging. Helga loopt hem voorbij zonder een woord te zeggen. Maar iedereen heeft gezien dat ze knalrood is geworden.

Marthe probeert de gênante situatie te verdoezelen en vraagt Carla wat ze nog meer voor haar kan doen.

'Een fles petroleum, want er is geen...'

In de dorpsstraat klinkt geschreeuw. Ze horen een dof kabaal, alsof iemand tegen een houten wand slaat. De klanten rennen naar de deur. Frieda en Herta turen door de etalage naar buiten. Marthe blijft achter de toonbank staan.

'Dat is bij Georg Altmann!'

'De hengst. Willibald,' roept Lene Grossmann, die de winkeldeur al heeft geopend. 'Ik zei meteen dat hij een vals beest was. Maar Georg moest per se een hengst aanschaffen!'

Nu loopt ook Marthe bezorgd naar de deur. Haar broer heeft de jonge hengst in oktober op de veemarkt gekocht en hem in eerste instantie in de wei laten staan. Maar Willibald sprong meerdere keren over het hek omdat hij naar Flora wilde, een merrie van Otto Schütz, die het hele jaar door hengstig is. Toen heeft Georg de hengst op stal gezet.

Oskar dringt zich langs Lene en rent de dorpsstraat op. Ze horen Georg Altmann godslasterlijk vloeken. Dan begint Carla luid te schreeuwen. 'Daar! Daar komt hij. Zo wild als de duivel!'

De donkerbruine hengst draaft opgewonden door de dorpsstraat. Hij snuift, schudt boos zijn hoofd en lijkt precies te weten waar hij heen wil.

Georg rent achter hem aan en maakt wilde gebaren. 'Hou hem tegen, Adam!' roept hij naar de knecht, die net zijn kar vol brandhout de schooltuin in duwt. Adam laat de kar staan en wil de hengst de weg versperren, maar Willibald maakt een sprong en rent hem in galopsprongen voorbij. Ineens gaat alles verschrikkelijk snel. Marthe ziet dat Oskar snel naar Helga Schütz toe gaat en haar opzijtrekt, en dan is de hengst al langs de winkel gegaloppeerd en de Schützhoeve op gerend. Daar kakelt het angstige pluimvee, brullen de koeien en hinniken de twee merries opgewonden. Otto scheldt luid en dan breekt er iets van hout, waarschijnlijk de kleine ladderwagen die voor de schuur stond.

Van alle kanten komen nieuwsgierige buren van hun erf. De mensen staan in de dorpsstraat, wijzen met hun vingers, heffen ontzet hun armen op. Sommigen lopen voorzichtig naar de Schützhoeve.

Inmiddels is Georg Altmann voor de dorpswinkel aangekomen. Hij kan niet meer. Hij staat voorovergebogen en hijgt. Marthe schrikt als ze ziet dat hij bloed spuugt.

'Oom Georg! Wat is er met je gebeurd?' schreeuwt Frieda. Ze rent naar buiten, pakt Georg bij de arm en praat op hem in.

Marthe vermoedt dat de hengst hem een trap heeft gegeven toen hij uit de stal brak. Ze loopt angstig de treden af naar haar broer. Lene Grossmann en Carla proberen hem ook te helpen.

'Die gemene hengst! Dat rotbeest!' kreunt Georg en hij houdt zijn buik vast. 'Ik geef hem weg. Hij mag naar de slager.'

Zijn vrouw Lina komt op haar pantoffels en zonder hoofddoek van de Altmannhoeve, samen met Luise, die helemaal trilt van angst.

'Papa!' snikt ze. 'Papa, wat is er?'

Georg kan niet antwoorden omdat hij stuiptrekkingen heeft van de pijn. Lina en Luise proberen hem te helpen, maar hij wil niet geholpen worden. Hij weert de vrouwen af en strompelt moeizaam door naar de Schützhoeve. 'Wegwezen!' roept hij en hij rukt zich los. 'Dit is geen vrouwenwerk.'

Georg Altmann is minstens zo koppig als zijn hengst. Hij wil de Schützhoeve op lopen en zich kennelijk door Willibald laten doodtrappen. Frieda heeft haar arm om haar huilende nicht geslagen, Marthe en Lene ontfermen zich over Lina, die wanhopig in de dorpsstraat staat omdat ze de ramp niet kan afwenden. Maar dan gaat de menigte nieuwsgierige dorpelingen voor de Schützhoeve plotseling uiteen en is Oskar Michalski te zien. Hij leidt Willibald aan het halster, en aan de andere kant loopt de smid Hannes Killinger, die het opgewonden dier vasthoudt aan een touw dat ze om zijn hals hebben gegooid. Willibald rukt boos met zijn hoofd, stopt telkens en probeert de irritante begeleiders van zich af te schudden. Maar die springen lichtvoetig naast hem, wachten tot hij weer kalmeert en leiden hem dan verder.

'Waar willen jullie heen met dat rotpaard?' roept Georg hun toe.

'Als je het goed vindt, Georg, zet ik hem in mijn weide,' zegt de smid. 'Daar is een afdak en kunnen Erwin en ik hem in het oog houden.'

'Doe ermee wat jullie willen!' moppert Georg. 'Die hengst is knettergek.'

'Dat is gewoon de natuur,' antwoordt de smid met een brede grijns. 'Als een man zich aangetrokken voelt tot vrouwen, kan geen touw of lus hem tegenhouden. Zo is dat met paarden, net als met mensen.'

Opluchting verspreidt zich en sommigen lachen om wat Hannes Killinger zegt, vooral de vrouwen. Georg kijkt zijn dravende hengst met een sombere blik na. Dan herinnert hij zich zijn pijnlijke buik en draait hij zich kreunend om naar de poort van zijn eigen boerderij. Luise en haar moeder lopen achter hem aan. De dorpelingen verspreiden zich weer. Alleen op de Schützhoeve gaat het er nog luidruchtig aan toe. Vooral Gertruds stem galmt tot aan de dorpswinkel.

'Het karretje is in elkaar getrapt. De staldeur is kapot. Die wilde rothengst heeft Flora genomen. Als zij nu drachtig is, moet Georg dat betalen...'

'Betalen?' horen ze Adam lachend roepen. 'Je hebt het dekgeld bespaard, boerin!'

Marthe en Frieda haasten zich rillend van de kou terug naar de winkel. Daar staan een paar dorpelingen die over de spannende gebeurtenissen moeten praten. Herta bedient hen. Ze heeft geen stap op de dorpsstraat gezet maar alles vanuit de deuropening bekeken.

'Het griesmeel is op,' zegt ze tegen Frieda. 'Ga naar het magazijn en haal de zak. En neem dan ook meteen drie blikjes moutkoffie mee.'

12

Helga staat aan de keukentafel aardappels te schillen. Snel en behendig draaien haar vingers de bruine knollen. De schil valt in krullen op het uitgespreide krantenvel. Voordat ze de aardappelen in de pan gooit, snijdt ze ze doormidden.

Haar handen doen het werk mechanisch. Ze is ver weg met haar gedachten. Vanuit de stal zijn hamerslagen te horen. Adam en Otto herstellen de schade die de hengst in zijn wilde drift heeft aangericht. Gertrud is naar de dorpswinkel gegaan om een zakje spijkers te kopen.

Helga is blij dat ze even alleen kan zijn. Er woedt een storm in haar en die moet ze kalmeren zodat niemand in huis het merkt. Dat is niet makkelijk, want hij was dichter bij haar dan hij in lange tijd is geweest. Hij sloeg zijn armen om haar heen en trok haar met al zijn kracht opzij, zodat de wilde hengst haar niet omver zou rennen. Het duurde maar een paar seconden en ze hoopt dat niemand het heeft gezien omdat iedereen naar het galopperende paard keek. Maar zelf is ze nog steeds helemaal van slag door deze onverwachte aanraking. Als ze eraan denkt, beeft ze en bonkt haar hart.

Waarom doet hij zoiets? Waarom laat hij haar niet in rust en vrede leven? Ja, ze was verdrietig en radeloos toen ze hoorde dat hij met zijn plunjezak over zijn schouder was vertrokken. Ze wilde het zo, het was juist en fatsoenlijk, maar haar hart tartte kwaadwillig haar verstand en maakte dat ze flauwviel. Voor het eerst in haar leven. Waarschijnlijk is er in het dorp uitgebreid over gekletst.

Gertrud zei dat ze had gedaan alsof ze was flauwgevallen om onder het werk uit te komen. 'Denk maar niet dat ik het niet doorheb. Als je mij voor de gek wilt houden, moet je iets sluwers bedenken!' zei ze.

Helga liet het erbij. Laat Gertrud maar geloven wat ze wil. Als ze maar niet raadt wat de echte reden is.

Haar moeder, Anni, maakte zich eerst zorgen omdat ze bang was dat haar dochter ziek was. Maar geleidelijk aan kwam ze tot de conclusie dat het misschien iets met Oskar Michalski te maken had.

'Hij is weg, mama,' zei ze om haar moeder te kalmeren.

Anni zuchtte en keek haar bedroefd aan. 'In de winkel zeiden ze dat hij in de fabriek werk heeft gevonden.'

Helga was vreselijk geschrokken toen ze dit hoorde. Maar tegelijkertijd was ze blij en opgelucht. Hij is er nog. In de fabriek. Op slechts een paar minuten lopen van het dorp. Nee, ze heeft niet het recht om er blij mee te zijn. En toch deed ze die nacht amper een oog dicht omdat ze de hele tijd aan hem moest denken.

Ze hebben elkaar sindsdien maar heel af en toe gezien. Meestal op zondag in de kerk. Dan zat hij in de achterste rij kerkbanken en liep zij met de mensen van de Schützhoeve langs hem heen, want Otto en zijn gezin zitten op de eerste rij. Die keren glimlachte Oskar naar haar en knikte hij licht met zijn hoofd ter begroeting. Ze beantwoordde zijn blik maar keek daarna snel de andere kant op.

Het is als een zwak smeulend vuur dat maar een klein beetje warmte afgeeft, maar niet oplaait en geen schade aanricht. Hij is bij haar in de buurt, ze kan aan hem denken en over hem dromen, maar hij verlangt niets van haar en valt haar niet lastig. Als haar schoonmoeder haar kwelt of Otto gemeen tegen haar is, kan ze het verdragen omdat ze weet dat er iemand is die van haar houdt en aardig voor haar is.

Maar vandaag waren een paar minuten genoeg om haar uit deze prachtige droomwereld te werpen. Hij kwam te dicht bij haar, raakte haar aan, niet zachtjes, maar met ruwe, stevige handen. Daarna zag ze hem op het erf, vastberaden en wijs handelend. Hij hield Otto, die de razende hengst wilde aanvallen, met geweld tegen, waardoor hij hem beschermde tegen kwaad maar zelf stompen en klappen van de boze man kreeg. Flora, de dwaze merrie, was uit haar box gekomen en rende naar de hengst op het erf. De twee paarden dartelden een paar keer om elkaar heen en toen deed de hengst wat zijn natuur hem nu eenmaal ingeeft. Toen hij klaar was, gooide Hannes Killinger een touw om zijn nek, en Oskar deed hem het halster om, precies op het juiste moment toen Willibald even kalm was geworden. Adam ving de merrie en bracht haar terug naar de stal, en Oskar leidde de hengst samen met Hannes het erf af.

Toen wenste ze dat Oskar weer de boer op de Schützhoeve was, zoals het ooit een korte periode was geweest. Het was een zondige wens en ze schaamde zich dat ze zoiets zelfs maar kon denken. Ze kan het haar man niet kwalijk nemen dat hij zo dom en onhandig was. Het is de schuld van zijn nare oorlogsletsel. De wond op zijn arm is genezen, maar zijn mobiliteit is beperkt en hij heeft geen kracht meer in zijn arm. Hij had Oskar moeten bedanken voor zijn hulp, maar in plaats daarvan ging hij tekeer en sloeg hij naar hem, en toen Oskar het erf af liep, zond hij hem een vloek na.

Heinz komt thuis van school, gooit zijn schooltas in de keuken en loopt meteen weer weg. Zijn vader heeft hem op het erf onderschept. Hij moet helpen de restanten van de vertrapte houten kar te verzamelen en naar het hakblok te brengen, waar Adam er later brandhout van zal maken. Ze hoort Otto ruziemaken met de kleine. Hij dreigt hem te slaan en dat doet haar pijn omdat ze er niets tegen kan doen. Het is de oorlog die Otto kapot heeft gemaakt. De toestand met de hengst heeft hem er nog eens van bewust gemaakt hoe zwak en stram zijn lichaam als gevolg van het letsel is geworden en nu reageert hij zijn woede af op iedereen die hij tegen het lijf loopt. Zo is het al sinds hij uit krijgsgevangenschap terug is gekomen en zo zal het doorgaan tot het einde van hun tijd.

Later, tijdens het middageten, wordt er veel en opgewonden gepraat aan tafel. Otto is buiten zichzelf van woede. Hij wil Georg Altmann voor de rechter slepen zodat hij de schade in de stal en op het erf moet betalen. 'Hij heeft mijn merrie geweld aangedaan, die rothengst…'

'Nou, Flora vond het helemaal niet erg,' antwoordt Adam grijnzend. 'Integendeel. Ze duwde tegen de deur van haar box zodat die openging…'

Nu krijgt Adam ervan langs. Hoe kon het gebeuren dat de merrie de staldeur open kon duwen?

'Wat een kloteboel!' zegt Otto boos. 'Ze kon de grendel eraf breken omdat hij niet goed vastzat. Waarom heb je dat niet op tijd gezien, uilskuiken?'

Adam verontschuldigt zich door te zeggen dat er niet genoeg spijkers waren.

'Dom en lui, dat ben je!' bromt Otto. 'Zit hier aan mijn tafel en eet zijn buik rond, maar werken, ho maar, sukkel!'

Adam zwijgt over de onterechte beschuldiging. Hij weet dat hij de boer alleen maar meer van streek zal maken als hij zich nu verdedigt.

Een tijdlang eten ze in stilte. Heinz kijkt naar zijn bord en probeert geen geluid te maken, zodat zijn vader hem niet opmerkt. Gertrud heeft zich er tot nu toe wijselijk buiten gehouden, want ze kent haar zoon en wacht tot zijn woede is bekoeld. Nu vindt ze dat het tijd is om haar mond open te doen.

'Een rechtszaak kost alleen maar geld,' zegt ze. 'Ik zal Georg eens flink mijn mening zeggen, dan zal hij wel betalen. De kar was zo goed als nieuw en de deur van de box kostte ook geld. Naast al het andere dat kapot is gegaan…'

Ze somt emmers, harken en hooivorken op, twee stallantaarns, een halsstuk, een zak haver. De ladderwagen is ook beschadigd, die heeft twee nieuwe wielen nodig. Helga weet dat niet al deze spullen beschadigd zijn. Gertrud maakt misbruik van de situatie om een flinke smak geld te krijgen. Otto is het met haar eens en voegt eraan toe dat ook het hek van de boerderij beschadigd is en dat er twee kippen ontbreken.

'Laat Georg maar flink in de buidel tasten,' zegt Otto en hij prikt een stuk spek aan zijn vork. 'Altijd maar hogerop willen. Een auto! Een hengst! Wat nog meer? Een kasteel in Frankrijk? Nu kan hij zijn arrogante houding eens laten varen!'

Helga heeft een beetje medelijden met Georg. Hij is niet zoals de andere boeren in Dingelbach. Hij heeft gevoel voor bijzondere dingen en durft iets nieuws te wagen. 'Je hoeft Georg niet zo hard aan te vallen, Otto,' zegt ze. 'Hij kreeg een trap van Willibald, ik zag dat hij krom liep van de pijn.'

Ai, nu heeft ze Otto's woede weer aangewakkerd.

'Ga jij hem nou ook nog verdedigen?' snauwt hij haar boos toe. 'Dat is echt wat voor jou. Jij bent net zo'n type als hij, nietwaar? Je wilt zeker met Georg in zijn auto door het dorp rijden, hè? Helemaal opgedirkt met gelakte vingernagels en gestifte lippen. Dat zou je zeker wel leuk vinden. En je eigen mensen, die interesseren je niet meer...'

Dit is complete onzin en komt alleen uit het zieke brein van haar man. Ze is gekwetst en vecht terug. 'Hoe kun je zoiets zeggen, Otto? Ik bedoel alleen dat het fatsoenlijk en christelijk zou zijn om Georg wat tijd te geven totdat hij weer beter is. Over een paar dagen zouden jullie rustig...'

Otto slaat met zijn vuist op tafel zodat de borden rammelen. 'Wil jij mij leren wat christelijk is? Uitgerekend jij, die door de boeren in de dorpsstraat wordt nagekeken omdat je zo nodig zijden kousen moest kopen?'

Het is nu al twee jaar geleden dat ze die fout heeft gemaakt, maar hij neemt het haar nog steeds kwalijk. En hij is nog lang niet klaar.

'Georg Altmann heeft een te hoge dunk van zichzelf. Hij laat Luise toneelspelen. Heb je ooit zoiets meegemaakt? En hoe komt ze erbij? Ze heeft het afgekeken van Frieda, een door en door verdorven mens, en ik verbied jullie om met haar om te gaan. Zoals zij met haar ogen naar de mannen lonkt, dat is een zonde en een schande...'

Hij wordt onderbroken door een metaalachtig gerinkel. Heinz' vork is uit zijn hand gegleden en op de grond gevallen.

'Hé, kun je niet oppassen, snotaap?'

Heinz krimpt op zijn stoel ineen, maar het helpt niet want hij krijgt al een klap in zijn gezicht. En zodat hij het niet vergeet, krijgt hij er nog een aan de andere kant.

Nu richt Otto's woede zich op Gertrud, die snel de drinkbeker van haar kleinzoon heeft gepakt om te voorkomen dat die tijdens de strafactie van tafel valt. 'Moet jij je nu overal mee bemoeien?' schreeuwt hij tegen haar. 'Ik zal je één ding vertellen: ik ga zelf naar Georg Altmann. Jij blijft hier en zorgt dat die twee kippen weer worden gevangen. Heb je me begrepen?'

Nu wordt het menens, want Gertrud is bang dat ze haar gezag dreigt te verliezen. Ze accepteert niet dat er zo tegen haar wordt gepraat, zeker niet in het bijzijn van haar schoondochter, kleinzoon en knecht, die allemaal luisteren. Ze staat op, pakt de pan aardappelen van tafel en zet hem met een klap op het fornuis. 'Ga maar naar Georg,' zegt ze. 'Het kan me niet schelen. Maar praat fatsoenlijk tegen je moeder! Anders lig je er binnenkort uit in het dorp, dat kan ik je wel vertellen.'

De waarschuwing heeft effect. Otto hecht veel waarde aan het burgemeestersambt, want dat maakt hem belangrijk. Niets zou erger zijn dan kwaadaardige roddels die zijn reputatie in gevaar zouden kunnen brengen. Er zijn nogal wat mensen in het dorp die er gewoon op wachten om hem een loer te draaien. Toch is hij niet bereid om zo snel aan Gertrud toe te geven. 'Ik praat zoals ik wil,' zegt hij nors.

Als reactie haalt Gertrud zijn lege bord bij hem weg en zet het in de gootsteen. De anderen zetten hun borden op elkaar – het middagmaal is voorbij. Adam doet zijn stallaarzen aan en sloft naar buiten, Helga giet heet water uit de ketel in de tinnen afwaskom en Heinz wil snel met zijn schooltas naar zijn kamer vluchten.

'Jij blijft hier!' beveelt zijn vader. 'Er is werk voor je op het erf. Schrijven en rekenen kunnen wachten.' Dan trekt hij zijn jas aan en zet hij zijn pet op, want hij gaat naar Georg Altmann om zijn eisen te stellen.

Helga slaakt een zucht van verlichting als hij weg is. Ze maakt een bord klaar voor Anni, schenkt saliethee in een kopje en gaat ermee naar boven. Die ochtend heeft haar moeder eindelijk een beetje kunnen slapen, maar nu hoest ze weer, het is op de trap al te horen. Het lijkt erop dat de verkoudheid nog lang niet over is.

Anni ligt bleek en uitgeput in de kussens. Ze ziet er zo angstaanjagend fragiel uit dat Helga schrikt.

'Was er weer ruzie?' vraagt ze aan haar dochter.

Helga zet het bord op het nachtkastje en schudt het zware, oude dekbed op. De veren zijn allemaal naar het voeteneinde gegleden, waardoor er aan de bovenkant alleen stof is en haar moeder het ijskoud moet hebben in de onverwarmde kamer.

'Het is al over,' zegt Helga. 'Wil je iets eten? Ik heb verse thee voor je meegebracht.'

'Dank je wel, Helga. Het ging zeker om de hengst? Ik zag vanuit het raam hoe hij het erf op rende. En dat was Oskar op het erf, toch?' zegt ze glimlachend. 'Toen hij bij ons was, ging het er heel anders aan toe. Dat was een goede tijd...'

Helga doet alsof ze het niet heeft gehoord. Het komt vast door de koorts dat haar moeder zulke dingen zegt, die ze anders nooit openlijk zou uitspreken omdat ze haar dochter niet in de verleiding wil brengen.

Als Helga weer beneden komt, heeft Gertrud de afwas gedaan en de restjes van het middageten in de voorraadkamer gezet. Een wintervlieg zoemt tegen de ruit. Nu het dooit ziet de tuin er troosteloos uit omdat de kale bedden niet bedekt worden door sneeuw en de struiken als magere spoken oprijzen. Gertrud is in een slecht humeur, de ruzie met haar zoon zit haar nog dwars. Ze dweilt de keukenvloer en moppert omdat Heinz' schooltas onder de keukentafel is blijven liggen.

'Ja, jij zat boven bij Anni lekker uit te rusten, hè?' snauwt ze naar Helga. 'En ondertussen mij het werk laten doen.'

Werk is een deugd, luiheid een ondeugd. Zelfs als je uitrust, kun je wat werk doen: groenten schoonmaken, de was strijken of sokken breien. Gewoon zitten en niets doen zou een schande zijn voor een boerin uit Dingelbach.

'Geef mij de schooltas,' zegt Helga. 'Heinz moet nu zijn huiswerk maken.'

'Hij moet Adam helpen op het erf!'

'Dat doe ik,' zegt Helga en ze pakt haar stallaarzen om ze aan te trekken.

Gertrud kijkt haar venijnig aan, maar houdt haar niet tegen. In plaats daarvan bedenkt ze hoe ze haar schoondochter kan kwetsen. Dat is niet moeilijk voor haar, want ze heeft nog een pijl in haar koker die ze al heel lang wil afschieten.

'Heb je het al gehoord van mevrouw Küpper en Oskar?' vraagt ze schijnheilig.

'Wat bedoel je?'

Gertrud haalt haar schouders op en bukt zich wijdbeens om de dweil in de emmer te dopen. 'Er wordt gezegd dat ze iets met elkaar hebben. Want Oskar woont in het tuinhuis, pal naast de villa. En omdat ze hem zo enorm waardeert...'

Helga voelt een steek, alsof iemand een mes in haar zij heeft gestoken. Mevrouw Küpper en Oskar. Dat kan niet! Hij zei toch dat hij nog steeds van haar houdt? Dat hij niet zonder haar wil leven?

'Wie zegt nou zulke onzinnige dingen?' vraagt ze.

'Tja, dat gerucht gaat rond in het dorp,' antwoordt Gertrud met een onschuldig gezicht. 'En als iedereen erover praat, zal er wel iets van waar zijn.'

'Ik heb er niets over gehoord,' antwoordt Helga terwijl ze resoluut de tweede laars aantrekt. 'En ik geloof het ook niet.'

Gertrud grinnikt spottend en het geluid gaat bij Helga door merg en been. Ze haast zich naar het erf en vindt Heinz bij Adam in de paardenstal, waar ze de haver uit het bijeengeveegde vuil zeven.

'Ga nu naar binnen, Heinz, en maak je huiswerk.'

'Als papa terugkomt, krijg ik weer op mijn donder,' zegt de jongen met een bedenkelijke blik.

'Nee,' zegt Adam. 'Ik zal zeggen dat je me ijverig hebt geholpen en dat ik je toen alles klaar was naar binnen heb gestuurd.'

Heinz gehoorzaamt met tegenzin. Eigenlijk wil hij liever bij Adam in de stal blijven dan beneden bij Gertrud in de keuken zitten en saaie letters schrijven. Maar boven in zijn kamer is geen tafel of stoel, en daar is het zo koud dat zijn vingers stijf worden.

Er is niet meer veel te doen voor Helga, want Adam heeft de staldeur allang provisorisch gerepareerd en alle gevallen voorwerpen weer op hun plek gehangen. Ze gaat op zoek naar de vermiste kippen, die waarschijnlijk de Grossmannhoeve op zijn gelopen en in Lenes tuin rondpikken.

'Ik zou ze naar je hebben gebracht, Helga,' zegt Lene. 'Maar het lukte me niet om ze te vangen. Ze zijn door het hek naar de weide bij de beek gegaan.'

'Ik krijg ze wel te pakken,' zegt Helga. Ze loopt door het tuinpoortje naar de strook weiland die zich achter de tuinen langs de loop van de beek uitstrekt. De twee weglopers staan vlak naast de pastorie op de muur van het oude kerkhof. Ze moet langzaam bewegen om ze niet op te schrikken, maar ze heeft graankorrels in haar jaszak waarmee ze ze kan lokken. Als ze hier 's nachts blijven, komt de vos ze halen.

Er ligt nog sneeuw op de weide, die door de dooi poreus en doorschijnend is geworden. De grond is glad, want alleen de bovenste laag is ontdooid en de aarde eronder is bevroren. Na een paar stappen stopt ze omdat haar oog valt op het hoge gebouw van Villa Küpper aan de andere kant van de beek.

Ik heb hem weggestuurd, denkt ze. Het is zijn recht om een ander te zoeken. Maar moet hij dat hier, in Dingelbach, doen, waar ik constant geconfronteerd word met zijn nieuwe geluk? Zei hij niet dat hij ver is gereisd, tot aan de Noordzeekust en verder naar het oosten? Waarom vond hij daar geen ander? Waarom papt hij uitgerekend met mevrouw Küpper aan, alsof hij mij daarmee wil kwetsen?

De villa met zijn torentjes en erkers vervaagt tegen de grijze winterlucht. Er wellen tranen op in haar ogen. Misschien zijn het puur roddels, denkt ze en ze veegt haar tranen weg. Waarom trap ik in het geklets van Gertrud? Ik weet dat voor haar elke leugen gerechtvaardigd is, als ze mij maar een loer kan draaien.

Maar de angel zit. Ze denkt aan het tuinhuis, waarin ze jaren geleden samen zulke heerlijke uren hebben beleefd. Daar woont hij, wordt in het dorp gezegd. Zou Ilse Küpper 's nachts naar hem toe gaan? Ligt ze dan in zijn armen? Houdt hij op dezelfde manier van Ilse Küpper als dat hij haar gelukkig maakte?

Hij moet maar doen wat hij wil, denkt ze koppig. Het zijn mijn zaken niet meer. Ze strooit graankorrels om de twee bruine kippen naar zich toe te lokken en ze komen inderdaad, opgewonden pikkend in het natte gras om geen graankorrel te missen. Ze pakt ze stevig vast, eerst de ene, dan de andere. Ze kakelen en spartelen een beetje, maar kalmeren dan en laten zich gewillig naar de Schützhoeve dragen. De verrassend verworven vrijheid was toch een beetje griezelig voor ze. Waarschijnlijk zijn ze blij als ze weer bij hun soortgenoten zijn.

Otto is inmiddels weer terug. Hij staat in de paardenstal om te kijken hoe het met Flora gaat. Als hij Helga met de twee kippen ziet, knikt hij tevreden naar haar. 'Heb je ze gevangen?'

'Ze waren naar het oude kerkhof gerend.'

'Het ontbrak er nog maar aan dat ze in de pan van de dominee belanden,' merkt hij op.

Zijn woede lijkt te zijn weggeëbd. Als ze voorzichtig vraagt hoe het bij Georg is gegaan, maakt hij een wegwuivend gebaar. 'Hij zit in de keuken en kan niet ademen. Rudolf Alberti was er en zei dat hij naar het ziekenhuis moet omdat er misschien iets kapot is in zijn buik. Dat krijg je ervan als je een hengst aanschaft die je niet aankunt.'

Over een schadevergoeding heeft hij het niet meer. Helga is opgelucht, maar tegelijkertijd maakt ze zich zorgen om Georg. Wat zal er van zijn boerderij worden als hij iets ernstigs heeft opgelopen?

In de late namiddag begint het weer te vriezen. De plassen in de tuin zijn bedekt met een laagje ijs, en later, als het al donker is, begint het te sneeuwen. Anni hoest verschrikkelijk. Zelfs de saliethee wil niet meer helpen en Rudolf Alberti laat lang op zich wachten.

'Misschien is Marlis het hem vergeten te vragen,' zegt Helga bezorgd. 'Ik zal even snel naar hem toe gaan en vragen of hij nog langs kan komen.'

Als Helga langs het bakhuis loopt, houdt ze het niet meer uit. Ze blijft staan en kijkt naar de villa. Een paar ramen zijn verlicht, dus mevrouw Küpper is thuis. Is ze dat echt? Een klein eindje verderop schemert een zwak lichtje, nauwelijks waarneembaar, maar toch bestendig in de duisternis. Daar is het tuinhuisje.

Het is niet ver, denkt ze. Over de brug en de onverharde weg op. Het is maar een paar minuten.

Een onzinnige, zelfdestructieve drang heeft haar in zijn greep. Ze wil het zien. Ze moet met eigen ogen zien hoe hij daar bij een ander ligt. Ze heeft niet het recht om jaloers te zijn, maar ze kan zich er niet tegen verzetten. Niet nu ze in de donkere nacht in de ijzige sneeuwjacht dat kleine lichtje ziet, dat haar tegelijkertijd zekerheid en wanhoop belooft.

Ze slaat snel rechts af. Haar voetstappen weerklinken dof op de houten brug. Op de onverlichte veldweg loopt ze langs de rand, waar nog resten sneeuw liggen en ze meer grip heeft. Het lichtje wordt bij elke stap helderder en het schijnt gelig. Het komt vast van een petroleumlamp.

Buiten adem bereikt ze de splitsing waar de weg links naar de fabriek en rechts omhoog naar de villa gaat. Het tuinhuisje is slechts een paar stappen verwijderd. Ze kan de twee raampjes zien, waar gordijnen voor hangen.

Dat is nieuw, denkt ze. Die hadden we vroeger niet. Maar als hij mevrouw Küpper bij hem ontvangt, moet het wel een beetje luxe zijn. Ze schaamt zich voor deze kwaadaardige gedachte, maar de jaloezie is te intens en de wanhoop dat ze hem helemaal kwijt is te sterk. Ze waagt zich dichterbij. Haar voeten vinden tastend de weg. Hier was de poort naar het park, nog een paar stappen, dan is ze bij het tuinhuis.

Maar stel dat hij haar kan zien? Het licht uit de ramen van de villa is zwak, maar het schijnsel dringt helemaal door de duisternis door tot aan het tuinhuisje. Ze blijft besluiteloos staan en staart naar de twee raampjes. De gordijnen zijn gemaakt van licht, dun katoen, en ze kan de schimmen erachter zien. Het silhouet van een persoon die aan een tafel zit. Wat doet hij? Hij kijkt voor zich uit, hij beweegt niet. Praat hij met iemand? Is er ergens nog iemand? Als dat zo is, zitten ze in elk geval niet bij elkaar. Dan liggen ze niet in elkaars armen. Misschien is hij wel alleen?

Plotseling tilt hij zijn hoofd op. Ze verstart. Kijkt hij naar het raam? Heeft hij haar gezien? Ze voelt paniek opkomen. Haar hart gaat tekeer. Ze draait zich om en loopt het pad af. Ze rent zonder te kijken waar ze loopt, glijdt uit en vindt haar evenwicht weer, haast zich verder en is bijna bij de brug als ze denkt dat ze zijn stem hoort.

'Helga? Helga!'

Ze moet zich aan de reling van de brug vasthouden omdat ze geen lucht krijgt. Haar eigen wild bonzende hartslag raast in haar oren. Nee, hij heeft haar niet echt geroepen. Dat moet ze zich hebben ingebeeld. Ze komt op adem en loopt verder zonder zich om te draaien.

In de Albertihoeve vertelt Marlis haar dat Rudolf al onderweg is naar Anni. Het was zo laat geworden vanwege Georg Altmann en op de terugweg had meester Hohnermann hem nog om een middel tegen koorts gevraagd.

'Je schoenen zijn helemaal nat, Helga,' zegt Marlis bezorgd. 'Ga maar snel naar huis, anders word jij ook nog ziek.'

13

'Rustig! Een voor een. Geen paniek, de trein wacht tot we allemaal zijn ingestapt. Geef mij je knapzak, Gerda, dan kun je je beter vasthouden...'

Frieda doet het geweldig. Sommige kleintjes hebben nog nooit met de trein gereisd en vinden het heel spannend om de ijzeren treden te beklimmen. Johannes Hohnermann is al met de oudere kinderen in het rijtuig en zorgt ervoor dat ze keurig op de banken plaatsnemen en de andere passagiers niet hinderen. Gelukkig zijn er genoeg vrije plaatsen en hoeft niemand te staan. Hij gaat zelf bij de oudere kinderen zitten, Frieda zal voor de kleintjes zorgen.

Het is 7 februari. Vorige week heeft Johannes verrassend een schoolreisje naar Frankfurt aangekondigd voor vanmiddag. Ze gaan het stadhuis, de Paulskirche en natuurlijk het geboortehuis van de grote dichter Johann Wolfgang von Goethe bezoeken. Direct na het middageten hebben alle kinderen die meegaan zich op het schoolplein verzameld om samen met hun meester naar het treinstation te gaan. En omdat het beter is als er een tweede volwassen begeleider bij is op een schoolreisje naar de stad, heeft hij Frieda gevraagd om hem en zijn leerlingen te vergezellen.

Zes jongens en negen meisjes zitten vol verwachting op de houten banken in de wagon zachtjes met elkaar te kletsen. Frieda kan nog net voorkomen dat Willi zijn boterham met worst al uitpakt.

'Je hebt net gegeten. Dit moet je voor later bewaren!'

'Maar ik heb nu honger...'

'Inpakken. Punt uit!'

Johannes glimlacht. Frieda kan verrassend goed met kinderen overweg. De kleintjes uit het eerste en tweede leerjaar hangen de hele tijd om haar heen en zijn dolblij dat Frieda Haller mee is op het schoolreisje. Maar ze kan zich ook laten gelden bij de oudere kinderen. Ze hoeft de boosdoener maar met haar fonkelende bruine ogen aan te kijken of hij geeft het op. Eigenlijk is ze een geboren lerares, maar ze heeft geen zin in dit beroep. Ze wil nu eenmaal toneelspelen.

Hij heeft een onbehaaglijk gevoel bij deze hulpactie, die hij vrij spontaan en tegen zijn verstand in heeft toegezegd. Bovendien is hij eigenlijk ziek. Gisteren had hij nog koorts. Die was vanmorgen wel gezakt, maar zou vanmiddag weer kunnen stijgen. De nare verkoudheid die in het dorp heerst heeft hem dit jaar zwaar te pakken.

Ondanks alles kon hij het niet over zijn hart verkrijgen om Frieda niet te helpen. Vorige week stond ze na school bij hem op de stoep. Ze was helemaal bevroren omdat hij na de les met dominee Seybold had gesproken over een orgelrenovatie en ze lang op hem moest wachten.

'O, Frieda,' had hij geroepen. 'Wilde je mij spreken?'

'Ja, meneer Hohnermann. Ik moet u dringend iets vragen.'

Natuurlijk wist hij al waar het om ging. Maar hij was ook boos op haar, want hij wist inmiddels dat ze niet eerlijk tegen hem was geweest. Haar moeder had geen idee dat ze vorige week naar Frankfurt is gegaan voor de toelatingsauditie voor de toneelschool. Anders had Frieda immers niet de smoes hoeven te verzinnen dat ze samen met Luise en haar zus meester Schmidt in Frankfurt wilde bezoeken. Uitgerekend op de dag dat de auditie plaatsvond... Nee, hem kon ze niet om de tuin leiden, hij had meteen door welk spelletje ze speelde. Het stelde hem diep teleur, want hij vertrouwde haar. Hij verweet het zichzelf dat hij de geheime actie met zijn hulp had aangemoedigd. Als dit aan het licht zou komen, zou het erg nadelig kunnen zijn voor zijn baan. In het ergste geval zou er een klacht kunnen worden ingediend bij de schoolinspectie en zou hij zelfs ontslagen kunnen worden.

‘Kom maar binnen dan,’ had hij gezegd en hij had de deur opengemaakt. ‘Ik denk dat wij het een en ander te bespreken hebben.’

Haar oogopslag getuigde van een schuldgevoel, maar tegelijkertijd had haar blik iets betoverends waardoor hij zijn best moest doen om zich te beheersen. Hoe kreeg ze het voor elkaar om zo verdrietig en schalks tegelijkertijd te kijken? Alsof ze heel goed wist dat hij niet lang boos op haar kon zijn. Maar deze keer was hij van plan zich niet door haar te laten vermurwen. Al was het maar omdat ze anders alle respect voor hem zou verliezen.

‘Ga zitten,’ zei hij.

Ze had de wollen doek die ze om haar haar droeg afgedaan en was braaf op de stoel gaan zitten. Hij had bewust niet gekeken, maar was naar zijn bureau gelopen en leunde er met beide armen op.

‘Weet je moeder inmiddels waarom je naar Frankfurt bent gegaan?’ vroeg hij met een ernstig gezicht.

‘Nee. Nog niet…’

‘Dus je hebt tegen haar gelogen!’

‘Het kon niet anders.’

Toonde ze berouw? Totaal niet. Ze keek hem recht in de ogen. Begrijp me alsjeblieft, zei haar blik. Maar hij was te boos om onder de indruk te zijn van deze smeekbede.

‘Denk je dat het goed is om de weg naar je droomberoep met een leugen te beginnen?’ vroeg hij streng.

‘Wat moest ik dan doen?’ zei ze zachtjes. ‘Mijn moeder zou het nooit goed hebben gevonden dat ik naar de auditie op de toneelschool ging. Ik moest gewoon iets verzinnen.’

‘En toen heb je je zus en nicht Luise betrokken bij jouw leugen!’

‘We hadden niet verwacht dat het zo lang zou duren. Maar er waren meer dan honderd auditanten en ik was als laatste aan de beurt.’

Hij was erg nieuwsgierig naar hoe het was gegaan, maar hield zich in. Als ik dat nu vraag, dacht hij, stuur ik het gesprek in een andere richting. En hij wilde haar eerst streng toespreken, dat had ze verdiend. 'Dat doet er allemaal niet toe, Frieda. Een leugen is een leugen. Ik ging ervan uit dat je moeder het wist toen ik je plan steunde!'

Ze was oprecht aangedaan. Ze boog haar hoofd, en als hij het goed zag, had ze zelfs tranen in haar ogen.

'Het... het spijt me heel erg,' zei ze bedroefd. 'Het is al erg genoeg dat ik tegen mijn moeder heb gelogen. Maar dat ik ook tegen u moest liegen, dat was echt niet goed van me. Maar ik zag gewoon geen andere uitweg...'

'We hadden bijvoorbeeld samen met je moeder kunnen praten...'

Hij zag aan haar gezicht dat ze niet geloofde dat zo'n gesprek zou hebben geholpen. En hij moest toegeven dat bijna alle gesprekken die hij in Dingelbach omwille van zijn leerlingen voerde mislukten.

'Het is nu eenmaal zo gegaan, meneer Hohnermann,' zei ze zuchtend. 'Als u voor altijd boos op me blijft, moet ik dat maar accepteren.'

Wat een actrice! Het klonk diep tragisch en zou zo in een Griekse tragedie hebben gepast. Meende ze het echt? Hij wist het niet zeker, maar hij hoopte het. Hij wist dat ze niet graag tegen hem loog. Maar ze deed het wel.

'Ik zal hierom niet voor altijd boos op je zijn, Frieda,' zei hij. 'Maar ik wil dat je voortaan eerlijk tegen me bent. Kun je me dat beloven?'

'Ja, dat beloof ik bij hoog en laag!' riep ze uit. Het klonk oprecht en hij besloot haar te geloven. Zeker omdat hij vermoedde dat ze was gekomen om zijn hulp te vragen. Was Frankfurt een teleurstelling geworden? Ach, dat vond hij sneu.

'Goed dan,' zei hij met een glimlach. 'Dan zal ik nog een keer met de hand over het hart strijken. Hoe is de auditie gegaan?'

'Best goed, eigenlijk,' zei ze aarzelend. 'Het punt is dat er twee audities zijn. Ik moet er nog een keer naartoe.'

O! Ze hadden dus een eerste selectie gemaakt, maar de definitieve beslissing moest nog genomen worden. Hij keek haar bezorgd aan.

'Dan moet je je moeder eindelijk de waarheid vertellen, Frieda. Je kunt er niet omheen.'

Nu was ze helemaal wanhopig. Dat kon absoluut niet, want haar moeder zou het verbieden. Alleen al omdat ze tegen haar had gelogen. Maar ook omdat ze actrice geen serieus beroep vond.

'Maar ik weet dat ik het kan. Die aardige mevrouw op de toneelschool zei dat ik terug moest komen. Ik heb "jeugdig temperament", zei ze. En ik moet Puck uit *Een midzomernachtsdroom* spelen. Ik kan niet alles op het spel zetten nu ik zo dichtbij ben…'

Hij probeerde haar te onderbreken. Hij wilde haar er nogmaals aan herinneren dat je je doel alleen kunt bereiken door de waarheid te spreken en niet met een leugen, maar ze luisterde totaal niet.

'Ik stap gewoon op de trein en ga naar Frankfurt,' zei ze wanhopig. 'Het geld voor het treinkaartje pak ik gewoon uit de kassa en ik leg een briefje voor mijn moeder neer dat ik op weg ben naar de auditie op de toneelschool. Dan doet ze maar wat ze wil!'

'Dat is geen goede oplossing, Frieda!' zei hij streng. 'Hoe moet het dan verder? Je moet je moeder in elk geval de waarheid vertellen, want zonder haar toestemming kun je niet naar die school gaan. Vergeet niet dat je nog niet meerderjarig bent en dat je moeder verantwoordelijk is voor je.'

'Dat weet ik,' zei ze en ze streek een lok uit haar gezicht die uit haar vlecht was losgeraakt. 'Maar als ik kan laten zien dat ik een auditie heb gehaald, is de kans groter dat ze bereid is erover te praten.'

'Misschien!'

'Dit is mijn enige kans!' riep ze. 'Als ik niet naar de toneelschool mag, loop ik weg. Dan kan het me allemaal niet schelen. Ik hou het niet langer uit in dit troosteloze gehucht! Ik ga naar de stad en zoek een baan…'

'Maar Frieda!' riep hij geschrokken. 'Wat zeg je nou allemaal voor een onzin! Weglopen is geen oplossing…'

'Als ik toch niks mag!' Ze begon te snikken. 'En niemand me wil helpen. Wat moet ik dan doen? Dan kan ik alleen maar weglopen…'

Hij was opgesprongen en had haar bij de schouders gepakt. Hij keek in haar behuilde, ongelukkige gezicht en wilde haar in zijn armen nemen. Maar in plaats daarvan schudde hij haar. 'Beloof me dat je verstandig blijft,' eiste hij. 'Dan ben ik bereid om je te helpen.'

'Hoe?'

O, die hoopvolle blik!

Hij had het schoolreisje naar Frankfurt eigenlijk gepland voor het voorjaar, als het beter weer is. Maar het was heel goed mogelijk om het te vervroegen.

'Maar op voorwaarde dat we diezelfde avond nog samen naar je moeder gaan en verantwoording afleggen,' vermaande hij haar. 'Wat de uitkomst van de auditie ook is.'

Ze knikte enthousiast, snoof en veegde haar tranen weg.

'En als ik word aangenomen, wilt u me dan helpen om mijn moeder te overtuigen?'

Hij moest glimlachen. Zodra je haar een vinger gaf nam ze de hele hand. 'Dat zal ik doen, Frieda. Dat beloof ik je.'

Ze was opgesprongen en had haar armen om zijn nek geslagen. Ze klampte zich aan hem vast, onbevangen en onschuldig als een klein meisje, noemde hem haar 'enige vriend' en 'goede engel', en voordat hij van zijn verbazing was bekomen, was ze alweer de trap afgedaald en weg. Hij stond nog steeds op dezelfde plaats en wist niet wat hem was overkomen toen hij haar weer de trap op hoorde rennen.

'*Een midzomernachtsdroom*,' zei ze opgewonden bij de deur. 'Mag ik dat nog een keer lenen? Want ik moet de rol van Puck leren.'

'Ja, natuurlijk... Wacht, ik pak het boekje...'

's Avonds had hij in zijn kamer gezeten en met zichzelf overhoop gelegen. Waarom had hij zich hiermee ingelaten? Zou het niet beter zijn geweest om haar voor de keuze te stellen: of je gaat nu naar je moeder en vertelt haar de waarheid, of ik doe het? Maar zou hij dan niet het vertrouwen hebben geschaad dat ze in hem had gesteld? Was het juist om iemand te dwingen om eerlijk te zijn? Om met chantage te dreigen? Nee, dat was niet zijn manier. Hij kon haar alleen maar adviseren. Haar dringend verzoeken. En aangezien ze zijn advies absoluut niet wilde opvolgen, was het beter om op haar te letten, voordat ze nog iets ondoordachts deed...

En nu is het dus zover. De beslissende dag. De schoolkinderen van Dingelbach reizen naar de stad Frankfurt, met Frieda in hun midden, die over een paar uur voor de auditiecommissie van de toneelschool moet verschijnen. Van spanning of zelfs plankenkoorts is voorlopig niets te merken. Ze praat met de kleintjes en ontfermt zich over Anna, die zegt dat ze misselijk is.

'Luister, ik ga je een verhaaltje vertellen,' zegt Frieda en ze maakt de kleine aan het lachen.

Hij moet voor zichzelf toegeven dat hij zelf veel zenuwachtiger is dan Frieda.

Ze heeft een paar keer Puck voor hem gespeeld, de boosaardige, schalkse kobold die er plezier in schept om mensen en geesten te misleiden. Het is een rol die haar op het lijf is geschreven. Maar zal ze haar monoloog voor de examencommissie net zo vrijuit kunnen houden als in zijn woonkamer?

Tot zijn opluchting komen ze zonder noemenswaardige incidenten in Frankfurt aan, en ook het uitstappen bij de drukke Hauptwache verloopt uitstekend. De scholieren stellen zich twee aan twee en hand in hand op. Hij loopt zelf voorop, Frieda is samen met Anna de hekkensluiter.

Bij de Gerechtigkeitsbrunnen verzamelt hij de groep om hun het beeld van Justitia uit te leggen, die een weegschaal in de ene hand en een zwaard in de andere houdt. De leerlingen zijn nog een beetje overdonderd door alle nieuwe indrukken, maar luisteren gewillig. De jongens zijn vooral geïnteresseerd in het zwaard. Hij had er alleen geen rekening mee gehouden dat sommige leerlingen scherpe ogen hebben en details herkennen die hij liever had genegeerd.

'Ze heeft geen hemd aan!' hoort hij de dertienjarige Rudi uitroepen.

Nu kijkt iedereen naar Justitia's stenen borsten, die ze open en bloot aan de hele wereld toont. De kleintjes kijken er vrij onbevangen naar. Marie en Annelie, die al elf zijn, worden rood en giechelen beschaamd.

'Ze heeft wel een hemd aan,' beweert Ida. 'Het is een heel dun hemd met bloemetjes erop.'

'Ik zie maar twee bloemetjes. Aan elke kant één. Daar, waar de...'

'We gaan nu naar het stadhuis!' onderbreekt Johannes de kinderen snel. 'Daar kunnen jullie de keizers zien met de kroon, scepter en rijksappel...'

'Mogen we daar onze boterhammen opeten?'

'Nee, Willi. We pauzeren straks samen, als ik het zeg.'

Ze stellen zich weer op en lopen in gesloten formatie naar het stadhuis, de Römer. Menig geamuseerde blik volgt de dorpskinderen die braaf achter hun meester aan marcheren, maar Johannes vindt deze methode het meest geschikt om te voorkomen dat er in de drukte van de grote stad een kind zoekraakt. Voor het stadhuis moeten ze wachten omdat hij eerst moet vragen of ze naar binnen mogen. Als het akkoord is, gaat hij terug naar zijn groep en kondigt hij aan dat ze nu de keizers gaan zien en dat ze in de grote zaal heel stil moeten zijn, niet met hun voeten mogen schuifelen en alleen hun neus in hun zakdoek mogen snuiten. Frieda kijkt hem vragend aan en hij knikt en glimlacht naar haar. Ze mag nu naar het theater lopen. Het is een paar minuten voor twee, dus ze zal op tijd bij haar auditie zijn. Hij ziet nog dat Ida haar duim opsteekt naar haar zus en leidt zijn groep het stadhuis in. Natuurlijk is Ida ingewijd. Ze is de grootste bewonderaar van haar zus en heeft haar ook bij de eerste auditie gesteund. Bovendien is het onmogelijk om iets geheim te houden voor Ida.

'Waar is Frieda?' vraagt Anna prompt voordat ze de grote zaal binnengaan.

'Frieda moet een boodschap voor me doen,' legt hij uit. 'Ze komt straks weer terug.'

'Maar ze moet mijn hand vasthouden!'

'Ik hou je handje vast!' zegt Ida, die heeft beloofd voor de kleintjes te zorgen als haar zus weg is.

Als ze na afloop weer naar buiten lopen, komen ze langs verleidelijke winkels die producten aanbieden die de kinderen van Dingelbach nog nooit hebben gezien. Maar de kinderen zien ook bedelaars en oorlogsinvaliden die op hun vodden zitten en hun hand ophouden. Zoiets komt in het dorp niet voor, want daar zorgen de families en de dorpsgemeenschap voor de armen.

'Hebben ze geen ouders meer?' vraagt Marie vol medelijden.

'Nee, Marie. Ze krijgen hulp van de stad, maar dat is heel weinig, daarom bedelen ze.'

Zo worden zijn leerlingen na de keizerlijke pracht en praal ook geconfronteerd met de armoede in de stad. Hij is van plan om er morgen in de klas met ze over te praten. Waar veel licht is, is ook veel schaduw. De grote stad Frankfurt, met zijn indrukwekkende patriciërshuizen, is ook vol met werklozen, mensen die doelloos door de straten dwalen, bij de etalages van de winkels staan en niet weten hoe ze de eindjes aan elkaar moeten knopen.

Bij de Dom vinden ze een tegen de wind beschut hoekje. Er is een bankje en de leerlingen mogen eindelijk hun boterhammen opeten. Terwijl de kinderen smullen, kijkt hij op zijn zakhorloge. Het is half drie. Ze staat nu voor de examinatoren. Hij zucht en wenst haar het allerbeste. Dan moet hij ingrijpen, want Friedrich heeft een ansichtkaart met de Kaisersaal van Pauline afgepakt en weigert hem terug te geven.

Het is koud, dus ze moeten niet te lang op deze plek blijven. De kinderen pakken hun knapzakken weer in en lopen keurig in een rijtje terug naar het marktplein en door een paar smalle oude steegjes naar het Goethehuis. De beweging doet de kinderen goed en warmt ze op. En er is veel te zien. Zo leven de mensen in de stad dus, in die hoge, oude huizen die zo dicht op elkaar staan dat het heel schemerig is in de steegjes.

Om half vier begint de rondleiding in het Goethehuis. Ze zijn een kwartier te vroeg en moeten wachten, maar Ida organiseert een hinkelspel voor de kleintjes en Johannes stelt de oudere kinderen spelvragen waarbij ze gummetjes en een potlood kunnen winnen.

'Zo, komt u maar mee met uw kinderschare,' zegt de medewerkster van het Goethehuis uiteindelijk. De kinderen stellen zich weer in de rij op en snuiten nog snel hun neus. Daarna krijgen ze van een oudere vrouw een reeks vermaningen: nergens aankomen, niet sloffen, niet rennen, nergens gaan zitten, muisstil zijn. Ze mogen wel vragen stellen. Johannes kent het geboortehuis van de dichter al van diverse bezoeken en weet hoe indrukwekkend de rij kamers, de schilderijen en het meubilair zullen zijn voor zijn dorpskinderen. Daarom behoudt hij zich het recht voor om de rondleiding in te korten. Maar gelukkig heeft de gids een goed gevoel voor kinderen. Ze legt alles levendig uit en is zelfs blij met de naïeve vragen.

'En waar is de slaapkamer?'

'Waarom hebben ze zo veel boeken?'

'Daar is de koeienstal zeker?'

'Wanneer komt Frieda eindelijk terug, meester Hohnermann?'

Hij haalt telkens weer zijn zakhorloge tevoorschijn. Als het goed is, is de auditie nu voorbij. Hopelijk is ze op weg naar het Goethehuis. Hij heeft aan haar beschreven waar het is. Het is de bedoeling dat ze na de rondleiding samen naar de Hauptwache gaan om de trein terug naar Dingelbach te nemen. Hij stelt zichzelf gerust, Frieda staat vast voor het Goethehuis te wachten omdat ze geen geld heeft om binnen te komen. Maar als de rondleiding voorbij is en hij de aardige dame hartelijk heeft bedankt, is er buiten op straat geen spoor van Frieda te bekennen.

Er zit niks anders voor hem op dan met zijn pupillen op weg te gaan naar de Hauptwache. De trein vertrekt even voor vijf uur, ze mogen hem niet missen. Hij maakt zich zorgen om Frieda. Wat is er gebeurd? Is ze verdwaald? Zal ze wel op tijd bij de Hauptwache zijn? Of is de auditie niet goed gegaan en doet ze uit wanhoop iets ondoordachts? De rivier is niet ver weg, ze zou van een brug… Nee, zoiets mag hij niet denken.

De trein staat al te wachten bij de Hauptwache. Ze hebben nog een kwartier tot vertrek en maken snel gebruik van het openbare toilet. Hij wacht tot de laatsten klaar zijn en rent met de achterblijvers door de avondspits naar de trein, waar Ida al voor het raam staat te zwaaien. Het is erg vol in de wagons. Veel mensen die in Frankfurt werk hebben gevonden, gaan nu naar huis. Ida heeft een paar zitplaatsen weten te bemachtigen. De kleintjes mogen gaan zitten, de oudere kinderen moeten staan. Hij kijkt Ida vragend aan. Ze haalt haar schouders op en hij verliest alle hoop.

Terwijl de trein door de stad tuft maakt hij zich ernstig zorgen. Zal ze de volgende trein nemen? Maar heeft ze wel geld voor een kaartje? Wat moet hij tegen haar moeder zeggen als Frieda niet met hen mee terugkomt? Wat als ze ergens in Frankfurt is gestrand? Wat als ze haar dreigement dat ze gaat weglopen waarmaakt? Hij voelt zich ellendig. De koorts is ook teruggekeerd en hij heeft barstende hoofdpijn.

'Dingelbach! Wees voorzichtig bij het uitstappen! Dingelbach!'

Ida staat al bij de deur. Zelf helpt hij de kleintjes die nog wankelen van de slaap, let erop dat niemand iets laat liggen in de trein en zorgt ervoor dat ze veilig en wel de treden naar het perron afdalen. Op dat moment klinkt er een luide kreet in zijn oren. 'Frieda! Dom mens! Waar was je nou?'

Daar staat ze tussen de kinderen op het perron. Ze moet zich verdedigen tegen haar boze zus, die ongelofelijk kwaad is. Johannes is enorm opgelucht. Ze is er! Alle zorgen waren voor niets.

'Ik zat voor in de eerste wagon en zwaaide naar je,' roept Frieda opgewonden naar haar zus. 'Maar je zag niets, sukkel. Jullie stortten jullie allemaal als gekken in de trein, en toen reed hij weg…'

Hij knikt alleen maar naar haar. Ze gaan samen naar het dorp en hij brengt de kleintjes thuis. Anna moet hij de laatste meters zelfs dragen omdat ze te moe is om te lopen. Als alle kinderen veilig en wel bij hun familie zijn, gaat hij met gemengde gevoelens en een slecht geweten naar de dorpswinkel.

'Mijn moeder is achter, in de keuken,' zegt Herta kortaf.

Marthe Haller zit met Ida aan de keukentafel. Frieda staat bij het raam en kijkt hem zichtbaar opgelucht aan.

'Zo is het gegaan, mama,' zegt ze. 'Meneer Hohnermann kan het bevestigen.'

'Dus u was de... handlanger van mijn dochter!' zegt Marthe. 'Nou ja. Kom binnen en ga zitten.'

'Ik moet u om vergiffenis vragen, mevrouw Haller,' begint hij. 'Het was onverantwoordelijk van mij, maar het talent van uw dochter...'

Hij gaat langzaam en omslachtig zitten en wil zijn beweegredenen uitleggen, maar Frieda houdt hem triomfantelijk een brief voor.

Geachte mevrouw Haller,

Wij zijn verheugd u te kunnen mededelen dat uw dochter Frieda Haller vandaag, 7 februari 1924, is geslaagd voor de toelatingsauditie van de toneelschool in Frankfurt. De veelomvattende opleiding aan ons instituut duurt twee jaar en is mogelijk gratis voor Frieda, aangezien we haar bij de Bethmann-stichting zullen voordragen als beursstudente.
Om het een en ander te verduidelijken, vragen wij u om op 18 februari om 11.00 uur naar de schouwburg te komen.

Hoogachtend,
Mathilde Einzig
Docente aan de School voor Uitvoerende Kunsten te Frankfurt

'Er waren honderdzestig auditanten. En er zijn er maar zes aangenomen. Vier mannen en twee vrouwen!' roept Ida enthousiast. 'Nu is het officieel. Onze Frieda is een groot en getalenteerd actrice!'

'En nu hou jij je mond, Ida!' snauwt Marthe boos tegen haar jongste. Daarna wendt ze zich tot Johannes, die het papier nog steeds in zijn hand heeft en het voor de tweede keer leest. Aangenomen. En het vooruitzicht op een studiebeurs. Als dat geen goed nieuws is!

'Ik heb al die tijd vermoed dat er zoiets aan de hand was,' zegt Marthe. 'Maar dat u erachter zit, dat verbaast me heel erg. Ik weet niet wat ik daarop moet zeggen, meneer Hohnermann...'

'Hij kan er niets aan doen, mama,' roept Frieda. 'Het is mijn schuld. Ik heb hem om de tuin geleid. Hij dacht dat ik je alles had verteld...'

Het raakt hem dat ze hem probeert vrij te pleiten, maar hij zegt dat het anders in elkaar zit.

'Ik was me er volledig van bewust waarmee ik me vandaag inliet, mevrouw Haller. Maar dit succes bewijst mijn gelijk. Uw dochter heeft een groot talent dat ze niet mag verwaarlozen. Een licht dat ze niet onder de korenmaat mag zetten...'

Maar Marthe schudt haar hoofd en maakt een defensief gebaar met haar armen.

'Afgelopen nu. Ik wil er niets meer over horen! O, ik zou willen dat jullie vader nog bij ons was, dan had ik nu niet helemaal alleen met dit soort dingen te kampen! Actrice! En dat stiekem achter mijn rug om. Nee, daar kan ik met mijn pet niet bij.'

Hij beseft dat Frieda's moeder veel te boos is om vatbaar te zijn voor rationele argumenten. Maar zijn gevoel zegt hem dat er een, zij het kleine, kans is voor Frieda. Hij probeert het nog een keer heel voorzichtig.

'Mevrouw Haller, ik vraag u heel vriendelijk om er nog eens rustig over na te denken. En geloof me, ook mij ligt Frieda's toekomst na aan het hart.'

Hij schuift de brief van de toneelschool over de tafel en staat op om afscheid te nemen. Hij is duizelig geworden in de warme keuken, en als hij weer buiten op de dorpsstraat staat, krijgt hij koude rillingen. Hij trekt de kraag van zijn jas omhoog en loopt langzaam naar het schoolgebouw. Hij weet niet of het gesprek goed zal uitpakken en of het Frieda zal helpen. Hij twijfelt en vreest dat hij heeft gefaald en haar heeft teleurgesteld. In elk geval moet hij nu naar bed gaan en de druppels nemen die Rudolf Alberti hem tegen de koorts heeft gegeven. Morgenochtend wachten zijn leerlingen op hem.

14

Ilse Küpper slaapt al wekenlang slecht. Ze wordt 's nachts een paar keer wakker en heeft dan moeite om weer in slaap te komen. Ze maakt zich zorgen, piekert, rekent en neemt alles in haar hoofd telkens opnieuw door maar komt niet tot een oplossing. Ze moet het wagen. Als ze nu niet dapper investeert, mist ze de boot. Dan is de concurrentie haar voor en heeft zij het nazien. De nieuwe producten zijn goed ontvangen in de winkels, er zijn veel bestellingen. Bovendien is de handel in paraplustokken weer opgebloeid. De productie kan het allemaal nauwelijks aan. Ze moet arbeiders aannemen, vooral vrouwen, die de afzonderlijke arbeidsstappen betrouwbaar en snel kunnen uitvoeren. Helaas moeten een paar machines worden vervangen door nieuwere modellen. Andere kunnen nog gerepareerd worden, maar ook dat kost geld. Om nog maar te zwijgen van de materialen die moeten worden aangeschaft, want hoewel het aanwezige hout geschikt is voor paraplustokken, hebben ze voor de andere producten lichter hout nodig dat gemakkelijker te bewerken is.

Ze heeft geld nodig. Maar hoe moet ze daaraan komen? De bank waar ze tot nu toe mee samenwerkte, wil haar ineens geen nieuwe lening meer verstrekken. Ze achten een vrouw niet in staat om een fabriek winstgevend te leiden en schijnen te denken dat ze binnenkort toch failliet gaat. Ze is bij verschillende banken in Frankfurt, Oberursel en Bad Homburg geweest, zonder noemenswaardig resultaat. Alleen een particuliere bank in Frankfurt is bereid haar een lening te geven, maar tegen een hoge rente en met de villa als onderpand. De voorwaarden bevallen haar niet, maar ze heeft dan wel meteen het geld dat ze nodig heeft. Het alternatief zou zijn om de villa te verkopen en de opbrengst daarvan in de fabriek te investeren. Het aanbod van onroerend goed is op dit moment echter erg groot en de prijzen zijn enorm gedaald, aangezien veel huiseigenaren hun woning noodgedwongen moeten verkopen. En het zou kunnen dat de orders afnemen. In dat geval komt ze financieel in de problemen en kan ze de lening niet meer aflossen. In het ergste geval is de villa dan uiteindelijk voor een spotprijs van de bank. Het is een Joodse bank. Hij heet Blum & Hirschberg en bestaat al bijna honderd jaar.

’s Nachts lijkt de situatie hopeloos. De angst om de villa en de fabriek te verliezen ligt als een donkere schaduw over haar. Ze ligt doorweekt van het zweet in de kussens en vraagt zich af of haar broer Josef misschien toch gelijk had. In januari heeft ze hem en zijn familie uitgenodigd voor een verlaat kerstfeest in de villa. Het was bedoeld als een verzoenend gebaar en ze had zich flink uitgesloofd.

‘Zo, je hebt er flink wat geld tegenaan gegooid,’ had haar broer over de mooi gedekte tafel gezegd. En haar schoonzus had jaloers opgemerkt dat het dagelijkse servies ook van Meissen-porselein was.

‘Waar stonden die zilveren kandelaars?’ wilde ze weten. ‘Die heb ik toen niet gezien. Je had ze zeker verstopt, hè?’

Ilse had haar best gedaan om kalm te blijven. Het moest tenslotte een familiefeest zijn en de kinderen waren erbij.

‘Ze stonden in de vitrinekast, Irma. Alleen waren ze al heel lang niet meer gepoetst en helemaal zwart geworden.’

Haar broer en zijn gezin waren in een gloednieuwe auto van het merk Steiger gekomen, die zogenaamd onontbeerlijk was voor hun werk, en tijdens de maaltijd spraken Josef en Irma over niets anders dan over hun pension. Met Kerstmis hadden ze een heleboel voorname gasten gehad, die het meubilair en het kostbare servies hadden geprezen.

Na het eten had Ilse de cadeautjes voor de kinderen uitgedeeld. Voor de twee oudsten had ze boeken gekocht, *De lotgevallen van Tom Sawyer* voor Johanna en *Schateiland* voor Erich. Lotte vond een pop in haar geschenkdoos en juichte. Erich en Johanna bedankten 'tante Ilse' beleefd met een buiging en een knicksje, maar Lotte rende naar haar toe en sloeg haar armen om haar heen.

'Dit is het mooiste kerstcadeau dat ik ooit heb gekregen!'

Wat een schattig kind! Natuurlijk was Ilses schoonzus beledigd. Ze zei dat het niet nodig was geweest om de kinderen zulke overdadige geschenken te geven en dat ze er alleen maar verwend en opstandig van werden.

'Kennelijk heb je veel geld over?' had haar broer vinnig opgemerkt en daarna vroeg hij hoe het zoal in de fabriek ging.

'Het ziet er best veelbelovend uit,' zei ze. 'We hebben nieuwe producten ontwikkeld en ik probeer daar bij verschillende inkopers reclame voor te maken.'

Hij rekende voor haar uit wat het zou kosten om over te stappen op andere producten, ratelde maar door over nieuwe machines en verkoopkanalen, waarschuwde voor zinloze investeringen en concludeerde uiteindelijk dat ze alles beter bij het oude kon laten.

'Onze vader verdiende goed geld met de paraplustokken en wandelstokken. Zo'n beproefde traditie verander je niet zomaar, Ilse.'

'Helaas krijgen we daar op dit moment niet veel orders voor.'

Hij haalde zijn schouders op om aan te geven dat zij de fabriek zelf per se had gewild, ook al had hij haar dat afgeraden.

'Word wakker, Ilse! Verkoop de fabriek nu je er nog een paar rentenmark voor krijgt. En kom dan bij mij in de gastronomie.'

En zo kwam hij weer terug op zijn pension, dat nu zelfs omgebouwd moest worden tot een exclusief hotel-restaurant voor de adel en geldadel.

'We beginnen in het voorjaar, zodra de vorst voorbij is...' Hij wilde niet zeggen waar hij het geld vandaan had maar hintte alleen vaag dat er investeerders waren die hij 'mee aan boord wilde nemen'. In de loop van de avond had Ilse beseft dat ze zich deze verzoeningspoging had kunnen besparen. Haar broer was nog geen centimeter van zijn vooringenomen mening geweken en iets als begrip of zelfs wederzijdse hulp kon ze vergeten. Ze was dan ook niet boos toen het gezin rond negen uur vertrok.

'De kinderen moeten nu eenmaal naar bed, ze vallen al bijna in slaap...' Dit was natuurlijk een voorwendsel. De twee oudsten waren helemaal verdiept in hun boeken en hadden rode wangen van enthousiasme gekregen terwijl de volwassenen praatten. De kleine Lotte was met haar pop naar Carla in de keuken gegaan, waar ze het poppenkind beschuitpap te eten had gegeven en haar in een bedje van vaatdoeken te slapen had gelegd. Toen Carla haar moest helpen om haar jas aan te trekken, rende ze weg en moest Ilse al haar overredingskracht gebruiken om te voorkomen dat het kleintje een oorveeg kreeg van haar moeder.

'Mag ik je gauw weer bezoeken, tante Ilse?'

'Allereerst komt je tante Ilse naar ons toe in Bad Homburg,' zei Josef.

'O, wat leuk!'

Ilse stond op de trap toen ze wegreden en zwaaide hen uit. De auto verdween al na een paar seconden in de duisternis en ze zag alleen nog het felle licht van de koplampen, die door de dorpsstraat van Dingelbach bewogen en achter het dorp in de richting van Oberursel en Bad Homburg de landweg op kropen.

Rillend en met een droevig gevoel ging ze terug naar de woonkamer, waar Carla de gebruikte glazen op een dienblad had gezet om ze naar de keuken te brengen.

'Wat is die kleine Lotte een lieve meid,' zei Carla. 'Je vraagt je af hoe die twee het voor elkaar hebben gekregen om zo'n kind te maken!'

Ilse berispte haar niet voor deze respectloze opmerking, maar glimlachte alleen bedachtzaam. O, wat had zij ook graag een dochtertje gehad. Maar het leven heeft haar de kans ontnomen om kinderen te krijgen. De fabriek is haar kind, haar grote zorgenkind waar ze voor leeft en vecht.

Ze heeft met haar arbeiders over de machines gesproken. Het is niet absoluut noodzakelijk om gloednieuwe machines aan te schaffen, want er zijn momenteel ook tegen een redelijke prijs gebruikte machines te koop. Natuurlijk zijn ze afkomstig van bedrijven die tijdens de inflatie al in de problemen zijn gekomen en uiteindelijk door de overgang naar de rentenmark failliet zijn gegaan. Maar als zij de machines niet koopt doen andere bedrijven het, dus waarom zou zij zich schuldig moeten voelen?

Vooral Julius Offenbach, de geschoolde draaier, en Ignatz Krum, de timmerman, maakten hun mening kenbaar, maar ook Oskar Michalski mengde zich in het gesprek.

'Indien mogelijk zouden we dergelijke aanbiedingen goed moeten onderzoeken en de machines moeten bekijken,' had hij gezegd. 'Zodat u niet voor veel geld troep koopt.'

Ze hoopte al dat zoiets mogelijk zou zijn. Inmiddels heeft ze de telefoonverbinding laten herstellen, omdat dat de beste en snelste manier is om belangrijke zaken te regelen. De tijd van haar vader, die zijn zaken nog per brief en koerier deed, is definitief voorbij. Ze zal telefonisch afspraken maken en er met een begeleider heen reizen om het aanbod te bekijken. Oskar Michalski wil de nodige reparaties op zich nemen.

'Ik zal het proberen, mevrouw Küpper. Een aantal dingen zal ik zeker kunnen repareren. Maar als ik het echt niet weet, moet u een expert inschakelen.'

'Oskar krijgt het wel voor elkaar,' zei Ignatz optimistisch. 'Hij heeft gevoel voor machines. Hij praat rustig op ze in, sleutelt aan ze, glimlacht charmant, en dan doen ze wat hij wil.'

'Hij weet gewoon hoe hij met zo'n recalcitrant vrouwspersoon moet omgaan,' zei Karl Höhn grijnzend.

'Ja, ja, lach maar!' zei Oskar met een verlegen glimlach omdat Ilse Küpper meeluisterde.

Oskar gedraagt zich de laatste tijd vreemd. Hij werkt nog steeds hard en is haar belangrijkste steun en toeverlaat. Ook zijn adviezen over de fabriek zijn erg nuttig. Maar verder lijkt hij wat rusteloos. Tijdens de middagpauze gaat hij vaak naar het dorp om iets te kopen. Soms wil hij naar de dorpsgenezer Alberti, een andere keer brengt hij gereedschap naar de smid Killinger om het te laten repareren, dan weer wil hij per se Carla vergezellen naar de dorpswinkel om haar boodschappen te dragen. Wat Carla maar al te graag accepteert, want ze heeft Oskar in haar hart gesloten. Ilse is het gesprek in het tuinhuis niet vergeten en blijft achterdochtig. Wil hij echt alleen maar de 'goede engel' zijn voor Helga Schütz? Of heeft hij heel andere plannen? Ach, ze zou het hun van harte gunnen dat ze samen gelukkig zijn, maar hoe zou dat kunnen? Burgemeester Otto Schütz zal zijn vrouw niet vrijwillig laten gaan. En tegen zijn zin? Dat kan alleen maar tot een ramp leiden.

Half februari – ze heeft dan al een redelijk goede elektrische tafelzaag aangeschaft en is met de bank Blum & Hirschberg in onderhandeling over een lening – krijgt ze een telefoontje van haar broer.

'Het is heel handig dat je weer een telefoonaansluiting hebt,' zegt hij. 'Ik hoop alleen dat je de kosten kunt betalen, anders heb je voor je het weet de deurwaarder op de stoep.'

'Maak je daar maar geen zorgen om, Josef...'

'Dat doe ik wel, Ilse. Ik ben tenslotte je broer en moet wat de zaken betreft een oogje in het zeil houden...'

Ze staat op het punt de hoorn op de haak te leggen als hij met zijn verzoek komt. 'Wil je zondag naar ons toe komen? Op de koffie? Ik breng je daarna weer met de auto naar huis, want 's avonds moeten we voor de gasten zorgen.'

Eigenlijk heeft ze daar helemaal geen zin in, want ze weet dat hij haar weer wil overhalen om alles te verkopen en haar geld in zijn zaak te steken. Maar dan herinnert ze zich de kleine Lotte, die tante Ilse weer zo graag wil zien, en ze stemt toe.

Op zondag kleedt ze zich mooi aan. Ze zegt tegen zichzelf dat het maar een kort bezoekje is en dat het dus draaglijk zal zijn en neemt de trein naar Bad Homburg. Ondanks de opmerkingen van haar schoonzus heeft ze in de dorpswinkel kleine cadeautjes voor de kinderen gekocht, waarbij ze advies heeft gevraagd aan Frieda. Voetzoekers voor Erich, een haarspeld voor Johanna en een kleurboek en kleurpotloden voor Lotte.

Op het station in Bad Homburg staat haar broer op haar te wachten, in een dikke winterjas en met een bontmuts op die ooit van hun vader was.

'Daar ben je!' roept hij en hij omhelst haar. 'Hoe was de treinreis? Had je het koud? Tja, geen wonder met deze schoenen. Het is maar goed dat ik met de auto ben.'

Hij heeft moeite om de auto te starten. Het lukt pas bij de derde poging. Tijdens de rit wijst hij haar op allerlei restaurants die ze passeren en legt hij uit waarom die voor hem geen concurrentie vormen.

'Wij zijn gewoon exclusief, begrijp je? Niet midden in het gewoel, maar afgezonderd. Klein maar fijn. Natuur, cultuur en een goede keuken, dat is ons handelsmerk...'

Ze kent het pension waar ze nu voor stoppen vrij goed en het is nauwelijks veranderd. Het is alleen in een lichte kleur geverfd en heeft nu groene luiken. De bijgebouwen zijn wat vervallen. De binnenplaats en de tuin zijn met sneeuw bedekt. Het schilderachtige park dat daar moet worden aangelegd, moet je er met veel fantasie bij denken. Binnen is echter veel gebeurd en ze weet niet of ze blij of verdrietig moet zijn als ze de meubels van haar ouders in de twee gelagkamers ziet staan.

'We hebben alle oude spullen weggegooid,' zegt haar schoonzus Irma trots. 'Die waren toch niets meer waard. Vind je ook niet dat het meubilair hier heel mooi staat? Ik bedoel, de meubels komen hier veel meer tot hun recht dan in de villa.'

Ilse is het daar niet mee eens. De mooie kasten en vitrinekasten staan op elkaar gepropt, in elke hoek is een meubel geperst om vooral geen stukje muur vrij te laten. En de zware donkerrode gordijnen, die Irma ook uit de villa heeft meegenomen, zijn veel te lang voor de lage ramen van het pension.

'Heel mooi,' zegt Ilse beleefd. 'Waar zijn de kinderen? Ik heb een kleinigheidje voor hen meegebracht.'

Erich en Johanna moeten in de keuken helpen met het schoonmaken van de groenten voor de avondgasten. Lotte zit bij hen en speelt met haar pop. Tot Ilses teleurstelling is het kleine meisje vandaag nogal verlegen. Ze begroet haar tante met een knicksje. Pas als Ilse de cadeautjes heeft uitgedeeld, ontdooit ze.

'Een kleurboek! Mag ik de plaatjes meteen inkleuren, mama?'

'Nee,' besluit Irma. 'We gaan nu samen koffiedrinken.'

Er is niet een tafel in de gelagkamer gedekt, maar in een piepkleine aangrenzende kamer die wordt gebruikt als kantoor en als woonkamer voor het gezin. Tussen een archiefkast en een oude servieskast staat een tafel met een wit tafelkleed en twee kandelaars erop. Ze gebruiken het afgedankte servies van het pension. Het goede Meissen-servies uit de villa is alleen voor de illustere gasten. Maar de koffie is sterk en de appeltaart smaakt heerlijk.

'Onze kokkin kan ook fantastisch bakken,' vertelt Irma. 'Zo iemand moet je met een lantaarntje zoeken. Maar ze krijgt natuurlijk ook wel een vorstelijk salaris van ons.'

Terwijl ze taart eten en Josef de aanstaande verbouwingswerkzaamheden tot in detail beschrijft, klinkt vanuit de ruimte ernaast al het gekletter van borden en pannendeksels. De laatste voorbereidingen voor het avondmenu zijn in volle gang. Josef knikt naar zijn twee oudere kinderen.

'Ga er nu heen en help mevrouw Klinghammer. Gerti komt vandaag later, want ze heeft een doopfeest in de familie.'

Erich en Johanna zijn het gewend om mee te helpen in het familiebedrijf. Erich propt snel het laatste stuk appeltaart in zijn mond en daarna lopen ze door de tussendeur naar de keuken. Irma stapelt de gebruikte borden op en vouwt het witte tafelkleed op, want Lotte wil het nieuwe kleurboek inwijden.

'Het was echt fijn dat we eens zo gezellig samen waren,' zegt Josef tegen Ilse. 'Wil je nog wat koffie? O, de kan is al leeg. Nou ja, dan ga ik even naar de auto kijken. Er is sneeuw voorspeld, dus we moeten niet te laat vertrekken.'

Irma biedt aan om een stuk appeltaart mee te geven zodat Ilse thuis ook eens iets lekkers bij de koffie heeft.

'Dat is heel aardig van je, Irma. Maar ik denk dat jullie genoeg liefhebbers hebben voor jullie appel...'

Ze kan haar zin niet afmaken, want er klinkt ineens een hoop kabaal in de keuken. Het lijkt wel alsof er oorlog is uitgebroken. Een paar schoten volgen elkaar op, servies versplintert, een vrouw gilt het uit. Bovendien dringt er nu een branderige lucht de kamer binnen, een mengsel van buskruit en zwavel.

'O, hemel,' verzucht Irma.

Ze haast zich weg en Josef volgt haar. Ilse blijft met een slecht geweten achter bij Lotte, die haar verbijsterd met grote ogen aankijkt.

'Wat is er aan de hand, tante Ilse?'

'Niets ergs, Lotte. Ik denk dat je broer een van de voetzoekers heeft afgestoken en dat iedereen vreselijk geschrokken is.'

Maar te horen aan het gegil en het luide gejammer in de keuken is het niet zo onschuldig als ze had gehoopt. Ze werpt voorzichtig een blik door de open keukendeur en ziet tot haar schrik een plas bloed op de vloer.

'Blijf hier, Lotte. Ik ga even gauw kijken.'

Het beeld dat ze nu ziet, is afschuwelijk. De kokkin zit op een krukje. Ze is lijkbleek. Irma probeert haar te verzorgen met een witte theedoek, terwijl Josef zijn volkomen verbijsterde zoon links en rechts een klap in zijn gezicht geeft.

'Ze schrok zo erg dat ze in haar hand sneed,' klaagt Irma. 'Uitgerekend nu de gasten bijna komen. O jee, het bloeden stopt niet. Ik denk dat er twee vingers af zijn...'

'Hij heeft de voetzoekers in het fornuis gegooid,' zegt Johanna huilend. 'Ik zei nog dat hij dat niet moest doen...'

Er is geen enkel teken van solidariteit tussen broer en zus. Zelf nam ze het vroeger altijd voor haar broer Josef op bij hun ouders als hij iets stouts had gedaan. Ilse pakt een theedoek en wikkelt die om de bovenarm van de kokkin.

'Geef me de pollepel, Johanna. We moeten haar arm afbinden...'

De kokkin is als verdoofd en laat alles gebeuren. Ze heeft met het scherpe vleesmes diep in de palm van haar hand gesneden. De aderen zijn geraakt en het blijft maar bloeden. Maar haar vingers zitten er nog aan.

'Je moet haar onmiddellijk naar het ziekenhuis brengen, Josef,' zegt Ilse. 'Ik ga naast haar zitten en zal tijdens de rit voor haar zorgen.'

'En wie moet het menu klaarmaken?' zegt Irma boos. 'Over drie uur komen de gasten...'

'Jullie zullen je helaas op een andere manier moeten behelpen.'

Josef ziet in dat zijn zus gelijk heeft. De gewonde hand wordt met een aantal theedoeken verbonden. Ze doen er nog een stuk wasdoek omheen omdat Josef zich zorgen maakt over de bekleding van zijn auto. Maar daarna moeten ze alles weer afwikkelen, want de kokkin moet haar jas nog aan.

'Het is allemaal jouw schuld!' sist Irma boos terwijl ze de gewonde vrouw naar de voordeur leiden. 'Hoe kun je een tiener vuurwerk geven? Je gaat de schade vergoeden! Anders geef ik je aan bij de politie...'

Gelukkig toont Josef meer zelfbeheersing. Tijdens de rit naar het ziekenhuis zegt hij geen woord en laat hij het aan Ilse over om de kokkin te troosten. De arme vrouw begint nu te beseffen wat er met haar is gebeurd en barst in luid gejammer uit.

'Ik ben gebroken. Mijn hand is kapot. Hoe kan ik ooit nog een mes hanteren? Ik kan wel gaan bedelen...'

'Ach, nee. De dokter maakt het wel weer in orde. Over een paar weken staat u weer in de keuken alsof er niets is gebeurd...'

Hoewel Ilse zelf niet echt in haar woorden gelooft, kalmeren ze de gewonde vrouw wel en gaat de kokkin enigszins beheerst met hen het ziekenhuis binnen. Het duurt een hele tijd voordat er een jonge arts naar haar komt kijken. Josef moet verschillende formulieren invullen en ondertekenen. De patiënt moet een nacht in het ziekenhuis blijven, de volgende dag zal er meer nieuws zijn.

'Voetzoekers!' zegt Josef verwijtend als ze weer naar de auto lopen. 'Je cadeautje zal ons duur komen te staan.'

'Ik zal alle kosten op me nemen, Josef.'

Hij lacht spottend en start de auto met een ruk, waardoor Ilse bijna tegen de voorruit wordt geslingerd. Als ze bij het pension aankomen, horen ze dat de situatie inmiddels nog rampzaliger is geworden.

'Gerti komt niet,' zegt Irma kreunend. 'Haar moeder was hier en zei dat het meisje iets verkeerds heeft gegeten en op bed ligt.'

'Die meid is natuurlijk dronken geworden op het feest!' zegt Josef kwaad. 'En nu zitten wij met de gebakken peren!'

Irma heeft Erich en Johanna eropuit gestuurd om een vervanger te vinden voor de keukenhulp en serveerster, maar zonder succes. Ilse vermoedt dat Irma geen goede reputatie heeft als werkgever en dat niemand zin heeft om bij te springen om haar te helpen.

'Als ik iets kan doen om jullie te helpen... Ik ben overal toe bereid,' zegt ze. 'Zeg maar wat ik moet doen, Irma.'

'Jij? O, lieve hemel. Jij kunt nog niet eens een pollepel van een vleesvork onderscheiden!'

Irma wil dat Josef nog een keer probeert om een ervaren hulpkracht te rekruteren, maar Josef weigert. Hij heeft geen zin om langs de deuren te gaan, bovendien dringt de tijd. Ze zullen dus met z'n drieën in de keuken werken om het menu te bereiden, er zit niets anders op.

'En wie gaat serveren?'

Irma kan het niet doen omdat ze in de keuken moet blijven en

Josef vindt dat het geen goede indruk maakt als de baas zelf voor ober speelt. Normaal gesproken komt hij na het hoofdgerecht discreet de eetzaal binnen om bij de gasten te informeren of alles naar wens is.

'Dan ben ik vanavond de serveerster,' zegt Ilse zuchtend. 'Hebben jullie iets geschikts voor me om aan te trekken?'

Ze krijgt een donkere jurk van Irma, die ze aan de achterkant met veiligheidsspelden wat strakker maakt. Daarbij een wit kanten schortje en het obligate kapje, dat ze vastmaakt met haarspeldjes.

'Het staat je uitstekend,' merkt Josef op als ze zich in haar werkkleding laat zien. 'Als je het goed doet, nemen we je aan.'

'Vergeet het maar!' antwoordt ze boos.

Het zijn niet bepaald veel gasten die voor die avond hebben gereserveerd. Een herenclub bestaande uit zes leden, allemaal oudere mannen, de meesten met een snor en gouden zakhorloge. Een tweede tafel is gedekt voor twee oudere dames en een heer.

'Tegen hen moet je bijzonder vriendelijk zijn,' fluistert Josef haar in de keuken toe. 'Dat zijn mevrouw Goldstein en haar zoon. De andere vrouw is haar gezelschapsdame, mevrouw Von Otten. Extreem rijk. Goldstein bezit twee villa's en meerdere huizen in Bad Homburg. Vroeger bracht ze hier alleen de zomer door, maar nu woont ze permanent in Bad Homburg. Haar zoon komt twee keer per jaar uit Frankfurt om zijn moeder te bezoeken...'

'Ja, ja, dat komt wel goed...'

Ilse is niet van plan om de gasten te vleien. Zij neemt deze taak, die haar zo onverwacht ten deel is gevallen, zeer serieus en geeft er haar eigen invulling aan. Ze is beleefd en behoedzaam, heeft alles en iedereen in het oog, onthoudt elke bestelling en adviseert vakkundig over de keuze van de bijpassende dranken. Tenslotte is ze vroeger met haar ouders naar talloze recepties geweest en heeft ze in dure restaurants gedineerd. Ze mist alleen de beminnelijke charme van een serveerster. De enigszins aanstootgevende grappen van de oudere heren hebben geen effect, de nieuwe serveerster blijft serieus en concentreert zich op de bestellingen. De twee oudere dames gedragen zich afstandelijk en houden haar nauwlettend in de gaten, waarvoor mevrouw Goldstein een lorgnon gebruikt die ze aan een ketting om haar nek heeft hangen. De rijke dame draagt haar witte haar zorgvuldig opgestoken, en haar gelaatstrekken zijn mooi en gelijkmatig ondanks haar leeftijd. Haar kleding is vrij eenvoudig, alleen aan de kleine diamanten broche en de diamanten ringen aan haar linkerhand is te zien dat ze geen arme vrouw is. Haar begeleidster is opvallender gekleed, zij draagt een lila jurk en een gesluierde hoed met een paarse veer. De heer lijkt een jaar of veertig, heeft donkere ogen en een klein baardje.

Tot aan het hoofdgerecht gaat alles perfect. Daarna zijn de oudere heren als gevolg van de wijnconsumptie nogal geanimeerd, maar ze kan er wel mee omgaan. Aan de andere tafel is het moeilijker. Mevrouw Goldstein vindt de saus niet lekker en de andere dame klaagt dat de spruitjes te gaar zijn.

'U hebt helemaal gelijk,' zegt Ilse ernstig. 'Er is helaas een werknemer uitgevallen en daarom vraag ik u ons te excuseren voor de kleine tekortkomingen. We doen onze uiterste best voor u, mevrouw.'

Het klinkt niet berouwvol of verontschuldigend, en ze vergoelijkt ook niets want ze weet dat de klacht terecht is. In de keuken wringt Irma haar handen en Josef grijpt naar zijn hoofd.

'Je had moeten zeggen dat de spruitjes langer gekookt zijn omdat ze dan beter verteerbaar zijn...'

Maar Ilse is alweer op weg om nieuwe wijn te brengen naar de aangeschoten heren. Haar voeten beginnen pijn te doen. Inmiddels is Josef, gekleed in een donker pak met stropdas, naar mevrouw Goldstein gegaan om zijn diepste spijt te betuigen. Ilse vangt een paar flarden van zinnen op als ze met het dienblad naar de keuken gaat.

'... voelen ons erg prettig bij u... bekwaam en uiterst sympathiek... zoiets vind je zelden...'

Heeft ze dat goed gehoord? Hadden meneer Goldsteins woorden – 'bekwaam en uiterst sympathiek' – betrekking op haar? In de keuken zet ze het dienblad neer. Josef komt terug en klopt haar op de schouder.

'Nou, mooi. Ga zo door. Alles gaat op rolletjes. Irma, de vanillecrème uit het koelvak. En het fruit. Ik maak het kaasplankje... Drie rosé en water voor tafel twee, Ilse.'

Hij moet het zweet van zijn voorhoofd vegen. Erich en Johanna kunnen het niet bijhouden met de afwas en nu zijn de schalen die eerst voor het vlees werden gebruikt nodig voor de kaas.

Mevrouw Goldstein discussieert even met haar zoon, die kennelijk wil blijven, maar zij vraagt om de rekening. Ilse heeft alles genoteerd en opgeteld. Dat is makkelijk voor haar. Ze is altijd al goed geweest met getallen. Josef laat haar haar gang gaan, maar benadrukt dat hij het afrekenen meestal niet aan de medewerkers overlaat.

'Ik ben geen werknemer.'

Mevrouw Goldstein controleert vluchtig de rekening met behulp van haar lorgnon, knikt tevreden en geeft een royale fooi. Haar zoon schuift er discreet nog een biljet bij. Hij glimlacht vriendelijk naar Ilse en zegt dat hij erg genoten heeft van de avond en graag nog wat langer was gebleven.

'Mijn moeder heeft een drukke dag achter de rug,' zegt hij ter verduidelijking. 'Maar we hebben besloten om snel nog een keertje terug te komen, nietwaar, mama?'

'Zeker, Richard.'

Ilse aarzelt om de fooi aan te nemen, maar doet het uiteindelijk wel om niet uit haar rol te vallen. Deze meneer Goldstein, wiens voornaam blijkbaar Richard is, is een zeer aangename man. Wat stom dat hij haar nu aanziet voor een serveerster.

'Het was ook voor mij een animerende avond,' zegt ze en ze beantwoordt zijn glimlach. 'En heel erg bedankt voor uw geduld.'

Hij kijkt verbaasd. Dit ongewone antwoord had hij niet verwacht van een serveerster. Zijn moeder moet haar lorgnon weer gebruiken en haar gezelschapsdame is druk bezig om haar hoofddeksel met een hoedenspeld vast te maken.

'We moeten u bedanken!' zegt Richard Goldstein en hij staat op om zijn moeder te helpen, die een beetje moeizaam van haar stoel omhoogkomt.

Ilse moet nog tot laat in de avond aan zijn glimlach denken. Nadat de vrolijke heren ook afscheid hebben genomen en hun rekening hebben betaald, overhandigt ze al het geld aan haar schoonzus en mag ze helpen de keuken weer op orde te brengen. Ze brengt de nacht door in een onverwarmde logeerkamer onder een loodzwaar donzen dekbed. Maar ze is veel te uitgeput om last te hebben van deze ongemakken. Haar voeten branden, haar rug doet pijn en haar armen doen zeer van de ongewone inspanning.

Waarom heb ik me nou door Frieda Haller laten overhalen om die voetzoekers te kopen, vraagt ze zich nog boos af. Maar dan valt ze al in een diepe slaap.

15

Helga heeft lang nagedacht. Ze zal zich nooit, echt nooit meer zo belachelijk gedragen als twee dagen geleden, toen ze als een idioot naar het tuinhuis liep. Hoe kon ze! Hij had haar bijna betrapt toen ze daar in het donker stond en naar zijn raam keek. Ze moet er niet aan denken wat hij dan van haar zou hebben gedacht.

Wie ben ik nou, denkt ze. Een domme vrouw die als een krolse meid achter een man aan loopt? O nee! Ik ben boerin op de grootste boerderij van het dorp, de vrouw van de burgemeester en moeder van een zoon. Dat is niet niks en daar mag ik trots op zijn. Voor niets in de wereld zal ik dit alles riskeren voor een ongelukkige hartstocht voor een man van twijfelachtige herkomst. Het is maar goed dat niemand me eergisteren heeft gezien en het dus niet tot geroddel kan leiden in het dorp.

Van nu af aan zal ze met rechte rug haar weg gaan en alle verleidingen trotseren. Daarbij helpt het om kwaad te zijn. Hoe haalt hij het zich in het hoofd om na al die jaren op te duiken en zijn liefde aan haar te bekennen? Terwijl hij weet dat ze getrouwd is! En het is helemaal schandalig om zich hier te vestigen en schaamteloos met een ander te flirten. Hoe kan een man zo gemeen zijn? Nee, voor haar is hij dood. Hij kan nog zo lief glimlachen en de deur van de dorpswinkel voor haar openhouden, of over haar erf rondrennen om een op hol geslagen hengst te vangen, ze zal zich niet meer van haar stuk laten brengen en absoluut niet meer voor zijn verleidingen vallen. Ze neemt zich voor om hem vriendelijk maar koel te begroeten als ze hem tegenkomt en desnoods een praatje over het weer te maken.

Verder niets. Dat is de beste manier om alle geruchten te verdrijven.

Het lukt haar beter dan ze had gevreesd. Oskar duikt de laatste tijd vaak op in het dorp. Ze ziet hem door de dorpsstraat naar het huis van Hannes Killinger lopen, ze komt hem tegen in de dorpswinkel omdat hij Carla Ritter helpt de boodschappen naar de villa te dragen, en zelfs op zondag in de kerk kan ze een ontmoeting niet vermijden. Ze knikt hem vriendelijk toe als ze naast Otto door het middenpad van de kerk loopt, en in de dorpswinkel voert ze zelfs een kort gesprekje met hem over de fabriek van Küpper.

'Ik ben blij dat het weer bergopwaarts gaat bij jullie. Mevrouw Küpper heeft zich er immers vol overgave in gestort...'

'Ja. Mevrouw Küpper werkt heel hard en vastberaden voor haar fabriek.'

'Het is goed als iemand weet waarvoor ze werkt en waar ze thuishoort... Ik wens jullie veel succes.'

'Hartelijk dank, mevrouw Schütz!'

De volgende dag, als Anni weer bij hen in de keuken zit en wollen kniekousen breit voor Heinz, komt Otto terug van zijn ronde over de velden en gaat naast het fornuis zitten.

'Als het zo blijft en niet meer al te erg vriest, wordt het misschien nog wel wat met de wintergerst,' zegt hij. Hij leunt naar voren en hoest.

'Ben je verkouden?' vraagt Gertrud bezorgd.

'Ik heb een zere keel,' zegt hij en hij wrijft over zijn borst. 'Het doet pijn als ik hoest.'

'Geen wonder,' zegt Gertrud met een boze blik in Anni's richting. 'Anni heeft je vast aangestoken sinds ze weer hier aan tafel zit en niet boven in haar kamer blijft!'

'Je kunt het overal oplopen,' zegt Helga. 'Zondag zaten heel veel mensen te hoesten in de kerk. En dominee Seybold moest tijdens de preek drie keer zijn neus snuiten.'

Het valt niet te ontkennen dat er nog steeds verkoudheid heerst in het dorp. Meester Hohnermann kon twee dagen geen les geven, maar Frieda Haller is ingesprongen en vertelde de leerlingen van alles over de keizerlijke kroningen in vroegere tijden. Heinz kwam heel enthousiast thuis van school en ging bij Adam in de stal zitten om een houten zwaard voor zichzelf te snijden.

Otto zit tot het avondeten op het bankje bij het fornuis, eet wat brood met rookworst en neemt dan twee borrels voor zijn zere keel. Daarna krijgt hij het warm. Zijn wangen en voorhoofd gloeien en hij gaat vroeg naar bed.

Helga brengt hem melk met honing, maar die wil hij niet drinken. 'Ga weg daarmee! Ik ben geen baby!'

Helga zit een tijdje met Heinz aan tafel omdat hij een opstel moet schrijven en niet weet hoe hij dat moet doen. Gertrud moppert over school, waar kinderen tegenwoordig alleen maar nutteloze dingen leren. Rekenen, schrijven en Bijbelverzen uit het hoofd leren en opzeggen, dat waren dingen die zij vroeger op school leerde en dat was ook het enige wat ze in haar dagelijks leven nodig had.

'Kom, Heinz, ik breng je naar bed,' zegt Helga.

Op de trap horen ze Otto hoesten. O jee, dat klinkt als een stevige bronchitis. Ze gaat een tijdje bij het bed van haar zoon zitten en laat hem vertellen wat hij overdag heeft meegemaakt. Ze strijkt over het donzen dekbed om de veren gelijkmatig te verdelen, geeft haar zoon een nachtzoen, doet de plafondlamp uit en sluit de kamerdeur.

Als ze de slaapkamer binnenkomt, zit Otto in bed te kreunen alsof zijn laatste uur heeft geslagen. 'Mijn borst... Die verdomde hoest... En ik heb keelpijn... Als ik slik, is het alsof ik een scheermes in mijn keel heb...'

Zijn geklaag lijkt haar overdreven. Natuurlijk is hoesten pijnlijk voor hem omdat hij zo veel littekens op zijn borst en bovenlichaam heeft. Maar Anni had ook keelpijn en zij maakte er niet zo'n ophef over. Maar mannen zijn gevoeliger.

'Och, arme kerel, je hebt het zwaar te pakken,' zegt ze meelevend. 'Heb je koorts? Laat je voorhoofd eens voelen. Ja, ik denk het wel. Ik haal de thermometer even...'

Hij laat zich graag door haar verzorgen. Hij ligt heel stil en sluit zijn ogen als ze een verkoelend kompres op zijn voorhoofd legt. Ook de temperatuurmeting doorstaat hij zonder morren.

'Achtendertig komma acht...' verzucht ze. 'Dat is hoog. Ik zal een priesnitzverband om je kuiten leggen, dan zal de koorts zakken.'

Later arriveert Rudolf Alberti, die Gertrud heeft laten halen. De dorpsgenezer klopt op Otto's borst.

'Drie dagen, dan ben je er weer vanaf, Otto.'

'Wat? Moet ik dit zo lang volhouden...'

'Drink thee, blijf thuis en ga niet in de kou rondlopen. Dat deed meester Hohnermann en die kreeg daardoor een terugval. Wees dus slimmer dan hij en blijf bij de warme kachel. Laat je verwennen door Helga, dat is het beste medicijn.'

'Ja, mijn Helga... Zij zorgt voor me, ik mag niet klagen!'

'Heel goed, Otto. Ga nu maar slapen, ik kom morgenavond weer even langs. Goedenavond, allemaal!'

Wat is Otto ineens zachtaardig. En vriendelijk. Hij bedankt haar dat ze zo goed voor hem zorgt, zegt 'Wil je alsjeblieft...' als hij iets nodig heeft, en schreeuwt niet zoals gewoonlijk: 'Haal dit, doe dat!' Het is bijna als voor de oorlog, toen hij nog een verliefde echtgenoot was en ze in harmonie met elkaar leefden. 's Nachts wordt ze wakker als hij hoest. Ze doet het bedlampje aan en controleert hoe het met hem gaat. De thee heeft effect – hij zweet heftig. Het is weer bitter koud geworden. Het hout van de dakspanten kraakt en er groeien ijsbloemen op de ruiten.

Tegen de ochtend slaapt Otto diep. Helga staat stilletjes op om Heinz te wekken voor school. Beneden in de keuken heeft Anni al moutkoffie gezet en melk opgewarmd. Adam is nog in de stal, Gertrud zit aan tafel en kijkt Helga met een jaloerse blik aan.

'Hoe gaat het met hem?'

'Beter, denk ik. Hij slaapt nu.'

Gertrud heeft al ontbijt klaargemaakt voor haar zieke zoon en verkondigt dat ze meteen bij hem gaat kijken.

'Hij moet eten. Heb je een lap met reuzel op zijn borst gelegd? Nee? Als Otto zijn moeder niet had, zou hij er slecht aan toe zijn.'

Terwijl Anni en Helga zich met de nog slaperige Heinz bezighouden, haast Gertrud zich met de lap met reuzel, moutkoffie en een bord vol boterhammen naar boven naar haar zoon. Er klinkt een korte woordenwisseling en daarna loopt ze stampend de trap weer af en komt ze met een norse uitdrukking de keuken binnen.

'Jij moet naar boven!' zegt ze kortaf tegen Helga.

Otto heeft de hulp van zijn moeder bozig afgeslagen en wil dat zijn vrouw boven komt. Dat is een harde klap voor Gertrud, en Helga weet dat haar schoonmoeder haar woede zal afreageren op Heinz en Anni. Zo is ze nu eenmaal. Ze moeten het verdragen want ze kunnen haar niet veranderen.

Otto zit in bed en glimlacht vriendelijk naar haar.

'Daar ben je!' zegt hij. 'Kom bij me zitten, Helga. Ik geloof dat ik weer beter ben.'

Hij wast zich en laat zich door haar afdrogen. Ze trekt hem een schoon hemd aan, geeft hem een warme trui en adviseert hem om deze ochtend nog in bed te blijven.

'Ze wilde me een lap met reuzel geven,' zegt hij grinnikend. 'Nou, die mag ze op haar eigen borst leggen!'

'Ze bedoelt het vast goed, Otto.'

'Ik ben geen kind meer!' bromt hij. 'Kom, schat. Kom bij me zitten. We gaan op bed ontbijten, net als de adellijke lui. Zet het bord neer. Er is genoeg voor twee.'

Wat een gedaanteverwisseling! Hij is bijna aanhankelijk. Hij schuift de in blokjes gesneden rookworst naar haar toe, wil dat ze ook wat slokjes moutkoffie uit zijn beker drinkt en vertelt haar dat hij 's nachts afschuwelijk heeft gedroomd.

'De koorts, weet je. Ik zag de ratten. Ze renden om ons heen in de loopgraven. Je moest oppassen dat ze niet aan je knaagden als je sliep...'

Hij heeft nooit over de oorlog in Frankrijk verteld, ook niet als ze erom vroeg. Dan keek hij haar alleen maar kwaad aan en zei dat er niets was om over te praten. Dat het verleden tijd was. Maar nu beseft ze dat hij er nog steeds last van heeft en dat het hem van binnenuit vergiftigt.

'Het was echt erg in de loopgraven, hè?' zegt ze.

Maar hij gaat er niet op in. Hij geeft haar de beker en het lege bord en wil dat ze bij hem komt liggen.

'Rudolf Alberti zei dat ik moet zorgen dat ik warm blijf,' zegt hij grijnzend en hij slaat zijn armen om haar heen. 'Daar moet jij voor zorgen. Zodat ik beter word, mijn liefste.'

Ze vindt het niet prettig, want ze is bang dat Gertrud boven komt en achter de deur gaat staan luisteren. Maar ze laat het toe omdat hij zo anders is en ze hem niet wil teleurstellen. Deze keer is het zelfs fijn. Hij raakt haar voorzichtig aan, is teder en doet moeite, net als in het begin van hun huwelijk. Maar ze kan niet voorkomen dat het beeld van iemand anders telkens weer in haar hoofd opduikt en zich in de echtelijke liefde inmengt.

Dat is de straf omdat ik met het idee heb gespeeld, denkt ze beschaamd als ze weer stil naast elkaar liggen en Otto zachtjes begint te snurken. Ze dekt hem zorgvuldig toe, kleedt zich aan, neemt de vaat mee en gaat naar beneden.

'Zo, jullie hebben zeker een lang gesprek gehad, hè?' vraagt Gertrud boosaardig. 'Zo wordt Otto niet beter, als hij zijn energie verspilt.'

Omdat Adam aan tafel koffie zit te drinken, zegt ze verder niets, maar Adam heeft het wel begrepen en grijnst in zijn kopje.

'Ben je jaloers, Gertrud?' vraagt hij spottend.

'Maak dat je wegkomt, roddelaar,' zegt ze boos. 'De varkensstal moet worden uitgemest. Daarna moet je de ploeg naar Hannes Killinger brengen. En bij het kippenhok is een plank los, die moet je vastmaken, anders pakt de vos de kuikens...'

Adam laat zich niet opjagen. Hij drinkt op zijn gemak zijn koffie op, pakt nog wat worst en staat kauwend op.

'Jij hebt me niets te zeggen,' bromt hij. 'De boer is de meester van de boerderij, hij deelt de instructies uit!'

Hij knipoogt bemoedigend naar Helga en trekt zijn stallaarzen aan. Gertrud volgt hem met haar ogen terwijl hij door de gang naar de deur van de koeienstal loopt.

'Als hij denkt dat hij hier voor altijd op de boerderij kan blijven, heeft hij het mis,' zegt ze boos. 'Er zijn genoeg jonge kerels die erom staan te springen om knecht te worden op de Schützhoeve.'

Otto slaapt tot het middaguur. Daarna staat hij op en komt hij bij hen aan tafel zitten, maar hij is zwijgzaam en kijkt nors.

'De soep is flauw,' bromt hij tegen Gertrud. 'Hij smaakt nergens naar!'

'Waarom ben je zo onaardig?' snauwt Gertrud hem toe.

Hij maakt een minachtend gebaar met zijn hand en moet hoesten.

'Wat sta jij daar nou?' vraagt hij aan Helga, die de pan weer op het fornuis heeft gezet. 'Ga naar boven en breng de slaapkamer in orde. Ik heb warme sokken nodig. Ik wil naar de stal om te kijken of alles in orde is.'

'Maar Rudolf zei dat je niet in de kou moet rond...'

'Dat heeft hij niet te bepalen,' verduidelijkt hij.

's Middags loopt hij over het erf, kaffert Adam om allerlei kleinigheden uit en repareert luid timmerend het kippenhok. 's Avonds zit hij met een rood hoofd van de koorts in de keuken en kan hij de lepel nauwelijks vasthouden, zo zwak is hij. Gertrud en Helga leggen hem samen in bed, geven hem thee en leggen een priesnitzverband om zijn kuiten om de koorts te laten zakken. Hij verzet zich nu ook niet als ze een warme reuzeldoek op zijn borst leggen tegen de bronchitis.

'Het komt allemaal door de ontucht die je moest plegen,' moppert Gertrud. 'Als je naar je moeder had geluisterd en niet naar Helga, die je daartoe heeft verleid...'

'Laat hem met rust!' zegt Helga. 'Zie je niet hoe slecht het met hem gaat?'

Deze keer laat Gertrud zich niet de slaapkamer uit sturen. Ze zit naast Otto's bed, geeft hem thee te drinken, praat op hem in en verwisselt het priesnitzverband.

'Het komt wel goed, jongen. Vanaf nu zorg ik voor je...'

Tegen elf uur, als alles al stil en donker is in het dorp, klaagt Otto over steken in zijn borst. Hij is kortademig, werpt zich kreunend van de ene op de andere zij, en als Helga de koorts meet, blijkt die tot boven de veertig graden gestegen te zijn.

'Ik ga Rudolf halen,' zegt ze resoluut en ze rent naar beneden om haar jas en stevige schoenen aan te trekken.

Gertrud weerspreekt haar niet. Ze staart naar de koortsthermometer en wordt bleek.

Helga pakt een stallantaarn en loopt door de stille dorpsstraat. Ze merkt amper iets van de bijtende kou. Pas als ze bij de Albertihoeve is, beseft ze dat ze is vergeten om een sjaal om haar hoofd te binden. De boerderijhond blaft boos naar haar. Ze moet een paar keer aanbellen totdat Marlis in haar nachtjapon de deur voor haar opent.

'Otto...' stamelt Helga. 'Meer dan veertig graden koorts. Krijgt haast geen lucht. Steken in de borst...'

'De mensen worden altijd 's nachts ziek,' moppert Marlis. Ze draait zich om naar de trap en roept haar man. Hij heeft zich al aangekleed en pakt zijn koffertje, waarin hij verschillende middeltjes bewaart voor de zieken in het dorp.

'Hij heeft zeker over het erf rondgelopen, hè?' zegt hij nors tegen Helga terwijl ze samen naar de Schützhoeve lopen. 'Hij dacht vast dat hij al beter was want 's ochtends is de koorts altijd lager...'

Ze antwoordt niet. Hij heeft de lantaarn gepakt en loopt zo snel dat ze moeite heeft om hem bij te houden. Op de Schützhoeve heeft Adam de elektrische lampen op het erf aangedaan. Hij houdt de deur open voor Rudolf zodat die snel naar boven naar de patiënt kan gaan.

'Is het zo erg?' vraagt hij bezorgd aan Helga.

Ze knikt alleen en loopt achter de dorpsgenezer aan de trap op. In de gang hoort ze Gertrud al mopperen.

'Naar het ziekenhuis in Bad Homburg? Hoe moet dat gaan, midden in de nacht? De merries zijn schrikachtig als het donker is, die laten zich niet aanspannen...'

Helga trekt de deur van de kamer open. Otto ligt apathisch in de kussens en ademt zwaar. Rudolf heeft zijn jas nog aan, het koffertje staat onaangeroerd naast het bed.

'Ik loop naar Georg Altmann. Hij moet hem met de auto brengen,' roept ze.

Ze wacht het antwoord niet af, maar rent de trap af en haast zich langs de dorpswinkel naar de Altmannhoeve. De poort van de binnenplaats is gesloten en ze moet er met haar vuisten op slaan, want alleen binnen op het erf is een elektrische bel bij de voordeur. Hasso, de boerderijhond, begint hard te blaffen en uiteindelijk tilt de meid Grete kreunend de balk op en opent de poort.

Burenhulp is erg belangrijk in Dingelbach, ook 's nachts zijn de mensen altijd bereid om elkaar te helpen.

'Je mag de auto nemen, Helga,' zegt Georg, die in een nachtgewaad en met een slaapmuts op de trap afdaalt. 'Maar ik kan niet autorijden. Ik kan het stuur niet draaien. Willibald, dat rotpaard, heeft twee van mijn ribben gebroken en het doet vreselijk pijn...'

Helga kijkt radeloos naar Luise en Lina, die ook naar beneden zijn gekomen.

'Vraag Oskar Michalski,' stelt Lina voor.

'Oskar Michalski?' stamelt Helga vol afschuw.

'Ja, Oskar kan de auto besturen,' zegt Georg. 'Hij is de enige in het dorp die dat kan.'

Dan moet ze naar het tuinhuisje lopen en dat wil ze absoluut niet. Maar de tijd dringt. De Altmannhoeve ligt halverwege de villa. Als ze nu teruggaat naar de Schützhoeve om te vragen of Gertrud of Adam het kan doen, verliest ze kostbare minuten.

'Dan ga ik dat maar proberen,' zegt ze en ze draait zich om en loopt snel weg.

'Wacht!' roept Luise haar na. 'Neem de lantaarn mee. Anders val je in het donker nog in de beek.'

Ze grist de lantaarn uit haar hand, bedankt haar en haast zich weg, langs het café, waar alle lichten zijn gedoofd, door het steegje langs de kerk en over de spekgladde brug naar het park van de villa. Haar adem is oppervlakkig en haar hart bonst. Wat als hij net met Ilse Küpper het bed deelt? Zal hij wel voor haar opendoen? Zal hij haar wel geloven als ze vertelt waarvoor ze komt? Of zal hij denken dat het gewoon een leugen is en dat ze puur uit jaloezie is gekomen?

De ramen in het tuinhuis zijn donker en er brandt ook geen licht in de villa. Ze houdt de lantaarn hoger en schijnt op het dak en de schoorsteen. Er komt geen rook uit, de kachel brandt niet.

En wat als hij in het landhuis is, denkt ze. Ze kunnen elkaar ontmoeten waar ze maar willen. Bij haar is het ongetwijfeld comfortabeler dan in het tuinhuis.

Maar ze moet het toch proberen. Ze loopt resoluut naar de deur en klopt aan. Het blijft stil.

'Oskar? Oskar, alsjeblieft... doe open!' roept ze luid.

Nu hoort ze gekraak, alsof iemand uit bed stapt. Dan wordt er een grendel verschoven en de deur gaat op een kier open.

'Helga?' mompelt hij slaperig door de spleet.

Ze is zo van slag dat ze amper weet wat ze moet zeggen.

'Je moet de auto besturen, Oskar...' zegt ze. 'Georg Altmann kan niet rijden omdat hij twee ribben heeft gebroken...'

Het moet erg warrig klinken, maar hij doet de deur helemaal open. Daar staat hij voor haar. Ongeschoren, in een hemd en een lange onderbroek, turend in het licht van de lantaarn.

'Met de auto rijden?' vraagt hij niet-begrijpend. 'Waarnaartoe?'

'Naar Bad Homburg, naar het ziekenhuis. Otto is doodziek... En jij bent de enige die de auto kan besturen, zei Georg...'

Hij staart haar even aan zoals ze daar voor zijn deur staat, rillend van de kou en met verward haar door de wind. Dan draait hij zich zonder een woord te zeggen om, pakt zijn jas van de haak en trekt zijn schoenen aan.

'Wacht,' zegt hij. 'Ik ben zo klaar.'

Hij pakt de lantaarn uit haar hand en gaat voor, waarbij hij zich telkens omdraait om te zien of ze hem volgt, en wacht bij de brug op haar.

'Ik ga naar de Altmannhoeve, pak de auto en kom naar jullie toe,' zegt hij.

'En ik ga naar huis en breng iedereen op de hoogte.'

Tot aan de Altmannhoeve lopen ze samen. Daar overhandigt hij haar de lantaarn. Hij gaat naar de wagenschuur, waar Georg al bezig is om de tank van zijn auto te vullen met benzine uit een jerrycan.

Thuis hebben ze Otto aangekleed en het donzen dekbed om hem heen gewikkeld. Ze herkent haar man nauwelijks, zo slecht ziet hij eruit. Zijn gezicht is grauw en vol stoppels, zijn wollen muts is tot aan zijn wenkbrauwen naar beneden getrokken.

'Oskar rijdt, omdat Georg nog niet kan rijden. Omdat hij zijn ribben heeft gebroken...'

'Oskar? Nou, dat is helemaal mooi!' zegt Gertrud spottend.

Her en der brandt nu licht achter de ramen van de boerderijen en de honden blaffen onrustig. Lene Grossmann staat bij de poort van de boerderij en wil weten wat er is gebeurd. Maar dan horen ze de motor van de auto al knetteren. De koplampen schijnen dwars over de dorpsstraat tot aan het kerkplein als de auto door de poort het erf van de Altmannhoeve af rijdt. Daarna draaien ze naar de Schützhoeve.

Oskar stopt naast de put, springt uit de auto en houdt het portier open terwijl Adam en Rudolf Alberti de zieke man op de achterbank zetten. Gertrud staat erop om bij haar zoon te gaan zitten, Helga moet op de passagiersstoel plaatsnemen.

'Laat jullie in geen geval weigeren,' roept Rudolf luid om boven het lawaai van de motor uit te komen. 'Het is dringend. Een zware longontsteking, zeg dat tegen hen!'

De auto hobbelt over de dorpsweg naar de kruising met de landweg, maar ook daar zijn bulten en kuilen waardoor de rit niet bepaald aangenaam is voor de inzittenden.

'Kun je niet wat harder rijden?' klaagt Gertrud achterin. 'Otto hijgt verschrikkelijk, ik geloof dat hij haast geen lucht meer krijgt.'

'De weg is spekglad,' antwoordt Oskar. 'Ik moet voorzichtig rijden, anders belanden we in de sloot.'

Helga zit met een zaklamp en met de wegenatlas op haar schoot naast hem. Het Allgemeine Krankenhaus in Bad Homburg is niet moeilijk te vinden, ze moeten over de Urseler Strasse en daarna rechtsaf. Het is niet ver van Schloss Bad Homburg. Ze geeft hem aanwijzingen over de richting, hij knikt en concentreert zich op de weg en de auto. Het is net als toen ze samen de Schützhoeve leidden. Toen werkten ze nauw en vaak zwijgend samen. Hij lette op haar en zij op hem.

Als de auto slingert op de gladde weg, klampt ze zich vast aan haar stoel. Een keer moet hij remmen en strekt hij zijn rechterarm voor haar uit om te voorkomen dat ze tegen het dashboard klapt.

Het ziekenhuis is gelukkig verlicht. Het is een indrukwekkend, mooi gebouw dat past bij de voorname mensen die Bad Homburg bezoeken. Oskar stopt vlak voor de hoofdingang. Helga haast zich naar de portier om de patiënt aan te kondigen en te zeggen dat het om een spoedgeval gaat. Het duurt even, maar dan komen er twee verplegers met een brancard die de zieke naar de spoedeisende hulp brengen.

'Wat gaat er nu met hem gebeuren?' vraagt Helga bezorgd aan de portier.

Hij is heel kalm. Hij geeft haar een formulier dat ze moet invullen en verzekert haar dat de artsen voor haar man zullen zorgen.

'Naam, adres, geloofsovertuiging, ziektekostenverzekering indien hij die heeft, leeftijd, eerdere aandoeningen... Nee, u kunt hier niet blijven, mevrouw Schütz. Gaat u naar huis, morgen is het bezoektijd van twee tot vier.'

'Maar wat als het... wat als het ernstig is? Ik bedoel, heel ernstig...'

'Dominee Kunert van de Gedächtniskirche bekommert zich om onze patiënten. Als u een telefoonaansluiting hebt, kunnen we u in geval van nood ook bellen...'

'We hebben geen telefoonaansluiting...'

'Jawel!' zegt Oskar. 'Er is een telefoon in de fabriek, ik zal u het nummer geven. Als u daarnaartoe belt, geef ik het door aan mevrouw Schütz...'

De portier noteert het nummer van de fabriek en vindt dat hij daarmee zijn plicht heeft vervuld. Ze kunnen weer naar huis. De artsen zorgen voor de patiënt. Ze kunnen niets doen en zouden alleen maar in de weg staan.

'Kom,' zegt Oskar zachtjes tegen haar. 'Als Georg het niet erg vindt, breng ik je hier morgen weer naartoe.'

'Dank je, Oskar. Maar ik kan ook de trein nemen. Je hebt al genoeg voor ons gedaan.'

'Ik doe het graag, Helga.'

Even kijken ze elkaar in de ogen. Niet als geliefden, maar gewoon als goede vrienden. Maar de gedachte dat Otto dood zou kunnen gaan en zij dan vrij zou zijn staat onuitgesproken tussen hen in als een onzichtbare muur.

Helga draait zich om en zegt tegen Gertrud dat ze hier niet kunnen blijven, maar terug moeten naar Dingelbach.

Op de terugweg zeggen ze amper iets. Helga staart naar de landweg, die glinstert van het ijs en in de lichtstraal van de koplampen op haar af lijkt te komen. Oskar zit zwijgend achter het stuur en is in gedachten verzonken. Van Gertrud is niets meer te horen. Helga ziet in de achteruitkijkspiegel dat ze stokstijf in het midden van de achterbank zit en haar ogen heeft gesloten.

In Dingelbach zijn de mensen weer gaan slapen, alleen achter het keukenraam van de Schützhoeve brandt nog licht. Anni zal nog op zijn.

Oskar laat Helga uitstappen bij de put en samen helpen ze Gertrud uit de auto, die nogal wankel op haar benen staat en door Helga ondersteund moet worden.

'Heel erg bedankt, Oskar,' zegt Helga tegen hem. 'Zeg maar tegen Georg dat ik morgen langskom om de benzine te betalen.'

'Is goed,' antwoordt hij en hij slaat zijn ogen neer. 'Ik wens jullie heel veel sterkte. Vooral Otto.'

Meent hij dat? Hij knikt even naar haar en stapt weer in de auto, start de motor en rijdt door naar de Altmannhoeve om de auto terug te brengen.

'Wat sta je daar nou te staren?' moppert Gertrud, die zich aan haar arm vasthoudt. 'Laat je me doodvriezen? Ik wil naar bed!'

16

Ida is boos. Wat ze niet allemaal heeft gedaan voor haar zus! Drie dagen lang heeft ze stiekem wat eten naar Frieda's slaapkamer gesmokkeld omdat ze in hongerstaking was gegaan om hun moeder over te halen om naar Frankfurt te gaan. Ida kon er toch niets aan doen dat Herta er uiteindelijk achter kwam en tegen hun moeder heeft geklikt? Helaas was de hongerstaking toen ongeloofwaardig geworden. Frieda gaf het op en sindsdien is ze niet te verdragen. Bij het minste of geringste wordt ze kwaad. Zoals nu bijvoorbeeld over de rol goudpapier.

'Die mag je niet hebben. Die heb ik aan het einde van het jaar nodig voor het kerstspel!'

'Dan geeft mama je toch nieuw goudpapier!'

'Je weet dat ze dat niet gaat doen. De rol goudpapier blijft in mijn nachtkastje liggen. En waag het niet het te pakken!'

'Gierig mens! Waarom verguld je de po er niet mee!'

'Hou je mond en laat me met rust!'

Natuurlijk is Frieda onuitstaanbaar omdat haar moeder wil dat ze onderwijzeres wordt. Laatst heeft Frieda op school voor meester Hohnermann ingevallen en alle kinderen waren erg enthousiast. Allemaal behalve Ida. Want Ida kent de geintjes van haar zus en is er niet van onder de indruk. Ze maakt haar tenslotte elke dag mee.

'Lesgeven is een achtenswaardig beroep voor een jonge vrouw,' zei mama vandaag bij het ontbijt. 'Dan heb je een mooie woning en een inkomen. Je hoeft niemand te bedanken en wordt overal met respect behandeld.'

'Juffrouw Haller,' grapte Ida. 'Als je met meester Hohnermann trouwt, kunnen jullie om de beurt lesgeven. Dan heb je drie dagen per week vrij!'

Frieda en haar moeder konden allebei niet lachen om de grap. Alleen Herta lachte spottend en zei: 'Dan zou je een fijne echtgenoot hebben, Frieda. Hij eet nu al uit je hand.'

Frieda stak haar kin op en keek haar moeder boos aan. 'Ik word actrice,' zei ze. 'Of helemaal niets.'

'Zet dat maar uit je hoofd, Frieda,' antwoordde haar moeder.

Daarna werd het stil in de keuken. Frieda staarde koppig voor zich uit, mama dronk koffie en Herta ging alvast naar de winkel om de deur open te maken en de dweil ervoor te leggen. Ida pakte haar tas en ging naar school. Meester Hohnermann is weer beter, maar hij is magerder geworden, en als alle leerlingen bezig zijn, gaat hij soms achter zijn bureau zitten en staart hij moe voor zich uit.

'En, Ida?' zegt hij terwijl ze in de pauze over het schoolplein lopen. 'Hoe gaat het thuis?'

Natuurlijk weet ze waar hij op doelt. Daarom haalt ze bedroefd haar schouders op en zegt: 'Nou, niet bepaald goed...'

'Zal ik langskomen en met je moeder praten?' vraagt hij zachtjes.

'Beter van niet. Mama wil ineens dat Frieda onderwijzeres wordt.'

Na school moet ze helpen met het uitpakken van de nieuwe voorraden en het vullen van de schappen in de winkel. Het is saai werk. Alleen Herta vindt het leuk om te doen en ze loopt Ida natuurlijk de hele tijd te commanderen.

Als alle kisten eindelijk zijn uitgepakt en de spullen zijn opgeborgen, loopt ze stilletjes de trap op en pakt ze de rol goudpapier uit Frieda's nachtkastje. Haar zus moet niet zo moeilijk doen. Het volgende kerstspel is tenslotte pas over tien maanden. Ida heeft al een appel uit de kelder gestolen, waar de winterappels in een oude margarinekist worden bewaard. Ze heeft het luik weer zorgvuldig dichtgeschoven, dus haar moeder zal het niet merken. En fruit is immers gezond.

Voor de zekerheid loopt ze door de tuin zodat Frieda, die in de winkel moet bedienen, het goudpapier onder haar jas niet ontdekt. Ze moet over een paar hekken klimmen om in de steeg achter Gasthaus Zum Raben te komen, wat niet zo simpel is met het goudpapier, want ze wil niet dat het kreukt. Vanaf Zum Raben is het niet ver naar de smederij van Hannes Killinger, waar ze hebben afgesproken.

Ze is vandaag een van de laatsten. Alleen Rudi Schmidtkunz en Klaus Dönges komen later, want zij moeten thuis helpen met het uitmesten van de stallen.

'Vandaag kiezen we een keizer,' legt ze uit. 'Maar eerst maken we de rijksinsignes. Ik heb alles bij me.'

'Echt goud?' vraagt Willi.

'Bijna echt!' zegt ze en ze haalt de rol goudpapier onder haar jas vandaan.

'Dat is maar papier!' zegt Rudi lachend.

'Wacht maar af!'

Ida tovert de verschrompelde winterappel behendig om in een rijksappel en verguldt vervolgens de kroon die Hannes Killinger van twee oude blikjes voor haar in elkaar heeft gesoldeerd. Er is niet meer genoeg goudpapier om het houten zwaard te veredelen, maar alleen een gouden knop is ook goed.

'En wie wordt keizer?' vraagt Hans Koppel. 'Toch niet jij, hè, Ida? Dat kan niet, want jij bent een meisje.'

'Er zijn ook keizerinnen, domoor.'

Rudi en Hans lachen spottend.

'Waar dan?'

'In China,' zegt Ida onbewogen. 'En in… in Rusland.'

'Maar bij ons komt dat niet voor!'

Het lijkt Ida niet verstandig om er verder over te discussiëren en ze begint het spel te organiseren. Om een keizer te kiezen hebben ze keurvorsten nodig, want zij kiezen de keizer.

'Uit uw midden, edele vorsten van het Rijk, zullen we nu de keizer kiezen die het Rijk zal regeren en met ons tegen de vijanden ten strijde zal trekken.'

'Wat voor vijanden?' vraagt Annelie.

'Heb je niet opgelet toen meester Hohnermann dat vertelde?' vraagt Ida geïrriteerd. 'De Hunnen zijn vanuit het oosten naar ons toe gereden en hebben ons land veroverd. We moeten ze elk jaar veel goud en zilver als cijns geven.'

'En wie is nou de keizer?' vraagt Pauline.

'Die gaan we nu toch kiezen!' zegt Ida. 'Jullie moeten een van ons voordragen die keizer wil worden...'

'Ik wil keizer worden!' roept Rudi.

'Ik ook!' klinkt het van verschillende kanten.

Alle zeven keurvorsten zijn bereid om keizer te worden, en ook Annelie voelt er wel voor. Ida legt uit hoe het verdergaat.

'De verkiezing gaat als volgt: iedereen schrijft de naam van degene die hij als keizer kiest op zijn edelsteen. Heb je de potloden bij je, Hilda?'

Hilda heeft drie potloden meegenomen, dus ze moeten om de beurt schrijven. De kiezels uit de beek worden vervolgens in een emmer gedaan en wie de meeste stemmen heeft, wordt keizer.

'Daarna moeten alle keurvorsten en hun gevolg voor de keizer knielen en hem huldigen,' vervolgt Ida.

'Wat is huldigen?' vraagt de kleine Karl achterdochtig.

'Huldigen betekent dat jullie moeten knielen en eeuwige gehoorzaamheid en trouw in de strijd aan hem moeten zweren!'

'En daarna trekken we ten strijde tegen de Hunnen?' vraagt Rudi.

'Ja. En de keizer moet voorop rijden.'

'Rijden? Waarop moet hij rijden dan?' vraagt Klaus lachend.

'Nou, op Willibald natuurlijk,' zegt Ida.

'Op Willibald? Je bent gek!'

De hengst staat niet ver bij hen vandaan in de weide en eet het schamele gras dat na de vorst is overgebleven. Maar iedereen weet dat Willibald het niet leuk vindt als iemand hem probeert op te zadelen.

'Als je keizer wilt worden, moet je op Willibald rijden,' zegt Ida alsof het een ongeschreven wet is. 'Als iemand daar bang voor is, kan hij niet tot keizer worden gekozen.'

Nu wil ineens niemand meer keizer zijn. Ida is tevreden, haar plan heeft gewerkt.

'Als jullie allemaal te laf zijn, doe ik het wel!' zegt ze schouderophalend.

'En wat als je je nek breekt?' vraagt Gerda bezorgd.

'Natuurlijk breek ik mijn nek niet!' zegt Ida zelfverzekerd.

Hannes Killinger heeft tijdens zijn smidswerk telkens grijnzend naar de kinderen gekeken. Nu wil hij weten wat ze bij het afdakje aan het doen zijn.

'Een keizerlijke kroning,' zegt Ida. 'Mogen we Willibald een beetje haver geven?'

'Voor mijn part. Maar slechts twee handenvol, anders wordt hij te dik.'

Willibald is vraatzuchtig. En hij is vrij tam. Hij laat zich ook voorspannen, alleen niet leiden. En al helemaal niet berijden.

Ida en haar gevolg lopen naar de weide. Daar zullen ze Willibald lokken en Annelie zal hem wat haver geven.

Eigenlijk zijn de oudere jongens niet meer geïnteresseerd in de ceremonie die Ida met veel moeite organiseert. Ze mogen toch geen keizer zijn. Maar ze doen nog wel mee, want ze willen Ida op Willibald zien stijgen.

Willibald heeft meteen in de gaten dat er iets lekkers is. Hij komt aanrennen en strekt zijn nek.

'Geef hem telkens maar een klein beetje,' zegt Ida tegen Annelie. 'Ik klim op het hek en van daaruit op zijn rug. Hou het zwaard vast, Rudi, dat geef je aan me als ik erop zit.'

Het duurt even voordat Annelie de hengst in de juiste positie heeft gelokt. Ida klimt op het hek. De gladde paardenrug lijkt haar nu toch vrij hoog. Bovendien zit er nog zeker een halve meter tussen Willibald en het hek.

'Schiet nou op,' dringt Annelie aan. 'Ik heb bijna niets meer.'

'Hij moet dichterbij komen.'

Willibald is onrustig en zelfs terwijl hij eet trippelt hij heen en weer. Maar Ida wil niet voor schut staan. Ze pakt haar kans op het moment dat de hengst dichter bij het hek is en glijdt op zijn rug. Het is erg lastig en ze moet zijn manen vastpakken om te voorkomen dat ze er aan de andere kant vanaf valt. Willibald schudt boos zijn nek en maakt een sprongetje, maar Ida houdt zich stevig vast en blijft zitten. Alleen valt haar jas van haar schouders en belandt op de modderige grond.

'Geef me nu het zwaard, Rudi!' roept ze.

Maar dat is niet zo simpel, want de hengst rent nu heen en weer door de weide en schudt zijn hoofd op en neer om zich te ontdoen van de ongewone lading. Ida zit op zijn rug en gaat mee in de bewegingen. Ze drukt haar lange, dunne benen tegen de buik van het paard en bidt inwendig dat hij niet gaat galopperen en bokken. Dan zou het allemaal voorbij zijn.

In de smederij staan Hannes en Erwin met open mond te kijken naar de zadelloze rit.

'Blijf uit de buurt, anders schrikt hij,' roept Hannes naar Rudi, die met zijn zwaard de weide op wil lopen. 'Geef me de haver, Erwin. Let op het vuur...'

Aan Ida's keizerlijke rit komt abrupt een einde als Willibald de haver ruikt die Hannes Killinger in zijn uitgestrekte en tot een kommetje gevormde hand heeft. De hengst draait zich plotseling om, waar Ida niet op voorbereid is, en ze glijdt zijwaarts van zijn rug en valt op de grond. Ze maakt een flinke smak, maar gelukkig is de weide niet meer bevroren en heeft ze behalve een paar pijnlijke kneuzingen niets ernstigers. Haar rok en jas zijn helemaal smerig en tijdens haar rit is ze de kroon verloren. Iedereen rent de weide in en komt om haar heen staan.

'Als de Hunnen nu waren gekomen, hadden ze zich krom gelachen,' zegt Hans spottend.

'Hou je mond!' snauwt Marie tegen hem. 'Heb je niets gebroken, Ida?'

'Nee, het gaat wel,' zegt Ida en ze zet hinkend een paar stappen. Gerda heeft de kroon opgeraapt en brengt hem naar haar toe.

'Die komt bij de edelstenen en de rijksappel in de schatkist,' zegt Ida.

'Ik moet naar huis,' zegt Heinz. 'Mijn moeder komt zo terug uit Bad Homburg. Ze zal zich zorgen maken als ik er niet ben.'

'Hoe gaat het met je vader?' vraagt Annelie.

'Heel goed, geloof ik...'

De kinderen gaan uit elkaar. Bij de smederij staat Hannes Killinger wijdbeens en met zijn handen in zijn zij op haar te wachten. Hij heeft zijn leren schort voor.

'Ik dacht al dat je weer iets had uitgebroed,' zegt hij tegen Ida. 'Gaat het? Zijn al je botten nog heel? Heb je pijn? Die plek is morgen mooi donkerblauw.'

Hij spreekt uit ervaring, denkt Ida. Maar ze is te gedesillusioneerd om iets te zeggen.

'Maar...' zegt hij met een brede grijns. '... je hebt het helemaal niet slecht gedaan. Nu weten we tenminste dat Willibald zich wel laat berijden. Alleen wil hij geen zadel op zijn rug...'

Over dat soort dingen kan Ida nu niet nadenken. Ze moet naar huis en zorgen dat ze ongezien binnenkomt, zodat ze stiekem haar rok en jas kan uitwassen. Bovendien zal Frieda al hebben gemerkt dat het goudpapier weg is, dus dat wordt ruzie. Bij het bakhuis klimt ze over het hek. Het gaat moeizaam, want haar linkerbeen en schouder doen zeer. Ze moet over drie hekken klimmen om in hun eigen tuin te komen en ze sluipt naar de keukendeur. Maar ze heeft pech. Uitgerekend Herta staat in de keuken.

'Wat zie jij eruit!' roept ze. 'Wat heb je met je jas gedaan? Trek hem onmiddellijk uit, hij staat helemaal stijf van het vuil!'

‘Ik ben gevallen… Au! Niet zo trekken, dat doet pijn!’

Herta trekt hardhandig haar jas uit en moppert over de natte rok en vuile kousen.

‘Wat heb je nou weer uitgespookt? Als mama dat ziet… En waar ruik je naar? Ben je in de paardenmest gevallen?’

Ida geeft geen antwoord. Als Herta zo boos is, grijpt ze elk weerwoord aan voor nog meer verwijten. Ida trekt haar natte schoenen uit en wil net op haar kousen naar de slaapkamer vluchten als ze haar moeder haar naam hoort roepen.

Herta heeft haar dus al verraden, de stomme trut.

‘Ja, mama?’

‘Kom eens hier, Ida.’

De stem komt uit de winkel.

‘Ik kom eraan, mama…’

Tot haar verbazing zijn er nog klanten in de winkel. Bij de toonbank staat een oudere vrouw die ze niet kent. Ze is helemaal in het zwart gekleed en draagt een hoed met een sluier. Een dame uit de stad. Dat zie je meteen.

Mama heeft rode vlekken op haar wangen en kijkt gespannen. ‘Dit is mijn dochter Ida!’ zegt ze tegen de in het zwart geklede vrouw.

De vrouw staart Ida aan alsof ze een paard is dat ze op de markt wil kopen.

‘Dus jij bent Ida,’ zegt ze streng. ‘Hoe oud ben je?’

Ida voelt zich niet op haar gemak. Wat wil deze vrouw van haar? Ze vraagt zich af of het iets te maken kan hebben met een van haar streken, maar ze kan niets bedenken.

‘Dertien…’

‘Pas dertien… verbazingwekkend,’ zegt de vrouw. ‘Ik ben je grootmoeder.’

Het kost Ida een paar seconden om deze zin te begrijpen. Haar grootmoeder. Hier in Dingelbach. Is dit een droom? Zal de vrouw met de zwarte gesluierde hoed verdwijnen als ze nu in haar arm knijpt?

'Mevrouw Haller zegt dat ze een brief van je heeft ontvangen, Ida,' hoort ze haar moeders stem. 'Klopt dat?'

In een flits komt Ida weer bij bewustzijn. De brief die ze vlak na Frieda's auditie aan haar grootmoeder heeft geschreven, is aangekomen. En nu is haar grootmoeder hier. Wat een geweldig succes!

'Ja, mama. Ik heb een brief naar Frankfurt gestuurd. Want Frieda heeft iemand nodig in Frankfurt als ze naar de toneelschool gaat.'

O jee, nu heeft ze in het bijzijn van de klanten dingen verraden die haar moeder zorgvuldig verborgen heeft gehouden om te voorkomen dat erover gekletst zou worden. De mond van de vrouw van de dominee valt open en ze krijgt hem niet meer dicht. Dit nieuws is te opwindend. Ook Karin Guckes en Lore Dippel spitsen hun oren. Zo zo, Frieda gaat dus naar een toneelschool in Frankfurt. Nou, als dat maar goed gaat!

'Mag ik u vragen binnen te komen?' zegt mama formeel. 'We hoeven dit soort dingen tenslotte niet in de winkel te bespreken, mevrouw Haller.'

'Daar ben ik het helemaal mee eens.'

Wat raar, denkt Ida. Waarom zegt mama 'u' en 'mevrouw Haller'? Ze is toch onze grootmoeder?

Voor de eerste keer vindt Herta het waarschijnlijk jammer dat ze verantwoordelijk is voor de winkel, want ze moet de klanten blijven bedienen terwijl Ida met haar moeder en haar plotseling verschenen grootmoeder naar de keuken gaat.

'Neemt u alstublieft plaats.'

Mama schuift een keukenstoel voor grootmoeder bij en gaat aan tafel zitten. Ida gaat haastig naast haar moeder zitten, want ze bedenkt ineens dat haar natte rok en vuile kousen geen goede indruk maken.

'Ontvangt u uw bezoek altijd in de keuken?' vraagt grootmoeder, terwijl ze minachtend naar het oude fornuis en het keukenkastje kijkt, waarop allerlei rommel ligt.

'We hebben helaas geen woonkamer, want we hebben het huis omgebouwd tot winkel.'

Ida's moeder is beleefd maar niet vriendelijk. Ze lijkt lang niet zo enthousiast te zijn over dit bezoek als Ida.

'Ah, ik begrijp het...' zegt grootmoeder en ze gaat op de keukenstoel zitten. 'En waar is uw dochter Frieda nu?'

'Frieda is niet thuis.'

'Jammer, ik had haar graag ontmoet.'

De sfeer in de keuken is ijzig. Grootmoeder lijkt niet erg sympathiek te zijn. Ze heeft iets bazigs wat Ida ook niet fijn vindt. Maar ze is wel naar Dingelbach gekomen. Dat is een goed teken.

'Mijn dochter Frieda bereidt zich voor op de lerarenopleiding in Oberursel,' verklaart mama afwijzend. 'Als Ida u iets anders heeft geschreven, is dat buiten mijn medeweten om gebeurd. En ik sta daar ook niet achter.'

Grootmoeder trekt verbaasd haar wenkbrauwen op. Ida kijkt goed en ziet dat ze niet echt zijn. Ze zijn getekend. Grootmoeder draagt make-up. Maar ze is niet jong meer. Ze klikt haar tas open en haalt de brief eruit. Ida is echt trots. Niet alleen is haar brief aangekomen, haar grootmoeder heeft hem ook bij zich in haar leren handtas.

'Dat vind ik spijtig,' zegt ze, terwijl ze Ida's brief op tafel legt. 'Klopt het dat uw dochter Frieda is geslaagd voor de toelatingsauditie voor de toneelschool in Frankfurt?'

Ida moet een boze blik van haar moeder incasseren.

'Mag ik de brief zien?' vraagt mama aan grootmoeder.

'Alstublieft!'

Mama vouwt het vel papier open en staat op om de plafondlamp aan te doen. Ida kijkt voorzichtig naar haar grootmoeder en merkt dat ze haar met een welwillende glimlach opneemt. 'Je hebt rood haar, kind, net als mijn zus,' zegt ze tegen Ida. 'Heeft Frieda ook rood haar?'

'Frieda heeft zwart haar en bruine ogen.'

'O!'

'Ze is heel knap. En ongelofelijk getalenteerd. Ze wil heel graag actrice worden.'

'Het is fijn dat je zo begaan bent met je zus. Kunnen jullie goed met elkaar overweg?'

'Meestal wel...'

Eén ding is duidelijk: grootmoeder mag haar kleindochters, maar kan mama niet uitstaan. Wat geheel wederzijds is.

Mama heeft de brief gelezen en werpt hem op tafel.

'Jij schrijft dus stiekem brieven, Ida! Achter mijn rug om,' zegt ze boos. Daarna wendt ze zich tot grootmoeder. 'Het spijt me dat u lastiggevallen bent door mijn dochter. Deze brief komt voort uit haar verbeelding en de dromen van mijn dochter Frieda. Ik heb echter andere plannen voor mijn dochters.'

Maar grootmoeder is niet van plan zich zo te laten afschepen. Ze lijkt een slimme vrouw te zijn die niet onder de indruk is van mama's besliste woorden.

'Is de behaalde toelatingsauditie ook een product van kinderlijke verbeelding?' vraagt ze.

Nu is mama in verlegenheid gebracht. Ze is duidelijk geïrriteerd omdat ze de kwestie moet uitleggen.

'Frieda heeft deze auditie gedaan zonder dat ik het wist. Ik zal echter onder geen beding toestaan dat ze naar die school gaat.'

'U begaat een fout, mevrouw Haller,' zegt grootmoeder. 'De toneelschool van Frankfurt is een prestigieuze instelling die alleen bijzonder begaafde studenten toelaat. Zelf ben ik een groot theaterliefhebber en een aantal leraren ken ik persoonlijk. Zoals u misschien weet, is er veel artistiek talent in mijn familie. Mijn zus, die helaas niet meer leeft, was soliste bij het Meininger Theater en zelf ben ik opgeleid tot pianiste.'

Ida heeft nog nooit gehoord dat ze zo'n artistieke familie heeft. Maar het lijkt erop dat haar moeder het wel wist, want ze kijkt erg kwaad.

'U zult begrijpen dat ik zelf beslis over de toekomst van mijn dochters, mevrouw Haller. Het beroep van actrice is voor mij uit den boze!'

Het klinkt boos en definitief. Grootmoeder staat op van de keukenstoel, maar gaat niet naar buiten. Ze gaat met een rechte rug voor mama staan. Ze is niet erg lang, maar wel imponerend, zoals ze nu op mama neerkijkt.

'Ik raad u aan nog eens rustig over deze kwestie na te denken, mevrouw Haller. Ik ben bereid om alle kosten van de opleiding van uw dochter op mij te nemen. Mijn huis in Frankfurt is ruim, ze kan bij mij wonen en eten, en theaterbezoekjes, concerten en andere culturele activiteiten ter bevordering van haar ontwikkeling zijn inbegrepen. En natuurlijk zal ik goed op mijn kleindochter letten, dat spreekt voor zich.'

Mama is verbijsterd en in eerste instantie sprakeloos. Maar als ze weer kan praten is ze niet dankbaar, zoals Ida had gehoopt, maar ontzettend kwaad.

'Wat denkt u wel niet?' snauwt ze tegen grootmoeder en ze staat ook op. 'Toen Bruno en ik trouwden, zei u dat u niets met ons te maken wilde hebben. Jarenlang hebt u ons met minachting bestraft, u hebt geen enkele brief beantwoord en de geboorte van uw kleindochters liet u onverschillig. En nu Bruno niet meer leeft, komt u hier om mij de wet voor te schrijven? En wilt u mijn kind naar Frankfurt halen? Haar laten opleiden tot actrice en haar van mij vervreemden?'

Nu is grootmoeder toch onder de indruk, want zo'n uitbarsting had ze niet verwacht. Mama's stem is te luid. Bij de laatste zin trilt hij en Ida is bang dat ze elk moment in huilen kan uitbarsten. Grootmoeder doet twee stappen achteruit en zegt: 'Ik doe u alleen een voorstel, mevrouw Haller. Niet meer dan dat. Daarom hoeft u zich nog niet zo op te winden.'

'Hier in mijn huis wind ik me op wanneer ik dat wil,' antwoordt mama. 'En ik heb geen behoefte aan uw voorstellen!'

'Dan hoop ik dat uw dochter u niet op een dag ernstige verwijten zal maken,' zegt grootmoeder.

Voordat ze vertrekt, knikt ze naar Ida. 'Doe je zus de groeten van mij. En feliciteer haar met haar geslaagde auditie.'

Ida knikt enthousiast. Maar ze kan niets zeggen, want op dat moment roept haar moeder: 'Mijn huis uit! Ik wil u hier nooit meer zien!'

'Graag!' zegt grootmoeder en ze opent de deur die naar de winkel leidt.

Daar staan de klanten en nieuwsgierige mensen dicht bij elkaar. Herta rent heen en weer om ze te bedienen. Ze is bleek en voelt zich duidelijk opgelaten. Als grootmoeder door de deur de winkel in komt, zijn alle ogen op haar gericht en laat Herta van schrik een pakje waspoeder uit haar handen glijden.

'Trekt u zich niets van mij aan,' zegt grootmoeder vriendelijk en ze loopt om de toonbank heen naar de uitgang. Buiten schemert het al, maar Ida kan door de etalageruit de auto voor de winkel zien staan. Hij is zwart en heeft een witte bovenkant, en de banden zijn ook wit. Een paar mannen en jongens staan er bewonderend omheen. Ida herkent Rudi Schmidtkunz en Hans Koppel. De waard van Zum Raben, Jörg Guckes, is er ook. Hij staat met oom Georg te praten.

Iedereen doet vol ontzag een stap achteruit en kijkt toe terwijl grootmoeder in de auto stapt en de motor start. De koplampen gaan aan en ze geeft gas, maar de wielen draaien door doordat er erg veel koeienmest op de dorpsstraat ligt. Heinrich Schmidtkunz is weer eens slordig geweest.

'Duwen!' roept oom Georg.

Rudi, Hans en Jörg schieten te hulp. De auto komt in beweging en de chauffeuse zwaait dankbaar naar haar helpers. Ze tuft over de dorpsstraat en draait de landweg op. En dan is ze weg.

'Ik wist niet dat je zo'n voorname familie hebt, Herta,' zegt Lene Grossmann.

'En zo stads,' zegt Karin Guckes. 'Die loopt vast met haar neus in de wind.'

Herta bukt zich om het pakje waspoeder op te rapen en wil het liefst onder de toonbank kruipen, zo erg schaamt ze zich voor de klanten. Natuurlijk kon iedereen in de winkel de ruzie in de keuken van de familie Haller horen.

17

Ilse Küpper zit 's avonds laat in het kantoor van de fabriek en verzamelt de papieren die ze aan de bank moet overleggen om de lening te kunnen krijgen. De jaarrekeningen van de laatste twee jaar, de huidige stand van zaken, de orders, de productiecapaciteit, het aantal werknemers… Het irriteert haar dat de bank Blum & Hirschberg nu toch zo moeilijk doet. Waarom? Ze hebben de villa als onderpand! Als zij niet kan betalen, verkopen ze het pand, wat voor hen gemakkelijk zal zijn omdat de verkoopprijs momenteel niet hoog is. De bank heeft een lange adem, zij kunnen wachten tot de prijzen weer stijgen en dan sluiten ze een goede deal met het prachtige oude gebouw.

Ze klapt twee mappen dicht en zet ze terug in de kast. Op haar bureau liggen drie mappen die ze nog door moet spitten. Wat een karwei! In haar vaders kantoor in de villa heeft ze al de notariële eigendomsoverdracht van de fabriek en de villa aan haar klaargelegd, en ze willen ook de inschrijving in het kadaster zien. Wat nog meer? De rekening van de nieuw aangeschafte elektrische draaibank?

Terwijl ze druk bezig is de stukken uit te zoeken, gaat de telefoon. Ze neemt haastig op, want Oskar heeft haar verteld dat er een telefoontje zou kunnen komen van het Allgemeine Krankenhaus in Bad Homburg. In dat geval moet ze hem onmiddellijk op de hoogte brengen, desnoods zelfs midden in de nacht. Ze kijkt even op haar horloge. Het is al elf uur.

'Goedenavond, u spreekt met Ilse Küpper van Pilz & Küpper…'

'Wat doe jij zo laat nog in de fabriek?' hoort ze de verwijtende stem van haar broer.

Ze is opgelucht en geïrriteerd tegelijk. Het is gelukkig niet het ziekenhuis, maar haar broer, die op zijn gebruikelijke neerbuigende manier praat.

'Ik ben aan het werk, Josef. Wat moet ik hier anders doen?'

'De verliezen optellen zeker?'

'Nee, ik bereken de winst.'

Hij lacht zo hard dat ze de hoorn een eind van haar oor af moet houden zodat haar trommelvlies niet beschadigd raakt.

'Dan kun je zeker lang rekenen zonder dat het iets zal opleveren. Luister, Ilse. Ik wilde je een voorstel doen.'

Ze rolt met haar ogen en probeert het gesprek naar een ander onderwerp te leiden. 'Hoe gaat het met je kokkin? Geneest haar hand goed?'

'Mevrouw Klinghammer? Die staat alweer in de keuken. Ze doet alles met haar linkerhand, want haar rechterhand zit in het verband. Maar Irma helpt haar, dus het lukt wel...'

'En is Gerti ook weer opgeknapt?'

'Allang,' zegt hij kortaf. 'Luister, Ilse, Irma en ik, we dachten dat je misschien in het weekend bij ons zou kunnen serveren.'

Ze gelooft dat ze het verkeerd heeft verstaan. 'Ik? Serveren?'

'Ja!' klinkt het vrolijk uit de hoorn. 'We hebben gezien hoeveel plezier je tijdens het werk had. En wij waren ook tevreden, de rekening klopte. Je had misschien iets meer kunnen glimlachen bij het serveren, maar dat komt wel als je het vaker doet...'

Hoe durft hij! Denkt hij nou echt dat ze zich als gratis arbeidskracht ter beschikking stelt voor zijn 'exclusieve' restaurant? In het weekend, wanneer er waarschijnlijk veel gasten bediend moeten worden?

'Bedankt,' zegt ze koeltjes. 'Ik ben niet geïnteresseerd.'

'Stel je nou niet zo aan, Ilse,' zegt hij. 'Mevrouw Goldstein en haar zoon waren heel enthousiast over je. En de heren van de automobielclub vroegen ook naar jou. Op zaterdagavond heb je toch niets te doen, dan zit je helemaal alleen in de villa somber voor je uit te staren. Je stapt in de trein en ik haal je met de auto op. En je krijgt ook nog een mooie kamer voor de nacht...'

Een mooie kamer? Huiverend denkt ze terug aan het ijskoude rommelhok waar ze de vorige keer heeft overnacht. De ochtend daarna voelde ze zich geradbraakt.

'Al zou je een kamer voor me reserveren aan het hof van de keizer. Nee, Josef. Ik heb geen tijd en zin om voor jou serveerster te spelen.'

'Toon eens familiegevoel! Lotte heeft ook naar jou gevraagd.'

Het is niet te geloven. Nu wil hij zijn dochtertje als lokmiddel gebruiken. Ilse heeft genoeg van dit gesprek. Ze heeft vanavond andere dingen aan haar hoofd.

'Heb je mijn antwoord niet gehoord, Josef? Ik herhaal het graag voor je, het antwoord is nee! Heel simpel, nee!'

Ze hoort boos gesnuif. 'Denk dan maar niet dat ik je zal helpen als je de fabriek van onze vader failliet laat gaan. Een blinde kan zien dat de fabriek een aflopende zaak is. Jou kennende laat je de prachtige villa ook in de failliete boedel opgaan en dan is er echt niets meer over van de erfenis van onze ouders. Het is maar goed dat ik het pension heb gered, anders was dat ook nog ten prooi gevallen aan jouw grootheidswaanzin!'

'Was dat alles wat je me wilde vertellen?' vraagt ze met moeizaam ingehouden woede. 'Dan wil ik het gesprek nu graag beëindigen. Ik heb nog werk te doen.'

'Wat jij wilt!' bromt hij. 'Beul je maar af voor niets en nog eens niets. Veel plezier!'

'Welterusten,' zegt ze.

Maar hij heeft al opgehangen. Ze blijft even stil zitten, met haar hand nog op de hoorn die ze op de haak heeft gelegd. Haar broer heeft niet helemaal ongelijk. Als ze deze lening aangaat en geen orders meer krijgt, de productie niet loopt of de benodigde materialen niet verkrijgbaar zijn, kan het goed zijn dat ze beide heeft vergokt: de fabriek én de villa. Een paar gerenommeerde bedrijven hebben de afgelopen weken arbeidstijdverkorting en zelfs faillissement aangevraagd. Waarom zou het uitgerekend met haar fabriek bergopwaarts gaan in deze moeilijke tijd?

Ik heb geen keus, denkt ze. Als ik de handen in de schoot leg, stevenen we zeker af op een faillissement.

Ze richt zich weer op de ordner met de huidige facturen. Ineens hoort ze geklop op het raam. Een beetje onzeker staat ze op om te kijken wie haar op dit late uur stoort. Voor de zekerheid heeft ze de deur van het kantoor op slot gedaan. Ze is tenslotte helemaal alleen en je weet maar nooit wie hier rondzwerft.

Oskar Michalski staat voor het raam. Zijn haar is verward door de wind, zijn gezicht is onnatuurlijk rood.

'Neem me niet kwalijk, mevrouw Küpper. Ik meende dat ik de telefoon hoorde rinkelen en wilde vragen of het misschien een telefoontje uit Bad Homburg was.'

Hij kan de telefoon onmogelijk vanuit het tuinhuis hebben gehoord. Waarschijnlijk loopt hij al een poos in de fabriek rond omdat hij geen rust kan vinden. Natuurlijk weet ze wat hem bezighoudt.

'Het was inderdaad een telefoontje uit Bad Homburg,' zegt ze. 'Maar niet van het ziekenhuis. Mijn broer belde me.'

'O,' zegt hij terneergeslagen. 'Sorry...'

'Geen probleem. Ga maar rustig slapen. Als het ziekenhuis belt, maak ik u wakker.'

Hij knikt en klapt de kraag van zijn jas omhoog. Is hij dronken? De wind blaast een lichte alcoholwalm door het raam naar binnen.

'Wat bent u nog laat aan het werk, mevrouw Küpper,' zegt hij en hij glimlacht onzeker.

'Helaas. En u gaat nog laat wandelen 's avonds, meneer Michalski.'

Hij haalt zijn schouders op en steekt zijn handen in zijn jaszakken. 'Ik kan niet slapen,' geeft hij toe. 'Ik loop gewoon een beetje rond in de hoop dat ik moe word.'

Ze heeft het gevoel dat hij iemand nodig heeft om mee te praten. De toestand met Otto Schütz lijkt hem aan het hart te gaan. Hij is sindsdien ook ongeconcentreerd in de fabriek en zet zich maar half in.

'Hou me dan maar een beetje gezelschap tijdens het zoeken naar dossiers, dan valt u straks zo in slaap,' zegt ze met een glimlach. 'Wacht, ik doe de deur voor u open.'

Het kantoor heeft een eigen ingang naar de binnenplaats. Ze doet de deur van het slot en laat hem binnen. Nu ruikt ze het duidelijk, hij heeft gedronken. Nou ja, zolang hij zich in zijn vrije tijd bezat, gaat het haar niets aan.

'Ik wilde u niet storen...'

'U stoort niet. Ik vind het heel fijn om wat gezelschap te hebben.'

Het is warm in het kantoor, want ze heeft de kachel aangestoken. Hij strijkt verlegen zijn haar glad en gaat op de stoel zitten die ze naast de kachel heeft gezet.

'Helaas moet ik allerlei documenten verzamelen,' legt ze uit. 'Morgen ga ik naar Frankfurt voor de lening.'

Hij is op de hoogte. Hij kijkt over het bureau, waarop opengeklapte ordners liggen en een stapel papieren die ze eruit heeft gehaald.

'Dan wordt het nu serieus, hè?' vraagt hij, terwijl hij in zijn koude handen wrijft.

'Zeker.'

'Het komt wel goed,' zegt hij. 'We staan allemaal achter u, mevrouw Küpper.'

Ze bladert door een map en denkt na over hoe ze hem aan het praten kan krijgen. Maar dan begint hij al uit zichzelf.

'U denkt waarschijnlijk dat ik ongeduldig wacht tot Otto Schütz doodgaat, hè?' vraagt hij zachtjes. Hij knijpt zijn ogen tot spleetjes en kijkt haar uitdagend aan.

'Dan zou uw probleem zijn opgelost, nietwaar?'

Hij schudt zijn hoofd en zucht diep. 'Misschien. Maar misschien ook niet. Ik weet het niet. Ik wens niemand de dood toe, ook Otto Schütz niet. Zo ben ik niet. Bovenal wens ik Helga dat verdriet niet toe. En zeker het jongetje niet...'

'Ik begrijp het,' zegt ze zachtjes. 'U hebt Otto zelfs 's nachts naar het ziekenhuis gebracht. Dat vertelde Carla me.'

'Ja,' zegt hij gretig. 'En ik ben blij dat ik dat voor Helga heb kunnen doen.'

Carla heeft haar ook verteld dat het inmiddels weer beter gaat met de burgemeester. Zijn vrouw gaat elke dag tijdens de bezoekuren naar Bad Homburg en meestal gaat haar schoonmoeder met haar mee. Er wordt gezegd dat de patiënt in de komende week mogelijk ontslagen wordt.

'U hebt waarschijnlijk Otto's leven gered, meneer Michalski.'

Hij zwijgt en staart somber voor zich uit. Het lijdt geen twijfel dat Otto het niet overleefd zou hebben als hij niet op tijd naar het ziekenhuis was gebracht. Carla vertelde dat het dorp vol lof was over meneer Michalski, die 's avonds laat over de spekgladde weg veilig met de auto naar Bad Homburg was gereden. Ilse kent de auto heel goed. Hij is ooit van haar broer geweest en ze heeft er zelf ook in gereden.

'Ik heb gedaan wat ik moest doen,' zegt Oskar. 'Het was fatsoenlijk en juist. Ik kan mezelf niets verwijten... En toch...'

Hij aarzelt en wrijft met zijn handen over zijn gezicht.

'En toch?'

'En toch is er nog steeds die kleine, ellendige hoop,' zegt hij benauwd. 'De gedachte dat als ze nu bellen, hij onverwachts is overleden. Dat Helga van de ene op de andere dag weduwe is geworden. Ik kan er niet van slapen. Ik sluip 's nachts rond de villa om te luisteren of de telefoon gaat. Of ik ga voor het raam van uw kantoor staan wachten. Toen ik net het gerinkel hoorde, dacht ik dat ik een hartstilstand kreeg. Vindt u mij een schoft omdat ik diep vanbinnen hoop dat de plek naast Helga voor mij vrij zou kunnen komen?'

'Nee, meneer Michalski,' zegt ze heel serieus. 'Ik denk dat het in uw situatie heel normaal is om een beetje op het lot te hopen. Maar het lot is wispelturig en speelt graag een spelletje met ons.'

Hij knikt en lijkt een beetje opgelucht. Het moet hem goeddoen om deze dingen te kunnen zeggen. 'Het lot en de liefde,' zegt hij, terwijl hij haar glimlachend aankijkt.

'En het geluk,' voegt ze eraan toe.

'Geluk,' mompelt hij somber. 'Dat is als een fel licht dat je je hele leven lang najaagt en nooit bereikt.'

'Onzin,' protesteert ze. 'Vroeg of laat heb je het geluk in je handen, daar ben ik van overtuigd. Als dat niet zo was, zouden we allemaal in het donker zitten.'

Hij lacht bedroefd, klapt zijn kraag weer omhoog en staat op.

'Dank u wel, mevrouw Küpper. Het was fijn om wat dingen die in mijn hoofd rondspoken kwijt te kunnen. Ik denk dat ik nu kan slapen. En u zou ook moeten gaan slapen, het is al bijna middernacht.'

'U hebt gelijk,' verzucht ze en ze staat op. 'De rest regel ik morgenochtend.'

Ze verlaten samen het kantoor. Ze doet de deur op slot en hij begeleidt haar naar de ingang van de villa.

'Welterusten, mevrouw Küpper.'

'Welterusten, meneer Michalski. Slaap lekker!'

'U ook!'

Het is stil en eenzaam in de grote villa. Carla is inmiddels verhuisd naar boven, naar een kamer in de voormalige woning van Josef. Ze ligt vast al diep te slapen.

Eigenlijk is het onzin dat ik hier helemaal alleen woon met Carla, denkt ze als ze in bed ligt. Ik zou in elk geval de bovenverdieping kunnen verhuren. Maar dan zou daar een keuken geplaatst moeten worden, en bovendien is het maar de vraag of er een gezin te vinden is dat bij mij en de villa past. Aan de andere kant zou ik dan wat inkomsten hebben…

Ze heeft maar twee of drie uur geslapen als 's ochtends de wekker rinkelt. Ze ontbijt met Carla in de woonkamer, wat ze uiteindelijk heeft doorgezet omdat ze het idioot vindt om alleen aan de grote tafel te eten terwijl Carla in de keuken eet. Zo hebben ze ook meteen de gelegenheid om van alles met elkaar te bespreken en hoort Ilse de nieuwtjes uit het dorp die Carla tijdens het boodschappen doen opvangt. Vandaag heeft Ilse een bijzondere opdracht voor haar.

'Vraag alsjeblieft aan mevrouw Haller of ze dit briefje voor me wil ophangen.'

Ze overhandigt Carla een vel papier met getypte letters, die haar huishoudster met een gefronst voorhoofd ontcijfert.

> ARBEIDSTERS GEZOCHT
> De fabriek Pilz & Küpper is op zoek naar arbeidsters. Het gaat om licht werk tegen een redelijke vergoeding. De voorwaarden zijn: vaardige handen, goede ogen en de bereidheid om ijverig en geregeld te werken.
> Sollicitaties vanaf maandag 18 februari in het kantoor van de fabriek.

'Dat zal voor een stormloop zorgen,' zegt Carla. 'Ik ga er zo meteen naartoe.'

Voordat Ilse naar Frankfurt gaat, kijkt ze in de fabriek of alles goed gaat en regelt ze het een en ander. Er kan een levering hout komen, die moet Julius Offenbach in ontvangst nemen en hij moet de papieren ondertekenen. De rekening moet op het bureau in het kantoor worden gelegd. De paraplustokken voor de firma Schmitt & Kochendörfer kunnen worden ingepakt en naar het station worden gebracht. De toilettafeltjes moeten van een derde laag beits worden voorzien, zo vindt ze ze niet mooi.

'Maakt u zich geen zorgen, mevrouw Küpper,' zegt Oskar. 'Alles loopt hier op rolletjes.'

‘Dan kan ik gaan,’ grapt ze.

‘Maar wel terugkomen, mevrouw de directrice!’ roepen ze haar na.

Ze vraagt zich af of ze haar bontjas aan moet trekken, want het is koud en het kan gaan sneeuwen. Maar ze kiest voor een warm wollen kostuum en een stoffen mantel. Ze wil niet opzichtig overkomen als een directeursvrouw die het boegbeeld van haar man is. Ze is een fabriekseigenaar, een zelfstandige, werkende vrouw. Ze draagt eenvoudige, praktische kleding en een aktetas. Op het station realiseert ze zich dat de bontjas de betere keuze zou zijn geweest. De ijzige wind dringt door de stof van haar mantel en ze heeft het ontzettend koud. Gelukkig is de trein op tijd. Ze stapt in de tweede klas in en bespaart zich de toeslag voor de eerste klas. Het is op dit tijdstip niet druk in de trein. Ze vindt een lege coupé en gaat rillend bij het raam zitten. Ze heeft hoofdpijn gekregen van de koude wind en van de spanning. Hoofdpijnpoeder zou nu goed zijn, maar dat heeft ze niet bij zich. Wat vervelend, denkt ze. Ik moet heel geconcentreerd zijn bij de onderhandeling met de mensen van de bank.

Op de Hauptwache zoekt ze als eerste een apotheek, waar ze hoofdpijnpoeder koopt en een glaasje water vraagt zodat ze het meteen kan innemen.

‘Het kan tot een half uur duren voordat het effect heeft,’ legt de jonge apotheker uit.

Ze bedankt hem en haast zich om niet te laat te komen. Het hoofdkantoor van de particuliere bank Blum & Hirschberg is gevestigd aan de Rossmarkt in de Junghofstrasse, een wijk waar tal van grote en kleine financiële instellingen zijn gevestigd. Ze kent inmiddels de weg, want ze heeft bijna alle banken bezocht om een lening voor haar fabriek te krijgen. Blum & Hirschberg is een van de kleinere banken. Het indrukwekkende gebouw met zijn neoclassicistische voorgevel zou ooit de stadsvilla van een rijke familie geweest kunnen zijn, voordat de bank zich er vestigde. Ze kent de hal met het gewelfde stucplafond en de halve zuilen aan de muren, waartussen verschillende bankloketten zich bevinden. Ze gaat naar een medewerker en legt uit dat ze om elf uur een afspraak heeft met meneer Blum.

'Mevrouw Küpper? Een ogenblikje, alstublieft. Meneer Blum verwacht u al.'

Het kantoor waar ze naartoe wordt geleid, is vrij klein en ingericht met donkere meubels met houtsnijwerk. Meneer Blum is een jaar of zestig en ziet er deftig uit. Zijn haar is al wat dun, maar zorgvuldig donkerbruin geverfd. Ze kan zich hem gemakkelijk voorstellen in een rokkostuum op een operagala. Hier op kantoor draagt hij een bruin geruit pak van de nieuwste snit, en de glimlach waarmee hij haar begroet lijkt warm. Nou ja, hij wil natuurlijk ook veel geld aan haar verdienen.

'Beste mevrouw Küpper... Ik ben blij dat wij met elkaar in zee gaan. U zult zien dat onze bank u bij al uw ondernemingen van dienst zal zijn.'

'Daar vertrouw ik op, meneer Blum. Laten we eerst de kleine formaliteiten regelen. Ik heb de papieren meegenomen die u wilde zien.'

'Uitstekend!'

Hij neemt de tijd, bekijkt de documenten met een deskundig oog en maakt aantekeningen.

'Wel,' zegt meneer Blum uiteindelijk, terwijl hij het laatste document nonchalant op de stapel legt. 'Ik denk dat niets onze overeenkomst in de weg staat. Zoals u weet is de economische situatie op dit moment helaas ook voor ons niet gemakkelijk...'

Hij begint te klagen over de moeilijke omstandigheden waarin de banken verkeren, de hulpeloosheid van de regering ten aanzien van de hoge herstelbetalingen waardoor de Duitse economie niet kan opbloeien, en dat een lening voor de bank gepaard gaat met een aanzienlijk risico. Dit verklaart helaas de hoge rente en de noodzaak om de villa als onderpand te nemen.

Ilse laat hem praten. Ze is op de hoogte van de voorwaarden en bereid deze te accepteren. Maar ze hecht er wel waarde aan dat het geld direct volledig wordt uitbetaald en dat de maandelijkse aflossingen gespreid worden over de hele looptijd, zodat ze in het eerste jaar wat meer speelruimte heeft. Die ruimte krijgt ze ook.

Ten slotte leest ze het meerdere pagina's tellende contract net zo grondig als dat Blum deed met haar documenten. Dat irriteert hem totaal niet. Hij bestelt 'koffie voor mevrouw Küpper' bij zijn secretaresse en laat haar een tijdje alleen met het contract. De koffie is uitstekend en helpt in tegenstelling tot het hoofdpijnpoeder wel: haar hoofd wordt helder. Als ze nadat ze het contract zorgvuldig heeft gelezen geen valkuilen kan ontdekken in de voorwaarden, ondertekent ze het. Dat doet ze met de vulpen van haar vader, die ze speciaal voor dit doel heeft schoongemaakt. Daarna drinkt ze de rest van haar koffie op en leunt ze naar achteren in haar stoel. De spanning valt van haar af. Het is volbracht, er is nu geen weg meer terug. Ze moet en wil vooruit.

Meneer Blum is tevreden. Hij tekent het contract ook en schudt haar de hand, zoals gebruikelijk is bij het sluiten van een overeenkomst.

'Het geld staat binnen drie dagen op uw rekening, mevrouw,' belooft hij.

Vervolgens begint hij over moedig ondernemen, de noodzaak van innoveren en de zich aftekenende opleving, en ze luistert met een vriendelijke glimlach. Ze vindt het fijn dat hij haar behandelt als een normale zakenpartner en er geen aanstoot aan neemt dat ze een vrouw is. Na een tijdje pakt ze haar aktetas en neemt afscheid. Nu gedraagt meneer Blum zich wel heel galant. Hij laat haar uit met een buiging en een handkus.

'Het was een genoegen, mevrouw!'

'Dat is wederzijds, meneer Blum.'

De middagpauze is allang voorbij als ze door de hal naar de uitgang loopt. Ze voelt zich licht en opgetogen en denkt geamuseerd dat ze nu rijk is en in de duurste modezaak van Frankfurt zou kunnen gaan winkelen. Als ze dat wilde... Natuurlijk wil ze dat niet, maar alleen al de gedachte dat ze het geld heeft om dat te doen is buitengewoon aangenaam.

'Pardon, mevrouw,' zegt iemand tegen haar. 'Kennen wij elkaar niet?'

Ze is al bijna bij de draaideur, maar de mannenstem komt haar bekend voor en ze kijkt om. Naast de moderne zithoek staat meneer Goldstein, de zoon van de welgestelde dame die ze in het pension van haar broer heeft bediend. O jee, wat een gênant toeval. Hij loopt naar haar toe met een nogal stralende glimlach.

'Meneer Goldstein,' zegt ze aarzelend. 'Wat een verrassing...'

Opnieuw merkt ze dat zijn donkere ogen een bepaald effect op haar hebben. Hij heeft niets van een zelfbewuste verleider, hij kijkt eerder vrij serieus en een beetje dromerig. Maar uit ervaring weet ze dat dat niets zegt. Mannen hebben haar altijd teleurgesteld.

'Ik hoop dat u het niet erg vindt dat ik u zomaar aanspreek,' zegt hij. 'Maar ik moet vaak aan u denken, omdat u die avond in Bad Homburg een beetje... raadselachtig op me overkwam.'

Ze schiet in de lach en hij is blij dat ze de situatie grappig vindt.

'Dan zal ik het mysterie maar even oplossen,' zegt ze. 'Ik was die avond op bezoek bij mijn broer, de eigenaar van het pension. Het stomme was dat ik zijn zoon een pakje voetzoekers had gegeven...'

'Voetzoekers? Die dingen die je aansteekt en die dan knallen?' vraagt hij met een frons op zijn voorhoofd.

'Ja, inderdaad...'

Ze vertelt hem het trieste verhaal, dat de kokkin zich ernstig verwondde en dat ze zich uit schuldgevoel verplicht voelde om de serveerster te vervangen.

Hij vindt het allemaal erg grappig, ook al heeft hij medelijden met de arme kokkin.

'We hadden natuurlijk meteen door dat u geen serveerster was,' vertelt hij. 'Mijn moeder vermoedde dat u misschien een verarmde adellijke dame was die op deze manier haar brood moest verdienen.'

Hij heeft een sympathieke lach. Heel onbevangen en warm.

'Nou, dat is niet helemaal onjuist,' zegt ze grinnikend. 'Ik moet absoluut zelf in mijn eigen levensonderhoud voorzien. En in dat van mijn medewerkers.'

'Hoe moet ik dat opvatten?' vraagt hij verbaasd.

'Ik heb een fabriek die paraplustokken en andere houten producten maakt.'

Hij staart haar verbaasd aan. Maar dan lijkt het kwartje te vallen.

'Mevrouw Küpper? Ja, natuurlijk! De fabriek in Dingelbach, nietwaar?'

'Dat klopt,' zegt ze, een beetje beduusd. 'Mag ik vragen hoe u...'

'Sorry. Ik ben een medewerker van deze bank, dus ik ben op de hoogte van uw zaak. Ik ben zeer onder de indruk, mevrouw Küpper. Men treft niet vaak een vrouw die zo'n bedrijf moedig door de crisis wil leiden.'

'Dank u wel...' zegt ze aarzelend. 'Ik ben het mijn vader verschuldigd, die de fabriek in de vorige eeuw heeft opgericht. Maar ik ben bang dat ik nu afscheid moet nemen, mijn trein vertrekt over twintig minuten...' Ze glimlacht, wenst hem een prettige dag en loopt naar de draaideur.

'Wacht,' roept hij en hij haast zich achter haar aan. 'Ik... ik denk dat het jammer zou zijn als onze kennismaking zo abrupt zou eindigen. Zou het erg vermetel zijn als ik mezelf zou aankondigen voor een kort bezoek met een rondleiding door de fabriek? Ik heb de komende dagen een paar dingen met mijn moeder te bespreken en zou van de gelegenheid gebruik kunnen maken om een omweg via Dingelbach te maken...'

Wat is dit voor een plotseling verzoek? Waarom wil hij haar bezoeken?

Ilse laat haar wantrouwen niet merken en doet alsof ze het leuk vindt.

'Zeker niet, meneer Goldstein, ik denk niet dat het vermetel is. Ik vraag u alleen om u vooraf telefonisch aan te melden. Mijn nummer is bekend bij de bank.'

'Heel erg bedankt, mevrouw Küpper. En tot ziens. Het was me een groot genoegen!'

Als ze naar buiten loopt ziet ze de blik in zijn donkere ogen nog steeds voor zich en ze krijgt die niet meteen uit haar hoofd. Wat wil hij, vraagt ze zich af. Hij is een medewerker van de bank. Waarschijnlijk wil hij de fabriek controleren en de villa vanbinnen bekijken. Het zou immers kunnen dat er bouwkundige gebreken zijn die ik voor de bank verborgen heb gehouden.

18

Zodra Frieda terugkomt van een bezoek aan Luise, kijkt ze in haar nachtkastje. En ja hoor, het goudpapier is weg. Dat is de druppel die de emmer doet overlopen. Woedend rent ze naar de keuken, waar Ida rustig aan tafel haar huiswerk zit te maken.

'Ik heb nog zo gezegd dat je het niet mocht pakken!' snauwt ze tegen haar zusje.

Ida tilt haar hoofd op en kijkt verward.

'O, dat stomme goudpapier,' zegt ze nonchalant. 'Je hebt geen idee wat hier intussen...'

Maar voor ze het weet heeft haar boze zus haar al een klap in haar gezicht gegeven en ze begint te huilen.

'Stomme trut!' snikt ze. 'Dan vertel ik het je niet, ook goed!'

Frieda kent de afleidingsmanoeuvres van haar zusje als ze iets heeft uitgevreten. Daar trapt ze niet in. Zeker niet nu ze elke dag wel kan huilen van wanhoop.

'Bespaar me je smoesjes,' sist ze. 'Breng het goudpapier terug, gemene dief! Anders praat ik nooit meer met je!'

Haar moeder komt met een rood hoofd vanuit de winkel de keuken in. 'Wat is hier aan de hand? Er zijn klanten binnen... Frieda, ik moet jou zo spreken.'

Alweer, denkt Frieda. Die moeite kan ze zich besparen. Ik ga niet naar dat stomme lerareninstituut, al gaat ze op haar kop staan.

'Ik moet nu naar Zum Raben,' zegt ze. 'Jörg Guckes vroeg of ik vandaag wilde helpen met serveren. Het mannenkoor Frohsinn viert zijn jubileum.'

Haar moeder fronst haar wenkbrauwen en lijkt voor één keer niet blij dat Frieda geld verdient. Ida snuit hard haar neus in haar zakdoek en gaat met een koppige blik verder met het opstel dat ze voor morgen af moet hebben. Frieda is blij dat ze hier weg kan. Ze rent naar boven en trekt de donkere rok en witte blouse aan, met daaroverheen haar jasje. Haar zwarte schoenen draagt ze in haar hand zodat ze niet vies worden op weg naar Zum Raben. Terwijl ze door de winkel de dorpsstraat in loopt, kijkt Herta haar meewarig aan. Wat heeft die nou weer?

Het huilen staat Frieda nader dan het lachen. Mama! Haar zussen! Het hele ellendige Dingelbach. Wat haat ze alles! Nu heeft ze de auditie gehaald en bewezen dat ze talent heeft, en toch was het allemaal tevergeefs. Zonder toestemming van haar moeder kan ze niet naar de toneelschool. Pas als ze eenentwintig is mag ze over haar eigen lot beslissen, want dan is ze meerderjarig. Over vier jaar! Dat is toch niet vol te houden? Vier eindeloze, verloren jaren in Dingelbach!

'Op een dag zul je me dankbaar zijn,' heeft haar moeder gezegd. 'Dat ik je heb behoed voor schade en schande.'

In Zum Raben hebben zich ongeveer veertig zangers verzameld in de grote zaal, die Jörg Guckes voor de oorlog heeft aangebouwd voor bruiloften, doopfeesten en andere evenementen. Er is een echt podiumpje waarop Frieda al verschillende theatervoorstellingen heeft georganiseerd. Nu staan de heren van het mannenkoor er in zwarte pakken uit volle borst sentimentele liedjes te zingen.

Na het zingen hebben ze dorst en kan het bier niet snel genoeg komen. Ondanks alles is Frieda blij dat het inspannende werk haar afleidt van haar sombere gedachten. Ze probeert een vrolijk gezicht op te zetten en op een gevatte manier te reageren op de grappen van de gasten. Uit ervaring weet ze dat zich dat uitbetaalt: aan het einde van de avond is Frieda altijd degene die de meeste fooien krijgt. Zelfs meester Hohnermann is vrijgevig. Hij hoeft zijn biertje eigenlijk niet te betalen omdat hij piano heeft gespeeld, maar hij legt de twintig pfennig toch op tafel en zegt tegen haar: ‘Dan is het alleen voor de vriendelijke bediening.’

Het is bijna twee uur ’s nachts als alle gasten eindelijk zijn vertrokken, het geld is geteld, de boekhouding is gecontroleerd, de afwas is gedaan en de tafels zijn schoongemaakt. Frieda gaat met bijna zeven mark aan fooi en loodzware voeten naar huis. Daar beklimt ze stilletjes de trap, kleedt zich uit en valt uitgeput in haar bed.

De volgende dag is het zondag en kunnen ze langer slapen omdat de winkel gesloten is. Maar Herta staat toch vroeg op. Ze moet voor iedereen het ontbijt klaarmaken en allerlei dingen doen waarvan ze denkt dat ze absoluut noodzakelijk zijn en niemand anders die doet. Frieda is nog in een diepe slaap als Ida’s stem haar dromen verstoort.

‘Word nou wakker! Onze grootmoeder was hier gisteren. Ze wil de toneelschool betalen en je mag bij haar wonen. Frieda? Heb je het gehoord? Onze grootmoeder was hier…’

‘Hou je kop, Ida,’ bromt Frieda. ‘Ik wil slapen…’

Ze wil het liefst weer wegzinken in het zachte, aangename rijk van dromen, maar haar zusje schudt haar stevig bij de arm.

‘Mama gaat het je zo vertellen,’ zegt ze. ‘Maar ik wil dat je het alvast weet.’

Frieda wordt boos. Ida verzint dit natuurlijk gewoon omdat ze zich nog schuldig voelt vanwege het goudpapier.

‘Hou op met die onzin,’ zegt ze en ze verdedigt zich met één hand tegen Ida’s greep. ‘Ga weg, ik ben moe!’

Ida kreunt verschrikkelijk en laat zich met een plof op Frieda’s bed vallen. ‘Het is geen onzin,’ zegt ze. ‘Ze was met een auto. Heeft oom Georg je gisteravond niets verteld? Hij heeft het gezien.’

Langzaam komt Frieda bij. Nee, oom Georg heeft niets gezegd over een auto en een grootmoeder. Hij heeft helemaal niet met haar gepraat want hij was met andere dingen bezig. Maar ze herinnert zich nu dat Karin Guckes rare vragen stelde toen ze 's avonds laat de rekeningen controleerde. Ze wilde weten wie dat deftige familielid was dat uit Frankfurt was gekomen? Frieda was zo moe dat ze niet echt had geluisterd.

Nu dringt het langzaam tot haar door dat Ida misschien wel de waarheid spreekt, en ze gaat rechtop in bed zitten.

'Onze grootmoeder? Uit Frankfurt? Is die hier in Dingelbach geweest?' vraagt ze ongelovig.

'Goedemorgen,' zegt Ida minzaam grijnzend. 'Nu snap je het eindelijk, hè?'

Frieda veegt haar losse haren uit haar gezicht. Ze had haar vlecht gisteren zo strak opgestoken dat haar hoofdhuid pijn deed, daarom had ze de haarspelden eruit getrokken voordat ze naar bed ging. Ze knippert met haar ogen en kijkt haar zus onderzoekend aan.

'Wat zei je? Wil ze de toneelschool betalen? Hoe weet zij daarvan?'

'Omdat ik haar een brief heb geschreven, daarom!'

'Jij?'

'Ja, ik,' zegt Ida trots. 'Ze wil alles betalen, want ze houdt van theater, en ze kent zelfs de docenten van de toneelschool...'

Nu is Frieda klaarwakker. Het klinkt allemaal ongelofelijk, maar zei haar moeder gisteren niet dat ze haar wilde spreken? Zou het kunnen dat er iets van Ida's verhaal waar is? Ze stapt uit bed en poetst alvast haar tanden.

'Maar mama vindt het niet goed,' zegt Ida. 'Ze kan grootmoeder niet uitstaan en wil niet dat je bij haar gaat wonen. Dat zal ze je zo meteen beneden in de keuken vertellen.'

Ze horen Herta's zware voetstappen op de trap en hun zus komt even later de slaapkamer binnen met een kan warm water in haar hand.

'Jullie moeten je klaarmaken voor de kerk,' zegt ze en ze zet de kan op de wastafel. 'Ida, doe de blauwe jurk aan. Laat eens kijken of er vlekken op zitten... En de wollen kousen. Ik neem je schoenen mee, die moeten nog een keer gepoetst worden… Frieda, mama wil met je praten.'

Herta trekt Ida's kamerpot onder het bed vandaan en neemt hem mee naar beneden.

'Zie je wel!' zegt Ida.

Frieda antwoordt niet. Ze wast zich snel en trekt haar zondagse jurk en warme kousen aan, want in de kerk krijg je koude voeten. Ze worstelt met haar krullen. Ze komt er haast niet doorheen met de kam en het kost haar moeite om haar haar netjes te vlechten. Ze zou het moeten afknippen. Een pagekopje zoals mevrouw Küpper heeft zou heel chic zijn. En praktisch.

Voordat Frieda de slaapkamer verlaat, grijpt Ida haar zus bij de arm. 'Ook al ben je soms een monster, Frieda,' zegt ze zachtjes, 'ik help je. Dat je het even weet, goed?'

Frieda slaat haar arm om haar zusje heen en omhelst haar ontroerd. 'Ik weet het, Ida. Het is alleen zo moeilijk allemaal…'

'Het komt wel goed…'

Beneden in de keuken zit hun moeder aan tafel, keurig gekleed voor de kerk. Herta staat bij het fornuis en roostert sneetjes brood. Het ruikt naar moutkoffie en aangebrand brood.

'Ga zitten,' zegt Marthe tegen de twee meisjes. 'Ik neem aan dat Ida je al allerlei onzin heeft verteld, Frieda. Daarom wil ik je nu duidelijk zeggen hoe ik erover denk…'

Frieda krijgt te horen dat grootmoeder Haller uit Frankfurt een slechte vrouw is die het haar zoon nooit heeft vergeven dat hij met Marthe Altmann uit het dorp is getrouwd.

'Ze verachtte ons. In haar ogen zijn de mensen van het platteland niets waard. Je vader heeft keer op keer geprobeerd zich met haar te verzoenen, maar ze bleef koud en hard. Zelfs toen hij naar het front moest, had ze geen goed woord voor hem over…'

Daarom is Marthe onder geen beding bereid om het aanbod van grootmoeder te accepteren. Dat moet Frieda begrijpen.

'Maar… wat als het haar spijt?' werpt Frieda ongelukkig tegen.

‘Zij heeft helemaal nergens spijt van,’ komt Herta tussenbeide, die volledig aan haar moeders kant staat. ‘Als je had gezien hoe arrogant ze deed. Ze keek alsof ze een groothertogin was en wij haar onderdanen…’

‘Niet waar,’ roept Ida uit. ‘Grootmoeder was heel aardig tegen me. Ze was helemaal niet arrogant.’

‘Bemoei je er niet mee!’ snauwt Herta tegen haar zusje. ‘We hebben het allemaal aan jou te danken, stom kind. Alle klanten in de winkel hebben gehoord hoe onmogelijk deze vrouw zich heeft gedragen. Ik kon wel door de grond zakken van schaamte!’

‘Dat kwam door mama. Zij schreeuwde zo hard dat je het helemaal tot aan het kerkplein kon horen,’ antwoordt Ida.

‘Genoeg nu!’ roept Marthe. ‘Ik heb gezegd wat gezegd moest worden. Daarmee is de kous af. Eet nu jullie ontbijt op. Zo meteen luidt de klok voor de kerk.’

In de kerk moet Herta haar zus meerdere keren een por in haar zij geven omdat Frieda vergeet het gezangboek open te slaan en niet meezingt met de liturgie. Een keer glijdt het gezangboek uit haar handen. Herta rolt vol afschuw met haar ogen en raapt het voor haar op.

‘Verman je nou eens!’ fluistert ze haar toe.

Frieda reageert niet. Het is een chaos in haar hoofd. Ze zou het liefst willen schreeuwen, maar dat kan niet in de kerk, daar moet je je fatsoenlijk gedragen. Er is iemand die de toneelschool wil betalen. Ze zou een plek hebben in Frankfurt waar ze kan wonen. Bovendien schijnt haar grootmoeder een theaterliefhebber te zijn. Ze is speciaal naar Dingelbach gekomen omdat ze haar wil helpen. Omdat ze gelooft in het talent van haar kleindochter en haar wil steunen. En nu wil mama het allemaal voor haar verpesten. Waarom? Uit gekrenkte ijdelheid. Omdat grootmoeder haar niet erkende. En dus? Wat heeft zij daarmee te maken? Tenslotte is het niet mama die actrice wil worden, maar zij.

'Kijk niet zo chagrijnig,' sist haar moeder haar toe. 'Gertrud Schütz heeft zich al een keer naar ons omgedraaid.'

'Die kan de pot op...' fluistert Frieda terug.

Ze voelt zich hulpeloos en wanhopig. Zonder toestemming van haar moeder kan ze niet naar de toneelschool, dat weet ze inmiddels. Grootmoeder heeft niets te bepalen. Als mama het genereuze aanbod afslaat, is alles verloren. Wat kan Frieda doen? Nog een keer in staking gaan, maar dan goed? Maar helaas dringt de tijd. Als haar moeder niet uiterlijk overmorgen naar Frankfurt gaat voor het gesprek, gaat de kans voorbij en geven ze de plek aan iemand anders. Nee, er is nog maar één optie. Die heeft ze voor het laatst bewaard, omdat het een beetje gemeen is en haar moeder haar erom zal haten. Maar nu maakt het toch allemaal niet meer uit.

Na de dienst lopen de meeste dorpelingen haastig de kerk uit. Slechts enkelen blijven zitten om te luisteren naar het prachtige orgelpostludium van meester Hohnermann. De vrouwen blijven nog even staan kletsen en gaan dan met de kleine kinderen naar huis om het zondagse middagmaal klaar te maken. De mannen gaan naar Zum Raben voor een pint en de jongeren verzamelen zich op het kerkplein. Natuurlijk is Ida daarbij. Ze wordt omringd door haar volgers, maar er komen ook andere jongeren bij om even zonder toezicht van ouders en familieleden met elkaar te kletsen.

Frieda heeft daar vandaag niet veel zin in. Ze zwaait even naar haar nicht Luise en een paar vriendinnen en loopt met Herta en haar moeder naar de winkel.

'Het is een en al kommer en kwel,' zegt haar moeder terwijl ze de winkel opent.

Frieda zegt niets. Ze heeft geen zin in een gesprek want ze weet dat haar moeder zich toch niet van haar standpunt af zal laten brengen. Maar als Herta haar verwijt dat ze zich in de kerk heeft misdragen en zelfs opzettelijk haar gezangboek op de grond heeft gegooid, wordt ze kwaad.

'Bemoei je met je eigen zaken!' snauwt ze haar zus toe.

'Als jullie je niet kunnen gedragen, worden wij daarop aangekeken,' zegt Herta. 'Hannes Killinger staarde heel opvallend naar ons. Het was vreselijk gênant.'

'Hij zal in elk geval niet naar jou hebben gestaard,' antwoordt Frieda gemeen en Herta begint te snikken.

'Ik wil geen ruzie op de heilige zondag!' moppert hun moeder. 'Frieda, ga terug naar het kerkplein en haal Ida voor het eten.'

Op het kerkplein komt Luise naar Frieda toe. Ze vraagt of Frieda 's middags langs kan komen.

'Mijn vader wil me uithuwelijken aan Dieter Kappus uit Kesselbach,' fluistert ze. 'Je moet me helpen, Frieda!'

'Ik kom straks wel even naar je toe.'

Ida neemt met moeite afscheid van haar volgers, met wie ze weer veel heeft om over te praten. Thuis heeft Herta inmiddels in de keuken de tafel gedekt en het middagmaal opgediend. De aardappelen van gisteren, geserveerd met opgewarmde kool en ribbetjes. Frieda gaat zwijgend zitten en probeert iets naar binnen te krijgen, maar haar schuldgevoel bederft haar eetlust en na de tweede hap voelt ze zich misselijk. Gelukkig heeft niemand het in de gaten, want haar moeder heeft inmiddels tot haar verbijstering gehoord dat Ida op de hengst Willibald heeft gereden. Nu begrijpt Frieda ook waarom haar zus per se het goudpapier wilde hebben. Als ze zelf niet zo ongelukkig was geweest, zou ze om dit gekke idee hebben moeten lachen.

'Een keizerlijke kroning?' roept hun moeder uit. Ze kan er met haar verstand niet bij. 'Ben je helemaal gek geworden? Ik moet er niet aan denken wat er allemaal had kunnen gebeuren. Dat Hannes Killinger je in de wei heeft gelaten! Ik zal eens een hartig woordje met hem spreken!'

Hoe slim Ida ook is in andere opzichten, ze verdedigt zich uiterst onhandig en krijgt uiteindelijk drie weken huisarrest.

'Altijd die meester Hohnermann!' klaagt Herta. 'Hij leert de kinderen alleen maar onzinnige dingen. Kroning van de keizer… Belachelijk gewoon! We hebben niets eens een keizer, al jaren niet meer.'

'Jawel,' antwoordt Ida wijsneuzig. 'Onze keizer Wilhelm is in Nederland.'

'Hij is afgezet!'

'Helaas,' zegt Marthe met een zucht. 'Als we onze goede keizer Wilhelm nog hadden, zou het beter met ons gaan.'

Zo denken de meeste mensen in het dorp erover. Niemand kan echt wennen aan de republiek. Er is ook geen touw aan vast te knopen met die regeringen die constant wisselen en al dat geruzie in de Rijksdag. Op een boerderij wordt toch ook niet de hele tijd gepraat? De boer bepaalt wat er moet gebeuren en iedereen moet gehoorzamen. Dat is de enige manier om het werk gedaan te krijgen.

Het middagmaal eindigt in onvrede. Ida is boos over haar straf, Herta is beledigd over Frieda's opmerking en Frieda zit op hete kolen omdat ze naar de Altmannhoeve wil. Helaas moet ze eerst samen met Ida de afwas doen en de keuken opruimen zodat Herta op zondag ook een keer kan uitrusten. Maar zij wil helemaal niet uitrusten en pakt alweer de naaidoos om Ida's sokken te stoppen.

'Ik ga even naar Luise,' zegt Frieda uiteindelijk met een onschuldig gezicht. 'Ze is begonnen aan een borduurwerkje en wil me laten zien hoe het moet.'

Haar moeder fronst achterdochtig haar voorhoofd omdat ze het raar vindt dat Frieda ineens geïnteresseerd is in handwerken, maar ze is uitgeput en moet hoofdpijnpoeder nemen na alle toestanden met haar dochters.

'Ga maar dan. Maar zorg dat je niet te laat thuis bent…'

Frieda gaat vastberaden op pad. Het is de laatste strohalm waar ze zich aan vastklampt en ze zet veel op het spel. Haar moeder zal het haar niet vergeven wat ze van plan is te doen. Maar dan had haar moeder maar niet zo koppig moeten zijn.

Zoals ze al vermoedde, vindt ze oom Georg in de wagenschuur, waar hij met zijn auto bezig is. Hij heeft in een winkel in Oberursel een pasta gekocht om de chromen onderdelen te laten glimmen en tegen roest en vuil te beschermen.

'Hallo,' zegt hij als ze naast hem komt staan. 'Ik weet al waarom je naar me toe komt, Frieda. Maar ik zeg het je meteen: Dieter Kappus is een fatsoenlijke kerel en zou hier goed passen. En Luise moet zich niet zo aanstellen, ik ga haar immers niet dwingen...'

'Ik kom niet voor Luise, oom Georg. Ik wilde je om een gunst vragen.'

Hij stopt met poetsen en kijkt haar nieuwsgierig aan. 'O...' zegt hij. Hij drukt wat van de witte pasta op de doek. 'Gaat het soms weer over die toneelschool? Ik snap je moeder echt niet. Maar Lina zei dat ik me er maar beter niet mee kan bemoeien...'

'Er is intussen iets gebeurd, oom Georg. Onze grootmoeder was hier...'

Nu zet hij grote ogen op. Hij heeft de auto en de stads geklede vrouw natuurlijk gezien. Hij heeft zelfs geholpen om de auto te duwen. En hij heeft ook gemerkt dat er ruzie was. Maar de reden daarvoor kende hij nog niet.

Frieda zet nu alles op alles. 'Begrijp je, oom Georg?' zegt ze ten slotte. 'Het is een geweldig aanbod en mama heeft het afgeslagen. Maar eigenlijk heb jij er toch ook iets over te zeggen?'

'Natuurlijk heb ik dat!'

Het is een netelige kwestie. Bruno Haller is niet teruggekeerd uit de oorlog. Er is geen nieuws over zijn dood, hij wordt vermist. Volgens de wet is oom Georg de voogd van de drie dochters van zijn zus. Maar Marthe heeft hem meteen gezegd dat ze als zelfstandige zakenvrouw prima in staat is om haar dochters te onderhouden en over hun toekomst te beslissen. Oom Georg heeft het daarbij gelaten omdat Lina, zijn vrouw, het hem afraadde om zich er verder mee te bemoeien. Waarom zou je een familieruzie riskeren en je mogelijk ook nog onkosten op de hals halen? Maar nu staat Frieda's toekomst op het spel en ze weet dat haar oom anders over het beroep van actrice denkt dan haar moeder. En in feite is het volgens de wet niet aan haar moeder maar aan oom Georg om daarover te beslissen.

'Bedoel je dat ik met Marthe moet praten?'

'Je bent toch een vooruitstrevende man, oom Georg,' zegt ze met een smekende blik. 'En bovendien mijn voogd, nietwaar?'

'Nou ja,' zegt hij en hij gaat verder met het poetsen van de koplamp. 'Ik kom vanavond wel even bij jullie langs.'

'Héél erg bedankt!'

Binnen zit Luise al met smart op haar te wachten en ze begint meteen te klagen dat Dieter Kappus een onhandige sukkel is. Ze heeft hem in oktober op de kermis van Steinbach gezien, waar hij danste als een bezopen rund. Ze zal hem nooit leuk kunnen vinden. Bovendien heeft hij flaporen.

Frieda vindt dat ze zich enorm aanstelt. Waarom maakt Luise zich zo druk? Ten eerste wordt ze niet tot een huwelijk gedwongen en ten tweede is Dieter Kappus geen slechte jongen. Als ze vervolgens met haar eigen zorgen op de proppen komt, is Luise diep onder de indruk.

'Dat wordt een drama,' zegt ze kreunend. 'Mijn vader en je moeder zullen elkaar in de haren vliegen. Als papa alleen al het woord "voogd" zegt, wordt je moeder hysterisch...'

Ook Frieda is hier heel bang voor. Wat de uitkomst ook is, haar moeder zal eeuwig boos op haar zijn.

Ze gaat op tijd naar huis en helpt Herta met het aanvullen van de voorraden in de winkel. Daarna moet alles worden geveegd en de vloer worden gedweild. Hun moeder is even gaan liggen, want ze voelt zich niet lekker.

'Het is allemaal jullie schuld,' moppert Herta. 'Mama en ik lopen te zwoegen en jullie bezorgen ons alleen maar verdriet.'

Wacht maar tot vanavond, denkt Frieda angstig. Het ergste moet nog komen.

Oom Georg komt meteen na het avondeten. Hij doet heel onschuldig en zegt dat hij voor een biertje op weg is naar Zum Raben en even snel langs wil komen. Maar dan worden de drie dochters de keuken uit gestuurd omdat oom Georg en hun moeder onder vier ogen willen praten.

Met z'n drieën zitten ze boven in de koude slaapkamer. Herta heeft haar breiwerkje meegenomen en de naalden tikken. Ida is in bed gekropen en is aan het lezen. Frieda zit voorovergebogen op de rand van haar bed, met haar handen in haar haar, en staart voor zich uit. Als beneden een stem zich verheft, tilt ze haar hoofd op en probeert ze de woorden te verstaan. Meestal is het oom Georg, maar soms ook haar moeder.

'Hij zou je iets heel anders hebben gezegd... Je hebt geen idee, Georg... Dat is ongelofelijk dom... Ze zal in zonde en ellende leven... Open je ogen, Marthe... Als je dat doet, Georg...'

O god, o god, denkt Frieda. Wat heb ik gedaan! Wat als mama zo overstuur raakt dat ze ziek wordt? Dat zou ik mezelf nooit vergeven. Was dat het waard? Had ik niet beter die vier jaar kunnen wachten?

De marteling duurt eindeloos. Ze zweeft tussen hoop en wanhoop en wenst dat ze deze stap niet had gezet. Dan worden de stemmen beneden zachter. Ze hoort de keukendeur opengaan en oom Georg door de winkel de dorpsstraat op lopen.

'Tot dan, Marthe...' zegt hij bij het afscheid.

'Drink niet te veel!' antwoordt ze.

Dat klinkt vrij verzoenend. Maar hoe en met welk resultaat kwam deze verzoening tot stand?

'Frieda! Beneden komen!' roept haar moeder streng.

Herta stopt met breien en wikkelt de wol om de bol. Ida verroert zich geen millimeter, ze gaat helemaal op in haar boek. Frieda daalt met knikkende knieën de trap af.

In de keuken kijkt Marthe haar dochter met een harde blik aan. 'Overmorgen gaan Georg en ik naar Frankfurt,' kondigt ze aan. 'We gaan eens kijken wat dat voor mensen zijn van die toneelschool.'

Dat is het enige wat ze zegt. Geen woord over grootmoeder en ook geen verwijt dat Frieda zo ver is gegaan. Maar haar zwijgen spreekt boekdelen.

'Dank je wel, mama...'

'Ga nu slapen!'

19

Tegen het advies van de artsen in heeft Otto Schütz de trein naar Dingelbach genomen. Hij heeft flink gescholden op Georg Altmann, die een auto heeft maar niet wil rijden omdat zijn borst een beetje pijn doet. Otto wilde onder geen beding door Oskar Michalski naar Dingelbach worden gebracht. En zo namen Helga en Gertrud Otto's warmste broek, vest, muts en jas mee naar het ziekenhuis, en zijn ze samen met hem naar het treinstation in Bad Homburg gelopen en op de trein gestapt. Hij was nog erg bleek en het was maar goed dat Helga aan zijn bretels had gedacht, anders was zijn broek afgezakt. Tijdens de reis zei hij geen woord en keek hij alleen maar uit het raam, maar toen ze uitstapten en Gertrud hem wilde helpen, werd hij kwaad.

'Ga weg! Ik ben geen invalide!'

Hij liep regelrecht naar de Schützhoeve, begroette alle dorpelingen die ze in de dorpsstraat tegenkwamen en vertelde hun dat zo'n kleine longontsteking hem niet kon deren omdat hij een sterk lijf had. Maar toen ze over het erf naar het huis liepen, moest hij zich vasthouden aan de deurpost en hapte hij naar adem. Toch wilde hij niet in de woonkamer op de bank gaan liggen, die Gertrud naast de kachel had gezet.

'Ga zelf liggen,' mopperde hij en hij liep naar boven naar de koude slaapkamer. Hij wilde dat Helga hem een tweede dekbed en een stevig middagmaal kwam brengen.

Hij at alleen het vlees. De aardappelen en de kool liet hij liggen. Daarna viel hij onder de twee dekbedden in slaap en Helga maakte zich zorgen omdat hij zo mager en bleek in de kussens lag. Ze ging een paar keer bij hem kijken, maar hij lag diep te slapen en snurkte hard, wat haar geruststelde.

's Middags kwam Heinz thuis van school en vroeg of zijn vader weer thuis was.

'Hij is boven in de slaapkamer,' zei Gertrud. 'Nu is het gedaan met je uitstapjes. Je vader zal erop toezien dat je je werk op de boerderij doet!'

Heinz antwoordde niet, maar Helga zag aan hem dat hij niet blij was dat zijn vader terug was. Adam liet de jongen vaak gaan en deed het stalwerk dan alleen. Volgens hem moest een jongen ook eens met de andere dorpskinderen kunnen rondrennen.

's Avonds gaat Gertrud met een kan thee en een halve rookworst naar Otto. Ze is boos omdat hij haar eerder zo onbeschoft behandelde en ook deze keer wil hij haar de slaapkamer uit sturen. Maar Gertrud gaat niet. Ze blijft bij hem en ze praten een poosje met elkaar.

'Ik weet wat ze hem nu vertelt,' zegt Anni tegen Helga. 'Ze gaat je zwartmaken vanwege Oskar.'

Helga moet er eerst om lachen, maar als ze erover nadenkt, beseft ze dat haar moeder gelijk heeft. Gertrud maakt al de hele tijd opmerkingen en heeft al meerdere keren gezegd dat Oskar alleen maar naar het ziekenhuis is gereden omdat hij Helga een plezier wilde doen.

'Het is een schande dat je je man door je minnaar naar het ziekenhuis laat brengen!' zei ze.

Maar in het dorp zei ze tegen iedereen dat ze Oskar eeuwig dankbaar waren omdat hij Otto's leven heeft gered. De autorit was een helse tocht geweest.

'Ze is een vals kreng,' zegt Anni zachtjes. 'Ze kan er niet tegen als ze niet de baas kan spelen over haar zoon.'

Gertrud komt met een zeer tevreden gezicht de keuken binnen en tijdens het avondeten doet ze poeslief. Adam merkt het meteen, want hij kent Gertrud. 'Wat is er met jou gebeurd, boerin? Je bent zo mak als een lammetje vandaag.'

'Hou je mond!' zegt Gertrud.

Als Helga na het eten naar boven gaat om haar man een kleine avondmaaltijd te brengen, zit hij rechtop in bed. Hij kijkt haar met argusogen aan.

'Is het waar wat Gertrud me vertelde?' vraagt hij. 'Dat je met Oskar Michalski voorin zat in de auto en dat hij zijn hand op je knie legde?'

'Dat is niet waar, Otto!' roept ze boos. 'Hoe kan Gertrud nou zoiets zeggen?'

Ze zet het bord voor hem neer, maar hij schenkt er geen aandacht aan.

'Maar je zat toch naast hem?' vervolgt hij.

'Ja,' geeft ze toe. 'Omdat ik de kaart had en hem de weg moest wijzen.'

'En waarom ben je niet bij mij achterin gaan zitten? Je hebt je zieke man in de steek gelaten omdat je naast Oskar wilde zitten...'

Zo heeft Gertrud het dus omgedraaid. Het zal lastig worden om hem gerust te stellen.

'Achterin is maar plek voor twee personen, Otto. En Gertrud wilde per se naast je zitten.'

Hij zwijgt een tijdje terwijl ze zijn kussen opschudt en de dekbedden gladstrijkt.

'Oskar is al een hele tijd erg aardig voor je, hè?' zegt hij. 'Er is toch iets tussen jullie geweest? Toen ik er niet was?'

'Hij heeft de boerderij gered,' antwoordt ze. 'Omdat wij vrouwen het werk niet met z'n drieën aankonden.'

'Waarom is hij er dan vandoor gegaan zodra ik thuiskwam?'

'Omdat hij zag dat hij niet meer nodig was. Daarom.'

'Ik had hem goed kunnen gebruiken,' bromt Otto. 'Maar hij had zo'n haast om weg te komen dat hij amper afscheid heeft genomen. En nu is hij ineens terug. Waarom?'

Helga voelt zich betrapt, maar er schiet haar iets te binnen wat ze kan gebruiken om zichzelf te verdedigen en Otto op een dwaalspoor te brengen.

'Ik weet het niet, Otto. En het kan me ook niet schelen, want ik ben niet geïnteresseerd in Oskar Michalski. Maar er wordt gezegd dat Ilse Küpper hem erg waardeert.'

Hij tilt zijn hoofd op en kijkt haar doordringend aan. 'Mevrouw Küpper?' vraagt hij ongelovig.

'Ja. In het dorp heeft iedereen het erover. Hij woont zelfs in het tuinhuis. Pal naast de villa.'

Otto gaat op in zijn gedachten en lijkt voorlopig gerustgesteld. Na een tijdje pakt hij het bord en eet hij wat. Daarna staat hij op en gaat hij naar beneden. Doordat hij de hele middag heeft geslapen is hij nu klaarwakker. Beneden in de keuken wil hij perenbrandewijn en hij laat Gertrud drie keer voor hem inschenken. Hij wil zijn zoon zien, maar Heinz ligt al in bed te slapen. Ten slotte pakt hij de lantaarn en maakt hij de ronde door de stallen. Ze horen hem foeteren tegen Adam omdat hij te veel hooi gebruikt en alle kleine aardappelen uit de kelder aan de varkens heeft gegeven.

'Als de boer niet thuis is, gaat alles mis!' klaagt hij. 'Ze verkwisten mijn have en goed, straks kunnen we gaan bedelen!'

Dat is sterk overdreven. Helga weet dat haar man een paar bankrekeningen heeft. Het vermogen is iets geslonken na de omrekening in de rentenmark, maar is nog steeds groot genoeg. Bovendien bezit hij meer land dan alle andere boeren in Dingelbach. Maar hij is gierig en zijn dieren zijn mager omdat hij zo min mogelijk voer gebruikt en de voederbieten, de aardappelen en het hooi liever verkoopt.

Hij neemt nog een paar borrels en gaat dan naar boven om te slapen. Hij laat zich op het bed vallen en het kost Helga veel moeite om zijn schoenen en broek uit te trekken. Ze dekt hem zorgvuldig toe en is erg blij dat hij meteen in slaap valt en geen enkele poging doet om zijn huwelijksrechten op te eisen.

Ze ligt uren wakker, ademt zijn alcoholwasem in en vraagt zich af waarom het lot haar zo slecht gezind is. Eigenlijk is Otto zachtaardig. Maar haar schoonmoeder is gemeen en vergalt haar leven.

De volgende dag, zodra het vee is verzorgd, komt Herbert Grossmann in alle vroegte naar de Schützhoeve. De buurman loopt krom. Zijn witte haar gluurt onder zijn pet uit, maar zijn ogen zijn helder en alert. 'Ik ben blij dat je weer beter bent, Otto,' zegt hij. 'Lene en ik maakten ons al zorgen.'

'Ik val niet zo snel om, Herbert,' zegt Otto. 'Kom bij me zitten. Hoe is het met jullie? Hebben jullie nog hooi? Ik kan je iets verkopen, want we hebben de weiden van Joachim Kummer erbij gekregen.'

Joachim Kummer had schulden en de bank heeft de boerderij laten veilen. Nu moet hij als boerenknecht in Steinbach werken en werkt zijn vrouw als serveerster in een restaurant. De Kummerhoeve is van Otto.

'Ik heb geen hooi nodig,' zegt Herbert. 'Maar ik wilde je iets vragen, Otto. Omdat je altijd een goede buur bent geweest. En omdat ik je al ken vanaf dat we kleine jongens waren.'

Otto tilt zijn hoofd op en kijkt om zich heen. 'Ga naar buiten, vrouwen,' beveelt hij. 'Dit is een mannenzaak.'

Helga schrikt en vraagt zich af welke geheimen er besproken moeten worden, maar omdat ze toch boodschappen wil doen, pakt ze de tas en portemonnee en loopt ze de gang in, waar ze haar jas aantrekt. Anni gaat naar boven naar haar kamer, maar Gertrud gaat op de onderste trede zitten omdat ze wil horen wat er in de keuken wordt besproken.

Echt wat voor haar, denkt Helga. Maar ik vind het beneden mijn waardigheid om luistervink te spelen.

Het is vandaag druk in de dorpswinkel. Lina Altmann en Karin Guckes staan te kletsen terwijl Herta de vrouw van de dominee helpt en Frieda een fles spijsolie voor Hannes Killinger vult. Tussendoor komen er steeds jonge meisjes de winkel binnen die het briefje op de deur hebben gezien en vragen hoeveel loon er in de fabriek wordt betaald, of je kunt solliciteren als je dertien bent en wat voor werk je moet doen. Maar Herta en Frieda halen alleen hun schouders op. Ze weten het ook niet en raden de meisjes aan om naar de fabriek te gaan.

'Goh, jullie staan vandaag alleen in de winkel,' zegt Karin, die zout en specerijen koopt omdat ze morgen gaan slachten. 'Is jullie moeder soms ziek?'

'Mama is vanochtend naar Frankfurt gegaan,' antwoordt Herta nors. 'Ze heeft daar iets te doen.'

Frieda zegt niets, maar Helga heeft al gemerkt dat ze heel nerveus is, want ze giet te veel olie in het flesje waardoor het overloopt.

'Ja, dat klopt,' zegt Lina. 'Georg en Marthe zijn naar Frankfurt gegaan. Georg zei dat hij zijn zus wilde bijstaan bij zo'n belangrijke beslissing.'

Iedereen weet inmiddels om welke beslissing het gaat.

De toneelschool.

De vrouw van de dominee tuit haar lippen. 'Het is te hopen dat Georg een einde maakt aan die onzin. Een fatsoenlijk meisje wordt geen actrice.'

Hannes Killinger draait zich naar haar om. Hij kijkt haar boos aan met zijn zwarte ogen.

'Ik zal u eens wat zeggen, mevrouw Seybold,' zegt hij met zijn dreunende basstem. 'In elk beroep heb je fatsoenlijke en onfatsoenlijke mensen. Frieda is een fatsoenlijke meid en dat blijft ze ook. En een domineesvrouw kan een onfatsoenlijk persoon zijn, zoals de vrouw van dominee Heftrich, die ze als heks hebben verbrand.'

Hannes is voor niemand bang, zelfs niet voor mevrouw Seybold, en daarom zegt hij zulke dingen. Hij knikt naar Frieda, legt het geld voor de fles olie op de toonbank en loopt naar buiten. Frieda kijkt hem glimlachend na, terwijl Herta boos op de grote kassa hamert, die weer eens klemt.

Lina vraagt hoe het met Otto gaat en Helga vertelt dat hij alweer over het erf rondloopt en vast weer snel helemaal beter zal zijn.

Karin staat al voor de toonbank om schriftjes en een nieuwe lei te kopen voor Gustav, die de zijne gisteren kapot heeft gemaakt. Terwijl Frieda de schriften aan het tellen is, draait Karin zich om en fluistert ze tegen Helga: 'Hebben jullie het gisteren ook gezien?'

'Wat bedoel je?'

Karin trekt een veelbetekenend gezicht, maar wacht tot mevrouw Seybold de winkel heeft verlaten voordat ze verder spreekt.

'Hij kwam met de trein en is vanaf het station gelopen, met zijn aktetas in zijn hand. Nee, dat werk zou ik echt niet willen doen, al zou ik er miljoenen mee verdienen!'

'Ik heb niets gezien,' antwoordt Helga niet-begrijpend. 'Waar heb je het over?'

'De deurwaarder,' fluistert Karin. 'Hij was gisterochtend bij Herbert Grossmann en heeft daar zijn zegels geplakt.'

'Dat kan niet!' zegt Lina en ze slaat haar hand voor haar mond. 'Herbert is niet iemand die geld verkwist.'

'Zeker niet,' zegt Karin. 'Maar hij heeft toch die hooimachine gekocht en de locomobiel die de dorsmachine aandrijft?'

De locomobiel is een verrijdbare stoommachine waarmee allerlei machines kunnen worden aangedreven. Er is elektriciteit in Dingelbach, maar die is niet geschikt voor een dorsmachine. Daarom heeft Herbert Grossmann een locomobiel gekocht, die hij bereidwillig uitleent als een andere boer in het dorp hem nodig heeft.

'Lene huilde toen die man over het erf liep. Ze wilde zichzelf verdrinken,' zegt Karin. 'Marlis Alberti vertelde het me. Ze zag het omdat ze net langsliep...'

'Wat een hemeltergend onrecht!' roept Frieda uit, die goede oren heeft en alles heeft gehoord. 'Uitgerekend Lene Grossmann, die altijd zo lief en behulpzaam is!'

Dat wordt bevestigd door alle vrouwen in de winkel. Zelfs Herta zegt dat Lene er altijd is als iemand in nood is.

'Als de deurwaarder die stomme zegels op de locomobiel en de hooimachine heeft geplakt...' zegt Lina. '... dan weet ik niet hoe Herbert komend jaar de oogst gaat binnenhalen.'

'Inderdaad,' verzucht Karin. 'En dan gaat het bergafwaarts met de boerderij. Tel daarbij de schulden die hij heeft gemaakt om de machines te kopen...'

'Nou ja, ze zijn ook niet meer de jongsten,' zegt Herta schouderophalend. Ze buigt zich over de zak gedroogde erwten om voor Lina een pond af te wegen.

Helga is erg aangedaan. Nu kan ze ook wel raden wat Herbert met Otto wilde bespreken. Hij hoopt vast dat de rijke boer Schütz hem geld zal lenen zodat hij zijn boerderij kan redden. De Grossmannhoeve is al generaties lang in de familie. Hij wordt nu geleid door Herbert en Lene, maar ze hopen dat hun oudste zoon, Fritz, hem snel zal overnemen. Want Fritz is niet gelukkig in de stad en kan er geen werk meer vinden.

'Hier is het laatste woord nog niet over gezegd.' Meer wil ze er niet over kwijt, maar ze hoopt dat haar man hun buurman uit de nood zal helpen. Otto zal het geld zeker tegen rente lenen, maar het belangrijkste is dat Herbert en Lene hun boerderij niet hoeven te verlaten.

Ze laat Frieda zout en griesmeel afwegen, koopt twee schriften met ruitjes voor Heinz en een pakje wasmiddel. Inmiddels zijn er nog meer boerinnen uit Dingelbach in de winkel gekomen. Helga groet hen vriendelijk en zegt dat ze snel naar huis moet omdat ze een pan op het fornuis heeft staan.

Herbert Grossmann is al weg als ze thuiskomt. Otto is in de stal en kiest de zeug uit die geslacht moet worden. Anni zeeft de melk voor de zuivelfabriek en Gertrud snijdt uien voor de rode kool. Bij het keukenraam zoemen twee grote vliegen die naar buiten de zon in willen.

'De deurwaarder is op de Grossmannhoeve geweest,' zegt Helga. 'Stel je voor, Lene is zo ongelukkig dat ze zichzelf wil verdrinken.'

Gertrud pelt de volgende ui. De bruine schillen verzamelt ze voor de varkens.

'Ach,' zegt ze, niet onder de indruk. 'Dat zegt ze alleen maar.'

'Ze zou niet de eerste zijn die zichzelf iets aandoet omdat ze de boerderij kwijtraken...'

'Het zou toch niet meer lang goed zijn gegaan met de Grossmannhoeve,' zegt Gertrud terwijl ze met een keukenmes de ui doorsnijdt. 'Die twee zijn te oud en kunnen het werk niet meer aan. Daarbij helpen dure machines ook niet.'

Helga zwijgt ontsteld. Het klinkt niet alsof Otto hen heeft geholpen. En Gertrud kan het weten, want zij heeft het gesprek afgeluisterd. Maar Helga wil nu duidelijkheid en loopt het erf op om met haar man te gaan praten.

Otto is in de paardenstal, waar de twee merries staan. Hij onderzoekt Loni, die rechtsvoor een gezwollen knie heeft, en vloekt omdat Rudolf Alberti heeft gezegd dat de dierenarts in Steinbach ernaar moet kijken.

'Al die kosten voor die beesten!' bromt hij. 'Dat laat ik Georg betalen. Toen die gekke hengst Willibald de merries in het nauw dreef heeft Loni een verkeerde stap gemaakt.'

'Ik wilde je iets vragen, Otto!'

'Wat is er?' vraagt hij nors terwijl hij zalf op de knie van het paard smeert.

'Heb je Herbert geld geleend zodat hij zijn boerderij kan redden?'

Hij blijft stilstaan en staart haar verbijsterd aan. 'Ik ben toch niet gek?'

Hij heeft Herbert dus afgewezen. Hoe is het mogelijk? Hij heeft het geld, dan kan hij daar toch eens iets goeds mee doen?

'Maar... maar dan raakt hij zijn boerderij kwijt, Otto!' roept ze uit. 'Als ze zijn machines afpakken, kan hij zijn oogst niet binnenhalen. Dat zou het einde zijn van de Grossmannhoeve.'

Otto draait rustig het dopje op de tube en stopt die in zijn jaszak. 'Dat snap jij niet, Helga. Als ik hem geld leen, sleept de zaak zich alleen maar voort en moet hij uiteindelijk toch opgeven.'

'Dat hoeft niet, want zijn zoon uit Frankfurt wil komen. Hij heeft een jonge vrouw en twee kinderen.'

Dat weet Otto blijkbaar, want hij knikt. 'Daarom is het beter als de boerderij nu onder de hamer komt,' zegt hij met een grijns. 'De weilanden grenzen aan ons land en de boerderij ligt aan de overkant van de straat. Dat komt mooi uit.'

Helga is sprakeloos. Ze kan haar oren niet geloven. Haar man leent hun buurman geen geld omdat hij diens boerderij voor een laag bedrag wil opkopen. En deze keer heeft Gertrud geen hand in het spel. Het was een 'mannenzaak'.

'Hoe kun je Herbert en Lene dit aandoen?' roept ze vol afschuw. 'Het zijn lieve mensen en bovendien onze buren. Dan help je elkaar toch?'

Otto geeft de merrie een klap op haar achterste en loopt de box uit. 'Als het om geld gaat,' zegt hij met een harde stem, 'dan houdt de goede nabuurschap op. Waarom maak je je zo druk? Wil je soms dat iemand van buiten het dorp de Grossmannhoeve koopt?'

Helga is buiten zichzelf van verontwaardiging en verspert hem de weg. 'Dit is geen christelijk gedrag,' zegt ze met walging in haar stem. 'Hoe is het mogelijk dat je op zondag in de kerk zit en op maandag je buurman in de ellende stort?'

Ze ziet dat haar man kwaad wordt, maar het kan haar niet schelen. De waarheid moet gezegd worden.

'Hou je mond!' snauwt hij haar toe. 'Met de Kerk ben ik in het reine, want in de Bijbel staat dat iemand zijn licht niet onder de korenmaat mag stellen. En voor wie denk je dat ik het doe? Voor Heinz, zodat hij ooit een grote boerderij zal erven.'

'Zo'n erfenis brengt geen zegen!' schreeuwt ze tegen hem. 'Onrechtvaardig goed gedijt niet!'

Hij pakt haar zo stevig bij de schouder dat het pijn doet. 'Pas op jij!' zegt hij dreigend. 'Als je in het dorp dat soort dingen gaat rondbazuinen, sta ik niet meer voor mezelf in. Dan zal ik je laten voelen wie de baas is op de Schützhoeve.'

Hij duwt haar hard van zich af. Ze knalt tegen de staldeur en de merrie gooit van schrik haar hoofd omhoog. Met zware stappen loopt hij de stal uit. Op het erf scheldt hij Adam uit, die de kuip waarin de zeug morgen gebroeid moet worden nog niet heeft klaargezet.

'Eén ding tegelijk,' verdedigt Adam zich. 'Ik heb maar twee handen.'

Helga leunt tegen de muur van de box en houdt haar pijnlijke schouder vast. Haar hoofd bonkt. Ze is verbijsterd. De dreiging was serieus, daar twijfelt ze niet aan.

Wat is dit voor een christendom, vraagt ze zich af. De man mag zijn vrouw slaan en de buurman bedriegen. Dat is toegestaan. Maar echtscheiding zou een zonde zijn.

Ze loopt langs de ruziënde mannen het huis in en treft Anni in de kelder aan, waar ze doeken neerlegt voor het vlees, dat een dag moet liggen en uitbloeden.

'Wat zou je zeggen als ik van Otto zou scheiden?' vraagt ze aan haar moeder.

Anni heft haar hoofd niet eens op. Ze lijkt deze vraag te hebben verwacht. 'Bedenk dan eerst dat we straatarm de boerderij moeten verlaten. En dat we Heinz nooit meer zullen zien.'

Dat is de seculiere wet die mannen alle rechten geeft en vrouwen tot afhankelijkheid dwingt. Anni weet het omdat Rudolf Alberti het aan haar heeft uitgelegd.

20

Er is iets niet in orde met Oskar Michalski. Ilse Küpper maakt zich zorgen om hem, niet alleen omdat ze misschien de beste man van de fabriek zou kunnen verliezen, maar ook omdat ze hem graag mag. Natuurlijk weet ze wat er aan hem knaagt. Maar wat hij haar vertelde, dat hij alleen maar dicht bij Helga Schütz wil blijven om over haar geluk te waken, lijkt nu niet meer genoeg voor hem te zijn. Nou ja, ze geloofde hem toch al niet helemaal.

Op het werk is hij overijverig. 's Ochtends is hij de eerste die aankomt en 's avonds de laatste die de fabriek verlaat. Hij gunt zichzelf amper een middagpauze en blijft vaak langer om wat werk af te maken. Maar hij is mager en bleek geworden, en als hij zich onbespied voelt, kruipt er een diep verdriet over zijn gezicht.

'U werkt te veel, meneer Michalski!' zei ze tegen hem.

Hij lachte en vroeg of dat een reden voor ontslag was.

'Ik zou blij moeten zijn dat u zo ijverig bent,' zei ze. 'Maar ik heb het gevoel dat het niet goed is voor uw gezondheid.'

'Het gaat prima met me!' beweerde hij.

Ze zijn een paar keer samen op pad geweest om te kijken naar machines die te koop stonden. Hij bekeek ze nauwkeurig en zei vaak: 'Deze niet, mevrouw Küpper. Deze is niet goed.'

Ze luisterde naar zijn advies, want ze moet zorgvuldig omgaan met het geleende geld, en uiteindelijk hebben ze drie machines gekocht. Een slijpmachine, een moderne draaibank en een elektrische zaag voor het fijne werk. Oskar heeft de zware apparaten samen met de andere arbeiders uit de wagen getild en neergezet.

En hij heeft ze aan de praat gekregen. Sindsdien werken de nieuwe aanwinsten zonder kuren, alleen duurde het even voordat de arbeiders ermee om konden gaan.

Ilse heeft drie arbeidsters aangenomen. Het zijn jonge meisjes uit de omgeving, die tijdens een test hebben bewezen dat ze bekwaam en niet dom zijn. De oudste heet Elke Kaltenbach. Ze is vierentwintig en werkte eerder in een wasserij in Oberursel. De andere twee, Erna Koch en Gerda Höhler, komen uit Steinbach, zijn allebei achttien en goede vriendinnen van elkaar. Alle drie de meisjes zijn ongehuwd en kunnen het goed met elkaar vinden. Tijdens de pauze zitten ze bij elkaar en delen ze hun belegde boterhammen, gedroogde pruimen en winterappels met elkaar. Hun werk is niet moeilijk, alleen nogal eentonig. Elke Kaltenbach lijmt de uitgezaagde delen van de dozen aan elkaar, Gerda Höhler schroeft het deksel erop en Erna Koch geeft het hout een eerste verflaag. Inmiddels heeft Ilse ook het juiste hout geleverd gekregen. Het zijn grote platen en ze heeft precies berekend hoe ze gezaagd moeten worden om zo min mogelijk hout te verspillen. Willi Bommel moet met zijn karretje de onderdelen die half af zijn van de ene naar de andere arbeidster brengen en dat doet hij maar al te graag, wat er ongetwijfeld mee te maken zal hebben dat de twee jonge meisjes, Erna en Gerda, erg knap zijn. Hij blijft graag wat langer bij hen dan nodig is.

Voorlopig is Ilse tevreden. De orders blijven binnenkomen en ze stuurt haar producten nu naar Mainz, Bad Homburg, Darmstadt en zelfs Wiesbaden, waar ze worden verkocht in de elegante winkels aan de Wilhelmstrasse. Natuurlijk is de productie ook duurder geworden. Er wordt veel elektriciteit verbruikt, het hout is niet goedkoop en ze moet drie extra arbeidsters betalen. Maar per saldo maakt ze aardig winst. Zelf werkt ze voornamelijk op kantoor. Ze verwerkt de post, berekent offertes, schrijft facturen en houdt de boekhouding bij. Het werk dreigt haar vaak te veel te worden en ze denkt erover om een typiste aan te stellen om het typewerk op de trage typemachine, de Optima, van haar over te nemen. Maar ze is voorzichtig. Een werknemer moet betaald worden en zou pas moeten worden aangenomen als het echt niet anders kan.

Vandaag vindt ze een brief in de post die aan haar persoonlijk is gericht. Ze bekijkt de afzender.

Richard Goldstein
Kettenhofweg 27
Frankfurt am Main

Ongerust opent ze de envelop met de briefopener. Meneer Goldstein, de medewerker van de bank Blum & Hirschberg. Wil hij soms zijn voornemen waarmaken en de villa bekijken? Preventief, voor het geval ze de lening niet kan terugbetalen? Maar de brief bevat alleen een uitnodiging voor een vernissage in het Städel Museum in Frankfurt, dat blijkbaar financieel wordt gesteund door Blum & Hirschberg. Ze zijn niet bepaald zuinig geweest: de kaart is gemaakt van duur wit karton met daarin het wapen geperst en is bedrukt met goudkleurige letters. Op de achterkant staan een paar handgeschreven regels die aan haar persoonlijk gericht zijn.

Zeer geachte mevrouw,

Ik heb goede herinneringen aan onze toevallige ontmoeting bij de bank. Daarom ben ik zo vrij u een persoonlijke uitnodiging te sturen voor de vernissage van een jonge, zeer begaafde kunstenaar, in de hoop u daarmee een aangename zondagmorgen te bezorgen.
Daarna zou ik zo vrij willen zijn om u uit te nodigen voor een middagmaal in een restaurant in Frankfurt.

Met hartelijke groet,
Uw Richard Goldstein

Ze draait de kaart om en om en voelt haar hart kloppen. Hij nodigt haar uit voor een tentoonstelling en wil daarna met haar uit eten in een restaurant. In eerste instantie voelt ze zich gevleid. Zoiets is haar maar twee keer eerder in haar leven overkomen. Beide keren schuilde er echter geen persoonlijk belang of zelfs verliefdheid achter. De heren hadden zakelijke bedoelingen die ze op deze manier aan haar vader wilden voorleggen.

Direct daarna wordt ze overmand door haar oude gebruikelijke wantrouwen. Wat wil hij hiermee bereiken, vraagt ze zich af. Het zou interessant zijn om daarachter te komen. Ze denkt even na. De tentoonstelling wordt niet aanstaande zondag, maar de zondag daarna om elf uur 's ochtends geopend. Ze zou genoeg tijd hebben om de trein te nemen en de schilderijen van de hoogbegaafde kunstenaar te bekijken. Maar – en ze vindt het moeilijk om dat voor zichzelf toe te geven – de verleiding om in de mooie donkere ogen van Richard Goldstein te kunnen kijken en met hem te praten is nog groter.

Nee, denkt ze. Ik ga het niet doen. Hij is een knappe en uiterst charmante man, en ongetwijfeld een goede zakenman. Maar ik ga zeker niet achter hem aan lopen om vervolgens door hem tot een of andere transactie te worden overgehaald die voor mij alleen maar slecht kan aflopen.

Met één snelle beweging verscheurt ze de uitnodiging en gooit hem in de prullenmand.

Terwijl het met haar fabriek opwaarts gaat, komt er slecht nieuws uit het dorp. Opnieuw staat een boerderij op het punt te worden geveild. Het is de vierde die verloren gaat omdat de eigenaar zijn schulden niet kan afbetalen. Het zijn altijd de kleine boerderijen die het treft. Door de inflatie waren de boeren van hun bankschulden verlost en werden ze overmoedig. Ze hebben nieuwe schulden gemaakt in de hoop dat die met de geldontwaarding ook zouden wegsmelten. Maar toen kwam de rentenmark en daarmee een stabiele munt, en bleven de schulden helaas schulden. Dit was voor velen de nekslag. Ze vindt het naar, want ze mag de mensen in het dorp graag en vraagt zich af of over een paar jaar niet al het land in handen van een paar rijke boeren zal zijn. Daarmee zou er een triest einde komen aan het dorpsleven, dat nu nog zo kleurrijk en divers is.

Ze denkt na over wat ze zou kunnen doen. Ze mag in geen geval grote sommen geld aan het ondernemingsvermogen onttrekken. Aan de andere kant gaan deze kleine boerderijen op dit soort veilingen meestal ver onder hun waarde weg. Ze neemt zich voor de komende tijd het advertentieblad goed te lezen. En als de Grossmannhoeve inderdaad openbaar zou worden geveild, zal ze erheen gaan en misschien zelfs een bod doen.

In de week erna blijkt dat ze op de bewuste zondag sowieso geen tijd zou hebben gehad voor een vernissage in Frankfurt, want haar broer Josef en schoonzus Irma hebben een bezoek aangekondigd. Deze keer komen ze bescheiden met de trein. De auto is bij de garage, want de motor heeft storingen. Ilse is niet enthousiast dat haar broer en schoonzus op het middageten komen, maar sinds het laatste telefoontje, dat alweer een hele tijd geleden is, hebben ze elkaar niet meer gesproken en ze wil het contact met haar familie niet helemaal laten verwateren. Na hun aankomst ontvangt ze hen met een aperitief en leidt ze hen rond in de fabriek terwijl Carla de tafel dekt voor het middagmaal.

'Je hebt nieuwe machines aangeschaft!' zegt Josef als ze in de fabriekshal staan. 'Waren de oude niet meer goed genoeg?'

'Nee,' antwoordt ze. 'Ten eerste waren ze sterk verouderd en ten tweede maken we nu een reeks nieuwe producten waarvoor de oude machines niet geschikt zijn.'

Hij werpt een geringschattende blik op de kistjes, en de mooie kaptafels vindt hij ook maar niks. 'Wie heeft dat nou nodig?'

Alleen de etagères vindt hij mooi en Irma zegt dat ze er drie of vier zou kunnen gebruiken voor het restaurant. Ilse kan natuurlijk niet verwachten dat haar schoonzus ervoor betaalt, ze zijn tenslotte familie en dan help je elkaar. Maar Ilse is terughoudend. De producten die hier staan zijn allemaal besteld en moeten geleverd worden.

'Ach, kom op!' zegt Josef grijnzend. 'Je kunt er toch wel een paar achteroverdrukken?'

'Ik ben niet van plan om mijn klanten te irriteren!'

Voor het middagmaal serveert Carla runderbouillon, daarna rollades met rode kool en aardappelen, en als dessert is er rijstpudding met ingemaakte zure kersen. Carla heeft zichzelf weer overtroffen en zelfs Josef moet toegeven dat het uitstekend smaakt. Alleen merkt Irma op dat dit natuurlijk Duitse burgerkost is die ze hun illustere gasten in Bad Homburg niet kunnen voorschotelen. Hooguit de zomerse dagjesmensen die ze met een bord aan de straat willen lokken.

GASTHOF ZUM KÖNIG
Gelegen nabij de natuur. Voortreffelijke keuken.
Kamer met stromend water.
Park met speelmogelijkheden voor kinderen.

'Het wordt kleurrijk geverfd en ik laat een elektrische lamp installeren zodat het ook 's avonds leesbaar is,' vertelt Josef. Op dit moment is het pension helaas gesloten. Het wordt gerenoveerd en ze laten een zaal aanbouwen voor bruiloften en partijen. 'Niet zo'n sombere zaal als bij Zum Raben,' zegt Josef trots. 'Hij wordt prachtig! Met stucwerk aan het plafond en fluwelen gordijnen voor de ramen. Alles wordt roze en goud. Die kleuren heeft Irma uitgekozen.'

Irma grijpt meteen de kans aan om te informeren naar twee zilveren theelepeltjes en een gebaksvorkje die niet in de bestekcassette lagen die ze destijds heeft meegenomen.

'Zou je eens willen kijken, Ilse? Als je ze vindt, neem ze dan de volgende keer dat je op bezoek komt mee.'

Ilse belooft het aan Carla te vragen. Intussen hoopt ze dat haar vervelende bezoekers snel weer naar Bad Homburg vertrekken. Maar nu begint Josef over de lening die ze heeft moeten afsluiten.

'Je gaat jezelf suf betalen aan rente. Hoeveel willen ze? Twintig procent zeker?'

De rente die ze moet betalen is lager, maar ze wil zich niet door Josef in de kaart laten kijken.

'Wie betaalt eigenlijk de renovatie van het pension en de aanbouw?' vraagt ze op haar beurt.

Josef doet er vaag over. Hij heeft goede connecties en kon gunstig aan geld komen, en natuurlijk helpen ze allemaal mee om de kosten laag te houden. Erich en Johanna hebben geholpen met het weghalen van de meubels en het servies in krantenpapier gewikkeld en naar de bijgebouwen gedragen.

'Ja,' verzucht Irma. 'Het kost veel moeite om kinderen op te voeden, maar op een gegeven moment loont het zich als je een familiebedrijf opbouwt.'

Ilse heeft medelijden met de twee oudere kinderen van haar broer. Ze moeten elke dag in de keuken staan, groenten snijden, aardappelen schillen en 's avonds helpen met de afwas. Zij en haar broer hadden een betere jeugd. Ze maakten wel al op jonge leeftijd kennis met het reilen en zeilen in de fabriek, maar hun vader liet hen pas werken toen ze achttien waren. En dan nog alleen in de administratie, niet in de productie.

'Kinderen moeten toch ook eens kunnen spelen,' zegt ze met een frons op haar voorhoofd.

Maar dit valt niet in goede aarde bij haar broer en schoonzus.

'Ze vinden het leuk om te doen en zo leren ze meteen hoe ze een hotel-restaurant moeten leiden,' beweert Josef.

Ilse betwijfelt of Erich en Johanna het zo leuk vinden om 's avonds laat bergen vaat te moeten afwassen. Maar het argument dat Irma nu naar voren brengt, kan helaas niet van tafel worden geveegd.

'Daar kun jij niet over meepraten. Jij hebt geen kinderen!'

In de namiddag is er thee en kwarktaart, en daarmee vindt Ilse dat ze aan haar plicht als gastvrouw heeft voldaan. Ze maakt haar broer en schoonzus duidelijk dat er geen gezamenlijk avondmaal zal zijn.

'Ik ging ervan uit dat jullie niet te laat naar huis willen, zodat jullie niet door het donker hoeven.'

Het is begin maart en de zon gaat pas tegen half zeven onder, maar ze begrijpen de hint en Irma zegt dat ze natuurlijk ook voor de kinderen moeten zorgen.

'Als de fabriek je te veel wordt, kun je uiteraard naar ons toe komen,' zegt Josef bij het afscheid. 'Dan kun je meteen zien hoe de bouwwerkzaamheden vorderen. Als het niet meer vriest, kunnen we de fundering voor de zaal en de andere gebouwen aanleggen.'

'Als het me uitkomt, kom ik graag langs,' zegt Ilse vriendelijk.

Natuurlijk gaat ze niet naar Bad Homburg. Ze heeft wel wat beters te doen dan naar Josefs grootse plannen te luisteren en naar afgravingen te kijken.

In de fabriek vordert het werk goed. Ze heeft besloten om haar arbeiders elke dag moutkoffie en koekjes te geven voor hun middagpauze, wat de goede sfeer in de hal verder verhoogt.

'Er breken zonnige tijden aan,' zegt Julius Offenbach. 'Het lijkt wel alsof we in luilekkerland zijn, mevrouw de directrice!'

Helaas zijn ze dat nog lang niet, want ze heeft de lonen maar een heel klein beetje verhoogd. Als het goed blijft gaan, wil ze de arbeiders een middagmaal aanbieden, een of ander eenpansgerecht dat Carla zonder al te veel moeite kan klaarmaken. Daar zouden ze dan wel een kleine bijdrage voor moeten betalen.

Midden in de week krijgt ze een telefoontje. Ze pakt snel de hoorn op omdat ze op bestellingen wacht, want ze heeft verschillende krantenadvertenties geplaatst.

'Met Ilse Küpper van Pilz & Küpper. Wat kan ik voor u doen?'

'Goedendag, mevrouw Küpper!' klinkt het uit de hoorn. 'Ik ben blij uw stem te horen.'

‘Pardon?’

‘O, neem me niet kwalijk, ik vergeet mijn naam te noemen. Richard Goldstein uit Frankfurt. Misschien herinnert u zich mij nog? We hebben elkaar een paar weken geleden in de hal van Blum & Hirschberg ontmoet.’

Door de hoorn klinkt zijn stem gesmoord en raar, waardoor ze hem inderdaad niet had herkend. Wat ze erg gênant vindt.

‘Meneer Goldstein! Nee, u hoeft zich niet te verontschuldigen, ik ben een beetje verstrooid omdat ik op een aantal telefoontjes wacht.’

‘O jee,’ zegt hij. ‘Ik wil u in geen geval storen bij uw werk. Kan ik u op een ander moment bellen? Ik plan namelijk een overval.’

Haar hart bonst rusteloos. Ze ziet hem voor zich. Zijn glimlach, zijn bruine ogen, zijn ongedwongen manier van doen.

‘Een overval? Wilt u het Rijksdaggebouw in Berlijn opblazen?’

Ze hoort hem lachen en is blij dat haar grapje aanslaat. Het is prettig om met hem te babbelen, want ze hebben hetzelfde gevoel voor humor.

‘Veel erger, mevrouw. Aanstaande zondag ga ik op bezoek bij mijn moeder in Bad Homburg en zou ik graag – als het u past – even bij u willen langskomen in Dingelbach.’

Ze staat meteen weer met beide benen op de grond. Het gaat dus om het inspectiebezoek. Daarom doet hij zo aardig. Hoe komt ze in hemelsnaam op het idee dat er misschien een andere reden is voor zijn telefoontje?

‘Dat kunt u gerust doen,’ zegt ze langzaam. Dan voegt ze er snel aan toe: ‘Dat is een goed idee!’ Ze wil hem immers niet tegen zich in het harnas jagen.

‘Goed, dat is dan afgesproken,’ zegt hij vriendelijk. ‘Ik zal rond tien uur bij u zijn en rij daarna door naar Bad Homburg. Mijn moeder verwacht me voor het middageten.’

‘Tot zondag, meneer Goldstein. Het doet me plezier.’

‘De vreugde is geheel aan mijn kant, mevrouw Küpper!’

Ze hangt op en noteert het in haar agenda. Zondag 9 maart, tien uur, Richard Goldstein.

Gedurende de week trekt deze notitie op magische wijze haar blik en elke keer voelt ze een rusteloosheid, een mengeling van vreugde, teleurstelling en ergernis. Gedraag je niet als een bakvis, zegt ze tegen zichzelf. Je hebt genoeg ervaring met mannen. Trap er niet in, ook al is hij charmant en heeft hij mooie bruine ogen.

Toch staat ze op zondagochtend in alle vroegte voor haar kledingkast en vraagt ze zich af welk mantelpakje haar het meest flatteert. Het blauwe? Te donker. Het grijze? Te somber. Misschien het bruingroen geblokte? Met de groene blouse erbij? Maar die maakt haar erg flets waardoor het lijkt alsof ze ziek is. Uiteindelijk kiest ze voor het blauwe mantelpakje met een witte blouse en bijpassende schoenen. Ze bekijkt zichzelf kritisch in de spiegel. Haar kleren zitten perfect, alleen haar pagekopje is te lang omdat ze geen tijd had om naar de kapper te gaan. En zoals meestal is ze ook vrij bleek. Haar gelaatstrekken zijn niet erg mooi. Haar neus is te lang, haar kin te hoekig en ze heeft al wat rimpeltjes rond haar ogen. Nou ja, ze is nooit een schoonheid geweest en nu ze veertig is zal ze dat ook niet meer worden. Integendeel.

Laten we er maar het beste van maken, denkt ze.

Hij laat haar wachten. Pas om tien voor half elf komt er een auto voorrijden. Te horen aan de motor is het een zwaar voertuig. Tot haar verbazing zit niet Richard Goldstein achter het stuur, maar een chauffeur. Zelf zit hij comfortabel op de achterbank. Hij is geen eenvoudige bankemployé. Hij heeft geld en permitteert zich een bepaalde luxe. Ze recht haar rug, strijkt haar haar naar achteren en wacht tot Carla de deur voor de bezoeker opent.

'Goedemorgen! Wat een prachtig huis. Ik ben helemaal enthousiast!'

'Goedemorgen, meneer Goldstein. Ja, de villa is een juweeltje. Vroeger hadden we een park, maar dat is nu helaas veranderd in een akker…'

‘Dat is jammer, maar dat kan altijd weer teruggedraaid worden…’

‘Zeker, meneer Goldstein. Loopt u maar met me mee de trap op. Mevrouw Küpper verwacht u in de woonkamer…’

Ilse hoort aan Carla’s stem dat de charmante gast haar hart al heeft veroverd. Nou, zijzelf is niet zo makkelijk in te palmen. Wat hij ook van plan is, ze zal hem het hoofd bieden.

Hij komt vrij bescheiden over. Voor de deur van de woonkamer maakt hij al een buiging en hij verontschuldigt zich voor de vertraging. Ze hadden onderweg een klapband en moesten het reservewiel monteren.

De snit van zijn pak is volgens de laatste mode en hij heeft zijn baard bijgewerkt, wat hem goed staat. Zijn glimlach heeft iets wat mensen kan bekoren. Hoewel ze zich ertegen heeft gewapend, heeft het wel effect op haar.

‘Nou, dan ben ik blij dat er niets ernstigers is gebeurd,’ zegt ze en ze steekt haar hand naar hem uit. ‘Trouwens, uw chauffeur hoeft niet in de auto te blijven. Hij mag gerust binnenkomen. Carla zal hem iets aanbieden.’

‘Dank u wel, dat zal hij fijn vinden,’ zegt hij opgewekt.

Carla krijgt de taak om de chauffeur in de keuken van eten en drinken te voorzien, terwijl Ilse haar gast uitnodigt om plaats te nemen in een fauteuil en een kopje koffie aanbiedt.

Nu gaat hij me natuurlijk verwijten dat ik niet naar die stomme tentoonstelling ben gegaan, denkt ze. Maar Richard Goldstein rept met geen woord over de vernissage en zijn uitnodiging. In plaats daarvan prijst hij een van de schilderijen die haar vader jaren geleden op een veiling heeft gekocht omdat haar moeder de muur naast de kast te kaal vond.

‘Een uitstekende schilder,’ zegt hij. ‘Uw vader was waarschijnlijk een kenner.’

‘Totaal niet. Hij heeft het schilderij op een veiling gekocht omdat het qua kleur bij onze meubels paste en ook nog eens tegen een redelijke prijs verkrijgbaar was. Helaas hebben de schone kunsten nooit een rol gespeeld in mijn familie. Bij mijn ouders draaide alles vooral om de fabriek.'

'Ach,' zegt hij en hij kijkt haar glimlachend aan. 'Het is nooit te laat om de deur naar het mooie en wonderbaarlijke te openen. Voor wie dat wil, gaat er een nieuwe wereld open.'

'Misschien,' antwoordt ze voorzichtig. 'Helaas heb ik op dit moment geen tijd voor langere uitstapjes in de wereld van de beeldende kunst. Wilt u de villa bekijken? Ik leid u graag rond...'

'Als u het niet erg vindt. Ik denk trouwens dat u uw vader onderschat. Voor dit huis heeft hij in elk geval een uitstekende architect in de arm genomen.'

'Ik ben blij dat te horen. Mag ik u vragen mee te lopen naar de kamer hiernaast? Dit was vroeger de eetkamer. De meubels zijn naar mijn broer gegaan.'

Ze laat hem het kantoor en de kleine salon zien die haar moeder destijds heeft laten inrichten en die nu dienstdoet als archiefruimte. De slaapkamer slaat ze over, maar hij mag wel de badkamer bewonderen.

'Zulke luxe zie je zelden in een villa uit de negentiende eeuw,' merkt hij op.

'Mijn vader hechtte veel waarde aan hygiëne en heeft het toilet speciaal uit de vs laten komen.'

Op de tweede verdieping bewondert hij het prachtige uitzicht op de Taunus en prijst hij de lichte, ruime woonkamer met erker. Afgezien van de open haard van licht marmer is er niet veel te zien, want Josef heeft alle meubels en de tapijten meegenomen.

'Wilt u de zolder ook zien?' vraagt ze. 'Er zijn verschillende kamers voor de medewerkers en een ruimte waar de was wordt gedroogd.'

'Nee hoor, dank u wel,' zegt hij. 'Ik denk dat ik een vrij goede indruk heb van deze villa. Het is een huis waarin je je algauw prettig kunt voelen, nietwaar?'

'Dat klopt,' antwoordt ze glimlachend.

Ze gaan weer naar beneden en Ilse biedt nog een kopje koffie aan. Het is al elf uur geweest. Hij wil vast ook de fabriek zien, maar wegens tijdgebrek zal de rondleiding door de fabriekshal hooguit een kwartier kunnen duren. Des te beter.

Maar Richard Goldstein gaat in de fauteuil zitten, drinkt zijn koffie met kleine slokjes en begint verbazingwekkend genoeg van alles over zichzelf te vertellen.

'Allereerst wil ik graag voor u ophelderen wie ik ben,' zegt hij en zijn glimlach lijkt een beetje schuldbewust. 'Ik ben inderdaad medewerker bij de bank Blum & Hirschberg, maar ik ben tevens mede-eigenaar. De meisjesnaam van mijn moeder is Hirschberg. Ze is de zus van Jacob Hirschberg en heeft haar aandelen enige tijd geleden aan mij overgedragen.'

Ilse vermoedde al zoiets door de manier waarop de 'medewerker' zich gedroeg. Hij is bankier en denkt aan geldzaken. Daarom is hij hier. Maar als hij verder spreekt, is ze onwillekeurig onder de indruk en krijgt ze gevoelens van sympathie. Hij heeft kunst gestudeerd, wilde schilder worden en is naar Italië gereisd om de werken van de grote meesters te zien.

'Toen werd ik nederig, want ik zag de enorme afstand tot mijn eigen kunnen,' zegt hij. 'Daarom heb ik gehoor gegeven aan het verzoek van mijn moeder en ben ik bij de bank gaan werken. Daarna brak de Wereldoorlog uit. Ik ben direct in het begin opgeroepen...'

Hij was als eenvoudige soldaat in Frankrijk en Rusland geweest, raakte twee keer gewond en ontsnapte met veel geluk aan de dood. Toen hij in 1918 terugkeerde, was hij nog getekend door zijn oorlogservaringen en wist hij niet wat hij moest doen. Zijn moeder en oom drongen er uiteindelijk bij hem op aan om weer bij de bank te gaan werken.

'Ik schijn een uitstekend zakelijk inzicht en een goed gevoel voor de aandelenmarkt te hebben,' zegt hij met een grijns. 'Helaas ben ik in geen van beide echt geïnteresseerd.'

'En het schilderen? Waarom bent u daarmee gestopt? Alleen omdat Michelangelo en Rafaël grote meesters waren wier kunst nooit meer is geëvenaard? Gaat het niet om het vinden van een eigen stijl?'

Hij kijkt haar met een warme blik aan en maakt een gelaten handgebaar.

'Ik ben bang dat ik het steeds minder goed kan. Het vuur dat in een echte kunstenaar moet branden, is in mijn geval slechts een zwak vlammetje. De liefde voor kunst is me echter bijgebleven. Ik steun jonge talenten die ik kansrijk vind.'

Hij heeft een schenkingsfonds opgericht waaruit concerten, tentoonstellingen en toneelvoorstellingen mede worden gefinancierd en heeft hiervoor diverse zeer vermogende donateurs gevonden. Natuurlijk heeft hij connecties. Zijn familie woont al generaties lang in Frankfurt.

'Dat is een heel mooie en belangrijke taak,' zegt ze. 'Zo hebt u geldzaken en liefde voor kunst gecombineerd.'

'Inderdaad,' bevestigt hij. 'Maar ik heb u al veel te lang in beslag genomen, mevrouw. Staat u me toe om nu afscheid te nemen.'

'Natuurlijk,' zegt ze haastig. 'U mag uw moeder niet laten wachten.'

'Dat ook.'

Hij wil haar fabriekshal helemaal niet zien. Ze is een beetje teleurgesteld omdat ze erg trots is op de nieuwe machines en de producten. Maar het lijkt erop dat hij alleen geïnteresseerd is in de villa. Waarschijnlijk heeft hij de waarde daarvan al getaxeerd en zal hij er op de bank een memo over schrijven.

Bij het afscheid bedankt hij haar hartelijk en schudt hij haar de hand. 'Het was heel indrukwekkend om dit huis en de eigenaresse beter te leren kennen,' zegt hij. 'Ik hoop van harte dat we elkaar snel weer zien. Misschien voor een concert? Houdt u van muziek?'

'Ik ben geen kenner, maar ik hou wel van pianoconcerten. Mijn moeder speelde piano en wilde dat ik het ook leerde. Maar helaas miste ik de ambitie. Ik had geen zin om te oefenen en daarom gaf ze het op een gegeven moment op.'

'Dan hebben we misschien een deur gevonden die de moeite waard is om te openen,' zegt hij blij. 'Als u mij toestaat, zal ik u af en toe uitnodigingen voor concerten sturen. Er zit echter wel een klein addertje onder het gras: ik verwacht dat u na afloop met mij in een restaurant dineert.'

Hij slaagt erin haar in verlegenheid te brengen. Ze voelt zichzelf als een klein meisje blozen onder de blik in zijn mooie bruine ogen.

'Ik zal erover nadenken, meneer Goldstein...'

'U zou me een groot plezier doen, mevrouw Küpper!'

Ze loopt met hem mee naar de voordeur en kijkt toe terwijl de chauffeur het portier voor hem openhoudt. Voordat de auto start, knikt Richard Goldstein en zwaait hij door het raampje naar haar. Daarna rijdt de auto hobbelend over het drassige pad naar de dorpsstraat van Dingelbach.

De rest van de zondag blijft ze piekeren. Wat wilde hij hier in hemelsnaam? De villa bekijken? Maar dan hoeft hij haar toch niet zijn levensverhaal te vertellen...

21

Johannes Hohnermann heeft zichzelf net een tweede kop koffie ingeschonken als tot zijn schrik de deurbel gaat. Zo vroeg al, denkt hij.

Beneden staat Frieda Haller. Ze heeft rode wangen van de kou en wipt ongeduldig van de ene op de andere voet.

'Hallo, meneer Hohnermann,' zegt ze. 'Mag ik even binnenkomen? Ik moet u echt iets vertellen.'

Hij vraagt haar naar de woonkamer te komen. Ze rent zo snel naar boven dat hij haar nauwelijks kan bijhouden en doet zelf de elektrische plafondlamp aan. Daar staat ze nu voor de boekenkast, stralend van geluk. Ze kijkt hem aan en spreidt theatraal haar armen uit.

'U bent de eerste aan wie ik het vertel,' roept ze uit. 'Ik mag naar de toneelschool!'

'O,' zegt hij en hij kijkt haar glimlachend aan. 'Wat leuk! Ik ben heel blij voor je!'

Hij is oprecht blij dat ze het vak waar ze zo naar verlangt mag gaan leren. Maar aan de andere kant maakt hij zich zorgen omdat ze in de grote stad Frankfurt aan allerlei verleidingen en gevaren zal worden blootgesteld. Maar daar zegt hij nu niets over. Hij nodigt haar uit te gaan zitten en te vertellen hoe het is gegaan. Hij luistert geduldig en knikt bij haar opgewonden beschrijvingen. Blijkbaar heeft hij Georg Altmann onderschat en is die ruimdenkender en moediger dan hij had gedacht. Samen met zijn zus Marthe is hij naar Frankfurt gegaan, waar ze een lang gesprek hebben gehad met het hoofd van de toneelschool. Frieda weet niet precies wat ze hebben besproken.

'Mijn moeder heeft helemaal niets gezegd toen ze aan het eind van de middag weer thuiskwam,' zegt Frieda. 'Maar oom Georg legde zijn handen op mijn schouders en zei dat nu zal blijken of ik echt geschikt ben voor dit beroep.'

Marthe Haller en haar broer hebben een leercontract ondertekend. Het geldt in eerste instantie voor zes maanden, waarna een examen volgt. Zo kunnen de docenten de ontwikkeling van de student observeren en kan het beroep in een vroeg stadium worden afgeraden als hij of zij geen vooruitgang boekt.

'Dat was vast een geruststelling voor mijn moeder,' zegt Frieda koppig. 'Ik weet zeker dat ze hoopt dat ik er na een half jaar weer uit word gegooid. Nou, maar dan heeft ze het mis. Ik weet dat ik het kan.'

De ruzie tussen Frieda en haar moeder baart Johannes zorgen. Frieda heeft net zo'n sterke wil als Marthe en dat botst. Ondanks haar moeders bezwaren heeft Frieda haar zin gekregen. Het is te hopen dat er snel een verzoening komt. Tot nu toe ziet het er niet goed uit, want terwijl Frieda doorpraat, hoort hij duidelijk hoe boos ze is op haar moeder.

'Ik mag niet bij grootmoeder wonen. Dat vindt mijn moeder absoluut niet goed. En grootmoeder mag de opleiding ook niet betalen.'

Marthe heeft alleen ingestemd als haar dochter thuis blijft wonen en met de trein op en neer naar Frankfurt gaat voor de lessen. Frieda moet 's avonds thuis zijn, dat was haar voorwaarde. Hij betwijfelt of dit op de lange duur haalbaar is, want hij vermoedt dat de toneelstudenten zullen worden aangemoedigd om het theater te bezoeken. Het zal in elk geval extra zwaar zijn voor Frieda. Bovendien moet haar moeder dan ook nog de reiskosten betalen.

'En hoe zit het met de beurs die ze je beloofd hebben?' vraagt hij.

Ze haalt haar schouders op. 'Oom Georg zei dat ze dat gaan uitzoeken. Maar die beurs is nog niet zeker.'

'Dus dan moet je moeder de opleiding betalen?'

'Dat wil ze toch zelf!' roept Frieda uit. 'En ik weet wel waarom. Omdat ze me een schuldgevoel wil aanpraten, daarom.'

'Maar Frieda...' zegt hij geschrokken. 'Je moet niet zo slecht over je moeder denken. Ze doet het allemaal alleen maar omdat ze om je geeft.'

Frieda trekt een pruilmondje, wat haar heel schattig staat want ze heeft volle roze lippen. Het is echt leuk om haar levendige gezichtsuitdrukkingen te zien. Hij is een beetje verdrietig, want hij zal haar in de toekomst waarschijnlijk niet meer zien. Het zal nu wel voorbij zijn met de verrassingsbezoekjes en de vertrouwelijke gesprekken.

'Grootmoeder zou alles betaald hebben,' zegt ze boos. 'En oom Georg bood ook aan om mijn moeder wat te geven. Maar ze accepteerde het niet. Ze wil alles zelf betalen, want het is haar eer te na om geld aan te nemen.'

Hij gaat er niet op in, maar het klinkt alsof Frieda gelijk heeft. Hij heeft geen idee hoeveel de dorpswinkel maandelijks opbrengt, maar de opleiding kost geld, er zullen dingen moeten worden aangeschaft en de treinreis moet ook betaald worden. Dat is beslist niet weinig. Marthe zal moeten bezuinigen.

'Ik hoor Herta nu al klagen dat ze geen fatsoenlijke schoenen kan kopen omdat al het geld aan mij wordt uitgegeven,' zegt Frieda grimmig. 'Maar ja, het doet er niet toe. Het belangrijkste is dat ik naar de toneelschool mag.'

Marthe heeft allerlei documenten meegekregen, die ze vanochtend zonder een woord te zeggen voor haar dochter op de keukentafel heeft gelegd. Een lijst met de namen van de docenten en de vakken die ze geven. En een blad waarop iets staat over het beroep van acteur. Frieda heeft het nog niet doorgelezen. Maar ze laat hem trots een rooster zien. Ze heeft elke dag van tien uur 's ochtends tot vier uur 's middags les.

'Kijk wat voor vakken ik allemaal krijg,' vertelt ze enthousiast. 'Spreektechniek, dans en beweging, vechten, stemvorming, voordracht, ensemblespel en theatergeschiedenis. Het is geweldig. Ik hoef niet meer in de winkel augurken te tellen, ik mag de hele week leren toneelspelen!'

Hij knikt glimlachend omdat ze zo euforisch is. Hopelijk wordt ze niet teleurgesteld, dat zou hij ontzettend jammer vinden. Dan bedenkt hij dat Frieda nu ook nog zal ontbreken in de dorpswinkel, wat haar moeder haar zeker zal verwijten omdat zij en Herta de klanten nu alleen moeten bedienen. O jee, het zal niet makkelijk voor haar zijn.

'En wanneer begint het?' vraagt hij.

'Op 17 maart moet ik om tien uur in het theater zijn.'

'Nou, ik zal voor je duimen, Frieda,' zegt hij en hij voegt eraan toe: 'Als je een vraag hebt of advies nodig hebt, kun je altijd naar me toe komen.'

'Dat zal ik zeker doen,' roept ze en ze springt op van haar stoel. 'Ik moet nu naar de winkel. Ik wens u het allerbeste!'

Op de ochtend van 17 maart zegt haar moeder nog steeds geen woord tegen Frieda. Ze zit zwijgend met haar dochters aan de keukentafel, snijdt haar boterham in kleine stukjes voordat ze hem opeet en staart voor zich uit. Het geld voor het treinkaartje ligt uitgeteld voor Frieda's bord. Herta schenkt koffie in en maakt twee boterhammen klaar voor Frieda. Uit zuinigheid doet ze er geen boter op en slechts heel dunne plakjes bloedworst, die Frieda toch niet lekker vindt. Ze stopt de boterhammen in een zakje uit de winkel en schuift ze naar Frieda.

'Hier.'

'Dank je wel.'

Verder wordt er niets meer gezegd. Marthe en Herta gaan naar de winkel en Frieda blijft met Ida achter in de keuken.

'Ik haal snel wat voor je uit de kelder,' zegt Ida.

'O, laat maar...'

Maar Ida staat al op de keldertrap en haalt twee appels en een verschrompelde winterpeer voor haar. Zo is ze, haar kleine zusje. Als ze iets wil, pakt ze het.

'Anders kom je om van de honger, want het wordt een lange dag!'

Frieda heeft op dit moment geen aandacht voor onbenulligheden als eten en drinken. Vandaag is haar eerste dag op de toneelschool en ze is vreselijk zenuwachtig. Gisteren was ze op de Altmannhoeve bij haar nicht Luise en heeft ze lang met haar over Dieter Kappus gepraat, die 'eigenlijk wel meevalt', zoals Luise nu voorzichtig zegt. Hij was laatst bij hen op bezoek in zijn gloednieuwe auto.

'Als hij zo in de auto zit, ziet hij er best goed uit,' zegt Luise.

Frieda maakte van de gelegenheid gebruik om een jurk en een paar zijden kousen van Luise te lenen, zodat ze er op haar eerste dag op de toneelschool niet uitziet als een boerentrien. Helaas moet ze wel haar oude jas aantrekken, want ze heeft geen andere. En haar halfhoge veterschoenen zien er in combinatie met de fijne zijden kousen nog lomper uit dan ze toch al zijn.

Ida omhelst haar zus voordat ze naar school moet en knuffelt haar zo stevig als ze kan. 'Ik ben zo trots op je, Frieda,' zegt ze. 'Je moet me vanavond alles tot in detail vertellen, goed?'

'Natuurlijk...'

'En neem dit mee. Voor de zekerheid.'

Ze schuift haar een stuk papier toe, pakt haar schooltas en rent weg. Het is al vijf over acht.

Tegen half negen gaat Frieda op weg naar het station. Er zijn een paar klanten in de winkel, onder wie mevrouw Seybold. Iedereen kijkt Frieda na als ze de dorpsstraat in loopt.

'Daar gaat ze, het onheil tegemoet!' hoort ze de vrouw van de dominee zeggen.

Terwijl ze op het perron staat te wachten op de trein, wordt ze overvallen door verdriet. Haar moeder is nog steeds boos op haar. Ze zegt het niet, maar het is duidelijk te merken aan haar gedrag. Ze zegt alleen het hoogstnoodzakelijke tegen Frieda, praat op een barse toon en kijkt haar dochter meestal niet aan. Het doet Frieda pijn, maar ze weet niet wat ze eraan kan doen. Excuses aanbieden zou niet genoeg zijn, dat weet ze. Haar moeder zou zich alleen willen verzoenen als ze de toneelschool zou opgeven. Maar dat kan ze niet. En dat wil ze niet.

Vlak voordat de trein arriveert, komt er nog iemand het perron op lopen. Het is mevrouw Küpper van de fabriek. Ze is helemaal buiten adem omdat ze te laat is vertrokken, maar neemt toch de tijd om Frieda een fijne ochtend te wensen.

'Zo, ook alleen op weg naar Frankfurt, juffrouw Haller?'

Frieda vindt het leuk dat ze met 'juffrouw Haller' wordt aangesproken. Normaal zegt iedereen altijd 'Frieda' tegen haar, of 'Frieda van de dorpswinkel'.

'Ja. Het is vandaag mijn eerste dag op de toneelschool!'

Mevrouw Küpper glimlacht naar haar. 'Ik heb gehoord dat u naar de toneelschool gaat,' zegt ze. 'Dat vind ik echt fantastisch. Ik wens u veel succes!'

'Dank u wel, mevrouw Küpper.'

Ze stappen in en gaan uit elkaar. Mevrouw Küpper reist in de tweede klas, Frieda in de derde. Ze zit peinzend op de houten bank en bedenkt dat er in elk geval een paar mensen in Dingelbach zijn die haar beslissing steunen. Vooral Ida. En verder meester Hohnermann, oom Georg, Luise en nu ook mevrouw Küpper, waar ze bijzonder blij mee is.

Mevrouw Küpper is niet bepaald knap. Maar ze heeft iets aantrekkelijks. Ze is ook heel dapper en kan dingen voor elkaar krijgen. Het schijnt dat ze de fabriek weer tot bloei heeft gebracht en zelfs drie nieuwe arbeidsters heeft aangenomen. Respect!

Als Frieda in Frankfurt aankomt, is ze al haar zorgen vergeten. De bruisende sfeer van de grote stad neemt haar helemaal in beslag. De vele mensen die door de straten lopen, het lawaai van auto's, trams, paardenkoetsen en de verleidelijke geur van een marktkraam met verse *bretzels*... Alles vermengt zich tot een bedwelmende symfonie die de zintuigen prikkelt.

In het theater moet ze de weg vragen naar het lokaal waar de studenten vandaag worden verwelkomd en voorgesteld.

'Ah, jij bent een van de nieuwe,' zegt een slungelige jongeman die ze in een gang tegenkomt. Hij kijkt haar grijnzend aan, neemt haar van top tot teen op en zegt dan: 'Welkom. Ik ben Jonny. Ook dramastudent, maar dan twee klassen hoger. Ik doe binnenkort eindexamen. En hoe heet jij?'

'Frieda Haller. Leuk je te ontmoeten, Jonny. Weet je waar ik heen moet? Het is hier echt een doolhof...'

'Die deur daar. Maar dat dialect zul je snel moeten afwennen, meisje...'

Dialect, denkt ze geschrokken. Ze deed enorm haar best om Hoogduits te spreken en niet het dorpsdialect van Dingelbach. Maar kennelijk is het nog steeds te horen dat ze uit het dorp komt. Wat vervelend!

Ze gaat naar binnen en komt in een langwerpig lokaal, dat op het eerste gezicht veel groter lijkt dan het in werkelijkheid is. Dat komt door de spiegelwand, waarvoor een lange stang is bevestigd.

'Kom maar binnen, juffrouw Haller,' roept iemand. 'U bent de laatste, nu zijn we compleet.'

Er staan stoelen opgesteld, waarvan er een aantal bezet zijn. Ze herkent de aardige donkerharige vrouw die bij haar auditie aanwezig was en haar aanmoedigde. Ze heet Mathilde Einzig, dat stond in de brief. Naast haar zit een heer van middelbare leeftijd die zijn bril naar beneden duwt om haar nauwkeurig te bekijken, en aan de andere kant staat een kleine slanke vrouw met een wat ouder gezicht en een strak knotje in haar haar. Daarnaast vijf jongeren, waarschijnlijk Frieda's klasgenoten. Ze is blij om te ontdekken dat Harry er is. Hij zwaait naar haar en wijst naar de stoel naast hem.

'Hallo, Frieda! Wat fijn dat het jou ook gelukt is!'

'Harry!' roept ze. 'Ik wist het!'

Ze gaat zitten, zet haar tas op de grond en staat dan weer haastig op om haar jas uit te trekken. Ze verfrommelt het lelijke ding en propt hem onder haar stoel.

'Kunnen we nu beginnen?' vraagt de meneer met de bril, die haar heeft geobserveerd.

'Wat mij betreft wel!' antwoordt ze opgewekt.

Hij kijkt haar doordringend aan. Hij lijkt echter niet boos, maar eerder geamuseerd. Hij staat op en stelt zich voor als Richard Weichert, leraar aan de toneelschool en tegelijkertijd de hoofdregisseur van de Frankfurter Bühnen. Hij feliciteert de zes kandidaten omdat het ze met hun geslaagde optreden en talent is gelukt om tal van concurrenten achter zich te laten en hier aangenomen te worden. Dat is een grote eer, maar het betekent ook een verplichting, want de school heeft veel vertrouwen in hen gesteld en dat moeten ze nu rechtvaardigen door ijver en inzet. Mathilde Einzig praat een poos over het nieuwe theaterspel, waarbij je niet langer pathetisch teksten declameert, maar heel natuurlijk moet spreken en spelen. De dunne vrouw met het knotje is Leopoldine Müller, zij geeft les in dans en beweging. Ze zegt slechts een paar zinnen en legt uit dat het lichaam een belangrijk expressiemiddel is voor een toneelacteur, net zo belangrijk als mimiek en stem. Andere leraren zijn vandaag niet beschikbaar, die zullen ze in de loop van hun opleiding leren kennen.

'En wanneer begint het?' vraagt Frieda wijsneuzig.

'Je kunt zeker niet wachten, hè?' vraagt mevrouw Einzig lachend. 'Vandaag krijgen jullie een introductie en algemene informatie van ons. Morgen beginnen de eigenlijke lessen.'

'Morgen pas?'

De teleurstelling is in haar stem te horen. Ook de andere studenten vinden het jammer dat ze tot morgen moeten wachten. Ze krijgen te horen dat niet alle vakken hier in het theater worden gegeven. Stemvorming en lichaamstraining vinden deels ook plaats in het Dr. Hoch's Konservatorium aan de Eschersheimer Landstrasse. Ze moeten het in hun rooster noteren en zullen af en toe met de tram op en neer moeten.

'De toneelschool bestaat nu vijf jaar,' vertelt meneer Weichert. 'Ons instituut heeft al een aantal uitstekende acteurs voortgebracht. Daar zijn we heel trots op.'

Hij raadt hun aan om theatervoorstellingen bij te wonen, vooral die die hij heeft geregisseerd, en kondigt aan dat ze aan het eind van het jaar, wanneer het theaterseizoen weer begint, al als figuranten of in kleine bijrollen zullen worden ingezet. Dat is belangrijk, want dan kunnen ze alvast podiumervaring opdoen. 'Theaterlucht opsnuiven. Dat kan ook in een ballet of in een opera zijn, maar zeker in het kerstsprookje hebben we jullie nodig als engelen.'

Hij grijnst schalks bij deze aankondiging en Frieda denkt dat de toneelstukken in Frankfurt niet veel verschillen van het kerstspel van Dingelbach. Daar hebben ze met Kerstmis ook veel engelen nodig. Ze weet alleen nog niet hoe ze aan haar moeder moet uitleggen dat ze 's avonds als engel in het theater van Frankfurt moet optreden.

Nu moeten ze de zaal vrijmaken, want mevrouw Krug moet ouderejaars lesgeven in 'bewegingsdans'.

'Mogen we kijken?' vraagt Frieda.

Dat mogen ze vijf minuten, want het lokaal is klein en er zijn tien studenten die de ruimte nodig hebben voor de oefeningen.

De ouderejaars staan al voor de deur te wachten. Het zijn vijf jonge vrouwen en vijf mannen. Ze kijken de nieuwkomers grijnzend aan, wensen hun succes en maken zich klaar voor de les. Jonny is er ook bij. Hij kijkt Frieda neerbuigend aan en gooit zijn jas in een hoek.

'Van wie is dit vod onder de stoel?' roept een meisje.

'Van mij!' roept Frieda geschrokken. 'Die was ik vergeten.'

Ze trekt haar jas onder de stoel vandaan, verontschuldigt zich en loopt ermee naar de andere eerstejaars, die verlegen naast de deur tegen de muur aan staan.

'Jij bent Frieda, toch?' fluistert een klasgenoot tegen haar. 'Ik ben Annemarie.'

Ze glimlachen naar elkaar en Frieda weet meteen dat ze Annemarie aardig vindt. Ze heeft kort blond haar, grijze ogen en is een beetje mollig.

'Ik geloof dat ik je al eerder heb gezien,' zegt Frieda. 'Bij de eerste auditie.'

'Toen zag ik jou ook. Je was daar met twee andere meisjes, toch?'

'Dat klopt. Mijn nicht en mijn zusje. Waarmee heb jij auditie gedaan?'

'Gretchen uit *Faust*. En jij?'

'Eerst Lady Macbeth. En de tweede keer Puck uit *Een midzomernachtsdroom*.'

'Stilte graag!' onderbreekt de energieke stem van de dansdocent hen. 'We gaan klaarstaan. Maak het lichaam los. Schud de ledematen uit...'

Het valt Frieda nu pas op dat de studenten korte broekjes en hemdjes aanhebben. Ze zijn allemaal nogal bloot. Niet alleen de mannen, maar ook de vrouwen. O god, denkt ze, als mama dit zou zien, zou ze waarschijnlijk niet goed worden. Het is een zonde om zo voor mannen rond te lopen! Met blote bovenbenen en zonder mouwen. Frieda wordt ook een beetje naar bij deze aanblik. Waar gaat ze deze kleding vandaan halen? Haar moeder zal het zeker niet voor haar kopen. Al helemaal niet de zachte turnschoentjes die sommigen dragen. Maar waarschijnlijk kun je ook op blote voeten dansen, dat is een schrale troost.

Maar wat ze te zien krijgt, lijkt niet echt op dansen. Het ziet er meer uit als vrije oefeningen, zoals ze weleens op school deden. Maar dan minder stram. Vloeiender, eleganter. En de studenten vertrekken ook niet hun gezicht zoals de leerlingen in Dingelbach als ze op het schoolplein knie- en heupbuigingen moeten doen.

Na de eerste opwarmingsoefeningen neemt de docent afscheid van het publiek en mogen ze het theater voor vandaag verlaten. Kletsend en opgewonden door hun eerste indrukken lopen ze door de gangen, waar ze tegen studenten op botsen die haastig doorlopen. Vooral de dansers zijn direct herkenbaar omdat ze allemaal klein, sierlijk en erg knap zijn.

'De balletmeisjes,' grapt iemand. Hij heeft rood haar en ziet er een beetje raar uit, vindt Frieda.

Buiten blijven ze nog even staan kletsen en stellen ze zich aan elkaar voor. De roodharige jongen is Erwin Kreuzer uit Mainz. Dan is er iemand die langer is dan zij allemaal, een nogal knokig uiterlijk heeft en langzaam praat. Hij heet Rudolf Stimpel en komt uit Frankfurt. De vierde is Kurt Bacholski. Hij ziet eruit als een sterke boer en heeft een diepe stem. Naast Harry vindt Frieda hem het leukst.

Harry stelt voor om naar Café Bauer te gaan om nog even te praten. Iedereen is het ermee eens, behalve Frieda. Ze kan geen koffie betalen bij Café Bauer, laat staan een stuk taart, anders heeft ze niet genoeg geld voor de terugreis naar Dingelbach. Maar dat zegt ze niet, want ze wil niet dat haar klasgenoten weten dat ze geen geld heeft.

'Dat zou ik heel leuk vinden, maar ik heb helaas nog een afspraak,' verzint ze. 'Ik moet opschieten zodat ik niet te laat kom.'

Ze beseft meteen dat niemand haar gelooft. Ze gingen er allemaal van uit dat ze vandaag tot vier uur les zouden hebben, hoe kan zij dan om half twaalf een afspraak hebben?

'Ah, kom op,' zegt Harry. 'Ik trakteer je. We moeten tenslotte ons weerzien vieren, Frieda!'

Ze vervloekt het ellendige feit dat ze geen geld heeft, waar ze constant mee geconfronteerd wordt. Wat zou ze graag met hen meegaan, al was het maar omdat Harry het haar zo lief smeekt en haar op een bijzondere manier aankijkt. Maar ze wil niet dat hij haar koffie betaalt, daar is ze te trots voor.

'Een andere keer,' antwoordt ze en ze trekt de lelijke jas aan die ze tot nu toe onder haar arm heeft gedragen. 'Tot morgen! Om tien uur in het theater. Voordracht- en spreektechniek. Ik ben benieuwd!'

Ze zwaait geveinsd vrolijk naar de groep en loopt weg. Na een tijdje kijkt ze achterom. De anderen staan niet meer voor het theater en zullen dus wel naar het café zijn gegaan. Nou, dat begint al goed, denkt ze. Misschien kan ik wel meegaan als ik vaker bij Zum Raben in de bediening ga werken? Maar dan zal ze het geld aan haar moeder moeten geven, want zij betaalt de toneelschool. En wat als ze een klein deel ervan voor zichzelf houdt? Dan zal Herta klagen dat zij dag in, dag uit werkt en nooit een cent voor zichzelf uitgeeft, maar alles alleen voor de winkel doet. Aan de andere kant, wat kan haar het schelen dat Herta zeurt? Zij moppert toch bij elke gelegenheid op haar.

Als ze op de Rossmarkt aankomt, stopt ze voor een bakkerij en doet ze alsof ze naar het gebak in de etalage kijkt. In werkelijkheid denkt ze na over wat ze nu moet doen. Naar huis gaan? Dan moet ze de rest van de middag in de winkel werken. Daar heeft ze eigenlijk geen zin in. Ze zou Frankfurt kunnen bekijken, maar ze heeft honger gekregen. Daarom gaat ze op een bankje zitten en haalt de boterhammen uit haar tas. Daar zit ook het briefje in dat Ida haar heeft gegeven. Dat was ze helemaal vergeten. Wat staat erop?

Else Haller, Frankfurt am Main, Bockenheimer Landstrasse 96

Het adres van haar grootmoeder! Wat denkt Ida nou? Moet ze er soms naartoe gaan en zich aan haar voorstellen? Hallo, ik ben uw kleindochter Frieda. De dochter van Marthe Haller, die u laatst in Dingelbach het huis uit heeft gegooid.

Haar moeder zou het haar nooit vergeven als ze haar grootmoeder achter haar rug om zou bezoeken. Ze stopt het briefje terug in haar tas en pakt de boterham met worst uit. Hongerig kauwt ze op de bloedworst. Ze bedenkt dat Herta er best wat mosterd op had kunnen doen en stopt het verfrommelde papier terug in de tas. Daarbij voelt ze Ida's briefje weer en ze vraagt zich af of ze niet op zijn minst even langs het huis van haar grootmoeder moet lopen.

Ze heeft toch nog tijd. En misschien is het wel interessant om te weten hoe en waar haar grootmoeder in Frankfurt woont. Gewoon zomaar. Omdat ze een naast familielid is.

De tweede boterham bewaart ze voor later en ze kijkt om zich heen om te zien aan wie ze de weg naar de Bockenheimer Landstrasse zou kunnen vragen. Een van de mannen die voor een gebouw staan en krantenadvertenties bestuderen? Of de dikke vrouw met de twee kinderen die net uit de bakkerij komt? Maar die ziet er niet aardig uit en geeft net de jongen een klap. Frieda besluit het aan de bretzelverkoopster te vragen. Zij kijkt vriendelijk en bovendien trekt de geur van bretzels haar magisch aan.

'Pardon, ik ben op zoek naar de Bockenheimer Landstrasse...'

De bretzelvrouw lijkt haar al een tijdje in de gaten te houden, want ze vertrekt haar gezicht tot een glimlach. Helaas mist ze twee tanden aan de voorkant. Net als Anni Christ, die heeft ook al heel wat tanden verloren.

'Je komt zeker uit een dorp?' vraagt ze aan Frieda.

'Ja. Uit Dingelbach...'

'Luister, kleintje. Als je hier in de stad helemaal alleen op een bankje gaat zitten, kan het zijn dat je lastiggevallen wordt. Snap je?'

'Lastiggevallen?'

'Door een of andere kerel die niets goeds in de zin heeft. Ik vertel het je alleen maar zodat je het weet. Goed! Voor de Bockenheimer Landstrasse moet je naar de Theaterplatz. Vandaar sla je links af de Bockenheimer Landstrasse in.'

'Heel erg bedankt!'

Dat is de eerste grote-stad-les. Niet alleen op een bankje zitten. Nou ja, zeg!

Op de Theaterplatz passeert ze een schoenenwinkel en ze blijft als aan de grond genageld staan. Daar zijn ze, de mooie, lichte, elegante schoenen met een gespje. Ze zijn verkrijgbaar in brokaat, die kosten vijf mark negentig. En in lak, die zijn ook heel chique en kosten een mark meer. Maar de mooiste zijn de zachtgekleurde exemplaren in rosé, beige en mauve. Het woord 'mauve' kent ze niet, maar de kleur heeft iets van een rijpe pruim. Zeven mark negentig! Laatst kreeg ze bijna tien mark fooi bij Zum Raben, daarvan had ze deze schoenen kunnen kopen. Maar ze gaf twee mark aan Ida en vijf mark aan haar moeder. De rest besteedde ze aan haarspeldjes, schriften en chocolade. In de winkel tegen de inkoopprijs. Weg was het geld.

De Bockenheimer Landstrasse is erg breed. In het midden staan bomen, die helaas nog kaal zijn. Ze ziet steeds meer tuinen, beschermd met hoge ijzeren hekken. Op deze percelen staan prachtige villa's, die helemaal zijn opgetrokken uit steen. Het zijn geen vakwerkhuizen zoals Villa Küpper. Het lijken wel kasteeltjes, denkt Frieda. Statig en massief, helemaal wit geschilderd en met hoge ramen. Zouden hier alleen maar prinsen en prinsessen wonen?

Het huisnummer 96 staat op een bordje bij de poort van een perceel. Frieda blijft schuchter staan en kijkt naar de villa. Dus hier woont haar grootmoeder, in dit grote huis met de halfronde zuilenveranda die versierd is met stenen bloemmotieven. Aan de rechterkant groeit klimop tot aan het dak. Het ijzeren hek dat de tuin omringt, wordt op zijn plaats gehouden door stenen palen waarop witte kruiken staan die ook uit steen zijn gehouwen.

Een brede oprijlaan leidt naar de tuin en langs het huis. De ingang is waarschijnlijk aan de achterkant. Dan rijdt grootmoeder hier zeker altijd met haar auto naar binnen en parkeert ze hem ergens achter het huis. Frieda blijft besluiteloos en in gedachten verzonken bij het hek staan. In deze tuin, die meer op een park lijkt, zal haar vader als kleine jongen hebben rondgelopen. Hij heeft er nooit iets over verteld. Grootmoeder wilde vast dat hij ging trouwen met een rijke dame uit Frankfurt, maar hij werd verliefd op Frieda's moeder en verhuisde naar Dingelbach. Ze leerden elkaar kennen op een feestje in Bad Homburg, dat is het enige wat Frieda ervan weet. Haar moeder hielp in de zaal met het bedienen van de gasten. Zou ze deze statige villa ooit hebben gezien? Heeft haar vader zijn jonge verloofde hier aan zijn moeder voorgesteld? Ze hebben er nooit iets over verteld aan hun dochters.

De zon piept tussen de wolken door en weerkaatst tegen de ruiten op de bovenverdieping van de villa. Frieda voelt de verleiding. Nu ze hier toch is, zou het stom zijn om niet op zijn minst even gedag te zeggen. Dat hoeft haar moeder niet te weten. Het is tenslotte Frieda's grootmoeder. Misschien zou haar vader, die niet meer bij hen is, het wel fijn hebben gevonden.

De sierlijke gietijzeren poort heeft twee vleugels, waarvan er één opengeduwd kan worden. Ze loopt door de poort, doet hem netjes achter zich dicht en loopt over het pad naar de achterkant van het gebouw. Hier is een tuinhuisje en er is een garage, waar de auto zeker in staat. Het huis heeft drie ingangen, een grote in het midden en twee kleine rechts en links daarvan. Frieda kiest voor de mooie entree in het midden. Boven de brede witgelakte voordeur is een rond afdakje en is er ook een elektrische bel aan de rechterkant.

Een dienstmeisje in een zwarte jurk met een wit kanten schortje voor opent de deur. Ze is iets ouder dan Frieda en kijkt haar met een afwijzende blik aan.

'U wenst?'

'Goedemiddag. Ik ben Frieda Haller uit Dingelbach...'

Het dienstmeisje fronst haar wenkbrauwen. 'Ik begrijp het niet. Hebt u zich aangemeld bij mevrouw Haller?'

'Nee. Ik kwam toevallig langs en wilde haar alleen even kort gedag zeggen...'

Het dienstmeisje kijkt nu erg achterdochtig en doet de deur iets verder dicht.

'Mevrouw heeft op dit moment gasten. Misschien kunt u een andere keer komen. Wat was uw naam ook alweer?'

'Frieda Haller. Ik ben haar kleindochter.'

De opgewekte, zelfverzekerde toon van de vreemde bezoekster brengt het dienstmeisje in verwarring. Ze weet niet goed wat ze moet doen.

'Kleindochter? U bent...'

'Mevrouw Haller is mijn grootmoeder!' zegt Frieda, die zich ergert omdat het meisje zo traag van begrip is. Wat is daar zo moeilijk aan te begrijpen?

'Komt u alstublieft binnen. Een momentje graag, ik vraag of mevrouw Haller even tijd voor u heeft...'

Ze leidt haar door een kleine vestibule naar een hal die heel licht is omdat hij uitkomt op de halfronde voorgevel die hoge ramen heeft. Aan de rechterkant leidt een trap naar de bovenverdieping. Het is geen smalle houten trap zoals in boerderijen. Deze treden zijn van steen, breed en vlak, zodat je heel comfortabel naar boven kunt lopen. Het dienstmeisje laat haar in de hal staan en haast zich naar boven. Haar rok zwiept heen en weer en ze houdt het kleine kanten mutsje vast dat ze op haar hoofd draagt.

Speelt er iemand piano? Het klinkt mooi. De klanken borrelen als glinsterende waterdruppels. Heel anders dan bij Zum Raben. Daar staat ook een piano, maar die klinkt blikkerig, en als er een bierpul op staat, rammelt die. De klanken zijn nu luider en ze hoort stemmen, waarschijnlijk heeft het meisje boven een deur geopend.

'Frieda Haller?' vraagt een vrouwenstem. 'Uit Dingelbach?'

'Ze zegt dat ze uw kleindochter is, mevrouw...'

'Waar is ze?'

'Ze wacht beneden in de hal, mevrouw.'

De pianoklanken zijn nu alleen nog gedempt te horen en bovenaan de trap verschijnt een vrouw. Ze is helemaal in het zwart gekleed en heeft haar witte haar opgestoken. Er glinstert iets op haar borst. Een broche met een fonkelende steen, vast een diamant. Ze loopt snel en met vaste tred de trap af en blijft op de laagste trede staan. Ze bekijkt de bezoekster aandachtig. Ze neemt haar van top tot teen op. Frieda beseft beschroomd dat haar grootmoeder niet erg enthousiast is over dit verrassende bezoek, want ze kijkt misnoegd.

'Jij bent Frieda?' vraagt ze en ze laat haar wenkbrauwen zakken.

Frieda is vastbesloten zich niet te laten intimideren.

'Ja, ik ben Frieda Haller. Goedendag. Ik had vandaag mijn eerste dag op de toneelschool en omdat ik nog tijd overhad, dacht ik dat ik wel even langs kon komen...'

'Weet je moeder ervan?' vraagt mevrouw Haller streng.

'Nee...'

Even is het stil. Frieda vraagt zich af of haar grootmoeder haar schoondochter en kleindochters definitief heeft afgeschreven. Haar grootmoeder staart haar peinzend aan en schudt dan haar hoofd.

'Het is een schande om een meisje zo rond te laten lopen,' zegt ze, meer tegen zichzelf dan tegen Frieda. Dan vraagt ze: 'Heb je niets anders om aan te trekken, Frieda?'

Nu voelt Frieda zich helemaal het lelijke eendje en een boerentrien. Het is maar goed dat ze thuis geen vee hebben, anders zou ze ook nog naar een stal ruiken.

'We moeten zuinig zijn,' legt ze aarzelend uit. 'De toneelschool kost veel geld. Maar dat maakt niet uit. Als ik eenmaal een contract heb bij een theatergezelschap, verdien ik geld en ga ik mooie kleren kopen. Tot die tijd moet ik het hiermee doen. Bovendien gaat het niet om de kleding, maar om het talent.'

Grootmoeder luistert zwijgend en heel even meent Frieda een kleine glimlach op haar gezicht te zien. Maar misschien vergist ze zich en was het alleen een geïrriteerd trekje.

'Luister, Frieda,' zegt de oude vrouw en ze doet een paar stappen naar haar toe. 'Ik heb vandaag gasten. Kom volgende week woensdag rond twee uur bij me langs, ik wil graag met je praten.'

'Woensdag heb ik om twee uur spreektechniek van meneer Engels,' werpt Frieda tegen.

'Van Alexander Engels?'

Aha, ze kent haar leraren. Waarschijnlijk omdat ze zo vaak naar het theater gaat.

'Ja, ik geloof dat zijn voornaam Alexander is. Zou ik misschien om negen uur kunnen komen? Dan neem ik gewoon een trein eerder...'

Haar grootmoeder fronst haar wenkbrauwen. Is dat te vroeg voor haar? Staan de mensen in de stad allemaal zo laat op? Om negen uur is de ochtend in Dingelbach voorbij, want om vijf uur wordt het vee gevoerd en gemolken.

'Om negen uur al? Nou ja, voor mijn part. Maar wees op tijd, dat vraag ik nadrukkelijk.'

'Klokslag negen uur!' roept Frieda opgewekt, en nu kan ze zich niet meer inhouden. 'Ik ben hier woensdag om negen uur. Ik ben heel blij. En neem me niet kwalijk dat ik u zomaar heb overvallen. Ik was niet thuis toen u in Dingelbach was. En ik wilde u heel graag leren kennen. Want Ida vertelde me dat onze grootmoeder een heel aardige en lieve vrouw is...'

Nu glimlacht ze, Frieda ziet het heel duidelijk. Het is een ietwat moeizame, maar warme glimlach. Haar grootmoeder lijkt een ernstige persoon te zijn die niet gewend is om te glimlachen.

'Tot woensdag, Frieda. Ik ben ook blij.'

Op weg naar het station wordt Frieda geplaagd door schuldgevoelens. Nu heeft ze haar moeder toch verraden. Als zij erachter komt, zal ze waarschijnlijk het schoolgeld niet meer betalen en komt Frieda in de grootste problemen. Vanavond, als Herta nog niet in bed ligt, zal ze alles met Ida bespreken. Zij zal vast en zeker heel blij zijn dat Frieda grootmoeder heeft bezocht...

22

Helga heeft een ketterse gedachte in haar hoofd die haar niet meer loslaat. Een ver lichtpunt, heel vaag en wisselend in sterkte, maar aanlokkelijk. Een hoop om aan de ellende te ontsnappen. Maar tegelijkertijd is daar de angst voor een nieuwe, diepe pijn die alles zal vernietigen. Zelfs als ze de moed zou hebben om van Otto te scheiden – hoewel ze geen idee heeft hoe dat zou moeten – zou ze haar zoon voor altijd verliezen. Heinz zou op de Schützhoeve moeten achterblijven, zonder zijn geliefde moeder, zonder zijn grootmoeder Anni, helemaal overgeleverd aan de genade van zijn opvliegende vader en gemene grootmoeder Gertrud.

Dat kan ze niet laten gebeuren. Ze lijdt liever zelf aan de helse kwellingen dan haar kind bloot te stellen aan deze ellende. Wat maakt het uit, denkt ze. Mijn leven is geleefd. Ik ben met de verkeerde man getrouwd, dat is mijn lot en dat lot moet ik nu dragen. Maar Heinz is nog een kind. Hij zal op een dag een fatsoenlijk en eerlijk man worden en daarom moet ik bij hem blijven. Zolang Onze Lieve Heer mij het leven geeft.

Ze heeft niet meer met haar moeder Anni over dit onderwerp gesproken. Ze kan er met niemand over praten. Ze heeft geen vriendin aan wie ze zulke schandalige gedachten kan toevertrouwen. Een tijdlang vroeg ze zich af of ze de oude dominee Seybold om raad moest vragen. Maar dat idee heeft ze verworpen. Welk excuus ze ook zou verzinnen om onder vier ogen met de dominee te praten, de mensen in het dorp zouden erover kletsen. En omdat ze allemaal ogen in hun hoofd hebben, zouden ze meteen raden dat er iets mis is met haar huwelijk.

En daar zouden ze geen ongelijk in hebben, dat merkt iedereen in het dorp. Otto maakt geen geheim van zijn idiote jaloezie en heeft al een paar keer grof tegen haar geschreeuwd op het erf. Ook Gertrud praat op een barse toon tegen haar. Ze heeft zich weer bij Otto in de gunst gedrongen, leest al zijn wensen in zijn ogen en zit 's avonds in de woonkamer met 'haar jongen' te kletsen over mooie oude tijden. Helga's moeder Anni durft zich amper nog in de keuken te vertonen omdat hij zijn woede altijd als eerste op haar afreageert. Alleen Heinz beleeft betere tijden. Zijn vader is ongewoon mild voor hem en Gertrud doet alles om 'iets goeds te doen' voor de jongen.

Het valt natuurlijk niet te ontkennen dat ze zelf ook niet helemaal onschuldig is aan de ontwrichting van haar huwelijk. Ze doet het niet expres omdat ze haar man tegen zich in het harnas zou willen jagen. Het gebeurt omdat ze zich geen raad weet.

'Alweer?'

'Om de vier weken, dat weet je toch...'

'Hou me niet voor de gek. Twee weken geleden zei je ook dat je ongesteld was. Je liegt tegen me! Omdat je aan die ander denkt, daarom! Je zou zeker liever met Oskar het bed in duiken?'

'Dat is onzin, Otto. Waarom zeg je altijd dat soort dingen?'

'Omdat het waar is!'

'Je verbeeldt het je gewoon.'

Ze is geen goede actrice, hij heeft allang door dat ze een hekel aan hem heeft. Als hij haar aanraakt, moet ze zichzelf dwingen niet weg te rennen. Zijn begerige blikken doen haar huiveren. Doordat Gertrud de jaloezie in hem heeft aangewakkerd, eist hij vaker dan normaal zijn huwelijksrechten op. Het is alsof hij haar elke dag moet bewijzen dat ze van hem is en dat hij haar kan nemen wanneer hij maar wil.

Smoesjes als hoofdpijn of vermoeidheid accepteert hij niet. Dan wordt hij boos, scheldt haar uit en doet hij toch wat hij wil. Ze verzet zich niet, ze laat het gebeuren, maar hij voelt dat ze er niet van geniet maar onverschillig blijft en opgelucht is als hij klaar is. Het lukt hem niet altijd zoals hij zou willen en dan is hij extra boos en verwijt hij haar dat hij niet 'zijn mannetje kan staan'.

Helga weet niet hoe het verder moet. Innerlijk neemt ze steeds meer afstand van haar man. Ze trekt zich in zichzelf terug en weet algauw niet meer waar ze de kracht vandaan moet halen om het juk te dragen dat het lot haar heeft opgelegd. Blijven en volhouden, zodat Heinz zijn geliefde moeder niet verliest. Maar doet ze de jongen eigenlijk wel een plezier als ze voor zijn ogen wegkwijnt omdat het verdriet aan haar lichaam en geest knaagt? Ze weet geen uitweg. Niemand kan haar adviseren, niemand kan haar helpen. Ze is alleen met haar ellende. Als een konijn dat in een hok is opgesloten, onafgebroken rondjes rent en de uitgang niet vindt. En zo sleept ze zich van de ene naar de andere dag voort en ligt ze 's nachts wakker omdat ze rusteloos is vanbinnen en niet kan slapen.

De lente is in aantocht. De zon staat hoger, de dooiende sneeuw laat plassen achter in de velden en de beek treedt regelmatig buiten zijn oevers waardoor de weiden overstromen. De boeren van Dingelbach inspecteren hun akkers en besluiten dat het tijd is om te ploegen, te eggen en te zaaien. Hannes Killinger en zijn gezel Erwin hebben het ontzettend druk doordat menig boer in de herfst heeft verzuimd om zijn ploeg en eg te laten repareren. Voor Helga is het een kleine opluchting dat het werk op de akkers weer begint, want nu is Otto de hele dag op het veld. Gertrud is vaak bij hem en zelf kan ze met Anni thuisblijven. Ze zorgen voor het vee, drinken 's ochtends samen een kopje koffie in de keuken en Helga doet boodschappen in de dorpswinkel.

Ze gaat graag naar de winkel, want het is een van de weinige gelegenheden voor haar om onder de mensen te komen en nieuwtjes uit het dorp te horen. Maar ook omdat Carla Ritter er af en toe boodschappen doet en Oskar Michalski met haar meegaat om de spullen te dragen. Nee, ze kan hem geen hoop geven en misschien hoeft dat ook niet omdat hij haar allang heeft afgeschreven. Maar het doet haar goed om te weten dat hij er is. Dat ze hem 's ochtends kan groeten en een vriendelijke groet terugkrijgt. Dat hij haar met zijn donkere ogen peinzend aankijkt en vraagt hoe het met haar gaat. En ook de schok die door haar heen gaat als ze hem in de winkel ziet, voelt als een licht dat in donkere dagen voor haar schijnt.

Het is al een tijdje stiller in de dorpswinkel, want Frieda, die de klanten altijd zo vrolijk bediende, zit nu op de toneelschool in Frankfurt. Herta is alleen met haar moeder en laat duidelijk merken dat zij zich moet opofferen. En Marthe Haller, die anders altijd beminnelijk is tegen iedereen, reageert koeltjes als iemand naar Frieda vraagt.

'Dat is maar tijdelijk en zal gauw afgelopen zijn!' zegt ze nors. 'Ze zal blij zijn als ze in Dingelbach terug is.' Omdat niemand Marthe tegen zich in het harnas wil jagen, wordt er niet meer naar Frieda gevraagd. Soms helpt het jongste zusje Ida mee in de winkel, maar ze doet het met tegenzin, en als ze voor een kind snoepjes moet aftellen, stopt ze meestal te veel in het zakje.

'Heb je niet leren tellen op school?' moppert Herta dan boos.

'Je kunt ze niet tellen, want ze zitten allemaal aan elkaar vastgeplakt,' verdedigt Ida zich met een grijns.

Vandaag heerst er een bedrukte stemming in de dorpswinkel, want er wordt weer over de Grossmannhoeve gepraat. Lene is al dagen niet meer gezien en Herbert heeft het laatste paard dat hij nog heeft niet meer naar de akker geleid om voor de ploeg te spannen.

'Volgende week dinsdag,' zegt Lina Altmann. 'Georg heeft het in de krant gelezen. Dinsdag om elf uur 's ochtends.'

'Het is een schande!' zegt Marlis Alberti. 'De vierde boerderij alweer in Dingelbach. Wat zijn dit voor tijden? Toen we nog een keizer hadden gebeurde het niet dat boerderijen van de mensen werden afgepakt en geveild!'

'Als de hoeve maar niet gekocht wordt door iemand van buiten het dorp!' verzucht Herta. 'Je weet nooit wie erop afkomt...'

'Waarom doet onze burgemeester niets?' vraagt Marlis boos en ze kijkt Helga verwijtend aan. 'Otto zegt toch altijd dat hij zo veel voor het dorp doet? Waarom kan hij niet voorkomen dat ze de boerderij van die twee oude mensen afpakken?'

Deze vraag brengt Helga in een lastig parket. Eigenlijk is ze het met Marlis eens. Bovendien is het zelfs nog erger dan iedereen vermoedt, want Otto zit er gewoon op te wachten dat hij de Grossmannhoeve zelf tegen een lage prijs kan kopen. Maar dat gaat ze hier niet vertellen, want ze is zijn vrouw en moet voor de buitenwereld achter hem staan.

'Wat kan hij doen, Marlis?' zegt ze bedroefd. 'Het is de schuld van de bank, die het geld eerst aan Herbert heeft gegeven en nu zijn boerderij afpakt.'

'Ik ben gisteren met Rudolf bij Herbert geweest,' zegt Marlis. 'Wat een drama om ze zo hopeloos te zien. We hebben tegen hen gezegd dat ze bij ons mogen wonen. Maar ze schudden alleen maar hun hoofd...'

'Georg is ook bij hen geweest,' vertelt Lina. 'Hij zei dat ze bij ons op onze boerderij moeten komen als de veiling aan de gang is. Want het zal zeker moeilijk voor hen zijn om erbij toe te kijken.'

'Wat gaan ze doen als de boerderij wordt verkocht?' vraagt Marthe zich angstig af. 'Gaat hun zoon uit Frankfurt voor hen zorgen?'

'Die heeft zelf niets!' antwoordt Marlis.

'Zondag zal de dominee hen in de voorbeden noemen,' kondigt mevrouw Seybold aan. 'De lieve Heer zal hen niet alleen laten in hun nood.'

Niemand in de winkel reageert. De bewoners van Dingelbach zijn vroom, ze gaan op zondag naar de kerk en de dominee is voor iedereen in het dorp een persoon met aanzien. Maar niemand kan geloven dat de lieve Heer de Grossmannhoeve zal redden van de veiling. Anders zou Hij ook niet hebben toegelaten dat de drie andere boerderijen verkocht moesten worden.

'Wat kan ik nog voor u doen?' vraagt Marthe ten slotte aan de vrouw van de dominee. 'We hebben verse koffiebonen binnengekregen. Tweehonderdvijftig gram, gemalen?'

Maar mevrouw Seybold slaat het af. Haar man heeft last van zijn hart en kan beter moutkoffie drinken. Ze wil een doosje punaises en een pakje margarine. Ze betaalt en dan is Helga aan de beurt.

'Tien witte overhemdsknopen en een klosje naaigaren.'

Marthe trekt de lades uit de kast en zet ze voor Helga neer. In de ene lade zitten de knopen, telkens tien stuks op een kartonnetje genaaid, en in de andere lade zitten klosjes wit en zwart naaigaren in verschillende diktes.

Helga vraagt nog om een potje mosterd en een fles azijn, en daarna rekent ze af en stopt ze haar boodschappen in haar tas. Eigenlijk zou ze nu weer op weg naar huis moeten, maar ze blijft voor de vitrine met de chocolade staan en doet alsof ze overweegt om een reep chocolade te kopen. Het is gezellig in de dorpswinkel, waar de vrouwen met elkaar kletsen en ze niet bang hoeft te zijn dat Gertrud haar aanvalt of dat Otto van het veld thuiskomt en zijn slechte humeur op haar afreageert. Maar de echte reden voor haar getreuzel is de hoop dat Carla van Villa Küpper nog boodschappen komt doen en Oskar haar vergezelt. Helaas lijkt ze vandaag geen geluk te hebben, want alleen Lore Dippel, de molenaarsvrouw, komt de winkel binnen, en na haar Karin Guckes van Zum Raben.

'Hebben jullie het al gehoord?' vraagt Karin meteen. 'Mevrouw Küpper van de villa heeft een minnaar.'

Dus toch, denkt Helga geschrokken. Het is mijn eigen schuld. Ik ben een lafaard geweest. Ga met me mee, zei hij. Maar ik heb hem weggestuurd.

Plotseling wordt ze overvallen door een onbeschrijfelijk verdriet, alsof haar laatste sprankje hoop voor altijd is vervlogen.

'Hoe weet je dat?' vraagt Lina nieuwsgierig.

'Nou, Erna en Ernst hebben haar al twee keer op zondag op het station gezien. Ze ging naar Frankfurt. En ze droeg een mooie hoed, zei Erna.'

Het nieuws maakt weinig indruk. Marthe is van mening dat je niet meteen kunt zeggen dat mevrouw Küpper een minnaar heeft, alleen maar omdat ze op zondag naar Frankfurt gaat.

'Maar ze had bezoek,' zegt Karin. 'Er stond een auto voor de villa geparkeerd. Een heel dure. Met een chauffeur erin.'

'Hoe weet je dat nou weer, Karin?' vraagt Marlis.

Karin haalt haar schouders op en zegt dat er 's avonds veel gekletst wordt als de mannen nog een biertje drinken in Zum Raben. Zeker als het over een auto gaat, dan bemoeien ze zich er allemaal mee.

'Als er een chauffeur in zat,' zegt Herta, 'dan was het vast een adellijke heer.'

'Of een schurk die rijk is geworden van de ellende van het volk,' zegt Marlis. 'Daar schijnen er veel van te zijn in Frankfurt.'

Dan zwijgt ze, want Marthe perst haar lippen op elkaar en kijkt verbeten voor zich uit. O ja, Frieda, die gaat nu elke dag naar Frankfurt. Als het meisje daar maar niet in slecht gezelschap komt. Ze zou niet de eerste zijn die met een kind in haar buik terug naar het dorp wordt gestuurd.

Helga voelt opluchting. Ze kan weer vrij ademen en vraagt zich af hoe het mogelijk is dat ze het zo benauwd kreeg van één enkele roddel. Het is een ander. Een rijke man uit de stad. Niet Oskar.

'Goed,' zegt ze. 'Ik moet maar weer eens op huis aan. De zeug moet werpen, dus we moeten erbij blijven en opletten dat ze niet weer een van de biggen dooddrukt.'

Op de boerderij treft ze Anni alleen aan in de keuken. Gertrud is in de varkensstal om te kijken of het al zover is.

'Je moet voor Otto en Adam het middageten naar het veld brengen,' zegt Anni. 'Gertrud wil liever in de stal blijven tot de biggen er zijn.'

De akker waar de mannen op werken ligt bij de nieuwe begraafplaats. Ze moet door de Mühlgasse en bij Alfred Dippel de beek oversteken. Hij heeft een brede houten brug over het water gemaakt zodat de dorpelingen met hun karren bij de molen kunnen komen.

Helga slaat een warme doek om haar schouders, pakt de mand en gaat op weg. Ze loopt stevig door. De frisse wind die door het dal waait doet haar goed. Wat zou ze nu graag haar stomme hoofddoek afdoen en haar haar losmaken en in de wind laten wapperen. Maar ze kan vanuit het dorp gezien worden, dus ze doet het maar niet.

Mevrouw Küpper heeft het goed voor elkaar, denkt ze. Ze is alleenstaand en rijk, kan doen en laten wat ze wil en niemand kan haar de wet voorschrijven. Als ze een minnaar heeft, is dat haar zaak. Het gaat niemand iets aan. Ze kan zich ook kleden zoals ze wil en haar haar kort laten knippen. Terwijl Helga de onpraktische dorpsklederdracht moet dragen omdat haar schoonmoeder dat zo wil, en haar mooie krullen moet vlechten en opsteken en ook nog een hoofddoek om moet doen. Vroeger, toen Otto nog aardig voor haar was, vond ze het niet zo erg, maar nu heeft ze vaak het gevoel dat ze een rare vermomming draagt die niet bij haar past en niet voor haar gemaakt is.

Otto en Adam zijn nat van het zweet en ook de merries zweten van het harde werken.

'Zet het daar maar neer, boerin,' zegt Adam en hij wijst naar de rand van het veld. 'En bedankt voor het brengen.'

Ze wenden de paarden en trekken de volgende voren over het veld. Het is zwaar en moeizaam werk dat al generaties lang op deze manier wordt gedaan. Niemand hier wil iets weten van zulke nieuwerwetse uitvindingen als een stoomploeg. Daarvoor zijn de akkers te klein en liggen ze te verspreid, omdat ze bij huwelijken en erfenissen vaak zijn verdeeld en versnipperd. Helga zet de mand aan de rand van de akker neer en kijkt een poosje naar de mannen terwijl ze met de tweebladige ploeg aan het zwoegen zijn. Ze trekt de doek strakker om haar bovenlichaam en overweegt of ze op de terugweg weer langs de molen zal gaan of een omweg zal maken over de brug aan de andere kant van het dorp. In dat geval moet ze langs de nieuwe begraafplaats lopen en tussen weilanden en akkers door naar Villa Küpper. Haar schoenen zullen helemaal smerig worden door de plakkerige klei aan de rand van het veld, maar vanaf daar heeft ze een mooi uitzicht over het dorp. Bovendien zou ze langs het schoolgebouw kunnen gaan en samen met Heinz terug kunnen keren naar de boerderij. Ja, dat is een goed idee. Het wandelingetje zal haar goeddoen.

Ze tilt haar hoofd op en kijkt naar Villa Küpper, die nu verlicht wordt door de schuine stralen van het vroege voorjaarszonnetje. Nee, het gebouw is niet meer zo prachtig als het ooit is geweest. De vakwerkbalken moeten opnieuw worden geverfd en op sommige plaatsen is het pleisterwerk zelfs afgebrokkeld. Toch is het een indrukwekkend huis. Een statig landgoed, niet te vergelijken met de schots en scheef staande huizen in het dorp.

Ze is het treinstation en de brug bij het kerkplein al gepasseerd. Ze zou vanuit hier naar het dorp kunnen gaan, maar ze besluit de laatste brug te nemen, daar waar de weg heuvelopwaarts naar de villa en de fabriek leidt.

Op dat moment draait er vanaf het fabrieksterrein een paardenkar de weg op. Ze blijft staan en er gaat een schok door haar heen. Oskar Michalski zit op de kar en houdt de teugels in zijn handen.

Hij moet haar al veel eerder hebben gezien, want hij laat de twee paarden stoppen. 'Ik breng goederen naar Bad Homburg. Wil je tot aan het dorp meerijden?'

Dat is een nogal domme vraag, want het is nog maar een paar stappen naar het dorp. Maar Helga knikt en hij steekt zijn hand uit om haar op de kar te helpen. Nu zou hij de paarden weer moeten aandrijven, maar hij zit roerloos naast haar en kijkt haar aan.

'Hoe gaat het met je, Helga?'

Ze weet niet wat ze moet zeggen. Hier, helemaal alleen, zonder getuigen, zou ze de waarheid kunnen bekennen, maar ze vreest dat hij dan valse hoop krijgt. En over het algemeen is ze niet iemand die klaagt bij een man.

‘Je hoeft niets te zeggen,’ zegt hij na een tijdje. ‘Ik zie het.’

Terwijl ze nu verlegen naar hem opkijkt, ontmoeten hun blikken elkaar. In zijn donkere ogen ziet ze warmte en vertrouwen. Liefde en de hoop op een ander, beter leven. En toch…

‘Hoe lang hou je het nog vol, Helga?’ vraagt hij zachtjes. ‘Niemand kan dit op de lange termijn verdragen. Ik maak me zorgen om je.’

Hij wil haar hand pakken, maar ze trekt hem geschrokken terug. Als hij haar aanraakt, zal ze hem niet kunnen weerstaan, dan ligt ze voordat ze het weet in zijn armen en staat ze niet voor zichzelf in. Vermoedt hij dat? Misschien omdat het hem net zo gaat?

‘Nee!’ zegt hij. ‘Je hoeft je geen zorgen te maken dat ik je aanraak. Dat doe ik pas als je een besluit hebt genomen.’

‘Er valt niets te beslissen!’ zegt ze meteen. ‘Ik kan mijn kind niet bij hem achterlaten.’

‘We zullen een oplossing vinden, Helga,’ mompelt hij. ‘Maar ik kan niets doen. Ik kan alleen maar blijven en wachten. Het is aan jou om actie te ondernemen.’

Ze zwijgt. Het is fijn om zijn stem te horen en zijn kalme, vertrouwenwekkende nabijheid te voelen. Hij is er. Hij wacht. Waarop?

‘Ik hou van je,’ zegt hij nauwelijks hoorbaar.

En dan heeft ze zichzelf niet meer in de hand. Haar hart stroomt over, haar verstand schakelt zich uit. ‘Ik hou ook van jou, Oskar,’ fluistert ze. Ze staart naar het paard voor haar omdat ze hem niet durft aan te kijken.

‘Dan is toch alles goed,’ hoort ze hem fluisteren.

Even voelt ze zijn hand op de hare rusten. Dan rukt ze zich los, glijdt van de kar en rent over de brug naar het dorp. Haar hart gaat tekeer. Als een heftig vuur flakkert er zinloze maar ook gelukzalige hoop in haar op. Is liefde niet de sterkste kracht van de wereld? Kan liefde niet al het onheil keren?

23

Nu heeft ze het toch gedaan. Ilse is op een van de uitnodigingen ingegaan en is voor een vernissage naar Frankfurt gegaan. Ze heeft het in een opwelling besloten, misschien omdat het weer steeds lenteachtiger is, de velden weer groener worden en de boeren hun akkers omploegen. De winterse verstarring die over het landschap was neergedaald, het doffe grijze licht, de laaghangende lucht en het gevoel van eenzaamheid, dit alles lost nu op in zachte kleuren en beweging.

De vernissage vindt plaats in de hal van de bank. In eerste instantie voelt ze zich een beetje ongemakkelijk omdat er maar weinig mensen aanwezig zijn. Maar Richard Goldstein begroet haar enorm hartelijk en stelt haar aan de andere gasten voor als 'een dierbare kennis en kunstliefhebber'. De mensen zijn vriendelijk maar gedistantieerd, praten over koetjes en kalfjes, en Ilse doet haar best om de hiaten in haar kennis over alles wat met de schone kunsten te maken heeft te verbergen.

'Ik heb momenteel weinig tijd om tentoonstellingen te bezoeken. Ik heb mijn vader opgevolgd en leid ons familiebedrijf. Dat vergt veel van me.'

De nieuwsgierige blikken zijn niet nieuw voor haar en ze kan zich voorstellen wat de mensen van haar denken. Er zijn bankiers en zakenlieden aanwezig, evenals een vertegenwoordiger van de stad Frankfurt en een paar kunstliefhebbers die allemaal behoorlijk welgesteld lijken te zijn. Ze heeft dit soort mensen leren kennen en inschatten op de vele soirees die ze met haar ouders moest bezoeken en laat zich door niemand imponeren. Maar ze voelt zich hier niet op haar gemak. Als Richard Goldstein er niet was, die de hele tijd zijn best doet om voor haar te zorgen, haar een glas champagne brengt, haar van hapjes voorziet en haar glimlachend opmerkingen toefluistert, zou ze het liefst weer naar huis zijn gegaan.

De enkele schilderijen die zijn tentoongesteld, vindt ze helemaal niet mooi. Het moeten portretten voorstellen, maar de schilderes heeft de personen en gezichten in grove vlakken afgebeeld. De geportretteerde mensen kijken nors en verwijtend. Het lijken eenvoudige mensen van het platteland te zijn die geen zin hadden om voor de schilderes te poseren. Maar de kleuren zijn wel leuk. Haar moeder zou ze mooi hebben gevonden, want ze zouden goed bij de gordijnen in de salon passen.

De schilderes is aanwezig, een verlegen jonge vrouw in slechtzittende kleding en met slordig haar. Ook zij lijkt zich niet op haar gemak te voelen in dit illustere gezelschap, want ze staat zwijgend in een hoekje een sneetje roggebrood met gerookte zalm te eten. Alleen een witharige dame benadert haar en praat een tijdje vriendelijk tegen haar. Het is dezelfde dame die even later een toespraak houdt over de tentoongestelde schilderijen, waarbij ze de stijl en expressie van de werken prijst en betreurt dat er maar voor een klein deel ervan plek was in de hal van de bank.

'Mevrouw Haller is een van de actiefste leden van mijn stichting,' fluistert Richard Goldstein tegen Ilse. 'Ze stimuleert met passie jong talent. Tragisch genoeg is ze haar enige zoon in de Wereldoorlog verloren.'

'Wat naar,' mompelt Ilse. 'Maar fijn dat ze zich ondanks dit verdriet aan zo'n taak wijdt.'

Na de toespraak wordt er hartelijk geapplaudisseerd en blijven de mensen nog een poosje staan praten over allerlei zaken die niet per se met de tentoongestelde schilderijen te maken hebben. Richard Goldstein heeft Ilses gebrek aan belangstelling allang opgemerkt en stelt voor om de vernissage te verlaten omdat hij – 'in de hoop u hier te zien' – een tafel heeft gereserveerd in het restaurant van Hotel Carlton. Ze stemt in. Waarom zou ze niet met hem uit eten gaan? Ze heeft tenslotte hard gewerkt de afgelopen maanden, dan mag ze zichzelf wel een pleziertje gunnen. Bovendien is ze nieuwsgierig naar hem en wil ze weten waarom hij haar zulke avances maakt.

Het restaurant is exclusief, met zware, golvende fluwelen gordijnen, Grieks-Romeinse beelden en groene planten in potten. Op het menu staan delicatessen uit de hele wereld. Het is er behoorlijk druk. Terwijl veel mensen werkloos zijn en nauwelijks in hun eerste levensbehoeften kunnen voorzien, zitten de rijken hier te smullen van Russische kaviaar en Franse oesters. De tafel die Richard heeft gereserveerd staat een beetje opzij in een nis, zodat ze ongestoord met elkaar kunnen kletsen.

'Bevalt het u hier?' vraagt hij als ze tegenover elkaar zitten.

'Ik ga zelden uit,' bekent ze eerlijk. 'En, nou ja, in principe hou ik meer van eenvoudig en landelijk.'

Hij krijgt niet de gelegenheid om te antwoorden, want er komt een ober in een donkere slipjas naar hen toe gesneld om hun bestelling op te nemen. Richard is hier blijkbaar geen onbekende, want hij wordt bij naam aangesproken. Hij bekijkt de menukaart die de ober hem geeft slechts vluchtig en vraagt wat de suggestie van de dag is. Dan vraagt hij Ilse wat zij wil kiezen en hij bestelt de bijpassende wijnen.

Helemaal een man van de wereld, denkt Ilse. Waarom zou hij niet getrouwd zijn? Hij ziet er fantastisch uit en is buitengewoon charmant. En hij komt in elk geval niet oppervlakkig over. Ze vindt het leuk om met hem te praten, want hij denkt over dingen na en is open. In het begin praten ze over de jonge kunstenares, die hij als zeer getalenteerd beschouwt. Hij vertelt dat hij uitkijkt naar haar verdere ontwikkeling.

'Ze is, zoals de meeste kunstenaars, nogal onhandig als het gaat om het verkopen van haar schilderijen. Ik zie mezelf als een bemiddelaar die haar de kans geeft om van haar werk te kunnen leven...'

Natuurlijk, hij is een zakenman, denkt ze. En de schilderijen van een begenadigd kunstenaar kunnen later een goede investering blijken te zijn. Toch doet hij het ook uit enthousiasme voor de schilderkunst, dat moet ik hem nageven.

Uiteindelijk, ze zitten dan al aan het dessert, vertelt hij dat het helaas niet goed gaat met zijn moeder en dat hij daarom vaker naar Bad Homburg moet reizen dan voorheen.

'Wat mankeert haar?' vraagt Ilse. 'Ze leek me vrij fit toen ik haar in het pension van mijn broer ontmoette.'

Ze wisselen een geamuseerde blik uit, want ze speelde een nogal ongebruikelijke rol tijdens die eerste ontmoeting. Dan wordt hij weer serieus. Hij vertelt dat zijn moeder sinds een paar weken hevige rugpijn heeft en dat de artsen de oorzaak nog niet hebben kunnen ontdekken.

'Er is een dorpsgenezer in Dingelbach,' zegt ze met een glimlach. 'Hij heet Rudolf Alberti. Er wordt gezegd dat hij al behoorlijk verbazingwekkende resultaten heeft bereikt met zijn middeltjes. Gelukkig kent hij ook zijn grenzen en stuurt hij patiënten door naar de dokter als dat nodig is.'

Hij vindt dit verbazingwekkend, maar is ervan overtuigd dat er geneeswijzen zijn die opgeleide artsen niet kennen.

'Dingelbach is een bijzonder dorp,' zegt hij. 'Ik zou die genezer graag willen ontmoeten.'

'Nou, u bent van harte welkom,' antwoordt ze. 'Ik wilde u ook nog een rondleiding geven door mijn fabriek. Zoals u weet, ben ik er best trots op.'

Hij is zichtbaar blij en zegt dat ze daar alle reden toe heeft. 'Dan moet ik u waarschuwen dat ik in de komende dagen al op uw vriendelijke uitnodiging zal ingaan...'

'Als u van tevoren belt, kan ik een hapje te eten regelen. Iets landelijks,' antwoordt ze opgewekt.

Door de wijn is ze ongeremd. Ze is bijna al haar bedenkingen vergeten en heeft in het gesprek meer van zichzelf prijsgegeven dan ze eigenlijk van plan was. Waarom zou hij haar niet bezoeken? Het is prettig om met hem te praten. Ze voelt zich vrij bij hem omdat ze haar mening niet voor zich hoeft te houden. Integendeel, juist wanneer ze ergens van mening over verschillen zijn de gesprekken interessant en krijgen ze diepgang.

'Mag ik u nog een glaasje inschenken? We zouden tot slot nog een kaasplankje kunnen bestellen...'

Ze slaat zijn aanbod vriendelijk af. Het meergangenmenu was al bijna te veel en daarbij nog de verschillende wijnen en het dessert met een fruitlikeur...

'Ik moet nog rechtop in de trein kunnen stappen,' zegt ze lachend.

'Maar nee,' zegt hij. 'Ik laat mijn auto halen en breng u naar Dingelbach.'

'Als u per se de moeite wilt doen, mag u me naar de Hauptwache brengen,' antwoordt ze gekscherend.

Uiteindelijk bestelt hij een taxi, die hij uiteraard vooraf betaalt.

'Ik neem contact met u op, beste mevrouw Küpper!' roept hij als ze instapt. Hij staat in zijn jas en met zijn hoed op voor het restaurant en kijkt de wegrijdende taxi na.

Wat een fantastische, sympathieke man, denkt ze terwijl ze door de stad wordt gereden. En wat een geluk dat ik hem heb mogen leren kennen.

Maar later in de trein, als het effect van de wijn is uitgewerkt, keert de scepsis terug. Hij is absoluut buitengewoon charmant en genereus. Maar vast niet zonder reden. Hij is per slot van rekening een zakenman.

Richard Goldstein belt de volgende dag al om zijn bezoek aan te kondigen. Ilse is verrast. Bovendien is het een werkdag en heeft ze veel te doen in de fabriek. Toch stemt ze meteen toe, want ze is blij hem weer te zien.

'Ik ben rond tien uur bij u,' kondigt hij aan. 'Maar doet u geen moeite, het landelijke hapje kunnen we uitstellen tot een andere keer.'

Dat vindt ze prima, want Carla kookt doordeweeks een eenpansmaaltijd voor de arbeiders en is daar de hele ochtend mee bezig.

'Zoals u wilt. Tot morgen.'

Hij is te vroeg. Ze ziet zijn auto al om kwart voor tien naar de villa rijden. Op dat moment controleert ze of de toilettafeltjes goed verpakt worden, die tijdens het transport niet beschadigd mogen raken. Hij stapt niet uit, maar blijft nog even in de auto wachten en praat met zijn chauffeur. Natuurlijk, het is onbeleefd om voor de afgesproken tijd aan te bellen.

Ze draagt haar taak over aan Julius Offenbach, die Willi Bommel in de gaten moet houden terwijl hij de toilettafeltjes verpakt omdat die zijn werk vaak niet al te nauw neemt. Dan loopt ze naar de auto en klopt op het raam.

'U kunt uitstappen, meneer Goldstein,' zegt ze lachend. 'Uw gastvrouw staat voor u klaar.'

Ze begroeten elkaar met een handdruk en hij verontschuldigt zich dat hij te vroeg is.

'Ik ben een beetje van slag vandaag,' zegt hij. 'Mijn moeder belde gisteravond. Haar arts heeft haar in het ziekenhuis laten opnemen.'

'Ik begrijp het,' zegt ze meelevend. 'U maakt zich zeker zorgen, hè?'

'Dat klopt,' geeft hij toe. 'Mijn moeder haat ziekenhuizen. Als ze met een opname heeft ingestemd, moet haar toestand erg zijn verslechterd.'

'Komt u eerst maar eens binnen.'

Ze leidt hem het huis in. Het ruikt naar erwten, want Carla is de eenpansmaaltijd aan het bereiden. Ilse legt hem uit dat deze plattelandsmaaltijd niet voor hem, maar voor haar arbeiders is.

Hij glimlacht, maar ze merkt dat hij gespannen en ongelukkig is. In de woonkamer heeft Carla koffie klaargezet. Ze nemen plaats in de zithoek en Ilse informeert naar het verloop van de ziekte. Zijn moeder is altijd ziekelijk geweest, vertelt hij. Ze bezoekt al jaren verschillende artsen om allerlei redenen die hem nooit echt ernstig hebben geleken.

'Maar deze keer moet het iets ernstigs zijn,' zegt hij bezorgd. 'Haar stem klonk anders aan de telefoon.'

Ze glimlacht bemoedigend naar hem. 'Natuurlijk kan ik er niet over oordelen, want ik ken uw moeder niet echt. Maar als het mijn moeder was, zou ik mijn zorgen voor me houden en proberen haar moed en vertrouwen te geven.'

'Dat is zeker een goed advies,' zegt hij. 'Ik hoop maar dat het me lukt. Ik wil het niet nog moeilijker voor haar maken als ik naast haar bed zit.'

'Ik denk dat ze heel blij zal zijn u te zien,' zegt ze met overtuiging. 'Dat alleen al is heel belangrijk.'

Hij bedankt haar en zegt dat het hem spijt dat hij vandaag haast heeft en alweer weg moet.

'Ik zou willen dat we elkaar onder aangenamere omstandigheden hadden teruggezien, mevrouw Küpper,' zegt hij bij het afscheid.

Deze keer houdt hij haar hand een tijdje vast. Ja, hij lijkt er echt moeite mee te hebben om hem los te laten.

'Komt u maar langs wanneer u wilt,' zegt ze. 'En vertel me dan hoe het met uw moeder gaat. Kop op. Ik geloof dat uw moeder een sterke vrouw is die zich er niet zo makkelijk onder laat krijgen!'

'Dank u. Het gesprek heeft me goedgedaan.'

Ze loopt met hem mee naar de deur, roept Carla, die de chauffeur onder haar hoede heeft genomen, en wacht tot de auto start. Daarna gaat ze terug naar de fabriek.

Kijk eens aan, denkt ze. Een moederskindje. Misschien is hij daarom nog niet getrouwd. Waarschijnlijk vond geen van zijn uitverkorenen genade in de ogen van zijn sterke mama. Ze voelt iets van tederheid voor hem. Ondanks zijn wereldwijsheid lijkt hij gevoelig te zijn en behoefte te hebben aan bescherming.

Ineens ziet ze een auto de oprijlaan van de villa op rijden. De twee auto's passeren elkaar langzaam. Richards auto gaat heuvelafwaarts in de richting van de dorpsstraat, de andere rijdt naar de villa.

O jee, denkt ze. Josef. Wat komt hij hier midden in de week doen?

Haar broer trapt hard op de rem en de motor slaat af. Hij stapt een beetje omslachtig uit, steekt zijn hand naar haar op en kijkt de auto die wegrijdt na.

'Dat was... meneer Goldstein, toch?' vraagt hij verbaasd in plaats van haar te begroeten.

'Dat klopt, dat was Richard Goldstein. Wil je binnenkomen? Ga maar alvast naar binnen, ik moet even naar de fabriek om een paar dingen te regelen.'

'Neem de tijd...'

Als ze terugkomt, zit Josef op de bank in de woonkamer met een bord eten op zijn schoot.

'Pas op dat je geen vlekken maakt op de bekleding!' zegt ze geïrriteerd. Hij had net zo goed aan de eettafel kunnen gaan zitten.

Hij eet gulzig en schraapt de restjes van het bord. 'Waarom komt hij bij jou op bezoek?' vraagt hij achterdochtig.

'Over wie heb je het?'

'Nou, over Goldstein. Je hebt toch geen geld van hem geleend, neem ik aan?'

Via een omweg heeft ze dat wel degelijk, want hij heeft aandelen in de bank. Maar dat hoeft ze Josef niet aan zijn neus te hangen.

'We hebben elkaar bij toeval ontmoet op een tentoonstelling in Frankfurt.'

'Zo zo,' zegt hij ongelovig en hij zet het lege bord op de rooktafel. 'Sinds wanneer ga jij naar tentoonstellingen?'

Dat is een terechte vraag, maar ze heeft geen zin om het aan hem uit te leggen.

'Ik werk de hele week hard, Josef. Waarom zou ik mezelf in het weekend niet een pleziertje gunnen?'

'Daarvoor hoef je toch niet naar Frankfurt naar een of andere tentoonstelling? Dan kun je bij ons in Bad Homburg komen. De eetzaal in het restaurant wordt opnieuw gewit. De zaal moet leeggehaald worden en de spullen verpakt. Het werk wordt ons te veel!'

'Ik had het over plezier en niet over inspannend werk. Dat heb ik hier in de fabriek genoeg.'

Hij zwaait met zijn handen in de lucht en roept boos dat ze weinig familiezin heeft en hem in tijden van nood in de steek laat.

'We zijn een familiebedrijf, dus iedereen moet een handje helpen. Erich en Johanna helpen elke dag mee, net zo veel dat ze nog net hun huiswerk kunnen maken. En Irma heeft al eelt op haar handen doordat alle meubels verschoven moeten worden en ze alle spullen moet inpakken...'

Ilse kan nog net de opmerking voor zich houden dat haar schoonzus niet zo veel had hoeven inpakken als ze minder gierig was geweest en niet zo veel spullen uit de inventaris van de villa had meegenomen. Haar broer klaagt nu dat het poetsen van het zilver na de verbouwing dagen en nachten in beslag zal nemen.

'Hoe zit het met de medewerkers? Gerti, kan zij niet helpen?'

'Gerti?' vraagt hij boos. 'Die kan ons wat! Die werkt nu bij Kaiserbräu en doet alsof ze me niet kent als ik haar op straat tegenkom. Wat een ondankbaar mens. Terwijl ze hartstikke veel heeft verdiend bij mij...'

Hij vraagt of ze niet op zijn minst Carla kan sturen. Want die is toch bij haar in dienst dus hoeft hij haar niet extra te betalen.

'Vraag het haar maar,' zegt Ilse spottend.

Carla Ritter kent haar gierige broer goed genoeg en zal hem bot afwijzen.

'En ik wil graag tijdelijk een paar spullen bij jou stallen,' vervolgt hij. 'Zodat ze niet beschadigen als de bouwvakkers bezig zijn. Jij hebt toch plek zat.'

Nou, mooi is dat. Eerst sleept hij meubels en inventaris weg, en nu wil hij spullen bij haar opbergen. Is haar villa een pakhuis?

‘Zet ze maar in de kelder,’ zegt ze. ‘Maar in het voorjaar is het daar altijd vochtig, dat weet je.’

Dat weet hij maar al te goed, hij is tenslotte in dit huis opgegroeid en heeft hier lang gewoond. Hij vertrekt zijn gezicht en wil weten waarom hij de spullen niet boven in de lege woning kan zetten.

‘Willen jullie de zware meubels de trap op dragen? Ik kan je geen helpers ter beschikking stellen, mijn arbeiders hebben het druk.’

‘Druk,’ bromt hij. ‘Je hoeft mij niet wijs te maken dat je orders hebt. De fabriek gaat op de fles. Verkoop de villa aan Goldstein. Die heeft centen zat. Zijn moeder heeft iets te maken met een of andere bank in Frankfurt en hij ook. Je kunt een leuk prijsje onderhandelen en het geld bij mij investeren.’

Ze kreunt omdat het niet de eerste keer is dat hij deze suggestie doet en ze er zo langzamerhand genoeg van heeft om steeds weer hetzelfde te horen.

‘Ik ben niet van plan om de villa te verkopen. Al helemaal niet aan Richard Goldstein, die op dit moment heel andere zorgen heeft. Zijn moeder is ziek.’

Dat vindt Josef naar om te horen. ‘Wat? Ziek? Nou, ik hoop dat ze niet doodgaat. Het zou jammer zijn om zo’n goede gast te verliezen.’

Haar broer is echt gevoelloos. En als om deze indruk te bevestigen begint hij er nu over dat Richard Goldstein waarschijnlijk de enige erfgenaam is van zijn moeder en na haar dood meerdere huizen in Bad Homburg zal bezitten. En waarschijnlijk ook een aandeel in een bank in Frankfurt.

‘Hij kan zich in de handen wrijven,’ zegt hij jaloers. ‘Hij hoeft de rest van zijn leven niet meer te werken. Die lui weten niet eens wat echt werk is. Hier, moet je mijn vingers zien, niets dan blaren en eelt van het puin scheppen. Mensen als wij verdienen hun geld nog op een eerlijke manier!’

Hij heeft inderdaad een paar ruwe plekken op zijn vingers, maar absoluut geen blaren en eelt. Ilse vermoedt dat hij liever anderen laat scheppen en zelf rondloopt om iedereen te commanderen. Het schijnt een chaos te zijn in Bad Homburg. De keuken is ook niet bruikbaar omdat die 'helemaal nieuw en modern' wordt ingericht. Ze heeft vooral medelijden met de twee oudere kinderen. Als ze door al het werk amper nog tijd hebben om hun huiswerk te maken, zullen ze op school vast ook heel moe zijn. Binnenkort is het Pasen en krijgen ze hun rapport. Dan zal blijken of de ouders hun kinderen niet te veel hebben belast. Ze biedt aan om haar broer elke dag een middagmaal voor vijf personen te laten brengen. Carla kookt toch voor de arbeiders en kan zonder al te veel moeite een paar extra porties bereiden. Maar hij slaat haar aanbod af.

'Dat hoeft niet. We hebben een gasstelletje, daarmee moet het ook lukken. Alleen heeft Irma het gewoon heel druk en heeft Johanna het koken nog niet echt onder de knie.'

Als de tienjarige Johanna na schooltijd voor haar familie en misschien ook voor de bouwvakkers moet koken, is het geen wonder dat ze nauwelijks tijd heeft voor haar huiswerk. Ilse voelt zich schuldig. Moet ze niet naar Bad Homburg gaan om te helpen? Dan kunnen de twee kinderen een beetje uitrusten. Maar haar broer en schoonzus kennende laten ze hun kinderen toch werken. Bovendien heeft ze echt geen tijd.

Josef laat zich graag een tweede portie van het eenpansgerecht opscheppen, drinkt twee koppen koffie en is eindelijk klaar om naar huis te gaan.

'Dan stuur ik volgende week een wagen met kisten,' kondigt hij aan. 'En wees aardig voor Goldstein. Irriteer hem niet, hij is een goede gast.'

'Bedankt. Ik zal je raad ter harte nemen.'

Richard Goldstein laat een hele week niets van zich horen en ze maakt zich zorgen om hem. In de fabriek vindt ze echter genoeg afleiding, want er zijn problemen. Twee toilettafels zijn ondanks de zorgvuldige verpakking beschadigd bij de koper aangekomen en ze moet ze terugnemen. Verder gingen twee goede orders uit Frankrijk niet door vanwege de hoge douanerechten en transportkosten. Ze moet beseffen dat ze niet te hoog mag mikken. Zelfs het transport naar Berlijn is erg duur. Tot overmaat van ramp is een van haar klanten insolvent en het risico bestaat dat hij niet de enige is. Het Ruhrgebied is nog steeds bezet door de Fransen, wat in heel Duitsland impact heeft op de economie. En de herstelbetalingen aan de zegevierende mogendheden verhinderen ook dat het land zich herstelt. Faillissementen, ontslagen en arbeidstijdverkorting zijn aan de orde van de dag. Was ze te optimistisch toen ze geloofde dat de opleving die de fabriek doormaakte zich ook in de toekomst zou voortzetten? Het krediet van de bank houdt ze, in elk geval is in dit opzicht stabiliteit verzekerd.

Richard belt haar op zondag, net op het moment dat ze al overweegt om naar Josef in Bad Homburg te gaan. Deze keer klinkt zijn stem geanimeerd, bijna uitbundig.

'Vergeef me als ik uw zondagse rust verstoor, beste mevrouw Küpper. Ik loop al een paar dagen rond met een idee dat ik graag aan u wil voorleggen.'

'Vertel maar. Hoe gaat het met uw moeder? Ik hoop dat ze al wat is opgeknapt.'

'Ze is geopereerd. Of het tot een echte verbetering zal leiden, is nog niet zeker. Ze herstelt langzaam, maar lijkt gelukkig veel vertrouwen te hebben.'

'Dat klinkt goed. Kom maar op met uw idee. Mag ik binnenkort op uw bezoek rekenen?'

Ze hoort hem grinniken. Kennelijk is hij niet meer somber doordat het weer beter gaat met zijn moeder. Daar is ze blij om.

'Als ik u niet tot last ben, kom ik in de komende dagen graag langs. Maar eerst wil ik mijn idee aan u voorleggen. Het is gewoon een idee dat plotseling bij me opkwam, en als u het onzinnig vindt, vergeten we het weer gauw.'

'Wilt u me eindeloos in spanning houden? Voor de draad ermee!'

Hij schraapt zijn keel. Kennelijk vindt hij het zelf nogal een gewaagd idee. Ze merkt dat ze zenuwachtig is. De hand waarmee ze de hoorn vasthoudt, wordt vochtig. Wat zou hij bedacht kunnen hebben?

'Ik zal de komende tijd veel bij mijn moeder zijn,' begint hij voorzichtig. 'Dus ik dacht dat het veel makkelijker zou zijn als ik in de buurt van Bad Homburg een verblijfplaats zou hebben. Kortom, ik wilde u vragen of u eventueel een paar kamers op de tweede verdieping van uw villa aan me zou willen verhuren.'

Ze is verbijsterd en weet niet wat ze moet zeggen. Hij wil hier in de villa wonen? Ze moet het onverstandige stemmetje in haar hoofd onderdrukken dat haar zegt dat hij het voorstelt omdat hij dicht bij haar wil zijn. Tegelijkertijd is er nog een stemmetje, dat van de wijze en ontnuchterende levenservaring, dat haar maant voorzichtig te zijn.

'Dat... dat is echt een heel... bijzonder idee,' zegt ze uiteindelijk. 'Maar... waarom niet? De kamers worden niet gebruikt. Er is alleen nauwelijks meubilair en er zouden wat reparatiewerkzaamheden moeten worden uitgevoerd...'

'Maakt u zich daar maar geen zorgen om, mevrouw Küpper,' verzekert hij gretig. 'Ik vraag u oprecht om erover na te denken. Natuurlijk zou ik een afwijzing accepteren, het mag onze vriendschap niet belasten. Ook zou ik er maar af en toe overnachten en zou ik u op geen enkele manier tot last zijn...'

'Afgesproken. Ik denk erover na. Wanneer mag ik op uw bezoek rekenen?'

'Overmorgen? Of is dat te vroeg?'

Alweer midden in de week! Josef heeft niet helemaal ongelijk, die bankiers lijken de hele dag tot hun beschikking te hebben.

'Graag. Voor het middageten? Er is een eenpansmaaltijd *à la maison*.'

'Heerlijk. Ik hou van de landelijke keuken!'

'Savooiekool met aardappelen en spek!'

'Dat overleef ik wel!'

'Tot overmorgen dan!'

Als ze de hoorn op de haak legt, geeft ze zich even over aan de mooie illusie en glimlacht ze in zichzelf. O, hemel! Josef zal haar vermoorden als hij hoort dat ze zijn voormalige woning heeft verhuurd aan Richard Goldstein.

24

In de dorpswinkel is de zondag niet om uit te rusten. Na het kerkbezoek is er een snel middagmaal en daarna moet de winkel worden schoongemaakt. Frieda mag met warm water en het zeemleer de etalage en de twee kleine raampjes in de winkeldeur lappen, Herta en Ida gaan met een stofdoek over de schappen. Daarna moet de vloer grondig worden gedweild en de toonbank in de was worden gezet.

'Er staan drie dozen in het magazijn. Jullie tweeën kunnen de spullen uitpakken en opbergen,' bepaalt Herta. 'Kijk altijd eerst in de winkelschappen om te zien wat er ontbreekt voordat jullie de spullen in het magazijn opbergen. Begrepen?'

'Ja, mevrouw de veldmaarschalk!' antwoordt Ida nors. 'Geeft u ook het bevel om de stallen uit te mesten en de latrines schoon te maken?'

'Doe dat gerust!' snauwt Herta. 'En doe niet zo verwaand, Ida. Gisteren was Heinrich Schmidtkunz in de winkel. Hij klaagde dat je zijn zoon Rudi een klap in zijn gezicht hebt gegeven!'

'Nou en? Die had hij verdiend!'

Frieda protesteert niet. Ze doet zwijgend en zonder tegenspraak alle klussen die Herta haar opdraagt. Ze is bijna blij dat ze met de noodzakelijke taken mag helpen, want haar moeder zegt nog steeds amper een woord tegen haar. Herta is degene die de klussen verdeeld. Het geld voor de treinkaartjes naar Frankfurt lag aan het begin van de week uitgeteld voor haar ontbijtbord. Toen ze het waagde om een paar katoenen kousen uit de winkel te pakken, vroeg Herta meteen of ze die wilde betalen.

'Ik heb ze nodig,' antwoordde ze. 'Moet ik soms zonder kousen gaan?'

'Je hebt nog genoeg kousen in je kast liggen. Maar ja, mevrouw wil natuurlijk niet met gestopte kousen naar de toneelschool?'

De niet-aflatende woede van haar moeder heeft Herta vleugels gegeven. Nu kan ze haar jaloezie jegens haar jongere zusjes de vrije loop laten en dat doet ze elke dag met steeds meer genot. Herta's hatelijkheden doen Ida niets, maar Frieda trekt zich er te veel van aan. Ze heeft het heel moeilijk met de harde houding van haar moeder en voelt zich een verstoteling.

Ida is de enige in het gezin die haar begrijpt en haar blijft steunen. Ze staan samen in het kleine, muffe magazijn en pakken dozen met moutkoffie, waspoeder en margarine uit. Ida weet inmiddels dat haar zus op bezoek is geweest bij hun grootmoeder en vindt het geweldig.

'Dat heb je goed gedaan, Frieda. Wanneer ga je naar haar toe?'

'Woensdag om negen uur. Maar ik ben nu al misselijk bij het idee. Als mama er maar niet achter komt.'

Ida maakt zich daar niet zo druk om. Ze haalt haar schouders op. 'En wat dan nog? Het is haar eigen schuld dat we stiekem naar grootmoeder moeten.'

Frieda zet drie pakjes zeep in het rek, de rest moet in de winkel worden ingeruimd. 'Ik kan haar wel een beetje begrijpen,' zegt ze met een zucht. 'Het was niet fatsoenlijk van grootmoeder zoals zij mama heeft behandeld. Hoe kan iemand zo onverzoenlijk zijn? Papa hield van mama.'

Ida moet niezen omdat een pak waspoeder niet helemaal dicht is en ze het spul in haar neus heeft gekregen.

'Ik denk dat grootmoeder inmiddels veel spijt heeft,' zegt ze. 'Stel je voor, ze wilde papa al die jaren niet bezoeken. En nu is hij dood en zal ze hem nooit meer zien. Dat is toch verschrikkelijk?'

Ja, dat moet Frieda toegeven. Grootmoeder heeft zichzelf veel verdriet aangedaan met haar koppigheid. 'Misschien wil ze het goedmaken met haar kleindochters?' denkt ze hardop.

'Precies,' zegt Ida, terwijl ze een pallet met tien mosterdpotjes op het rek tilt. 'En daar moeten we gebruik van maken.'

Een tijdlang werken ze in stilte. Frieda vindt dat Ida er te makkelijk over denkt. Het zou natuurlijk fijn zijn als ze onbevangen haar grootmoeder zou kunnen bezoeken en zij haar opleiding zou betalen. Maar dat kan gewoon niet. Ze is toch al het zwarte schaap van de familie. Als haar moeder erachter zou komen dat ze morgen bij grootmoeder op bezoek gaat, zou alles voorgoed voorbij zijn.

'Ik snap het gewoon niet,' barst ze uiteindelijk uit. 'Waarom heb ik het zo moeilijk? De ouders van de andere theaterstudenten betalen hun opleiding omdat ze trots zijn op hun kinderen dat het hun gelukt is om aan de school aangenomen te worden. Ze kopen nette kleren en goede schoenen voor hun kinderen, en geven hun zelfs geld om een kopje koffie te drinken en een stuk taart te eten. Alleen ik loop er als een vogelverschrikker bij en heb geen cent te makken...'

Ze moet zich omdraaien om te voorkomen dat haar tranen op de pakjes margarine druppelen. Ida laat de mosterdpotjes staan en slaat troostend haar armen om haar snikkende zus heen.

'Het komt allemaal puur doordat we uit Dingelbach komen,' zegt ze en ze aait over Frieda's haar. 'Omdat we in dit achtergebleven dorp wonen. Daarom hebben we het zo moeilijk.'

'Maar papa kwam niet uit Dingelbach,' zegt Frieda. 'Als hij nog bij ons was, zou alles anders zijn...'

'Maar mama komt wel uit Dingelbach,' verzucht Ida. 'En zij is een echte dorpsvrouw.'

'Dit verdomde, ellendige gehucht!' snikt Frieda. 'Ik zou willen dat we in Frankfurt waren geboren.'

Daar is Ida het niet mee eens. 'Ik vind het evengoed leuk in Dingelbach. Hier kennen we alle mensen. En in Frankfurt kun je vast niet door weilanden rennen, bootjes bouwen bij de beek, paardrijden en fruit jatten. Daar staan overal hoge huizen en zijn de straten geplaveid.'

Frieda veegt haar tranen weg met haar mouw en denkt na. 'Ja, goed, als je klein bent, is het best leuk in Dingelbach. Maar als je ouder wordt en iets wilt leren, is het een hel!'

'Onzin,' zegt Ida en ze maakt een minachtend gebaar. 'Ik wil na de dorpsschool naar het lyceum in Frankfurt. En dat ga ik ook doen, wat mama er ook van vindt.'

Frieda schuift het waspoeder in het rek en draait zich verbaasd om. Echt wat voor Ida. Ik wil naar het lyceum, zegt ze. Alsof dat zo makkelijk is.

'Naar wat voor lyceum?'

'Naar de Schillerschool, want daar kunnen meisjes een middelbareschooldiploma halen. Dat weet ik van meester Hohnermann, hij heeft informatie ingewonnen.'

Meester Hohnermann, de onvermoeibare vriend en helper die hen bijstaat bij alle vragen over hun verdere ontwikkeling. Ida verlaat met Pasen de dorpsschool. Ongetwijfeld met een fantastisch rapport. Maar is dat genoeg om toegelaten te worden tot een lyceum?

'Hij zei dat je toelatingsexamen moet doen. Hij wil me helpen, want veel dingen heb ik niet kunnen leren op de dorpsschool...'

Haar zus kennende zal ze met vlag en wimpel voor dat examen slagen. Maar wat dan? De school zal zeker niet gratis zijn en de kosten voor de trein komen er nog bij. Hun moeder zal dat absoluut niet kunnen betalen.

'Misschien kan oom Georg je helpen,' zegt ze weifelend tegen Ida.

Maar haar zusje schudt haar hoofd. 'Ik denk het niet. Sinds dat gedoe met de toneelschool praat mama niet meer met hem.'

Frieda denkt even na en snapt dan waar Ida op uit is. 'Zal ik het woensdag aan grootmoeder vertellen?'

Ida grijnst samenzweerderig. 'Dat zou niet verkeerd zijn,' zegt ze stralend.

'Nou, vooruit,' verzucht Frieda. 'We kunnen het altijd proberen.'

Op woensdag verlaat ze het huis ruim een uur eerder. Haar moeder ziet het maar stelt geen vragen. Alleen Herta maakt een zelfvoldane opmerking. 'Je kunt zeker niet snel genoeg naar je acteurs rennen, hè?'

Het is op dit tijdstip druk in de trein omdat veel forenzen op weg zijn naar Frankfurt. Frieda moet staan en hoort haar maag knorren, want door alle opwinding heeft ze amper een hap door haar keel gekregen. 's Middags heeft ze turnles in de gymzaal van de Victoriaschool, waarvoor ze een turnpakje en -schoentjes nodig heeft, maar haar moeder wil haar daar geen geld voor geven. Ze moet iets verzinnen. Misschien kan ze Luise vragen om iets voor haar te naaien van een oude rok? Maar Luise is beledigd omdat Frieda zo weinig tijd voor haar heeft.

Bij de Hauptwache is het weer een drukte vanjewelste. Ze loopt tussen toeterende auto's en rinkelende trams door en wordt bijna aangereden door een fietser. 'Kun je niet uit je doppen kijken, tuthola?' schreeuwt hij tegen haar.

De mensen in de grote stad zijn niet bepaald vriendelijk, stelt ze vast. Iedereen denkt alleen aan zichzelf en maakt zich niet druk om andere mensen. Op het platteland is dat totaal anders. Maar hier kun je wel doen en laten wat je wilt zonder dat het hele dorp erover kletst.

Ze heeft zo hard gelopen dat ze helemaal buiten adem is als ze voor de villa in de Bockenheimer Landstrasse staat. Hoe laat zou het zijn? Is ze te vroeg of te laat? Ze heeft geen horloge en kan de tijd alleen maar gissen. Ze haalt nog een keer diep adem en loopt over de oprit naar de voordeur.

'Juffrouw Frieda!' zegt het dienstmeisje met een vriendelijke glimlach. 'Kom binnen, mevrouw verwacht u al. Geef mij uw jas maar. Kom maar mee naar boven. Ik zal snel even voorgaan en u aankondigen...'

Wat een vals kind, denkt Frieda. De laatste keer schopte ze me er bijna uit en nu is ze ineens poeslief.

'Uw kleindochter is er, mevrouw,' zegt het meisje bij de deur van de salon.

'Laat haar binnen! Verse koffie! En waar is de sinaasappelmarmelade?'

Grootmoeders stem klinkt boos en het dienstmeisje buigt haar hoofd. 'Het spijt me verschrikkelijk, mevrouw. De kokkin heeft het niet op het dienblad gezet...'

'Haal het dan alsnog.'

O jee, denkt Frieda. Ze is in een slecht humeur, dat is geen goed begin. Maar als ze de salon binnenkomt, ontvangt haar grootmoeder haar met een warme glimlach. De oude dame loopt naar haar toe en steekt haar hand uit. Een koele, gladde hand met een paar gouden ringen aan de vingers.

'Daar ben je. En zelfs op tijd. Ga zitten, kind. Ik heb een ontbijt voor je laten klaarmaken. Je hebt tenslotte een lange dag voor de boeg, met een vol schema...'

Frieda is sprakeloos. Zo ziet het er dus uit bij rijke mensen. Ze hebben zulke mooie meubels, gemaakt van roodachtig gepolijst hout, weelderige brokaatgordijnen voor de ramen en zachte tapijten met patronen. In de erker staat een zwarte vleugel waar een geborduurd kleed op ligt met daarop een vaas met bloemen.

'Tast toe,' beveelt haar grootmoeder op een opgewekte toon. 'Ik weet dat meisjes van jouw leeftijd altijd trek hebben.'

Frieda heeft zeker trek en de lekkernijen die op een zilverkleurig dienblad voor haar staan, zijn enorm verleidelijk. Thuis eten ze nooit roerei met ham als ontbijt.

'En hoe bevalt het op de toneelschool?' vraagt haar grootmoeder.

'Tot nu toe heel goed!'

Frieda smeert boter op een broodje en pakt drie worstjes. Het dienstmeisje komt met de sinaasappelmarmelade en een kan geurige bonenkoffie. Ze schenkt voor haar in en zegt: 'Alstublieft, juffrouw.'

Frieda is zelden aangesproken met 'juffrouw'. Ze voelt zich bijna een bedrieger.

'Vertel!' verlangt haar grootmoeder.

Dat doet Frieda maar al te graag. Het ensemblespel vindt ze het leukst. Ze hebben al twee scènes uit *Een midzomernachtsdroom* ingestudeerd.

'Ik heb een compliment gekregen van meneer Weichert. Op Annemarie en Erwin had hij kritiek. Maar hij zei het niet boos, hij liet ze gewoon zien hoe hij het wilde. Ja, en het op een na leukste vak is spreektechniek van meneer Engels. We moeten op de grond liggen met een stapel boeken op onze borst. Als we ademen, mogen de boeken niet bewegen omdat een acteur moet leren ademen in de buik. Maar dan mogen we in koor spreken en dat is geweldig...'

'Welk stuk dragen jullie dan voor?' vraagt grootmoeder.

Frieda moet eerst kauwen en slikken. Dan begint ze me met volle stem:

De zon wekt met fanfaretonen
het stemmenkoor van het heelal,
en kroont haar omloop door aeonen
met daverend klaroengeschal.

Haar grootmoeder is helemaal enthousiast. Natuurlijk kent ze deze verzen uit de 'Proloog in de hemel' uit *Faust* van Goethe.

'Deze woorden zijn zo geweldig,' roept Frieda uit. 'Als ik in de trein naar huis zit, hoor ik ze nog in mijn hoofd en voel ik me heel gelukkig...'

In de les is het vooral belangrijk dat de studenten duidelijk praten. Hun stem moet dragen en het koor moet 'homogeen' klinken. Niemand mag erbovenuit klinken, niemand mag te laat inzetten. En niemand mag onverstaanbaar mompelen. Dat is echt heel erg, dan wordt meneer Engels boos.

'En we moeten turnen,' vervolgt ze. 'Daarvoor gaan we naar een gymzaal en ik heb zelfs in het rhönrad gestaan. Daar heb je moed voor nodig, want je staat op je kop in het grote rad en rolt door de zaal...'

'Mooi, mooi,' zegt haar grootmoeder. 'Zo te horen gaat het goed. Daar ben ik blij om. Ik heb inmiddels een paar gesprekken gevoerd en denk dat ik je een beetje kan ondersteunen. Helaas wil je moeder niets met mij te maken hebben...'

Frieda legt bedrukt het broodje waar ze al een paar happen van heeft genomen op het bord.

'Ja,' zegt ze zachtjes. 'Dat is jammer. Als onze vader nog bij ons was, zou ze er misschien anders over denken.'

Haar grootmoeder gaat er niet op in en Frieda beseft dat Ida het aan het juiste eind had met haar vermoeden. Grootmoeder is erg ongelukkig en heeft er spijt van dat ze zich zo onverzoenlijk heeft opgesteld. Maar ze wil er niet over praten. Misschien doet het haar te veel verdriet.

'Wel,' zegt haar grootmoeder na een poosje. 'Je moeder moet in haar eentje drie dochters grootbrengen, dat is zeker niet makkelijk. Misschien was ik een beetje overhaast met mijn bezoek. Ik had diplomatieker moeten zijn. Maar het is nu eenmaal gebeurd en ik wil kijken wat ik voor je kan doen zonder je moeder te kwetsen.'

Frieda knikt heftig. Dat klinkt heel redelijk. Haar grootmoeder is een slimme vrouw. Het was een goed idee om haar te bezoeken.

'Ik moet u ook de groeten van mijn zusje Ida doen,' zegt ze.

'Ida? De kleine roodharige die me de brief schreef? Een leuke meid. Doe haar de hartelijke groeten terug.'

Frieda neemt een slok koffie en schraapt haar keel.

'Na Pasen is Ida klaar met school. Ze wil naar de Schillerschool in Frankfurt omdat ze een middelbareschooldiploma wil halen.'

Haar grootmoeder fronst haar wenkbrauwen. 'Ze zat toch op de dorpsschool? Dan zal het lastig worden om tot een lyceum toegelaten te worden.'

'Dat zal Ida wel lukken, ze kan het. Ze is altijd de beste op school. En ze heeft alle boeken gelezen die meester Hohnermann in zijn bibliotheek heeft.'

Ze vertelt haar grootmoeder dat meester Hohnermann in Dingelbach kinderen die bereid zijn om te leren helpt waar hij maar kan. En dat hij Frieda ook heeft geholpen en dat ze anders helemaal geen auditie had kunnen doen voor de toneelschool.

'Hij speelt ook heel mooi orgel. Hij wilde vroeger musicus worden, maar in de oorlog is zijn gezicht zwaar verminkt...'

'Arme kerel...'

Grootmoeder kijkt naar een goudkleurig beeld van een ruiter dat op een ladekast staat. Pas als Frieda goed kijkt valt haar op dat er een klok in de voet van het beeld zit. O jee, het is al half tien! Ze moet over een kwartier weg.

'Dingelbach schijnt een heel interessant dorp te zijn,' zegt haar grootmoeder. 'Er is daar toch ook een fabriek?'

'Ja, Pilz & Küpper. Ze maken paraplustokken en andere dingen van hout. Hij is nu helemaal van mevrouw Küpper.'

'Mevrouw Küpper... Aha...'

'Kent u haar misschien? Ze is een heel dappere vrouw. En aardig. Haar huishoudster doet altijd boodschappen bij ons in de winkel.'

'Ik geloof dat ik haar laatst heb gezien,' zegt grootmoeder afwezig. Dan gaat ze over op een ander onderwerp. 'Heb je geen andere jurk? En hoe zit het met je schoenen, de zolen laten bijna los!'

Frieda haalt hulpeloos haar schouders op. Nee, dit zijn haar beste spullen. Kleding en schoenen zijn duur, vooral op het platteland.

'Ik snap het,' zegt haar grootmoeder geïrriteerd. 'We zullen iets voor je moeten bedenken. Bovenal wil ik dat je weet dat wanneer je ook naar me toe komt, de deur voor je openstaat. Zelfs als ik niet thuis ben. Het personeel is geïnstrueerd om voor je te zorgen. Dat is één ding. Het andere betreft het financiële aspect. Ik ga eens kijken wat ik voor je kan doen. En nu hup, naar school, zodat je niet te laat komt.'

Frieda drinkt snel haar koffie op en springt op van haar stoel. Haar grootmoeder is ook opgestaan en wil haar als afscheid een hand geven, maar Frieda slaat impulsief haar armen om de nek van de oude dame.

‘Ik ben zo blij dat ik een grootmoeder heb,’ zegt ze. ‘Het is geweldig. Het mooiste van de hele wereld!’

De oude vrouw is verrast door deze plotselinge uiting van liefde, maar laat het gebeuren en houdt ontroerd Frieda’s hand vast.

‘Je bent een wildebras. Net zoals mijn zus zaliger. Ga nu maar, anders krijg je nog op je kop. En kom volgende week woensdag terug. Dan praten we verder.’

‘Ja, ik kom heel graag. Ik heb u nog zo veel meer te vertellen. En… bedankt voor alles. Ik weet niet wat ik moet zeggen…’

‘Het is al goed, meisje… O, mijn god, jij bent iemand die een oude vrouw zeer dierbaar kan worden…’

Als Frieda beneden haar jas aantrekt en naar buiten wil gaan, snelt het dienstmeisje naar haar toe met een pakketje. ‘Dit moet ik u nog geven, juffrouw. Voor de middagpauze. Met de hartelijke groeten van mevrouw…’

In het pakketje zitten broodjes en een witte envelop met het opschrift ‘Voor noodgeval’. Er zit vijf mark in. Een fortuin! Dat moet ze verbergen voor haar moeder. Maar nu kan ze misschien een paar turnschoentjes kopen.

Ze komt vijf minuten te laat bij ritmische dans van Leopoldine Müller, wat haar een berispende blik van de docente oplevert. Frieda trekt haar schoenen en kousen uit, maar houdt haar jurk aan omdat ze geen korte broek heeft en niet in haar ondergoed kan dansen. De dansoefeningen vindt ze erg leuk. Ze beweegt graag en heeft weinig moeite om haar lichaam in alle richtingen te buigen. De mannen daarentegen bewegen nogal houterig. Ze zijn totaal niet soepel en vinden dansen in het algemeen een beetje belachelijk. Alleen de slanke, sproetige Erwin Kreuzer beweegt soepel. Hij heeft vroeger balletles gehad.

‘Waar heb je die dansbroek gekocht?’ vraagt ze na de les aan Annemarie.

Het meisje lacht en knoopt het lint af dat ze om haar hoofd had gebonden zodat haar haar niet in haar gezicht viel tijdens het dansen. Net als de meeste meisjes op de toneelschool heeft ze een kort kapsel.

'Ik heb hem niet gekocht. Mijn moeder heeft hem voor me genaaid. Dat kan ze, want ze is naaister. Wil je dat ze er ook een voor jou maakt? Dan moet je de stof meenemen en bij ons langskomen zodat ze je maten kan opnemen.'

'Dat zou ik graag willen,' zegt Frieda, terwijl ze zich afvraagt waar ze de stof vandaan moet halen. 'Maar wanneer? We hebben de hele dag les.'

'Dan kom je gewoon een keer een nachtje logeren. Dat doen mijn andere vriendinnen ook.'

'Als je moeder dat goed vindt...'

'Vast wel. En het wordt leuk. Vraag maar aan je moeder of het mag, goed?'

Ze hoeft het niet eens te vragen, want haar moeder zal het toch niet toestaan. 's Avonds moet ze thuis zijn. Dat was de voorwaarde om naar de toneelschool te mogen. Wat een ellende!

Ensemblespel wordt vandaag onderwezen door mevrouw Sagan, die heel energiek is en veel strenger dan meneer Weichert. Annemarie krijgt te horen dat ze te geremd is en zich moet openstellen. De lange, trage Rudolf Stimpel is mevrouw Sagans lieveling. Ze werkt lang met hem aan een scène uit *Minna von Barnhelm*, terwijl de anderen stilzitten en luisteren. Uiteindelijk mag Frieda de scène met hem spelen, maar de docente zegt niets over haar spel.

'Ze heeft een voorkeur voor mannen,' zegt Annemarie boos. 'Bij Weichert is het veel fijner.'

Na de middagpauze hebben ze rolbeleving van mevrouw Einzig. Ze leren het personage dat ze spelen te begrijpen, de redenen voor zijn of haar acties te herkennen en zich in hem of haar in te leven. Waarom zegt het personage dit? Wat schuilt erachter? Wat voelt het personage op dat moment? Pas als je helemaal doordrongen bent van een rol, als je je één voelt met het personage, kun je het werkelijk spelen.

Aan het eind van de les raadt mevrouw Einzig haar leerlingen aan om naar Zuckmayers toneelstuk *Schinderhannes* te gaan, dat voor de zomervakantie nog twee keer zal worden opgevoerd. De dramastudenten krijgen hiervoor vrijkaarten. Harry knipoogt naar Frieda. 'Dan gaan we samen, Frieda. Ik heb het nog niet gezien. Het wordt donderdag opgevoerd.'

Weer een probleem. Frieda heeft er genoeg van voor vandaag en is zo gedeprimeerd dat ze hem niet eens antwoord geeft. Hoe kan ze actrice worden als ze 's avonds niet naar het theater mag? Er zit niets anders op, ze moet met haar moeder gaan praten. Zelfs met het risico dat ze niet meer naar school mag.

Na de les roept mevrouw Einzig haar bij zich. 'Ik heb goed nieuws voor je, meisje,' zegt ze geheimzinnig glimlachend.

Nu komt er weer iets waar ik niet naartoe mag, denkt Frieda. Misschien moet ik al als figurant in de opera invallen? Wat moet ik dan zeggen? Straks sturen ze me nog van school als ik nu nee zeg.

Maar mevrouw Einzig heeft iets heel anders te vertellen. Ze rommelt in haar grote tas en haalt er een brief uit. 'Hier, dit is een brief aan je moeder. Je ontvangt een beurs van het kunstenaarsfonds van een bank. Ze betalen je studie en reiskosten, en je krijgt ook een beetje zakgeld. Nou? Is dat geen goed nieuws?'

Frieda is zo overdonderd dat ze niet weet wat ze moet zeggen. Is dit echt waar? Een studiebeurs? Dan hoeft haar moeder niets meer te betalen! En Frieda krijgt er zelfs nog geld bovenop!

'Dat... dat is echt heel goed nieuws,' stamelt ze. 'U kunt zich niet voorstellen hoe blij ik ben.'

'Dat weet ik, Frieda,' zegt mevrouw Einzig. 'Wij zijn er ook blij mee. Ik geloof dat je de kans verdient!'

25

Rond elf uur, als Gertrud de rode kool met uien aanbraadt, komt Lene Grossmann naar de Schützhoeve rennen. Ze wankelt een beetje, laat zich in de keuken op een stoel zakken en vraagt of Helga snel naar Rudolf Alberti kan gaan.

'Wat is er aan de hand? Ben je ziek, Lene?' vraagt Gertrud. Anni zet een beker moutkoffie voor haar buurvrouw neer. Dat is gebruikelijk onder buren. Daar zijn geen gesloten deuren. Je gaat naar de keuken om te praten en krijgt iets te drinken.

'Ik niet,' zegt Lene. 'Maar Herbert. Hij ligt daar en wil niet opstaan.'

'O god,' zegt Helga geschrokken, want ze weet dat morgen de Grossmannhoeve wordt geveild. 'Drink je koffie, Lene. Ik ga meteen.'

Ze pakt haar doek van de haak en wil hem net omslaan als Lene verder praat. 'Hij lag niet in bed toen ik wakker werd. Toen ben ik hem gaan zoeken. Hij was niet op het toilet, niet in de stal en ook niet in de schuur. Toen bedacht ik ineens dat hij misschien naar de zolder was gegaan...'

Ze praat op een rare toon. Hortend en met een hoge stem. Het klinkt heel vreemd en Helga krijgt het ineens ijskoud.

'Naar de zolder?'

Lene pakt de beker en wil drinken, maar haar handen trillen zo erg dat ze hem weer moet neerzetten.

'Ja, op zolder. Ik ben erheen gegaan en zag hem hangen...'

De deksel van de pan glijdt uit Gertruds hand. Hij valt met veel kabaal op het fornuis en daarna op de grond. Anni staart met grote ogen naar hun buurvrouw en moet gaan zitten. Helga staat er als door de bliksem getroffen bij. O god! Laat het niet waar zijn.

'Toen ben ik teruggegaan naar de keuken en heb ik een scherp mes uit de tafellade gepakt,' vervolgt Lene en ze kijkt Gertrud hulpzoekend aan. 'Boven ben ik op de oude voerkist geklommen, maar het was niet makkelijk om het touw door te snijden. Want het zat heel strak...'

Helga moet tegen de deur leunen. Ze is bang dat ze anders omvalt. Herbert. Hij zei niets. Hij was de afgelopen dagen erg stil. Heeft niet geklaagd en niet gejammerd. En dan gaat hij naar de zolder en maakt er een einde aan. En laat Lene alleen achter.

Als verdoofd hoort ze Lene verder praten. Toen hij viel, is ze naast hem gaan zitten, in de overtuiging dat hij versuft was door de val. Ze zat daar een hele tijd, klopte op zijn wangen, schudde hem, riep zijn naam. 'Maar omdat hij helemaal niet bewoog, bedacht ik dat Rudolf even naar hem moet kijken...'

Ze durft zelf niet naar hem toe te gaan omdat ze bang is dat ze te 'wankel' is. Helga vermant zich en slaat de doek om haar schouders. Rudolf zal weten wat te doen.

Het is Otto's schuld, denkt ze terwijl ze door de dorpsstraat naar de andere kant van het dorp loopt. Hij had het kunnen voorkomen als hij het geld aan Herbert had gegeven. Hij moet de verantwoordelijkheid voor deze zonde op zich nemen. En ik heb het toegelaten. Ik ben voor de buitenwereld zelfs achter hem blijven staan. Ik ben medeplichtig.

Rudolf Alberti is aan het ploegen op het veld, maar Marlis is in de keuken, en als ze het verschrikkelijke nieuws hoort, laat ze alles staan en rent ze weg om haar man te halen. 'Blijf hier, Helga,' roept ze. 'Zorg dat het eten niet aanbrandt. Ik ben zo terug.'

Helga gaat bij het fornuis staan en roert in de pan. Het lijkt onwerkelijk, alsof ze het allemaal heeft gedroomd. Maar haar woede jegens haar man wordt steeds heftiger. Hij heeft de dood van Herbert op zijn geweten. Met zijn hebzucht en gierigheid heeft hij een mensenleven vernietigd. Wat is er geworden van de man met wie ze is getrouwd?

Kan een oorlog een mens zo veranderen? Of is Otto altijd een slecht mens geweest?

Rudolf komt in zijn veldlaarzen en vuile broek de keuken binnen. Hij pakt Helga bij de schouders en wil weten wanneer het gebeurd is.

'Ik denk in de nacht. Lene zei dat hij vanochtend niet naast haar in bed lag...'

'Ik kan het niet geloven,' zegt hij kreunend. 'Waarom hebben we niet beter op hem gelet? Gisteren zei ik nog tegen Marlis dat ik vond dat Herbert zich vreemd gedroeg...'

Hij trekt zijn laarzen uit en rent naar boven om zijn koffertje te pakken. Niet voor Herbert, die zal niet meer geholpen kunnen worden, maar Lene zal iets nodig hebben om te kalmeren.

'Haal de pan van het vuur, Helga,' zegt hij. 'Marlis is naar Hannes Killinger gegaan om te vragen of hij voor mijn ruin zorgt. Die heb ik met de ploeg op het veld achtergelaten.'

Ze lopen naar de Grossmannhoeve. Bij de dorpswinkel staat de vrouw van de dominee met twee boerinnen. Ze kijken hen verbaasd na omdat ze zo haastig en zonder te groeten langslopen.

'Ken je de mensen niet meer, Helga?' roept de vrouw van de dominee hun na.

'Er moet iets gebeurd zijn, mevrouw Seybold,' zegt een van de vrouwen. 'Als Rudolf Alberti zo hard door het dorp rent, is er iets mis.'

Meer horen ze niet. Voor de Grossmannhoeve staat Gertrud met een versteend gezicht. Blijkbaar is ze al op de zolder geweest.

'Hij ligt daarboven, morsdood,' zegt ze. 'Ik heb gekeken, hij kan niet meer geholpen worden. Moge de lieve Heer zich over zijn arme ziel ontfermen.'

Rudolf loopt langs haar het huis in en zegt alleen: 'Zorg voor Lene!'

Helga keert met haar schoonmoeder terug naar de Schützhoeve. Daar zit Lene met Anni in de keuken. Ze praat aan één stuk door. Ze blijft maar vertellen dat ze gisteren nog voor Herbert heeft gekookt, dat hij een tijdje bij haar in de keuken heeft gezeten en over vroeger heeft gepraat. Dat ze samen naar bed zijn gegaan en elkaars hand vasthielden terwijl ze in slaap vielen, wat ze al meer dan veertig jaar doen.

'En toen ik vanochtend wakker werd, had ik al een raar gevoel. Ineens had ik het ijskoud, en toen ik naar de andere kant van het bed keek, was Herbert er niet meer...'

Ze kunnen niets anders doen dan haar laten praten. Anni heeft een sneetje brood voor haar besmeerd met boter en in kleine stukjes gesneden, maar Lene wil niets eten. Ze neemt alleen kleine slokjes van de warme moutkoffie.

'Heb je Rudolf Alberti gehaald, Helga?' vraagt ze tussendoor, alsof ze uit een verdoving is ontwaakt.

'Hij is daar,' zegt Helga toonloos en ze is al bang dat Lene er meteen naartoe wil. Maar ze blijft in de keuken zitten en praat verder.

Ze weet dat hij dood is, denkt Helga bedroefd. Maar ze wil het niet toegeven. Misschien kan ze dat niet. Omdat het onvoorstelbaar is. Daarom blijft ze praten, alsof ze zo de afschuwelijke waarheid van zich af kan houden.

Na een poosje komen Adam en Otto met zware stappen het erf op en Gertrud loopt naar de twee mannen. Helga ziet ze met z'n drieën staan. Otto is bleek, Gertrud praat en maakt opgewonden gebaren. Bij Adam lopen tranen over zijn wangen.

'Ik heb het vermoed,' hoort ze hem snikkend zeggen. 'Gisteren liep Herbert over zijn akker en pakte hij een handvol aarde. Hij keek ernaar en gooide die weer weg. Op het erf zag ik hem overal naartoe gaan. Hij aaide het paard en staarde naar zijn nutteloze landbouwwerktuigen in het koetshuis...'

Hij heeft afscheid genomen, denkt Helga verdrietig. Hij wist precies wat hij wilde doen. En niemand heeft het gemerkt. Wat zijn wij nou voor buren?

'Het is een verdomde zonde!' hoort ze haar man schelden. 'Een fatsoenlijk christen doet dit niet!'

'Als iemand helemaal wanhopig is, doet hij zoiets,' zegt Adam en hij veegt zijn gezicht af met zijn mouw.

‘Hij krijgt geen christelijke begrafenis,’ zegt Gertrud. ‘Zelfmoordenaars gaan naar de hel.’

‘Dan kun je hem weer ontmoeten, boerin,’ zegt Adam kwaad. ‘Jouw vuile bek zal de duivel wel bevallen.’

‘Hoe praat je tegen me?’ snauwt Gertrud. ‘Ga vooral zo door, dan heb je je langste tijd als knecht op onze boerderij gehad!’

Maar Adam maakt slechts een minachtend gebaar en loopt naar de put, waar de paardenkar nog staat waarmee ze van het veld kwamen. Terwijl hij de merries uitspant en naar de stal leidt, blijft hij naar de Grossmannhoeve kijken.

De schoolbel gaat en even later vult de dorpsstraat zich met een horde blije kinderen die met hun schooltas op hun rug naar huis rennen. Helga loopt het erf op om Heinz op te vangen en hem voorzichtig uit te leggen waarom Lene bij hen in de keuken zit en niet kan stoppen met praten. Ze moet de jongen de waarheid vertellen. Ze heeft geen andere keus, want binnen de kortste keren zal het nieuws het hele dorp rondgaan.

‘Mama, Adam huilt,’ zegt Heinz, terwijl hij haar verward aankijkt.

‘Ja, Heinz. Je moet nu heel sterk zijn. Herbert Grossmann is vannacht overleden.’

De afgezwakte weergave van de gebeurtenissen maakt niet al te veel indruk op Heinz. Hij zet een droevig gezicht op omdat hij Herbert aardig vond, maar dan zegt hij: ‘Misschien is het wel goed zo, mama. Want morgen wordt zijn boerderij geveild. Dat zou vast heel erg zijn geweest voor hem.’

‘Ja, Heinz. Ga maar naar binnen. Lene zit bij ons in de keuken, ze is nog steeds erg van slag, begrijp je?’

‘Dat begrijp ik, mama. Dan eet ze vanmiddag zeker bij ons?’

‘Ja. Breng je schooltas naar boven en was je handen, dan kun je daarna naar de keuken komen.’

Heinz is net naar binnen gegaan als Rudolf haastig naar de Schützhoeve komt.

‘Goed dat je er bent, burgemeester,’ zegt hij tegen Otto. ‘Ik was bij de fabriek om de telefoon te gebruiken. Er komt straks een arts uit Steinbach die de overlijdensakte moet opmaken. Maar we mogen daarboven waar hij ligt niets aanraken, want de recherche moet de zaak onderzoeken...'

'De recherche?' zegt Otto geschrokken. 'Wat moet die hier? Denken ze soms dat een van ons Herbert heeft opgehangen? Of misschien zelfs Lene?'

Rudolf stelt hem gerust. 'Het is maar een formaliteit, Otto. Dat moeten ze altijd doen als iemand op zo'n manier is overleden. Ik stuur Marlis zo naar jullie, zij haalt Lina Altmann en Hedi Schmidtkunz. Zodat Lene niet alleen is als ze teruggaat naar de boerderij...'

'Je doet maar, Rudolf,' bromt Otto. 'Maar dat je de recherche op ons af hebt gestuurd, dat zal ik niet vergeten! Hier in Dingelbach zijn alleen fatsoenlijke mensen en geen moordenaars!'

'Ik heb ze er niet bij gehaald, Otto,' zegt Rudolf boos. 'Ze komen helemaal uit zichzelf omdat de arts een zelfmoord moet melden. Dat zou je eigenlijk moeten weten als burgemeester van Dingelbach!'

Hij draait zich boos om en loopt weg. Otto staart hem na. Hij voelt de minachting van de dorpsgenezer, die hem toch al een doorn in het oog is. De bewoners van Dingelbach respecteren en waarderen Rudolf Alberti, zonder dat die daar ophef over maakt. Als hij zich verkiesbaar zou stellen, zou hij bij iedereen welkom zijn als burgemeester. Maar hij hecht geen waarde aan die functie en laat die over aan Otto Schütz.

Tijdens het middageten heerst er een beklemmende sfeer in de keuken. Lene zwijgt nu. Ze zit ineengezakt aan tafel en prikt af en toe een stukje aardappel van haar bord. Anni slaat telkens weer haar arm om haar heen en moedigt haar aan om wat vlees te eten omdat ze haar kracht nodig zal hebben. Heinz propt zonder iets te zeggen het eten naar binnen en kijkt telkens angstig naar Lene. Adam zwijgt ook, alleen Gertrud en Otto praten.

'Het zou goed zijn als het een keer gaat regenen, dat heeft het zaad wel nodig...'

'Hebben jullie de andere akker ook meteen bemest?'

'Loni, de merrie, is een hoefijzer verloren, ze moet naar Hannes Killinger. Dit soort dingen gebeuren altijd tijdens het werk...'

Helga krijgt geen hap door haar keel. Ze weet ook niet waar ze over zou moeten praten. Terwijl Gertrud zich opwindt over Hannes, die veel te veel geld vraagt voor het beslaan, zegt Lene ineens heel zachtjes: 'Herbert is dood, hè?'

Ze kijkt Helga vragend aan en die knikt angstig.

'Ja, Lene. Rudolf kon hem niet meer helpen.'

Nu is iedereen aan tafel stil. Zelfs Gertrud kan niets bedenken.

'Dan ga ik er nu maar naartoe... Ik kan Herbert daar toch niet helemaal alleen laten liggen...'

Lene legt haar vork neer en moet op de tafel leunen als ze opstaat. Adam springt op en geeft haar een hand. Anni pakt Lenes sjaal en legt hem om haar schouders.

'Langzaam aan, kijk uit dat je niet valt,' zegt Adam. 'Ik ga met je mee, Lene. Kijk uit bij de deur, daar is een drempel...'

Ook Anni laat het eten staan en loopt met haar buurvrouw mee naar de Grossmannhoeve. Marlis, Lina en Hedi staan al bij de put bij elkaar. Ursula Dönges is er ook en de vrouw van de dominee komt vanuit de richting van de dorpswinkel aangelopen. Het nieuws heeft zich in een mum van tijd in het dorp verspreid en de vrouwen hebben alles laten vallen omdat ze wisten dat Lene hulp nodig heeft.

'Jij hoeft er niet ook nog heen te rennen,' zegt Gertrud tegen Helga, die naar de voordeur is gelopen en naar de put kijkt. 'Het halve dorp is al bijeen op de Grossmannhoeve.'

Ze wringt zich langs Helga heen en trekt de deur met een klap dicht. Otto zit nog steeds met zijn bord voor zich aan de keukentafel. Heinz is opgestaan, want hij is niet graag alleen met zijn vader en wil naar boven gaan. Als Helga en Gertrud weer de keuken in komen, blijft hij even besluiteloos bij de deur staan en gaat dan weer zitten.

'Nu moeten ze op de dokter wachten,' zegt Gertrud en ze kreunt.

'En dat niet alleen,' bromt Otto en hij prikt een stuk vlees op zijn vork. 'Als die is geweest, moet hij het melden. Dan komt de recherche kijken of iemand een handje heeft geholpen.'

Gertrud staart hem verbijsterd aan en trekt haar wenkbrauwen op. 'Misschien nemen ze Herbert mee omdat ze hem moeten onderzoeken?'

'Denk je dat ze dat doen?' vraagt Otto.

'Het zou toch kunnen?'

Otto snuift, kauwt op het vlees en spoelt het weg met een slok appelcider. 'Dan zou het goed zijn als ze vandaag nog komen. Morgen is het te laat.'

Helga begint het langzaam te begrijpen. Ze zijn bang dat de veiling moet worden afgelast. Want je kunt moeilijk een boerderij veilen als er een dode ligt opgebaard. In het dorp is het gebruikelijk dat de overledene tot de begrafenis in het huis blijft. Daarna dragen de mannen de kist naar de kerk, waarbij bijna alle dorpelingen meelopen.

'Misschien zou Herbert in de kerk kunnen worden opgebaard,' denkt Otto hardop na.

'Iemand die zelfmoord heeft gepleegd?' zegt Gertrud lachend. 'Natuurlijk niet, Otto. Als de rechercheurs Herbert niet meenemen, blijft hij in het huis. Daar kun je gif op innemen.'

Otto smijt boos zijn vork op tafel. 'Dat die idioot dat heeft gedaan!' moppert hij. 'Hij heeft het expres gedaan om mij een loer te draaien...'

Helga houdt het niet meer uit. Herbert is dood. Hij heeft zichzelf op zijn zolder opgehangen omdat hij volkomen wanhopig was. En het enige waar Otto aan kan denken is de boerderij die hij zich op een slinkse wijze wil toe-eigenen.

'Dit had niet hoeven gebeuren,' zegt ze en ze heft boos haar hoofd op. 'Dit heb jij veroorzaakt, Otto! Als jij hem het geld had geleend, had Herbert misschien nog geleefd...'

Gertrud spert haar ogen open en wil iets zeggen, maar Otto laat haar niet aan het woord. Hij slaat met beide vuisten op tafel, waardoor het bord en de pan trillen.

'Wát zeg je? Ben jij niet goed bij je hoofd, wijf?'

Maar Helga kan zich niet meer inhouden. Woede, walging, minachting, alles wat zich in haar heeft opgehoopt en in haar broeide, komt er nu uit.

'Ik zeg de waarheid!' roept ze uit. 'Met je geldzucht en grootheidswaan heb je de dood van Herbert op je geweten. En in plaats van spijt te hebben dat je daaraan schuldig bent maak je je druk dat je morgen de boerderij niet kunt inpikken. Het is een schande! Als er een rechtvaardige God in de hemel is, zal Hij je daar op een dag verantwoordelijk voor houden, dan zul je...'

Hij springt op en grijpt haar bij de haren. Hij houdt haar opgestoken vlecht stevig in zijn vuist en schudt haar door elkaar. Ze schreeuwt het uit en probeert zich te verdedigen, maar hij bonkt haar hoofd tegen het tafelblad. Een bord versplintert vlak voor haar ogen, haar hoofd dreunt en even wordt het donker om haar heen.

'Ga weg! Laat mama los! Doe haar geen pijn!'

Door een rood waas van bloed ziet ze Otto heen en weer rennen in de keuken en ze hoort hem vloeken. Heinz heeft zich op zijn vader gestort. Hij klampt zich aan hem vast, krijst als een speenvarken en schopt met zijn voeten. Otto probeert de jongen van zich af te duwen, maar de jongen houdt zich vast, buiten zichzelf van woede. Hij spuugt op zijn vader en probeert hem te bijten. Otto grijpt de jongen bij zijn nekvel en slingert hem van hem weg. Heinz knalt tegen het fornuis en blijft op de grond liggen.

'Dus jij wilt je hand opheffen tegen je vader, rotjoch?' Hij trekt Heinz van de keukenvloer omhoog, schudt hem door elkaar en begint hem te slaan.

'Laat de jongen los, Otto!' hoort Helga Gertrud gillen. 'Je vermoordt hem nog. Hij bloedt al...'

'Hou je bek!' brult Otto met een stem die als een stekende pijn door Helga's hoofd gaat.

'Je stort jezelf in het verderf, Otto,' schreeuwt Gertrud en ze gaat voor de jongen staan, die roerloos op de grond ligt. Meteen daarna valt ze met haar rug tegen de fornuisplaat omdat Otto haar een duw tegen haar borst heeft gegeven. Helga hoort gesis, Gertrud schreeuwt het uit en de waterketel valt met veel kabaal op de grond.

Dan ziet Helga haar man langzaam op zich afkomen. Is dat Otto nog? Deze man met die waanzinnige blik in zijn ogen en met zijn bleke, vertrokken gezicht, die nu zijn vuist opheft en op haar schouder laat neerkomen?

'Dat heeft je minnaar je zeker aangepraat? Die kerel met wie je boven op de heuvel bij de fabriek rondhangt, hoer. Hier! Deze is voor jou! En deze! En deze ook…'

Hij slaat haar weer. Hij raakt haar hoofd, haar schouders, haar rug, haar armen. Hij trekt haar omhoog en slaat haar opnieuw. Ze is weerloos. Haar lichaam gehoorzaamt haar niet meer, ze is versuft, haar ledematen lijken wel met vloeibaar lood gevuld te zijn. Ze voelt de klappen niet en wil alleen maar dat hij stopt, zodat ze zich kan verschuilen. In de duisternis, waar ze rust heeft, waar ze kan wegzinken en niemand haar kan vinden.

Een deur slaat dicht. Door het gefluit en gedreun in haar hoofd hoort ze het maar vaag. Ze zakt voorover op de scherven die op tafel liggen, wacht op nieuwe klappen en realiseert zich pas na een tijdje dat het is gestopt. Moeizaam tilt ze haar hoofd op. Ze veegt het bloed weg dat langs haar voorhoofd druipt en probeert het wankelende beeld voor haar te interpreteren. Gertrud. Ze staat bij het fornuis en smeert haar verbrande arm in met boter.

'Mama?' fluistert iemand naast haar. 'Mama? Hoor je me?'

Heinz staat naast haar. Hij is lijkbleek en heeft rode strepen in zijn gezicht. Ze steekt haar hand op, raakt zijn haar aan en streelt zijn wang.

'Het is goed, Heinz. Het gaat goed met me…'

Hij huilt niet maar staart haar alleen met wijdopen, lege ogen aan en zijn mond trilt. Dan valt hij op zijn knieën, omdat hij moet overgeven.

'Dit was niet nodig geweest als je je mond had gehouden,' zegt Gertrud. 'Je hebt hem zo kwaad gemaakt dat hij niet meer wist wat hij deed. Hij is weggelopen. Als hij zichzelf maar niets aandoet...'

Helga probeert van de keukenstoel op te staan. Het gaat. Haar lichaam lijkt verdoofd, het voelt zwaar en hard aan, maar haar benen gehoorzamen. Ze pakt een theedoek en veegt voorzichtig Heinz' mond af. Daarna neemt ze haar zoon bij de hand.

'Kom...'

'Waar ga jij naartoe?' roept Gertrud haar na. 'Blijf hier. Niet iedereen in het dorp hoeft te zien wat Otto in zijn woede heeft aangericht...'

Maar Helga luistert niet naar het geschreeuw en trekt Heinz met zich mee. Uit het huis, over het erf, langs de put. Er staat een vreemde auto. De dokter uit Steinbach is gekomen en bij de Grossmannhoeve staan allerlei mensen opgewonden met elkaar te praten. Ze loopt achter de put langs zodat ze niet gezien worden. Ze weet niet waar ze heen gaat, ze weet alleen dat ze weg wil en nooit meer terug wil keren.

Bij de dorpswinkel moet ze even blijven staan omdat Heinz weer moet overgeven. De winkel is leeg omdat de dorpelingen allemaal bij de Grossmannhoeve staan en over de dode Herbert praten. Marthe komt de winkel uit. Ze heeft Helga en Heinz door de etalage gezien.

'Wat is er met jullie gebeurd?' vraagt ze, terwijl ze snel de treden af loopt. 'Wat zie je eruit, Helga!'

Helga kan niet antwoorden omdat ze ineens misselijk is. Maar Heinz zegt: 'Papa heeft ons geslagen. Heel erg. Hij wilde niet stoppen.'

Marthe is een vrouw van daden. Ze neemt Helga bij de arm en leidt haar voorzichtig de treden op. 'Blijf hier,' zegt ze op besliste toon. 'Waar wil je in deze staat naartoe? Ga maar in de keuken zitten. Ik stuur Ida meteen naar de Grossmannhoeve, zodat de dokter uit Steinbach hier komt en jullie kan onderzoeken.'

26

Frieda zit boven in de slaapkamer en probeert de rol van Franziska uit *Minna von Barnhelm* te leren. Ze heeft moeite om de tekst te onthouden. Ze blijft telkens weer steken en moet dan nakijken hoe het verdergaat. Het komt doordat ze ongelukkig is. Aan de ene kant voelt ze zich schuldig, maar aan de andere kant weet ze dat ze er op de een of andere manier recht op heeft. Haar moeder heeft de brief waarin de beurs werd aangekondigd in stilte gelezen. Ze zei er geen woord over en liet niet merken of ze er blij mee was. Frieda vermoedt zelfs dat haar moeder boos is omdat ze haar dochter niet langer kan verwijten dat haar opleiding zo veel geld kost.

Hoe moet ik het uithouden als ze me eeuwig blijft haten, vraagt Frieda zich ongelukkig af. Waarom heb ik zo'n moeder? Ze is koud en koppig. Ze is net zo achtergebleven als alle vrouwen hier in het dorp. Alles moet op haar manier gaan. Maar ik ben toch haar kind? Houdt ze dan niet meer van me?

'Ida!' galmt het van beneden.

Zoals altijd ligt Ida op haar bed een boek te lezen. Ze tilt haar hoofd op en kreunt geïrriteerd. 'Wat is er?' roept ze.

'Kom onmiddellijk naar beneden, je moet naar de Grossmann-hoeve rennen en de dokter halen!'

Dat is vreemd. Ze hebben vanmiddag gehoord dat Herbert dood is. In de winkel zeiden een paar mensen dat hij zelfmoord heeft gepleegd. Ze waren heel erg geschrokken en dachten meteen dat het te maken had met de veiling van morgen. Nu is er dus een dokter gekomen. Maar waarom zou Ida hem moeten gaan halen?

Ida klapt het boek dicht, stopt het onder haar kussen en rent naar beneden. Frieda volgt haar aarzelend. Beneden in de keuken zit Helga Schütz op een stoel met haar handen voor haar gezicht. Heinz is er ook. Hij knielt op de grond en spuugt in een kom die Herta voor hem heeft neergezet.

'Heinz!' zegt Ida vol afschuw en ze knielt naast hem neer. 'Wat heb je gedaan? Ben je uit de boom gevallen? Jeetje, je bloedt...'

'Ga snel, Ida!' beveelt haar moeder. 'Haal snel de dokter voordat hij alweer weg is!'

Ida springt op en rent weg. Ze beseft dat het belangrijk is. Het winkelbelletje rinkelt luid als ze de deur opentrekt en achter zich dichtslaat.

'Otto,' flapt Helga eruit. 'We mogen hier niet blijven. Als hij erachter komt waar ik ben, slaat hij jullie winkel kort en klein...'

Als ze haar handen van haar gezicht haalt, schrikt Frieda vreselijk. Haar haar hangt in plukken naar beneden, maar het is duidelijk te zien dat ze veel snijwonden in haar gezicht heeft. Haar voorhoofd en neus zijn flink opgezwollen.

'Maak je geen zorgen, Helga,' zegt Marthe kalm. 'Hij komt er niet in. Frieda, doe de deur op slot en hang het bordje op. Blijf bij de deur staan. Als Ida met de dokter komt, doe je voor hen open.'

Frieda loopt met knikkende knieën de winkel in. Het is laat in de middag en het is gaan regenen. Op het kerkplein staan mensen te praten. Oom Georg staat erbij, net als molenaar Dippel, en nu komt Hannes Killinger ook aangelopen. Otto Schütz ziet ze niet, maar als Helga zo bang is voor haar man, kan hij niet ver weg zijn. Frieda steekt haastig de sleutel in het slot, draait hem om en hangt het bordje 'Gesloten' aan de deur. Ze kijkt door de etalage naar de dorpsstraat om te zien of Ida al terugkomt met de dokter. Maar ze ziet alleen dominee Seybold met meester Hohnermann, die een paraplu heeft opgestoken maar zelf flink nat wordt omdat hij hem boven de dominee houdt.

'Haal de wollen deken van boven, Herta,' hoort ze haar moeder in de keuken zeggen. 'En een laken. We leggen mijn mantel eronder. Hier, bij de kachel...'

Wat is haar moeder kalm en beheerst! Frieda is zo geschrokken dat ze helemaal rilt. Wat is er met Helga en Heinz gebeurd? Is het echt mogelijk dat Otto zijn vrouw en kind zo heeft toegetakeld? Frieda weet dat de burgemeester snel boos wordt en zijn zelfbeheersing kan verliezen. Hij heeft weleens iemand geslagen. Maar dat was met mannen onder elkaar en meestal in het café als ze te veel gedronken hadden.

Plotseling ziet ze een vrouw door de dorpsstraat naar de winkel lopen. Ze heeft haar schouderdoek over haar hoofd getrokken vanwege de regen en loopt zo hard dat haar rok wappert. Gertrud! Wat wil zij hier?

Gertrud beklimt de treden voor de winkel en probeert de deur te openen, maar die zit op slot. Geïrriteerd rammelt ze eraan en ze slaat met haar vuist op het hout.

'Doe open! Marthe, doe de deur voor me open!'

Frieda deinst geschrokken achteruit en weet niet wat ze moet doen, maar haar moeder komt al de winkel binnen. Ze ontgrendelt de deur en gaat in de deuropening staan.

'Laat me erin!' eist Gertrud en ze wil Marthe aan de kant schuiven. Maar Frieda's moeder staat stevig in de ingang van de winkel en wijkt geen centimeter.

'We zijn gesloten, Gertrud.'

'Ik wil Helga zien.'

'Wat wil je van Helga?'

Gertrud doet een verwoede poging om langs Marthe de winkel in te komen, maar Marthe houdt haar tegen. Frieda schiet haar moeder impulsief te hulp en pakt Gertrud bij haar linkerarm. Gertrud gilt het uit en moet tegen de deur leunen omdat ze hijgt van de pijn. Geschrokken laat Frieda haar los. Ze wilde haar geen pijn doen.

'Ze moet thuiskomen!' zegt Gertrud, terwijl ze haar pijnlijke arm vasthoudt. 'Je dochter loopt overal te roepen dat Helga en Heinz helemaal gehavend zijn en een dokter nodig hebben. Wat een onzin. Helga heeft hooguit een paar blauwe plekken.'

'Helga en Heinz blijven hier totdat de dokter komt,' antwoordt Marthe kalm.

Gertrud beseft dat ze niet tegen Marthe op kan. Ze leunt tegen de deurpost en ademt zwaar. Nu komt Herta ook de winkel in om te kijken wat er aan de hand is. Maar ze blijft voor de zekerheid achter de toonbank staan, want ze is bang voor Gertrud. Die probeert haar doel nu op een andere manier te bereiken.

'Ik kom met de beste bedoelingen, Marthe,' zegt ze sussend. 'Er was alleen een ruzietje en toen gaf Otto haar een klap. Het was Helga's eigen schuld, want ze irriteerde hem tot het uiterste...'

'Ga naar huis, Gertrud,' zegt Marthe, niet onder de indruk. 'Helga zal wel weten wat ze doet.'

'Zeg dan tegen Heinz dat hij met mij mee moet gaan...'

'Heinz moet verschrikkelijk overgeven. Hij heeft een dokter nodig.'

'Dat hoef jij niet te bepalen, Marthe,' snauwt Gertrud boos en ze doet nog een poging om de winkel binnen te komen. 'Heinz is mijn kleinzoon en ik...'

Op dat moment klinkt er een heldere stem achter haar. 'Aan de kant, Gertrud,' zegt Ida scherp. 'De dokter wil erlangs.'

De arts is een jonge man met een bril en een blonde baard. Hij schudt de druppels van zijn natte hoed voordat hij de winkel binnenstapt en verontschuldigt zich beleefd bij Gertrud, die met een starre blik opzij is gegaan.

'Dit is echt verschrikkelijk!' zegt hij tegen Frieda's moeder, die hem ter begroeting de hand schudt. 'Zo ken ik het rustige Dingelbach helemaal niet. Eerst de arme meneer Grossmann en nu ook nog een ongeluk... Neem me niet kwalijk, mijn jas is drijfnat. Het regent...'

Frieda wacht tot Ida en de dokter binnen zijn, en slaat dan bliksemsnel de deur voor Gertruds neus dicht en draait de sleutel om.

‘Wat komt zij hier doen?’ vraagt Ida. Ze heeft nat haar en haar jurk is doorweekt.

‘Helga en Heinz naar huis halen.’

‘Dan kan ze daar blijven staan tot ze een ons weegt!’

Ida’s blik is net zo kil als die van haar moeder. Ze kijkt naar de keukendeur, die achter Marthe en de dokter is dichtgevallen. Herta staat nog steeds roerloos achter de toonbank.

‘Dit heeft Otto gedaan, hè?’ vraagt Ida.

‘Wie anders?’

‘Ik zou hem in de vijver gooien en net zo lang onder water duwen totdat hij geen lucht meer krijgt,’ zegt Ida. ‘Heinz heeft een grote bult op zijn hoofd.’

Gertrud blijft nog een tijdje bij de deur staan, maar omdat er inmiddels toeschouwers zijn gekomen komt ze tot bezinning en loopt ze weg. Op het dorpsplein staat de dominee met meester Hohnermann en oom Georg, en blijkbaar zijn er verhitte discussies. Het nieuws zal wel al zijn rondgegaan, denkt Frieda benauwd. Ida heeft uitgeroepen dat Helga en Heinz in elkaar zijn geslagen en nu is de dokter de dorpswinkel binnengegaan. Daarom wil iedereen weten wat er aan de hand is.

Uit de keuken komt een zwakke kreet van pijn. Frieda wordt er misselijk van. De dokter onderzoekt nu vast Helga’s wonden en doet haar pijn. Van Heinz is niets te horen.

‘Frieda!’ hoort ze haar moeder roepen. ‘Loop naar oom Georg. Hij moet Helga en Heinz naar het ziekenhuis brengen.’

‘Dan is het echt erg,’ fluistert Ida angstig. ‘Als Heinz maar niet doodgaat...’

Frieda opent de winkeldeur en is blij dat Gertrud er niet meer staat. Ze haast zich over de dorpsstraat naar het plein, waar oom Georg nog steeds met de dominee staat te praten. Hij is niet blij met het verzoek van zijn zus Marthe.

‘Naar het ziekenhuis?’ zegt hij. ‘Met dit snertweer? Ik heb de auto net gepoetst. Nou, dit heb ik te danken aan Otto, die klootzak.

Maar een ongeluk komt zelden alleen. Eerst de arme Herbert en nu Helga en Heinz...'

'Hebben jullie Otto gezien?' vraagt Frieda bezorgd.

'Ze zoeken hem,' zegt meester Hohnermann. 'Zeg tegen je moeder dat ze voorzichtig moet zijn, Frieda. Meneer Schütz lijkt zichzelf momenteel niet in de hand te hebben.'

'We doen de winkel op slot,' zegt Frieda bezorgd.

'Ik blijf hier en pas op,' zegt hij. 'Als ik hem zie, kom ik naar jullie toe.'

'Bedankt, dat is aardig!'

Ze wil snel teruglopen, want ze is al behoorlijk nat van de regen, als plotseling Jörg Guckes uit het café komt en met snelle stappen naar het plein loopt.

'Otto Schütz zit in Zum Raben,' verkondigt hij. 'Hij drinkt de ene pint na de andere, en dat op klaarlichte dag. Hij gedraagt zich heel vreemd en staart met bloeddoorlopen ogen voor zich uit. De dood van Herbert heeft hem blijkbaar erg aangegrepen...'

'Hij heeft zijn vrouw en kind bijna doodgeslagen,' roept Hannes kwaad en hij wil naar Zum Raben toe. 'Ik sla die hufter helemaal verrot!'

Jörg, die niet wil dat er in zijn café gevochten wordt, grijpt hem bij de arm en probeert hem tegen te houden. Maar de smid laat zich niet zo makkelijk tegenhouden. Hij rukt zich los en stopt pas als de oude dominee hem de weg verspert.

'Nee, Hannes, dat doe je niet!' zegt dominee Seybold scherp. 'We hebben vandaag al genoeg ellende gehad. Daar hoeft niet ook nog een vechtpartij bij!'

Meester Hohnermann schiet de dominee te hulp en maant tot kalmte. Ook de anderen zijn van mening dat Otto in de gaten gehouden moet worden, maar dat niemand hem moet aanvallen.

'Laat hem maar zuipen, Jörg, dan kan hij stoom afblazen,' zegt molenaar Dippel. 'Helga zal het wel verdiend hebben. Maar de jongen had hij niet zo hard moeten slaan.'

De smid wil nu de molenaar te lijf gaan, maar omdat oom Georg met zijn auto langs het dorpsplein ratelt en voor de dorpswinkel stopt, kijkt iedereen nieuwsgierig om.

Wat een geluk dat oom Georg weer kan rijden, denkt Frieda. Anders hadden we Oskar moeten halen en als hij had gezien wat er met Helga en Heinz is gebeurd...

De winkeldeur gaat open. De jonge dokter uit Steinbach draagt Heinz in zijn armen naar de auto. Oom Georg houdt het portier open en gaat dan naar de winkel om Frieda's moeder te helpen, die Helga aan de arm de treden af leidt. De molenaar wendt zich af en vloekt zachtjes in zichzelf. De dominee fluistert iets tegen meester Hohnermann. Hannes schudt boos zijn hoofd en balt zijn vuisten. Nu ziet Frieda ook dat zich in de tuin van de parochie een paar vrouwen hebben verzameld die met stille afschuw de gebeurtenissen gadeslaan. Deze dag zal niet snel vergeten worden in Dingelbach.

Frieda wacht tot de auto wegrijdt en loopt dan naar de winkel. De deur staat nu open. Herta is nog binnen. Ze heeft door de etalage naar buiten gekeken en is nog steeds erg bleek van de schrik.

'Otto zit in Zum Raben en is zich aan het bezatten,' vertelt ze. 'Maar ik doe de deur toch maar op slot.'

Herta knikt. Haar voorhoofd is bezweet. 'Doe je schoenen uit,' zegt ze tegen Frieda. 'Je maakt alles nat!' Het klinkt niet zo bot als gewoonlijk. Haar stem klinkt eerder trillerig.

Frieda geeft geen antwoord. Ze is doorweekt van de regen. Ze loopt naar de slaapkamer en moet zich helemaal omkleden. Na een tijdje komt Ida binnen met haar deken, die ze voor Heinz naar de keuken had gebracht.

'Wat zei de dokter?' vraagt Frieda.

'Een hersenschudding, zei hij. Maar het kan ook een schedelbreuk zijn omdat hij de hele tijd moet overgeven.'

Ida gooit de deken op haar bed en gaat naast Frieda zitten, die op de rand van het bed zit en haar kousen aantrekt.

'Hij heeft Helga's schouder ontwricht,' zegt Ida. 'Zij heeft ook een hersenschudding, maar de snijwonden in haar gezicht komen door een bord. Dat stond op de keukentafel toen hij haar hoofd ertegenaan ramde.'

'Hou op,' zegt Frieda geschokt. 'Ik wil het eigenlijk niet weten. Waarom doet iemand zoiets?'

Ida haalt haar schouders op. 'Mannen mogen dat,' zegt ze wijsneuzig. 'Ze mogen de bedienden slaan en ook hun vrouw. En in elk geval de kinderen. Dat staat in het wetboek.'

'In welk wetboek? In de Bijbel?'

'Nee. Meester Hohnermann heeft een boek met de titel *De grondwet van het Duitse Rijk*.'

'En dat heb jij gelezen?' vraagt Frieda ongelovig.

'Ik heb er alleen een keer in gekeken...' geeft Ida toe. 'Omdat ik wilde weten hoe het zat met de voogdij. Een vrouw mag haar kinderen namelijk ook niet alleen opvoeden...'

'Maar een vrouw en een kind zo hard slaan dat ze naar het ziekenhuis moeten, dat mag toch geen enkele man?' windt Frieda zich op.

'Nee!' zegt Ida. 'Dat mag niemand. Maar ze doen het wel.'

Frieda zwijgt. Wat verschrikkelijk! Zouden dit soort dingen ook in de grote stad gebeuren? Of alleen hier in Dingelbach, waar de mensen nog leven zoals honderd jaar geleden? Misschien is het maar beter om nooit te trouwen? In elk geval niet met een boer.

'Weet je wat mama zei?' onderbreekt Ida haar gedachten.

'Wat?'

'Ze zei dat Helga en Heinz bij ons kunnen blijven als ze uit het ziekenhuis komen.'

'Bij ons?' vraagt Frieda verbaasd. 'Maar... wat doen we als Otto onze deur inslaat?'

'Mama zegt dat hij dat niet durft. Omdat er altijd mensen in de winkel zijn.'

'En 's avonds? 's Nachts?'

'Dan gaat de deur op slot.'

Frieda is sprakeloos. Het is niet te geloven. Haar moeder, die er altijd op gericht is dat het goed gaat met de winkel, die haar dochters voor het kleinste vergrijp straft en zich niet bemoeit met de dorpsroddels om de winkel niet te schaden, uitgerekend zij wil Helga en Heinz in huis nemen. Met het risico dat de boze echtgenoot en vader met de bijl komt en de winkeldeur kapotslaat.

'Frieda! Ida!' klinkt het van beneden.

De meisjes schrikken op en rennen de trap af. In de keuken staat de waskom nog. Het water erin is roze gekleurd, net als de doek. Herta is lijkbleek en houdt een theedoek tegen haar voorhoofd. Hun moeder heeft haast omdat er een heleboel vrouwen voor de winkel staan en geeft snel instructies.

'Ida, jij zorgt voor Herta en ruimt de keuken op. Ze is ineens misselijk geworden. Frieda, jij gaat met mij de winkel in. Maar we zeggen niks. Laat de anderen praten en hou je mond. Heb je me begrepen?'

'Ja, mama...'

Het is eigenlijk al bijna sluitingstijd, maar de vrouwen verdringen zich voor de dorpswinkel en daarom ontgrendelt Martha de deur en laat ze de klanten binnen. Slechts enkelen kopen iets. De meesten willen alleen van Marthe weten hoe het met de jongen en Helga gaat, wat de dokter uit Steinbach heeft gezegd en of ze ernstig zijn toegetakeld. Marthe houdt zich op de vlakte. Ze zegt alleen dat het er niet goed uitzag, maar dat ze niet bij het onderzoek aanwezig was.

'Meteen naar het ziekenhuis! Dan moet het wel heel ernstig zijn,' speculeert Lina Altmann. 'Georg rende als een gek de garage in en startte de auto.'

'Als ze maar niet doodgaan,' zegt Grete, de meid van de Altmannhoeve. 'In het ziekenhuis gaan mensen altijd dood.'

'Domoor,' roept Marlis Alberti. 'Daar maken ze de mensen juist weer beter! Otto Schütz is ook genezen thuisgekomen.'

'Die hadden ze beter kunnen houden!' zegt Lore Dippel.

Frieda krijgt gelukkig geen nieuwsgierige vragen. Ze weegt een kilo droge erwten af voor Lina en slaat het bedrag op de kassa aan. Achter in de keuken worden kommen schoongespoeld en wordt de tafel afgenomen. Frieda weet waarom Herta zich niet goed voelt. Haar zus kan niet tegen bloed. Ze wordt zelfs al misselijk als een van hen in haar vinger heeft gesneden.

Marlis gaat naar huis. Lina stuurt eerst Grete weg en zegt tegen haar dat ze er zo aankomt.

'Heeft Helga gezegd waar ze met de jongen naartoe wil?' vraagt ze zachtjes over de toonbank. 'Naar Oskar misschien?'

'Nee,' zegt Marthe. 'Ik heb haar gezegd dat ze voorlopig bij ons kan blijven.'

Lina staart haar verschrikt aan. 'Ben je gek geworden, Marthe? Otto vernietigt de winkel.'

'Dat durft hij niet, Lina.'

'Ik hoop dat je gelijk hebt, Marthe,' zegt Lina.

Als ook zij vertrokken is, kan Marthe eindelijk afsluiten. Het is al negen uur geweest. De dorpsstraat is in duisternis gehuld, maar de regen klettert nog tegen de etalageruit. Martha heeft de kassa geopend om de dagomzet te tellen en in het kasboek te noteren. Frieda maakt de toonbank schoon, ordent de doosjes op de planken, haalt een emmer water en dweilt de vloer. Meer is er niet te doen. Ze zou nu eigenlijk naar haar slaapkamer kunnen gaan, maar ze blijft bij de keukendeur staan en kijkt naar haar moeder. Marthe neemt geen nota van haar dochter, ze heeft alleen oog voor de munten en biljetten, die ze zorgvuldig telt. Een deel van de dagomzet wordt als wisselgeld teruggedaan in de kassa, de rest wordt nog een keer geteld en vervolgens opgeborgen in een cassette. Marthe werkt rustig en geconcentreerd. Ze strijkt alleen af en toe een lok achter haar oor die los is gekomen van haar strak naar achteren gebonden haar.

Frieda kan haar blik niet van haar afwenden. Ze ziet haar moeder ineens in een heel ander licht. Wat geweldig van haar om Helga en haar zoon onderdak te bieden. Geen enkele andere vrouw in het dorp zou dat hebben gedurfd, terwijl zij bijna allemaal een man op de boerderij hebben die hen zou kunnen beschermen. Nee, haar moeder is niet achtergebleven, ze verzet zich moedig tegen de dorpsregel die bepaalt dat een man zijn vrouw en kind mag slaan. Ze staat Helga bij en helpt haar en Heinz in deze moeilijk situatie. O, als ze haar moeder maar kon vertellen hoeveel bewondering ze voor haar heeft. Maar ze durft het niet. Er heerst radiostilte tussen haar en haar moeder. Een nare stilte vol woede en minachting die als een steen op Frieda's hart ligt.

'Wat sta je hier nog?' vraagt Marthe plotseling. 'Ga naar de keuken en help Ida met het klaarmaken van het avondeten.'

De harde toon doet Frieda enorm pijn. En ineens barst al het verdriet in haar los.

'Mama,' zegt ze zachtjes. 'Hou je niet meer van me?'

Haar moeder kijkt op. Streng, maar niet kwaad. Eerder een beetje geïrriteerd. 'Waarom vraag je dat?'

'Omdat ik het niet kan verdragen als je zo boos op me bent,' flapt Frieda eruit. 'Als je niet met me praat en doet alsof ik niet besta. Ik ben je kind en ik hou vreselijk veel van je omdat je mijn mama bent... En juist nu, nu je zo dapper bent en ik je zo bewonder, kan ik er niet tegen dat je me als een misdadiger behandelt...'

Ze kan niet verder praten omdat ze zo hard moet snikken. Terwijl ze zo veel wil zeggen, al die dingen die haar dwarszitten, maar ze kan het niet. Ze staat er alleen maar en huilt hulpeloos als een klein kind.

Haar moeder is verrast door deze uitbarsting. Ze loopt van de kassa naar Frieda toe en slaat haar armen om haar heen.

'Je bent en blijft mijn kind,' zegt ze, terwijl ze door haar haar strijkt. 'Zelfs als je je tegen me keert en me verdriet doet, Frieda. Nou, kom, stop met huilen. Je hebt me veel pijn gedaan en ik heb je laten zien dat ik dat niet over mijn kant laat gaan.'

'Het... spijt... me... zo... erg...'

Frieda vlijt zich tegen haar moeder aan. Ze snikt nog steeds. En dit is nog niet alles. Ze verdient de strelende hand niet. Maar vandaag wil ze alles in het reine brengen. Ze wil eerlijk zijn, zelfs met het risico dat ze de vergeving die ze zojuist heeft ontvangen weer op het spel zet.

'Ik ben bij grootmoeder geweest,' zegt ze snuivend. 'Ik kon het niet tegen je zeggen, mama. Ik wilde alleen maar weten waar ze woonde en toen ben ik...'

Marthe laat haar los en doet een stap naar achteren. Ze luistert zwijgend naar Frieda's bekentenis. Haar ogen fonkelen dreigend, maar als Frieda klaar is, heeft ze zichzelf weer onder controle.

'Het is fijn dat je het eindelijk vertelt,' zegt ze. 'Ik dacht al dat je bij haar was geweest. Je moet niet denken dat je je moeder zo makkelijk om de tuin kunt leiden.'

'Ze is onze grootmoeder...' zegt Frieda.

'Dat weet ik,' zegt haar moeder met harde stem. 'Maar ík wil niets met haar te maken hebben. Onthou dat, Frieda!'

'Ja, mama...'

Marthe draait zich om en opent de keukendeur. Herta is al begonnen de tafel te dekken. Ida is de vloer nog aan het dweilen.

'Laten we eindelijk gaan eten,' zegt Marthe. 'Het is een lange dag geweest. Maar uiteindelijk is er toch nog iets goeds uit gekomen.'

Ze geeft Frieda een duwtje tegen haar rug terwijl ze langs haar heen de keuken in loopt. Frieda kent dit gebaar. Het heeft altijd betekend dat iets voorbij en vergeven is. Terwijl ze samen met Herta de tafel dekt, vraagt ze zich af of haar moeder echt alles wist of dat ze dat alleen maar zei. Ach, het doet er niet toe. Ze voelt zich opgelucht. Hoe het nu verdergaat is niet helemaal duidelijk. Wat bedoelde haar moeder toen ze zei dat zíj niets met grootmoeder te maken wilde hebben? Bedoelde ze dat Frieda haar grootmoeder mag bezoeken, zolang Marthe er maar geen last van heeft? Moet ze het zo opvatten? Als een soort bedekte toestemming?

'Helga komt echt niet bij ons,' zegt Herta tijdens het avondmaal. 'Ze gaat vast met haar zoon naar Oskar. Dat is zo zeker als tweemaal twee vier is.'

'Dat moet ze zelf weten,' zegt Marthe. 'Maar het zou niet verstandig van haar zijn.'

Meer zegt ze er niet over. Maar Frieda weet wat ze bedoelt.

27

Eigenlijk wilde Ilse naar het dorp om aanwezig te zijn bij de veiling van de Grossmannhoeve. Ze heeft niet veel geld over, maar ze had het gekke idee om de boerderij te kopen als de prijs erg laag zou zijn, zoals vaak het geval is in dergelijke situaties. Dan zou ze de twee oude mensen hebben aangeboden om de boerderij zo lang mogelijk te blijven leiden en er later misschien iets van maken. Een magazijn. Een atelier. Of misschien een winkel?

Maar uitgerekend vandaag besluit de elektrische draaibank ermee op te houden. Dat is extra vervelend omdat ze een order van vijftig etagères hebben en de productie nu stilligt. Alles gaat mis. De stroom is uitgeschakeld omdat Oskar en Julius Offenbach de machine uit elkaar moeten halen, de drie meisjes hebben niets te doen en moeten een andere taak krijgen, Ignatz Krum vloekt omdat zijn werktafel onder de machineonderdelen en schroeven ligt, en Willi Bommel staat overal in de weg.

O ja, en Richard Goldstein heeft ook nog gebeld om te zeggen dat hij rond het middaguur langskomt. Hij verheugde zich enorm op de 'landelijke maaltijd' die ze zo appetijtelijk had beschreven. Nou ja, tegen de middag zal de verdomde machine het wel weer doen.

Maar als ze rond tien uur pauze nemen, doet de machine het nog steeds niet. Er is een onderdeel kapot. Oskar gaat in het gereedschapsmagazijn op zoek naar een vervangend onderdeel. De anderen zitten te niksen en eten hun meegebrachte boterhammen op. En tot overmaat van ramp regent het alweer pijpenstelen. Op de binnenplaats zijn grote plassen ontstaan waar je omheen moet lopen als je geen natte voeten wilt krijgen, en natuurlijk lekt het vervallen dak van het houtmagazijn. Ilse is geïrriteerd omdat ze jaren geleden tegen haar broer heeft gezegd dat het dak van het magazijn vernieuwd moest worden, maar Josef was van mening dat het niet mogelijk was om in de moeilijke tijden te investeren. Daarom werd het dak alleen provisorisch opgeknapt, wat nu helaas merkbaar is.

In elk geval komt Oskar met goed nieuws uit het gereedschapsmagazijn. Hij denkt dat hij mogelijk het juiste onderdeel heeft gevonden.

'Als het goed is, kunnen we over ruim een uur weer produceren,' belooft hij en hij gaat meteen aan de slag, zonder eerst iets te eten.

Dat biedt een sprankje hoop. Ze kalmeert de boze Ignatz, laat de arbeidsters schuur- en schilderwerk doen en stuurt Willi naar de villa. Carla heeft gezegd dat ze boodschappen wil doen in de dorpswinkel en omdat Oskar niet beschikbaar is, moet Willi de spullen helpen dragen.

Terwijl Oskar en Julius de volgende poging doen om de weerbarstige draaibank aan de praat te krijgen, zit Ilse zenuwachtig in haar kantoor en schrijft ze facturen uit. De postbode is nog niet geweest, omdat hij vast was komen te zitten in de blubber. Zou de dure auto van Richard Goldstein tegen dit weer zijn opgewassen? Op de landweg zal het misschien wel gaan, maar de dorpsstraat van Dingelbach is onder deze omstandigheden een zware beproeving voor een auto. O, het zou jammer zijn als hij niet kon komen. Ze heeft inmiddels nagedacht over zijn verrassende voorstel om de woning op de eerste verdieping te huren en is tot de conclusie gekomen dat ze dit avontuur wil aangaan. Wat kan er gebeuren? In het ergste geval verhuist hij na een paar dagen weer omdat de woning hem niet het comfort biedt dat hij gewend is. Dan was het gewoon een gek idee. Maar het kan ook zijn dat het voor hen allebei aangenaam uitpakt als ze zo dicht bij elkaar wonen. Was hij niet vol lof over het prettige licht boven in de salon? Misschien wil hij weer gaan schilderen? Dan zou ze hem natuurlijk aanmoedigen en steunen, al was het maar uit respect voor een talent dat zij niet heeft en dat ze des te meer bewondert bij andere mensen. Maar ook omdat er in dat geval zeker boeiende gesprekken zullen ontstaan…

Ilse heeft net een vel papier met twee doorslagen in de typemachine gedraaid voor de volgende factuur als ze Carla en Willi met de boodschappen terug ziet komen. Het is een interessante aanblik. Carla loopt in rubberen laarzen en een lange regenjas voorop, Willi draaft op een afstandje achter haar aan en hijgt onder de uitpuilende tas op zijn rug. In zijn linkerhand draagt hij ook een boodschappentas en met zijn andere hand houdt hij de opengeklapte paraplu vast, waar de wind genadeloos aan trekt. Af en toe draait Carla zich naar hem om en moedigt hem aan om sneller te lopen. Dan tilt Willi zijn hoofd op en kijkt haar verwijtend aan, zonder zijn pas ook maar enigszins te versnellen. Ze zijn nu bij de splitsing gekomen en nemen het voetpad naar de villa. Plotseling recht Willi zijn rug en loopt hij stevig door. Hij doet dit omdat hij weet dat de arbeidsters hem vanuit het raam van de fabriek kunnen zien.

Ilse maakt de factuur en legt de doorslag in de kast. Daarna gaat ze naar de fabriekshal om te kijken hoe het gaat met de reparatiewerkzaamheden.

'Het gaat lukken…' zegt Oskar met gesmoorde stem terwijl hij een schroef aandraait die op een plek zit waar hij lastig bij kan.

Ilse zucht en kijkt op haar horloge. Het is de hoogste tijd om zich klaar te maken, haar haar te kammen en iets leuks aan te trekken. Het is wel midden in de week, maar dat wil niet zeggen dat ze Richard Goldstein in deze gekreukelde blouse en op haar werkschoenen moet ontvangen. Op de binnenplaats komt ze Willi tegen, die zich, bevrijd van zijn last, naar de fabriek haast en haar verbazingwekkend vriendelijk toeknikt. 'Taak volbracht, mevrouw de directrice!' roept hij haar toe en hij tikt met zijn hand tegen zijn pet.

Hij is in elk geval nog steeds goedgehumeurd, denkt ze geamuseerd. In de entreehal van de villa klapt ze haar paraplu dicht. Ze wil hem net in de standaard zetten als achter haar de keukendeur opengaat.

'Het is niet te geloven, mevrouw Küpper,' zegt Carla. 'Maar ze hebben de veiling moeten annuleren.'

Ilse is blij met dit nieuws. Misschien krijgt ze nu toch nog de kans om haar plan uit te voeren. Maar als Carla haar de reden van het uitstel vertelt, is ze geschokt. Herbert Grossmann heeft zelf een einde aan zijn leven gemaakt.

'Mijn god, wat vreselijk! En nu is de arme oude vrouw helemaal alleen in de boerderij?'

'Ze zeggen dat hun zoon zal komen. Ook omdat de begrafenis al snel is. In de winkel zeiden ze dat Herbert Grossmann waarschijnlijk niet voor een rouwdienst naar de kerk zal worden gedragen, maar in alle stilte buiten op het nieuwe kerkhof zal worden begraven. Bij de muur. Wat vindt u daar nu van, mevrouw Küpper? Waar is het christendom en de naastenliefde? Eerst jagen ze de arme man de dood in en dan begraven ze hem in een donker hoekje. Walgelijk!'

Ilse is het helemaal met haar eens. Ze is een vroom christen en gaat zo vaak mogelijk naar de zondagsdienst in de dorpskerk. Maar de kerk is mensenwerk en er gebeuren vaak dingen die weinig te maken hebben met de christelijke boodschap zoals Jezus Christus die heeft gepredikt.

'Ik ga zeker naar de begrafenis,' besluit ze. 'Dat kan niemand me verbieden. Zelfs de dominee niet.'

'Dan gaan we samen,' zegt Carla resoluut. 'En ik denk dat we niet de enigen zullen zijn...'

Ilse is even afgeleid omdat ze denkt dat ze de motor van een auto hoort. O jee! Komt hij nu al? Ze moet zich nog omkleden en klaarmaken!

'Ik moet opschieten, Carla. We hebben het er later over...' zegt ze en ze wil de trap op rennen.

'Wacht, mevrouw Küpper,' roept Carla haar na. 'Er is nog meer slecht nieuws. Otto Schütz heeft zijn vrouw en zijn kind zo erg geslagen dat ze naar het ziekenhuis moesten worden gebracht! Als Oskar dat maar niet...'

Ilse blijft midden op de trap staan. Daar is het onheil dat ze vreesde. Otto Schütz is iemand die zich niet kan beheersen, dat weet iedereen. En Oskar...

'O, help!' roept ze uit. 'Dat wordt een ramp als hij erachter komt!'

'Voorlopig weet hij nog van niets,' probeert Carla haar gerust te stellen.

Maar Ilse weet wel beter. Natuurlijk! Daarom liep Willi met zo'n opgewekt gezicht terug naar de fabriek. Omdat hij met zijn spannende nieuws indruk kan maken op de arbeidsters. En wat hij daar heet van de naald vertelt, hoort Oskar ook. Ilse snelt langs de verbouwereerde Carla, rent de voordeur uit en botst tegen een auto op die daar is voorgereden. Ze moet met haar handen op het spatbord steunen om niet te vallen, maar ze ziet Oskar al op de oprit van het fabrieksterrein. Hij loopt met haastige stappen naar het dorp.

Julius Offenbach en de oude Karl Höhn staan op het fabrieksterrein en roepen hem iets na. Waarschijnlijk proberen ze hem van zijn plan af te brengen. Maar Oskar trekt zich niets van hen aan.

Ze kan hem niet meer inhalen. Maar er is nog een manier om een ramp te voorkomen. Ze rukt het portier van de auto open en roept opgewonden: 'Breng me naar het dorp. Vlug! Het gaat om leven en dood!'

Ze stapt gewoon in en gaat naast de beduusde Richard Goldstein op de achterbank zitten.

'Wat zegt u? Ik begrijp het niet, mevrouw Küpper,' stamelt hij.

Het maakt haar niet uit wat hij van haar denkt, ze moet voorkomen dat Oskar iets stoms doet, dat is het enige wat telt. Ze kijkt Richard smekend aan. 'Alstublieft! Naar het dorp! Ik leg het later uit!'

'Rijden maar, Clemenz,' zegt hij en hij draait zich naar Ilse, die zich aan de rugleuning van de passagiersstoel vastklampt om beter door de voorruit te kunnen kijken.

'Wat is er in hemelsnaam gebeurd?' vraagt hij.

Maar ze luistert niet. Oskar is van het pad af gegaan en wil over het weiland naar de brug bij de kerk lopen om de route in te korten. Daar kan de auto hem niet volgen. Ze moeten sneller rijden om hem te onderscheppen.

'Plankgas!' beveelt ze de chauffeur. 'Hier de brug over en dan linksaf de dorpsstraat in. Pas op, het is hier krap, rij niet tegen het bakhuis aan. Heel goed! U bent een geweldige chauffeur. Pas op, daar lopen twee meisjes...'

De auto gaat door de krappe bocht bij het bakhuis. Het water spat hoog op want er ligt een plas. Grete, de meid van de Altmannhoeve die net bij het bakhuis bezig is, wordt helemaal nat. De twee jonge meisjes zijn snel opzijgesprongen. Verder is er dankzij het slechte weer niemand anders op de dorpsweg.

'Sneller! Doorrijden!' beveelt Ilse de chauffeur, die duidelijk geniet van de wilde rit en enorm zijn best doet. 'Daarginds is de put. Daar moeten we naartoe.'

Ze hobbelen langs het kerkplein. Voor de dorpswinkel begint de auto te slippen doordat een boer wat koeienmest is verloren die hij naar de akkers heeft gebracht om ze te bemesten. Ilse ziet Oskar. Hij slaat net bij het kerkplein de hoek om. Ze moeten sneller rijden want hij mag in geen geval eerder op de Schützhoeve aankomen dan zij.

'Links om de put heen!' roept Ilse tegen de chauffeur. 'Stop voor de poort van de boerderij. Zo dichtbij mogelijk, zodat niemand erin of eruit kan!'

'Nou, dit wordt me wel een beetje te gortig!' zegt de chauffeur en hij remt af om de scherpe bocht naar links te nemen zonder de stenen rand van de put te raken. Ilse vindt dat hij de manoeuvre veel te traag en te voorzichtig uitvoert. Het duurt haar veel te lang, want achter hen is Oskar al verschenen. De chauffeur heeft de auto nog maar net tot stilstand gebracht of ze springt eruit en grijpt Oskar bij de arm.

'Stop met die flauwekul en stap onmiddellijk in!' beveelt ze.

Maar Oskar duwt haar met een heftige beweging van zich af. Hij is helemaal buiten zichzelf van woede en probeert langs de auto het erf op te komen.

'Kom naar buiten, ellendige lafaard!' schreeuwt hij naar de Schützhoeve. 'Een vrouw en een kind in elkaar slaan is geen heldendaad. Gedraag je als een kerel!'

Ilse laat hem niet los. Oskar probeert over de radiator van de auto te klimmen, maar ze houdt hem van achteren aan zijn jas vast.

'Luister, Oskar Michalski!' roept ze. 'U helpt Helga niet door met Otto Schütz te vechten. U krijgt alleen maar een proces aan uw broek...'

Op de Schützhoeve is beroering ontstaan. Adam komt in zijn stallaarzen uit de varkensstal en Gertrud steekt haar hoofd uit het raam van het huis.

'Maak dat je wegkomt, landloper!' schreeuwt ze naar Oskar.

Nu wordt het menens, want Otto komt uit het koetshuis. Ilse kan zien dat hij niet in de beste conditie is. Hij is bleek en heeft donkere kringen onder zijn ogen. Maar juist daarom ziet zijn blik, waarmee hij nu naar Oskar kijkt, er ronduit griezelig uit.

'Kom maar op, hoerenloper!' roept hij. 'Ik wilde jou al heel lang een klap op je bek geven!'

'Ik zal je krijgen!' schreeuwt Oskar woedend en hij glipt uit zijn jas.

Door de plotselinge schok valt Ilse achterover en ze belandt hard op de modderige stenen van de dorpsstraat, maar ze komt weer overeind en grijpt Oskar bij zijn voet. Ze krijgt hulp van Lene, die samen met Anni vanaf de Grossmannhoeve aan de overkant van de straat is komen aanrennen. Op de Schützhoeve probeert Adam zijn boer tegen te houden, maar Otto duwt de knecht opzij en loopt naar de auto die de ingang van zijn erf blokkeert. Daar verdedigt

Oskar zich boos tegen de drie vrouwen die hem vasthouden.

'Laat me los, mevrouw Küpper!'

'Ik peins er niet over!'

'Dit zijn mijn zaken en die gaan u niets aan!'

'Dat is niet waar, Oskar Michalski. Dit maakt alles alleen maar erger!'

Er klinkt een doffe dreun en de auto trilt. Otto probeert met krachtige trappen het obstakel voor de poort van zijn binnenplaats weg te krijgen.

'Nou is het genoeg!' hoort Ilse de chauffeur boos roepen. 'Hou onmiddellijk op met tegen de auto van meneer Goldstein trappen!'

'Hij heeft hier niets te zoeken voor de poort van mijn erf!' schreeuwt Otto. 'Ik sla die auto kort en klein als hij niet wegrijdt!'

'Dat zou ik maar niet doen!'

De chauffeur is geen lafaard. Ilse hoort nog dat Richard hem terugroept, maar Clemenz stapt uit de auto en richt zich in zijn volle lengte voor de boer op, die wild om zich heen trapt. Nu pas valt Ilse zijn sterke bovenlichaam op onder zijn chauffeursuniform.

'Nog één trap en je bent in dromenland, vriendje!'

'Wat moet je van me, in dat apenpak van je?' zegt Otto spottend. 'Ik blaas je zo omver!'

Hij haalt uit voor de volgende trap, maar plotseling landt er een welgemikte zwaaistoot onder zijn kin en hij tuimelt hard achterover.

'Val een oorlogsinvalide niet aan!' schreeuwt Gertrud, die op pantoffels aan komt rennen. 'Help! Politie! Ze hebben de burgemeester op zijn eigen boerderij doodgeslagen!'

Inmiddels zijn er ondanks de regen een aantal dorpelingen gekomen. Ze staan rond de put en de auto. Jörg Guckes van Zum Raben vraagt aan Ilse wat er is gebeurd. Georg Altmann komt er ook aan en grijpt Oskar uit voorzorg bij de arm.

'Helga!' schreeuwt Oskar wanhopig en hij probeert weer langs de auto op de Schützhoeve te komen. 'Ik haal haar daar wel weg. En de jongen ook...'

'Blijf hier!' zegt Georg. 'Ze zijn niet in de boerderij. Ze liggen in het ziekenhuis. Ik heb ze er zelf met de auto naartoe gebracht.'

'In het ziekenhuis?' kreunt Oskar vol afschuw en hij moet tegen de houten paal van de poort leunen.

Ilse ziet dat dit het moment is om het heft weer in eigen handen te nemen. Ze opent de passagiersdeur en trekt Oskar naar de auto. Georg snapt wat haar bedoeling is en helpt krachtig mee. 'Instappen, Michalski! Er is hier niets voor jou te doen!' schreeuwt hij in Oskars oor en hij slaat de passagiersdeur dicht als Oskar in de auto zit.

'Wat staat u daar nog, meneer?' commandeert Ilse. 'Rijden maar!'

De chauffeur heeft voor de zekerheid even gekeken hoe het met zijn tegenstander gaat na de klap. Hij gaat weer achter het stuur zitten en start de motor. Ilse neemt naast Richard Goldstein op de achterbank plaats. Clemenz rijdt langzaam om de put heen en moet even stoppen omdat Anni in de weg staat. Daarna rijdt hij naar links over de dorpsstraat, die nu steeds levendiger wordt. Mensen komen van hun erf, kijken uit de ramen en kijken de dure auto met het ingedeukte spatbord na die bij het bakhuis rechts afslaat en de heuvel naar de fabriek op rijdt.

Ilse zit in een stijve houding en zwaar ademend op de achterbank. Ze is nog steeds geagiteerd door de gebeurtenissen, maar beseft tegelijkertijd dat Richard haar deze overhaaste actie nooit zal vergeven. Niet alleen heeft ze hem in een onmogelijke situatie gebracht, het is ook haar schuld dat zijn auto beschadigd is, en tot overmaat van ramp zit ze met haar natte, vuile rok op de dure leren bekleding.

'Het... het spijt me zo,' zegt ze tegen hem. 'Ik handelde impulsief omdat ik bang was dat er iets ergs zou gebeuren.'

Hij zwijgt en kijkt haar niet aan. Nu pas beseft ze dat hij al die tijd geen woord heeft gezegd. Hij is ook niet uitgestapt, maar is in de auto blijven zitten. Hij heeft ongetwijfeld gezien hoe ze Oskar probeerde tegen te houden en achterover in de modder viel. Wat een onwaardige situatie! Wat moet het er belachelijk hebben uitgezien toen ze als een kever op haar rug lag. Waarschijnlijk was haar rok omhooggeschoven en waren haar kousenbanden te zien geweest. Ze zwijgt benauwd. Ook Oskar staart voor zich uit en weet niet wat hij moet zeggen om zijn overhaaste actie te verontschuldigen. Alleen de chauffeur Clemenz merkt tevreden op: 'Ik heb vroeger gebokst. Ik ben zelfs een keer nationaal kampioen geweest. Het is al een paar jaar geleden, maar zoiets verleer je niet...'

Niemand reageert op deze opmerking. De auto stopt voor de villa en als Oskar de deur opent, stapt Ilse ook haastig uit de auto.

'Beloof me in hemelsnaam dat u vanaf nu verstandig zult zijn,' smeekt ze hem. 'Dit soort dwaasheden leiden nergens toe.'

Hij knikt. Hij veegt met de rug van zijn hand zijn gezicht af en ze ziet dat hij huilt. Bezorgd legt ze haar handen op zijn schouders.

'Het zal allemaal in orde komen. Maar het belangrijkste is dat u uw hoofd gebruikt en verstandig handelt. Ik geloof dat Helga...'

'Het is mijn schuld,' flapt hij eruit. 'Ik heb alleen maar zitten wachten. Ik zei tegen haar dat zij moest beslissen. Ik heb niets gedaan om haar te helpen. En nu heeft hij haar bijna vermoord. Haar en de jongen. Dat zal ik mezelf nooit vergeven...'

Ilse schudt boos haar hoofd. Dat ontbreekt er nog maar aan, dat hij denkt dat het allemaal zijn schuld is. Terwijl de schuld duidelijk bij iemand anders ligt.

'Wat had u dan moeten doen?' vraagt ze. 'Weglopen met Helga en de jongen? Waarheen? Weet u niet dat een man het recht heeft om zijn vrouw door de politie terug te laten halen?'

Hij maakt een wanhopige beweging met zijn hoofd. 'Ik moet naar haar toe. Vertel me in welk ziekenhuis ze ligt.'

'Dat weet ik niet. Ik kan Carla naar het dorp sturen, zij kan daar wel achter komen. Maar u moet in elk geval van tevoren bellen om na te gaan of ze wel bezoek wil.'

'Denkt u dat ze me niet wil zien?' vraagt hij terneergeslagen.

'Misschien heb ik het mis,' zegt ze aarzelend. 'Maar het kan zijn dat ze voorlopig gewoon met rust gelaten wil worden...'

'Mijn god,' mompelt hij.

Het begint weer te regenen. De druppels slaan Oskar in het gezicht. Ilse voelt de nattigheid op haar rug, maar haar blouse en rok zijn toch doorweekt en het kan haar niet schelen.

'Ga naar het tuinhuisje en rust uit,' adviseert ze Oskar. 'Ik stuur Carla naar het dorp. U kunt te allen tijde de telefoon in de fabriek gebruiken.'

Hij glimlacht bedroefd naar haar en steekt zijn hand uit. 'Dank u, mevrouw Küpper. U bent mijn reddende engel. Als u er niet was geweest, had ik iets stoms gedaan.'

'Het belangrijkste is dat u nu verstandig bent, Oskar Michalski.'

'Ik zal het proberen.'

Hij neemt niet de weg naar het tuinhuisje, maar gaat naar de fabriek. Het helpt hem waarschijnlijk om te werken en bij zijn collega's te zijn.

Ilse is opgelucht. Het lijkt erop dat hij zichzelf weer onder controle heeft. In feite is hij een intelligente man die niet geneigd is geweld te gebruiken. Maar liefde is iets wat zelfs de slimste mensen soms stomme dingen laat doen.

'Mevrouw Küpper...' hoort ze de stem van de chauffeur.

Geschrokken draait ze zich om. Richard Goldstein is uitgestapt. Hij staat naast zijn auto en bekijkt samen met zijn chauffeur de schade aan de motorkap en het spatbord. De chauffeur praat onafgebroken. Hij tikt op de plaatwerkdelen, beweegt de koplamp, die ook scheef staat, en legt uit welke reparaties zeker nodig zullen zijn. Richard luistert zwijgend naar hem, maar lijkt afwezig, alsof nog niet helemaal tot hem is doorgedrongen wat er is gebeurd.

Hij is in shock, denkt Ilse. Ik heb hem overvallen, zijn auto geconfisqueerd, zijn chauffeur gecommandeerd en ons allemaal in een onmogelijke situatie gebracht.

'Ik vind het allemaal ontzettend pijnlijk,' zegt ze, maar ze hoort zelf hoe hulpeloos en ongepast deze woorden klinken. 'Ik... betaal uiteraard de schade,' voegt ze eraan toe.

Richard kijkt haar verward aan en wendt zijn blik dan weer naar de motorkap. Het lijdt geen twijfel dat ze voor de reparatie zal moeten betalen, maar gezien de manier waarop hij zich gedraagt, gaat hij misschien wel meer claims indienen. Dwang? Poging tot diefstal? Smartengeld voor de schrik die hij heeft doorstaan?

'Nou, dat was een driftkop, zeg,' zegt de chauffeur met een grijns. 'Kijk, hij heeft ook de rubberen banden geraakt. Hij zou de hele auto kapot hebben geslagen als ik niet had ingegrepen!'

'Maar zo hard hoefde je nu ook weer niet te slaan, Clemenz,' zegt Richard zachtjes en hij schudt zijn hoofd.

'Jawel, dat moest zeker, meneer Goldstein,' verdedigt de chauffeur zich. 'Alles of niets. In zo'n situatie kun je geen halve maatregelen nemen. Voor hetzelfde geld had hij het portier geopend en u aangevallen. Nee, ik kon maar beter meteen goed slaan.'

'Nou, bedankt!' antwoordt Richard met lichte ironie. 'Maar ik denk niet dat ik persoonlijk in gevaar was.'

Hij kijkt met een vreemd vertrokken gezicht naar Ilse, die zich nu genoodzaakt voelt om op zijn minst een korte uitleg te geven.

'Gisteren heeft Otto Schütz zijn vrouw en kind zo erg mishandeld dat ze naar het ziekenhuis moesten,' zegt ze. 'Meneer Michalski is een... kennis van de vrouw en heeft zich daar erg over opgewonden.'

De chauffeur gebaart naar de fabriek, waar Oskar naar binnen is gegaan. 'Hij heeft de lak bekrast, dat kunt u hem van mij vertellen, mevrouw Küpper. De rekening komt per omgaande post, nietwaar, meneer Goldstein?'

Richard antwoordt niet. Hij draait zich om en maakt aanstalten om weer in de auto te stappen.

'Alstublieft, wilt u niet binnenkomen, meneer Goldstein?' vraagt Ilse ongelukkig. 'We hadden toch afgesproken dat u bij ons zou eten en u wilde de woning even bekijken.'

'Een andere keer, mevrouw,' zegt hij. 'Ik wil u vandaag niet meer lastigvallen. U moet zich omkleden, anders wordt u verkouden...'

Ze heeft inderdaad haar armen om haar romp geslagen omdat ze het ijskoud heeft in de natte kleren.

'Maar dat is zo gebeurd en zal ons niet ophouden...'

'Ik bel u bij gelegenheid...'

Hij stapt in zijn auto en klapt het portier dicht. De chauffeur maakt een vriendelijke buiging in Ilses richting en stapt ook in. De motor stottert twee keer en start dan, waarna de chauffeur de auto keert en wegrijdt in de richting van Dingelbach.

In de badkamer ziet Ilse dat haar haren als een ragebol van haar hoofd af staan. Haar blouse en rok zijn niet alleen nat, maar ook geelbruin van de leemaarde, en op haar kousen zitten ook bruine spikkels. Ze ziet eruit als een vogelverschrikker.

Dat was het dan zeker met Richard Goldstein, denkt ze gedeprimeerd. Die zie ik nooit meer terug.

28

Johannes Hohnermann weet dat hij vanochtend niet een normale les kan geven. Hij is van slag door de gebeurtenissen van gisteren, voelt zich verscheurd tussen woede, wanhoop en medelijden en heeft vannacht amper een oog dichtgedaan. Tot laat in de avond zat hij bij de mannen in Zum Raben te luisteren naar het dronken gebral van Otto Schütz, omdat hij bang was dat de woedende echtgenoot naar de dorpswinkel zou gaan en daar onheil zou aanrichten. Maar Otto was amper nog boos, eerder huilerig.

'Ik ben kapot, ik geniet niet meer van het leven,' jammerde hij telkens weer. 'Ik ben aangevallen door mijn eigen vlees en bloed. Als een krankzinnige heeft hij me in mijn gezicht gekrabd. Kijk maar hoe die jongen me heeft toegetakeld!'

Hij had inderdaad een paar schrammen op zijn wangen en boven zijn ogen, die hij vragend om medelijden aan de anderen liet zien. Hoeveel pullen bier hij al had gedronken was te zien aan de kringen op het bierviltje. Johannes telde er zeven, maar het werden er in de loop van de avond nog veel meer. Uiteindelijk huilde Otto tranen met tuiten.

'Helga wil me niet meer... Ze denkt alleen nog aan die ander, aan die rotvent. En ik maar zwoegen om het haar naar de zin te maken... Om ons bezit te vergroten zodat ze zich eens wat kan permitteren... En wat doet ze, dat kreng? Zit achter die ander aan. Spreekt stiekem met hem af en gedraagt zich als een hoer...'

De mannen probeerden hem te sussen en zeiden dat niets is bewezen en dat Helga niet iemand is die dat soort dingen doet. En dat jongens nu eenmaal weleens over de schreef gaan, daar kan iedereen die zonen heeft opgevoed over meepraten. Maar ze praatten vergeefs op hem in. Otto luisterde helemaal niet en bleef maar klagen dat iedereen zich tegen hem had gekeerd en dat hij een ongelukkig mens was. Ten slotte gaf Jörg Guckes nog twee rondjes en deelde hij zelfgestookte jenever uit, zodat de gasten eindelijk naar huis zouden gaan. Maar Otto moest overgeven en omdat hij daarna niet meer kon lopen, namen Georg Altmann en Heinrich Schmidtkunz hem tussen hen in en droegen ze hem naar huis. Johannes zei de hele avond amper iets. Hij walgde van deze man die zijn vrouw en kind halfdood sloeg en vervolgens een slachtofferrol aannam. Thuis in bed probeerde hij een goed boek te lezen om weer te kalmeren, maar het hielp niet. Pas 's ochtends viel hij eindelijk in slaap en als hij geen goede wekker had gehad, was hij die ochtend waarschijnlijk niet op tijd op school geweest.

De kinderen zijn ook anders dan anders. Hij voelt duidelijk de onrust onder zijn leerlingen en besluit met hen te praten over de aangrijpende gebeurtenissen in het normaal zo rustige dorp.

'Jullie weten allemaal wat er met Herbert Grossman is gebeurd,' begint hij.

'Hij heeft zich opgehangen,' zegt Karl prompt.

'Hij heeft in grote wanhoop een einde aan zijn leven gemaakt,' vervolgt meester Hohnermann en hij werpt Karl een bestraffende blik toe. 'Dat is heel erg. En weten jullie ook waarom?'

Er worden verschillende antwoorden gegeven. Johannes is zich ervan bewust dat hij de mening van ouders hoort in plaats van die van zijn leerlingen.

'Dat mag je niet doen. Want het is een zonde!'

'Mijn vader zei dat als ze zijn boerderij zouden veilen, hij zich ook zou ophangen!'

'Het is heel verdrietig, want Lene is nu helemaal alleen.'

'Hij was toch al oud en had het niet meer lang volgehouden.'

Ida verbaast hem met een diepzinnige en menselijke opmerking.

'Herbert Grossmann was altijd aardig en vriendelijk, hij hielp iedereen waar hij maar kon. Maar toen hij zelf niet meer wist hoe het verder moest, heeft niemand van ons hem geholpen. We hebben hem allemaal in de stront laten zitten!'

Johannes is zo onder de indruk dat hij niets zegt over de grove uitdrukking.

'Daar noem je iets heel belangrijks, Ida,' prijst hij haar. 'We moeten met z'n allen meer voor elkaar zorgen en op elkaar letten. Zo'n afschuwelijke daad kan worden voorkomen als iemand hulp krijgt aangeboden.'

'Hoe moet je iemand die zo veel schulden heeft nou helpen?' vraagt Rudi Schmidtkunz. 'Dan moet je miljonair zijn.'

'Hij heeft helemaal niet gezegd dat hij zichzelf wilde ophangen,' zegt Pauline. 'Hij deed het heel stiekem, zodat niemand het zou merken.'

Johannes legt uit dat je niet alleen materiële hulp kunt aanbieden, maar dat je iemand ook kunt helpen door met diegene mee te leven en te praten. Als iemand zijn verdriet kan uiten, zal het daarna makkelijker voor hem of haar zijn om weer moed te krijgen. Maar deze uitleg begrijpen maar een paar leerlingen. De belangstelling voor Herbert Grossmann verslapt, vooral omdat Hans en Ida in de achterste rij banken alweer ruziemaken.

'Natuurlijk mag hij haar slaan,' zegt Hans. 'Ze is zijn vrouw.'

'En als ze terugslaat?'

'Dat mag niet.'

'Waarom mag ze dat niet?'

'De vrouw mag de man natuurlijk niet slaan!'

'Waar staat dat?'

'Wat maakt het uit? De man is sowieso sterker!'

'Maar de vrouw is slimmer!'

Johannes maant tot stilte. Als iemand iets te zeggen heeft, moet hij of zij dat voor de hele klas doen en niet met de persoon naast zich gaan kletsen. Het onderwerp 'slaan' is een lastig onderwerp waar hij niet graag over praat, maar hij kan er nu niet omheen. Zelf heeft hij het Spaanse rietje allang in de hoek gezet en gebruikt hij het alleen in zeldzame gevallen, waarbij hij ook nooit hard slaat. Tot nu toe gaat het altijd prima in de klas, maar van de ouders heeft hij vaak te horen gekregen dat een les zonder afranselingen geen goede les kan zijn. En dat ze vroeger als kind thuis en op school allemaal weleens klappen hebben gehad. Dat hoort erbij en daar heeft nog nooit iemand over geklaagd. Integendeel. Soms scheppen de boeren in Zum Raben er zelfs over op dat ze vroeger 'een flink pak slaag' hebben gekregen. En het komt niet zelden voor dat diegene eraan toevoegt: 'De meester had gelijk. Ik verdiende het!'

'Niemand mag een ander zonder reden slaan,' zegt meester Hohnermann tegen zijn leerlingen. 'Straf is nodig als iemand iets verkeerds heeft gedaan. Maar de straf moet rechtvaardig zijn en niet buitensporig.'

Daar is iedereen het mee eens. Ze zijn allemaal weleens geslagen door hun ouders, maar geen van hen moest daarna naar het ziekenhuis.

'Heinz ging bijna dood, zei Ida!' zegt Pauline.

'Als hij dood was geweest, had Otto Schütz wel spijt gehad,' vermoedt Erich.

'Ik zal blij zijn als Heinz weer bij ons is,' verzucht Tilde. 'Ik mis hem zo erg!'

Dit is voor meester Hohnermann een mooie aanleiding om aan te kondigen dat ze nu allemaal iets aan Heinz in het ziekenhuis gaan schrijven. Hij deelt vellen papier uit, zodat iedereen er iets op kan schrijven of tekenen. Bij de kleintjes moet hij helpen, want zij hebben alleen nog maar op de lei geschreven. De anderen zitten braaf op hun stoel en kauwen op hun potlood.

'Schrijf duidelijk, kinderen, zodat hij het kan lezen. Het hoeft geen schoonschrift te zijn, het gaat om de inhoud. Het gaat erom dat hij blij is met jullie post, zodat hij snel weer beter is.'

Ze doen echt hun best en maken allemaal iets. Als hij de blaadjes verzamelt, is hij erg tevreden. Nu kan hij eindelijk verder met zijn gewone lessen. Maar als hij de briefjes later bekijkt, moet hij zijn hoofd schudden. Wat een hoop spelfouten. Nou ja, dat was te verwachten. In elk geval hebben vooral de meisjes aardige dingen schreven en er bloemetjes bij getekend.

Ik find je heel liev. Feel groeten en kusjes van Tilde.

Ik vergeef je dat je zo hard aan mijn vlecht hebt getrekt. Jou Anna.

Als je terugkomt, kreeg je een lollie van mij. Van Marie.

De jongens hebben minder moeite gedaan.

We eten vandaag haas als middagmaal. Je schoolfriend Friedrich.

Onze Anna heeft zes varkens geworpen. Groeten van je vriend Klaus.

Karl spant weer eens de kroon. *Het regend hier al drie dagen... Wees blij dat je hier niet bent met dit rotweer. Karl.*

Toch stopt hij alle briefjes in een envelop, voegt er zijn eigen wensen voor een spoedig herstel aan toe en gaat naar Georg Altmann om het adres van het ziekenhuis te vragen.

'U hebt vanmorgen wat gemist, meneer Hohnermann,' zegt Lina Altmann. 'Oskar Michalski was hier en wilde Otto Schütz in elkaar slaan. Maar mevrouw Küpper heeft dat verhinderd. Ze kwam met een auto en nam Oskar mee...'

Ze doet haar best het verhaal zo indrukwekkend mogelijk te vertellen. Nee, ze was er niet bij. Maar Anni Christ, die nu bij Lene Grossmann woont, heeft meegeholpen en er werd lang over gepraat in de dorpswinkel.

'Iedereen wist al dat Helga iets met Oskar Michalski had...'

'En meneer Schütz? Hebt u gehoord hoe het met hem gaat?' vraagt hij bezorgd, want hij maakt zich nog steeds zorgen om de vrouwen van de dorpswinkel.

'Otto?' vraagt Lina lachend. 'Die ligt thuis in bed en laat zich door Gertrud verzorgen. Ze heeft net Penaten-crème en een flesje jodiumtinctuur gekocht in de winkel.'

Hij bedankt haar voor het adres en gaat naar de dorpswinkel om postzegels te kopen. Frieda is er niet. Natuurlijk niet, ze zit op de toneelschool. Hij wordt geholpen door Herta, die de postzegels van het vel scheurt en voor hem neerlegt.

'Bedankt, Herta. Ben je gisteren de dag goed doorgekomen?' vraagt hij.

Ze haalt alleen haar schouders op. 'Het moet gewoon doorgaan...'

'Ja, zeker. Fijne dag nog!'

'Tot ziens!'

Hij had graag naar Frieda willen informeren, maar hij durft het niet. Hij weet hoe snel er hier in het dorp over een vrijgezel van alles wordt gesuggereerd. Het zou heel gênant zijn als Frieda dat soort geruchten zou horen. Maar hij mist haar. Ze is niet meer bij hem geweest sinds ze op de toneelschool zit. Eén keer stuurde ze Ida naar hem toe om *Minna von Barnhelm* van Lessing te lenen. Ze heeft het boekje nog niet teruggebracht, ze zal het nog wel nodig hebben.

Op vrijdag om twee uur is de begrafenis van Herbert Grossmann. Johannes kent de gebruiken in het dorp. De mensen gaan naar het sterfhuis om afscheid te nemen van de overledene. Daarna wordt de kist gesloten en naar de kerk gedragen, waar de uitvaartdienst plaatsvindt. Hij weet niet hoe het vandaag zal gaan. De dominee heeft hem in elk geval laten weten dat er geen uitvaartdienst in de kerk zal zijn.

Op de Grossmannhoeve zijn bijna alleen vrouwen. Alleen Rudolf Alberti is erbij en praat met Fritz Grossmann, de zoon die voor de begrafenis van zijn vader uit Frankfurt is gekomen. In zijn gezicht heeft hij veel weg van zijn vader, maar hij draagt stadskleding en lijkt zich nogal ongemakkelijk te voelen op de boerderij van zijn ouders. Johannes schudt hem de hand, stelt zich voor als 'de nieuwe meester van de dorpsschool' en condoleert hem met het overlijden van zijn vader. Fritz bedankt hem en staart geschrokken naar de littekens in het gezicht van de meester.

'Ja, de oorlog...' zegt Johannes. 'Ze hebben operatief zes granaatscherven uit mijn been verwijderd.'

De overledene is in de woonkamer opgebaard. Hij ligt in een eenvoudige houten kist, die de timmerman in Steinbach haastig in elkaar heeft gespijkerd. Zijn gezicht is gelig en wasachtig, maar zijn gelaatstrekken zijn niet vertrokken maar kalm. Johannes heeft veel doden gezien in de oorlog. Bij deze dode krijgt hij het gevoel dat de man vrede heeft gesloten met zichzelf en zijn lot.

Rond drie uur arriveert Hannes Killinger om de kist te sluiten. Zijn hamerslagen zijn tot ver te horen. Lene huilt hartverscheurend omdat Herbert nu het huis uit wordt gedragen. Anni neemt haar in haar armen, en Karin Guckes en Marlis Alberti proberen haar ook te troosten. Gertrud Schütz is nergens te bekennen, terwijl de Schützhoeve direct aan de overkant van de straat ligt. Maar er wordt gezegd dat Otto Schütz ziek is.

'Goed,' zegt Hannes, terwijl hij uitnodigend om zich heen kijkt.

Er zijn zes mannen nodig om de kist op hun schouders te dragen, maar ze zijn maar met z'n vieren. Hannes is echter zo sterk dat hij de kist gemakkelijk in zijn eentje naar de begraafplaats zou kunnen dragen. De draagplanken liggen al onder de kist klaar. Rudolf en Fritz pakken de voorste plank, Hannes en Johannes de achterste. De middelste plank blijft op de grond liggen als ze de kist optillen en langzaam door de gang naar buiten lopen. Het gaat een beetje schokkerig omdat ze niet allemaal dezelfde pas aanhouden en ze moeten oppassen dat de kist niet wegglijdt. Maar dan hebben ze een gelijkmatig tempo te pakken en ze lopen over het erf naar de dorpsstraat. Die is vol met mensen: mannen, vrouwen en kinderen staan aan de kant van de weg toe te kijken. Velen sluiten zich aan en lopen achter de kist aan, zoals de gewoonte is in het dorp.

Als Johannes omkijkt, kan hij zijn ogen haast niet geloven. Over het pad door de wei achter hen loopt een lange stoet met in het zwart geklede mensen. De mensen lopen in groepjes van twee of drie achter elkaar en de rij mensen strekt zich uit tot aan de brug. Hij voelt een diepe emotie en vreugde. Ze zijn allemaal gekomen om Herbert Grossmann naar zijn laatste rustplaats te begeleiden.

Hij is een van hen en ze laten hem niet alleen op zijn laatste reis.

Ze lopen heuvelopwaarts naar de nieuwe begraafplaats en moeten opnieuw goed uitkijken dat de kist niet weggglijdt, maar omdat inmiddels meer dan tien mensen helpen om hem te dragen, komen ze zonder problemen bij de ingang van de begraafplaats aan. Het graf is al gegraven. Het ligt niet bij de muur, maar midden op de begraafplaats, niet ver van het graf van Wilhelm Schmidtkunz, die vorig jaar aan een longziekte overleed.

'Het was te stenig bij de muur,' legt molenaar Dippel uit, die het graf samen met Heinrich Schmidtkunz en Erwin, de gezel van Hannes Killinger, heeft gegraven. Niemand gelooft hem, maar niemand zegt er iets over.

Ze plaatsen de kist op de planken boven de kuil. Langzaam vult de begraafplaats zich met de rouwenden. Zelfs de oudere kinderen zijn er, alleen de kleintjes zijn thuisgelaten bij de ouderen en de mensen die slecht ter been zijn. Iedereen maakt automatisch plaats voor Lene Grossmann zodat ze naar het graf kan gaan, waar haar zoon al met ineengevouwen handen staat.

Wat gaat er nu gebeuren, vraagt Johannes zich zenuwachtig af. In alle stilte, was er gezegd. Maar hoe kan dat, als het hele dorp bijeen is en wacht? Zal Rudolf Alberti misschien een paar woorden zeggen? De burgemeester is immers niet aanwezig.

Er gaat gemompel door de menigte. De mensen maken een doorgang en dominee Seybold loopt in een toga met bef naar het graf van Herbert Grossmann. De toga bolt op in de lentebries en de uiteinden van de witte bef wapperen in het gezicht van de dominee, maar het ziet er toch heel waardig uit zoals hij nu tussen zijn parochianen door loopt.

Het is muisstil op de begraafplaats als de oude dominee zich voorbereidt om te spreken. Alleen de vogels fluiten en een brutale hommel zoemt over de begrafenisgangers heen.

'Onze Heer Jezus Christus is op de wereld gekomen om te boeten voor onze zonden en ons te verlossen van de hel,' zegt dominee

Seybold met luide stem. 'Hij is ook voor jou gestorven, Herbert Grossmann. Moge je daarom in vrede rusten. Amen.'

Het is waarschijnlijk de kortste grafrede die de dominee ooit heeft gehouden, maar nooit is de instemming groter geweest. De kist wordt aan touwen neergelaten, en de een na de ander komt dichterbij om een handvol aarde of een vers geplukt bosje paardenbloemen op de kist te werpen. Daarna gaat de rouwstoet langzaam terug naar het dorp, waar de begrafenis volgens de oude gewoonte in Zum Raben wordt afgesloten met koffie en van gistdeeg gebakken koek.

Johannes gaat er even bij zitten om niemand voor het hoofd te stoten. Maar hij gaat algauw weer weg, want hij vindt het niet prettig om zo veel mensen om zich heen te hebben en verlangt naar zijn rustige studeerkamer, waar zijn boeken op hem wachten en hij zich kan overgeven aan zijn nutteloze maar troostende mijmeringen. Hij is in een verzoenende bui. Ach, diep in hun hart zijn de bewoners van Dingelbach goede mensen. Er mag dan af en toe iets ergs gebeuren waarbij de duistere kanten van de mensheid aan het licht komen, waar hij ook op zo'n gruwelijke wijze mee te maken heeft gehad tijdens de oorlog. Maar woede en geweld, geniepigheid en bedrog hebben niet het laatste woord. Er is ook liefde en solidariteit onder de mensen, en dat maakt veel goed.

Als om dit mooie besef te bevestigen, krijgt hij zaterdagavond, als hij net bezig is met de paasrapporten, bezoek van Frieda Haller. Hij herkent haar bijna niet als hij naar de deur loopt om de late gast binnen te laten, want Frieda draagt een donkerrode mantel in een stads model, die hij haar nooit eerder heeft zien dragen.

'Hallo,' zegt ze en ze lacht hem uit omdat hij haar zo verbaasd aanstaart. 'Mag ik een paar minuutjes binnenkomen? Ik heb u zo veel te vertellen, ik weet gewoon niet waar ik moet beginnen...'

'Eh... ja... heel graag,' stamelt hij. 'Ik ben blij dat je weer eens langskomt... Of moet ik nu "u" zeggen?'

'Alstublieft niet!' roept ze verontwaardigd. 'Dan voel ik me een vreemde. Nee, zeg alstublieft zoals altijd "je" en "Frieda" tegen mij.'

Als ze voor hem uit de trap op loopt, ziet hij dat ze ook nieuwe schoenen aanheeft. Ze zijn rood en sierlijk en lijken wel voor haar kleine voetjes gemaakt. Schoenen met gespjes, zoals ze nu in de mode zijn.

Een vlinder die zijn kleurrijke vleugels ontvouwt, denkt hij een beetje weemoedig. Om in de zonneschijn weg te fladderen, de blauwe ether, de verleidelijke wereld in. Als ze haar vleugels maar niet verbrandt.

Hij had haar graag iets willen aanbieden, maar hij heeft niets geschikts in huis, alleen een restje appelcider die al begint te gisten en die hij niemand meer kan geven. Maar hij komt helemaal niet aan het woord, want ze schuift onuitgenodigd een stoel aan, zet die voor het bureau en begint te praten.

'Wat vindt u van mijn nieuwe jas? Chic, hè? Mijn grootmoeder heeft hem voor me gekocht omdat ze het niet goed vindt als ik er slecht gekleed bij loop. De schoenen ook.'

Ze tilt haar voeten op en draait ze heen en weer zodat hij haar nieuwe schoenen kan bewonderen.

'Heel mooi... Maar wat vind je moeder ervan?'

Ze biecht hem op dat ze de nieuwe kleren eigenlijk niet aan mag in het dorp, maar dat ze die nu alleen even snel heeft aangetrokken omdat ze ze aan hem wilde laten zien. 'Ze zijn alleen voor Frankfurt. Mijn grootmoeder wil ook een jurk voor me kopen. En zijden kousen en...'

Ze pauzeert en bloost. Waarschijnlijk koopt haar grootmoeder ook ondergoed voor haar, maar daar zou een meisje niet met een man over moeten praten.

'Gelukkig heb ik me met mijn moeder verzoend,' verandert ze snel van onderwerp. 'Ik mag van haar mijn grootmoeder bezoeken, en zij mag ook af en toe kleren voor me kopen. Maar thuis in Dingelbach mag ik niet over haar praten en mag ik de kleren niet dragen.'

Dat lijkt hem erg moeilijk voor haar omdat ze voortdurend het gevaar loopt dat ze haar moeder weer kwaad maakt. Maar Marthe heeft in elk geval haar starre houding laten varen. Was ze toch bang om haar dochter te verliezen?

'Ik mag niet bij mijn grootmoeder overnachten,' vervolgt Frieda. 'Dat is wel lastig, want de docenten willen graag dat we naar de voorstellingen in het theater gaan, maar als het stuk is afgelopen, gaat er geen trein meer naar Dingelbach...'

In september, wanneer het theaterseizoen weer begint, zullen de leerlingen aan enkele voorstellingen meewerken. Natuurlijk alleen als figuranten. Zodat ze kunnen voelen hoe het is om op het podium te staan en echte acteurs aan het werk kunnen zien.

'Misschien kan ik dan wel bij Annemarie slapen,' zegt ze peinzend en ze houdt haar hoofd schuin. 'Dat vindt mijn moeder wel goed. Harry bood het ook aan, maar hij woont in Sachsenhausen en zijn ouders hebben een appelwijncafé. Dat kan absoluut niet, zegt mijn moeder. Want daar hangen 's nachts dronkaards rond en dan zou ik in slecht gezelschap kunnen komen...'

Ze vertelt Johannes dat er een jonge man is die Harry Baumann heet. Hij is haar favoriete klasgenoot en ze heeft al twee keer iets met hem gedronken in Café Bauer. Ze is enorm enthousiast over zijn talent, maar moet ook om hem lachen omdat hij de tekst altijd verdraait. Johannes krijgt een onbehagelijk gevoel dat hij wil wegduwen, wat hem echter niet lukt. Natuurlijk is er niets serieus tussen die twee. Maar ze lijkt die Harry graag te mogen. Nee, ze is niet verliefd, dat voelt hij aan. Maar het is een begin. Op een dag zal ze iemand tegenkomen aan wie ze haar hart zal verliezen. Een acteur, een regisseur, een operazanger, wat dan ook. Maar dat zou dan wel een fatsoenlijk persoon moeten zijn. En nog niet zo snel...

'O, nu ik hier toch ben, zou u me *Leonce en Lena* van Büchner kunnen lenen? En *Weh dem, der lügt* van Grillparzer. Hebt u die? Dat zou geweldig zijn, want dan hoef ik ze niet te kopen.'

Het stuk van Büchner heeft hij niet. Dat van Grillparzer wel, maar alleen in een complete uitgave met andere werken.

'Dat is prima,' zegt ze blij en ze pakt het boek aan. 'Ik breng het bij gelegenheid weer terug.'

'Neem de tijd, het heeft geen haast. En kom vooral langs als je weer eens iets nodig hebt.'

Ze is al opgestaan, lacht ondeugend naar hem en pakt een ingevuld rapport van zijn bureau. Het is Ida's rapport.

'Allemaal goede cijfers. Dat dacht ik al. Denkt u dat ze het toelatingsexamen zal halen?'

'Daar twijfel ik niet aan,' zegt hij. 'De vraag is alleen of je moeder het zal toestaan. Ik wil in de komende dagen met haar gaan praten.'

Ida is een buitengewoon talent. Ze loopt op elk gebied mijlenver voor op de anderen. Eigenlijk kan hij haar prestaties helemaal niet beoordelen omdat ze onvergelijkbaar zijn. Maar het is de vraag of Marthe twee dochters naar een school in Frankfurt wil sturen. Niet alleen om financiële redenen. Ook omdat ze daar in het dorp vijandig om zal worden bejegend. Geen enkele boer stuurt zijn zoon naar een gymnasium, alleen de dominee of de onderwijzer doet dat. En meisjes hoeven sowieso niet te leren, want die gaan trouwen. Wie van deze dorpstraditie afwijkt, bevindt zich al snel in een buitenstaanderpositie, en dat kan Marthe Haller zich met haar dorpswinkel het minst veroorloven.

'Als Ida het wil, dan doet ze het,' zegt Frieda lachend. 'Fijne avond. En bedankt voor het boek...'

Zoals altijd loopt hij met haar mee de trap af naar de voordeur. Ze schudt hem beleefd de hand en rent weg. Haar jas licht als een huppende rode vlek op en verdwijnt in de duisternis van het kerkplein. Ze moet oppassen dat haar moeder haar niet betrapt. Ze mag hem immers niet dragen in het dorp.

29

Helga is al haar hele leven bang voor het ziekenhuis. En nu zou ze hier het liefste willen blijven en nooit meer weggaan. Op deze veilige plek, waar de mensen aardig voor haar zijn, waar ze in een met witte lakens opgemaakt bed mag liggen, waar haar eten wordt gebracht en niemand zegt dat ze een beslissing moet nemen.

Op de eerste dag had ze verschrikkelijke hoofdpijn. Haar schouders, nek en armen zijn blauw en doen bij elke beweging pijn. De arts heeft met een paar steken de sneeën in haar gezicht gehecht. Het voelt een beetje strak en de randen van de wonden zijn gezwollen. Ze is blij dat ze geen spiegel heeft. Ze zou zichzelf niet graag willen zien.

'U kunt uw lach maar beter bewaren voor later, mevrouw Schütz,' zei de jonge arts die haar wonden behandelde. 'Want anders kunnen de naden scheuren.'

Ze is toch niet in de stemming om te lachen. Ze verlangt naar rust en stoort zich aan het geklets van de andere patiënten in de grote ziekenzaal. Ze wil alleen maar slapen, indommelen, wegglijden naar een tussenrijk waar niemand haar ziet, niemand tegen haar praat en nare gedachten worden verbannen. Maar die laten zich niet zo makkelijk verdrijven. In de eerste nacht zag ze telkens weer haar man voor zich, zoals hij met een van woede vertrokken gezicht en opgeheven vuist op haar afkwam, en hoe het bord vlak voor haar ogen barstte. De scène begint telkens weer van voren af aan en gaat helemaal door tot het moment dat alles zwart werd voor haar ogen, om daarna weer opnieuw te beginnen. Tussendoor ziet ze dat Heinz zich als een klein, boos dier aan zijn vader vastklampt. Ze hoort hem schreeuwen, ziet zijn lichaam tegen het fornuis beuken, en zijn hoofd tegen de handgreep van de ovendeur bonken. 's Ochtends wordt ze nog achtervolgd door deze gruwelijke taferelen. Pas tegen de middag ontwaakt ze langzaam uit deze wilde fantasieën. De hoofdpijn is iets gezakt omdat ze een middeltje heeft gekregen, maar haar schouders en armen voelen loodzwaar aan.

'U moet blijven liggen, u hebt een hersenschudding. Bewegen is niet goed voor uw hoofd!' zegt de verpleegkundige als ze probeert op te staan.

'Mijn zoon, Heinz... Hij is samen met mij opgenomen. Weet u hoe het met hem gaat?'

'Heinz Schütz? Ik zal het navragen.'

De verpleegster is een jaar of veertig, heeft stevige heupen en een rond en vriendelijk gezicht. Ze komt alleen 's ochtends. 's Middags zorgt een magere blonde verpleegster voor haar, een jonge meid met een oud gezicht, die haar werk serieus en gewetensvol doet.

'Uw zoon ligt op de mannenafdeling, mevrouw Schütz. Het gaat beter met hem, u hoeft zich geen zorgen te maken.'

'Ik wil graag naar hem toe. Alstublieft.'

'Morgen. Vandaag nog niet. Ene meneer Michalski belde, hij wil u graag bezoeken.'

Ze schrikt. Hoe blij ze ook is met het telefoontje, ze wil niet dat hij haar in deze toestand ziet. Ze wil hem nu helemaal niet in haar buurt hebben. Ze wil niets moeten uitleggen, wil zijn medelijden niet zien, wil geen beslissingen nemen. Alleen Heinz is belangrijk. Het enige wat telt is dat hij weer beter wordt en niets aan het hoofdletsel overhoudt. Ze wil niet nadenken over wat er van haarzelf zal worden. Ze weet maar één ding en dat is dat ze niet meer teruggaat. Maar als ze er verder over probeert na te denken, doemen er onoverwinnelijk hoge kliffen voor haar op, en wil ze zich verstoppen en niets meer weten. Niet denken, niet piekeren, anders wordt de hoofdpijn ondraaglijk. Ze wil naar een plek tussen de werelden, tussen de uren, een plek waar de tijd stilstaat en waar ze ongestoord kan liggen en wegdromen.

’s Middags komt haar moeder Anni op bezoek. Ze gaat naast haar bed zitten en zucht, vraagt hoe het met haar gaat en of ze veel pijn heeft. Ze heeft een tas met schoon ondergoed en wat kleding meegebracht. Ze vertelt niet veel, alleen dat Otto is gekalmeerd en dat de rust is weergekeerd op de boerderij. Zelf is ze bij Lene Grossmann ingetrokken, zodat zij niet zo alleen is. Nee, de boerderij is niet geveild. Fritz, de zoon van Lene, is gekomen en ze willen samen proberen de veiling te voorkomen. Helga voelt dat haar moeder haar niet de waarheid vertelt, dat ze haar wil ontzien en dingen voor haar verbergt die haar van streek zouden kunnen maken. Maar Helga stelt geen vragen. Ze wil niets weten en niets horen. Anni blijft niet lang en belooft snel terug te komen. Ze zegt dat ze nog even naar Heinz gaat om te zien hoe het met hem gaat.

‘Rust maar uit, Helga,’ zegt ze en ze aait zachtjes over Helga’s hoofd. ‘Als je weer beter bent, zien we wel hoe het met ons verdergaat.’

Op de tweede dag mag ze naar haar zoon. Een jonge zuster loopt met haar mee. Ze is een lief en zorgzaam meisje, dat op de trap haar arm vasthoudt en zegt dat ze langzaam moet lopen. Helga schaamt zich voor de andere patiënten die in kamerjassen rondlopen en naar haar gezwollen gezicht staren. De patiënten, artsen en verpleegsters weten allemaal wat er met haar is gebeurd. Zelf heeft ze gezwegen op de vragen van de artsen, maar Georg Altmann, die haar en Heinz hier met zijn auto naartoe heeft gebracht, zal zijn mond niet gehouden hebben.

Heinz ligt in een ziekenzaal met meer dan twintig bedden. Naast hem zitten twee oude mannen op hun bed te praten. Om het bed van een andere patiënt staat een scherm. Er zit een wit verband om Heinz’ hoofd, alleen aan de bovenkant steken er een paar plukjes blond haar uit. Hij ligt heel stil en glimlacht naar haar als ze zich over hem heen buigt.

‘Het gaat goed met me, mama,’ zegt hij zachtjes.

‘Voel je je nog steeds ziek? Heb je hoofdpijn?’

‘Een klein beetje... Je ziet er verschrikkelijk uit, mama.’

‘Dat geneest wel weer, Heinz. Het doet bijna geen pijn meer. Het belangrijkste is dat jij snel weer beter wordt.’

Hij sluit even zijn ogen. Ze vindt zijn kinderlijke gezicht vreselijk bleek en klein, met dat witte verband over zijn voorhoofd.

‘Als ik groot ben, sla ik hem dood!’ zegt hij. Hij knijpt zijn ogen tot spleetjes en kijkt haar aan.

‘Zoiets mag je niet zeggen, Heinz!’

‘Maar ik zeg het toch. En ik ga het ook doen.’

Ze probeert het hem uit zijn hoofd te praten. Zijn vader duwde hem niet expres tegen het fornuis, het ging per ongeluk, dat moet hij begrijpen. Maar Heinz zwijgt en ze is bang dat haar woorden langs hem heen gaan.

‘Morgen kom ik weer langs,’ belooft ze.

Nu is het gedaan met de rust. Ze kan haar gedachten niet meer uitschakelen. Als een zwerm veldkraaien overvallen de zorgen haar als ze weer in haar ziekenhuisbed ligt. Hoe kan ze verhinderen dat haat aan haar kind vreet? Hoe kan ze voorkomen dat er vroeg of laat een vreselijk ongeluk gebeurt? Ze moet morgen met hem praten, hem uitleggen dat haat alleen maar nieuwe haat opwekt, dat woede en vergelding nooit stoppen tenzij je de kracht hebt om nee te zeggen. Hij is nog maar een kind, maar hij is slim. Misschien zal hij het begrijpen.

’s Nachts ligt ze wakker en luistert ze naar de snurkgeluiden van de andere patiënten, die worden onderbroken door enkele hoestbuien. Ze probeert zich voor te stellen dat ze met haar zoon en moeder naar een andere plaats gaat, een baan aanneemt en een plek vindt om te wonen. Doordeweeks zal ze werken en zal Anni voor Heinz zorgen, ’s avonds zitten ze samen in de keuken. Heinz vertelt over school en zijn vrienden, en Anni heeft iets lekkers gekookt. Ze zijn gelukkig met elkaar en hebben niemand nodig.

Soms verschijnt Oskar Michalski's gezicht voor haar, zijn vragende, smekende blik, zijn glimlach, de hoop in zijn ogen. Dan voelt ze het verlangen dat haar naar hem toe trekt, maar ze is beladen met schuld en heeft geen recht op deze liefde. Ze heeft haar man bedrogen en daar heeft ze nu voor moeten boeten. Het huwelijk is heilig en de hemel rechtvaardig.

Maar ze gaat niet terug. Geen wereldlijke of hemelse wet kan haar daartoe dwingen. Wat er ook met haar gebeurt, ze gaat nog liever dood dan dat ze terugkeert naar dat huis. En dan staat ze weer voor de rotswanden die steil en onoverwinnelijk voor haar oprijzen. Er is geen pad. Ze kan niet verder. Ze kan niet achteruit, maar ook niet vooruit. Het enige wat overblijft is deze ziekenzaal, waar ze veilig is, waar niemand haar kwaad doet, waar ze kan vertoeven. Maar hoe lang nog?

De volgende ochtend gaat ze meteen na het ontbijt naar beneden naar de mannenafdeling om Heinz te bezoeken. Maar zijn bed is leeg. De verpleegster is onvriendelijk en vraagt wat ze hier komt doen.

'Ik wilde mijn zoon bezoeken. Heinz Schütz, hij ligt hier met een hersenschudding...'

'Heinz Schütz is vanmorgen door zijn vader opgehaald. Gaat u weer naar boven, u kunt hierbeneden niet zomaar rondlopen.'

'Maar... hij is nog ziek. Hij moet liggen...'

De verpleegster haalt haar schouders op. Ze weet ongetwijfeld meer, maar wil het niet zeggen. Als verdoofd loopt Helga de trap op. Waarom dacht ze dat ze in dit tussenrijk van het ziekenhuis veilig was voor de greep van haar man? Hij heeft de jongen gewoon meegenomen, hoewel hij nog ziek is en verpleegd moet worden. Hij kan dit doen omdat hij de vader is. Hij heeft het recht om het te doen, niemand kan het hem verbieden.

Eenmaal boven wil ze in haar bed gaan liggen, want haar hoofd doet weer pijn. Haar armen en nek zijn gevoelloos. Ze voelt zich ziek en hulpeloos. Heinz is terug op de Schützhoeve, bij zijn vader en Gertrud. Ze zal hem nooit meer zien als ze niet bereid is om vol berouw terug te keren naar haar man.

Maar dat kan ze niet. Zelfs nu niet. Niets in de wereld, zelfs haar kind niet, kan haar ertoe brengen die plek ooit nog te betreden.

'Mevrouw Schütz?' vraagt de blonde verpleegster. 'U mag u aankleden en uw spullen pakken. U wordt vandaag ontslagen.'

'Maar...'

'De hoofdarts, dokter Kaulbach, zal zo de ronde doen. Hij zal het aan u uitleggen.'

Het is simpel. Haar man heeft verordend dat ze ontslagen moet worden, want hij is niet bereid nog langer de kosten te betalen. De hoofdarts is er zichtbaar boos over, maar staat machteloos tegenover de beslissing van de echtgenoot en vader.

'Uw man heeft ons verzekerd dat u en uw zoon thuis zullen worden verpleegd en nog een paar dagen kunnen herstellen. Als er complicaties zijn, zal hij contact opnemen met zijn huisarts.'

Ze hebben helemaal geen huisarts. Tot nu toe heeft hun medicijnkastje bij alle ziektegevallen geholpen en, in noodgevallen, Rudolf Alberti. Toen ze beviel van Heinz kwam de vroedvrouw uit het naburige dorp.

'Dank u wel,' zegt ze en ze hoort hem zeggen dat ze zo vaak mogelijk moet gaan liggen en langzaam aan moet doen met het werk.

'Ik wens u het allerbeste, mevrouw Schütz,' zegt de arts en hij geeft haar een hand. Daarna wendt hij zich tot de volgende patiënt.

De verpleegster geeft haar nauwelijks de tijd om haar tas in te pakken. Ze komt met een kar binnen waarop een stapel schoon linnengoed ligt en begint de vrijgekomen bedden te verschonen. Het middagmaal dat nu de gang in wordt gereden is niet meer voor Helga bestemd. Ze mag niet eens de thee die op haar nachtkastje staat opdrinken. Het kopje wordt weggehaald en het nachtkastje wordt schoongemaakt.

Ze daalt de trap af naar de entreehal, die ze zich amper kan herinneren omdat ze er maar een glimp van heeft opgevangen toen ze werd opgenomen. Bij de uitgang is een vleugeldeur met glas, daarnaast bevindt zich de portiersloge. De portier vraagt naar haar naam, noteert iets op een lijst, en dan is ze ontslagen.

Buiten schijnt de zon. Tegenover het ziekenhuis is een plantsoen met een grasveldje en struiken waaraan felgroene bladeren ontkiemen. Ze blijft staan en weet niet wat ze moet doen. Ze is haar toevluchtsoord kwijt en is nu overgeleverd aan de ontberingen van de wereld. Ze moet iets doen. Maar wat? Waar moet ze heen? Allereerst de straat op, ze kan tenslotte niet voor het ziekenhuis blijven staan. Ze loopt langzaam. Stap voor stap. De tas met haar vuile kleren trekt zwaar aan haar arm en haar nek doet pijn als ze haar hoofd beweegt. Het is een marteling om met deze last te lopen. Maar in haar tas zit alles wat ze bezit. Ook een portemonnee met drie mark, die Anni 'voor geval van nood' voor haar had meegenomen.

Na een tijdje neemt de pijn af. Helga neemt de tas in haar andere hand en kijkt om zich heen. Ze kijkt naar de huizen die hier omgeven zijn door tuinen met hoge hekken eromheen. Jaren geleden, toen ze nog heel jong was, is ze in zo'n huis dienstmeisje geweest, en dat was geen fijne ervaring. Maar ze had werk en brood, een kamertje voor zichzelf en één keer per maand een vrije dag. Het is echter de vraag of ze op haar dertigste nog een baan zou kunnen krijgen. Zeker niet nu, met haar gezwollen gezicht en kapotte armen. En ook niet later. Ze kan geen baan aannemen omdat ze geen arbeidsovereenkomst mag tekenen. Dat zou haar echtgenoot voor haar moeten doen. Zo is het per wet geregeld. Een getrouwde vrouw is niet handelingsbekwaam. Nee, die weg is geen optie. Als ze alleen is in een vreemde plaats kan ze alleen maar verhongeren omdat ze niet kan gaan werken. En wat dan?

Her en der is er een winkel tussen de villa's. Een bakker, een schoenmaker, een kruidenierswinkel. Helga blijft staan omdat ze honger heeft en overweegt om beschuiten te kopen. Die zijn voedzaam en gaan langer mee dan brood, dat droog kan worden.

Ze zou ergens met de beschuiten aan de kant van de weg kunnen gaan zitten en nadenken. Er moet gewoon een oplossing zijn, ze moet alleen haar gedachten ordenen, de kluwen ontwarren, en een pad over de steile rotswanden zoeken om aan de andere kant te komen.

De winkel is maar iets groter dan de dorpswinkel van Dingelbach, maar er worden andere producten aangeboden. Blikken met vreemde opschriften, andere soorten chocolaatjes en bonbons die zijn opgestapeld, en er is ook kaas uit Frankrijk, die de verkoopster met een mes snijdt, weegt en in perkamentpapier wikkelt. Er staan een paar klanten in de winkel te wachten en te praten. Het zijn bijna allemaal huishoudsters uit de omliggende villa's. Ze dragen prachtige, donkere jassen en hoeden, en sierlijke schoenen. Deze vrouwen hebben nog nooit op een akker gestaan en vast en zeker nog nooit een varkensstal uitgemest. Ze kijken met gefronst voorhoofd naar Helga in haar dorpsklederdracht. Een vrouw gaat opzij als Helga binnenkomt, misschien denkt ze dat de zwellingen op het gezicht van de onbekende boerin besmettelijk zijn.

Helga gaat bescheiden in een hoekje staan om op haar beurt te wachten. Plotseling gaat er achter in de winkel een deur open en een slanke heer met donker, glanzend haar en een snor stapt naar buiten. Hij draait zich meteen nog een keer om om een stevig gebouwde, oudere vrouw de hand te schudden.

'Ik wens u goede zaken en fijne dagen. Tot de volgende keer, beste mevrouw Schultheiss. Eind augustus neem ik weer contact met u op, en als u tussendoor iets wilt bestellen… u hebt mijn telefoonnummer…'

Helga kent de man. Het is Sirius Engelke, een vertegenwoordiger die ook altijd in de dorpswinkel komt om zijn fournituren te verkopen. Ze heeft vaak gegrinnikt om zijn tot in de puntjes verzorgde uiterlijk en overdreven gedoe, maar hij is erg geliefd in de dorpswinkel. Hij is ontzettend beleefd tegen iedere vrouw, ook tegen de oudere boerenvrouwen.

Hij loopt vriendelijk knikkend en glimlachend met zijn koffers tussen de klanten door. 'Pardon... Neemt u me niet kwalijk, mevrouw...' Dan ziet hij Helga en hij kijkt verbaasd op. 'Dat is... Och, hemel, ik had u bijna niet herkend, mevrouw.'

Hij is beduusd omdat ze er zo vreemd uitziet met haar gezwollen gezicht, maar hij buigt beleefd en zet de koffers neer om haar de hand te schudden. In de dorpswinkel begroette hij haar altijd bijzonder uitgebreid. Misschien omdat ze mooi is en hij haar leuk vond. Nee, mooi wás...

'Ah, u bent naar Bad Homburg gereisd om de stad te bekijken,' kwebbelt hij terwijl hij haar de hand schudt. 'Heel goed, mevrouw. Er is hier veel te zien... Het kasteel en het prachtige kuurpark...'

'Ja, zeker...'

'Dan wens ik u nog veel plezier!'

'Dank u wel, meneer Engelke.'

Hij draait zich om naar de uitgang van de winkel, maar blijft dan staan alsof hij zich heeft bedacht en wendt zich weer tot haar. Hij kijkt haar onzeker aan. Waarschijnlijk beseft hij dat er iets niet klopt.

'Kan ik u... misschien een lift aanbieden?' vraagt hij aarzelend. 'Ik ben op weg naar Dingelbach, naar mevrouw Haller. Ik bedoel... Alleen als dat prettig zou zijn voor u...'

Het moment is daar. Ze moet een beslissing nemen. Binnen een paar seconden. En ze doet het intuïtief, zonder na te denken, gewoon vanuit een gevoel. Ze kan niet weglopen. Er is geen andere uitweg uit de ellende dan er dwars doorheen.

'Dat zou heel aardig zijn, meneer Engelke...'

'Het is mij een genoegen, mevrouw!'

Zijn wagen met het paardje ervoor staat langs de kant van de weg geparkeerd. Hij heeft het paard aan een lantaarnpaal vastgebonden, maar als hij dat niet had gedaan, zou het ook niet zijn weggelopen. Op de wagen staan koffers, kisten en dozen vol goederen. Meneer Engelke heeft ze met leren riemen vastgesnoerd en met dekzeilen afgedekt. Er is geen plek voor een passagier. Helga moet bij hem op de bok klimmen.

'Geef me uw tas maar, dan leggen we die tussen mijn goederen. Mag ik u helpen?'

Ze verbijt de pijn, pakt zijn hand en klimt op de bok. Die is gestoffeerd en heeft zelfs een rugleuning, maar ze wordt toch duizelig als ze zich installeert. Waar is ze nu mee bezig? Ze gaat zich in het hol van de leeuw wagen. Is dat geen waanzin?

Het paardje sjokt weg. De kasseien zijn verschrikkelijk. De wagen schudt heftig. Haar hoofd doet pijn en ze heeft een zoemend geluid in haar oren. Later op de landweg schudt de wagen nog steeds omdat er kuilen in de weg zitten, maar doordat daar een karrenspoor is, is het minder erg. Helga moet de hele tijd vechten tegen de opkomende misselijkheid, maar tegelijkertijd gebiedt de beleefdheid haar om naar de anekdotes van meneer Engelke te luisteren en op de juiste momenten te glimlachen. Ze mag niet lachen en heeft daar ook geen zin in. Gelukkig heeft meneer Engelke algauw door dat zijn passagier niet echt van zijn verhalen geniet, en omdat hij nieuwsgierig is, stelt hij nu voorzichtig een vraag.

'Hebt u een ongeluk gehad, mevrouw?'

'Ja, ik ben gevallen in de keuken. Er lagen scherven.'

'O, wat naar...'

'Ja, een ongeluk zit in een klein hoekje.'

Het is kort na het middaguur als ze het dorp voor zich zien liggen. Het ligt lieflijk ingebed in een vlakke vallei en is omgeven door bloeiende weiden en velden, waarop her en der al lichtgroene stengels te zien zijn.

Sirius Engelke heeft er geen moeite mee om het paard van de landweg naar het dorp te leiden. Het dier kent de weg en zou ook zonder zijn hulp naar het dorp kunnen lopen. Ze rijden over de dorpsstraat, langs de boerderijen waar de mensen hen nieuwsgierig nastaren. Hij stopt bij de put bij de Schützhoeve en ze stapt af. Ze pakt haar tas aan en bedankt hem voor de lift. Dan klakt hij met zijn tong en leidt hij het paard naar de dorpswinkel, terwijl zij zich voorbereidt op het moeilijkste moment van haar leven.

Ze laat de tas bij de put staan en loopt het erf op. Er is niemand bij de stallen, maar de wagen staat klaar om aangespannen te worden. Er liggen gevulde zakken op, blijkbaar willen ze aardappels poten. Als ze bij de voordeur komt, ziet ze het verbijsterde gezicht van haar schoonmoeder bij het keukenraam. Ze zitten aan het middagmaal.

Ze zijn met z'n drieën in de keuken: Adam, Gertrud en Otto. Tot haar opluchting is Heinz er niet. Hij ligt vast boven in zijn bed.

'Daar ben je!' zegt Otto tevreden. 'Je bent net op tijd om de aardappelen te poten!'

'Ga zitten en eet de soep,' zegt Gertrud en ze zet een bord op tafel. 'Je hebt lang genoeg op onze kosten kunnen uitrusten.'

Helga is zo kalm dat ze zich over zichzelf verbaast. Ze glimlacht een beetje terwijl ze rustig maar luid en duidelijk aankondigt: 'Ik ben alleen gekomen om jullie te vertellen dat ik een echtscheiding ga aanvragen. En ik ga nu weg. Voor altijd.'

Ze draait zich om en loopt het huis uit. Ze loopt om de wagen met de aardappelen heen en is al bijna bij de poort van het erf als ze de woedende kreet van haar man hoort.

'Wat denk je wel niet? Trut! Sloerie! Ik zal je laten zien waar je thuishoort...'

Ze raakt in paniek en begint te rennen. Ze rent langs de put en vreest dat hij haar zal inhalen en haar rok zal vastgrijpen. Mensen komen haar tegemoet, schoolkinderen, buren, en ze hoort boos geschreeuw achter zich. Dan pakt iemand haar arm en ze schreeuwt het uit van de pijn.

'Kom binnen, Helga,' zegt Marthe Haller. 'Snel. Anders ontstaat er nog een oploop.'

'Maar... ik kan toch niet...'

'Ik heb het je toch aangeboden, ben je dat vergeten?' vraagt Marthe en ze duwt haar de treden op.

'Je hebt het me aangeboden...'

'Natuurlijk. Je kunt bij ons blijven, Helga. Ik heb mijn slaapkamer al voor je vrijgemaakt.'

Helga kan zich niets herinneren. De afschuw en pijn van die dag hebben al het andere overschaduwd, waardoor ze Marthes aanbod helemaal niet heeft gehoord.

'Ik kan hier niet blijven, Marthe,' zegt ze kreunend. 'Ik heb hem gezegd dat ik wil scheiden.'

'En juist daarom blijf je nu hier.'

30

Ilse heeft het gevoel dat ze terug in de tijd is gekatapulteerd. Al die kwetsende afwijzingen waarvan ze had gedacht dat ze ze als ervaring kon afvinken, zijn weer terug en doen net zoveel pijn als vroeger. Hemel, ze is veertig en zelfs niet een klein beetje wijzer of gelatener geworden.

En deze keer is het nog dubbel zo bitter, want ze heeft het aan zichzelf te wijten. Misschien heeft ze in het begin echt indruk op hem gemaakt? Dat zou kunnen. Ze heeft het zich in elk geval verbeeld. De fabriekseigenaresse, de koele, pittige zakenvrouw, die in het bezit is van een villa in de Vortaunus met uitzicht op de Feldberg. Maar als dat zo is, dan heeft ze dat alles in één klap verspeeld. Wat was ze onbezonnen! Wat heeft ze zich onsterfelijk belachelijk gemaakt toen ze in haar overijverige actie handtastelijk werd en op de dorpsstraat in de modder belandde. Om nog maar te zwijgen van de schade die aan zijn auto is toegebracht.

Bovendien heeft Carla in het dorp het gerucht gehoord dat Otto Schütz de eigenaar van de auto die de ingang van zijn erf blokkeerde, heeft aangegeven bij de politie. Zijn moeder Gertrud had het kenteken opgeschreven. Carla gelooft het zonder meer, want Gertrud Schütz is overal toe in staat.

In feite is dit hele fiasco het gevolg van haar overdreven bezorgdheid om haar arbeider, Oskar Michalski. Waarom moest ze zo nodig achter hem aan rennen? Hij is immers een volwassen man die voor zichzelf kan opkomen. Het komt doordat ze de fatale eigenschap heeft om zich verantwoordelijk te voelen voor alles en iedereen in haar fabriek, zich overal mee te bemoeien en te geloven dat ze het beter weet. Tja, en dit heeft ze daar nu van.

Oskar heeft haar wel bedankt, maar in plaats van weer ijverig aan het werk te gaan, zoals ze had gehoopt, zit hij afwezig voor zich uit te staren, produceert hij rommel en wekt hij over het algemeen de indruk dat hij ver weg is met zijn gedachten. Ze ergert zich eraan en doet koel tegen hem. Ze praat nauwelijks met hem en laat alleen af en toe een opmerking vallen. Of ze vraagt of hij soms moe is of slecht heeft geslapen. Waarop hij elke keer schrikt en snel weer aan het werk gaat.

Carla, haar trouwe huishoudster, staat natuurlijk volledig aan de kant van de arme Oskar. Ze verwent hem met lekkers, zegt troostende woorden tegen hem en maakt haar bazin verwijten.

'Ziet u dan niet dat die arme kerel helemaal wanhopig is? Hij is al drie keer naar het ziekenhuis in Bad Homburg gegaan, maar omdat Helga hem niet wil zien, heeft hij buiten voor het gebouw gezeten en alleen maar naar het raam gestaard.'

Dit is nieuw voor Ilse. Dan is hij er kennelijk 's avonds na het werk en op zondag heen gegaan. Hij ontbrak in elk geval niet in de fabriek.

'Hoe weet je dat?'

'Omdat de ongelukkige man zijn hart heeft uitgestort bij mij.'

Ilse snuift geïrriteerd. Maar 's avonds, als ze weer alleen in de villa naast de telefoon zit, die niet overgaat, piekert ze erover. Natuurlijk is het verhaal met Helga Schütz nog niet voorbij. Dit is nog maar het begin, dus ze moet ervoor zorgen dat Oskar niet op het idee komt om met de vrouw weg te lopen als ze uit het ziekenhuis komt. Ze gunt hem Helga, die duidelijk zijn grote liefde is. Maar Helga is getrouwd, heeft een kind en een oude moeder – plus een echtgenoot die niet bereid is haar te laten gaan. Dat betekent dat Helga voorzichtig te werk moet gaan, indien nodig een advocaat moet inschakelen en alle stappen goed moet overwegen. Misschien kan Ilse haar een goede juridisch adviseur… O god, nu bemoeit ze zich weer met andermans problemen!

Dan is hij ineens weg. Hij is meteen na de middagpauze naar het dorp gelopen en aan het eind van de middag is hij nog niet terug in de fabriek.

'Weet iemand waar meneer Michalski is?'

Beschaamde blikken van het personeel. Niemand wil het vertellen, maar uiteindelijk is het de oude Karl Höhn die haar op de hoogte brengt.

'Hij is naar de dorpswinkel. Want daar is mevrouw Schütz.'

'Och, hemel!'

Helga Schütz is blijkbaar uit het ziekenhuis ontslagen en weer terug in Dingelbach. Ilse kan goed begrijpen dat ze geen zin heeft om zich opnieuw over te geven aan haar gewelddadige echtgenoot. Ze is dus in de dorpswinkel en Oskar kan natuurlijk niet wachten om Helga mee te nemen naar zijn tuinhuis. Nou, daar heb je het gedonder. Dan heeft Ilse over een paar dagen óf haar boze echtgenoot óf de politie op de hals. Een man heeft het recht om zijn vrouw door de politie thuis te laten brengen.

Ze heeft geen keus, ze zal zich ermee moeten bemoeien. Bovendien vindt ze Otto Schütz een walgelijke kerel en vraagt ze zich af hoe zijn vrouw het zo lang met hem heeft uitgehouden. Maar het zal tot problemen leiden, die helaas ook gevolgen zullen hebben voor de fabriek. Een politieactie op haar terrein zou niet erg prettig zijn. Nog erger zou het zijn als Otto zou proberen om zijn vrouw persoonlijk terug te halen, want dan zou hij niet alleen met Oskar te maken krijgen, maar met de helft van de fabrieksarbeiders, en dan zouden de gevolgen niet te overzien zijn. Ze stuurt Carla naar het dorp om de situatie te peilen en gaat zelf naar haar kantoor om de tijd in elk geval zo nuttig mogelijk te besteden en de balans van het afgelopen half jaar op te maken.

Natuurlijk wordt ze uitgerekend nu weer gestoord door de telefoon. Die lastige uitvinding die haar de laatste tijd elke keer dat hij rinkelt een zinloos sprankje hoop geeft.

Maar ook deze keer is het niet de stem van Richard Goldstein die aan de andere kant van de lijn klinkt.

'Hallo, zusje! Hoe gaat het? We horen helemaal niets meer van je.' Josef klinkt buitengewoon vriendelijk. Hij wil duidelijk iets van haar. Ilse zet zich schrap. Ze is vandaag nog minder dan anders in de stemming om concessies te doen.

'Lotte vraagt de hele tijd naar tante Ilse. Het kind is echt gek op je en wil je bezoeken. En Irma zei laatst ook dat ze zich al zorgen om je maakte omdat je helemaal niet belt en ook niet op bezoek komt...'

'Ik heb een fabriek te leiden, Josef.'

'Ach ja, de fabriek... Gaat het goed? Stel je voor, Irma zag laatst een van je kistjes in de etalage van juwelier Maxeiner in de Louisenstrasse staan...'

'Ja, we leveren ook in Bad Homburg. De kistjes gaan heel goed.'

'Wat fijn, wat fijn...' zegt hij en hij schraapt zijn keel.

Het klinkt nog steeds neerbuigend en niet erg overtuigend. Ze kijkt uit het raam of ze Carla of Oskar al op de oprijlaan ziet en is vastbesloten om haar broer af te wimpelen. Ze heeft vandaag belangrijkere dingen aan haar hoofd dan naar zijn gezwets te luisteren.

'Sorry, ik sta een beetje onder druk en wacht op een belangrijk telefoontje,' zegt ze. 'Ik bel je vanavond terug.'

Maar Josef geeft niet op. 'Weet je, Ilse,' gaat hij verder. 'Het feit is het volgende: de bouw vordert goed, de muren staan er, alleen het dak ontbreekt nog, maar dat is een kleinigheid. Over een paar weken kunnen we het restaurant openen. In mei, denk ik, als de dagjesmensen komen en het goed weer is...'

Waarom valt hij haar lastig met die verhalen? Ze zit op hete kolen en hoopt dat op zijn minst Carla zo aan het begin van de oprijlaan zal verschijnen.

'Helaas is er op dit moment een probleempje met geld, weet je?' zegt hij op een onschuldige toon. 'De bank werkt niet helemaal mee zoals zou moeten, dus we moeten ze sussen zodat ze rustig blijven...'

Ai, denkt ze, en in haar hoofd rinkelen alle alarmbellen. Hier was ze al die tijd al bang voor. Hij heeft te hoog gemikt en kan de maandelijkse termijnen niet betalen omdat hij geen inkomen heeft. Nou, dat had haar slimme broer wel van tevoren kunnen bedenken.

'Dus ik dacht dat je ons een beetje zou kunnen helpen. Kijk, je wilde de villa toch verkopen...'

'Wat?'

'Dat zei je toch altijd...'

'Dat ik de villa wilde verkopen? Je droomt zeker, Josef? Daar is nooit sprake van geweest!'

'Ga me nou niets wijsmaken! Trouwens, de helft van de villa is sowieso van mij. Het is onze gemeenschappelijke erfenis, dat wilden onze ouders zo...'

'We hebben een contract!'

'Daar heb ik lak aan! Dat ga ik aanvechten, want het is niet redelijk!' tiert hij. 'De helft van het huis is van mij. Ik eis dat je me uitkoopt of dat je de villa verkoopt en me mijn deel geeft! Ik heb per direct vijftigduizend mark nodig!'

Nu is haar geduld definitief op. Ook omdat ze Carla nu onderaan de oprijlaan ziet. Haar huishoudster lijkt erg opgewonden te zijn, want ze loopt met haastige stappen naar de villa. Oskar is niet bij haar en Helga ook niet. Een slecht teken.

'Je krijgt geen cent van mij!' zegt ze kortaf in de hoorn en ze hangt op.

Ze loopt zenuwachtig naar buiten om Carla op te wachten, zodat zij niet naar het kantoor komt. Het is beter als de arbeiders voorlopig niets horen van de laatste ontwikkelingen, anders komt de productie weer stil te liggen. En ze lopen al achter op schema.

'Nou, dat is me toch een verhaal...' begint Carla opgewonden op de binnenplaats.

'Laten we naar binnen gaan!'

In de woonkamer van de villa luistert Ilse naar Carla's verslag en ze valt haast om van verbazing. Helga Schütz is bij de vrouwen van de dorpswinkel en is blijkbaar van plan daar een tijdje te blijven.

'Hoe kan dat nou? Wat gaan ze doen als haar man komt en haar mee wil nemen?'

Carla doet uitgebreid verslag. Ze was van plan geweest om naar de winkel te gaan om zout en peper te kopen, zodat ze een aanleiding zou hebben om op een slimme manier Herta uit te horen. Maar toen ze in de dorpsstraat kwam, zag ze al vanuit de verte dat een paar boerinnen en ook twee mannen geanimeerd met elkaar voor de winkel stonden te praten. Ze was erbij gaan staan en had meegeluisterd.

'Helga is sinds gisteren boven in huis, maar niemand mag bij haar. Herta en Marthe verdedigen haar als twee furies. Ze hebben Oskar ook weggestuurd. Hij is onverrichter zake weggegaan, niemand weet waarheen.'

'En Otto Schütz?'

'Die heeft zich nog niet laten zien. Maar de boerinnen zijn allemaal van mening dat Helga terug moet naar haar man. Want het huwelijk is heilig en een vrouw hoort bij haar man en kind te zijn, in goede en in slechte tijden.'

Ilse kent de vastgeroeste opvattingen van de dorpelingen, die al honderden jaren niet zijn veranderd. Een scheiding is in strijd met de dorpstraditie. Een man kan zijn vrouw en kind nog zo mishandelen, vreemdgaan of zo veel zuipen dat ze hun hele hebben en houden verliezen, het huwelijk wordt in stand gehouden. Toch vindt ze het triest dat juist de vrouwen, die meestal de dupe zijn, aandringen op de naleving van het huwelijk en niet de kant van Helga kiezen.

'Georg Altmann was er ook, maar hij zei niet veel,' vertelt Carla. 'Hij zag er nogal bedrukt uit, want de vrouwen zeiden allemaal tegen hem dat hij zijn gezag moest doen gelden zodat zijn zus Helga terug zou sturen naar haar man. Maar Hannes Killinger liep luid te mopperen dat het walgelijk was en dat Otto Helga helemaal niet verdiende.'

Blijkbaar is er veel gaande in het anders zo rustige dorpje Dingelbach. Carla maakt zich vreselijk zorgen om Oskar en is bang dat hij zichzelf iets aandoet.

'Ach, onzin!' zegt Ilse. 'Hij loopt nu waarschijnlijk door het bos en de velden om zichzelf te kalmeren. Die is hier uiterlijk vanavond weer terug.'

'Ik zou willen dat ik net zo veel godsvertrouwen had als u, mevrouw Küpper!'

'Als ik dat niet had, zou ik niet de directrice van de Pilz & Küpper-fabriek zijn.'

Carla zegt dat ze boven in de woning de ramen moet lappen en gaat met een emmer en een zeem naar boven. Dat doet ze natuurlijk omdat ze vanaf daar de omgeving kan zien en ze Oskar ergens in de weilanden hoopt te spotten. Ilse laat haar haar gang gaan en gaat terug naar de fabriek. Ze legt aan de arbeiders uit dat Oskar vanmiddag vrij heeft en gaat weer verder met het opmaken van de balans. Ze houdt van cijfers. Ze kan zich urenlang verdiepen in tabellen en overzichten, en het is ook een goede afleiding van de te verwachten problemen.

Tot de avond gebeurt er niets. Oskar is nog steeds niet terug en nu begint ze zich ook zorgen te maken. De arbeiders gaan naar huis. Ze controleert of alle machines goed zijn uitgeschakeld en is blij dat er morgen een aantal bestellingen kunnen worden ingepakt en verzonden. Ze neemt de stukken voor het opmaken van de balans mee naar de villa om daar verder te werken. Onderweg naar huis werpt ze een blik op het tuinhuisje. Nee, er brandt geen licht.

Natuurlijk is Oskar het onderwerp van gesprek tijdens het avondeten met Carla. Haar huishoudster zegt dat de arme Oskar zich hetzij in het meer heeft gestort of er met Helga vandoor is. Tussendoor vertelt Carla dat de telefoon twee keer is overgegaan, maar dat ze niet heeft opgenomen omdat ze boven de ramen aan het lappen was.

'Wanneer was dat?'

'Twee uur geleden... Of misschien iets later...'

Dat was vast Josef die haar nog meer dreigementen naar het hoofd wilde slingeren. Blijkbaar staat het water hem tot aan de lippen. Eigenlijk zou ze hem moeten helpen. Hij is tenslotte haar enige familie en ze heeft ook medelijden met de kinderen. Ze zucht. Misschien kan ze een redelijk gesprek met hem voeren als hij gekalmeerd is. Maar dan zou hij zijn financiële situatie moeten blootleggen, wat hij zeker niet graag zal doen. Maar dat is de enige manier waarop ze kan beoordelen hoe ze hem kan helpen. Desnoods is ze bereid hem een kleine som geld te lenen – of beter gezegd te schenken – om hem uit de ergste penarie te helpen. Maar alleen als het zin heeft en het geld niet in een bodemloze put verdwijnt. Ze was eigenlijk van plan om eindelijk het dak van het magazijn te laten vernieuwen, maar familie komt op de eerste plaats. Dan regent het nog maar even binnen, dat zijn ze gewend.

Iets voor tienen gaat de deurbel. Carla snelt naar beneden om open te doen.

'Meneer Michalski!' hoort Ilse haar huishoudster blij uitroepen. 'Godzijdank! We maakten ons vreselijk zorgen om u!'

Ze kan niet verstaan wat hij mompelt, maar hij loopt de trap op en klopt op de deur van de woonkamer.

'Binnen!'

Hij ziet er niet eens zo wanhopig uit als ze had gevreesd. Hij heeft alleen holle ogen. Hij zal de laatste tijd wel slecht hebben geslapen.

'Ik wilde me bij u verontschuldigen, mevrouw Küpper...'

'Het is al goed. Neem plaats, ik wil iets met u bespreken.'

Ze doet weer kribbig. Zo is ze nu eenmaal. Niemand hoeft te weten dat ze ook een gevoelige kant heeft. Hij doet wat ze vraagt, maar gaat op het puntje van de fauteuil zitten uit angst de mooie brokaatstof te bevuilen. Zijn kleren zijn niet bepaald schoon. Ze heeft het goed geraden: hij heeft urenlang in de bossen en weilanden rondgezworven.

'Ik zal de vijf uur van vanmiddag inhalen,' zegt hij.

Maar dat interesseert haar nu niet.

'Ik heb gehoord dat Helga Schütz momenteel in de dorpswinkel woont,' zegt ze. 'En ik zou graag willen weten wat u van plan bent.'

Hij buigt zijn hoofd en haalt zijn handen door zijn donkere haar. 'Wist ik dat zelf maar, mevrouw Küpper...'

Hij is natuurlijk in de dorpswinkel geweest. Hij wilde met Helga praten, haar zien, haar vertellen dat hij van haar hield, dat hij haar steunt en overal toe bereid is.

'Ik kreeg te horen dat ze voorlopig niemand wil zien en dat ze eerst tot zichzelf moet komen. Dat probeer ik te begrijpen, hoewel ik het heel moeilijk vind...'

Ze wil scheiden. Dat weet hij niet van Helga, maar van Ida. Hij was de hele tijd bij Hannes Killinger, omdat hij weet dat Ida daar vaak met haar vrienden rondhangt. Ze zorgen voor Willibald, de hengst, lokken hem met eten en willen hem zadelmak maken.

'Hannes is iemand die anders denkt dan de mensen in het dorp,' vertelt hij. 'Dat weet ik al heel lang, want ik ben vroeger ook vaak bij hem geweest. Hij is een schreeuwer, een ruwe bonk met zijn smidsvuisten. Maar hij heeft het hart op de juiste plaats.'

'Aha...'

Ilse heeft alleen een paar keer beroepsmatig met de smid te maken gehad. Hij heeft wat dingen voor haar gerepareerd, wat hij prima heeft gedaan, maar ze vond zijn prijzen nogal ongehoord. Nou ja...

'Hij zei dat we op Helga moeten passen. Want het kan immers zijn dat haar man haar met geweld naar huis wil halen. Zelf gaat hij regelmatig naar de dorpswinkel om te kijken of daar alles in orde is...'

Hannes kan dat doen omdat hij zijn werk zelf kan indelen en een gezel heeft aan wie hij het smidsvuur kan toevertrouwen. Maar

Oskar moet in haar fabriek werken. Hoe moet dat gaan als hij elk uur naar het dorp rent om te kijken hoe het met Helga gaat? Nou ja, het gevaar dat hij zijn geliefde meeneemt naar het tuinhuisje lijkt voorlopig in elk geval geweken.

'Het ergste is dat ik haar niet mag zien en niet met haar kan praten,' zegt Oskar zuchtend. 'Terwijl ik haar zo veel te vertellen heb. Het maakt me gek. Nu is ze in een kamer boven de dorpswinkel en hoef ik alleen maar de trap op om bij haar te zijn. Maar dat wil ze niet. En ik wil het niet tegen haar wil doen…'

'Dat zou ook niet verstandig zijn,' zegt ze. 'Anders zou het hele dorp weten dat u haar bezoekt. U weet zelf welke geruchten er over u en Helga rondgaan!'

'Maar… als ze echt gaat scheiden… dan moet ik weten of ze naar me toe komt. Of dat ze misschien niets meer van me wil weten.'

'Schrijf haar een brief!'

Hij kijkt haar aan alsof ze iets heel raars heeft gezegd. Een brief schrijven… Daar heeft hij nog nooit aan gedacht. Hij is een man van de praktijk, heeft allerlei klussen zo onder de knie en begrijpt ingewikkelde machines zonder ooit een handleiding te hebben gelezen. Maar lezen en schrijven is niet zijn ding.

'Maar… het zou kunnen dat ik veel fouten maak en dan lacht ze me uit… Of dan is ze teleurgesteld in me,' werpt hij moedeloos tegen.

Ilse vindt deze zorg ongegrond. Ten eerste is Helga waarschijnlijk ook niet erg goed in spelling en ten tweede komt het bij dat soort brieven op heel andere dingen aan.

'Schrijf gewoon op wat u denkt,' adviseert ze. 'Als ze van u houdt, zal ze het begrijpen. En ook antwoorden.'

Hoe zijn brief bij Helga moet komen is geen probleem. Dat krijgt Ida wel voor elkaar. Ze is een slim meisje. Ze zal het op zo'n manier doen dat niemand het zal merken.

'Ik kan u papier en schrijfgerei geven,' biedt Ilse aan en ze staat op om haar notitieblok en een potlood uit de la te pakken. Voor de zekerheid geeft ze er ook een gum bij. Hij neemt haar giften aarzelend aan, bedankt haar en zegt dat hij het wil proberen en dat het een geweldig idee is waar hij zelf niet aan gedacht zou hebben. Daarna gaat hij naar het tuinhuis en ze ziet het licht achter het raam aangaan. Waarschijnlijk zit hij nu met het blanco vel papier voor zich kauwend op zijn potlood na te denken, denkt ze geamuseerd. Maar hij kan het vast, het gaat tenslotte om de liefde van zijn leven.

Carla is al gaan slapen. Ze is zelf ook moe en heeft niet veel zin om zich weer bezig te houden met de boekhouding. Maar ze heeft moeite om in slaap te vallen. Het gedoe met Helga Schütz en de vrouwen in de dorpswinkel houdt haar bezig.

Wat blijkt Marthe Haller ineens moedig te zijn! Tot nu toe zag Ilse haar meer als een gewiekste, altijd vriendelijke zakenvrouw. Een oorlogsweduwe die met het kleine dorpswinkeltje haar drie dochters onderhoudt. Hardwerkend, berekenend en een beetje bekrompen. Nu ziet ze Marthe ineens in een ander licht. Wat ze nu doet, kan haar flink in de problemen brengen en schadelijk zijn voor de winkel. Maar dat lijkt haar niet te kunnen schelen.

Je moet iemand nooit beoordelen op uiterlijke schijn, denkt ze. Noch positief, noch negatief. Een eenvoudige winkeleigenaresse blijkt een heldin te zijn, en een man die zich charmant, ontwikkeld en sympathiek voordoet is in feite een zielige lafaard. Hij belt niet. Het is voorbij, dat moet ze eindelijk beseffen.

De volgende ochtend is Oskar als eerste in de fabriek en werkt hij weer keihard. Carla gaat naar het dorp om de laatste nieuwtjes te horen. Zodra ze terug is loopt ze even snel naar de fabriek en praat ze even met Oskar. Aha, ze hebben vast een overeenkomst – Carla als spion. Voorlopig lijkt alles rustig te zijn, want Oskar werkt ijverig en toegewijd. De bestelde producten worden klaargemaakt om naar het station gebracht te worden, de meisjes zetten weer kistjes in elkaar, iedereen is op zijn post en Willi Bommel veegt het zaagsel op. Ilse kan voorlopig opgelucht ademhalen en spreidt de documenten voor de balans weer in het kantoor uit. De telefoon zwijgt beleefd. Het ergste wat haar nu kan gebeuren is dat haar broer Josef naar haar toe komt en een scène maakt.

Rond tien uur loopt de postbode over de binnenplaats en overhandigt haar een stapel post, die ze snel doorkijkt om te zien of er iets dringends is.

Ze voelt een steek. Een envelop met een handgeschreven adres. Ze herkent het handschrift. Ze laat zich op haar bureaustoel zakken en staart naar de prullenmand. Niet openmaken. Weggooien. Verbranden. Dit zal tot niets goeds leiden.

Dan schaamt ze zich voor de gedachte. Nee, ze zal deze brief onder ogen zien, hem goed doorlezen en elk woord laten bezinken. Zijn lauwe verontschuldiging voor de lange stilte. De mededeling dat hij de woning toch niet wil huren vanwege een of ander slap excuus. Zijn vriendelijke maar afstandelijke groet. Klaar. Afgelopen.

Ze gebruikt de briefopener om de envelop open te maken en haalt er een brief uit. Geschept papier met het wapen in reliëf. Welja. Hoop kan ook op luxe wijze tenietgedaan worden.

Zeer geachte mevrouw,

Ik schrijf u deze brief omdat ik u gisteren telefonisch niet kon bereiken. Graag wil ik u uitleggen waarom ik zo lang niets van me heb laten horen, wat onvergeeflijk is.
Na het incident van vorige week duurde het een poos voordat ik weer met mezelf in het reine kwam. Zoals alle mannen ben ik ijdel. Ik zie mezelf graag als iemand die succesvol is, bewonderd wordt en geliefd is, en ik meende dat ik een positieve indruk op u had gemaakt.
Deze gebeurtenis heeft me op wrede wijze laten zien dat ik een hulpeloze, ja, laffe persoon ben die vreselijk heeft gefaald op een moment dat moed en vastberadenheid nodig zouden zijn geweest. Ik verstopte me in mijn auto in plaats van u te helpen. Ik keek vol bewondering en geschrokken toe hoe u

opkwam voor een kennis en zelfs een fysieke schermutseling niet uit de weg ging.
Ik ben me ervan bewust dat ik u met mijn gedrag heb geërgerd en waarschijnlijk ook heb teleurgesteld. Maar ik moet u bekennen dat ik geen held ben, maar een heel normaal mens met tekortkomingen en gebreken.
Ik doe u deze bekentenis omdat ik veel om u en onze vriendschap geef en omdat ik ondanks alles hoop dat u enig begrip kunt opbrengen voor mijn fouten. Als dat zo is, vraag ik u om contact met me op te nemen. Daar zou ik ontzettend blij mee zijn.
En als ik helemaal onbescheiden mag zijn, waag ik het u te zeggen dat ik, tenzij u intussen anders hebt besloten, nog steeds geïnteresseerd ben in de woning in uw mooie villa.

Met de meeste hoogachting,
Richard Goldstein

31

Er zijn een aantal dingen die Ida helemaal niet leuk vindt. Ze is echt boos. Op haar moeder. Op Frieda. Op Helga Schütz, die gewoon bij hen is komen wonen en moeders kamer in beslag neemt. Moeder slaapt nu boven bij Herta en Frieda in de kamer, en Ida in de keuken op het bankje voor het fornuis. Het is veel te kort, ze moet haar knieen buigen en zich oprollen als een kat, maar dat kan haar niet schelen. Voor niets in de wereld zou ze Herta of Frieda deze plek in de keuken hebben gegund, want hierbeneden heeft ze tenminste haar rust.

Alles gaat mis en niemand denkt aan haar. Een paar dagen geleden is meester Hohnermann bij haar moeder op bezoek geweest om uit te leggen dat Ida een goede kans maakte om op het lyceum in Frankfurt aangenomen te worden. Hij had een formulier bij zich dat haar moeder moest ondertekenen en opsturen om Ida in te schrijven voor het toelatingsexamen. Maar haar moeder tekende het formulier natuurlijk niet. Ze liet het rondslingeren.

'We moeten erover praten, Ida,' zei ze.

Toen was die toestand met Helga en hield haar moeder zich helemaal niet meer bezig met de aanmelding. Terwijl de tijd drong. Als het formulier niet snel wordt weggestuurd, kan ze het toelatingsexamen niet doen. Daarom heeft Ida het formulier gepakt en haar moeders handtekening vervalst. Ze heeft een postzegel en een envelop uit de winkel gestolen, het adres van de school erop geschreven en hem in de brievenbus op het kerkplein geworpen. Nood breekt wet. Als haar moeder geen tijd voor haar heeft, moet ze het zelf maar regelen.

Frieda is mooi uit de problemen. Ze heeft zich met mama verzoend en sloeg huilend haar armen om haar nek. En nu mag ze zelfs grootmoeder bezoeken en kleren en schoenen van haar aannemen. Dat is allemaal leuk en wel, en Ida gunt het haar zus, maar natuurlijk heeft ze Ida bij die verzoening slecht gemaakt.

'Je hebt haar verteld dat ik je al die tijd heb geholpen!'

'Dat heb ik niet gedaan!'

'Dat heb je wel gedaan! Dat kan niet anders als je haar alles hebt verteld. Nu ben jij de lieve dochter en ik de slechterik. Nou, bedankt, zus. Dit was de laatste keer dat ik je heb geholpen.'

'Wat een onzin!' riep Frieda uit. 'Ik heb het bij mama voor je opgenomen. Ik heb haar verteld dat je naar het lyceum wilt en dat je het in je hebt om dokter of advocaat te worden...'

'O ja? En wat zei mama dan?'

'Niets...' gaf Frieda schaapachtig toe.

'Tjonge, wat een geweldige hulp!'

'Maar grootmoeder zei dat je altijd bij haar terechtkunt...'

'Dat weet ik zelf ook wel.'

Gisteren heeft Frieda zelfs een nacht in Frankfurt geslapen, zogenaamd bij een klasgenoot, ene Annemarie Stumpf. Maar Ida gelooft haar niet. Het is veel waarschijnlijker dat Frieda naar een theatervoorstelling is geweest en daarna bij grootmoeder heeft geslapen. Ida is jaloers op haar zus, die ineens zo'n vrijheid geniet, terwijl zij zelf alleen maar problemen heeft. Volgende week is het Pasen. Afgelopen maandag zijn de rapporten uitgedeeld, maar ze moet aanstaande vrijdag al naar Frankfurt voor het toelatingsexamen. Frieda wil haar het geld voor het treinkaartje geven, want zij krijgt vaak iets extra's van grootmoeder. Als Ida geluk heeft, merkt haar moeder niet eens dat ze naar Frankfurt is gegaan, omdat ze toch van 's ochtends vroeg tot 's avonds laat alleen maar voor Helga Schütz zorgt. Het kan hooguit gebeuren dat Herta erachter komt en bij mama gaat klikken. Maar Herta is momenteel erg van slag. Ze is verward en klaagt dat dit allemaal 'slecht zal aflopen'.

Voor de rest is het ontzettend druk in de winkel sinds Helga bij hen is. Niet dat de vrouwen meer kopen dan normaal, maar ze staan constant in de winkel, kijken in alle hoeken alsof Helga zich achter het augurkenvat of onder de toonbank heeft verstopt, en kramen onzin uit. Dat een getrouwde vrouw bij haar echtgenoot en kind hoort. En dat een huwelijk nu eenmaal goede en slechte tijden kent. De vrouw van de dominee zei dat haar man naar Otto Schütz toe is gegaan en dat Otto oprecht berouw heeft getoond. Nu zou het aan Helga zijn om hem te vergeven en naar hem terug te keren. Alle vrouwen knikten heftig.

Boven in mama's kamer is het net een duiventil. Anni zit bijna de hele dag bij haar dochter en klaagt tegen haar over van alles en nog wat. Tijdens de middagpauze gaat Herta naar Helga toe en brengt ze haar iets te eten, en na sluitingstijd gaat mama boven zitten en praten ze. Op de eerste avond is oom Georg gekomen, maar hij vertrok alweer snel. Daarna kwam de dominee langs en later Rudolf Alberti. Herta is vreselijk beledigd, omdat ze niet naar binnen mag en niet mag luisteren. Frieda boeit het niet, zij leert de teksten van haar rollen en is blij als ze rust heeft.

'Wat valt er nou allemaal te bespreken?' vraagt Herta boos. 'Laat haar weggaan en teruggaan naar haar man. Ze brengt hier de hele boel in de war.'

Ida weet wat er besproken wordt, want ze heeft aan de deur staan luisteren. Natuurlijk heeft de dominee Helga gemaand om naar haar man terug te keren, wat te verwachten was. Maar ze heeft hem gezegd dat ze dat onder geen beding zal doen, wat Ida ontzettend dapper vindt. Oom Georg zei dat het zo niet verder kon en dat hij geen problemen wilde krijgen met Otto Schütz. Helga moest ofwel teruggaan naar haar man, of ergens anders naartoe. Ze kon in geen geval bij zijn zus blijven.

Maar toen werd mama heel kwaad.

'Jij hebt niets over mij te zeggen!' snauwde ze tegen hem. 'Dit is mijn huis en niet het jouwe. En ik huisvest hier wie ik wil!'

'Dan zul je zelf voor de gevolgen moeten instaan!' antwoordde oom Georg. Hij vertrok meteen en mama moest Helga geruststellen, die zei dat ze liever naar Frankfurt wilde gaan om werk te zoeken, omdat ze Marthe niet in de problemen wilde brengen.

'Jij blijft hier!' zei mama. 'En als ik dat zeg, dan meen ik het!'

Rudolf kwam om een heel andere reden. Hij wil Helga helpen met de echtscheiding. Die moet bij de rechtbank aangevraagd worden, waarvoor ze een formulier moet invullen. Maar dat is lastig, want daarvoor heeft ze de huwelijksakte nodig, en die heeft Otto. Uiteindelijk zei Rudolf dat het beter zou zijn om een advocaat in de arm te nemen die de papieren zou kunnen krijgen. Maar het is de vraag wie die zou moeten betalen. Helga heeft geen geld.

'Is er misschien een familielid of een kennis die zou kunnen helpen?' vroeg Rudolf voorzichtig.

Natuurlijk doelde hij op Oskar Michalski. Maar dat wil Helga niet, ze wil het allemaal alleen doen. Nogal dom, vindt Ida. Zo gaat ze het zeker niet redden.

Eén keer heeft Herta haar bij de deur betrapt en werd ze boos omdat ze aan het afluisteren was, maar het kon Ida niet schelen omdat ze wist dat Herta alleen in de gang kwam om zelf haar oor tegen de deur te houden. Ze heeft Herta en Frieda niets verteld over wat ze heeft gehoord. Alleen aan Oskar.

Die was de volgende dag al bij Hannes Killinger, waar hij in de smidse hielp en zachtjes Willibalds neusvleugels streelde. Maar Willibald is nu in de lente nog wilder dan normaal en liet zich maar heel even aaien. Daarna schudde hij zijn manen en galoppeerde hij over het weiland weg.

'Hij ruikt de merries,' legde Ida vakkundig uit.

Oskar was blij dat ze kwam en zoals ze al had verwacht, wilde hij weten hoe het met Helga ging.

'Goed,' zei Ida.

Dat Helga een snee op haar voorhoofd en een gezwollen neus heeft, hoeft hij niet te weten, vond ze. Maar ze vertelde hem over de dominee en dat Helga onder geen beding terug wil gaan, maar de scheiding zal aanvragen.

'Maar een advocaat kost geld. En dat heeft ze niet.'

Oskar had bedroefd zijn hoofd geschud en gevraagd of ze Helga de groeten van hem wilde doen. 'Kun je haar ook zeggen dat ik haar het geld wil geven?'

'Dat kan ik. Maar dat wil ze niet aannemen.'

'Heeft ze dat gezegd?'

'Ja.'

'En waarom niet?' vroeg hij angstig.

'Omdat ze het alleen wil doen. Daarom.'

Toen had hij nogal wanhopig gekeken en was hij door de weilanden het bos in gelopen. Dat vond Ida best, want Hans Koppel en Rudi Schmidtkunz kwamen naar de paardenweide en vroegen wanneer ze naar het lyceum in Frankfurt zou gaan. Ze vroegen het spottend, want ze geloven niet dat ze het kan.

'Na de paasvakantie,' beweerde ze.

'Dat geloof je toch zeker zelf niet!'

'Jullie zullen wel zien!'

'Wat moet je nou met een middelbareschooldiploma? Je bent maar een meisje!' zei Rudi.

Dat moet Rudi zeggen. Uitgerekend Rudi, die allemaal slechte cijfers heeft en zelfs maar net aan een voldoende heeft voor godsdienst. Ida reageerde fel.

'Op het lyceum komt het er als eerste op aan dat je hersens in je hoofd hebt. Als je zo'n holle kop hebt als jij, nemen ze je niet eens aan!'

Rudi werd kwaad en gaf haar een duw, waardoor ze met haar rug tegen de paal van de paardenweide sloeg. Ze pikte het niet en schopte hem tegen zijn knie, zodat hij het uitschreeuwde. Maar omdat Hans Rudi wilde helpen, glipte ze snel de wei in naar Willibald. Daar was ze veilig, want de twee jongens zijn bang voor de hengst.

‘Kom maar op als je durft,’ riep ze. ‘Dat vindt Willibald wel leuk, die maakt gehakt van jullie!’

Toen spuugde Rudi en dropen ze af. Sindsdien weet Ida dat ze niets meer met de jongens van Dingelbach te maken wil hebben. Die zijn zo stom als een varken en denken dat ze speciaal zijn omdat ze een piemel hebben.

De volgende dag komt Oskar al in de middagpauze naar de paardenweide en geeft hij haar een opgevouwen brief.

‘Ik heb vanmorgen al op je gewacht,’ zegt hij. ‘Maar je was er niet. Ik moet meteen terug naar de fabriek…’

Ze moet de brief aan Helga geven. Maar zo dat niemand het merkt.

‘Dat lukt me wel,’ zegt ze zelfverzekerd en ze stopt de opgevouwen brief in haar jaszak.

’s Middags gaat ze ermee in de slaapkamer zitten en leest ze hem. Er zat geen envelop omheen en hij was ook niet dichtgeplakt. Ze wil gewoon weten wat ze overbrengt. Straks komt haar moeder nog in de problemen en is het Ida’s schuld omdat zij geheime brieven bezorgt. Maar er staat alleen maar in dat hij heel veel van Helga houdt en niet zonder haar wil leven, dat ze hem een teken moet geven als ze hem nog steeds wil, en dat hij haar op handen zal dragen als ze eenmaal zijn vrouw is. Het verbaast Ida dat Oskar, die verder best een verstandige man is, zulke warrige dingen op papier zet. Maar ja, liefde maakt blind en dom, zoals ook te zien is aan Willibald, die over het weiland galoppeert en als een gek hinnikt.

Op donderdagochtend, als Ida zich in de slaapkamer heeft teruggetrokken om de boeken die meester Hohnermann haar heeft gegeven nog eens door te nemen, hoort ze ineens de stem van Otto Schütz.

Nu is het zover, denkt ze. Hij is gekomen om Helga te halen. Ze gooit de boeken opzij en rent de trap af naar de winkel. Otto staat inderdaad voor de toonbank en heeft een vuurrood gezicht. Haar moeder staat aan de andere kant, Herta is naar de keukendeur gevlucht.

'Ga opzij, Marthe!' zegt Otto dreigend. 'Ik wil naar mijn vrouw!'

Bij de ingang staan Marlis Alberti en Lore Dippel dicht tegen elkaar aan en kijken geschrokken naar het gebeuren. Er zijn ook mensen buiten de winkel, maar Ida kan niet goed zien wie dat zijn omdat Otto haar zicht belemmert.

'Helga wil je niet zien, Otto,' zegt mama. 'Ga weer naar huis, je zult hier niets bereiken.'

Maar daar is Otto het niet mee eens. Bovendien zou hij zichzelf voor het hele dorp voor schut zetten als hij voor Marthe Haller met de staart tussen de benen zou afdruipen. Hij loopt om de toonbank heen en wil naar de keuken, omdat je van daaruit naar boven naar de kamers kunt. Maar mama gaat naast Herta voor de keukendeur staan. Hij zou dus eerst de twee vrouwen opzij moeten duwen. Maar als hij zijn arm uitstrekt, roept mama met schelle stem: 'Als je me aanraakt, klaag ik je aan! Dan bel ik de politie. Dan daag ik je voor de rechter wegens huisvredebreuk...'

Otto lacht haar uit en pakt haar toch bij de schouder.

'De politie? Die staat aan mijn kant. Want ik ben de echtgenoot en heb het recht om mijn vrouw naar huis te halen!'

Er ontstaat geworstel. Mama staat kaarsrecht voor de keukendeur en laat zich niet wegduwen. Ook Herta blijft op haar post, wat Ida nog het meest verbaast. Nu wil Ida niet achterblijven, ze maakt tenslotte ook deel uit van de familie. Otto wordt steeds kwader en gebruikt meer kracht. Ida nadert hem van achteren en schopt hem tegen zijn knieholte.

'Laat mijn moeder los, ellendeling! Stomme blaaskaak!'

Ze heeft hem goed geraakt, want Otto knikt door zijn rechterbeen en draait zich als een gewonde stier naar haar toe.

'Ik krijg je nog wel, rotkind!' schreeuwt hij en hij probeert haar te pakken.

'Als je aan mijn kind komt, krab ik je ogen uit!' sist mama en ze grijpt Otto bij zijn jas.

Ida is behendig opzijgesprongen, maar helaas staat de toonbank in de weg en ze moet er snel op klimmen zodat Otto haar niet te pakken krijgt. Twee snoeppotten vallen eraf, en een pakje griesmeel en een pond zout glijden erachteraan. Ze hoort Marlis luid 'Help!' roepen. Plotseling gaat de keukendeur open en staat Helga er.

'Ik ben er, Otto!' zegt Helga. 'Je kunt me dwingen om met je mee te gaan. Maar ik blijf niet. Ik vertrek bij de eerste de beste gelegenheid!'

Otto is blij dat hij zijn doel heeft bereikt. Hij grijnst tevreden en pakt Helga bij haar hand. Mama wil ingrijpen. Ze is koppig en wil niet toegeven, maar Helga schudt haar hoofd. 'Maak je geen zorgen, Marthe. Ik red me wel.'

Otto, die rotzak, sleept zijn vrouw langs de toonbank naar de deur, en ze volgt hem zonder zich te verzetten. Ida zit op de toonbank en wil de zware gewichten van de weegschaal naar Otto's hoofd gooien, maar ze is bang dat ze Helga raakt en doet het dus niet. Dan rinkelt de winkelbel. De deur gaat open en Hannes Killinger staat op de drempel. Hij is breed en heeft een wijde jas over zijn leren smidsschort aan, waardoor hij nog breder lijkt.

'Wij tweeën moeten even praten, Otto,' zegt hij heel rustig met zijn diepe stem.

Iedereen is meteen stil. Otto blijft staan, maar houdt Helga's hand stevig vast.

'Ik heb nu geen tijd, Hannes!'

Maar Hannes blijft op de drempel staan en zet zijn handen in zijn zij.

'Ik heb haast, Otto,' zegt hij kalm. 'Anders dooft het smidsvuur.'

Natuurlijk snapt Otto dat hij hem de weg verspert, en hij weet ook dat Hannes Killinger hem met één klap tegen de grond kan slaan. Al was het maar omdat hij zelf sinds de oorlog niet meer zo sterk is als vroeger.

'Bemoei je niet met dingen die jou niets aangaan, Hannes!' dreigt hij. 'Anders moet ik je aangeven bij de rechtbank.'

Dit wekt bij Hannes slechts een zwakke grijns op.

'Het is een zaak onder mannen,' zegt hij. 'Laat Helga gaan, die hoeft het niet te horen.'

'Ik waarschuw je, Hannes,' bromt Otto. 'Ga opzij, of ik...'

Maar op dat moment heeft Helga zich met een vlugge beweging losgerukt en ze loopt snel naar de andere kant van de toonbank. Mama is meteen ter plekke en gaat voor haar staan. Ida springt van de toonbank om haar moeder te helpen, en Herta is er ook. Otto staart vol verbazing naar Helga en dan weer naar Hannes, die nu langzaam de winkel binnenstapt.

'Zo snel kan het gaan, Otto,' zegt hij. 'En nu kom je met mij mee naar buiten, zodat wij met elkaar kunnen praten.'

Maar dat wil Otto absoluut niet. Hij begint te vloeken, noemt Hannes een schoft en een gluiperd, en zweert dat hij het hem betaald zal zetten. 'Ik heb helemaal niets met jou te bespreken,' tiert hij en hij doet een paar stappen naar achteren. 'Maar met haar heb ik een woordje te spreken.'

Hij staart naar de winkelvrouwen en bedoelt natuurlijk Helga, die achter hen staat. Zijn gezicht is nu purperrood, zijn ogen puilen uit en zijn lippen zijn blauwachtig. Hij ziet er echt griezelig uit.

'Het is prima als we gaan scheiden, vuile hoer,' schreeuwt hij. 'Maar niet op de manier die jij wel zou willen. Nee, ík ga de scheiding aanvragen. Ik gooi je het huis uit, ordinaire slet. Je kunt naar het armenhuis gaan, zonder schoenen en in lompen, want alles is van mij. Alles! En Heinz, die blijft bij mij. Die zul je je hele leven niet meer zien. De jongen verdient geen moeder zoals jij!'

'Zo, ben je klaar?' vraagt Hannes als Otto tussendoor even op adem moet komen.

'En jij moet ook uitkijken!' zegt Otto, terwijl hij voor zijn voeten spuugt. 'Ik pak je hele hebben en houwen van je af, ik zweer het je. Als ik klaar ben met je, kun je gaan bedelen!'

Hij wankelt. Omdat hij nu naar de deur wil, maakt Hannes vrijwillig plaats voor hem en laat hem naar buiten gaan. Het halve dorp is bijeengekomen, want in een mum van tijd heeft het gerucht zich verspreid dat Otto Schütz zijn vrouw komt halen. Nu moet hij zonder Helga de treden naar de dorpsstraat afdalen en tot aan zijn boerderij de vernedering doorstaan. Mensen maken plaats voor hem, hij wordt met verontwaardigde en geamuseerde blikken nagestaard, sommige vrouwen houden hun hand voor hun mond en kunnen niet geloven wat ze net hebben meegemaakt. Anderen schudden boos hun hoofd en fluisteren met elkaar. De mannen kijken somber en zeggen niets. Molenaar Dippel kijkt vijandig naar Hannes, die nu voor de deur van de winkel staat en tevreden kijkt. Maar dat is niets nieuws, Alfred Dippel heeft de smid nooit gemogen. Lore Dippel blijft in de winkel omdat ze niet naar buiten durft.

Oom Georg komt binnen en begint te klagen. 'Daar heb je het gedonder in de glazen!' zegt hij boos tegen moeder. 'Alleen maar omdat je niet naar me wilde luisteren...'

Dan zwijgt hij ineens omdat Helga op de grond zit en kreunend haar arm vasthoudt.

'Dat krijg je er nu van,' moppert hij. Hij is behoorlijk ontdaan. 'Dit was allemaal niet nodig geweest...'

'Ze heeft haar arm weer ontwricht toen ze zich losrukte,' onderbreekt mama hem. 'Marlis is Rudolf al gaan halen.'

Gelukkig is Rudolf Alberti niet ver weg. Hij staat met de dominee en meester Hohnermann bij het hek van de parochietuin, en als zijn vrouw roept dat hij nodig is, komt hij meteen mee. Ida gaat mee naar de keuken, waar Helga op de keukentafel moet gaan liggen en haar armen moet uitspreiden. Herta moet tegen het keukenkastje leunen omdat ze niet goed wordt als Rudolf aan Helga's ontwrichte arm trekt om hem weer op de juiste plaats te krijgen. De arme Helga is lijkbleek en klemt haar tanden zo hard op elkaar dat het knarst. Het moet vreselijk pijn doen. Maar als de arm weer goed zit, gaat ze moeizaam rechtop zitten en glimlacht ze een beetje.

'Hij zei dat hij wilde scheiden,' fluistert ze. 'Was het maar waar!'

'Hij heeft geen andere keus,' zegt mama tegen haar. 'Want anders zet hij zichzelf voor het hele dorp voor schut.'

De rest van de dag blijft Helga boven in de kamer. Rudolf heeft haar arm met doeken vastgebonden zodat ze niet per ongeluk een domme beweging maakt en hem weer ontwricht. In de winkel is niet veel te doen, de mensen zijn weer aan het werk gegaan. Een paar vrouwen staan nog bij het kerkplein en vertellen degenen die de grote gebeurtenis hebben gemist dat Otto Schütz zijn vrouw mee naar huis wilde nemen en dat het hem niet is gelukt. Frieda, die 's avonds met de trein komt, wil ook van Ida weten wat er allemaal precies is gebeurd.

'Wat een pech,' verzucht ze. 'Nou gebeurt hier eindelijk iets en dan ben ik er niet!'

Ida houdt het kort, omdat ze nog moet leren voor morgen. De situatie is gunstig, want haar moeder zit met Rudolf en oom Georg boven in Helga's kamer om te bespreken wat ze nu kunnen doen. Ida sjouwt haar boeken naar de keuken en brengt de halve nacht bij het schemerige licht van de lamp op de keukenbank door met lezen. Daarna slaapt ze heel diep, maar 's ochtends wordt ze bij het eerste hanengekraai wakker. Ze heeft nog tijd. De trein vertrekt pas om half zeven, maar ze moet de boeken verstoppen en de slaapkamer in sluipen om schoon ondergoed en sokken te pakken. Op de trap hoort ze Herta snurken en ze denkt bij zichzelf dat het makkelijk zal zijn omdat ze alle drie nog diep slapen. Dan ontdekt ze tot haar blijdschap een bundel voor de slaapkamer. Frieda heeft een paar dingen voor haar verzameld. Ze heeft de goede schoenen erbij gezet en er een briefje bij gedaan.

Ik denk aan je, Ida! Je kunt het!

In het briefje heeft ze het geld voor het treinkaartje gewikkeld. Ida neemt alles mee naar beneden, wast zich in de keuken en kleedt zich aan. Dan pakt ze spek en brood uit de voorraadkast, stopt alles in een tas en sluipt via de tuin het huis uit. Ze moet vooral niet te lang in de keuken blijven, anders komt Herta, die altijd de eerste wil zijn, naar beneden en gaat ze irritante vragen stellen. Ida loopt langs de kerk en gaat op het bankje onder de lindeboom zitten om eerst maar eens te ontbijten. Daarna loopt ze over de brug en door de weilanden naar het station.

Het is erg druk in de trein, maar ze weet een zitplaats te bemachtigen omdat ze sneller is dan een magere kantoorklerk met een leren map onder zijn arm.

Ze probeert nog wat te slapen tot Frankfurt, maar het lukt niet omdat ze te onrustig is. Ze stapt uit bij de Hauptwache en loopt door het ochtendlijke verkeer naar het theater. Ze kent de weg, die heeft Frieda goed aan haar uitgelegd. Ze moet de brug over naar de andere kant van de Main tot aan de Schweizer Platz. Dan moet ze rechtsaf de Morgensternstrasse in, waar de Schillerschool zich bevindt. Het is heel makkelijk te vinden.

Maar op de Schweizer Platz is geen straatnaambord met de tekst 'Morgensternstrasse.' Ze ziet er ook geen scholieren lopen, maar dat is niet gek want het is paasvakantie. Ze is de weg kwijtgeraakt en moet teruglopen. Ze begint te zweten omdat ze nu waarschijnlijk te laat is. Aan wie kan ze het vragen? Aan de fietser die haar passeert met een mand vol broodjes? Die heeft geen tijd. Aan de twee heren met mantels en hoge hoeden, die geanimeerd staan te praten? Die zijn vast niet aardig. Uiteindelijk vraagt ze het aan een jonge vrouw met een boodschappenmandje.

'De Schillerschool? Lieve hemel, dan ben je hier helemaal verkeerd. Je moet hier oversteken en die steeg in en daarna naar links…'

Ida bedankt haar en begint te rennen. Deze keer gaat ze wel de goede kant op.

Daar, dat moet de school zijn. Het gebouw ziet er alleen meer uit als een fort, heel afwijzend en grijs. Het lijkt erg groot en bijna net zo kolossaal als het theater. Maar op een koperen plaatje naast de gewelfde toegangspoort staat SCHILLERSCHOOL.

De entreehal is net zo hoog als de kerk in Dingelbach, maar dan groter en lelijker. Een oudere man in een grijze werkjas en met X-benen komt uit een zijdeur en vraagt waar ze heen wil.

'Dan ben je aan de late kant, meisje!' zegt hij en hij wijst haar de weg. Ze moet een lange gang door en dan is het de laatste deur aan de linkerkant. Haar voetstappen weerkaatsen luid tegen de muren, alsof er een heel regiment soldaten loopt. Dit zou een school moeten zijn? Waar is het klaslokaal? En het schoolplein? Er zijn hier alleen muren en smalle ramen waardoor je straten en huizen ziet. Er is nergens een boom of een weiland.

Op de deur staat 'Aula'. Dat woord heeft ze nog nooit gehoord. Ze komt in een grote zaal waar door veel hoge ramen licht binnenvalt. Aan de ene kant is een podium. Een theater? Nee, beneden staan tafels en banken. Aan elk bankje zit een meisje te schrijven. Het zijn er vijfentwintig, telt Ida snel. Een oudere vrouw in een witte blouse en een donkere rok loopt tussen de tafels door en let op dat niemand afkijkt. Ze kijkt Ida met gefronste wenkbrauwen aan als ze binnenkomt.

'Wie ben jij?' vraagt ze fluisterend om de schrijvende meisjes niet te storen. 'Ben je aangemeld?'

'Ik was verdwaald,' zegt Ida. 'Ik ben Ida Haller uit Dingelbach.'

De vrouw neemt haar van top tot teen op, knikt en glimlacht vriendelijk. 'O ja, het meisje uit Dingelbach. Ga maar hier aan deze tafel zitten. Heb je een potlood? Nee? Dan krijg je er een van mij.'

Aha, ze is een lerares. Ze draagt een bril en heeft haar haar opgestoken in een strak knotje. Maar ze is aardig tegen Ida. Ze brengt haar een stapel papier en geeft haar de opdrachten.

'Je hebt nog een paar minuten de tijd om de vragen te beantwoorden, Ida. Als dat niet lukt, krijg je er later nog tien minuten voor. Zo meteen krijg je een dictee, dan moet je meeschrijven. Daarna geef ik rekensommen op...'

'Dank u wel…'

Er staan zes vragen op het blad. Ze gaan over aardrijkskunde, biologie en geschiedenis en zijn gemakkelijk te beantwoorden. Ida schrijft de antwoorden op en is eerder klaar dan de anderen. Het dictee is lastiger omdat er moeilijke woorden in voorkomen, maar meester Hohnermann heeft het met haar geoefend en ze heeft alles uit haar hoofd geleerd. De rekensommen zijn een makkie, die had ze slapend kunnen maken.

Dat was het al. Ida is verbijsterd. Ze dacht dat de moeilijke delen van het examen nog moesten komen. Nu vraagt ze zich af waarom ze de halve nacht heeft geploeterd. Hopelijk leren we later in de les wel echt wat, denkt ze. Anders vind ik deze school helemaal niet leuk.

Als ze weer naar huis mogen, kijkt ze naar de andere meisjes. Het zijn allemaal stadstrutten, piekfijn gekleed en verwaand. Ze kletsen met elkaar, klagen over hoe zwaar het examen was en werpen Ida minachtende blikken toe vanwege haar blauwe wollen rok en gebreide sokken. Twee meisjes wenden zich giechelend af en fluisteren iets tegen elkaar. Ida vangt het woord 'boerentrien' op. Nou ja, het zal nog wel blijken wie hier hersens heeft, denkt ze boos. Iedereen kan zich mooi kleden als ze rijke ouders heeft. Ze zal hun nog wel wat laten zien.

Ze zou nog bij haar grootmoeder langs kunnen gaan, maar stelt het uit tot later. Voorlopig heeft ze genoeg van Frankfurt. Ze verlangt naar de groene weiden en akkers, naar het kabbelende beekje, naar de hengst Willibald en naar haar dorp, Dingelbach. De stad is lelijk.

32

'We zijn toch niet katholiek, Helga! Bij hen is het huwelijk een sacrament en echtscheiding een zonde. Maar wij zijn protestants en bij ons is dat niet zo.'

Het is verbazingwekkend wat Marthe haar allemaal vertelt. Het duizelt Helga helemaal. Ja, ze wil scheiden. Maar ze ziet zichzelf als een zondares, een nutteloze vrouw die nooit meer genade kan vinden in Gods ogen. Dat is de prijs die ze moet betalen voor haar vrijheid.

'Ik heb het voor het altaar gezworen...'

'Toen geloofde je nog dat Otto een fatsoenlijke man was. Maar dat was een vergissing. En daarom geldt dat niet.'

Ze gelooft Marthe niet helemaal. Al was het maar omdat dominee Seybold een heel andere mening is toegedaan en er bij haar op heeft aangedrongen om terug te keren naar haar man. Maar het is fijn om met Marthe Haller over deze dingen te praten. Wat heeft zij dappere denkbeelden. Haar opvattingen zijn ronduit ketters. Terwijl Marthe uit Dingelbach komt, uit een boerenfamilie, en Helga zelf is opgegroeid in de stad.

'Bruno heeft mij de ogen geopend,' zegt Marthe. 'Toen we in Dingelbach trouwden, was het hele dorp in rep en roer. Want Bruno was een stedeling en had ook nog eens gestudeerd. Wat ik toen niet allemaal over me heen heb gekregen!'

Helga woonde toen nog niet in Dingelbach, maar ze herinnert zich dat Gertrud weleens slecht sprak over de 'man van twijfelachtige herkomst'. Toch deden ze wel hun boodschappen in de dorpswinkel. Al was het maar omdat het praktisch was en je dan niet voor een paar knopen of een klosje garen naar Steinbach of helemaal naar Oberursel hoefde te gaan.

'Toen zag ik de mensen in het dorp ineens met andere ogen,' vertelt Marthe. 'Omdat Bruno een goede, fatsoenlijke man was en ik niet kon begrijpen waarom ze me hem niet gunden.'

Marthe heeft het geluk gehad een goede en liefhebbende echtgenoot te vinden. Het was de gelukkigste tijd van haar leven, zegt ze. Gouden jaren die in haar geheugen gegrift staan, ook al zijn ze voorbij en komen ze niet meer terug.

Bruno is niet teruggekeerd uit de oorlog, denkt Helga. Maar Otto is wel teruggekeerd. Waarom is God zo onrechtvaardig? Als er al een van hen moest sterven, waarom dan uitgerekend de arme Bruno?

Helga is gelovig en schaamt zich voor deze zondige gedachte. God heeft Marthes geliefde weggenomen, maar Hij heeft haar in ruil daarvoor drie prachtige dochters geschonken. En Hij gaf Marthe de kracht om haar meisjes helemaal alleen op te voeden. Hoewel de goddelijke raad dus hard was, was hij uiteindelijk wijs en goed.

En wat is God met haar van plan? Zal er voor haar ook ooit weer een leven zijn waar ze blij mee kan zijn? Misschien. Maar de weg ernaartoe is vol hobbels en gaten. God heeft haar ook een man gestuurd die lief en fatsoenlijk is. Maar dat was niet haar echtgenoot, en het korte geluk dat ze met Oskar heeft ervaren was tegen het goddelijke voorschrift. En scheiden is ook een zonde. Dus Marthe kan zeggen wat ze wil, God zal haar daar nu om straffen. Ze zal berooid op straat komen te staan met haar oude moeder en zal haar kind nooit meer mogen zien.

'Het laatste woord is nog niet gesproken,' zegt Marthe energiek. 'Geloof me, er is altijd een manier.'

Helga is ontroerd. Ze had nooit geloofd dat uitgerekend Marthe van de dorpswinkel haar zo moedig zou bijstaan. Ze vond Marthe Haller altijd een ernstige en harde vrouw, die vooral bezig is om te zorgen dat ze met haar dorpswinkel het hoofd boven water kan houden. Nu Helga erover nadenkt, valt haar op dat Marthe wel door iedereen in het dorp wordt gerespecteerd, maar dat ze geen vriendin heeft. En zelf heeft ze de vrouw van de dorpswinkel ook nooit als een vriendin gezien.

'Waarom doe je dit, Marthe? Ik voel me schuldig dat ik jou in zo'n lastige situatie breng.'

'Je hoeft je niet schuldig te voelen, Helga. Ik wil het zo en zo gebeurt het ook.'

Het duurde een poosje voordat Marthe met het verhaal op de proppen kwam. Helga was toen al een paar dagen bij haar en tijdens de gesprekken in de avond raakten ze wat vertrouwder met elkaar.

'Het gebeurde vlak nadat we getrouwd waren, Helga. Het leek Bruno een goed idee om 's avonds naar Zum Raben te gaan, zodat de mensen van Dingelbach niet zouden denken dat hij zichzelf beter voelde dan de rest. Ik zei nog: "Doe het niet!" Maar hij is er toch heen gegaan.'

Marthe pauzeert en staart voor zich uit. Wat is er veel haat in haar blik. Helga realiseert zich plotseling dat er iets is wat Marthe niet kan vergeten en vergeven. Of wil vergeven.

'Ze hebben hem zo dronken gevoerd dat hij amper nog op zijn benen kon staan,' zegt Marthe met ingehouden woede. 'Otto was de aanvoerder. Hij vond het leuk om Bruno in het bijzijn van iedereen belachelijk te maken. Ze joegen hem 's nachts door het dorp en sloegen hem waardoor hij telkens weer in elkaar zakte. Bruno had geen boerenvuisten. Hij was niet sterk en kon zich niet verdedigen. Uiteindelijk heeft Otto hem in de put geduwd en onder water gehouden, en iedereen die erbij was, kwam niet meer bij van het lachen. Dat was de dorpsdoop van Dingelbach, zei Otto.'

Helga huivert. Nee, Otto is nooit een fatsoenlijke man geweest, ook niet toen ze trouwden. Ze heeft het zich alleen verbeeld. Ze was verblind.

Marthe weet nog precies wie er toen bij was. Ze heeft alle namen onthouden en zal ze nooit vergeten. Sommigen zijn later in de oorlog gestorven, maar Alfred Dippel niet. En de vader van Heinrich Schmidtkunz ook niet.

'Georg, mijn broer, heeft me geholpen om Bruno uit de put te trekken. Hij was bijna verdronken, want hij was niet meer bij bewustzijn. Hij heeft drie dagen met zo'n hoge koorts in bed gelegen dat ik dacht dat hij dood zou gaan...'

Georg Altmann was er ook bij geweest. Hij wilde ingrijpen, vertelde hij zijn zus. Maar Otto hield hem tegen. Voor de oorlog was Otto beresterk.

'Hoe dan ook,' zegt Marthe, terwijl ze Helga strak aankijkt, 'ik ben niet vergeten wat Otto met Bruno heeft gedaan. En daarom steun ik je, Helga.'

Echt blij is Helga niet met deze reden. Helpt Marthe haar echt alleen maar omdat ze Otto zo erg haat? Maar waarom dan de lange gesprekken in de avond, waarin Helga meer over Marthe te weten is gekomen dan vrijwel iedereen in het dorp? Over haar eerste tijd met Bruno in Dingelbach en over haar verwaande schoonmoeder die niets van haar wilde weten. Marthe heeft Helga zelfs een bundel veldbrieven laten zien die Bruno haar heeft geschreven. De laatste kwam op 28 juli 1916 uit Frankrijk. Zou Marthe blij zijn dat ze er een keer met iemand over kan praten? Dat er iemand is aan wie ze de oude verhalen kan vertellen, als ze geen vriendin heeft in het dorp? Haar dochters wil ze er niet mee belasten. De verschrikkelijke toestand met de put heeft ze voor hen verzwegen. Net als zo veel andere dingen.

En toen gebeurde wat ze allemaal hadden gevreesd en kwam Otto naar de winkel om Helga terug te halen naar de Schützhoeve. Helga had zich voorgenomen om de winkelvrouwen niet in de problemen te brengen en wilde vrijwillig meegaan, maar alleen om bij de eerstvolgende gelegenheid weer weg te lopen. Zelfs als hij haar zou opsluiten en weer zou slaan, zou ze niet bij hem blijven. Maar het liep heel anders en dat heeft ze niet alleen te danken aan Marthe

Haller, maar ook aan Hannes Killinger. Hij is altijd een eigenzinnige en bijzondere man geweest, en ze vermoedt dat hij geen goede christen is omdat hij op zondag zelden naar de kerk gaat. Maar op deze dag maakte de lieve Heer hem tot Zijn instrument om haar tegen haar echtgenoot te beschermen. Was dit een teken dat er inderdaad een weg voor haar is naar een goed einde? Dat is in elk geval hoe Marthe erover denkt.

'Als Otto zo dom is om zelf de echtscheiding aan te vragen, dan zal hij de rechtbank en een advocaat moeten betalen,' zegt ze opgewekt. 'Nou ja, hij heeft er het geld voor.'

Maar zal hij dat echt doen of was het slechts een loos dreigement? Uit wat Gertrud allemaal zegt lijkt het erop dat Otto zijn voornemen om te scheiden serieus neemt. Gertrud komt nu elke dag naar de dorpswinkel en wil de bezoedelde reputatie van haar zoon opvijzelen.

'Helga deugde sowieso niet,' zegt ze tegen Karin Guckes. 'Op een boerderij heb je een plattelandsvrouw nodig en geen stedeling die in de stal haar neus optrekt. Ik zei het meteen tegen Otto, maar hij wilde niet luisteren. Godzijdank is hij eindelijk wijs geworden...'

Wat ze niet vertelt, weet Helga van haar moeder Anni, die nog steeds bij Lene Grossmann op de boerderij woont.

'Otto heeft Adam ontslagen,' vertelde Anni. 'Omdat hij het voor jou opnam en dat wilde Otto niet horen. Adam is nu bij ons op de Grossmannhoeve en Fritz, de zoon van Herbert, is er ontzettend blij mee.'

Lene heeft besloten dat Anni bij hen mag blijven. Omdat ze altijd een goede buur en vriendin is geweest, en ze zijn ook allebei even oud. Herbert zou het ook zo gewild hebben, als hij nog leefde.

'Je hoeft je om mij geen zorgen te maken, meisje,' zegt Anni liefdevol. 'Maar hoe het met jou en Heinz verder moet, dat bezorgt me slapeloze nachten.'

Het feit dat ze haar zoon niet meer mag zien, is het ergste voor Helga. Kan het echt Gods raadsbesluit zijn dat Heinz zijn moeder voor altijd moet verliezen en bij zijn gehate vader moet blijven? Anni zei dat Heinz zelden op het erf komt. Hij is nog niet naar school geweest, maar er wordt gezegd dat Gertrud aardig voor hem is en dat Otto een goede vader probeert te zijn. Helga zou willen dat ze het kon geloven.

'Het is maar goed dat ik aan de overkant van de straat op de Grossmannhoeve woon,' zei Anni opgewekt. 'Dan kan de jongen naar me toe komen. Ook dat zal Otto niet kunnen verhinderen.'

Plotseling gaat Helga een licht op en Marthe moedigt haar aan.

'Ook als Heinz bij zijn vader moet blijven...' zegt ze tegen Helga. 'Als je hier in Dingelbach woont, kan hij naar jou toe komen, daar kan Otto niets tegen doen. Want hij kan de jongen niet dag en nacht opsluiten.'

Dat klinkt logisch. Dit zou hoop kunnen bieden. Maar hoe moet ze dat doen? Op de Grossmannhoeve is geen plaats meer voor haar, dat weet ze. De vrouwen van de dorpswinkel kan ze ook niet langer tot last zijn. Het is nu al een opgave, want ze moeten allemaal ruimte maken en de arme Ida slaapt beneden in de keuken.

'Ik weet wel wie je kan helpen,' zegt Marthe veelbetekenend.

Helga weet natuurlijk wie ze bedoelt. Alle mensen in het dorp wachten er gewoon op dat ze er met Oskar Michalski vandoor gaat. En dat was inderdaad haar eerste gedachte toen ze de brief las die Ida haar gaf. Ze was helemaal ontroerd toen ze al zijn bekentenissen en liefdesverklaringen had ontcijferd. Hij wacht op haar, hij is er voor haar, hij wil met haar trouwen. Het enige wat ze hoeft te doen is hem te schrijven dat ze het ook wil en dan zal hij met haar weggaan en haar gelukkig maken.

Maar meteen daarna wist ze dat dit de verkeerde weg zou zijn. Ze wil hier in Dingelbach blijven, omdat ze een kind heeft dat ze niet kan achterlaten. Ze heeft een man van wie ze nog niet is gescheiden. Maar stel dat de scheiding eenmaal is uitgesproken, zal Otto dan bereid zijn om hen in Dingelbach te tolereren? Zullen de bewoners van Dingelbach hun leven niet tot een hel maken omdat zij een gescheiden vrouw is en Oskar een vreemdeling die ook nog Poolse ouders heeft?

Dit schrijft ze allemaal op de achterkant van de brief die hij haar heeft gestuurd, want ze wil eerlijk tegen hem zijn en hem geen valse hoop geven. En ze wil zichzelf ook geen liefdesgeluk voorspiegelen dat algauw in scherven zal vallen.

Ida is de volgende ochtend nergens te bekennen, maar 's middags verschijnt ze heel onschuldig in Helga's kamer.

'Hoe gaat het?' vraagt ze. 'Zit je arm weer goed?'

'Ja, gelukkig wel. Ik moet nog wel een beetje voorzichtig zijn, zei Rudolf.'

'Maar je kunt toch schrijven?' vraagt Ida en ze geeft haar een knipoog.

'Ik kan schrijven,' zegt Helga verlegen.

'Geef maar gauw dan. Ik denk dat hij brandt van ongeduld.'

Grijnzend stopt Ida het papier in haar rokzak, gooit haar rode vlechten naar achteren en knikt samenzweerderig naar Helga.

'Wordt bezorgd. Per expresse en zonder postzegel en stempel.'

'Dank je wel, Ida. Kan ik iets voor je doen? Kijk, er zit een scheur aan de zijkant van je rok. Die kan ik maken...'

Het boeit Ida niet. Ze heeft heel vaak scheuren in haar kleren omdat ze over hekken klautert en in bomen klimt.

'Als je het leuk vindt om te doen...' zegt ze schouderophalend. 'Mijn moeder houdt niet van naaien.'

Helga is blij dat ze een manier heeft gevonden om zich nuttig te maken en Marthe is inderdaad dolblij als Helga haar om haar naaisetje vraagt.

'Naaien is nooit mijn ding geweest,' bekent ze. 'Herta doet altijd het naaiwerk, maar bij Ida's kleren kan ze het amper bijhouden.'

'Dan kan ik haar een handje helpen,' zegt Helga. 'Laat haar maar wat kleren brengen, dan zal ik kijken wat ik kan doen.'

Diezelfde avond komt Herta meteen na sluitingstijd met een stapeltje kleren naar haar toe.

'Wil je bij me komen zitten?' vraagt Helga. 'Dan naaien we samen en kletsen we wat.'

'Als ik je niet verveel...'

'Hoe kom je daar nou bij? Ik moet je trouwens nog steeds bedanken voor de leuke boekjes die je me hebt gegeven.'

'Ja, vond je ze leuk?' vraagt Herta en ze krijgt een rood hoofd.

'Ja. Een paar ervan kende ik zelfs. Als jong meisje kocht ik altijd stuiverromans.'

Van de drie meisjes is Herta degene die het het zwaarst heeft, vindt Helga. Vroeger mocht ze Herta met haar nukkige blik niet zo. Ze liet zich in de winkel liever bedienen door Frieda of Marthe, want met hen kon je makkelijker een gesprekje aanknopen. Nu ze hier in huis woont, heeft ze Herta van een andere kant meegemaakt. Het meisje heeft haar een stapel van haar geliefde stuiverromans gegeven en zei beschaamd: 'Deze helpen je misschien tegen het verdriet en de pijn, Helga. Als je deze leest, ben je ineens in een andere, mooiere wereld.'

Helga heeft er niet veel aan gehad, want ze heeft zo veel zorgen dat ze zich niet kan concentreren op romans over prinsen en jonkvrouwen. Maar ze was geraakt door de goede bedoeling, nam de boekjes dankbaar aan en wierp er ook af en toe een blik in. Nu zitten ze bij elkaar, stoppen kousen en herstellen de scheuren in Ida's kleren, en Herta praat enthousiast over haar favoriete romans, waarin altijd een arm meisje voorkomt dat uiteindelijk met een prins trouwt.

'Ik wil ook graag trouwen,' zegt ze zachtjes. 'Maar ik denk niet dat iemand mij wil. Want ik kan niet concurreren met Frieda. Zij is zo knap en vrolijk dat iedereen die in de winkel komt alleen Frieda ziet...'

Helga is momenteel niet in de stemming om iemand, zelfs Herta niet, aan te raden om te trouwen. Maar ze begrijpt heel goed dat Herta zich achtergesteld voelt. Frieda is als een vreemde, kleurrijke vogel die dit dorp is binnengevlogen en door iedereen wordt bewonderd. Daarbij maakt de stille Herta geen schijn van kans. En dan kijkt ze ook nog zo chagrijnig, praat ze nauwelijks met de klanten en draagt ze de oude kleren van haar moeder. Die zijn aan de bovenkant te groot voor haar, want Marthe heeft een flinke boezem en Herta een kleine.

'Als we je jurk wat strakker maken, ziet hij er mooier uit,' stelt Helga voor. 'Kijk, we zouden hem hier wat kunnen innemen en de zoom kunnen inkorten. Je bent een jong meisje, geen oude vrouw.'

Herta laat zich overhalen en is zelfs enthousiast als ze zichzelf na de geslaagde transformatie in de spiegel bekijkt.

'En nu ga ik je laten zien hoe je je haar mooier kunt opsteken,' adviseert Helga. 'Niet altijd zo strak naar achteren in een knot. Dat ziet er zo braaf uit.'

Het doet haar goed dat ze de arme Herta aan wat levensvreugde kan helpen, want het leidt haar af van haar eigen zorgen. En kennelijk is het een groter succes dan ze had gedacht. Op zondag na de kerk staat niet alleen Herta bij haar in de kamer, maar ook Frieda.

'Herta vertelde me dat je een jurk voor haar hebt genaaid, Helga,' zegt ze opgewonden. 'Hij ziet er echt heel mooi uit. Daarom dacht ik dat je misschien ook iets voor mij zou kunnen naaien. Natuurlijk alleen als het niet te veel werk voor je is. Kijk, ik heb een modeblad bij me, en in de kist in de gang heeft mijn moeder kleren bewaard. Die heeft tante Lina vorig jaar van de stadsvrouwen gekregen in ruil voor melk, spek en eieren. Maar omdat Luise ze niet mooi vond, heeft ze ze aan mijn moeder gegeven.'

Helga is een beetje overrompeld. Ze heeft de jurk alleen veranderd, en om nu van oude kleren een volledig nieuwe jurk te naaien naar een modieus patroon lijkt haar nogal lastig.

'Dan moeten we eerst aan je moeder vragen of je de spullen in de kist wel mag gebruiken.'

'Ik vind het best,' zegt Marthe. 'Voordat je grootmoeder zo'n dwaze japon voor je koopt waar boven en onder niks aan zit...'

De kist in de gang is al een tijdje niet meer geopend. Hij kraakt en als Marthe het deksel optilt komt er een intense geur van naftaleen uit.

'Bah!' zegt Frieda en ze knijpt haar neus dicht. 'We moeten de kleren eerst wassen, anders stinkt het hele theater ernaar.'

'Krijgt Frieda nu een elfenkostuum?' vraagt Ida, terwijl ze met een boek onder haar arm over de berg kleren stapt. 'Dat zou wel bij haar passen.'

Ze houdt een doorschijnend zijden hemdje op en gooit het over het hoofd van haar zus. Daarna vlucht ze snel naar de slaapkamer en trekt ze de deur achter zich dicht.

Frieda kiest een van de jurken met een taille en een wijde rok, waarvan je goed een modieus gewaad kunt maken. De snit is eenvoudig: de jurk moet soepel om het lichaam vallen, niets onthullen, maar veel doen vermoeden.

Marthe schudt haar hoofd bij deze mode. 'Als het waait, drukt de wind de jurk tegen het lichaam en kun je alles zien. Je moet wel een fatsoenlijke bustehouder aantrekken,' instrueert ze haar dochter.

Diezelfde avond nog heeft Helga de stof uit elkaar gehaald en heeft Frieda de delen gewassen en aan de lijn gehangen. Daarna moet alles gladgestreken worden en gaat Helga aan de slag. Bij de eerste keer passen ziet het er al fantastisch uit. Frieda draait zwierig drie keer rond en Helga maakt zich al zorgen over de spelden waarmee alles vastzit.

'Hij is prachtig!' roept Frieda uit. 'Je kunt hem zo in elkaar naaien!'

Maar Marthe vindt dat Helga niet urenlang mag zitten priegelen, want ze is bang dat haar nek en armen dan weer pijn gaan doen. Ida wordt naar oom Georg gestuurd, die een naaimachine met voetaandrijving heeft die hij ooit heeft gekocht omdat Lina hem graag wilde hebben. Maar zij kon niet met de machine overweg en naait toch liever met de hand.

'We zetten hem bij het raam, zodat je genoeg licht hebt,' besluit Marthe. 'En als je dan toch bezig bent, kun je ook een jurk voor jezelf naaien. Of wil je altijd in de dorpsklederdracht blijven rondlopen?'

Daar heeft Helga nog helemaal niet over nagedacht. Tot nu toe heeft ze zich bij Marthe in de dorpswinkel voor de wereld verstopt, maar op een gegeven moment zal ze zich weer onder de mensen moeten begeven. Al haar rokken, blouses, lijfjes en wat er nog meer bij de dorpsklederdracht hoort, zijn op de Schützhoeve gebleven. Nou, Otto mag ze houden. Ze hoeft die dingen niet meer.

'Een jurk zou fijn zijn,' zegt ze zachtjes. 'Een donkere jurk die ik op Goede Vrijdag naar de kerk kan dragen.'

'Wil je naar de kerk?'

'Ja,' zegt ze. 'Ik denk dat het tijd wordt.'

Sinds Helga uit het ziekenhuis is ontslagen, heeft ze geen kerkdienst meer bijgewoond, maar nu, op Goede Vrijdag, wil ze zich weer in het dorp vertonen.

'Of denk je dat de dominee me de kerk uit stuurt omdat ik mijn echtgenoot heb verlaten?'

'Dat doet onze oude dominee Seybold niet,' zegt Marthe. 'Zijn vrouw zou dat waarschijnlijk wel willen, maar zij heeft er niets over te zeggen. Maar de anderen… die zullen wel naar je staren.'

Dat weet Helga. Het is een provocatie voor de dorpstraditie en het valt nog te bezien hoe het uitpakt. Maar daar wil ze achter komen.

'Ik ga helemaal op de achterste bank zitten,' kondigt ze aan.

'Niks daarvan!' zegt Marthe boos. 'Je komt gewoon bij ons zitten, tussen Frieda en mij in. Laat de mensen maar kletsen.'

Helga zit nu dag en nacht achter de naaimachine. In het begin zat ze te hannesen met de machine. Hij werkte niet en als het haar wel lukte om een paar steken te maken, brak de draad. Maar toen Ida weer een brief kwam brengen en de naaimachine zag, wilde ze er meteen mee naaien.

'Hij doet het niet, Ida.'

Dat geloofde Ida niet. Ze bekeek de machine, probeerde wat dingen uit en haalde de olie die ze voor de oude kassa gebruiken als die weer eens klemt. Toen deed de naaimachine het al beter en uiteindelijk kreeg Helga de slag te pakken. Het is een enorm verschil om niet steek voor steek met de hand te moeten naaien, maar in één keer een hele naad te kunnen maken. Frieda's jurk was in een mum van tijd af en daarna naaide ze voor zichzelf een jurk van een donkerblauwe wollen stof die ooit een lange mantel was geweest. Ze knipte de stof zo slim dat er zelfs een restje over was voor een kort jasje, dat ze heeft gevoerd met de stof van een blouse.

Op Goede Vrijdag trekt ze 's ochtends haar nieuwe kleren aan. Ze herkent zichzelf amper in de spiegel. Ze heeft haar haar opgestoken zoals ze vroeger als jong meisje deed en fijne kousen van Marthe geleend.

'Wat zie je er goed uit,' zegt Frieda als ze de keuken in komt om met z'n allen te ontbijten. 'Een heel nieuwe Helga!'

Ze is best een beetje bang, maar ook hoopvol, want Oskar heeft haar geschreven dat hij haar wens respecteert en net zo lang op haar zal wachten als nodig is. Als hij maar weet dat ze nog steeds van hem houdt.

Als de kerkklok luidt voor de dienst, staat ze met Marthe in de winkel en kijkt ze naar het kerkplein, waarover de dorpelingen naar de hoofdingang van het kerkje lopen.

'Daar is Otto,' zegt Marthe.

Helga voelt een steek in haar hart als ze Heinz tussen zijn vader en Gertrud in ziet lopen. De jongen ziet er bleek en breekbaar uit. Hij kijkt ernstig voor zich uit en let niet op zijn klasgenoten, die naar hem zwaaien. Otto draagt zijn goede pak en een zwarte hoed, die hij een jaar geleden heeft gekocht omdat hij vindt dat een burgemeester niet zoals de andere dorpelingen met een pet op hoeft rond te lopen, maar een hoed moet dragen.

'Kom, we gaan er nu ook gewoon naartoe.'

Ze gaan met z'n vijven op pad. Ida loopt voorop, Herta en Frieda hebben Helga in hun midden genomen, terwijl Marthe de winkel nog afsluit. Georg en Lina komen net van de Altmannhoeve om naar de kerk te lopen. Luise is bij hen en blijft vol verbazing staan. Ze moet twee keer kijken, want ze herkent Helga eerst niet. Daarna trekt ze een verontwaardigd gezicht en kijkt weg.

'Trek het je niet aan, Helga,' zegt Frieda. 'Het komt door mij. Ze doet al zo tegen me sinds ik op de toneelschool zit.'

Maar natuurlijk is Luise Altmann niet de enige die Helga onvriendelijke of zelfs boze blikken toewerpt. Als ze over het kerkplein lopen, blijven de mensen staan en staren ze naar haar. Er klinkt gefluister, maar sommigen verkondigen hun mening hardop.

'Dat ze dat durft!'

'Vroeger werd zo iemand met stokken het dorp uit gejaagd!'

'Schaam je je niet om in die kledij rond te lopen?'

Marthe heeft Helga stevig bij de arm genomen en zo lopen ze langs de pastorie naar de deur van de kerk. Daar staat meester Hohnermann, die op zondag de kosterdienst moet doen. Hij zal niet op het orgel spelen, want op Goede Vrijdag mag er geen orgelspel zijn. Meester Hohnermann is vriendelijk tegen hen. Hij groet de vrouwen van de dorpswinkel en ook Helga.

De vrouwen van de dorpswinkel zitten in het midden van de kerk en omdat ze aan de late kant zijn, moeten Lore Dippel en Ella Schmidtkunz opstaan om hen erlangs te laten. Helemaal vooraan in de eerste rij bij de vrouwen zien ze Gertrud Schütz met naast zich Heinz. Otto zit bij de mannen, ook op de eerste rij, maar Rudolf Alberti is naast hem gaan zitten en Jörg Guckes zit ook bij hem. Op het laatste moment, als dominee Seybold al naar het altaar wil lopen, arriveert Hannes Killinger met zijn gezel. Zij zitten altijd op de achterste rij, maar als Hannes ziet dat Helga bij de vrouwen van de dorpswinkel zit, loopt hij onbeschroomd naar het midden. Hij laat Heinrich Schmidtkunz opschuiven, zodat hij in de kerkbank plaats kan nemen.

De dienst verloopt normaal en helemaal zoals de bewoners van Dingelbach al jarenlang gewend zijn. Er is een speciale liturgie voor Goede Vrijdag, en meester Hohnermann zingt en dirigeert de kerkgangers omdat er geen orgelspel mag zijn. Het lijdensverhaal wordt voorgelezen en dominee Seybold houdt de preek die hij elk jaar op Goede Vrijdag houdt en die de dorpelingen uit hun hoofd kennen. Tot slot wordt het avondmaal gevierd, waarbij ze in kleine groepjes naar het altaar gaan, een hostie in hun mond krijgen en een slok uit de kelk mogen nemen.

Dit is het uur van de waarheid. Als de dominee haar het avondmaal weigert, is ze een verschoppeling. Dan kan ze in Dingelbach geen voet meer buiten de deur zetten.

De hand van de oude dominee trilt een beetje als hij de hostie uit de schaal pakt, maar hij stopt hem in haar mond en geeft haar de kelk aan. Daarbij prevelt hij de woorden die hij tot iedere kerkganger spreekt: 'Dit is mijn bloed, vergoten om de zonden...'

Als Helga naast Marthe terugloopt naar haar plek in de kerkbank, is er een enorme last van haar afgevallen. De eerste stap is gezet. Ze hoort erbij, ze is niet verstoten. Nu kan ze verder, over een stenig pad, maar bergopwaarts. Volhardend en altijd opwaarts.

Voor de kerk wordt ze begroet door een stralend zonnetje. De kerkgangers blijven nog even staan kletsen, terwijl de jongens en meisjes rondrennen, blij dat ze verlost zijn van het lange stilzitten in de donkere kerk. Helga trekt zich niets meer aan van de roddels om haar heen. De vrouwen van de dorpswinkel omringen haar, Rudolf en Marlis groeten haar, en ook Hannes Killinger komt naar haar toe en schudt haar uitgebreid de hand.

'Je ziet er mooi uit, Helga,' zegt hij met een grijns. 'Ik zou bijna verliefd op je worden.' Daarbij dwaalt zijn blik echter af naar Frieda, die intensief met meester Hohnermann in gesprek is.

Op dat moment komt mevrouw Küpper van de fabriek eraan en Helga's hart slaat bijna een slag over omdat Oskar Michalski haar vergezelt.

'Wat fijn dat u genezen bent. En wat een mooie jurk,' zegt Ilse Küpper en ze geeft haar een hand.

'Dank u wel, mevrouw Küpper.'

Oskar zegt niets. Hij knikt alleen naar haar. Maar in zijn ogen kan ze meer lezen dan alle brieven van de wereld haar zouden kunnen vertellen. Liefde kan niet worden verborgen, ook niet achter een ernstig gezicht en een beleefd knikje. Liefde verspreidt zich onzichtbaar en vindt zijn plek.

Maar terwijl ze nog nadenkt of ze misschien een vriendelijk woord tegen Oskar moet zeggen, een onschuldige groet of zelfs maar een vrome paaswens, stoot er plotseling iemand tegen haar aan waardoor ze bijna omvalt. Het is Heinz, haar zoon. Hij is aan Gertrud ontsnapt en dwars door de kerkgangers naar zijn moeder gerend om haar een knuffel te geven.

'Ik hou van je, mama. Ik hou van je, voor eeuwig en altijd!' fluistert hij tegen haar, terwijl hij zich tegen haar aan drukt.

Dan maakt hij zich haastig los en rent weg.

33

Frieda is met Pasen in Dingelbach. Ze heeft vrij van de toneelschool. In het theater is wel een lezing die de docenten haar van harte hebben aanbevolen, maar Frieda vindt lezingen saai omdat er alleen wordt gesproken en niet geacteerd. Bovendien is het heel fijn om met Pasen thuis te zijn. Al was het maar omdat het heel anders is nu Helga bij hen woont. Met haar kun je praten en lachen. En ze kan minstens zo goed naaien als de naaister in Steinbach, die altijd erg veel geld vraagt voor een kleine verandering en ook geen smaak heeft.

Vóór Pasen is Frieda bij grootmoeder geweest om haar de nieuwe jurk te laten zien en haar een vrolijk Pasen te wensen. Grootmoeder keek maar kort naar de jurk. 'Best mooi…' zei ze.

Frieda was een beetje teleurgesteld. Maar ja, grootmoeder kan zo veel kleding kopen en laten naaien als ze wil. Zij hoeft zich geen zorgen te maken over geld en geen oude stof te gebruiken. Maar Frieda vergat het alweer snel, want ze kreeg een ongelofelijk kostbaar paasgeschenk van haar lieve oude grootmoeder.

'Ik droeg dit toen ik een jong meisje was,' zei ze en ze gaf Frieda een rood leren kistje. Er was een gouden wapenschild op gedrukt en Frieda dacht al dat dit het geschenk was en wilde haar bedanken.

'Maak maar open,' zei haar grootmoeder glimlachend.

Het kistje had een gouden knopje en toen Frieda erop drukte, klapte het deksel omhoog. Op een donker fluwelen kussentje lag een sierlijke gouden ketting met een kruisje dat kleurrijk fonkelde. Het was bezet met briljanten.

'Is dit… echt goud?' stamelde ze.

'Natuurlijk. De briljanten zijn wel klein, maar van goede kwaliteit. Ik kreeg het van mijn vader voor mijn confirmatie. En nu is het van jou.'

Frieda wist niet wat ze moest zeggen. Juwelen van echt goud met briljanten, daar kon ze niet eens van dromen. Haar moeder heeft een dunne gouden ketting met een hanger die ze altijd om haar nek draagt omdat haar man hem voor hun verloving heeft gekocht. Voor de rest is er thuis geen enkel voorwerp van goud. En zeker geen briljanten.

'Ik wens je fijne feestdagen,' zei grootmoeder bij het afscheid. 'En de volgende keer dat je komt, mag je je zusje meenemen. Die met het rode haar. Hoe heet ze ook alweer?'

'Ida. O ja, ze verheugt zich er al op.'

Met Ida waren er na Pasen meteen weer problemen, maar Frieda steunde haar zusje en samen overlegden ze hoe zij het het beste kon aanpakken. Twee dagen na Pasen kwam de brief van school. Ida had hem slim onderschept door naar de postbode te rennen en de post voor de dorpswinkel van hem aan te pakken.

'Kijk!' zei ze tegen Frieda en ze liet haar de brief zien.

Ze is toegelaten tot de Schillerschool. Frieda was helemaal enthousiast en feliciteerde haar, maar Ida lachte alleen. Ze had er geen moment aan getwijfeld dat ze de test zou halen.

Echt wat voor Ida. Ze kent geen angst en gaat rechtstreeks op haar doel af.

'Ik ga de brief nu aan mama laten zien,' zei ze. 'En als ze het niet goed vindt, ga ik toch.'

Maar Frieda weet dat ze niet naar de school kan gaan zonder toestemming van haar ouders.

'Dan vraag ik het aan oom Georg!'

Dat vindt Frieda geen goed idee. Sinds het gedoe met Helga houdt oom Georg afstand van zijn zus Marthe, omdat tante Lina ontzettend kwaad op hem is. Zij vindt dat haar schoonzus ontrouw en ontucht aanmoedigt door Helga te stimuleren haar man te verlaten. En dat terwijl haar dochter Luise juist op het punt staat de huwelijkshaven binnen te lopen. Oom Georg zit nu tussen twee vuren en wil vast niet nog meer in de problemen komen.

'En meester Hohnermann?' vroeg Frieda. 'Hij zal je zeker helpen.'

Ida schoof geringschattend haar onderlip naar voren. Ze waardeert meester Hohnermann omdat hij goed is opgeleid en over bijna elk onderwerp boeken kan uitlenen. Maar hij is niet iemand die stevig en vastberaden zijn mening kan verdedigen. Hun moeder zal niet naar hem luisteren.

'Dan gaan we met z'n drieën.'

'Goed dan.'

Natuurlijk liep het uit op een teleurstelling. Hun moeder luisterde met een versteend gezicht naar meester Hohnermann en zei toen dat hij al met dit verzoek bij haar was geweest en dat haar mening niet was veranderd. Toen bleek dat Ida de handtekening had vervalst, waarvan meester Hohnermann in zijn goedgelovigheid geen flauw idee had gehad. Dat was niet goed en nam hem de wind uit de zeilen. Ida riep tegen haar moeder dat ze hoe dan ook naar deze school zou gaan en desnoods haar grootmoeder om hulp zou vragen. Toen was de sfeer helemaal bedorven, want zo viel er niet met moeder te praten. Meester Hohnermann nam beschaamd afscheid.

'Je bent minstens zo koppig als mama,' mopperde Frieda tegen Ida. 'Je moet altijd per se je zin doordrijven. Maar zo kom je nergens.'

Ida gooide uitdagend haar vlechten naar achteren. 'Pff,' zei ze. 'Ik ga naar die school. Al gaat ze op haar kop staan!'

Frieda ging verder geen discussie met haar aan, want als Ida in zo'n koppige bui was, was dat zinloos. Maar ze dacht erover na wie er wel op een goede manier met haar moeder kon praten. En toen dacht ze aan Helga. Zij woont nog steeds bij hen omdat niemand in Dingelbach haar in huis wil nemen. De waard van Zum Raben wilde haar een kamer aanbieden, maar dat vond zijn vrouw absoluut niet goed.

Helga luisterde rustig naar het verhaal en zei dat ze het wilde proberen, maar dat ze niets kon beloven. Daarna duurde het nog twee dagen. Frieda ging inmiddels alweer naar Frankfurt naar de toneelschool en dacht er niet eens meer over na, totdat haar moeder tijdens het avondeten in de keuken ineens aankondigde dat Ida vanaf volgende week met haar mee zou gaan naar Frankfurt. Verder zei ze niets. Ida zweeg ook en ze gingen over op een ander onderwerp.

Later, toen ze samen naar het kerkplein gingen om nog een poosje bij de jongeren te staan, vertelde Ida hoe het was gegaan. Natuurlijk had ze haar oor weer tegen de deur gelegd.

'Helga zei tegen mama dat ze trots moest zijn dat ze zulke getalenteerde en ambitieuze dochters had. En dat haar, als ze destijds zelf de moed had gehad om een vak te leren, veel bespaard was gebleven.'

'Daar heeft ze gelijk in,' zei Frieda. 'Trouwen met een boer is echt het stomste wat een meisje kan doen.'

Ida vond dat de ene boer de andere niet is. 'Rudolf Alberti of Hannes Killinger, die kun je best nemen. Maar Rudi Schmidtkunz of Hans Koppel, die zijn waardeloos...'

Maar Frieda luisterde niet meer, want Luise liep nogal verwaand langs en groette hen niet eens.

'Je bent bleek, Luise!' riep ze haar na.

Luise draaide zich om. 'Je ziet er zelf niet uit!' zei ze vinnig en ze liep door.

Maar Frieda rende naar haar toe en pakte haar bij de arm.

'Dat was niet serieus bedoeld, Luise,' zei ze lachend. 'Dat was een citaat uit *Kabale und Liebe*. Ferdinand zegt dit in de eerste scène tegen Luise...'

Luise rolde met haar ogen en zei dat Frieda alleen nog maar aan haar acteerwerk kon denken. 'Je laat je vriendinnen links liggen sinds je een stadsmens bent geworden!'

'Dat is helemaal niet waar!' riep Frieda. 'Maar school en het heen en weer reizen, dat kost veel tijd. En ik moet ook nog rollen leren...'

Luise haalde haar schouders op. Ze aanvaardde de excuses niet. 'Je hebt me niet eens gefeliciteerd met mijn verloving!' zei ze beledigd.

Frieda was verbaasd, want ze wist helemaal niets van een verloving. Zowel Herta als haar moeder hadden er niets over verteld, hoewel ze het geweten moesten hebben want er was ongetwijfeld over gesproken in de dorpswinkel.

'Dat doe ik dan nu alsnog, Luise! Ik wens je heel veel geluk! Is het Dieter Kappus?'

Luise deed nog steeds afstandelijk, maar Frieda zag dat ze zich alweer bijna met haar verzoend had. Kennelijk is ze vreselijk trots dat ze verloofd is. Ze is ook al zesentwintig, dus het wordt de hoogste tijd.

'Wie anders?' vroeg ze. 'De bruiloft is in het najaar gepland, na de oogst, dat hebben onze ouders afgesproken. Daarna komt Dieter bij ons op de boerderij wonen en dan hebben we twee grote kamers voor ons tweeën.'

Frieda weet hoe de boeren van Dingelbach over een bruiloft onderhandelen. De ouders van de jongeren overleggen lang met elkaar, er wordt afgedongen, land tegen land geruild en over geld onderhandeld, en pas als beide partijen het eens zijn, mogen de jongeren trouwen. Er is niet altijd liefde in het spel, zeker in het verleden niet, toen het alleen om bezittingen ging. Tegenwoordig is het beter en mogen jonge mensen inspraak hebben. En als een meisje de bruidegom helemaal niet mag, hoeft ze hem niet te nemen.

'Dus je vindt Dieter nu toch leuk, nu je hem beter hebt leren kennen?' vroeg ze aan Luise.

Die moest glimlachen en zei vertrouwelijk tegen Frieda: 'Hij is niet knap, maar wel lief. En meegaand. Het feit dat hij bereid is om naar onze boerderij te verhuizen, terwijl hij zelf een boerderij heeft in Steinbach... Dat doet hij alleen omdat hij zo veel van me houdt.'

Dieter Kappus heeft inderdaad veel voor zijn verloofde op moeten geven. Hij heeft de boerderij van zijn ouders aan zijn broer nagelaten en gaat naar de Altmannhoeve. Hij wordt weliswaar de erfgenaam van de Altmannhoeve, maar tot het zover is kan het nog heel lang duren. Oom Georg is nog kwiek en tante Lina laat zich de kaas ook niet van het brood eten. Totdat ze zich uit het boerenbedrijf terugtrekken, heeft oom Georg de leiding en is zijn schoonzoon niet meer waard dan een knecht die moet gehoorzamen.

'Dat is het belangrijkste, dat hij van je houdt,' zei Frieda. 'Dan wordt het vast en zeker een goed huwelijk en zul je veel kinderen krijgen.'

'Daar hoef je je geen zorgen over te maken,' zei Luise met een scheve grijns. 'Ik weet al dat Dieter het kan.'

Frieda stond versteld. Ze heeft het al gedaan! Natuurlijk weet ze dat dit vaak gebeurt in het dorp, niet alleen onder de jongeren die al met elkaar verloofd zijn maar ook weleens als dat niet zo is. Het is in strijd met de christelijke moraal, maar op dit punt nemen de dorpelingen het niet zo nauw. En als ze toch trouwen, is de dominee tevreden.

'Je hebt... je bent...' stamelde Frieda. Ze voelde zich plotseling dom en onwetend ten opzichte van haar nicht.

'Wat denk je dan?' zei Luise trots. 'Denk je dat ik een kater in de zak ga kopen?'

Luise had nu de overhand en daar maakte ze uitgebreid gebruik van. Want ze weet donders goed dat de mooie Frieda streng door haar moeder wordt bewaakt en nog nooit iets met een jonge man heeft gehad.

'Dat is iets wat een vrouw moet weten, anders is ze een onnozel schaap en valt ze op haar gezicht,' beweerde ze met haar nieuwe expertise. 'Maar in Frankfurt bij je acteurs zul je wel kansen genoeg hebben. Je moet alleen uitkijken dat je uiteindelijk niet met een buitenechtelijk kind blijft zitten, want die stadslui zijn natuurlijk niet te vertrouwen. Ze willen gewoon een lolletje, maar als het op trouwen aankomt, nemen ze echt niet iemand uit een dorp!'

Frieda vond dat helemaal niet leuk om te horen en ergerde zich aan haar verwaande nicht.

'En wat als er bij jou iets op komst is?' vroeg ze.

'Dan is de bruiloft gewoon in mei!' zei Luise lachend. 'Dat zou mijn vader prima vinden, want dan kan Dieter meteen helpen met de hooioogst.'

'Goed... ik moet nu naar huis, Helga gaat een jurk voor me naaien,' zei Frieda. 'En ze wil ook een turnpakje voor me maken.'

Dat was tenminste nog een kleine troef die ze kon uitspelen, want Luise draagt nog steeds de dorpsklederdracht. Ze weet dat haar nicht ook graag een mooie jurk zou willen, maar haar ouders staan dat niet toe.

'Pas maar op dat je niet aan lagerwal raakt met die korte rokken en dat "turnpakje",' zei Luise jaloers.

Nee, de hechte vriendschap met haar nicht Luise is kennelijk voorbij. Het stemt Frieda verdrietig, want ze trok vroeger vaak met Luise op en ze vertelden elkaar altijd alles. Nu is er ineens een afstand tussen hen. Luise is een volwassen vrouw, ze gaat trouwen en wordt boerin op de Altmannhoeve. Maar zelf slaat ze een andere weg in, een die haar uit Dingelbach leidt, ver weg van alles wat ze tot nu toe heeft gekend. Ze wil het zelf zo. Ze heeft ervoor gekozen en het doorgezet. Maar het is ook een reis naar het onbekende, en ze moet meer achterlaten dan ze tot nu toe had gedacht.

Toen ze 's avonds in bed lag en Herta en haar moeder al in slaap waren gevallen, dacht ze na over wat Luise had gezegd. *Dat is iets wat een vrouw moet weten, anders is ze een onnozel schaap en valt ze op haar gezicht.* Frieda wil onder geen beding een onnozel schaap zijn. Maar tot nu toe heeft ze nog niet eens een jongen gekust. Dat was zeker niet de schuld van de jongens van Dingelbach, die hadden het graag gedaan. Maar ze vond geen van hen leuk. De enige die ze leuk vindt is meester Hohnermann. Maar hem wilde ze ook niet kussen. Omdat hij zo'n verminkt gezicht heeft en misschien ook omdat hij meer een vader dan een man voor haar is.

Ik zou wel een keer kunnen zoenen, dacht ze. Niemand krijgt een onechtelijk kind van zoenen. En hoe dan ook, ik moet weten hoe het moet, want ik wil ook liefdesscènes spelen. De acteurs op het toneel kussen elkaar weleens, alleen niet echt, ze doen gewoon alsof. Toch ziet het er echt uit voor het publiek. Omdat ze weten hoe het moet.

Als ze 's ochtends naar Frankfurt reist, spookt de hele kwestie nog door haar hoofd. Als er al iemand in aanmerking komt, dan alleen Harry, denkt ze. Ik mag hem graag en zou het zelfs leuk vinden als hij me zou willen kussen. Maar dan zouden we samen alleen moeten zijn en dat is vrijwel onmogelijk. Als we les hebben, zijn er altijd anderen bij, en tijdens de pauze gaan we naar Café Bauer, waar we ook niet alleen zijn. Ze is wel een keer 's avonds met hem naar het theater geweest, maar toen liet grootmoeder haar vlak voor het theater ophalen door haar chauffeur. Grootmoeder houdt haar nauwlettend in de gaten. Haast nog erger dan mama.

Vandaag beginnen ze met ritmische gymnastiek. Dat vindt ze erg leuk, want ze beweegt graag en heeft nu ook de juiste kleren. Vervolgens heeft ze spreekles bij Alexander Engels, waar ze spreekkoren uit oude drama's repeteren. Het is belangrijk om op een duidelijke, expressieve manier te spreken, omdat het podium een eind van het publiek weg is en ook het gefluister te verstaan moet zijn.

'Helaas gaat de repetitie met mevrouw Sagan vandaag niet door,' zegt meneer Engels aan het eind van de les. 'Maar jullie kunnen hier in het theater of buiten een plekje zoeken en je tekst leren. Vanmiddag hebben jullie les van mevrouw Einzig.'

Het weer is uitnodigend om buiten te zitten. Eindelijk ontspruiten de bladeren aan de bomen en presenteert de winters grijze stad Frankfurt zich met zijn parken in lenteachtig groen.

'We gaan buiten op het grasveld zitten,' zegt Annemarie.

Frieda vindt het een verleidelijk idee, maar ze wijst erop dat het gras vochtig is en ze haar jurk niet mag verpesten.

'Ik blijf liever hier,' zegt ze, terwijl ze Harry aankijkt.

'Dan hou ik je gezelschap,' zegt hij prompt. 'We vinden wel een plekje waar we in alle rust kunnen leren.'

Annemarie is een beetje teleurgesteld, maar haalt haar schouders op. 'Nou ja, je komt van het platteland, dan kun je toch wel op het gras zitten als je daar zin in hebt?'

'Dat is waar,' zegt Frieda lachend. 'Ik heb al vaak natte billen gehad!'

Ze blijft met Harry in het theater en ze dwalen rond om een rustig plekje te vinden waar ze kunnen studeren. Dat valt niet mee, want alle repetitieruimtes zijn bezet. De nieuwe producties zijn begonnen, de acteurs hebben hun eerste tekstrepetities, de dansers zijn sowieso elke dag in hun balletzalen en vanuit sommige lokalen horen ze operazangers met hun repetitoren hun partijen instuderen.

'We zouden naar de toneelzolder kunnen gaan,' stelt Frieda voor.

'Dat mag niet,' zegt Harry met een frons.

'Wie heeft dat gezegd?'

'Dat heeft Weichert ooit gezegd. Omdat je naar beneden kunt vallen.'

'Ben je bang?'

Harry laat zich niet kennen. Natuurlijk is hij niet bang, hij maakt zich alleen zorgen om Frieda en daarom is hij liever voorzichtig.

'Ik pas echt wel op.'

Ze weten inmiddels hoe ze op de toneelzolder moeten komen. Het staat op de deur die naar boven leidt. Daar staat ook op dat de toegang verboden is voor onbevoegden.

'Wij zijn niet onbevoegd,' beweert Frieda. 'Wij zijn aspirant-acteurs en we moeten weten hoe het daar is.'

De trappen naar de toneelzolder zijn smal en er lijkt geen eind aan te komen. Het is bijna alsof ze een hoge kerktoren beklimmen. Helemaal boven is het erg donker. De ruimte lijkt ongelofelijk groot en onoverzichtelijk. Overal zijn rijen dikke en dunne touwen gespannen en daartussen staan kasten met knoppen. De toneelknechten die hier werken moeten alles heel goed kennen om niet aan de verkeerde touwen te trekken. De vloer is beveiligd met een stalen rooster waardoor ze naar beneden kunnen kijken. Ver onder hen bevindt zich het verlichte podium, waar op dit moment repetities plaatsvinden. Ze horen regisseur Ben Spanier iets aan de acteurs uitleggen. Arthur Bauer bemoeit zich ermee en dan begint Leo Biberti een tekst te spreken.

'Het is niet echt fijn hier,' zegt Harry.

'Nee, niet echt...'

Ze dalen de trappen weer af en Frieda vraagt zich net af of ze niet toch beter buiten kunnen gaan zitten als Harry een deur ontdekt.

'Vanaf hier kom je op de zolder. Zullen we daar even kijken?'

Ze komen in een lage ruime die er inderdaad uitziet als een zolder. Ze zien de houten balken van de dakconstructie en in het midden is een groot luik. Het staat half open. Er valt zonlicht binnen en de wind waait naar binnen.

'Vanaf hier kunnen we op de platte daken komen van de gebouwen rechts en links van de toneelzolder,' zegt Harry.

Hij loopt moedig naar de ladder die onder het luik is bevestigd. Die is waarschijnlijk bedoeld voor de schoorsteenveger of de dakdekker, voor als er eens een gat in het dak zit.

'Ga je daar naar boven klimmen?' vraagt Frieda twijfelend.

'Tuurlijk!'

Ze klimmen allebei naar boven, glippen door de kier... en kunnen hun ogen niet geloven. Ze staan op het platte dak rechts van het torenhoge gebouw van de toneelzolder, de zon schijnt op hun hoofd, de lentebries waait in hun gezicht, en de stad Frankfurt ligt aan hun voeten.

'Daar is de Main en daarginds is Sachsenhausen! Kijk, daar in het steegje achter het grote gele huis, daar is ons appelwijncafé!'

Het rivierwater, dat grijsgeelachtig is, glinstert prachtig in de zon. Er varen schepen over en op de bruggen is verkeer. Trams, auto's en een paar paardenkoetsen bewegen zich voort als speelgoedfiguren. Vanaf hier kunnen ze zelfs in de steegjes kijken.

'Daar is de Taunus,' roept Frieda, wijzend naar de blauwachtige heuvels in de verte. 'En daar is Dingelbach!'

Dat ze vanaf hier haar geboortedorp zouden kunnen zien is meer een fantasie, maar Harry knikt gewillig en zegt dat het daar heel mooi moet zijn.

Ze gaan naast elkaar op het dakvilt zitten waarmee de bodem is bedekt en vinden dat ze de beste plek van het hele theater hebben gevonden. Boven hen de lucht en onder hen de stad, waarvan het geluid gedempt klinkt.

'Je kunt hier zelfs zonnen!' zegt Harry enthousiast.

'En we worden hier door niemand gestoord!' zegt Frieda.

Dat vindt Harry ook erg fijn. Hij schuift wat dichter naar haar toe en zegt dat als ze samen de scène van *Kabale und Liebe* repeteren, ze ook wel samen in hetzelfde tekstboek kunnen kijken.

'Ken je jouw tekst nog steeds niet uit je hoofd?'

'Jawel. Maar soms blijf ik steken. Zeker als je zo naar me kijkt, Frieda. Dan kan het gebeuren dat ik mijn tekst vergeet...'

'Hoe kijk ik dan?'

'Eh... zoals nu...'

Het is veel makkelijker dan ze zich had voorgesteld. Ze hoeft niets uit te leggen en hoeft het hem niet te vragen. Harry doet helemaal uit zichzelf waar ze op gehoopt had. Heel voorzichtig slaat hij zijn arm om haar nek en trekt hij haar naar zich toe. Ze knippert met haar ogen terwijl hij haar mond zoekt, want ze wil zien hoe hij het doet. Maar dan gebeurt het ineens. Ze schrikt heel even als zijn lippen haar mond raken en zonder het te beseffen omhelst ze hem en houdt ze hem stevig vast.

Hij kust haar precies zoals ze in films heeft gezien. Maar zo bijzonder is het niet. Het is eigenlijk een beetje vies, want zijn tong zit nu in haar mond en ze proeft zijn spuug. Is dit alles? Waarom maakt iedereen hier zo'n ophef over?

'Je bent zo mooi, ik ben tot over mijn oren verliefd,' fluistert hij.

Ze heeft weleens betere liefdesverklaringen gelezen. Maar misschien komt er nog meer.

'Doe het nog eens,' zegt ze tegen hem.

Hij neemt haar steviger in zijn armen en laat haar zien dat hij ook hartstochtelijk kan zijn. Het doet een beetje pijn omdat hij haar rechterarm afknijpt en ze vindt het nog steeds niet bijzonder. Bovendien smaakt het naar de boterham met worst die hij gegeten heeft.

'Zo is het genoeg!' zegt ze en ze duwt hem van zich af. Maar hij wil haar nog niet loslaten en probeert het opnieuw. Plotseling klinkt er een harde knal achter hen en ze stuiven geschrokken uit elkaar.

'Het luik!'

Was het de wind of de vervallen constructie? In elk geval is het grote luik waardoor ze op het dak zijn geklommen heel plotseling en heel verraderlijk dichtgevallen.

'Maak je geen zorgen,' zegt Harry. 'We tillen het gewoon weer op.'

Maar het luik is loodzwaar en ze kunnen geen handvat of uitsteeksel vinden waaraan ze het kunnen vastpakken. Ze proberen het allebei en beginnen te zweten, maar moeten uiteindelijk inzien dat het niet gaat lukken.

'Wat doen we nu?'

'Ooit zullen ze ons hier vinden.'

'Ja, als we van de dorst zijn omgekomen en zijn bevroren.'

Er zit niets anders op, ze moeten op de een of andere manier de aandacht op zich vestigen, zodat de conciërge hen uit hun ongelukkige situatie bevrijdt.

'Daar komen meneer Weichert en mevrouw Einzig aan,' roept Frieda. 'Ik gooi het script gewoon naar beneden.'

Maar ze heeft geen rekening gehouden met de wind, die het boekje naar links drijft, waar het ongezien in een struik belandt.

'Onze schoenen!'

Harry moet eerst zijn veters losmaken. Frieda rukt de dure schoenen met gespjes van haar voeten en gooit ze naar beneden. Het werkt! Hoofdregisseur Weichert wordt op zijn schouder geraakt. Hij staart geschrokken omhoog en ziet twee jonge mensen op het dak van de schouwburg wanhopig met hun armen staan zwaaien.

Ze kunnen niet verstaan wat hij tegen mevrouw Einzig zegt, maar ze kunnen het wel raden. Het duurt een poos, maar dan gaat het grote luik open en verschijnt de conciërge met twee toneelknechten.

'Het is toch niet te geloven!' roept hij boos. 'Wat doen jullie hier op het dak? Dat is verboden...'

Gedwee dalen ze met de conciërge de ladder af, Frieda op haar kousen, Harry met een bloedende wijsvinger omdat hij zich heeft verwond toen hij het luik probeerde op te tillen. Beneden in de gang worden ze opgewacht door Mathilde Einzig, die eerst de boze conciërge probeert te sussen.

'Ach, het zijn nog maar kinderen, die halen nu eenmaal weleens kattenkwaad uit. En die deur hoort op slot te zijn. Anders kan weet ik wie op het dak klimmen en zich naar beneden storten!'

Als de conciërge mopperend is weggelopen, wendt de docente zich tot de twee zondaars. 'Dit zal niet zonder gevolgen blijven,' zegt ze boos. 'En zorg nu dat jullie in de repetitieruimte komen, de les begint al bijna.'

Harry knikt beschaamd en loopt met hangende schouders weg. Frieda blijft staan. 'Mijn schoenen, mevrouw Einzig. Ze moeten ergens buiten bij de ingang liggen. Mag ik ze nog snel even halen? Alstublieft?'

Mevrouw Einzig kijkt haar zo streng aan dat Frieda bang is dat ze op haar kousen naar huis moet. 'Nou, rennen dan!' zegt de docente. 'Nee, wacht. Ik moet je nog iets zeggen.'

Frieda blijft braaf staan en wacht op wat er komen gaat.

'Luister, Frieda Haller,' zegt mevrouw Einzig zachtjes maar indringend. 'Als je iets wilt bereiken in het acteervak, onthou dan één ding: hou de mannen op afstand! Heb je dat begrepen?'

'Ja, mevrouw Einzig.'

Hoe weet ze wat er op het dak tussen Harry en haar is gebeurd? De vrouw moet een zesde zintuig hebben.

34

Mei is gekomen als een jonge god van de lente. Hij heeft de kleuren en de geuren teruggebracht in de natuur, de weilanden met gele en witte bloemen bespikkeld en de bossen rond het dorp met lichtgroen loof versierd. Johannes Hohnermann weet dat hij zijn leerlingen nu geen huiswerk mag geven. Ze hebben geen tijd om over hun schriften en boeken gebogen te zitten, want er is werk te doen op het land. De eerste boeren hebben al gras gemaaid, dus elke hand is nodig om hooi te keren. Het heeft de afgelopen dagen flink geregend en het gras in de weilanden is omhooggeschoten. Zoals elk jaar hopen de boeren van Dingelbach dat door het vroege maaien de tweede hooioogst ook een goede opbrengst zal opleveren. Jaren geleden zou er zelfs een derde hooioogst zijn geweest, daar hebben de oude mensen het nog over, maar dat klinkt meer als een sprookje. De mensen in Dingelbach zijn al blij als ze de weiden twee keer kunnen maaien.

Omdat de meisjes en jongens door het mooie weer zelfs 's ochtends niet goed opletten in de klas, heeft hij zijn leerlingen meegenomen op een uitstapje naar het bos. In de velden en weiden kennen de dorpskinderen de weg goed. Ze kunnen de oogstvruchten, de weidebloemen en het fruit bij hun namen noemen, die echter vaak niet overeenkomen met de officiële Hoogduitse termen, zodat hij ook daarbij moet helpen. Maar in het bos weten ze helemaal niets, want de bewoners van Dingelbach zwerven van oudsher niet in het bos rond en verzamelen daar geen kruiden of paddenstoelen. Paddenstoelen vinden ze zelfs doodeng. Die kunnen giftig en dodelijk zijn, dus daar blijven ze van af. Alleen Rudolf Alberti is in het bos te vinden, maar hij heeft het van zijn vader geleerd en heeft verstand van wilde planten.

'Als ik dit lelietje-van-dalen opeet, ga ik dan dood?' vraagt Pauline angstig.

'Dan krijg je erge buikpijn. Daarom mag je nooit planten eten die je niet kent. Je moet ernaar kijken en ervan genieten,' zegt hij tegen haar. 'Maar iedereen die iets van planten afweet, weet dat een giftige plant ook een medicijn kan zijn.'

'Het bos is niet voor het eten,' zegt Karl. 'Dat is voor het hout.'

'Maar herten en wilde zwijnen kun je wel eten,' zegt Marie.

'Maar die mag je niet doodschieten. Want anders komt de boswachter en moet je een boete betalen...'

De nutsgedachte is al diep geworteld bij de schoolkinderen van Dingelbach. Waarvoor heb je het bos nodig? Voor hout. Het romantische aspect van het bos en de schoonheid van de natuur zeggen hen niets. Eeuwenlang is het boerendenken gericht geweest op het nut van de natuur, waar ze met hard werken hun brood mee moeten verdienen.

Na Pasen hebben de kinderen van het achtste leerjaar de dorpsschool verlaten, maar er zijn drie eerstejaarsleerlingen bij gekomen. Twee meisjes, Lisa en Astrid, en een jongen, Jochen. Dat Ida niet meer naar de dorpsschool gaat is een gemis, want ze daagde hem uit als onderwijzer en enthousiasmeerde de andere leerlingen. Hij mist haar brutale opmerkingen en nieuwsgierige vragen heel erg. Maar aan de andere kant is hij blij dat ze nu toch naar het lyceum in Frankfurt gaat, want hij twijfelt er niet aan dat ze het eindexamen kan halen. Het was wel een harde klap voor hem dat ze hem zo om de tuin had geleid en zelfs een handtekening had vervalst. Nou ja, hij moest het voor lief nemen. Hij kent Ida. Ze is het type dat leeft volgens het principe van de filosoof Machiavelli: het doel heiligt de middelen. Maar ze heeft ook haar goede kanten. Sinds ze op het lyceum zit, komt ze 's middags nog vaker dan normaal bij hem langs om boeken te lenen.

'Heb je ze nodig voor school?' vraagt hij nieuwsgierig. Ida staat voor zijn boekenkast en bekijkt wat voor boeken hij nieuw heeft aangeschaft. Ze schudt haar hoofd.

'Nee. Daar leren we alleen oppervlakkige onzin. Als dit zo doorgaat, ga ik daar weg en zoek ik een betere school!'

Het enige wat ze leuk vindt zijn de lessen Latijn, maar zelfs die vindt ze veel te traag gaan. Ze vindt de docenten slecht. Alleen de geschiedenisleraar en de natuurkundeleraar zijn fijn.

De lerares Duits kan ze niet uitstaan. 'Ze zei dat ik het dialect van Dingelbach moet afleren en Hoogduits moet spreken,' zegt ze boos. 'Terwijl ze zelf met een Frankfurts accent praat.'

Daar was Johannes al bang voor. Hij zegt dat het voor haar toch niet zo moeilijk kan zijn om Hoogduits te spreken. Maar Ida heeft hier haar eigen mening over.

'Ik heb tegen haar gezegd dat Dingelbach mijn thuis is en dat ik daarom praat zoals ik praat. Als ik een opstel schrijf, doe ik dat in onberispelijk Hoogduits. Dat geloofde ze niet omdat we nog geen opstellen hebben geschreven. Maar dat merkt ze dan wel!'

Hij is telkens weer verbaasd over haar onwankelbare zelfvertrouwen. In dat opzicht is ze heel anders dan haar zus Frieda, die ook weet wat ze wil, maar gauw aan zichzelf twijfelt. Maar Frieda heeft een onweerstaanbare charme en een aanstekelijke vrolijkheid. Helaas komt ze niet meer bij hem om boeken te lenen, want haar grootmoeder in Frankfurt geeft haar geld en daarmee kan ze makkelijk de boekjes kopen die ze op de toneelschool nodig heeft. In elk geval hoort hij van Ida wel veel over wat Frieda op de toneelschool uitspookt. Laatst is ze met een klasgenoot op het dak geklommen en moest de conciërge hen bevrijden omdat het dakluik was dichtgevallen.

'Ze was met een klasgenoot daarboven?' vroeg hij onschuldig.

'Ja, met Harry. Daar kan ze goed mee overweg. Zijn ouders hebben een appelwijncafé in Sachsenhausen. Ik ben er al een keertje geweest, want het is in de buurt van mijn school. Het is een kroeg met een grote kroes en een kartonnen bok voor de deur.'

'Aha...' zei hij en hij dacht er het zijne van.

Daarna ging hij snel over op een ander onderwerp.

'Je bent bijna jarig, toch? En je hebt aanstaande zondag je confirmatie. Heb je er zin in?'

'Nou en of!' roept ze uit. 'Helga naait een jurk voor me en van mama krijg ik een cadeautje voor de confirmatie.'

Bovenal is er een feest en omdat de confirmatie meestal samenvalt met het verlaten van de school, voelen de kinderen die hun confirmatie hebben zich heel volwassen. Hij heeft al nagedacht over wat hij Ida zou kunnen geven. Een boek, natuurlijk. Op dit moment is ze geïnteresseerd in de oude Romeinen. Ze heeft *De bello Gallico* van Caesar van hem geleend, dat ze door wil ploeteren, en *Römische Geschichte* van Theodor Mommsen. Hij zou toch iets geschikts moeten kunnen vinden. Morgenmiddag wil hij naar Frankfurt gaan om in de boekhandels te kijken.

Vandaag is het gewoon te mooi weer en moet hij na school zelf ook nog even naar buiten om een wandeling door het dorp te maken. Dat heeft hij af en toe nodig om tot rust te komen en zijn gedachten te ordenen.

Vooral dat laatste. Hij heeft namelijk een brief ontvangen van een oud-studiegenoot die hem enthousiast schrijft dat hij inmiddels zijn studie heeft afgerond en in Stuttgart een baan heeft gekregen als organist en koordirigent. Hij vraagt Johannes of hij nog orgel speelt en of hij het zou aandurven om een concert te geven in zijn kerk. Want hij weet dat Johannes Hohnermann destijds op het conservatorium een uitstekende organist was.

Johannes was blij met de brief, maar raakte er tegelijkertijd gedeprimeerd van. Nee, hij denkt niet dat hij het kan. Hij heeft maar heel weinig gelegenheid om te oefenen. De grote werken van de Franse componisten kan hij helemaal niet spelen op het orgel van Dingelbach. De werken van Mendelssohn zijn al een probleem.

Romantische orgelmuziek, waar hij zo van houdt, is gewoon niet uitvoerbaar. Zelfs als hij een fuga van Bach speelt, komt de vrouw van de dominee de kerk binnenrennen en vraagt ze klagend of hij het oude orgel soms kapot wil maken omdat hij er zo op 'ramt'. Tot nu toe heeft hij zich erbij neergelegd, maar nu hij leest dat het een studievriend ondanks de oorlog en zijn tijd als soldaat is gelukt, vraagt hij zich af of hij het niet te snel heeft opgegeven. Hij heeft de baan als dorpsonderwijzer drie jaar geleden omwille van zijn moeder aangenomen, omdat hij dacht dat hij haar moest onderhouden. Na haar dood had hij dit werk niet meer hoeven doen. Maar hij bleef en liet de kans om iets anders te gaan doen voorbijgaan. En om nu, nu hij bijna dertig is, weer te gaan studeren... Nee, dat zou belachelijk zijn. Trouwens, hoe zou hij met zijn gezicht een groot koor in de stad moeten dirigeren?

Hij heeft er goed over nagedacht en dacht dat hij tevreden was met zijn keuze. Maar hij blijft rusteloos en diep vanbinnen doet het pijn. Gisteren zat hij in zijn kamer te piekeren en kreeg hij slechte gedachten. De studievriend is de zoon van rijke ouders die blijkbaar niet veel hebben verloren in de naoorlogse periode en met de inflatie. Zijn vriend kon zijn studie makkelijk voortzetten. Hij heeft niet de zorgen gekend waar hij zelf na de oorlog mee te kampen heeft gehad. Maar afgunst is een kwaadaardige tegenstander die een mens vanbinnen kan verteren, en daarom wil hij de natuur in om op betere en nobelere gedachten te komen.

Er gebeurt nu veel op de akkers en weilanden rond het dorp. Tarwe en wintergerst zijn al in de herfst gezaaid en kleuren de velden al een beetje lichtgroen. De zomergerst laat lang op zich wachten, maar de aardappelen en voederbieten lopen nu goed uit. Hij ziet veel van zijn leerlingen in de aardappelvelden staan, waar ze de coloradokevers moeten verzamelen zodat het loof niet wordt opgegeten. Anderen hurken tussen de rijen gezaaide voederbieten en moeten voorzichtig kleine plantjes uittrekken als ze te dicht op elkaar groeien, zodat ze in nieuwe rijen kunnen worden geplant.

Dat is saai en moeizaam werk dat voornamelijk door vrouwen en kinderen wordt gedaan en erg slecht voor de rug is. De mannen maaien het gras. Otto Schütz heeft de merries voor zijn maaimachine gespannen, maar komt op het afhellende terrein niet zo goed vooruit als hij waarschijnlijk had gehoopt. De anderen maaien nog steeds met de zeis zoals hun vaders deden, wat vooral nodig is als er fruitbomen in de wei staan waar ze omheen moeten maaien. Ook hier staan vrouwen en kinderen het hooi te keren, maar ondanks de warme zon zullen ze het hooi vandaag waarschijnlijk nog niet kunnen binnenhalen. Het is te hopen dat het de komende dagen niet gaat regenen.

Johannes wordt hartelijk begroet door de boeren. Hij zwaait terug en voelt zich schuldig omdat hij hier loopt als een stadsbewoner terwijl de anderen hard aan het werk zijn. Morgen zal hij Ursula Dönges, die oorlogsweduwe is, aanbieden om een van haar kleine weiden te maaien. Dat heeft hij vorig jaar ook gedaan en toen heeft hij vrij goed leren maaien. Alleen had hij daarna nog ruim een week blaren op zijn handen.

Een eindje verderop zit Heinz Schütz op de voederbietakker bij de nieuwe boerenknecht die sinds een paar dagen op de Schützhoeve werkt. Ze trekken kleine plantjes uit de aarde die Gertrud een eind verderop opnieuw plant. Heinz is op school nog meer teruggetrokken dan vroeger. Tijdens de pauze staat hij bij het hek van de tuin van de meester en kijkt hij naar de dorpswinkel of zijn moeder uit het raam naar hem zwaait. Nu in het veld lijkt hij echter spraakzamer. De nieuwe boerenknecht is een jonge knaap uit een naburig dorp en haast nog een kind. De twee lijken het goed met elkaar te kunnen vinden. Toch moet Johannes zuchten. Hij heeft ontzettend veel medelijden met Heinz omdat hij nu verscheurd wordt tussen zijn vader en moeder.

Helga Schütz woont nog steeds bij de vrouwen van de dorpswinkel, maar ze schijnt wat geld te verdienen met haar naaikunsten en maakt zich langzaam maar zeker onmisbaar in het dorp. Vooral onder de jonge vrouwen, die soms geen dorpsklederdracht meer willen dragen maar stadskleding willen.

Terwijl hij nu stevig doorloopt, wordt het hem plotseling duidelijk hoe nauw hij al verbonden is met het lot van de dorpelingen van Dingelbach. Hij deelt in hun vreugden, maar ook in hun ellende en ongeluk. Bijna alsof ze zijn familie zijn. Waarom zou hij hier weggaan om een onzekere droom na te jagen? Het lot heeft hem hiernaartoe gebracht. Dat zal een reden hebben.

Hij loopt helemaal naar de rand van het bos, waar de jonge groenlingen rondfladderen en een moederkonijn en haar kleintjes haastig wegrennen. Op een stukje weide ontdekt hij Rudolf Alberti met een takvork in zijn handen en hij moet ongelovig glimlachen. De dorpsgenezer weet veel over de geneeskunst en is ook een slim en achtenswaardig persoon, maar Johannes gelooft niet echt in de magie van de wateraders en krachtplaatsen die hij zogenaamd kan opsporen.

'Goedemorgen, meneer Alberti!' roept hij hem toe.

'Goedemorgen! Aan de wandel?'

'Ja, met het mooie weer hou ik het gewoon niet uit binnen,' geeft hij toe en hij loopt de weide op naar Rudolf.

Die laat de takvork zakken en wijst met zijn hand naar Villa Küpper. Er staan een vrachtwagen en een paardenkar voor en een aantal mannen laden meubels uit.

'Hebt u het al gezien? Een huurder neemt zijn intrek in de villa. Ene meneer Goldstein uit Frankfurt. Hij schijnt een bank te hebben.'

Inderdaad. Johannes is een beetje verbaasd. Er werd toch gezegd dat de fabriek Pilz & Küpper er onder de leiding van de ijverige directrice weer goed voor stond? Waarom zou ze dan een woning in haar villa moeten verhuren? Maar misschien is het gewoon een goede kennis.

'Een rijke Jood, wordt er in het dorp gezegd,' vertelt Alberti met een glimlach. 'Hij is een keer in zijn dure auto naar het dorp gereden. Dat was toen Oskar Michalski Otto Schütz wilde aanvallen.'

Dat is nog niet zo lang geleden, maar Johannes heeft het niet meegemaakt omdat het onder schooltijd gebeurde. Hij haalt zijn schouders op, niet goed wetend wat hij ervan moet vinden.

'In het dorp zullen we hem vast niet vaak zien,' vermoedt hij. 'Maar mevrouw Küpper zal wel weten wat ze doet.'

Rudolf knikt en is het met Johannes eens. Hij pakt de takvork weer op en loopt een paar stappen, maar moet dan stoppen omdat het hout in zijn hand zo erg trilt dat hij het amper nog kan vasthouden.

'Dat dacht ik al,' zegt hij. 'Het komt daar naar beneden en loopt in verschillende aderen over het weiland in de beek.'

'En dat heeft de wichelroede u aangewezen?' vraagt Johannes met een frons.

'Gelooft u me niet?'

'Ja, jawel...'

Het klinkt halfslachtig en hij zegt het ook alleen om de dorpsgenezer niet te beledigen. Beneden in het dorp is het een traditie dat Rudolf Alberti er altijd bij wordt geroepen als iemand een huis of zelfs maar een schuur wil bouwen. Want het brengt ongeluk als een gebouw op een waterader staat.

'Kom maar even hier en hou de takvork vast,' zegt de dorpsgenezer glimlachend.

'Dat wil ik wel doen,' zegt Johannes goedmoedig. 'Maar ik denk niet dat ik het talent van een tovenaar heb.'

En inderdaad, hij loopt met de wichelroede in beide handen voor zich uit kriskras over de weide zonder dat er iets gebeurt.

'Wacht,' zegt Rudolf Alberti en hij legt zachtjes zijn hand op Johannes' schouder.

Meer doet hij niet, maar het is genoeg. De takvork in Johannes' handen gaat plotseling een eigen leven leiden. De wichelroede trekt en trilt en Johannes kan hem slechts met moeite vasthouden.

'Kijk, zo werkt het,' zegt de dorpsgenezer en hij haalt zijn hand weer weg. ‘Maar hiervoor moet iemand geboren zijn. Het is een gave. Net zoals anderen een muzikaal gehoor hebben of prachtig orgel kunnen spelen.’

Gegeneerd overhandigt Johannes hem de wichelroede, die zonder de kracht van de genezer levenloos en onbeweeglijk is geworden.

‘Er zijn meer dingen tussen hemel en aarde dan wij ons met onze schoolwijsheid kunnen voorstellen,’ zegt hij. ‘Dank u wel voor deze les, meneer Alberti.’

‘Het was geen moeite,’ zegt Rudolf lachend. ‘En ik doe het niet voor iedereen. Alleen voor degenen die ik graag mag en die belangrijk voor me zijn.’

Johannes is ontroerd en overweldigd door deze bekentenis. Hij bedankt Rudolf nogmaals en ze nemen afscheid met een handdruk. Als hij verder loopt heeft hij het gevoel dat hij een grote en belangrijke erkenning heeft gekregen. Voorzichtig, om het hoge gras niet te vertrappen, loopt hij het weiland weer af, om langs de rand van het bos in de richting van de villa te lopen en vandaar over de brug naar het dorp. De zon staat nog hoog aan de hemel, maar in het westen pakken zich een paar grijze wolken samen, die door de boeren op het veld met bezorgdheid worden gadegeslagen. Als het vanavond en vannacht gaat regenen, ziet het er slecht uit voor het hooi.

Hij gaat op een stapel hout zitten om nog even na te denken voordat hij weer naar huis gaat. Insecten zoemen om hem heen, vinken tjilpen, ergens in het bos hamert een specht. Onder hem ligt het dorp in de middagzon. De kerk steekt iets uit tussen de rode en grijze daken en hij ziet het delicate groen van de lindeboom en de kleurrijke moestuinen waar fruit, kruiden en groenten worden verbouwd. Hij is rustiger geworden, de afgunst op de gelukkigere studievriend is verdwenen. Nee, hij hoeft geen baan in de stad. Dit is zijn plek. Dit dorp en zijn inwoners liggen hem na aan het hart. Hoewel ze vaak koppig zijn en achterhaalde ideeën hebben, zijn ze nog altijd menselijk en velen zelfs sympathiek. De stad Frankfurt breidt zich onverbiddelijk uit en fascineert ook de dorpelingen, wat niet altijd goed voor hen afloopt. Van sommigen die naar de grote stad zijn getrokken is nooit meer iets vernomen. Anderen zijn teruggekeerd, zoals Fritz Grossmann, die geen geluk had in Frankfurt en nu de boerderij van zijn ouders leidt. Of de twee kinderen van Fritz in de toekomst in Dingelbach zullen blijven, staat in de sterren geschreven.

Hij, de dorpsonderwijzer, heeft de taak gekregen om zijn leerlingen voor te bereiden op het leven, dat zich voor velen van hen niet meer in Dingelbach zal afspelen. Maar hij wil ervoor zorgen dat ze hun geboortedorp niet vergeten of verloochenen als ze naar een andere plek verhuizen. Wat ze ook bereiken in het leven, het is belangrijk dat ze hun wortels kennen. En die van zijn schoolkinderen liggen al eeuwenlang diep in de grond van Dingelbach.

Lees ook van Anne Jacobs

Danzig, 1860. Johanna Berend staat treurig voor haar imposante ouderlijk huis. Nadat haar affaire met een pianist is stukgelopen wil ze niets liever dan terug naar haar familie. Maar tot haar grote schrik hoort ze dat haar geliefde vader is overleden. Haar broer Theo is nu het hoofd van het gezin en zijn vrijgevochten zus is een doorn in zijn oog. Johanna laat het er niet bij zitten en is vastbesloten een manier te vinden om haar leven in te richten zoals zíj het wil…

Een avontuurlijke jonge vrouw
zoekt naar haar geluk

1880, het noordelijkste stukje van Duitsland. De 22-jarige Charlotte droomt van avontuur en de wijde wereld intrekken, maar haar grootouders hebben liever dat ze een geschikte echtgenoot kiest. Na een lange verkering accepteert ze daarom het huwelijksaanzoek van koopman Christian. Ze is geïntrigeerd door zijn winkel met exotische specerijen, tabak en spullen uit verre streken. Niet veel later slaat het noodlot echter toe: Charlotte ontdekt dat Christian aan de rand van de financiële afgrond staat. Charlotte weet dat ze maar één kans op een gezamenlijke toekomst hebben: ze moeten Duitsland verlaten en ver weg een nieuw leven beginnen. En dat gaat niet zomaar. Ze zal heel wat obstakels moeten overwinnen voor ze haar geluk vindt…